선생님 힘내세요

교육은 최종적으로 선생님에 의해 완성된다

선생님 힘내세요

駱山 이종윤

좋은땅

퇴임에 부쳐

존경하는 선생님, 그리고 교육이란 어려운 일을 함께해 오신 교육 동지 여러분!

부족한 제가 38년 동안의 자랑스러운 내 조국 대한민국의 선생으로서의 삶을 마무리합니다. 긴 세월을 큰 어려움 없이 잘 마무리할 수 있도록 항상 저를 격려해 주시고 응원하며 함께해 주신 선후배님들과 동료들과 가족, 특히 제 곁에서 무던히도 속이 썩었을 사랑하는 아내에게 깊이 감사드립니다. 이 모든 이들의 깨우침과 사랑이 없었다면 지금의 제가 있을 수 없었습니다.

선생으로 산다는 것은 영광과 명예와 부를 구하는 삶이 아닌, 사랑하는 아이들을 위한 봉사와 헌신과 희생이 전제되는 인내의 시간으로 채워진 삶이었던 것 같습니다. 교육은 최종적으로 선생님에 의해 완성된다는 이 무겁고도 두려운 책무성 앞에 항상 노심초사할 수밖에 없었음을 고백하지 않을 수 없습니다. 그 38년의 세월은 평교사, 부장교사, 교감, 교장, 장학사, 장학관 등으로 채워져 있지만 언제 어느 곳에 있든지 선생이라는 소명에 부족하지만 충실히 잘하고자 노력했던 삶이었던 것 같습니다.

저는 우리 사회가 가진 가장 보배로운 기관인 학교란, 시대가 요구하는 학교의 모습이란 정말 하나도 같은 것이 없는 다양한 모습을 지닌 아이들을 어떻게 하면 우리 사회의 책임 있는 구성원으로 잘 가르쳐 성장시킬 수 있느냐 하는가에 있었습니다. 그 답은 教育課程에 있다고 생각해 왔으며, 결코 구호와 이념에 따라 아이들이 실험 대상이 되어서는 안 된다고 생각해 왔습니다.

선생의 직무를 내려놓는 오늘, 저는 다시 한번 이러한 다짐을 되새기면서, 자랑스러운 내 조국 대한민국 교육의 역사와 전통에 여전히 작은 몸 하나 불사르고 계시는 선생님들에게 큰 응원과 격려를 보내며, 저의 사명을 마무리하고자 합니다.

그동안 드렸던 글 중 60여 편을 모아 책으로 엮어 보았습니다. 개인적으로 퇴임 기념이기도 하지만 무엇보다 선생으로서의 삶을 마무리하기 위한 의미 있는 일이라 생각하였기에 부족함을 무릅쓰고 부끄러운 마음으로 정리해 보았습니다. 여기에 저의 열정과 많은 분들의 가르침을 더하여 새롭게 교육의 본질을 찾아가는 즐겁고 희망찬 항해를 시작하고 싶습니다. 더욱 어려워져만 가는 교육 현실에도 불구하고 오늘도 단 한 명의 아이도 포기하지 않겠다는 다짐을 되새기는 이 땅의 모든 선생님에게 이 책을 드립니다.

선생님 힘내세요! 항상 건강하시고 선생님 가정의 평안을 기원합니다. 감사합니다.

2023. 2. 28. 駱山 이종윤 올림

축하의 글

(現)인천광역시교육청교육연수원 교원연수부장
(前)인천광역시서부교육지원청 교육장
임단철

이종윤 교장선생님을 만났습니다. 1986년 저의 첫 부임지였던 동암중학교에서였습니다. 인연은 타이밍이라고 했던가요? 모든 것에는 알맞은 때가 있는가 봅니다. 풋풋했던 시절, 저는 그를 만났습니다. 처음 만나 서로에 대해 알게 되고 그렇게 시간이 흐르고 세월은 서로를 스치고 지나갔습니다. 그렇게 서로를 바라보고 지켜본 세월이 어느덧 38년, 많이도 흘렀습니다.

이종윤 교장선생님을 처음 만났던 시절, 그 시절로 돌아가 생각해 보면 그때만 해도 이사를 한다 치면 서로 모여 이삿짐을 날라주고 집안 대소사(大小事)에 너 나 없이 나서 서로서로 도움을 주며 두터운 마음의 정을 쌓던 그런 시절이었습니다. 그때 이종윤 교장선생님은 신규 교사인 저의 멘토의 역할을 해 주셨던 분이었습니다. 눈길이 마주치거나 스칠 때마다 그분은 저에게 따뜻한 관심의 눈길을 아낌없이 보내 주시던 분이셨습니다. 군 복무로 그분을 만날 수 없었던 그 시간에도 항상 마음 한구석에는 그분과 저는 서로에 대한 마음의 정을 가지고 있다고 느꼈습니다. 그 마음의 정이 통했을까요? 군 복무를 마치고 북인천여중에서 다시 만났습니다.

강직할 수밖에 없던 이종윤 교장선생님의 성장 배경을 누구보다 잘 알고 있기에 교장선생님을 떠올리면 항상 옆에서 고생이 많으셨던 이형숙 선생님의 생각이 먼저 납니다. 이종윤 교장선생님은 이형숙 선생님을 동암중에서 만나 결혼을 하셨습니다. 누군가의 말처럼 안정된 부부 교사의 삶을 살아도 될 법도 했지만, 교장선생님은 항상 '대한민국 교사의 길'에 대해 고민하고 가정보다 교육을 우선적으로 생각하며 실천해 오셨습니다. 아버님의 엄격한 가정 교육을 받으며 아버님께서 몸소 보여 주신 강직하신 생활 속에 '대한민국 교사의 길'을 다짐하셨던 것 같습니다. 늘 효자였던 선생님, 늘 존경했던 아버님이 돌아가실 때 느꼈을 절망감을 감히 헤아릴 수는 없지만, 교장선생님께서는 아버님이 그동안 짊어지고 계시던 한 가정의 무게를 버겁지만 잘 견디고 이끌어 가셨습니다. 이때도 옆에는 늘 한결같이 묵묵히 힘이 되어 주시던 이형숙 선생님이 계셨습니다.

'우리는 대한민국 교사'라는 자부심으로 늘 강직했던 교장선생님!

늘 후배에게 교사는 이러해야 한다는 것을 몸소 보여 주셨던 교장선생님, '교사로 산다는 것은 영광과 명예와 부를 구하는 삶이 아닌 아이들을 위한 봉사와 헌신과 희생이 전제되는 인내의 시간'이어야 한다는 교장선생님의 철학에 공감하며 이종윤 교장선생님께서 몸소 보여 주신 실천들은 제가 가장 존경하는 부분이라 할 수 있습니다.

이종윤 교장선생님께서는 이제 38년 동안 걸어오신 교직의 길을 마무리하시는 영광스러운 자리에 계십니다. 교장선생님께서 퇴임 후 정직한 노동을 하면서 노동의 가치에 대한 보람을 찾겠다고 하신 말씀이 귓가에 맴돕니다. 이런 교장선생님을 보면서 저는 어부의 삶을 떠올립니다. 만선(滿船)의 꿈을 위해 해가 뜨지도 않은 칠흑 같은 바다를 향해 힘차게 노를 저어 나아가 거친 파도 속에서도 힘차게 일을 하면서 노동의 가치를 찾고, 비록 만선기를 올리지도 못한 배를 이끌고 돌아올지라도 넉넉한 바다에 감사하며 내일의 만선의 꿈을 위해 어부가를 힘차게 부르는 어부와도 같은 삶, 코끝을 스치는 찬바람에도 내일의 만선의 꿈을 꾸는 어부와 같은 삶이 떠오릅니다. 38년의 세월을 지켜본 저는 누구보다 더 교육자의 길이었음에도 불구하고 여전히 부족하다고 이야기하는 교장선생님의 모습을 보면서 우리 후배들이 꼭 기억해야 할 모습이라 생각합니다.

38년의 교직 생활을 마무리하며 후배 교사들에게 남겨 주신 이 책에는 이종윤 교장선생님의 교직관과 삶의 철학이 고스란히 담겨 있어 더욱 소중하게 느껴집니다. 제1장을 읽으면서 저는 가난한 삶에서 교육이 가야 할 길을 고민하시는 교장선생님의 고뇌에 깊이 공감할 수 있었습니다. 특히 '미움받을 용기'를 감내하면서도 교육의 올바른 길에 대해 고민하시는 교장선생님의 교육 철학을 느낄 수 있었습니다. 또한 제2장과 제3장을 보며 그려 볼 수 있었던 이종윤 교장선생님의 모습은 마치 신규 교사 시절 저에게 하나하나 가르쳐 주며 멘토가 되어 주시던 선생님의 따뜻한 목소리를 듣는 것 같아 책장을 한 장 한 장 천천히 넘길 수밖에 없었습니다.

이종윤 교장선생님 퇴임 기념 글을 보며 이 책이 교사로서의 삶을 천직이라 여기고 오늘도 학교에서 학생들의 행복을 위해 애쓰시는 선생님들에게 귀감이 될 글이라 확신합니다. 떠나는 순간까지도 후배에 대한 애정과 교육에 대한 열정을 보여 주신 이종윤 교장선생님의 건강과 행복을 기원하며 비록 교사의 직함은 내려놓으시지만 앞으로 어디에 계시든 우리 교육에 대해 관심을 가지고 경종(警鐘)을 울려 주실 것이라 믿습니다. 항상 건강하시길 진심으로 기원합니다.

사랑스런 후배 임단철 올림

照顧脚下를 되새기며…

인천광역시교육청
중등교육과 장학관 김정수

2018년 3월 2일(금)의 아침은 조금은 긴장감으로 시작한 날이었다. 인천광역시교육청 창의인재교육과 장학사로 6개월을 보내고 본청 장학사로서 신학년도를 시작하는 첫날이기도 했고, 새로운 과장님을 맞이하는 날이기도 했기 때문이다. 이전에 함께 근무해 본 적이 없는 새로운 과장님을 맞이하는 마음은 새로운 만남에 대한 기대감보다는 어떤 분일까 하는 긴장감이 더 크게 느껴졌던 것으로 기억한다.

출근하면서 업무용 컴퓨터를 켜고 하루의 시작을 준비하려고 하는데, 업무망 메신저에 부임하시는 과장님이 직원들에게 주는 첫 번째 글이 가장 먼저 올라와 있었다. '과장이 드리는 글 18-01(2018. 3. 1.) - 제4차 산업혁명과 창의융합인재 육성'. 이종윤 교장선생님과의 만남은 손 악수보다 이 글에서부터 시작되었다.

미래 사회에 대한 혜안을 바탕으로 창의인재교육과장으로 부임하시는 마음과 각오를 담아 직원들이 우리 교육의 변화를 위해 어떠한 노력을 해야 하는지에 대한 방향을 A4 5쪽 분량으로 정리하신 글이었다. 아마도 새로 부임하는 과장님의 첫 글이어서 더 관심을 가지고 읽었을지도 모르겠다. 그런데 이 글을 읽는 초입에 낯선 사자성어가 있었다. '照顧脚下'. 처음에는 의미를 모르는 사자성어라 무심히 넘기고 글의 대강을 이해하기 바빴는데, 글을 다 읽고 난 후에는 이해하지 못하고 넘겨 버린 낯선 한자가 숙제처럼 머리에 남아 한자의 의미를 찾아가는 시간을 갖게 되었다.

照顧脚下(조고각하). 절의 법당이나 선방의 신발을 벗어 놓는 댓돌 위에 많이 쓰여 있는 글귀라는데, 직역하면 '다리(脚) 아래(下)를 비춰 보고(照) 돌이켜 본다(顧)'라는 뜻이다. 그 의미는 매사에 주변을 살피고 다시 한번 뒤돌아 생각해 보라는 의미이며, 누군가를 비판하거나 평가하기보다는 자신을 먼저 돌아보라는 의미를 담고 있는 사자성어이다. 과장님이 처음 주신 글에 담겨 있던 이 글귀는 그 후 업무를 할 때나 평소 생활에서도 나에게 나침반과 같은 역할을 해 주었다.

과장이 드리는 첫 번째 글 이후로 매달 새로운 글을 써서 직원들에게 보내 주셨다. 대부분의 글들은 새로운 달의 첫날에 만날 수 있었다. 『21세기 자본』과 부의 양극화', '다중지능이론에 대한 소고(小考)', '소유형 인간과 존재형 인간'과 같은 지적 고민이 담긴 글도 있었고, '시인의 사랑', '어머니이이-!'와 같은 감성이 묻어나는 글도 있었다. '도덕공동체로서의 우리 인천 교육', '미래를 기대하며'와 같은 교육 철학이 담겨 있는 글도 있었고, '비바 콜롬비아! 그 7박 9일의 여정', '새해에는 이랬으면 좋겠습니다!'와 같이 인간적인 삶이 베여 있는 글도 있었다.

출장 등으로 첫날을 놓치는 경우도 있었지만, 새로운 달이 시작되면 과장님의 새 글을 기다리는 마음은 2018학년도에 장학사로 근무할 때의 즐거운 기억 중의 하나이다. 과장님이 주신 글들을 여러 번 읽고 새기고 하면서 과장님의 인문학적인 통찰에 대한 경외감과 함께 교육전문직으로서의 자세와 역할에 대해 스스로 성찰하는 기회가 되기도 하였다.

이종윤 교장선생님은 교육전문직으로서 모범이 되어 주기도 하셨고, 교육 선배로서 길잡이가 되어 주기도 하셨다. 선생님으로 불려지는 것을 항상 자랑스러워하셨고 기쁨으로 생각하셨다. 함께 근무했던 기간이 1년으로 짧은 시간이어서 이종윤 교장선생님의 글들을 몇 개 읽지 못한 아쉬움이 있었는데, 퇴임을 준비하시면서 그간 쓰셨던 글들을 모으고 다듬어서 책으로 발간하신다고 하니, 과장님의 글을 좋아하고 그 글에서 많은 가르침을 받았던 나로서는 반갑고 기대되는 일이다.

이종윤 교장선생님이 38년의 교직을 마무리하면서 정리한 『선생님 힘내세요!』는 이종윤 교장선생님의 회고의 글이기보다는, 어떤 역할이 주어지 든 선생님이고자 하셨던 이종윤 교장선생님이 모든 선생님들에게 주는 응원의 이야기라고 생각된다. 照顧脚下의 마음으로 주신 글들을 찬찬히 되새기고 싶다.

감사합니다, 고맙습니다!

인천광역시교육청
창의인재교육과 장학사 박진호

존경하는 이종윤 교장선생님의 퇴임을 진심으로 축하드립니다.

누구보다도 先生으로서의 삶에 충실하셨던 교장선생님은 우리 인천 교육의 든든한 버팀목이셨으며 자존심이셨습니다. 때로는 차갑게 느껴지기도 했으나, 그 차가움은 교육을 위한 냉철함이었으며, 교육자로서의 정체성을 잃지 않으려는 모습으로 기억됩니다.

저에게는 든든한 버팀목이셨던 교장선생님께서 젊은 날을 바치셨던 교육 현장을 떠나신다고 하니 그저 허전한 마음뿐입니다. 교감으로 처음 부임하시어 뜨거운 열정으로 아이들을 교육하셨던 모습이 너무도 생생합니다. 아이들 한 명 한 명의 이름을 기억하시고 점심시간 식당에서 아이들의 식판에 김치를 일일이 담아 주시며, 따뜻한 격려를 해 주시던 모습 속에서 아이들에 대한 사랑을 느낄 수 있었습니다.

그 모습 끝까지 지켜 주셔서 감사합니다.

선생으로서의 책무성과 전문직으로서의 사명감 앞에서는 그 무엇과도 타협하지 않으셨던 교장선생님의 모습에는 교육과 아이들을 우선하는 교육자로서의 순수한 모습이 어려 있었습니다. 교육 현장을 떠나시는 순간까지도 그 모습을 지켜 주셔서 감사합니다.

그리고, 떠나시는 뒷모습을 아름답게 기억할 수 있게 해 주셔서 고맙습니다!

늘 열심히 하기보다는 잘하라고 격려해 주셨던 말씀은, 교육자의 사명감이 얼마나 치열하고 숭고해야 하는지를 깨우치게 하는 가르침이었습니다.

교사의 본분을 다시금 깨우치고 알도록 해 주셔서 감사합니다!

교육 현장을 떠나시지만 남아 있는 후배들이 힘들고 지칠 때, 언제든지 달려가서 위로받고 함께 소주잔을 기울이며 힘을 충전받을 수 있을 만큼의 거리에 늘 계셔 주셨으면 좋겠습니다.

교육을 위해 勞心焦思하셨던 짐을 내려놓으시고 풍요롭고 화려한 교장선생님의 새로운 인생 항로가 펼쳐지시기를 기원합니다.

고생 많으셨습니다, 고맙습니다. 감사합니다!

2022년 저물어 가는 가을날, 감사한 그분을 생각하며…

명예로운 퇴임을 축하드리며

부평공업고등학교
도제교육부장 김경수

존경하는 이종윤 교장선생님!

누구보다도 학생들에 대한 사랑과 자라나는 세대를 위한 교육에 열정을 가지시고, 자랑스러운 내 조국 대한민국의 선생님으로 살아온 날들을 숭고하고 가슴 벅차게 여기시며, "우리는 겨레의 스승으로 자긍심을 갖고 살아가자."고 말씀하시던 교장선생님께서 퇴임을 하신다니 한편으로는 아쉽고 한편으로는 축하를 드립니다.

부평디자인과학고등학교에서 처음 만나 꽃을 피우다.

저의 인생에 큰 전환점이 되었던 부평디자인과학고에서 제가 학생교육부장으로 재직하는 4년 동안 교감선생님의 첫인상은 원칙적이고 사무적이었으나, 그럼에도 불구하고 업무 처리는 철저하지만 인간적인 정이 많음을 알게 되었고, 부평디자인과학고가 크게 발전하고 성장하는 기틀을 함께 만들어 주심에 감사드립니다.

부평공업고등학교에서 다시 만나 결실을 맺다.

2019년 봄 이종윤 교장선생님은 부평공고 부임 후 도제 업무를 일일이 파악하시고 처리함으로써 경인 지역 도제학교 회장님이 되셨고, 이어서 전국 도제학교 총회장님이 되셨습니다. 교육부와 고용노동부 주관의 정책 토론회 등에 참석하실 때 자료도 손수 준비하시고 정리하셔서 토론에 임하시는 모습을 볼 때면 정말 업무를 꿰뚫고 계시는 것에 놀라고 자랑스럽기도 했답니다. 또한, 고용노동부 성과 평가에서 부평공고가 2년 연속 전국 최우수(S) 등급을 받는 최고의 성과도 기록하는 등, 우리 부평공고가 대한민국 도제교육의 선봉에 선 것은 교장선생님의 뜨거운 관심과 격려 덕분이었음에 감사드립니다.

사람이 사람을 잘 만나면 역사가 되고, 하나님을 잘 만나면 기적이 됩니다.

길고 긴 시간 속에서, 어쩌면 한 공간 속에서, 많고 많은 사람 중에서, 이종윤 교장선생님을 만나서 제가 하는 업무에 최선을 다하고 후회 없이 마칠 수 있게 도와주시고 믿어 주시고 격려해 주신 교장선생님 정말 감사드립니다. 저의 교직 생활 33년 중에서 도제교육부장을 했던 때가 가장 보람차고 행복하고 즐거운 교직 생활이었고, 교장선생님과 함께했던 8년 동안이 제 인생의 황금기였음도 의심할 여지가 없습니다.

힘찬 새 출발을 응원합니다.

퇴직하면 정직한 노동을 통하여 땀 흘리는 보람을 찾겠다고 말씀하셨던 교장선생님! 더욱 건강하시고 활기차시고 당신이 꿈꾸고 바라는 것들이 하나님이 주시는 크신 사랑과 은혜와 축복으로 열매 맺으며 많은 사람들의 기쁨이 되는 복된 삶이 되시길 간절히 기원합니다.

퇴임을 축하드립니다

부평공업고등학교
군특성화교사 (예)해병 중령 배지환

존경하는 이종윤 교장선생님께.

38년의 교직 생활을 마감하시고 명예로운 퇴임을 하시는 이종윤 교장선생님 진심으로 축하드립니다. 저는 2020년 1월 31일부로 24년간의 군생활을 마감하고 군무(軍務)를 떠나서 부평공업고등학교 군특성화 교사로 제2 인생을 시작하게 되었습니다. 사회생활에 적응이 필요한 저에게 고등학교 졸업 이후 접하게 된 학교생활은 모든 것이 낯설기만 하였습니다. 학교생활에 잘 적응할 수 있도록 많은 지도 편달을 해 주신 교장선생님은 제 인생 최고의 스승이시자 은인이십니다.

교장선생님과 첫 대면에 제게 당부하신 말씀은 학생들을 가르침에 있어 병사들 대하듯이 하면 안 된다는 것이었습니다. 교사라는 직함보다 중령이라는 직함이 어색하지 않았던 제게 학생들을 이끌어 가기란 매번 극복해야 할 숙제로 다가왔습니다. 그때마다 제게 위안과 해결할 수 있는 실마리가 되었던 것은 교장선생님께서 매월 첫날에 보내 주신 글들과 귀감이 되는 말씀들 그리고 여러 격려의 메시지들이 큰 힘이 되었습니다. 또한 땀방울이 맺힐 만한 더운 날씨와 매서운 추위 속에서도 늘 변함없는 손짓으로 학생들을 맞이하시는 교장선생님의 뒷모습이 나태해질 법한 학교생활에서 제 자신을 돌아볼 수 있는 채찍이 되기도 하였습니다.

교장선생님께서 해병대 군특성화 교육 사업을 처음으로 추진하시면서 군특 학생들의 교육 여건과 환경 조성을 위해 늘 힘써 주시고 관심을 쏟아 주신 덕분에 군특성화고 최초로 K9자주포 시뮬레이터와 실내 스크린 사격장 등을 도입하게 되었습니다. 대한민국의 안보와 국가 안위를 이끌어 나갈 우리 군특 학생들에게 너무나도 큰 선물을 안겨다 주신 점에 깊이 감사드립니다. 그간 교장선생님이 저희들에게 쏟아 주신 열정과 기대를 저버리지 않도록 해병대 군특성화 교육 사업이 잘 추진될 수 있게 변함없이 노력하고 정진하겠습니다.

어느 작가의 '사람이 온다는 건 실로 어마어마한 일이다. 한 사람의 일생이 오기 때문이다.'[1]라는 시구가 학교생활을 하면서 가슴속에 새겨지게 됩니다. 때로는 답답하기도 하지만 인생의 중요한 기로에서 방황하는 학생들에게 이러한 마음가짐을 가지고 정성을 다해서 가르치겠습니다. 이제는 교문을 떠나시고 아름다운 향기만 남기시는 교장선생님의 뒷모습이 늘 그리워질 것 같습니다. 학생들을 향한 교장선생님의 따뜻한 손짓과 반갑게 맞이해 주시는 목소리도 많이 그리워질 것 같습니다. 이제는 많은 짐과 책임을 내려놓으시고 교장선생님의 앞날에 늘 꽃길만 가득하시길 기원드립니다. 다시 한번 퇴임을 진심으로 축하드리고 감사합니다. 그리고 사랑합니다.

예비역 해병 중령 배지환 올림 필승!

---

1 정현종 시인의 「방문객」 中.

목차

퇴임에 부쳐 4

축하의 글- 인천광역시교육청교육연수원 교원연수부장 임단철

照顧脚下를 되새기며…- 인천광역시교육청 장학관 김정수

감사합니다, 고맙습니다!- 인천광역시교육청 장학사 박진호

명예로운 퇴임을 축하드리며- 부평공고 도제교육부장 김경수

퇴임을 축하드립니다- 부평공고 군특성화교사 배지환

Ⅰ. 가난한 내가 19

Ⅱ. 눈길을 서로에게 보내면서 149

Ⅲ. 목소리 없는 것이 말하는 소리 285

Ⅳ. 지금은 가야 할 때 433

Ⅴ. 지나간 모든 것은 아름다우리 533

Ⅰ.

가난한 내가

1. 최종적으로 교육은 선생님에 의해 완성된다!
2. 교육이 가야 할 길은 무엇인가?
3. 미움받을 용기
4. 수업 장학은 왜 필요한가?
5. 담임교사의 역할과 책무
6. 학생 지도를 위한 강화 이론의 이해
7. 한국인은 누구인가?
8. 기술이란 무엇인가?
9. 명량대첩(鳴梁大捷)! 이순신은 어떻게 쓰고 있나?
10. 『징비록(懲毖錄)』과 삼배구고두례(三拜九叩頭禮)
11. 서애 유성룡과 통제사 이순신
12. 忠의 길! 孝의 길! 淸廉의 길!

1. 최종적으로 교육은 선생님에 의해 완성된다!

주제가 있는 수련 활동으로 '통일 안보 수련 활동'에 다녀오신 교감선생님을 비롯한 1학년 부장선생님, 담임선생님들 참 수고 많으셨습니다. 분단 상황 속에서 현실의 적(敵)을 마주하고 있는 우리에겐 '통일 안보 교육'이 정말 중요하다고 생각합니다. 평가회를 통해 향후 더 좋은 수련 활동이 되어지길 기대해 봅니다.

이번 달에는 우리 학교에 적을 두고 다니고 있는 학생들을 생각해 보고, 또한 학교가 나아가야 할 방향에 대해 고민하여 보았습니다.

결국 모든 문제는 교육의 내용과 방법에 대한 것으로 귀결될 수 있을 것인데, 어떻게 하면 좋은 교육을 학생들에게 제공할 수 있을까? 우리 함께 생각해 보았으면 합니다.

첫 번째 주제는 '최종적으로 교육은 선생님에 의해 이루어지고 완성된다.' 입니다.

참으로 당연한 말인 것 같으면서도 학교 현장에서 잊고 생활할 때가 많은 것 같습니다. 아무리 좋은 교육 정책과 교육 이론과 교육 방법 등이 제시되어도 그것을 실제 적용하고 평가하는 것은 선생님인데 말입니다. 이와 관련하여 학교 안에서 벌어지고 있는 현상들을 학교 관리자와 선생님들의 두 가지 측면에서 살펴보고자 합니다.

첫째, 학교 관리자들의 생각과 자세입니다. 제가 보아 온 많은 학교 관리자 중에서 어떤 관리자들은 선생님들이 자신의 생각과 경영 방침에 열정적으로 참여하지 않고 타성에 젖어 생활하고 있다고 생각하며 학교 운영의 어려움을 토로하고 있습니다. 이와 같은 생각은 교장, 교감선생님들 또한 교원이므로 평교사 때 자신의 경험에 비추어 선생님들을 바라보며 평가하기 때문에 일부분 공감이 가기도 합니다. 그러나 학교 경영의 리더십을 어떤 것으로 선택할지는 관리자의 몫이지 선생님들의 몫은 아닙니다. '나'를 따르라(follow me)라는 리더십을 선택할지, '서번트(servant)' 리더십을 선택할지는 오로지 관리자의 의지에 따라 결정되기 때문입니다.

지식기반의 급변하는 사회는 교육에도 큰 변화를 야기하고 있으며, 학생, 교사, 학부모 등 모든 교육 주체가 그 변화의 흐름에서 벗어날 수는 없다고 생각합니다. 현대 사회는 '속도의 충돌'이 일어나고 있으며, 동시화된 기계적인 사회를 건설하는 산업사회에서 비동시화가 진행되는 불안정성의 지식정보사회로 급변하며 이 둘은 격렬하게 충돌하고 있습니다. 앨빈 토플러는 속도측정기를 준비하라 하면서 "10마일로 기어가는 학교가 100마일로 달리는 기업에 취업하려는 학생들을 준비시킬 수 있겠는가?"(『부의 미래』)라고 학교 교육을 조롱하기도 하였습니다. 실용주의에 입각한 미래학자의 교육에 대한 의견에 전적으로 동의하지는 않지만 변화하는 사회에 부응하기 위해 우리가 어떻게 하여야 하는가에 대한 담론에 참고는 하여야 하지 않겠는가 하는 생각을 해 봅니다.

그렇다면 정답은 나온 것이 아닌가요? 비동시성, 다양성, 불안정성 등의 특성을 갖고 있는 학생들과 선생님! 이들에게 과거 테일러 주의에 근거하여 과학적 경영관리법에 의한 통제적이고, '나를 따르라!'라고 하는 리더십이 통할 것인가? 아마 그렇지 못할 것입니다. 그렇다면 다른 나머지 하나의 리더십은? 바로 '서번트(servant)' 리더십! 이 시대에 진정 필요한 리더십이라고 생각합니다.

가장 먼저 변화하여야 할 것은 선생님들의 의식과 자세가 아니라 학교 관리자들의 의식과 관행이 먼저 바뀌어야 합니다. 이것이 관리자들이 제일 먼저 가져야 할 생각이 아닌지 나 자신에게 스스로 되묻곤 합니다. 선생님들 때문에 학교 운영에 어려움이 있는 것이 아니라 관리자 스스로의 의식과 자세 때문에 어려움이 있다고 생각하는 것이 문제 해결의 시작점이 되리라 생각하기 때문입니다.

'최종적으로 교육은 선생님에 의해 이루어지고 완성된다.'는 확고한 신념이 학교장인 저에게 요구되며, 저는 어떻게 하면 선생님들을 지원하여 최고의 교육을 학생들에게 제공할까에 고민하여야 한다고 생각합니다.

둘째, 선생님들의 의식과 자세입니다. 선생님들과의 대화에서 항상 화두가 되는 것이 '옛날에는 그렇지 않았는데….'라고 하는 말입니다. 옛날 권위주의 시대에 선생님의 말씀이라면 전폭적인 신뢰와 격려를 아끼지 않았던 추억들을 그리워하며 하는 말일 것입니다. 모두 교육을 걱정하며 하는 말임에는 공감하나, 이제는 과거에 좋은 시절을 보낸 사람들이 '노스탤지어 군단(nostalgia brigade)'을 형성해 과거를 찬양하며 낭만적으로 만들 수는 없는 노릇입니다. 또한 이것을 불확실하고 결점이 많은 미래 사회와 대비시켜 합리화시킬 수는 더더욱 없을 것입니다. 왜냐하면 앞으로 다가올 미래에 벌어질 사건들은 결코 이분법적인 흑백논리로는 판단이 불가능할 것이기 때문입니다. 이와 같은 현상은 학교 사회도 예외일 수 없으며 교육에 있어 가장 중요한 역할을 담당하고 있는 선생님들도 결코 예외일 수 없을 것입니다.

지금 우리는 거짓과 진실을 구분하기 위해 인류 역사 이래 오랫동안 사용하여 왔던 기준들마저 비판의 대상이 되는 사회에 살고 있습니다. 하물며 가장 중요한 판단 기준인 지식 요소의 속성을 가진 과학마저도 광범위하게 공격당하고 있습니다. 지난 천안함 사태와 세월호 사고 등과 관련하여 우리 사회에서 벌어지고 있는 진실 공방이 이를 잘 나타내고 있다고 생각합니다. 이런 사회의 변화 속에서 어떻게 우리 선생님들만이 옛날의 '노스탤지어 군단(nostalgia brigade)'으로 남아 있을 수 있겠습니까? 남기를 바란다면 오히려 그와 같은 생각을 가진 사람들이 이상한 사람으로 생각되어질 것입니다.

'최종적으로 교육은 선생님에 의해 이루어지고 완성된다.'는 명제가 참이기 위해선 우리 스스로의 '자존감의 회복'과 '겨레의 스승'이라는 '사명감의 회복'이 절실하다고 생각합니다. 바로 이와 같은 다짐에서부터 교육은 시작된다고 생각하며, 이것은 누가 만들어 주는 것이 결코 아닐 것입니다. 나 자신 스스로 사랑하는 학생들과 함께 만들어 나가야 하지 않겠습니까! 그렇기 때문에 역설적으로 학생들은 이제 내가 가르쳐야 할 대상이 아니라 나의 '자존감과 사명감의 회복'을 도와줄 교육의 길에 동반자는 아닐까요? 오경(五經) 중 하나인 예기(禮記) 학기편(學記篇) 3장에 '교학상장(敎學相長)'이라 하였습니다. '가르치고 배우는 것이 서로 지덕(知德)을 성장하게 하는 것이다.' 오늘 우리 모두가 알고 있는 말이지만 다시 한번 그 의미를 새겨 보아야 할 것입니다.

그러기 위해서는 학생들을 향한 선생님들의 열정과 희생과 봉사가 선행되어야 할 것입니다. 교언영색(巧言令色)하는 말이 아닌 솔선수범의 행동이 앞서야 합니다. 제가 예전 교장 자격 연수 기간 중 방문한 중국 서안의 박적중학교(博迪中學校)에서 만난 영어 선생님이 우리나라 학교 교육에 대해 한 말은 나에게 많은 여운을 남겨 주고 있습니다. 참고로 이 여자 선생님은 강원도 원주에서 중국어 원어민 교사를 1년 동안 하였으며, 고국에서는 영어를 가르치는 소위 global teacher였습니다. "한국 선생님들의 열의와 적극성에 감동하였으며, 훌륭한 학교 교육 시설이 부러웠습니다. 그러나 그런 선생님들은 매우 적었으며, 대부분의 선생님들은 무척 개인주의가 만연해 있는 것 같았습니다." 물론 우리와 체제가 다른 사회주의 국가의 선생님이 짧은 기간 동안 보고 느낀 것을 이야기하였으나, 교육에 있어 선생님의 자세란 어떤 것인가를 제가 다시 한번 생각하게 하는 계기가 된 것은 분명했습니다.

다음으로 생각하여 볼 것이 바로 '공부 못하는 아이들'에 대한 선생님들의 인식의 문제입니다. 20세기 진보주의 교육학자인 존 듀이(John Dewey)는 "미성숙은 성장의 가장 좋은 조건이다."라고 말하였습니다. 이 말은 결핍과 부족을 의미하는 것이 아니라 적극적으로 성장, 발달할 수 있는 힘과 능력이 있음을 의미하는 것이며, 이와 같은 인식은 동양에서도 마찬가지라고 생각합니다. 노자(老子)가 도덕경(道德經) 11장에서 '빔(虛)'의 '쓰임(用)'의 가능성에 대해 말하고 있는 것과 상통하기 때문입니다. 이렇듯 교육은 현재의 발달을 보는 것이 아닌 미래의 성장 가능성을 보고 실천해야 하는 것입니다.

'바른 인성을 갖춘 공부 잘하는 아이'들만 가르치는 것이 아니라 그렇지 못한 아이들이 그렇게 성장할 수 있도록 도와주는 과정이 학교 교육이요, 우리 선생님들의 사명이 아닐까요? 이런 말씀을 드리면 바로 "이놈들은 도대체 하려고 하지 않아요."라는 답변이 돌아옵니다. 그렇습니다! 참 어려운 문제입니다. 도대체 학습에 대해 동기유발이 되지 않는 학생들을 어떻게 하면 공부하게 할 수 있는가? 만약 이 문제에 대한 해답을 알고, 또한 그렇게 할 수 있는 사람이 있다면 우리가 고민하는 모든 교육에 관한 문제는 눈 녹듯 사라질 것입니다. 다만 우리는 외재적 동기보다는 내재적 동기, 통제보다는 보상과 칭찬, 격려, 학습의 실패보다는 성공할 수 있다는 자아효능감 내지는 자기충족적 예언 효과를 학생들에게 심어 주는 것이 훨씬 효과적이라는 것을 알고 있습니다. 그러나 이 또한 모두 우리 선생님에 의해 이루어지는 것입니다. 따라서 선생님이 학생들을 바라보는 시각이 중요한 것이라고 생각합니다. 어떤 방법을 선택할 것인지는 오로지 선생님의 손에 달려 있기 때문입니다. 우리 학교의 선생님은 세계 최고 수준의 선생님입니다. 왜냐하면 제가 만나 본 세계 어느 나라(일본, 중국, 대만, 싱가포르, 호주, 뉴질랜드, 프랑스, 이탈리아, 영국, 독일 등)의 선생님도 우리 학교 선생님만큼 실력이 뛰어나지는 않은 것 같았기 때문입니다.

마이클 샌들은 정의에 대해 언급하면서 '스스로 선택하지 않는 도덕에 구속되지 않는다.'라는 자유주의자들의 '자유로운 영혼'에 대해 신랄하게 비판하고 있습니다. 내가 속한 공동체 속에서 '내가 선택하지 않은 이상' 책임이 없다는 자유는 '도덕적 천박함을 드러내는 것이다.'라고 말입니다. 어떻게 우리가 학교라는 공동체에 소속되어 있으면서도 '자유로운 영혼'이라 말할 수 있겠습니까? 알래스테어 매킨타이어(Alasdair MacIntyre)는『덕의 상실(After Virtue)』에서 이렇게 말하고 있습니다. "내 삶의 이야기는 언제나 내 정체성이 형성된 공동체의 이야기에 속하기 때문이다. 나는 과거를 안고 태어나는데 개인주의자처럼 나를 과거와 분리하려는 시도는 내가 맺은 현재의 관계를 변형하려는 시도이다." 정의로운 사회는 단순히 공리를 극대화하거나, 민주적 절차를 거쳤다거나, 선택의 자유를 확보하는 것만으로는 만들 수 없을 것입니다. 왜냐하면 정의는 이런 것들만의 문제가 아닌 가치판단의 문제이기도 하기 때문입니다. 따라서 도덕적인 판단이 개입될 수밖에는 없습니다. 계산공고라는 공동체에 속해 있는 우리 모두는 그렇기 때문에 도덕적 문제에서 더욱 자유로울 수 없을 것입니다. 학생들에게 어떻게 하면 지금보다는 더 좋고 나은 교육을 제공할 수 있을까? 그것이 저의 고민입니다.

"우리 학교 선생님은 슈퍼맨!"이라고 말하고 싶습니다. 교육에 뜨거운 열정을 지닌…

존경하는 계산공고 선생님 여러분! 오늘도 이 치열한 교육의 전투 현장에서 승리하시기 바랍니다!

계산공고, 2015. 1.

2. 교육이 가야 할 길은 무엇인가?

2016학년도도 새로운 시작과 더불어 어느덧 한 달이 훌쩍 지나가고 있습니다. 우리 선생님들에게는 3월 한 달이 일 년 중에서 가장 힘들고 바쁘게 지나가는 시기이기도 합니다. 바쁜 일과 중에서도 학생 상담에 최선을 다해 주신 선생님들에게 감사드립니다.

선비의 나라 조선에서는 인재 등용의 수단으로 과거라는 제도를 사용했음을 우리 선생님들 모두 잘 알고 계실 것입니다. 임금이 물어보는 문제를 책문(策問)이라고 한다면 응시한 사람이 적어내는 대책도 모두 책문(策文)이라 하지요. 모두 책문이라 합니다.

조선시대에도 교육의 문제는 지금과 마찬가지로 국가시책 중 가장 중요한 문제였습니다. 왜냐하면 교육은 한 나라의 흥망성쇠를 좌우하는 매우 중요한 정책 중의 하나이기 때문입니다. 그중 한 책문을 소개해 드립니다. 정유재란 때 의병을 모아 안의(安義)에서 싸우다 전사한 대소헌(大笑軒) 조종도의 '교육이 가야 할 길'에 대한 대책입니다. 보편적 인륜이 교육의 시작이라는 그의 말에 공감이 갑니다.

'시대는 달랐지만 고유한 본성과 마땅한 직분에 따라 다스리고 가르쳐서 본성을 회복하게 했다는 점에서는 다름이 없습니다. 어버이를 사랑하고 형을 공경하며, 나라에 충성하고 어른을 공경하는 것은, 이른바 보편적인 인륜으로서 모든 사람들이 공통적으로 갖고 있는 것입니다. 처음에는 효도와 공경과 충직과 신뢰를 가르치고, 끝에 가서는 자신을 수양하고 남을 다스리는 것을 가르쳤습니다.'라고 말한 그의 생각은 교육의 본질에 관한 이야기이기도 합니다. 사랑하는 우리 학생들이 지식의 저장소가 되게 하는 교육이 아닌 인간의 본성을 회복하게 하는 교육이 더욱 절실한 요즘입니다.

○ 1558년, 명종 13년 생원회시의 책문(策問)

고대의 교육제도에는 어떤 것들이 있었는가? 그에 대해 자세히 말해 보라. 그리고 지금 우리나라의 교육제도는 어떠하며, 만일 문제가 있다면 어떻게 개선해야 할지 말해 보라. 더불어 교육의 궁극적인 목적과 인재를 올바로 양성하는 방법에 대해 자신의 견해를 밝혀 보라.

○ 조종도(1537~1597, 중종 32~선조 30)의 책문(策文)

집사 선생께서 스승의 책모를 갖추고, 특별히 교육제도에 관해 물어서 세상의 도리를 만회하려고 하시니, 이상적인 정치를 이루고자 하는 뜻이 원대합니다. 저는 교육을 받는 한 사람으로서 제가 가지고 있는 모든 재주를 다해 만 분의 일이나마 물음에 대답하고자 합니다.

국가에서 인재를 양성하는 것은 필요할 때 쓰기 위해서입니다. 인재를 양성하는 방법은 학교에 달려 있고, 학교의 행정은 인륜을 밝히고 풍속을 착하게 하는 것일 뿐입니다. 인간의 본성은 착하지만 늘 기품에 얽매입니다. 그 때문에 본래 뛰어난 지혜를 갖춘 사람이 아니더라도 가르치면 착하게 되고, 가르치지 않으면 악하게 됩니다. 그래서 옛날에 성인과 제왕들은 학교를 설치해 사람들을 가르쳤던 것입니다.

사람을 가르칠 때는 먼저 물을 뿌리고, 청소하며, 대답하고, 대응하는 예절을 가르쳤습니다. 그리고 이어서 뜻을 성실하게 하고, 마음을 바르게 하며, 몸을 닦고, 집안을 다스리는 일을 가르쳤습니다.

이런 교육을 통해 나라를 다스리고 세상을 평화롭게 만들어야 한다는 책임 의식을 갖게 했던 것입니다. 이때 교육한 내용은 일상에서 지켜야 할 생활윤리와 효도하고 공경하며 충직하고 믿음직해야 한다는 도리였습니다. 그래서 정치가 융성하고 풍속이 아름다웠으며, 학교의 행정이 잘 정비되었던 것입니다.

그러나 후세에 이르러서는 교육이 글을 외고 읊으며, 글과 문장을 다듬어, 과거에 응시하고 녹봉을 구하는 방법이 되고 말았습니다. 그에 따라 교화가 점점 사라지고 풍속이 퇴폐해져, 학교의 행정이 크게 훼손되었습니다.

따라서 학교가 흥하고 쇠퇴하는 것은 오로지 임금에게 달려 있습니다. 다시 말해서 임금께서 몸소 실천하고 마음으로 터득한 것으로, 백성을 교화하고 풍속을 이루는 방침에 적용해야 하는 것입니다. 그러므로 올바른 학문을 강론해서 마음을 바로잡는 것 외에는 달리 또 무엇이 있겠습니까?

물음에 따라 진술하겠습니다.

복희·신농 시대 이전의 학교 제도에 관해서 상세하게 알 수는 없습니다. 하늘의 뜻을 이어서 사람의 표준을 세우고 군주와 스승을 내어 정치와 교육을 성취한 것은 멀리 복희·신농에게서 시작했다지만, 너무 아득한 옛날 일이라 비판할 수가 없습니다.

동쪽에는 교(膠), 서쪽에는 상(庠)이라는 교육기관을 두었던 것은 순임금입니다. 요임금 때 학교가 있었다는 말은 없지만 사도(司徒)와 전악(典

樂)이라는 관직이 있었으니, 이런 것들이 바로 요순시대의 교육제도입니다. 순임금이 설치한 교육제도가 요임금의 교육제도와 본질적으로는 다르지 않습니다.

하나라 때는 교(校), 은나라 때는 서(序)라는 교육기관이 시대에 따라 다른 이름으로 설치되었습니다. 교육하고 활쏘기를 익히게 한 교육목적은 서로 달랐지만, 그것을 배움으로 삼았다는 점에서는 같았습니다.

주나라 때는 지방에 상(庠)이라는 교육기관이 있었고, 중앙에 성균(成均)과 벽옹(辟雍)이라는 대학이 있었습니다. 이들 기관의 이름이 지닌 뜻은 예와 음악을 가르친다는 것(禮樂)과 온 세상을 밝게 교화해서 조화를 이룬다는 것(明和)으로 구별되긴 하지만, 가르친다는 점에서는 한결같았습니다.

요순시대와 세 왕조의 학교 제도가 어떤 절차로 교육했고, 어떤 내용과 단계로 가르쳤는지는 상세하게 알 수 없습니다. 그러나 옛날에 철인 황제들이 몸소 실천하면서 가르치고 양성한 방법은 후세 사람들이 쉽게 그 경지에 닿을 수가 없습니다.

전한과 후한과 당 때 학교가 설치되기는 했지만, 성인들의 뜻과 거리가 멀어 성인들의 말씀이 거의 사라졌습니다. 그래서 단지 귀로 듣고 입으로 말하는 것만 익혔기 때문에 학문의 진실을 잃어버렸습니다. 그 때문에 배운 것도 문장이나 글귀만 따져 한결같이 공명을 추구하는 것뿐이었으니, 오늘날 굳이 말할 것도 없습니다.

송의 초기에는 막혔던 운세가 잠깐 회복되긴 했지만, 학교 행정이 붕괴된 정도는 더욱 심각했습니다. 그래서 중국과 같이 큰 나라에서 서원이 겨우 네 군데밖에 없었던 것도 당시의 형세로서는 당연한 일이었습니다.

그 후 주돈이, 정호와 정이 형제, 장재, 주희 같은 진짜 유학자들이 배출되면서 비로소 공자와 맹자가 남긴 실마리를 이을 수 있었습니다. 어찌 인재를 배양하고 길러 낸 결과가 아니겠습니까? 하늘의 운수가 돌고 돌아 검은 구름이 말끔히 걷히듯 사회질서가 바로잡히고 학문의 기풍이 일어나기 시작하면서 국가의 기틀이 처음으로 다져졌습니다.

우리나라는 위대한 조상들이 나라를 계승하면서 학교를 세워 정치를 돕는 근본으로 삼았습니다. 안으로는 서울에 성균관을 설치해 뛰어난 수재들을 길러 냈으니 옛날에 대학을 설치해 교육한 뜻과 같았습니다.

또 네 군데 학교를 세워서 어린 학생들을 길러 냈으니 옛날에 소학을 설치해 교육한 뜻과 같습니다. 밖으로는 지방에 각각 향교를 설치했으니 옛날에 마을과 고을에 서(序)나 상(庠)을 설치한 뜻과 같습니다. 우리나라의 임금님들이 교육제도를 창설한 뜻은 옛날의 세 왕조와 비교해도 손색이 없이 뛰어났습니다.

그런데 어찌 된 일인지 근래에 와서 사람들이 개인적인 이익만 추구하고, 선비들이 학식을 개인적인 목적 달성에만 쓰려고 합니다. 학문에 힘써야 할 젊은이들의 경우 서울에 사는 학생들은 떼를 지어 나아왔다 물러났다 하고, 지방에 있는 학생들은 서로 바라보기만 하다가 나태하게 흩어집니다.

이들이 바라는 것은 과거에 합격해 벼슬과 봉록을 구하는 것뿐입니다. 글을 읽고는 글귀를 멋대로 따와서 묻고 답하는 데만 쓰니 이는 마치 잘 치장한 상자만 사고 정작 사야 할 구슬은 되돌려 주는 격입니다. 글을 지어도 괴상하고 과장된 문장으로만 꾸며 과거에 빨리 합격하기 위한 수단으로 삼으니, 도리에 위배되고 진리에 어긋날 뿐입니다. 그러니 배우고 묻고 생각하고 따지는 것은 일삼지 않고, 예의와 염치도 전혀 아랑곳하지 않습니다.

선비들의 기풍이 이 지경이 되었으니 나라가 무엇을 믿겠습니까? 교육이 제대로 시행되지 못하는 것을 세상 탓으로만 돌려야 하겠습니까? 아니면 자리에 기대어 앉아만 있고 공부하지 않는 것을 박사들의 책임으로 돌려야 하겠습니까? 집사 선생께서 근심하는 것도 당연합니다.

저는 이런 말을 들었습니다. "학교 행정은 교육법과 교육제도가 확립되지 못한 게 문제가 아니라 학문의 진리가 마음을 즐겁게 하지 못하는 것이 문제이다." 세 왕조의 학교 교육은 시대의 상황에 가장 적절하게 이루어졌습니다. 그래서 같은 점과 다른 점을 보완해 뜯어고친 것이 비록 한결같지는 않았지만, 쇠고기나 돼지고기가 입을 즐겁게 하듯이 언제나 학문의 진리가 마음을 즐겁게 했습니다.

시대는 달랐지만 고유한 본성과 마땅한 직분에 따라 다스리고 가르쳐서 본성을 회복하게 했다는 점에서는 다름이 없습니다. 어버이를 사랑하고 형을 공경하며, 나라에 충성하고 어른을 공경하는 것은, 이른바 보편적인 인륜으로서 모든 사람들이 공통적으로 갖고 있는 것입니다. 처음에는 효도와 공경과 충직과 신뢰를 가르치고, 끝에 가서는 자신을 수양하고 남을 다스리는 것을 가르쳤습니다.

그 과정에 각각 조리가 있어 순서에 따라 점진적으로 나아가게 했습니다. 그리고 행실을 바로잡고 지적인 성숙을 도와주어 학문의 진리를 스스로 터득하고 깊이 젖어 들게 했습니다. 이렇게 길러 낸 인재를 조정에 등용하고 정치를 맡겼기 때문에 사람들이 행복하게 살 수 있었던 것입니다.

그러나 한 나라의 근본은 한 사람에게 있고, 그의 주인은 그 사람의 마음입니다. 그 한 사람인 임금의 마음이 바르면 나라 사람들의 마음이 모두 바르게 됩니다. 구중궁궐에서 몸소 실천하고 마음으로 터득하면, 마치 바람이 불면 풀이 눕듯이 모든 사람과 만물에 교화가 드러나게 됩니다.

먼저 몸과 마음을 바르게 하지 않고 단지 과거만으로 선비를 뽑고 벼슬과 녹봉으로만 사람을 부린다면 어떻게 학교가 정비되고 선비들의 기풍이 바르게 되겠습니까? 참으로 몸과 마음을 바르게 하고 교화에 적용해야만, 위에서 정치가 융성하게 이루어지고, 아래에서 풍속이 아름답게 될 것입니다. 그런 다음에 또 정이(程頤)나 호원(胡瑗) 같은 사람을 얻어서 학교의 책임을 맡겨야 합니다.

정이가 나라의 젊은이들을 상세하게 심사하면서 관리 선발의 방법을 바꾼 것과, 호원이 호주(湖州)와 소주(蘇州)에서 경의재(經義齋)와 치사재(治事齋)를 두고 재능에 따라 교육했던 것은 여러 가지 구체적인 조치 가운데 특별한 한 가지 사례일 뿐입니다. 옛날에 요·순·우·탕·문왕이 했던 것처럼 마음 밝히는 학문을 한다면, 훗날에도 반드시 요순시대와 세 왕조 때와 같이 학교 제도가 정비될 것입니다.

집사 선생의 물음에 저는 대략 이상과 같이 진술했습니다. 그런데 이 글을 마치기 전에 따로 한 말씀을 드리고자 합니다.

세 왕조 이전에 선비를 뽑는 방식은 과거가 아니었습니다. 그렇기 때문에 악정(樂正)이라는 관리가 옛날 제왕들이 지켜 왔던 시·서·예·악의 가르침에 따라 선비를 양성했습니다. 대사도(大司徒)는 고을에서 세 가지 일을 가지고 백성을 가르치고, 그 가운데 뛰어난 인재를 뽑아서 빈객으로 추천했습니다. 이처럼 인재를 교육하고 양성하는 데 미리 대비가 되어 있었고, 사람을 뽑는 데도 법도가 있었습니다.

한·당 이후에는 또 현량(賢良)과 방정(方正) 같은 선발 방법과 효렴(孝廉)으로 천거하는 방법이 있었습니다. 또한 송대에는 열 가지 항목으로 관리를 선발하는 과거제도가 있었는데, 명칭과 실상이 서로 부합했습니다. 비록 자세히 알 수는 없지만, 사람을 등용하는 데 한 가지 방법에만 얽매이지 않았다는 것을 알 수 있습니다.

그러나 지금은 그렇지 않습니다. 재주와 기량이 적당한지 그렇지 않은지, 인물이 현명한지 그렇지 않은지는 묻지 않습니다. 오히려 수많은 사람을 한꺼번에 경쟁시켜서, 문맥이 대충 정해진 법식에 맞으면 등용하고는 의심하지 않으니, 이것이 과연 예의를 갖추고 서로 겸손하고 양보하는 도리를 가르친 것이란 말입니까? 학교가 쇠퇴해 진작되지 못하는 주된 원인은 바로 이것 때문입니다.

물론 여러 세대 동안 쌓여 온 폐단을 한꺼번에 혁신할 수는 없습니다. 그러나 근래에 아주 뛰어난 선비가 중종을 보좌해 선비 뽑는 방법을 새롭게 건의(允註: 조광조의 현량과)한 적이 있었다고 들었습니다. 덕행과 업무능력을 잘 닦아서 몸가짐이 평소에 사림으로부터 추앙받는 사람을 뽑아 과거에 추천하는 것은 바로 옛날에 세 왕족에서 악정과 사도를 두었던 제도를 물려받은 것입니다.

그러나 불행하게도 시기와 질투하는 사람들이 기회를 틈타고 일을 저질러 철인이 죽고 말았습니다.(允註: 기묘사화[2]) 이 말을 하려니 흐느끼게 되고, 주먹을 불끈 쥐고 길게 탄식하게 됩니다. 삼가 대답합니다.

---

2 己卯士禍(1519년 중종 14년). 남곤, 홍경주 등의 훈구파에 의해 조광조 등의 신진사대부들이 숙청된 사건.

어떻습니까? 선생님들!

흐느끼며 주먹을 불끈 쥐고 길게 탄식하며, 인간 본성의 회복에 교육의 목적이 있다고 말하는 조선 선비의 결기가 느껴지십니까?

우리나라 교육기본법 제2조 교육이념은 이렇게 되어 있습니다.

'교육은 홍익인간의 이념 아래 모든 국민으로 하여금 인격을 도야하고 자주적 생활 능력과 민주시민으로서 필요한 자질을 갖추게 함으로써 인간다운 삶을 영위하게 하고, 민주국가의 발전과 인류공영의 이상을 실현하는 데에 이바지함을 목적으로 한다.'

계산공고, 2016. 4.

3. 미움받을 용기

지난주 종합감사를 수감하신 모든 교직원의 노고에 감사의 말씀을 드립니다. 지적받은 사안들은 앞으로 재발 방지와 학교 교육의 발전을 위해 관계 부서에서 면밀히 검토하여 주시길 부탁드립니다.

어느덧 가을의 문턱에 다다른 것 같습니다. 가을은 풍요의 계절이요, 결실과 수확의 계절이라고들 합니다. 이제 선생님들도 서서히 한 해 동안 가꾸어 오신 열매들을 수확하실 준비를 해야 될 것 같습니다. 이번 해에는 어떤 열매들을 수확하게 될지 교육의 보람과 감동을 느끼셨으면 합니다.

이번 달에는 '대인관계에서 미움받는 것을 당연하게 받아들여라', '완벽주의적 태도를 버려라', '프로이트의 원인론에서 벗어나 미래지향적 목적론에 중점을 두어라', '과거에 집착하기보다 미래를 중요하게 여겨라' 등의 주장으로 최근 우리나라에서 주목받고 있는 알프레드 아들러(Alfred Adler, 1870~1937, 오스트리아)에 대해 살펴보고자 합니다.

개인심리학, 용기의 심리학이라 불리기도 하는 아들러의 심리학이 왜 오늘 우리 교육에서 주목받고 있는지, 아니 넓게 생각할 것이 아니라 지금 우리 계산공고의 교실에서 어떻게 받아들여야 하는지에 대해 고민해 보았습니다.

수업 시간에 자는 학생들이 많고, 또 이런 학생들을 지도하는 데 참 힘든 것이 사실인데…. 어떻게 하면 이런 학생들을 수업에 참여하게 하고, 그들이 자존감을 회복하여 자기가 해야 할 일이 무엇인지 깨닫게 할 수 있을까? 우리 모든 선생님들의 고민이기도 합니다.

드리는 자료는 『미움받을 용기』(기시미 이치로·고가 후미타케, ㈜인플루엔셜, 2014)라는 책에서 말한 아들러의 심리학에 대한 이야기입니다. 저는 이 책을 읽고 여름방학 내내 아들러의 견해에 대해 생각하면서 지금 우리 교실의 장면과 비교해 보았습니다. 참 답답한 마음이기도 하였지만 그럼에도 불구하고 한 줄기의 희망 또한 발견한 것도 사실입니다.

공부 안 하고 말 안 듣는 학생들 어떻게 하면 배움의 어려운 길로 이끌 수 있을지, 우리 모두가 안고 있는 이 고민에 작은 도움이 되었으면 합니다.

1) 트라우마를 부정하라

(1) 인간이 변할 수 있는 이유는 무엇인가?

'과거'의 사건이 인간의 '현재'를 규정한다면 좀 이상하지 않을까?라는 의문에서 시작하여 '원인론'을 부정하고 '목적론'을 주장하고 있습니다. 원인이 결과를 지배하게 된다는 명제를 부정한다는 말입니다. 원인론을 맹신하면서 사는 한 인간이 변할 수 없음을 이야기하고 있습니다.

(2) 트라우마란 존재하지 않는다

프로이트의 트라우마를 철저히 부정하고 있습니다. '어떠한 경험도 그 자체는 성공의 원인도 실패의 원인도 아니다. 우리는 경험을 통해서 받은 충격(트라우마)으로 고통받는 것이 아니라, 경험 안에서 목적에 맞는 수단을 찾아낸다. 경험에 의해 결정되는 것이 아니라, 경험에 부여한 의미에 따라 자신을 결정하는 것이다.'라고 주장하고 있습니다. 우리가 과거에 경험한 사실에 어떤 의미를 부여하는가에 따라 자신의 삶을 결정하는 것이지 누군가가 정해 주는 것이 아니며 스스로 선택한 삶이라는 것입니다.

(3) 과거에 지배받지 않는 삶

'인간은 과거의 원인에 영향을 받아 행동하는 것이 아니라 스스로 정한 목적을 향해 움직인다.' 만약 과거가 모든 것을 결정하고 그 과거를 바꿀 수 없다면, 오늘을 살아가는 우리는 변화를 위한 어떠한 수단도 써보지 못한 채 과거를 운명처럼 받아들이고 살 수밖에는 없게 된다는 말입니다. 인간이 변할 수 있는 존재라고 한다면 이런 원인론(과거)에 근거한 가치관은 있을 수 없을 것입니다. 왜냐하면 허무주의나 염세주의로 빠지게 되기 때문입니다.

'중요한 것은 무엇이 주어졌느냐가 아니라 주어진 것을 어떻게 활용하느냐이다.'라고 주장하고 있습니다. 참으로 공감하는 말입니다. 우리에게 주어진 환경이 아무리 어렵고 힘들더라도 그것을 이겨 낼 수 있다는 희망의 메시지이기 때문입니다.

(4) 인간은 끊임없이 '변하지 않겠다'라고 결심한다

인간의 삶에 대한 사고나 행동의 경향을 가리켜 생활양식(life style)이라 합니다. 좁게는 성격에서부터 넓게는 그 사람의 세계관이나 인생관까지를 포함하게 됩니다. 아들러는 이 생활양식이 각자 개인 스스로 선택했다고 봅니다. 타고난 것이 아니라는 것이지요. 따라서 생활양식이 선천적으로 주어진 것이 아니라 스스로 선택한 것이라고 한다면 다시 선택하는 것도 가능하다고 보았습니다. 인간이 변하지 않는 것은 스스로 '변하지 않겠다.'고 결심했기 때문이라고 말합니다. 조금 불편하고 부자유스럽긴 해도 지금의 생활양식에 익숙해져서 변하지 않고 이대로 사는 것이 훨씬 편하기 때문이지요. 하지만 새로운 생활양식을 선택하면 불안하고 적응하기 위해선 힘이 들 것입니다. 따라서 '지금 이대로의 나'로 사는 것이 편하고 안심이 되는 것입니다.

바로 여기에 선택의 문제가 있습니다. 왜냐하면 누구든지 생활양식을 바꾸려고 할 때 우리는 큰 '용기'가 필요하기 때문입니다. 변함으로써 생기는 '불안'을 선택할지, 변하지 않아서 따르는 '불만'을 선택할지. 우리 선생님들은 어떤 것을 선택하시겠습니까? 아마 모두 전자를 선택하실 것입니다. 아들러의 심리학을 '용기의 심리학'이라 부르는 이유가 여기에 있는 듯합니다. 우리의 어려움과 힘듦, 불만, 마음의 상처 이 모든 것이 계산공고의 환경 탓도 학생들의 탓도 아니며, 그렇다고 우리들의 능력이 부족한 것도 더더욱 아니라는 말이지요. 다만 우리에게는 변하고자 하는 용기가 부족할 따름이라고 아들러는 말하고 있습니다. 그렇다면 어떻게 하면 생활양식을 바꿀 수 있을까요? 답은 간단합니다. 지금의 생활양식을 버리겠다고 결심하는 것입니다. 바로 지금! 변하지 않을 핑계를 찾지 말고! 즉 해야 할 일을 앞에 두고 '할 수 없는 이유'를 찾아 방황하는 고달픈 삶을 살기보다는 말입니다.

2) 모든 고민은 인간관계에서 비롯된다

(1) 왜 자기 자신을 싫어하는가?

누가 우리에게 자신의 장단점을 이야기하라고 하면 우리는 장점보다는 단점을 많이 말하게 됩니다. 이것 또한 아들러는 중요한 문제로 보았습니다. “단점만 눈에 들어오는 것은 스스로가 ‘나 자신을 좋아하지 말자’라고 결심했기 때문.”이라고 말하고 있습니다. 자신을 좋아하지 않겠다는 목적 달성을 위해 단점에만 주목하는 것이라고 말입니다. 이 견해에 대해서 저는 다소 반대의 관점을 가지고 있습니다. 동양사상에서는 ‘겸양의 미덕’ 또한 강조하고 있기 때문입니다. 서양의 합리적, 이성적 사상만이 전부가 아니라고 생각하기 때문입니다.

여기서 아들러는 ‘용기 부여’라는 용어를 사용했습니다. 내가 할 수 있는 일이란 일단 ‘지금의 나’를 받아들이고, 결과가 어떻든지 간에 앞으로 나아갈 용기가 필요하다는 것입니다. 인간관계에서 상처받지 않는 것은 기본적으로 불가능합니다. 인간관계에 발을 들여놓으면 크든 작든 상처받게 되어 있습니다. ‘고민을 없애려면 우주 공간에서 그저 홀로 살아가는 수밖에 없다.’고 말하고 있습니다.

(2) 모든 고민은 ‘인간관계에서 비롯된 고민’이다

인간은 고독을 느끼는데도 타인이 필요하며, 인간은 사회적 맥락 속에서 비로소 ‘개인’이 존재할 수 있다고 주장합니다. 우리는 혼자가 아니라 우리를 둘러싼 타인, 사회, 공동체가 있다는 말이지요. 나아가 개인에 국한된 내면의 고민은 존재하지 않고, 어떤 종류의 고민이라도 거기에는 반드시 타인의 그림자가 드리워져 있다고 보았습니다. 고독조차도 타인과 함께한다는 말은 좀 파격이지요.

(3) 변명으로서의 열등 콤플렉스

아들러의 말입니다. '열등감은 주관적인 것이며 인간관계의 문제이고, 그 자체는 조금도 나쁜 것이 아니다.' 무기력한 존재로 태어난 인간이 이 무기력에서 벗어나고자 하는 보편적인 욕구가 있는데 이를 '우월성 추구'라고 말합니다. 열등감과 열등 콤플렉스를 구분하자고도 했습니다. 열등 콤플렉스는 자신의 열등감을 변명거리로 삼기 시작한 상태를 가리킨다고 했습니다. 공부를 못해서, 학력이 낮아서, 키가 작아서 등등은 열등감이 아니라 열등 콤플렉스로 열등감의 핑곗거리를 찾기에 불과하다는 것입니다. 그 열등감을 어떻게 자신에게 새로움으로 가치 전환할 수 있느냐? 또한 그 새로움을 향해 변할 용기가 있느냐가 더욱 중요하다는 것입니다.

(4) 불행 자랑의 권력화

'만약 자랑하는 사람이 있다면 그것은 열등감을 느끼는 것에 불과하다.' 자랑은 열등감의 발로라는 말이지요. 이런 사람은 우월 콤플렉스에 빠져 있다고 보아야 합니다. 아들러는 열등 콤플렉스나 우월 콤플렉스를 같은 것으로 봤습니다. 그는 여기서 특이한 경우를 예를 들어 설명하고 있습니다. 열등감 자체를 첨예화시켜 특이한 우월감에 빠지게 만드는 경우로 이를 '불행 자랑'이라고 했습니다. "네가 내 처지를 알아, 이런 아픔을 당해 봤어." 등. 나의 불행을 특별한 것으로 삼아 다른 사람보다 우위에 있고 '특별'해지기를 바라는 심리이지요. 즉 자신의 불행을 무기로 삼아 특별한 존재가 된 이후 상대방에 대한 우월적 지위를 획득하려고 한다는 말입니다. 아들러는 이와 같은 현상에 대해 '오늘날 연약함은 매우 강한 권력을 지닌다.'라고 하였습니다. 그러나 자신의 불행을 특별해지기 위한 무기로 휘두르는 한 그 사람은 영원히 불행할 수밖에는 없을 것입니다. 트라우마를 부정한 아들러, 그는 그 불행조차도 가치 전환을 통해 새로운 삶을 향한 변화의 기회로 삼아야 한다고 주장합니다.

(5) 잘못을 인정하는 것은 패배가 아니다

'아무리 자신이 옳다고 여겨도 그것을 이유로 상대를 비난하지 마라.' 이것이 많은 사람이 빠지는 인간관계의 함정이라 했습니다. 나는 옳다, 즉 상대는 틀렸다라고 하는 순간 논쟁의 초점은 '주장의 타당성'에서 '인간관계의 문제'로 옮겨 가기 때문입니다. 그렇게 되면 싸워서 이겨야 한다는 권력 투쟁에 빠지게 되는 오류를 범하게 된다는 것입니다. 잘못을 인정하는 것, 사과하는 것, 권력 투쟁에서 물러나는 것, 이런 것들이 전부 패배는 아니라고 주장합니다. 저 자신도 잘하지 못하는 것이지만 매우 공감하며 이렇게 살아가려고 노력하고 있습니다. 특히 교실 장면에서 학생들과의 관계에서는 매우 중요한 문제라고 생각합니다. 교사의 가르침은 결코 학생들과의 주도권 다툼이 아니기 때문입니다.

(6) '인생의 과제'를 어떻게 극복할 것인가?

'인생의 과제', 아들러는 인생의 목표를 인간의 행동과 심리, 양 측면에서 아주 분명한 목표를 제시하고 있습니다. 행동의 목표로는 '자립할 것'

과 '사회와 조화를 이루며 살아갈 것'의 두 가지를, 심리적 목표로는 '내게는 능력이 있다'는 의식을 갖는 것과 그로부터 '사람들은 내 친구다'라는 의식을 제시했습니다. 행동의 목표는 자기 수용을 말하며, 심리적 목표는 타자 신뢰와 타자 공헌을 말하고 있는 것입니다.

또한 아들러는 이런 인생의 목표는 인생의 과제를 직시함으로써 달성할 수 있다고 했습니다. 인간관계를 '일의 과제', '교우의 과제', '사랑의 과제' 등 3가지로 나누고 이를 합쳐 '인생의 과제'라고 불렀습니다.

개인이 사회적 존재로 살고자 할 때 직면할 수밖에 없는 인간관계, 어떻게 극복할 것인가? 역설적으로 인생의 세 가지 과제를 '세 가지 유대'로 전환할 때 극복할 수 있지 않을까요? 저 자신에게는 참 어려운 문제이지만 항상 극복해야만 하는 문제이기도 합니다. 선생님들은 어떠신지요?

3) 타인의 과제를 버리라

(1) '그 사람'의 기대를 만족시키기 위해 살지 말라

유대교의 교리에 보면 이런 말이 있습니다. "내가 나를 위해 내 인생을 살지 않으면, 대체 누가 나를 위해 살아 준단 말인가?" 참 맞는 말이지요. '그 사람'에게 인정받기를 바란 나머지 '이런 사람이면 좋겠다.'는 타인의 기대에 따라 살 수는 없다는 말입니다. 여기서 아들러는 인정욕구를 부정하며, 상벌교육을 반대하고 있습니다. 타인에게 인정받으려고 할 때 거의 모든 사람이 타인의 기대를 만족시키는 것을 수단으로 삼습니다. 적절한 행동을 하면 칭찬을 받는다는 상벌 교육에 따라서 말입니다. 조금 논리의 비약 같습니다만 이 문제에서 아들러는 '과제의 분리'라는 새로운 개념을 제시하고 있습니다.

(2) '과제를 분리'하라

우리 계산공고 학생들은 공부하기를 싫어하는 학생들이 대부분입니다. 수업 시간에 딴청을 부리고 틈만 나면 잠을 자며, 숙제도 안 해 오고, 선생님 말씀은 잘 듣지 않습니다. 자 이제 선생님 어떻게 하시겠습니까? 그래도 가르쳐야겠다는 일념으로 다양한 방법으로 지도하시겠지요. 벌도 주고 칭찬도 해 주고 나머지도 시키면서 등등 어떻게 보면 선생님의 강압(?)에 의해 '공부하는 척'을 하는지도 모르겠습니다.

아들러의 이야기입니다. '공부한다'라는 과제가 '이것은 누구의 과제인가?'라는 관점에서 생각합니다. 결국 공부는 학생의 과제이지 선생님의 과제가 아니라는 말입니다. 좀 이상해지지요? 자칫 방임주의로 흐르는 것이 아닌가 하는 생각이 들 것 같습니다. 여기서 주의가 필요합니다. 방임이란 학생이 무엇을 하고 있는지도 모르고 알려고도 하지 않는 것입니다. 그런 상태가 아니라 학생이 무엇을 하고 있는지 알고 있는 상태에서 지켜보는 것, 즉 공부에 대해 말할 때 공부는 본인의 과제라는 것을 분명히 알려 주고 만약 스스로 공부하고 싶을 때는 언제든 선생님이 도와줄 수 있다는 것을 말해 주는 것입니다. 피터스(R. S. Peters. 1919~2011, 英)가 말한 "교육은 피교육자의 의식과 자발성을 전제하는 일이다."라는 교육의 원리와도 상통하는 것 같습니다. 또한 우리나라에도 '말을 물가에 데려갈 수는 있지만 물을 마시게 할 수는 없다.'라는 속담이 있습니다. 본인의 의향을 무시하고 '변하는 것'만을 강요해 봤자 반발심만 커진다는 것입니다.

앞 절에서 말한 대로 바로 인간관계에 문제가 발생하게 되지요. 선생님의 '주장의 타당성'의 당연함이 전혀 의도하지 않은 '인간관계의 문제'로 변하게 되는 것입니다. 결국 '자신을 바꿀 수 있는 사람은 자신밖에 없다.'는 것으로 그 결정(선택)을 학생 스스로 하게 해야 한다는 것입니다.

(3) 인간관계의 고민을 단숨에 해결하는 방법

아들러 심리학의 백미가 여기에 있는 것 같습니다. '누구도 내 과제에 개입시키지 말고, 나도 타인의 과제에 개입하지 않는다.'

살아가면서 우리는 "저 사람 때문에 일을 할 수 없어!"라고 말하거나 생각하곤 합니다. 원인론이지요. 그러나 "일하고 싶지 않아서 저 사람을 싫어하기로 했다."거나 "내 무능력함을 인정하고 싶지 않아서 싫어하는 저 사람을 만들어 냈다."로 생각하면 어떨까요? 만약에 과제를 분리해서 '저 사람'의 과제와 나의 과제를 분리할 수만 있다면 먼저 다가갈 필요도 없고, 고개를 숙일 필요도 없겠지요. 나의 인생에 거짓말하지 않고 바로 나의 과제를 직시하는 것입니다. 굉장히 냉정한 말인 것 같습니다. 그래서 아들러 심리학만의 획기적인 점이 여기에 있는 것이라고 생각합니다. 인간관계의 고민이 확 풀리는 것 같지 않으십니까?

(4) 진정한 자유란 무엇인가?

'진정한 자유란 타인에게 미움을 받는 것'이라 주장하고 있습니다. 남이 나에 대해 어떤 평가를 내리든 마음에 두지 않고, 남이 나를 싫어해도 두려워하지 않고, 인정받지 못한다는 대가를 치르지 않는 한 자신의 뜻대로 살 수 없기 때문입니다. 따라서 미움받는 것을 두려워하지 말라는 뜻입니다. 역설적으로 행복해지려면 '미움받을 용기'가 있어야 자유로울 수 있다는 말입니다. '미움받으면 행복해진다.' 좀 이해하기 어렵지요? 다음 장의 행복이란 무엇인지에 대해 살펴봅시다.

4) 세계의 중심은 어디에 있는가?

(1) 인간관계의 목표는 '공동체 감각'을 향한 것

과제 분리가 인간관계의 출발점이라고 한다면 인간관계의 목표는 '공동체 감각'이라 주장했습니다. 공동체 감각이란 타인을 친구로 여기고, 거기서 내가 있을 곳은 여기라고 느낄 수 있는 것이라고 했습니다. 여기서 공동체는 만물을 포함하는 우주 전체를 아우르고 있습니다. 사회의 최소 단위인 '나와 너'의 공동체에서 나의 집착을 타인에 대한 관심으로 바꾸는 것에서 공동체 감각은 시작된다고 하였습니다.

(2) 나는 세계의 중심이 아니다

'나는 세계의 중심이 아니다', 나는 내 인생의 주인공이면서도 어디까지나 공동체의 일원이자 전체의 일부라고 주장하고 있습니다. 이런 소속감은 가만히 있어도 얻어지는 것이 아니라 공동체에 적극적으로 공헌해야 얻을 수 있다고 하였습니다. 바로 '인생의 과제'(일, 교우, 사랑)에 직면해서 이 사람이 내게 무엇을 해 줄까가 아닌 내가 이 사람에게 무엇을 해 줄 수 있을까를 고민해야 하며, 그것이 공동체에 공헌하는 것이라고 주장합니다.

이제 논의를 진전시켜 보겠습니다. 바로 우리 학교 이야기입니다. 계산공고에는 분명히 공동체의 상식이 존재합니다. 그러나 아들러는 그 상식으로 사리 판단, 가치 결정을 하지 말라고 합니다. 더 큰 공동체 이를테면 지역사회, 국가, 세계 등의 상식에 따르라고 합니다. 예를 들어 교장인 제가 학교에서는 절대적인 권력자라고 칩시다. 그런데 그 권력이나 권위는 계산공고라는 작은 공동체에서만 통용되는 상식에 불과하지 인간 사회라는 더 큰 공동체, 아니 가정이라고 하는 가장 작은 공동체에서도조차 인정될 수 없는 것입니다. 사회적으로 대등한 인간이요 가정에서의 아버지일 뿐이기 때문입니다. 제가 부당한 대우라고 이의를 제기해도 말입니다. 우리 계산공고의 모든 구성원은 계산공고라는 눈앞의 작은 공동체에 집착하지 말아야 하겠습니다. 보다 나은 보다 다양한 공동체는 얼마든지 존재하기 때문입니다.

저는 우리 계산공고 공동체의 모든 일원이 '나는 공동체에 유익한 존재다'라고 생각했으면 좋겠습니다. 자신의 가치를 느끼면 '나는 다른 사람에게 공헌하고 있다.'고 느낄 것입니다. 바로 행복이란 자신의 가치를 느끼는 것이라고 생각합니다. 그것은 인생의 과제를 통해 공동체 감각을 회복하고 타인을 위해 일하고 있다고 느낄 때 달성될 수 있습니다.

이제 글을 맺고자 합니다. 여러 가지 구실을 만들어 인생의 과제를 회피할 것인가? 지금 자신이 처한 상황, 그 책임을 누군가에 전가하며 남 탓으로 돌리고, 환경 탓으로 돌리면서 인생의 과제에서 도망칠 것인가? 만약 우리의 생활양식이 타인이나 환경에 의해 결정된 것이라면 책임을 전가하는 것도 가능하겠지만 나의 생활양식은 내가 스스로 선택한 것입니다. 따라서 책임의 소재는 명확하지요. 이 모든 문제는 우리가 나빠서도 아니요, 도덕적으로 규탄받을 일도 아닙니다. 다만 '용기의 문제'입니다.

'무엇이 주어지느냐'가 아니라 '주어진 것을 어떻게 활용하느냐.'

저에게 주어진 큰 화두입니다. 우리는 과거의 트라우마에 휘청거릴 만큼 나약하지 않습니다. 목적론적 생활양식을 스스로 선택해야 할 것입니다. 저 또한 이런 선택은 저의 문제이지 누가 도와주지 않는다는 것을 분명히 인식해야 할 것입니다.

힘들어하시는 선생님을 보며 마음 아파하며 위로의 말씀조차 드리기 어려운 저입니다. 조언한답시고 "힘내시라" 하면서 어깨를 두드리는 우를 범하고 싶지는 않습니다. 그렇지 않습니까? 선생님은 힘이 나지 않아서 고민인데!

힘들 때일수록 어려울 때일수록 문제의 근본이 어디에 있는지를 살펴보아야 하겠지요. 그런데 그게 간단치가 않으니 참 고민이지요! 그럴 때는 누구의 일인지 먼저 생각해 봅시다. 교장의 일인지, 교감의 일인지, 선생님의 일인지, 학생의 일인지, 학부모의 일인지 말입니다. 각자가 자기의 일을 깨닫고 행복을 위한(아들러에 의하면 '타자 공헌') 일을 할 때 계산공고 모든 구성원들은 행복할 것입니다.

계산공고, 2015. 9.

4. 수업 장학은 왜 필요한가?
- 교직은 전문직이기 때문 -

4월은 가장 잔인한 달

〈황무지〉에서

T. S. Eliot

4월은 가장 잔인한 달
죽은 땅에서 라일락을 키워 내고
추억과 욕망을 뒤섞고
봄비로 잠든 뿌리를 뒤흔든다
겨울은 따뜻했었다
대지를 망각의 눈으로 덮어 주고
가냘픈 목숨을 마른 구근으로 먹여 살려 주었다

하얀 목련이 지고, 노란 개나리가 피고, 아이들이 뛰노는 교정에 붉은 꽃이 피어도 시간이 지나갈수록 가슴이 더욱 먹먹해지는 것은 무슨 까닭일까요?

그저 입 꼭 닫고 웅크리고 앉아 이 탁한 조류가 지나갈 때까지 기다릴 수밖에 없는 건가요? 이 잔인한 4월에 자꾸만 가슴에 시커먼 뻘물이 차오르니 나는 너무나 나약합니다. 유명을 달리한 아이들과 선생님들! 지켜 드리지 못해서, 도와드리지 못해서 정말 죄송합니다!

다가오는 5월 8일은 2011. 4. 14.일 이후 3년 만에 수감하게 되는 우리 학교 컨설팅 장학일입니다. 총 9명의 장학 위원이 수고하시게 됩니다.

항상 잘하고 계시지만 이럴 때 우리 선생님들의 '가르치는 일'의 전문성이 빛을 발해야 한다고 생각합니다. 위기 상황이 없을 때는 모든 것이 물 흐르듯 자연스럽지만 그렇지 않을 때는 어디서 무슨 상황이 돌발할지 알 수 없기 때문입니다. 그러나 우리는 그 해결 방법이 다른 데 있지 않고 바로 수업 장면에 있다는 것도 알고 있지요!

이에 '수업 장학'에 대한 주제로 글을 드리니 선생님들의 교실 수업 개선과 왜 우리가 전문직인지 다시 한번 새롭게 생각해 보는 시간을 가졌으면 합니다. 물론 5월 8일로 예정되어 있는 컨설팅 장학에 대비하여 우리들의 마음과 자세를 돌아볼 수 있는 계기도 되었으면 하는 바람입니다.

(1) 교직이 전문직이란?

교직의 전문성 강화가 교육을 말할 때 항상 빠지지 않고 언급됩니다. 우리가 흔히 말하는 교직의 전문성은 엄격하게 말하면 전문직성을 의미합니다. 전문직은 사회적 객체이고, 전문직성(profesionalism)은 심리적 상태, 믿음과 가치체계를 말하기 때문입니다. 최근 한국교육개발원의 교직의 성격을 묻는 설문조사에서 현직 교사의 약 54%만이 교직을 전문직으로 보고 있으며, 약 25%는 일반직, 약 18%는 노동직으로 교직을 보고 있음은 다소 충격적 결과입니다. UNESCO/ILO의 교원의 지위에 관한 권고에서도 '교직을 전문직으로 간주한다.'고 하고, 교직을 전문직이라고 아무리 강조해도 교사들 스스로가 교직을 전문직으로 수용하지 않는다면 전문직으로서의 교직을 수행하기가 불가능합니다.

(2) 교사의 의지와 결단이 전제

교사는 고도의 복합적인 특성을 가진 인간을 대상으로 그 행동을 변화시키는 교육을 담당합니다. 따라서 교사가 담당하는 교직은 단순한 지식이나 경험으로 수행할 수 있는 일반직이 아니며, 고도의 이론과 장기간의 준비, 그리고 시행착오를 최소화시킬 수 있는 경험을 필요로 하는 전문직이라고 볼 수 있습니다.

김종서 교수는 전문직의 기준으로 고도의 지적 능력, 봉사지향적 자율권, 책임성, 직업윤리, 사회적 책임 등 다섯 가지를 제시하고 있으며, 리버만(Liberman)은 독특한 사회봉사기능, 고도의 지적 기술, 장기간의 준비교육, 광범위한 자율권, 자율 내에서의 책임, 자치조직, 보수보다 봉사우선, 직업윤리 등의 여덟 가지를 전문직의 기준으로 제시하고 있습니다. 이와 같은 기준으로 볼 때 전문직으로서의 교직은 유일하고 독특한 종류의 사회봉사 기능을 수행하며, 자율성이 요구되며, 높은 수준의 직업윤리가 있어야 함을 의미하고 있습니다. 그러나 교직이 이와 같은 특성을 가졌음에도 불구하고 전문직으로 인정받지 못하는 이유를 분석하면….

우선 내적 요인으로는 교사들이 전문직으로서의 정체성이 다소 부족할 뿐만 아니라 비전문적인 교직 풍토와 교직에 대한 무관심, 자율성의 부족 등을 지적할 수 있습니다.

외적 요인으로는 비전문적인 교원 양성제도와 교원자격증제도 미흡, 과중한 업무 부담과 관료적 분위기, 사회·경제적 지위 하락, 교권 추락, 생활지도의 어려움 등의 다양한 요인이 있습니다.

따라서 교직의 전문성을 향상시키기 위해서는 특히 교사의 의지와 결단이 필요하며 교사들 스스로 전문직으로서의 교직의 정체성을 확립하도록 전문성의 신장과 자긍심 고취에 최선의 노력을 다해야 할 것입니다. 또한 비전문적인 교직의 풍토를 전문직 풍토로 바꾸어야 하며, 교원에게 합당한 자율성을 보장해야 합니다. 교사는 가르치는 교과의 교과 전문가이어야 하며, 담당한 학생들의 생활지도 전문가이어야 하며, 때론 그들의 어려움과 진로를 개척할 수 있도록 도와주는 상담 전문가이어야 합니다. 특히 가르치는 교과와 교수-학습방법에 있어서의 전문성은 매우 중요하며 이의 신장을 위한 노력은 지속적으로 이루어져야 하겠습니다.

(3) 새로운 교육 패러다임의 수용

'교육의 질은 교사의 질에 의해 결정되며, 교육은 교사 그 이상도 그 이하도 아니다.' 이렇듯 교사는 교육의 가장 중요한 주체입니다. 무엇보다도 교사들이 교직의 전문성을 향상시키기 위해서는 교직을 전문직으로 수용해야 하며, 교직을 전문직으로 수용할 마인드가 형성되었다면 곧바로 전문직으로서의 정체성을 확립하고 전문성 신장에 부단한 노력을 기울여야 합니다. 이와 함께 국가에서도 교사들의 전문성 신장을 위해 각종 연수 프로그램을 활성화하고 있습니다. 새로운 교육 패러다임 속에서 과거 전통적 교육 패러다임을 버리지 못하는 주변인(marginal man)이 되지 않기 위해 교사의 전문직적 정체성이 요구되고 있습니다.

토마스 S. 쿤의 말입니다.

'… 결국에 가서는 소수의 저항자들만이 남게 될 것이다. 그러나 우리는 그들조차도 틀리다고 말할 수 없다. … 기껏해야 교육 분야가 새로운 패러다임으로 완전히 전이된 후에도 계속 버티는 사람은 사실상(ipso facto) 교육자이기를 거부한 것이라 말하고 싶을 것이다.' (『과학혁명의 구조』, 1962.)

1) 그렇다면 교사의 전문성 향상 방안은?-수업 장학에 의해

(1) 교사의 전문성이란 '가르치는 일'

21세기 지식정보화 사회에서 요구하는 창조적, 자율적, 도덕적 인간을 길러 내기 위해 교사에게 높은 수준의 전문성을 요구하고 있습니다. 교사의 전문성이란 바로 가르치는 일에 있는 것입니다. 따라서 교수-학습방법의 전문성 향상 노력은 매우 중요합니다. 아동심리학자인 허얼록(E.B. HurLock) 여사는 오늘의 신세대들을 가리켜 '새로운 종(種)'이라고 표현했습니다. 즉흥적이며 지식의 절대성을 거부하며, 개인적 특성을 나타내는 신세대들에게 적합한 교육 내용과 교육 방법을 개발하는 것이 오늘날 교사들의 가장 중요한 과제일 것입니다.

학교 현장에서 교사의 전문성을 신장하기 위한 방안으로 수업 장학을 들 수 있습니다. 교원의 전문성과 책무성을 제고하고 교육 시책의 능동적인 구현과 실천으로 수준 높은 교육을 제공하고자 하는 수업 장학은 특히 교사의 경력에 맞추어 단계별로 실시하는 것이 바람직합니다.

초임 교사부터 경력 교사까지 모든 교사가 각 단계에 맞는 수업 장학을 실시함으로 해서 보다 수준 높은 교육을 제공하기 위한 노력은 우리 교사에게 매우 필요한 사항입니다. 따라서 교사의 경력과 매우 밀접한 관계가 있는 교사의 특성에 따른 수업 장학의 유형 및 지도해야 할 중점 사항들을 중심으로 수업 장학을 통한 교사의 전문성 향상 방안에 대해 살펴보고자 합니다.

(2) 교사의 경력에 맞춘 단계별 수업 장학

학교 현장에서 교사의 경력별 분포를 보면 매우 다양하게 분포되어 있는 것을 알 수 있습니다. 우리 학교는 5년 이하(2명, 2.8%), 10년 이하(6명, 8.5%), 15년 이하(14명, 19.7%), 20년 이하(7명, 9.9%), 25년 이하(12명, 16.9%), 30년 이하(16명, 22.5%), 35년 이하(11명, 15.5%), 40년 이하(3명, 4.2%)의 분포를 나타내고 있습니다. 이와 같은 서로 다른 경력과 특성을 가진 교사들의 전문성을 하나의 방향으로 응집시키고 스스로 연구하는 학교 분위기를 형성하기 위해 수업 장학은 매우 필요하며 효과적인 교육행정 중의 하나입니다. 따라서 실제 학교 현장에서는 다음과 같은 방법으로 수업 장학이 중점적으로 이루어져야 할 것입니다.

첫째, 임상 장학입니다. 임상 장학은 1950년대 Morris Cogan에 의해 개발된 수업 장학 방법으로 주로 생존단계에 있는 경력 3년 미만의 초임교사에게 적합하며, 그 후 3년마다 주기적으로 임상 장학을 실시하여 경력 교사들도 수업의 개선을 위해 계속하여 실시하는 수업 장학을 말합니다. 임상 장학의 주된 목적은 '수업 기술의 향상'입니다. 교사와 장학 담당자 간에 면대면으로 이루어지는 장학의 형태로 서로의 상호작용을 매우 중시해야 합니다. 교사의 직접적인 수업 행동에 중점을 두고 관찰해야 하며, 특히 학습자와 교사 사이의 상호작용에 유념하면서 수업을 관찰해야 합니다. 수업이 이루어진 후에는 교사와 장학 담당자 간의 체계적이고 구체적으로 집중적인 지도, 조언이 필요하며, 이때 언급된 내용은 환류를 통해 즉각적으로 수업에 재투입되어 긍정적인 수업의 질 향상을 도모해야 하겠습니다.

둘째, 동료 장학입니다. 조정단계를 거쳐 주로 정착기에 들어서는 교사에게 적합한 수업 장학 형태입니다. 경력 교사와 경력 교사, 경력 교사와 초임 교사 또는 초임 교사와 초임 교사가 서로 짝을 이뤄 서로의 수업을 관찰하고 장단점을 보완하는 수업 장학입니다. 동료 장학은 무엇보다도 교사들 간의 협동성과 자율성이 중시되며, 서로 동료적인 관계 속에서 서로에게 도움을 줄 수 있는 방안을 모색하는 것이 중요합니다. 이 수업 장학의 형태는 교사 개인의 전문성의 발달과 함께 학교 사회의 조직적 발달도 도모할 수 있어 매우 유용한 수업 장학 형태라고 할 수 있습니다. 교사들 간의 협력으로 수업의 질 향상뿐만이 아니라 인간관계에도 도움을 줄 수 있기 때문이다. 저도 인천여자공고에서 학과 부장교사로 재직 중 초임 교사들과 더불어 학과 모든 선생님들과 동료 장학을 실천해 본 결과 매우 긍정적인 반응을 얻었던 경험이 있습니다. 이때 경력 교사가 먼저 시범 수업을 보여 주는 것도 좋은 방안이라 할 수 있겠습니다.

셋째, 자기 장학입니다. 성숙단계에 접어든 혼자 일하기를 좋아하는 경험 있고 유능한 교사에게 적합한 수업 장학 형태입니다. 교사 스스로가 수업 장학 계획을 수립한 후에 직접 수업을 실시하고 그 결과를 평가, 분석하는 방법으로 교사 스스로의 자기반성과 수정을 추구해 나가는 자율적인 수업 장학입니다. 높은 수준의 전문성과 책무성을 요하는 수업 장학의 형태로 장학 담당자는 교사에게 수업에 관한 많은 관심과 지원을 아끼지 말아야 합니다. 원칙적으로 수업에 대한 모든 과정과 결과가 교사 개인에게 있으므로 엄격한 도덕률이 적용되어야 함은 물론입니다.

넷째, 약식 장학입니다. 수업 장학을 위한 시간이 충분하지 않고 여러 교사의 수업을 장학하기 위해 실시되는 수업 장학 형태입니다. 장학 담당자의 순시나 짧은 수업 참관으로 이루어지며, 주로 교장과 교감의 주도하에 이루어지는 것이 일반적입니다. 약식 장학은 다른 수업 장학에 대하여 보완적이고 대안적인 성격을 갖고 있으므로 어느 한 교사의 수업을 객관적으로 평가하기에는 다소 무리가 있습니다. 따라서 관심 있는 교사의 수업은 후에 다른 수업 장학의 형태로 실시하여 교수-학습에 대한 지도, 조언이 필요할 것입니다.

마지막으로 이 모든 수업 장학의 형태를 교사 스스로가 선택하도록 하는 선택적 장학이 있습니다. 교사 스스로가 수업 장학의 형태를 결정할 수 있으므로 장학의 효과를 극대화시켜 교수-학습의 질을 향상시킬 수 있는 장점이 있으나, 교사의 능동적이고 자율적인 참여가 전제되어야 한다는 문제가 있습니다.

(3) 교사의 필요성에 의해 협조적 관계에서 수업 장학

교사의 전문성을 향상시키기 위한 방안으로 제시된 수업 장학은 교사의 경력에 맞는 단계별 수업 장학의 형태로 임상 장학, 동료 장학, 자기 장학, 약식 장학, 선택적 장학 등이 있습니다. 무엇보다도 수업 장학은 목적을 가지고 의도적으로 실시되는 교육행정임에 주목할 필요가 있습니다. 교사의 필요성에 의해 협조적 관계를 바탕으로 전문성의 신장이라는 궁극적인 목표에 수업 장학의 원리가 있는 것입니다. 이렇게 면밀히 수업 장학에 관한 계획을 수립하여 실천하였을 때 비로소 교육의 질을 향상시킬 수 있는 효과를 얻을 수 있고 교사의 전문성은 향상될 것입니다.

2) 가르치는 일의 전문성 향상을 위한 첩경 - 자기만의 보물 학습지도안 작성

(1) 문제 제기

가. 학습지도안은 꼭 필요한 것인가?

“학습지도안, 그거 꼭 써야 돼?” 하는 말을 듣는 경우가 있습니다. 학생을 지도하는 선생님이 이런 질문을 했다면 질문 자체가 잘못된 것입니다. 적진 속으로 정찰을 나가는 병사가 “이 나침반은 꼭 필요한가요? 두고 갈 수는 없나요?” 하는 질문과 같기 때문입니다. 집을 짓는 건축업자에게 “설계도 좀 봅시다.”고 했을 때, “설계도 같은 게 꼭 필요합니까?” 하는 되물음과도 비슷합니다.

학습지도는 크게 ‘계획-진단-지도-평가’의 4단계를 거쳐 다시 환류됩니다. 수업함에 있어 무슨 내용을 어떤 방법과 자료를 써서 가르칠 것인가를 구상하는 계획단계의 설계도가 바로 학습지도안입니다.

학습지도안이 꼭 필요하냐? 꼭 써야 하느냐? 하는 물음은 별 의미가 없습니다. 충분하건 불충분하건, 종이에 썼건 머릿속에 그렸건, 학습지도를 하기에 앞서 계획은 있게 마련인 것이며, 이것이 바로 학습지도안입니다. 계획 없는 실천이 없다는 점에서 학습지도안은 꼭 필요한 것이고, 교사라면 숙명처럼 써야만 하는 것이 학습지도안입니다. 그것도 잘 써야만 합니다. 구체적인 계획이 없는 불충분한 준비상태의 수업은 학생들을 돕고 성장시키기에 앞서 때로는 위해를 가할 수도 있는 위험성을 가지고 있기 때문입니다. 학습지도안을 작성하는 교사의 능력과 기술은 수업지도 기술과 마찬가지로 우수교사를 결정 평가하는 중요 항목이기도 합니다. 이러한 관점에서, 학습지도안은 꼭 필요한 것인가, 꼭 써야만 되는가 하는 학습지도안의 존립 여부를 묻는 식의 질문은 학습지도안은 꼭 이렇게 써야만 하는가?라고 효율성을 따지고 방법 개선을 묻는 형태의 질문으로 바뀌어져야 할 것입니다.

나. 학습지도안을 꼭 이렇게 써야만 하는가?

진짜로 해 보아야 할 질문입니다. 학습지도안을 쓰는 일도 효율성 면에서 살펴보고 효율성이 낮다면 개선해야 하기 때문입니다.

P=O/I(P=효율성, O=산출, I=투입)의 공식에 대입할 때, P〉1이 되어야 합니다. 학습지도안 쓰기도 가능한 한 노력은 적게 들이면서 학습에 잘 활용되도록 해야지 쓸데없는 노력을 많이 들인다든가 검사 맡기 위한 지도안의 작성은 P〈1로 그 효율성 면에서 개선되어야 한다는 점에는 이론이 있을 수 없습니다. 그러나 학습지도안의 효율성은 산술적인 수치로는 가늠할 수 없는 경우가 많습니다.

교육경력이 짧은 교사가 첫 수업 연구를 지명받아, 한 달 내내 궁리하고 또 생각하고 해서 20여 쪽에 가까운 교수-학습과정안을 작성해 50분 수업했다면 과연 이렇게 고생해서 교수-학습과정안을 꼭 작성해야 하는가? 이 경우는 그렇게 해야 한다가 정답입니다. 한 달 동안의 시간과 노력을 들여 50분의 수업을 한 건 효율성이 낮으니 그 교사에게 앞으로는 고쳐야 할 일이라고 말할 수 있겠습니까? 이것은 아직 경험과 학습지도 기술이 미숙한 젊은 교사가 교수-학습과정안을 작성하는 과정을 통해 소양을 쌓고 단련하는 차원에서 앞으로 발전된 교직 생활의 밑거름이 되고자 하는 일입니다.

문제는 모든 교사들이 약안으로 작성해 일상 쓰는 학습지도안입니다. 극단의 예를 들어 보면 어느 선생님이 먼저 쓴 학습지도안을 베꼈던 경험을 가진 선생님이 많을 것입니다. (저도 그런 경험이 있지요.) "이거 정말 써야 돼?"라고 투덜대면서 말입니다. 이렇게 쓰는 학습지도안은 효율성 면에서 거의 영(零)에 가깝습니다. 쓰기 위한, 결재받기 위한 지도안으로 베낀 후에 1주일 동안 덮어 두었다가 다시 베끼는 악순환으로 이어져 반드시 개선되어야 할 일입니다.

여기에서 분명히 짚고 넘어가야 할 일이 있습니다. 학습지도안이 쓰기 싫고 귀찮지만 그렇다고 안 할 수는 없는 일이며, 학습지도안의 효율성에 문제를 제기한다면 아무리 좋은 학습지도안의 양식과 개선 방안이 제시된다 해도 역시 마찬가지일 것입니다. 학습지도안을 작성하지 않는 방법 외에는….

다. 학습지도안 작성의 획일성

교사라면 누구나 학습지도안을 써야 한다는 것을 전제할 때, 다음 두 가지 문제점을 떠올릴 수가 있습니다.

첫째, '교사라면 누구나 다 똑같이 학습지도안을 작성해야 하는 것인가?'입니다.

이제 새로 교직에 갓 들어서서 학습지도의 경험과 기술이 일천(日淺)

한 젊은 교사나, 가르치는 일을 30여 년이 넘도록 해 와서 학습지도의 경험과 기술이 풍부하게 축적된 경험이 많은 교사나 구별 없이 다 똑같은 방법으로 매 주일 똑같은 양의 지도안을 작성하는 것이 과연 바람직한 일인가 연구과제로 삼을 필요가 있습니다.

둘째, '사용하는 학습지도안의 양식이 획일적이다.'입니다.

우리 학교는 그렇지 않지만 많은 학교가 학습지도안 양식을 형식적이고 획일적으로 사용하고 있습니다. 사용상의 편의성과 통일성을 기한다는 장점은 있지만, 이러한 획일적 양식의 지도안 작성은 때로는 실질보다는 형식에 흐르기 쉬운 단점을 지니고 있습니다. 교사 개인에 따른 교수-학습방법과 교과의 특성을 살리려면 학습지도안의 양식이 보다 다양화되어야 합니다. 그러기 위해서는 학습지도안의 활용도를 높이고 교사의 학습지도에 대한 창의성을 더욱 개발해야 할 것입니다.

(2) 학습지도안 작성의 개선 방향

가. 학습지도안 작성의 작성 기준

학습지도안 작성에 대한 가치 판단 내지는 작성 기준을 '이것이 내게 좋으냐(편하냐), 나쁘냐(일거리)?'로 하지 말고, '학생과 학습지도에 어떤 것이, 그리고 어떻게 하는 것이 더 보탬이 되는가?'로 해야 합니다.

학습지도안 개선 논의도 이러한 잣대 위에서 출발해야 합니다. 근본적인 학습지도안 개선의 핵심은 학습지도안 작성에 대한 지도 교사의 의식의 정립이라고 할 수 있습니다. '쓰기 귀찮다'가 아니라 '학습지도안 작성은 괴롭지만 교사인 우리가 해야 할 책무이다.'라고 받아들인다면 이것이 곧 학습지도안 개선의 출발점이요 도착점이라 말할 수 있을 것입니다.

나. 자율성의 확대

기존 학교에서의 학습지도안 양식은 획일화, 규격화되어 있는데 그 이유는 편의성 때문입니다. 쓰기 쉽고 통일성이 있어 관리하기 좋습니다. 양식이 똑같고 장부의 크기가 같아 학교 전체 교사의 지도안을 걷어 쌓아 놓아도 두부모처럼 귀가 착 맞고, 펼쳐 보면 대동소이한 내용들이 나타나는 경우가 많습니다. 양식이 같으니까 지도교사의 개성이나 특성 또는 부족한 과목을 더 연구한 흔적 같은 것을 쉽게 찾아보기가 힘듭니다.

필요에 따라 1주일 차시에 해당하는 학습지도안의 양이 교사에 따라 다를 수 있습니다. 3쪽의 분량을 쓰는 교사가 있을 수 있고, 5쪽 이상을 쓰는 교사도 있을 수 있습니다. 각 교과목에 할애하는 분량이 똑같은 획일성에서 벗어나 더 써야 할 필요성이 있는 과목에 대해 상세하게 기술할 수도 있습니다.

요즈음 플로우 차트(Flow Chart) 형식의 지도안을 작성하여 활용하는 학교나 교사들이 있는데 이런 방법도 완전히 '자기 것화'하면 그 어떤 것보다도 효과가 있습니다. 아무튼 보다 교사의 자율성을 살릴 수 있는 학습지도안 양식이 구안 되어 교사들에게 제공되어야 하고 교사들은 나름대로 자기 수업에 효율성이 높은 수업안을 만들어 활용해야 할 것입니다.

3) 맺는말

학습지도안은 좋은 수업을 위해 꼭 필요한 것으로, 교사의 자율성과 창의성을 발휘할 때 학습의 효과를 높일 수 있다고 믿습니다. 그러기 위해서는 교사들의 교과 모임이나 연구 모임 등(교과협의회, 동아리 등)에서 학습지도안에 대한 논의가 보다 활발히 이루어져야 할 것이고, 교단에 서려면 반드시 직접 사용할 수 있는 교사 나름대로의 지도안이 손에 쥐어져야 합니다. 학교장이 쓰라고 하니까, 또는 결재받아야 하니까 써야 한다는 부담감을 가지고 쓴다면 그것은 효율성은 말할 것도 없고, 수업에 직접 사용하지도 않는 형식적인 지도안이 되어 버릴 것입니다. 집을 지을 때 설계도가 필요하고, 배를 타고 먼바다에 나갈 때 항해도가 필요하듯이 교단에 서는 교사에게 지도안은 꼭 필요한 것입니다.

계산공고, 2014. 5.

5. 담임교사의 역할과 책무
- 학급경영의 관점에서 본 -

십여 일 전 우리 모두의 가슴을 쓸어내리는 아찔한 순간이 있었습니다. 저에게는 아직 사리 판단이 분명하지 않은 어린 학생들의 치기 어린 행동이라 치부하기에는 너무나 놀라운 사건이었습니다. 선생님들도 많이 놀라셨을 겁니다.

〈1:29:300 법칙〉이란 것이 있습니다. 이른바 〈하인리히의 법칙〉이라고 하는 것이지요. 큰 사고와 작은 사고, 그리고 사소한 사고의 발생빈도를 나타낸 법칙입니다. 이번 사안의 보고를 받으며 저는 불현듯 이 법칙이 떠올랐습니다. 이번 사건을 계기로 그동안 우리가 잘해 왔으나 놓친 것은 없는지, 부족한 것은 없는지 저를 포함한 우리 모두 다시 한번 되돌아보는 시간을 가졌으면 합니다.

하여 이번 달에는 〈학급경영의 관점에서 본 담임교사의 역할과 책무〉라는 주제로 글을 작성하게 되었습니다. 저는 일과 전이나 방과 후에 가끔 학생들이 없을 때 교실을 한번 순회해 보곤 합니다. 대부분 교실이 잘 정돈되어 있었으나 일부 학급에서는 참으로 놀라운 광경(?)이 연출되기도 합니다.

이 글이 우리 모든 선생님들께서 너무나도 잘 알고 계시는 내용이라 생각됩니다만 우리들 자신의 모습을 되돌아볼 수 있는 계기가 되어 학생 지도에 참고가 되었으면 하는 바람입니다. 담임교사의 역할과 책무를 중심으로 말씀드렸으나 우리 구월중학교 모든 선생님에게 적용되는 내용이기도 할 것입니다.

피아제(Piaget)는 학생의 발달단계에서 교사의 역할을 중요시하지 않았습니다. 그 이유 중 가장 큰 원인을 교사의 전문성 부족에서 들고 있습니다. 왜냐하면 전문성이 부족한 교사는 학생을 진단할 수 없고, 진단해도 처방할 수 없다는 이유에서일 것입니다. 그러나 오늘날 현대 교육에서는 학생의 개인차를 인정하는 교사의 지도 방법은 그 중요성이 더욱 증대되고 있으며 사회적 요구이기도 합니다. 따라서 다인수 학급에서 학생지도에 임하는 교사는 더욱 전문성의 신장에 노력해야 하며, 그것은 단순히 학생 지도라는 차원을 넘어서는 학급경영이라는 집단적 공동체 활동의 관점으로 모든 교육자원을 획득·배분하고 활용하는 차원에서 접근해야 할 것입니다. 그렇다면 교사가 어떻게 담임교사로서의 전문성을 신장하고 학급경영으로까지 그 영역을 확대할 수 있는지 〈학급경영의 원칙과 담임교사의 역할 및 책무〉라는 주제로 생각해 보고자 합니다.

우선 담임교사의 학급경영은 학급 또는 학교에서 이루어지는 모든 교육적 활동을 포함합니다. 즉 학급의 질서를 유지하기 위한 활동, 훈육 활동, 생활지도 활동, 교육적으로 요구되는 행동을 수행하도록 하는 행동지도 활동, 학습 환경을 조성하는 활동(특히 깨끗하고 쾌적한 교육환경과 게시교육은 중요), 학급 활동을 수업과 경영활동으로 구분하고 수업을 위한 조건 정비와 유지 활동, 즉 교수와 학습이 일어날 수 있는 환경을 구축하고 유지하는 활동 등입니다. 이렇듯 학교 현장에서 이루어지는 모든 교육활동을 포함하고 있는 매우 중요한 과업이 담임교사의 학급경영

활동이며, 그 책무성 역시 중요성에 비추어 매우 큰 것이라 할 수 있습니다. 따라서 담임교사는 학급경영을 하는 데 있어서 몇 가지 원칙(매우 중요합니다)을 가지고 학생 지도에 임해야 할 것입니다.

첫째, 교육적 학급경영을 하라는 것입니다. 모든 학급경영의 활동이 교육의 본질과 목적에 부합되도록 운영하라는 원리입니다. 저는 교육이란 인간의 가변성을 믿고 개인이 지닌 잠재적 가능성을 최대한 발현시키려는 노력이라고 생각합니다. 여기에는 교사의 무한한 신뢰와 신념이 학생 개개인에게 작용해야 할 것입니다. 교육에 대한 분명한 확신과 목적을 가지고, 여기에 조국의 미래가 있음을 분명히 인식하면서 말입니다.

둘째, 학생을 이해하는 학급경영을 하라는 것입니다. 학급경영의 구성과 전개는 학생의 이해를 기반으로 하여 이루어지는 것이므로 효과적인 학급경영을 위하여 학생의 발달단계에 따른 제 특징과 학습 능력 및 준비도, 그리고 집단 역할과 사회적, 가정적 환경에서의 심리 이해를 근거로 하여 학급경영이 이루어져야 합니다. 발달단계에 있어서 개인차를 인정하지 않았던 피아제(Piaget)보다는 오히려 학생의 잠재능력을 교사의 지도에 의해 발현될 수 있도록 하는 비코스키(Vygotsky)의 관점이 오늘날 교사에게 요구되는 역할이 아닐까 생각해 봅니다. 그러나 이것은 교사 중심의 교육이 아니며 교사는 학습을 촉진시키고, 이해를 증진시키며, 안내자 역할을 하는 학생 중심의 교육이어야 한다는 점에서 논란의 여지가 없습니다.

셋째, 민주적 학급경영입니다. 민주주의 이념, 즉 인간 존중, 자유, 평등, 참여, 합의 등에 입각하여 학급을 경영하라는 원리입니다. 학생 개개인의 인격이 존중되고, 자유로운 학급 분위기가 조성되며, 학생 스스로 결정할 수 있고 책임질 수 있는 자율적 행동을 조장하는 원리입니다. 다만 여기서 한 가지 조심해야 할 것이 있는데 그것은 바로 '과제의 분리'라는 것입니다. 즉 어떤 상황이나 과업이, 그것이 학생 입장에서는 크게 모두 공부라는 영역에 포함되겠지만, 누구의 과제냐 하는 것입니다. 학생과 교사 모두 방임인지 자유인지를 구분해야 한다는 말입니다. 저는 학급은 민주주의적 학습의 장(場)이라는 점에서 이 원리는 그 의의가 매우 크다고 생각하고 있습니다. 학급 구성원 모두 스스로 참여에 의한 합의(consensus)가 가장 중요할 것으로 생각됩니다. 예를 들면 지각이나 청소, 봉사 등 학교생활 전반에 걸친 모든 내용이 포함될 수 있을 것입니다. 앨빈 토플러가 『부의 미래』(2006)에서 말한 나그네 쥐 레밍의 우(愚)를 범하지 않기 위해서 지도자인 담임교사의 역할은 아무리 강조하여도 지나치지 않을 것입니다.

넷째, 효율적 학급경영입니다. 이는 효과적이고 능률적인 학급경영을 의미하며, 학급경영의 효과성은 학급의 목표가 성공적으로 달성되는 것을 뜻하며, 능률성은 모든 교육자원을 경제적으로 활용하여 최대의 교육성과를 얻어 내는 것을 말합니다. 여기에는 학급 구성원의 심리적 만족을 충족하는 것도 포함됩니다.

이상으로 일반적인 학급경영의 원칙을 살펴보았습니다. 학생이 어느 시기에는 꼭 획득해야 할 발달과업이 있음(Havighurst)을 담임교사는 정확히 인식하여 학생의 개인차에 따른 지도 방법을 찾는 것이 학급경영을 하는 담임교사의 가장 중요한 책무인 것입니다. 따라서 담임교사는 학생의 근태상황 및 사유를 매일 파악해야 하며, 학급회를 조직·운영하면서 학생들의 민주적 태도 함양에 노력해야 하며(학생들 스스로 교칙을 준수할 수 있도록 지도), 지속적인 관찰로 소정의 관찰기록부에 누가 기록해야 하며, 특히 특이사항이 있는 학생에게 주의와 관심을 가지고 상담 및 지도활동을 강화해야 합니다. 또한 학생의 진로에 대한 문제에 상담해야 하며, 학부모와의 면담도 하여야 할 것입니다.

교육의 질은 교사의 수준에 의해 결정되며 학생 지도의 최일선에서 학생들과 직접 마주치며 교육활동을 전개하는 담임교사의 전문성은 바로 교육의 질을 좌우하는 가장 중요한 요인이라고 생각합니다. 따라서 교사는 전문직으로서의 전문성 향상에 진력해야 하며, 이것은 두말할 나위 없이 중요한 책무이기도 합니다. 담임교사는 학급을 경영하는 데 있어서 무엇보다도 교육적이어야 하며, 학생을 이해해야 하며, 민주적이고 효율적으로 학급을 경영해야 합니다. 이것은 학급경영의 주요 원칙입니다. 이런 원칙에 입각하여 학생의 개인차 및 학급의 심리적 구조와 분위기를 파악하고 주도적으로 학급을 이끌어 가려는 노력이 바로 담임교사에게 필요한 것입니다. 여기에는 학교 관리자, 가정과 지역사회의 협조, 학교의 모든 교육자원의 활용, 학습활동이나 생활지도, 특별활동 지도 등을 실천하며, 학급에 관계된 제반 사무와 서류 등을 기록, 정리, 보관하는 업무 역시 담임교사의 역할이라 할 수 있습니다.

따라서 우리 조국의 미래가 자라나는 학생들에게 있으며, 그 학생들을 최일선에서 지도하는 담임교사에게 있음을 다시 한번 인식하여 오늘도 교육 현장에서 학생들을 가르치는 이 일을 감히 성직으로 여기고, 최선을 다해 학생들의 바람직한 변화를 이끌어 낼 때 그때 비로소 교사로서의 행복을 누리는 것이 아닐는지요? 사랑하는 구월중학교 모든 선생님들의 분발을 다시 한번 기대해 봅니다.

구월중학교, 2017. 10.

6. 학생 지도를 위한 강화 이론의 이해

지난 9월에는 그동안 우리 모두 수고한 노력으로 큰 교육적 성과를 거두었습니다. 전국기능경기대회에 출전한 모든 직종에서 입상하는 쾌거가 있었으며, 산학일체형 도제학교 성과 평가에서는 거점학교를 이전한 지 1년밖에 안 된 전기도제가 전국 최우수인 S등급을 받았고, 기계 도제 또한 우수인 A등급(작년 S등급)을 받는 성과가 있었습니다. 또한 일학습병행 경진대회에서는 기계 도제 학습기업으로 참여하고 있는 HS베어링(주)이 최우수상, 기업현장교사 부문은 전기 도제 학습기업으로 참여하고 있는 ㈜진성메카시스템이 우수상, 공동훈련센터 부문에서는 우리 학교가 장려상을 수상하는 쾌거가 있었습니다.

이 모든 교육적 성취는 선생님들과 학생들이 잘 가르치고 열심히 배운 공부의 결과라 생각합니다. 교장으로서 수고하신 모든 선생님들의 노고를 치하하고 감사의 말씀을 드립니다.

그러나 이 모든 성과에도 불구하고 여전히 선생님들은 학생지도에 어려움을 겪고 있는 것 또한 현실입니다. 무너져 가는 교실, 상처받는 선생님, 학습된 무력감에 빠진 학생들 앞에서 어찌할 바를 모르는 선생님, 언제 이야기인지 가물가물하기조차 한 교권, 예(禮)가 무너진 학교 현장, 이들을 가르칠 수단이 없는 선생님, 내 아이 말만 듣는 학부모 등 가르침과 배움이 사라진 교실 현장에서 그래도 한 아이만이라도 자지 않고 내 말에 귀를 기울이는 학생이 있다면 그 아이를 바라보며 가르침에 열중하는 선생님들이 사랑하는 우리 부평공고에 계신다는 사실에 위안을 가져 보곤 합니다. 옛말에 '선생 ×은 개도 안 먹는다'라는 말이 있는데 예나 지금이나 선생이란 그런 것인가 보다 하고 자위해 보기도 합니다. 그러나 어쩌겠습니까! 내가 선택한 길을.

하여 이번 달에는 우리 선생님 모두가 너무나도 잘 알고 계시는 내용이라 장학자료로 드리기가 송구스럽지만 학생 지도에 어려움을 겪고 계시는 선생님들에게 조금이라도 도움을 드리고자 작성하였으니 참고하셨으면 합니다. 강화에 대한 개념을 다시 한번 정립해 보시고 강화계획을 수립하여 학생을 지도하면 교육적으로 좋은 성과가 있을 것으로 기대됩니다. 한 아이라도 나의 지도로 변화될 수 있다면 그것이 선생인 나의 보람이 아닐까 생각해 봅니다. 선생님이 포기하면 교육은 그 순간 죽은 나무가 되어 버리고 맙니다. 푸른 잎을 피워 저마다 열매 맺는 결실은 더 이상 기대할 수 없습니다. 선생님들! 힘내십시오!

학생들이 하는 행동에 뒤따르는 자극 또는 사건이 그 행동을 다시 일으킬 가능성, 또는 확률을 증가시키는 것을 의미하는 말이 교육학에서 강화(reinforcement)라고 합니다. 즉 학생들의 반응의 빈도를 높이기 위해 유쾌한 자극을 제시하거나 불쾌한 자극을 제거해 주는 교육 방법을 의미합니다. 교육적 강화는 학생들이 스스로 자기의 행동을 바람직하게 변화시키려는 마음을 가지도록 사용되어야 합니다. 따라서 처벌 위주나 다른 학생과의 비교는 올바른 강화라고 볼 수 없습니다. 강화의 대표적인 예는 칭찬이라는 것을 우리는 경험에 의해 잘 알고 있습니다. 아무리 잘못하는 아이라도 칭찬할 것을 찾는 것이 우리 선생님들의 몫이 아니겠습니까? 속에서 불이 나도 말입니다. 선생이 아이와 같을 수는 없지 않겠습니까?

그럼 강화계획(reinforcement schedule)은 무엇이고 또 어떻게 세워야 할까요? 강화계획은 학생들의 행동에 대하여 강화의 제시나 중단을 정하는 규칙 또는 절차를 의미합니다. 시간적 차원과 반응 수의 차원을 고려해서 수립할 수 있습니다. 예컨대 모든 반응을 강화할 수도 있고, 5분이 지난 뒤의 반응에 대하여 강화할 수도 있으며, 100번째 반응에 대하여 강화할 수도 있다. 시간과 반응 수를 고려한 강화계획은 그렇기에 선생님마다 다르며 상황과 맥락에 따라 다양할 수밖에 없습니다. 고정비율계획(fixed ratio schedule)에서는 일정한 수의 반응을 한 뒤에 강화가 주어지는 계획입니다. 예를 들어 학생이 착한 일을 10번 할 때마다 선생님이 보상하는 것과 같은 계획입니다. 변동비율계획(variable ratio schedule)은 고정비율계획에서와 같이 일정한 수의 반응을 한 뒤에 강화가 주어지지만 강화와 강화 간의 반응 수가 어떤 평균수에 따라 변동하는 경우입니다. 예를 들면, 착한 일을 10번 할 때 강화할 수도 있고, 5번 할 때 강화할 수도 있습니다. 또한 고정간격계획(fixed interval schedule)은 앞의 강화로부터 일정한 시간이 경과한 뒤에 한 첫째 반응에 강화가 주어지는 계획입니다. 예를 들면, 1년에 한 번 생일날 아이에게 파티를 열어 주는 경우입니다. 마지막으로 변동간격계획(variable interval)은 지난 강화로부터 일정한 시간이 경과한 뒤에 한 반응에 강화가 주어지도록 강화 간 시간이 평균을 중심으로 변동하는 경우입니다. 예를 들면 동아리활동이나 계발활동을 통해 자기가 흥미 있어 하는 것에 대한 교육프로그램을 제공하는 경우입니다.

강화로써 특성을 갖는 자극을 강화인(reinforcer)이라고 합니다. 즉 조건화의 강도나 반응이 생기는 빈도를 증가시킬 수 있는 자극을 말합니다. 강화인은 정적 강화인(positive reinforcer)과 부적 강화인(negative reinforcer)으로 흔히 구분되는데 정적 강화인은 보통 보상이라고도 잘 알려져 있는 선생님들이 많이 사용하는 방법입니다. 유기체가 학습하기를 바라는 반응을 했을 때 주어지는 먹이와 같은 것들을 말합니다(저는 개인적으로 이 방법을 그다지 선호하지는 않습니다. 왜냐하면 생각이 있는 인간이 동물과 같이 S-R에 의해 움직여야만 하기 때문입니다!). 실험상자 속에 고양이를 넣고 막대를 누르면 먹이가 나오는 장치를 했을 때 먹이가 정적 강화인이 됩니다. 부적 강화인은 반응이 일어난 다음에 제거됨으로써 그 반응을 강화시켜 주는 자극으로, 예를 들면 도피 훈련에서 동물이 도피 반응을 나타내면 주어지던 전기 쇼크가 제거되는데, 이 같은 경우에서는 전기 쇼크가 부적 강화인이 됩니다.

부적 강화(negative reinforcement)는 작동적 반응 직후에 어떤 강화를 제거해 줌으로써 그러한 반응의 확률을 높여주는 방법을 말합니다. 예를 들어 지나치게 덥거나 추울 때나 소음이 심할 때 학생들은 공부하는 데 어려움을 겪습니다. 이럴 때 적당한 실내온도와 소음을 제거함으로써 학생들이 열심히 공부할 수 있도록 도와주는 경우를 말합니다. 일반화된 강화(Generalized Reinforcement)는 하나 이상의 1차적 강화인과 짝지어져 있는 2차적 강화인을 말합니다. 이 방법은 어떤 특정 발달조건에 의존하지 않는다는 장점을 갖고 있으며 이런 경우에 효과적일 수 있습니다.

강화의 개념은 Skinner의 조작적 조건화에서 제시된 개념으로 기대하는 반응의 발생빈도를 높이는 역할을 하는 것을 말합니다(여기서 기대하는 행동이란 교사의 치밀한 지도계획에 의해 주도면밀하게 계획된 교육적으로 유의미한 행동이어야 합니다. 결코 즉흥적이지 않다는 말입니다). 그것은 상장, 선물, 돈 등 눈에 보이는 보상일 수도 있고, 쓰다듬기나 칭찬 등으로 이루어질 수 있습니다. Skinner에 의하면 학습자의 반응이 강화를 계속 받으면 그런 반응을 계속 보임으로써 점진적으로 행동이 좋아진다고 합니다(제가 아침맞이에서 의도적으로 학생들의 어깨를 두드려 주는 행위). 하나의 자극 상태에서 강화된 행동은 다른 유사한 상태에서도 나타날 수가 있다는 말입니다. 예를 들어 아기가 엄마를 보고 '까르르' 소리를 내어 웃을 때 엄마가 아기를 안아 주고 예뻐하면 나중에 아기는 다른 사람들을 보고도 '까르르' 소리를 내어 웃게 되는데 이것은 엄마에게서 강화받은 아기의 행동이 일반화되어 다른 상황에서도 나타나는 것입니다. 다른 예로는 수업 중에 엉뚱한 대답을 해 친구들의 관심과 웃음을 자아내는 행동이 강화가 되어 사람들이 많이 모인 곳에서 그런 행동을 곧잘 하게 되는 경우도 있습니다. 토큰 강화(token reinforcement)는 어떤 행동의 강도와 발생빈도를 증가시키는 강화 방법의 하나로, 학습자가 바람직한 행동을 보였을 때 실물과 바꿀 수 있는 토큰을 주어 기대하는 행동이 계속 일어나도록 하는 방법입니다. 예를 들면 유치원에서 아이들이 착한 일을 하거나 바람직한 행동을 보였을 때 스티커를 하나씩 붙여줌으로써 스티커를 일정량 모으게 되면 선물을 주는 것과 같은 방법입니다. 이는 주로 저학년의 학습자에게 보다 효과적인 것으로 나타납니다.

강화의 원리에서 자주 언급되는 이론이 프리맥의 원리인데 프리맥의 원리(Premack principle)란 빈번하게 일어나는 특정한 행동이 상대적으로 자주 일어나지 않는 행동을 강화하기 위하여 이용되는 것을 말합니다. 이는 개인의 행동을 관찰하여 가장 자주 발생하는 행동을 비교적 적게 발생하는 행동에 대한 보상으로 이용할 수 있음을 의미합니다. 예를 들어, 아이스크림을 가장 좋아하고, 고기를 가장 싫어하는 학생에게 저녁 식사 때마다 고기를 먹으면 후식으로 아이스크림을 먹을 수 있도록 허락하며, 학생이 가장 하기 싫어하는 행동인 고기 먹기의 빈도를 점진적으로 증가시킬 수 있는 경우를 말합니다. 이 이론을 우리 학교에 적용해 보면 선생님이 어떤 학생이 선호하는 행동을 순서대로 나열해 보아 강화계획을 수립하여 지도하면 그 학생의 특정한 행동을 강화하는데 매우 유용할 것입니다. 프리맥의 원리는 보상이 될 수 있는 것이 개인들마다 다르며 개인 내에서도 언제든지 바뀔 수 있다는 것을 보여 줍니다.

지난 학생선도위원회에서 총 44건의 선도 처분을 했다는 보고가 있었습니다. 다른 학교는 더 하다는 말에 위안을 느껴 보기도 하지만 마냥 그럴 수만은 없는 것이 저의 솔직한 심정이고, 선생님들이 참 고생이 많으시구나 하는 것을 실감하고 있습니다. 그러나 서두에서 말씀 올린 바와 같이 대다수의 아이들은 선생님들의 가르침에 잘 따르고 있으며, 나름대로 교육적 성취를 이루고 있습니다. 선도 처분받은 학생들의 현황입니다. 정밀기계과 2, 3학년과 전기과 3학년은 없습니다. 신기하지요? 아마도 모든 선생님이 저와 같은 생각이실 것입니다. 학생들에게 명확한 진로 목표와 그 길을 향한 교육과정을 학교에서 제시하지 못한다면 우리의 어려움은 더욱 심화될 것입니다.

학과	1학년	2학년	3학년	계
그린자동차과	2	3	4	9
정밀기계과	5	-	-	5
토목과	4	2	9	15
전기과	4	1	-	5
자동화기계과	2	7	1	10
계	17	13	14	44

잃어버린 양 한 마리를 찾아 이리 떼와 맞서며 거친 광야를 헤매는 목자의 심정으로 고독한 교단에 오늘도 홀로 서 있는 우리들입니다. 그 양이 목자의 품으로 돌아올 수 있도록 다만 오늘도 최선을 다할 뿐입니다. 그 상한 마음, 썩어 들어가는 마음을 쓴 소주에 풀어 버릴 뿐입니다. 오늘도 한 아이는 교장인 제 앞에서 버젓이 무단횡단을 하면서 "뭐 어쩌라고!" 하는 표정과 몸짓으로 제 앞을 지나갑니다. 정말 어이가 없었습니다. 저도 사람인지라 순간 속에서 불이 치밀어 올랐습니다만 참았습니다. 나의 지도를 그 자리에서 받아들일 아이가 아니라고 생각했기 때문입니다. 그냥 무기력하게 쳐다만 볼 뿐이었습니다. 이런 상황을 거의 매시간 우리 선생님들은 당하고 계시는구나 하는 생각에 정말 마음이 무겁고 좋지 않았습니다. 오늘도 어쩔 수 없이 쓴 소주에 허허 웃어야 하는구나 하고 자위해 봅니다.

예전 북인천여중에서 3학년 담임을 할 때 매일 지각하는 한 여학생이 있었습니다. 협박도 해 보고, 읍소도 해 보고, 사정도 해 보았으나 지각하는 행동은 나아지지 않았습니다. 공부도 잘했고, 선생님의 가르침에 잘 따르던 이쁜 여학생이었습니다. 다만 지각이 문제였습니다. 부모님을 모셔 상담하려고 어머니를 학교에 오시라고 했습니다. 첫 만남에 저는 어머니를 오라고 했는데 왜 할머니가 오셨나 했습니다. 어머니가 나이가 많으셨던 것입니다. 그 이후론 지적하지 않고 지켜만 보았던 경험이 있습니다. 이 이쁜 여학생이 어떻게 되었을까요? 훌륭한 선생님이 되어 인천에서 아이들을 잘 가르치고 계십니다. 어느 스승의 날 저를 찾아왔을 때 "임마! 너 아직도 지각하냐? 너희 반 아이들 지각하면 너는 어떻게 하냐?" 하는 나의 말에 "아이고! 선생님." 하며 활짝 웃던 그 이쁜 아이, 아니

훌륭한 선생님이자 나의 교육의 도반이 내 앞에 서 있었습니다. 인내는 쓰다. 그러나 그 열매는 달다고 했던가요! 선생님들 힘내십시오!

부평공고, 2022. 10.

7. 한국인은 누구인가?

그 뜨겁던 한여름의 폭염도 어느덧 그 기세가 많이 누그러진 것 같습니다. 정말 자연의 운행은 지구상의 수많은 사건과 사고, 현상들에도 불구하고 그냥 무심하게 흘러 멈춤이 없습니다. 벌써 결실의 계절, 수확의 계절이 다가오고 있음을 몸으로 느끼고 있으니 말입니다. 다만 부족한 나와 관계된 인연들에게 항상 건강과 평안이 함께하길 소망해 봅니다.

방학 전에도 말씀드렸듯이 지난 여름방학 동안에 많은 교육환경 개선 공사가 이루어졌습니다. 전기과 공동훈련센터 구축, 군특 실습실 구축, 보건실 리모델링, 화장실 화변기 교체, 소방시설 보수, 컴프레셔실 공사, 토목과 실습실 환경개선, 지하 물탱크실 안전시설 보강, 자전거 공기주입기 설치, 각종 기자재 구입 등 참 많고 다양한 공사들이 잘 마무리되었습니다. 수고하신 모든 교직원들에게 머리 숙여 감사의 말씀을 올립니다. 아울러 이런 우리들의 수고가 학생들의 역량 강화로 이어져 모두가 행복한 부평공고가 되었으면 참 좋겠습니다.

홍범도 장군의 유해가 70여 년 만에 조국으로 돌아와 영면에 들어가셨습니다. 지금부터 정확히 100년 전 봉오동 전투(1920. 6. 7.)와 청산리 전투(1920. 10. 21.)에서 독립군은 일본군에게 큰 타격을 가합니다. 그 보복으로 일본군은 광복군 토벌에 나서 이른바 경신참변을 일으킵니다. 소위 〈자유시 참변〉으로 불리는 이 사건으로 독립군 600여 명이 희생되게 됩니다. 나라를 잃고 우리의 선조들은 조국의 광복을 위해 피 흘렸습니다.

불과 100년 전 역사입니다. 수많은 순국선열들의 피 값으로 얻어진 대한민국입니다. 나라 사랑의 교육이 필요합니다. 역사를 잊은 민족에게는 미래가 없다고 합니다. 결코 국가주의가 아닙니다. 우리는 남의 나라를 침략해 본 적이 없습니다.
'한국인은 누구인가?'라는 주제의 글입니다. 바쁘신 시간 중에 짬을 내어 읽어 보셨으면 합니다.

현대그룹 정주영 회장과 포항제철 박태준 회장은 한국의 전후 경제사에서 결코 빼놓을 수 없는 입지전적인 인물들입니다. 그들은 무에서 유를 창조한 기업가들이며, 현대와 포스코는 지금 글로벌 무대에서 한국을 대표하는 기업으로 이름을 날리고 있습니다. 이 두 사람이 맨땅에서 기업을 일구며 공통적으로 눈여겨봐 온 것이 있습니다. 바로 한국인 노동자들이 지니고 있는 독특한 개성입니다. 두 거인은 이들을 데리고 허허벌판에서 세계 제1의 기업을 일구면서 한국인은 누구인지 그리고 그들을 어떻게 이끌어 가야 하는지를 몸으로 부딪쳐 깨달아 갔습니다. 두 기업가가 자서전적인 책들에서 남긴 결론도 바로 이 점에 관한 것이었습니다. 박태준 회장은 한국인에 대해 이렇게 말하고 있습니다.

"포철의 기적은 무엇보다도 인간적인 요인을 잘 고려한 덕분에 가능했습니다. 한국인의 역사, 바람, 기질, 성격 그리고 자존심 등을 정확히 이해하고 활용한 성과입니다. 이러한 것들은 모두 한국의 문화와 전통 속에 뿌리를 둔 것이지요. 한국인의 기질은 민감해서 쉽게 흥분하는 경향이 있으며 꾀가 많고 외향적인 반면 열심히 일하고 매우 똑똑합니다.

… 서양에서는 종업원들이 자기 일에 '헌신'하지 않는다고 말합니다만, 한국에서는 이럴 때 '혼'을 불어넣지 않는다고 말합니다. … 우리나라 종업원들이 맡은 일의 중요성을 깨닫고 감정적으로 동조하게 되면 이들은 굉장한 일꾼으로 돌변하지요. … 나는 우리 민족이 풍부하게 갖고 있는 감정 에너지에 호소했습니다. 우리 민족은 아시아의 다른 나라 사람들보다 대규모 공사에 쉽게 흥분하지요. 한 번 신바람이 나면 자신을 잊어버릴 정도로 열심히 일합니다. 우리는 이러한 점을 잘 활용했습니다. 종업원들뿐만 아니라 관리자들도 역시 프로젝트에 몰입해야 합니다. 감정적으로 동조하고 훌륭한 리더십을 발휘해야 합니다. 저는 포철 건설을 통해 이러한 모델을 정착시켜 왔습니다. 신바람을 불러일으켜 성취욕을 불태웠던 것이지요."[3]

정주영 회장 또한 비슷한 말을 하고 있습니다.

"우리는 우수한 인적 자원만으로 여기, 이만큼까지 왔다. 오늘날 한국 기업과 경제는 우수하고 근면한 창업주의 불굴의 의지, 진취적인 실천력, 그리고 우수하고 근면한 근로 계층의 혼신의 힘을 다한 국가 발전에의 열성에 의해 성장했다. 사람의 힘만으로 말이다. 이 인적 자원의 위력은 여타 물적 자원과 비교될 수가 없다. 때문에 나는 경제란 돈이 아니라 진취적인 생명력에 한 민족의 정기를 불어넣어서 만드는 것이라고 확신한다."[4]

---

3 『최고 기준을 고집하라』, K.K.SEO 지음, 윤동진 옮김, 한국언론자료간행회, 1997.

4 『시련은 있어도 실패는 없다』, 정주영, 제삼기획, 1991.

이 두 사람의 평가 중 공통적으로 눈에 띄는 것이 혼(魂)이나 정기(精氣) 그리고 감정적 에너지입니다. 모두 같은 말이라 해도 큰 차이가 없을 것입니다. 그렇다면 그 한국인이 지니고 있다는 혼이나 정기의 정체는 과연 무엇일까요? 궁금했습니다.

한국인의 정서를 오랫동안 연구해 온 최준식 이화여대 교수는 한국인의 심성을 표현하면서 그 심리 기저에 샤먼적인 신기(神氣)가 있어 적절한 때를 만날 경우 엄청난 에너지를 발휘한다고 지적합니다. 최 교수가 여기서 주목하는 것은 한국인의 샤먼(무당)적 기질입니다. 그는 자신의 저서 『한국인을 춤추게 하라』(사계절, 2007)에서도 민속학자 주강현 박사의 말을 인용해 2002년 월드컵 대회 당시의 길거리 응원을 굿판이라고 정의하면서 당시 붉은 악마들이 입었던 빨간 티셔츠야말로 다름 아닌 무복(巫服)이라고 말하고 있습니다. 그러면서 최 교수는 "한국인이 제대로 필을 받으려면 심리의 기층에 있는 무교적인 신명에 불을 지펴야 한다." 말하고 있습니다.

중국 진수가 편찬한 『삼국지』「위서」에 삼한의 사람들은 '5월에 파종하고 난 후 귀신에게 제사를 올리고, 이때 많은 사람들이 모여 노래하고 춤추고 술을 마시며 밤낮 쉬지 않고 놀았다'라는 기록이 있듯이 한국인은 음주 가무를 즐깁니다. 이 가무는 사실 신명이 나야만 이뤄지는 현상입니다. 신명은 곧 신바람입니다. 그래선지 한국인은 무당굿을 통해 "神도 노래와 춤으로 부르고, 神이 오면 이를 맞이하고 반기려고 노래와 춤을 추고, 神을 보낼 때 역시 노래와 춤으로 환송한다."라고 전하고 있습니다. 그런데 이 가무 앞에 붙어 있는 단어가 음주입니다. 음주 가무, 가무도 그렇지만 음주는 정신이 취하는 것입니다. 한마디로 취해야 사는 민족인 것입니다. 그것은 정주영이나 박태준식으로 점잖게 표현하자면 혼을 불어넣는 과정이기도 합니다. 지나친 음주가 건강에 좋지 않다는 점만 제외하면 이런 현상 자체가 혼을 불러일으킨다거나 아니면 신명이 나도록 만든다든가 하는 관점에서는 긍정적인 측면도 있는 것입니다. 이 세상 어느 나라 어느 민족이 '마시고 죽자'라는 말이 나올 정도의 흥취를 자아낼 수 있겠습니까! 싸이가 부른 〈강남스타일〉의 가사 그대로 "지금부터 갈 데까지 가 볼까"의 정서와 일맥상통하고 있습니다.

한국인의 심성과 심리구조는 이렇듯 샤먼적인 도취 상태 및 도도한 신명 등과 따로 떼놓고는 설명할 수 없는 독특한 특성을 지니고 있습니다. 이런 특성에 대해 제대로 된 이해 없이는 최준식 교수가 말하는 '세계를 쥐락펴락하는 일본을 우습게 보는 유일한 민족, 월드컵에서 1승도 못 하다가 갑자기 세계 4강까지 후다닥 해치워 버리는 민족, IMF 경제 위기를 맞고도 2년 남짓한 사이에 위기를 완전히 극복했다고 세계에 자신 있게 선언하는 민족, 온갖 파리나 구더기들이 정치권에 다 몰려도 망할 듯 망할 듯 망하지 않는 엄청난 내구력과 생명력을 지닌 나라, 아무리 큰 재앙이나 열 받는 일이 닥쳐도 1년 안에 잊어버리고 끊임없이 되풀이하는 기억상실 민족'이라는 미스터리 또한 풀 수 없는 것입니다.

이외에도 외국인들이 경이롭게 생각하는 한국인의 특성 가운데 하나는 '두 가지 정신활동의 자유로운 합체 현상'입니다. 말이 어렵지만 쉽게 말하면 다른 게 아니라 바로 '하면서 한다'입니다. 김신조가 청와대를 습격한(1968. 1. 21.) 후 박정희는 '싸우면서 건설하자'라는 구호로 이런 정서를 멋지게 표현하기도 했습니다. 저는 지병 때문에 병원에 주기적으로 가야 할 일이 있습니다. 그런데 갈 때마다 놀라곤 하는 사실이 하나 있는

데 수납 창구의 여직원 때문입니다. 우리 모두 경험했다시피 순서가 오면 창구에 가곤 하는데, 갈 때마다 놀랍습니다. 창구에 가 보면 앞사람의 일이 아직 끝나지 않았는데도 다음 번호를 호출한 것입니다. 앞사람의 일은 거의 끝나 카드와 서류를 주는 기계적인 일만 남아 있는 것이지요. 그러면서 '뭘 도와드릴까요?' 하고 제게 묻습니다. 놀랍지 않으신가요? 두 가지 일을 동시에 그것도 잘 처리하고 있으니 말입니다. 최준식 교수는 이런 장면이야말로 서양에서는 보기 힘든 것이라고 강조하고 있습니다. 게다가 한국인의 이런 모습에 주목하고 있는 것은 국내의 학자들만이 아닙니다. 외국인들이 흔히 지적하는 한국인의 첫인상이기도 합니다. '한국, 한국인, 한국경제를 위한 진실을 말하다'라는 소제목이 붙어 있는 『퍼스트 무버』(황금사자, 2012)를 쓴 피터 언더우드(원한석) 박사 역시 이런 모습에 경탄을 아끼지 않는 외국인 중 한 명입니다. 그는 한국인은 무엇보다 '동시 동작'에 강하다고 말합니다. 뭔가를 하면서 다른 일을 하는 능력이 세계 최상급이라고 격찬하고 있습니다.

"한 손에 쇼핑백을 들고 한 손으로 유모차에 탄 아이에게 젖병을 물리면서 목에 휴대전화를 끼고 뭔가를 열심히 통화하는 엄마의 모습을 보노라면 이거야말로 기적이 아닌가 싶을 때가 있다. … 동시 동작이란 빨리빨리 문화의 가장 극단적인 모습이다. 한 가지 일을 빨리 끝내야 한다는 강박관념은 아예 그 일이 끝나기도 전에 다른 일을 시작하게 만든다. 두 가지도 부족해서 세 가지, 네 가지 일을 동시에 한다."고 썼습니다. 그렇다고 해서 이렇게 한꺼번에 여러 가지 일을 하면서 정확도가 떨어지는 것도 아닙니다. 인터넷에 떠돌아다니는 〈한국인 빨리빨리 베스트 10〉을 한번 보겠습니다.

1. 커피 자판기에서 손을 넣어 컵 잡고 기다리기
2. 버스 정류장에서 출발한 버스를 뒤따라가 추격전 벌이기
3. 화장실 들어가기 전부터 지퍼부터 먼저 내리기
4. 삼겹살이 다 익기도 전에 먹기
5. 엘리베이터 문이 닫힐 때까지 닫힘 버튼을 연속적으로 누르기
6. 3분 기다려야 하는 컵라면을 3분이 지나기도 전에 뚜껑 열기
7. 영화관에서 엔딩 자막이 끝나기도 전에 일어나 나가기
8. 화장실에서 볼일 보면서 양치질하기
9. 웹사이트가 3초 안에 안 열리면 닫아 버리기
10. 편의점에서 음료수를 구입한 뒤 먼저 마시고 계산하기

아아! 우스갯소리로 넘기기에는 공감하는 바가 큽니다. 그렇다면 한국인은 얼마나 오래전부터 이런 습관을 형성해 온 것일까요. 학자들에 의하면 조선시대 이전에는 이런 국민성을 찾아보기 어렵다고 말합니다. 만일 빨리빨리 문화가 역사적으로 몸에 배어 있는 민족이었다면 어떻게 그 방대한 양의 팔만대장경에 오자 하나가 없을까요! 그렇지 않습니까!

제가 보기에 이런 빨리빨리 문화는 아무래도 일제강점기와 6·25 전쟁의 폐허에서 살아남기 위해 한국인 스스로 형성해 온 삶의 지혜가 아닌가 여겨집니다. 애초부터 아무런 자원, 자본, 기술도 없이 세계 시장과 경쟁하는 한국 기업에게 내세울 만한 경쟁력이라곤 아무것도 없었습니다. 그나마 유일하게 매달릴 수 있는 전략이 공기(工期) 단축 정도였습니다. 이것은 정주영의 중동 진출이나 박태준의 포항제철 건설에서 빈번히 거론되는 대목이기도 합니다. 남들이 프로젝트마다 하나하나 순차적으로 해

결해 나가는 동안 한국인은 조금이라도 빨리빨리 수행해야 했고, 나아가 동시에 여러 가지 과정을 한꺼번에 처리하는 풍토가 나중에 사회 전체로 확산된 것이 아닌가 생각됩니다.

자 이제 그럼 우리가 그때는 어땠는지 현대조선소와 포항제철의 건설 과정을 한번 살펴보겠습니다.

현대조선소는 1970년 3월 조선사업부를 설치한 직후 울산의 미포만, 전하만 등이 인접한 곳에 부지를 선정합니다. 사실 이때만 해도 현대그룹은 조선의 '조' 자도 모르는 시절이었습니다. 그저 선체는 정유공장 기름탱크 만들듯이 도면대로 구부려 용접하면 되고, 설비 및 기계도 건물 짓듯이 만들면 되는 것으로 알았고, 도크는 선체가 들어갈 수 있는 엄청나게 큰 수영장 정도로 인식하고 있었습니다. 당시 한국에서 만들어진 가장 큰 선박은 조선공사에서 만든 1만 7천 톤급이 전부였습니다.

정주영은 그때부터 영국 선박회사와 기술제휴 및 자본 조달을 협의했고 마침내 그리스 선박회사로부터 26만 톤급 선박 두 척을 기적적으로 수주합니다. 공장조차 짓지 못하고 있을 때였습니다. 그의 손에 들려 있는 것은 아무런 구조물도 없는 황량한 바닷가에 소나무 몇 그루와 초가집 몇 채가 있는 초라한 백사장을 찍은 사진이 전부였습니다. 1972년 3월 23일 드디어 착공식을 거행했습니다. 데드라인은 1974년 6월, 고작 20여 개월에 만에 공장을 완공해야만 했고 더불어 26만 톤급 배 두 척도 바다에 떠 있어야만 했습니다. 지금 생각하면 참 어처구니없는 노릇입니다. 마치 코미디 같은 상황이 벌어진 것이지요. 그러나 현대맨들은 부두 건설, 강재 하치장, 선각 공장, 훈련소, 각종 건물 공사 등을 모조리 동시에 진행했습니다. 매일같이 계속되는 돌관(突貫)작업으로 신발 끈을 맨 채로 잠을 자는 사람이 허다했고, 새벽이면 여기저기 고인 웅덩이 빗물로 세수하는 사람들이 한둘이 아니었습니다. 그때는 그랬습니다. 영국인은 달리기 전에 생각하고, 스페인인은 달리면서 생각하고, 한국인은 달리고 나서 왜 달렸는지를 생각한다는 말이 있습니다. 정말 그때는 그랬습니다. 이윽고 그들은 해냈습니다.

어느 나라건 종합제철소는 국력의 상징입니다. 철은 산업의 쌀이기 때문입니다. 2차 세계대전 이후 모든 신생국들은 저마다 자립의 상징으로 제철소를 지으려 했습니다. 그러나 대부분의 나라가 실패했습니다. 제철소가 돈이 있다고 해도 간단히 지어지는 것이 아니기 때문입니다. 이들 나라에게는 효율성, 전문기술, 정치적 개입, 부정부패, 시장경제 등 넘어야 할 산이 산적해 있었습니다. 우리나라도 마찬가지였습니다. 아니 우리는 더 어려웠는지도 모릅니다. 돈이 없었기 때문에! 박정희는 제1차 경제개발 5개년계획(1962~1966)에 야심 차게 종합제철소 건설 사업을 확정했습니다. 이 기간 북한은 연간 200만 톤 이상의 철강을 생산하고 있었습니다. 박정희의 절박감을 느낄 수 있습니다. 그러나 사업은 시작도 못했습니다. 세계 어느 나라에서도 돈을 꿔 주려 하지 않았기 때문입니다.

그때는 그랬습니다. 제2차 경제개발 5개년계획(1967~1971) 시작과 동시에 박정희는 돈이 있건 없건 간에 포항을 제철소 부지로 선정해 버리고, 1968년 4월 1일 포항종합제철주식회사를 설립하고 박태준에게 지휘봉을 맡깁니다. 그리고 박태준은 5월 20일 그 유명한 일명 롬멜하우스를 영일만의 황량한 모래벌판 위에 세웁니다. 그게 시작이었습니다. 이후 박태준은 틈만 나면 "이 건설 사업은 조상의 고귀한 피의 대가로 시작된 것이다. 실패하면 몇몇 사람의 사임으로 끝날 문제가 아닌 만큼 우리 모두 '우향우'해서 동해바다에 몸을 던지는 것이다."라고 말하곤 했습니다. 이후 '우향우정신'은 포철의 전통과 상징이 되었습니다. 그러나 이때까지도 미국, 유럽 모두 차관 제공에 부정적이었고, 박정희는 고육책으로 대일청구권 자금을 포철 건설에 사용하기로 합니다. 1968년 8월 28일 일본은 포철 건설을 지원하겠다는 성명서를 발표하게 됩니다. 1970년 4월 1일 황량한 영일만의 모래벌판에서 착공식(포항 1기)이 열렸습니다. 경부고속도로 건설비의 3배가 들어가는 국가의 사활이 걸린 대역사였습니다. 그리고 1973년 6월 9일 오전 7시 30분 용광로(포항 1고로)에서 붉은 쇳물이 쏟아져 나왔습니다. 첫 삽을 뜨고 불과 3년 2개월 9일 만의 기적이었습니다. 모래바람도, 쏟아지는 잠도, 종합제철소를 향한 쇳물보다 뜨거웠던 한국인의 열정을 감히 꺾지 못했습니다. '우향우정신'으로 무장한 철인들에게 불가능이란 없었습니다. 감격의 첫 출선은 그동안 흘린 땀과 눈물의 열매였습니다. 철인들의 땀방울은 뜨거운 쇳물이 되어 흘렀습니다. 또 다른 자랑스런 대한민국의 역사를 위해 다시 일어선 철인들은 집념으로 시련과 고난을 이겨 낸 것입니다. 그들은 한국인입니다. 자랑스런 한국인 말입니다.

'그때는 그랬습니다'라는 말을 자주 했습니다. 오해하지 않으셨으면 좋겠습니다. 결코 '라때'를 말하고자 하는 것이 아닙니다. 정말 그때는 그랬다는 사실을 건조하게 받아들이셨으면 좋겠습니다. 토마스 쿤이 『과학혁명의 구조』에서 주장한 〈동일표준상 비교불능〉이라는 말이 있습니다. 과거의 역사를 오늘의 잣대로 판단하지 말라는 말입니다. 그 이유는 패러다임이 바뀌었기 때문입니다. 학자들은 이를 '패러다임 쉬프트'라고 합니다. 결코 과거에 매몰되어 미래로 전진하지 못하는 잘못을 범하면 안 됩니다. 과거의 역사를 타도의 대상으로 삼는다면 그것은 프로파간다입니다. 조지 오웰은 "모든 프로파간다는 거짓이다. 진실을 말하는 경우조차 그렇다. 내 생각에는 우리가 무엇을 하고 있는지, 그리고 왜 하고 있는지 아는 한은 이런 건 중요하지 않다."[5]고 말했습니다. 오늘의 나는 과거의 나의 아버지에 그 뿌리가 있고, 그 아버지는 그 아버지에 뿌리가 있습니다. 역사는 그렇게 그냥 무심하게 흘러갈 뿐입니다. 다만 오늘을 사는 우리들이 어떤 선택을 하고 어떻게 살아야 하는가를 말해 주고 있을 뿐입니다. 우리 한국인에게는 어떤 시련과 고난을 만나도 신명나게 혼을 불어넣어 극복하고야 마는 유전자가 각인되어 있습니다. 그런 자랑스러운 한국인들이 만든 나라가 지금의 자랑스러운 내 조국 대한민국입니다. 우리가 지금 가르치는 아이들이 분명 이 나라를 이끌어 나갈 것이라는 점은 의심할 여지가 없습니다. 그러기에 교육이 중요하며, 그 교육을 온몸으로 이끌고 계시는 분들이 바로 우리! 자랑스런 대한민국 선생님들이십니다! 선생님들! 힘내십시오!

부평공고, 2021. 10.

---

5 『전시 일기』 중에서, 조지 오웰, 1942. 3. 14.

8. 기술이란 무엇인가?

6월은 우리 학교와 같은 특성화고등학교에서는 매우 중요한 달입니다. 왜냐하면 3학년 학생들의 국가기술자격증 시험이 있기 때문입니다. 우리 학교도 6. 15. (화)~28. (월)까지 10종목에 223명의 3학년 학생들이 시험에 응시하게 됩니다. 면제자 검정 214명, 정시검정 9명, 2종목 응시 7명, 미응시 9명(장기위탁교육, 특수학급 등)으로 집계되었습니다. 5개 학과의 모든 학생들이 합격하기 위해 실습 시간뿐 아니라 방과후교육에도 참여하여 열심히 공부하고 있습니다. 지도하시는 선생님들의 노고에 큰 치하의 말씀과 감사의 말씀을 드립니다.

우리 학교의 교육목표 달성 여부를 판단하는 기준은 여러 가지 관점이 있을 수 있습니다. 정량적 측면에서 본다면 인성교육의 측면에서는 학업중단률을 들 수 있고, 교과교육과정의 측면에서는 국가기술자격증 취득률을 들 수 있을 것입니다. 모든 학생들이 하나 이상의 자격증을 취득할 수 있도록 모든 선생님들의 각별한 관심과 격려를 당부드립니다.

우리 학생들은 학과 교육목표에 맞는 전문적인 기술 자격증을 취득하게 됩니다. 역시 일상 속에서 기술을 가르치며 배우고 있습니다. 그런데 누가 우리가 가르치는 '기술이 무엇이냐?'고 묻는다면 '이것이 기술이다.'라고 대답하기 머뭇거려집니다. 물론 저도 그렇습니다. 이에 이번 달에는 '기술이란 무엇인가?'라는 주제로 글을 써 보았습니다. 가르치시는 데 도움이 되셨으면 합니다.

아울러 6월은 호국보훈의 달이기도 합니다. 오늘의 대한민국이 있기까지 피 흘려 이 땅을 수호하신 모든 순국선열들의 나라 사랑하는 마음을 되새겨 보아야 하겠습니다. 물론 학생들에게도 가르쳐야 하겠지요. 개인적으로 최근 이스라엘과 하마스의 전쟁을 뉴스로 접하는 마음이 무겁습니다. 전쟁의 피해는 모두에게 있겠으나 힘없는 어린이들의 사망은 참 받아들이기 어렵습니다. 전쟁이란 그런 것입니다. 이 땅에도 그런 역사가 있었습니다. 다시는 그런 역사의 반복을 거듭하지 않기 위해 우리 모두 국력을 키우고 나라 사랑하는 마음을 되새겨야 하겠으며, 그런 역사를 자라나는 학생들에게 가르쳐야 할 것입니다.

루소의 『인간 불평등 기원론』 제2부 첫 문장은 이렇게 시작됩니다.

"어떤 토지에 울타리를 치고 '이것은 내 땅이다.' 선언하는 일을 생각해 내고는 그것을 그대로 믿을 만큼 단순한 사람을 찾아낸 최초의 사람은 정치사회(국가)의 창립자이다. 말뚝을 뽑아내고 도랑을 메우며 '이런 사기꾼이 하는 말 따위는 듣지 않도록 조심해라. 열매는 모든 사람의 것이며 토지는 개인의 것이 아니라는 것을 잊는다면 너희들은 파멸이다!' 라고 사람들에게 외친 자가 있다면, 그 사람이 얼마나 많은 범죄와 전쟁과 살인, 그리고 얼마나 많은 비참함과 공포를 인류에게서 없애 주었겠는가?"

인류 불평등의 기원이 사유제에 있다는 루소의 주장입니다. 볼테르는 루소의 이런 주장에 화가 났습니다. "이것이야말로 부자들의 재산을 가난한 사람들이 훔치도록 하는 무례한 철학이다."라고 반박합니다. 인간의 첫 감정은 동물과 같이 자기 생존을 위한 것이고, 첫 배려 또한 자기 보존을 위한 배려였습니다. 이것이 인간의 본능입니다. 무슨 말인가요? 정치적으로 보면 인간 불평등의 기원이 사유제라고 볼 수 있고, 인류 문명의 발달로 보면 실추된 인간성의 문제로 볼 수 있고, 실질적인 문제로 보면 자연 상태의 인간에 대한 그리움의 표현으로 볼 수도 있습니다.

그런데 여기서 한 가지 저의 의문은 인간이 최초에 땅에 울타리를 치고 도랑을 메우는 기술을 어떻게 알았느냐는 것입니다. 아마 최초의 인간은 땅에 울타리를 치고 도랑을 메우기 위해선 기술이 필요하다는 것을 알지 못했을 것입니다. 루소의 이 말은 한 가지 분명한 사실을 숨기고 있는 것이 분명합니다. 왜냐하면 이 기술은 상당히 정밀한 기술을 필요로 하기 때문입니다. 땅에 말뚝을 박고 울타리를 치기 위해선 나무를 치수에 맞게 재단하고 운반하고 구멍을 뚫고 서로 연결하는 작업과 땅을 파고 배수로를 만들고 다시 말뚝을 묻고 평탄 작업 등 상당한 기술이 필요합니다. 즉 우리 학교 토목과 학생들이 배우는 측량과 토목 기술이 필요하다는 것입니다. 또한 이런 작업을 수행하기 위해선 다양한 도구와 연장이 필요합니다. 삽, 곡괭이, 톱, 바구니, 밧줄, 자, 대패, 손도끼, 쐐기 등이 그것입니다. 반드시 작업 속에는 기술과 도구, 연장, 재료 등이 필요합니다.

이렇듯 우리는 살아가면서 늘 함께하고 그 편리를 누리고 있지만 정작 사용된 그 기술에 대해서는 거의 주의를 기울이지 않습니다. 마치 우리가 숨 쉬는 것과 같이 말입니다. 물론 이런 능력은 인간을 제외한 동물에게는 상상할 수 없으며 마찬가지로 기술이 없는 인류 문명 또한 상상할 수 없습니다. 그러면 '모든 곳과 것'에 있으면서도 인지되지 않는 기술은 무슨 이유 때문일까요? 단순히 인간의 무관심과 부주의 때문일까요? 아니면 인간이 가지고 있는 기술공포증 때문일까요?

이런 의문은 무시간적이며 상황에 따라 변화할 수 있다는 것이 저의 생각입니다. 아시다시피 우리 학교는 직업교육을 하는 특성화고등학교입니다. 많은 학생들이 기술을 배우고 있습니다. 그런데 정작 그 기술이 무엇인지에 대해서는 저도 확실하게 '이것이 기술이다.'라고 명확하게 말하지 못하고 있습니다. 그러면서도 실질적인 기술을 추상적으로 가르치고 있습니다. 어찌 보면 테우메소스의 여우를 잡으려는 라엘랍스처럼 절대로 잡히지 않는 여우와 무엇이든 잡을 수 있는 사냥개의 모순인 듯 보입니다. 제우스는 이 모순을 하늘의 별자리로 만들어 해결해 버렸습니다. 신들의 왕인 제우스에게도 어려운 문제였던 것입니다. 교육이 이렇게 어려운 것입니다. 불확실의 시대에 이것만은 확실한 것 같습니다. 그래서 기술에 대한 정의와 특징들에 대해 살펴보았습니다. 그래야 직업교육을 하는 우리들의 가르침에 대한 철학적 사유의 논거를 제공할 수 있으리라 생각하기 때문입니다. 가르치시느라 여념이 없으신 존경하는 선생님들에게 조금이나마 그 사유에 도움이 되셨으면 좋겠습니다.

'기술'이란 말은 비교적 최근에 생겨났습니다. 18세기 프랑스의 계몽주의 철학자 드니 디드로가 처음 언급했는데 '기술은 모든 이전의 것들을 완화시키는 자신의 규칙들을 가지고 있다. 정상적인 것이 기술에 희생되는 경우는 드물다.'(『그림자 위에 나타나는 사유들』)라고 했고, '만약 기술의 숭고함이 없었다면 샤르댕의 이상은 비참할지도 모른다.'(『1765년의 살롱』)라고 썼습니다.

막스 베버는 그의 사후 출간된 『경제와 사회』(1922)에서 '어떤 활동의 기술은 우리의 정신 속에서는 그것의 실행에 필요한 수단들의 총체이다. 그 활동의 방향이나 목적과는 대조적으로 결국에는 활동이 기술의 방향을 결정한다. 합리적 기술은 우리에게 의도적으로나 방법적으로나 경험과 반성, 점점 고도화되는 과학적 발전을 따라 고안되는 수단들을 사용하는 것이다.' 철학자의 말이라 어렵지만, 기술은 '모든 곳과 것'에 존재한다는 말이고 반드시 과학적 발전을 수반한다는 말인 것으로 이해됩니다. 이어서 '기술은 모든 활동 속에 있으며, 사람들은 기도의 기술, 금욕의 기술, 반성과 탐구의 기술, 기억의 기술, 교육의 기술, 정치적이고 성직자적인 지배의 기술, 전쟁의 기술, 음악의 기술, 조각의 기술, 회화의 기술, 법률의 기술 등에 대해 말할 수 있다. 게다가 이 모든 것은 어느 정도의 매우 변화무쌍한 합리성을 받아들인다.'라고 썼습니다. 이 말은 활동하는 사람들의 목적은 그 활동의 성공이지 수단은 이차적인 문제라는 말인 것으로 이해됩니다. 왜 사람들은 기술이 모든 곳에 있으면서도 아무 곳에도 있지 않은 것처럼 생각하는지 그 이유가 여기에 있는 것 같습니다. 이런 인간의 기술에 대한 사유는 근본적으로 계산적 사유입니다. 하나의 기술적 활동이 있는 것이 아니라 각 활동 속에 기술적 사유가 있는 것입니다. 따라서 인간의 활동이 있는 만큼 무한한 수의 기술적 사유가 있을 수 있으며, 그러기에 기술을 분류하기 쉽지 않은 것입니다. 이런 어려움에도 불구하고 고틀오틀릴린펠트(독일 경제학자, 1868~1958)는 「경제와 기술」(1914)이라는 논문에서 기술을 개인적 기술, 사회적 기술, 인지적 기술, 현실적 기술 등 4가지로 분류했습니다. 바로 이 '현실적 기술'이 오늘날 '기술공학(technology)'으로 불려지고 있으며, 따라서 사람들은 기술과 기술공학을 혼동하고 있습니다. 기술을 기술공학의 범주 안에 있다고 보는 것은 저는 분명히 잘못된 것이라 생각합니다. 기술이 기술공학을 포함하고 있다고 생각합니다. 왜냐하면 기술공학은 과학의 유산을 받아들임으로써 실행되는 기술이 아니라 기술의 절차에 대한 체계적이고 합리적인 연구라고 생각하기 때문입니다. 즉 기술공학은 하나의 과학적 기술로서 기술의 특수한 한 형태이고, 기술을 대상으로 하는 기술의 과학이라고 보기 때문입니다. 이 두 가지 견해는 양립불가능이 아니라 상호보완적이기조차 합니다. 어떤 때는 기술공학이 기술과 과학 사이에서 상호보완하며 서로에게 도움을 주고 있는 듯 보이기도 합니다. 기술의 발달이 과학의 발전에 완전하게 종속한다는 생각은 불합리합니다. '과학이 기술에 선행한다.'는 것은 부족한 제가 보기에도 분명한 오류입니다.

그렇다면 이런 기술에는 어떤 특징들이 있을까요? 이 문제를 살펴보기 전에 한 가지 유념해야 할 것은 원시인들처럼 궁핍에 가까운 이들의 삶과 문화에도 하나의 기술적 조직이 작동하고 있다는 사실입니다. 또한 '원시인들처럼'이란 말은 현대를 사는 우리들의 교만함을 내포하고 있다는 것을 먼저 우리가 인정해야 한다는 것입니다.

첫째, 기술의 문화적 성격입니다. 자연에서의 본능은 개체와 종의 생존에 본질적인 행위들을 실행하게 하고, 유전적으로 전달을 가능하게 하는 유일한 생물학적 장치입니다. 인간에게 일반적인 문화의 형태들은 언어, 도구, 사회제도, 미적, 도덕적, 종교적 가치, 체계들입니다. 이 말은 양봉하는 사람과 꿀벌을 동일시할 수 없다는 말과 같습니다. 즉 기술의 사용과 본능적인 행동 사이에는 본질적인 차이가 있고, 인간만이 기술에 의해 문화를 창조할 수 있습니다. 기술은 본능적 인간에서 문화적 인간으로 다른 형태의 존재 방식을 가능하게 하며, 이것은 언어와 상징의 영역에 속하지 않고 제도들처럼 규칙의 영역에 속하는 것도 아닙니다. 기술은 언제나 자연의 장애물을 수단으로 변형시킴으로써 발전해 왔습니다.

둘째, 기술은 획득되는 것이지 선천적인 것이 아니라는 것입니다. 기술은 문화에 속하기 때문에 기술의 숙련은 생물학적 유전이 아니라 학습과 훈련을 통해 얻을 수밖에 없습니다. 다른 방법이란 있을 수 없습니다. 인간에게 기술이란 다른 동물 종에서는 본능과 가깝습니다. 이 경우 학습은 긍정적이고 부정적인 양면성을 가질 수밖에 없고 인간에게 기술은 그런 점에서 역사성을 갖게 되는 것입니다.

셋째, 기술은 고립된 상태에서 존재하는 것이 아니며, 변화 가능한 복잡성을 가진 기술의 전체가 있을 뿐입니다. 새로운 기술은 일정 시간 동안 기존의 사회에 동화될 수 없습니다. 그러나 일단 동화되고 나면 엄청난 속도로 그 사회에 파급되며, 이런 전파 가능성이 기술의 역사성을 설명해 줍니다. 기술은 체계 내에서 작동하므로 모든 기술이 그 사회에 동화되는 것은 아닙니다. 어떤 기술은 사장되는가 하면 어떤 기술은 상당히 긴 시간 동안 안정적으로 거의 생물학적으로 발전합니다. 여기에 바로 기술의 극단적인 예측 불가능성이 존재합니다. 우리는 어떤 기술이 체계 내에서 약한 고리가 될지 알 수 없습니다.

넷째, 인간은 자신을 구속하는 본능에서 상대적으로 자유로우며 이 유연성이 기술의 발전을 가능하게 합니다. 인간은 자연의 그 어떤 동물 종보다 육체적으로 열등합니다. 자연은 육체적으로 열등한 생명에게 매우 적대적입니다. 그것이 자연입니다. '天地不仁'(老子 道德經 제5장, 天地不仁以萬物而芻狗라 하지 않았던가!). 따라서 인간에게 기술의 체계는 인간 생존을 위한 보호막으로 작동하게 되는 것입니다. K. 골드슈타인은

『유기체의 구조』(1934)에서 '기술은 그것이 생산하는 물건들로 자연에 대한 보호막을 구성한다.'라고 썼습니다. 극단적으로 말하면 인간은 기술을 사용하여 자연으로부터 도피하는지도 모릅니다. 따라서 기술의 발달은 환경이 극단적으로 적대적이어서 심지어는 인간의 생존을 위협할 때 엄청난 속도로 발전하는 것입니다. 자연에 생태계가 존재하는 것처럼 인간에게도 기술계가 존재합니다. 이것은 기술의 생태학적 성격을 명확하게 나타내고 있습니다.

다섯째, 기술은 눈에 보이기도 하고 또 보이지 않을 수도 있습니다. 기술이 언제나 연장이나 도구에 연관된 것이 아니기 때문입니다. 물론 기술의 실재성은 명확하지만 추상적인 기술들도 존재할 수 있습니다. 갈릴레이나 아인슈타인이 사용한 '사고 실험'과 같이 말입니다. 보이든 보이지 않든 본질적으로 사회적인, 획득된 활동인 기술은 인간과 자연 사이에 보호막을 치는 것이며, 같은 성질의 기술들의 체계로 조직화됩니다. 이것이 바로 인간의 기술적 활동의 특징이라 말할 수 있습니다. 물론 앞에서 열거한 다섯 가지 기술의 특징들은 서로 공존해야 합니다. 유기체 내에서 면역에 의한 방어는 기술에 속하지 않습니다. 문화적으로 획득된 것이 아니기 때문입니다.

우리는 기술이 '만약 그렇다면'이라는 조건에 의한 사고에 근거하고 있음을 알고 있습니다. 따라서 기술공학은 목적을 달성하기 위한 수단을 선택하는데 체계적이고 합리적인 계산(수학)의 형식을 사용할 것입니다. 기술공학자들은 합리적인 사고와 행동이 가능하다고 믿는 사람들입니다. 에피메테우스적 사고가 아니라 프로메테우스적 사고를 하는 사람들이고, 먼저 생각하고 계획하고 조직화·체계화하여 행동하는 사람들입니다. 이들은 결코 판도라의 상자를 열지 않습니다.

우리가 하고 있는 직업교육에 기술을 적용하는 것이 가능하기 위해서는 가장 먼저 우리들의 사고의 틀, 즉 자연과 세계를 바라보는 우리들의 생각의 변화가 먼저 필요하며, 이에 따라서 행동해야 합니다. 물론 어떤 경우에는 그 역도 성립할 수 있습니다. 기업에서는 최근 'ESG 경영'이라는 용어가 등장하기 시작했습니다. 환경, 사회적 지위, 지배구조를 의미하는 말이라고 합니다. 기업의 변화 속도가 참 무섭습니다. 우리들이 하는 교육도 수단적 기능에서는 모든 학생들이 직업을 가질 수 있도록 준비하는 데 있습니다. 기업은 그 변화의 속도가 생존의 중요한 요인으로 작용하는데 교육은 어떤지 저는 잘 모르겠습니다. 정말 교육이란 참 어렵습니다. 더욱이 기술을 가르치는 특성화고등학교의 직업교육이라니 더욱 그렇습니다. 존경하는 선생님들께서는 어떻게 생각하시는지요?

부평공고, 2021. 6.

9. 명량대첩(鳴梁大捷)! 이순신은 어떻게 쓰고 있나?

- 이순신의 친필 초본 『정유일기』의 내용을 근거로 -

방학은 잘 보내셨는지요? 26일간의 짧은 방학을 보내고 건강한 얼굴로 뵙게 되어 참 반갑습니다. 방학이라 하더라고 우리 선생님들께서는 각종 연수와 학생지도로 바쁜 시간을 보내셨던 것으로 알고 있습니다.

최근 영화 〈명량(鳴梁)〉(감독 김한민)이 크게 회자되고 있습니다. 어떤 이들은 이 시대의 사회적 분위기에 편승한 진정한 지도자를 찾는 서민들의 간절한 희망이 반영된 결과라고 이야기하고, 영웅을 찾는 민초들의 아픈 마음이 투사된 것이라고 합니다.

이순신 장군의 '진정한 忠과 義의 리더십'이 새삼 주목받고 있는 것만은 사실인 것 같습니다. 방학에 『李舜臣의 日記-親筆草本에서 國譯本에 이르기까지』(2005, 박혜일 공저, 서울대학교출판부)라는 책을 읽었습니다. 제가 이 책을 선택한 이유는 저자들이 특이한 이력을 가지고 있기 때문이었습니다. 선생님들께서 아시다시피 統制使에 관한 책들은 아주 많이 있으나, 원자핵공학을 전공한 학자들이 『난중일기』에 대해 쓴 것이 특이했기 때문입니다.

명량대첩 당일의 기록을 그대로 옮겨 보았습니다. 선생님들께서 그날의 감명을 다시 한번 느껴 보시는 귀중한 시간이 되셨으면 합니다. 아울러 그날 統制使의 심정을 사랑하는 우리 학생들과 같이 함께 생각해 보는 시간을 가졌으면 하는 것도 저의 작은 바람입니다.

ㅇ 정유(丁酉) 선조 30년(1597년 9월 16일), 53세

'갑진[6]. 맑음. 이른 아침에 별망군(別望軍)이 다가와 보고하기를, 수효를 알 수 없도록 많은 적선이 명량(鳴梁)을 거쳐 곧바로 우리가 진 치고 있는 곳을 향해 오고 있다고 했다. 즉각 여러 배에 명령하여 닻을 올려 바다로 나가니, 적선 130여 척이 우리 배들을 에워쌌다.

여러 장수들은 적은 수로 많은 적을 대적하는 것이라 모두 회피하기만 꾀하는데, 우수사(右水使) 김억추(金億秋)가 탄 배는 이미 2마장 밖으로 나가 있었다. 나는 노를 재촉하여 앞으로 돌진하며 지자(地字), 현자(玄字) 등 각종 총통(銃筒)을 폭풍과 우레같이 쏘아대고, 군관들이 배 위에 총총히 들어서서 화살을 빗발처럼 쏘니 적의 무리가 감히 대들지 못하고, 나왔다 물러갔다 하였다. 그러나 겹겹이 둘러싸여서 형세가 어찌 될지 알 수 없어 온 배의 사람들이 서로 돌아다보며 얼굴빛을 잃고 있었다. 나는 조용히 타이르되, 적선이 비록 많다 해도 우리 배를 바로 침범치 못할 것이니 조금도 마음을 동(動)하지 말고, 다시 힘을 다하여 적을 쏘고 또 쏘아라 하였다.

여러 장수들의 배를 돌아본즉, 먼바다로 물러서 있는데, 배를 돌려 군령(軍令)을 내리고자 해도 적들이 그 틈을 타서 더 대들 것이라 나가지도 돌아서지도 못할 형편이었다. 호각(互角)을 불어 중군(中軍)에게 군령(軍令)을 내리는 깃발을 세우게 하고, 또 초요기(招搖旗)를 세웠더니 중군장(中軍將) 미조항첨사(彌助項僉使) 김응함의 배가 차츰 내 배로 가

6 1597년(丁酉) 9월 16일은 이른바 '명량대첩(鳴梁大捷)'의 날입니다.

까이 왔으며, 거제현령(巨濟縣令) 안위(安衛)의 배가 먼저 다가왔다. 나는 배 위에 서서 친히 안위(安衛)를 불러 말하기를, 너는 군법으로 죽고 싶으냐, 네가 군법으로 죽고 싶으냐, 도망간다고 어디 가서 살 것이냐 하니, 안위(安衛)도 황급히 적선 속으로 돌입하였다. 또 김응함을 불러, 너는 중군(中軍)으로서 멀리 피하여 대장을 구원하지 않으니 죄를 어찌 피할 것이냐, 당장에 처형할 것이로되 적세가 또한 급하니 우선 공을 세우게 하리라 하였다. 그래서 두 배가 앞서 나가자, 적장이 탄 배가 그 휘하의 배 2척에 지시하여 일시에 안위(安衛)의 배에 개미가 붙듯이 서로 먼저 올라가려 하니 안위(安衛)와 그 배에 탄 사람들이 모두 죽을힘을 다하여, 혹은 모난 몽둥이로, 혹은 긴 창으로, 혹은 수마석(水磨石) 덩어리로 무수히 마구 쳐대다가 배 위의 사람들이 거의 기진맥진하므로, 나는 뱃머리를 돌려 바로 쫓아 들어가 빗발치듯 마구 쏘아댔다. 적선 3척의 적이 거의 다 엎어지고 쓰러졌을 때 녹도(鹿島)만호 송여종(宋汝悰)과 평산포대장(平山浦代將) 정응두(丁應斗)의 배들이 뒤따라와서 힘을 합해 적을 사살하니, 몸을 움직이는 적은 하나도 없었다.

투항한 왜인 준사(俊沙)는 안골포(安骨浦, 경남 진해시 안골동)의 적진으로부터 항복해 온 자인데, 내 배 위에 있다가 바다를 굽어보더니 말하기를, 그림 무늬 놓은 붉은 비단옷을 입은 저자가 바로 안골포 적진의 적장 마다시(馬多時)[7]요 했다. 내가 무상(無上, 물 긷는 군사) 김돌손(金乭

7 왜장 마다시(馬多時)는 필경 조류가 거의 바뀔 무렵에 부상을 입고 물에 빠져 우리 배 쪽으로 흘러온 것 같습니다. 일본 측 문헌에 따르면 마다시(馬多時)는 일본 수군의 대장 격인 구루시마 미찌후사(來島通總)로 추정됩니다(有馬成甫, 『朝鮮役水軍史』, 1942). 또 일본 측 기록은 명량해전에서의 패전 상황을 다음과 같이 기술하고 있습니다. 즉, "… 9월 16일의 일이었다. 이순신은 여러 장수들을 격려하여 방전(防戰)에 힘썼다. 일본군은 분전하였으나, 구루시마 미찌후사(來島通總) 이하 10명이 죽었고 토우도우 다카도라(藤堂高虎)는 부상, 모오리 다카마사(毛利高政)는 물에 빠졌다가 위급하게 구제되

孫)을 시켜 갈구리로 뱃머리에 낚아 올린즉, 준사(俊沙)가 좋아 날뛰면서 바로 마다시(馬多時)라고 말하므로 곧 명하여 토막토막 자르게 하니, 적의 사기가 크게 꺾였다. 이때 우리 배들은 적이 다시 범하지 못할 것을 알고 북을 울리며 일제히 진격하여 지자(地字), 현자(玄字) 포를 쏘아대니 그 소리가 산천을 뒤흔들었고, 화살을 빗발처럼 퍼부어 적선 31척을 쳐 깨뜨리자 적선은 퇴각하여 다시는 가까이 오지 못했다.

우리 수군은 싸웠던 바다에 그대로 묵고 싶었으나, 물결이 몹시 험하고 바람도 역풍인데다 형세 또한 외롭고 위태로워, 당사도(唐笥島, 전남 신안군 암태면)로 옮겨 가서 밤을 지냈다. 이번 일은 실로 천행이었다.'(此實天幸)

난국 수습에 나선 이순신은 해안 지역을 두루 살피며 고을의 관리들과 밤을 지새우며 대책을 논의, 안질(眼疾)에 걸리기도 했습니다(정유일기 7월 21일). 마침내 8월 3일, 이순신은 진주(晉州)땅 운곡(雲谷)에서 삼도통제사 재임명의 교서를 받게 되나(宣傳官 梁護가 전달), 그는 배도 군사도 없는 매우 기구한 통제사였습니다.

"성문들이 다시 열려, 재침(정유재란)의 왜군은 제멋대로 쳐들어왔다. 참변을 당하자 모든 사람의 눈길은 이순신에게로 쏠렸다. 그는 다시 통제사로 임명되었다. 그러나 무엇을 지휘한단 말인가? 그가 모은 배는 겨우 12척에 불과하였다. (尙有十二)"

– 元漢慶, Horace Horton Underwood –

는 등 마구 당했는데 배도 수척이 침몰했다. 저녁 무렵이 되자 이순신은 배를 당사도(唐笥島)로 옮겨 갔지만, 일본군은 수로에 밝지 않아 추격할 수도 없어 웅천(熊川)으로 철수하였다. 이것으로 일본 수군의 서쪽으로 진출하려 하는 계책은 좌절된 것이었다."

이순신은 8월 18일 회령포(會寧浦)에 이르러 칠천량(漆川梁)[8]에서 패해 온 전선(戰船) 10척을 거두었고(李芬, 『行錄』), 그 후 2척이 더 회수됨으로써 12척이 되었던 것입니다. 명량해전을 앞두고 또 1척이 추가되니 해전 당일에는 모두 13척의 전선이 싸운 것으로 생각됩니다. 즉, "… 공(公)은 홀로 상하고 남은 병졸들로써 전선(戰船) 13척을 거느리고 …"(李恒福, 『忠愍祠記』), 또 명나라의 외교문서에도 "… 삼도수군통제사 이순신(李舜臣)이 급히 아뢰기를, 한산도의 패멸 이후 병선(兵船)과 병기들도 거의 모두 흩어져 없어졌고, 신(臣)이 전라우도 수군절도사 김억추(金億秋) 등과 함께 전선(戰船) 13척과 초탐선(哨探船) 32척을 수습하여 해남현 관내의 해로(海路) 입구를 차단하여 본 년 9월 16일에…"(『事大文軌』, 卷之二十四)라고 되어 있습니다. 초탐선 32척이란 아마도 전선(戰船)의 종선(從船)으로 동원된 숫자인 듯합니다.

드디어 9월 16일, 이순신은 13척의 전선(戰船)으로 명량해협(鳴梁, 별칭 '울돌목')의 길목을 막고 밀려드는 130여 척의 왜 함대와 사력을 다한 혼전난투를 벌여 적을 물리쳤습니다. 그는 '죽고자 하면 오히려 살고, 살고자 하면 도리어 죽는다.(必死則生 必生則死, 정유일기 9월 15일)'라는 결의를 각 전선의 장령들에게 엄히 촉구하였고, 역조(逆潮, 배와 반대 방향의 조류)에서 사력을 다하여 왜 수군의 해협 통과를 저지했으며, 순조(順潮)를 맞이하자 일제히 진격함으로써 적선 31척을 깨뜨렸습니다. 적

8 〈尤註〉 정유 7월 16일, 그 애통한 칠천량 패전, 이날로 조선의 수군은 괴멸(壞滅)되었고 조선 반도에 치명적인 파탄이 초래되었으나, 조정도 도원수(權慄)도 속수무책이었다. 책임을 묻는 사람도 없었고, 책임을 뉘우칠 양심은 더더욱 없었다. 이날로부터 정확히 두 달 후 이순신은 명량해전에서 대승을 거두었다. 그러나 '이번 일은 실로 천행이었다.(比實天幸)'고 스스로 고백했듯이 그는 결코 교만하지 않았다. 이 두 달의 시간이 영화 〈명량(鳴梁)〉에서 전반부 1시간 정도 이순신의 고뇌의 시간으로 묘사되고 있다.

선들은 다시는 우리 수군에 가까이 오지 못했습니다. 이번 승리로 조정은 이순신에게 은자(銀子) 20냥을 하사하였습니다. (정유일기 11월 16일)[9]

명량대첩(鳴梁大捷)은 왜군의 서진북상(西進北上)의 전략을 결정적으로 좌절시킴으로써 전란의 역사적 전기를 마련했던 한산대첩(閑山大捷, 1592년 임진년 7월 8일)과 그 전략적 의의를 같이 하고 있으나, 명량대첩(鳴梁大捷, 1597년 정유년 9월 16일)은 동족의 박해와 역경을 이겨 낸 이순신의 초인적 실존(實存)으로 극복된 승리임을 잊어서는 안 될 것입니다![10]

해전 후 당사도(唐笥島)로 옮겨 가서 밤을 지낸 함대는 해안을 따라 고군산도 부근까지 계속 북상하며, 육지의 상황을 살피고, 군사들의 휴식도 도모한 것으로 보이나, 무엇보다도 군량의 보급이 시급했던 것으로 추

---

9 〈尤註〉 왜장 코니시 유키나가(小西行長)의 막하 간첩 요시라(要時羅, 본명 梯七大夫)는 경상우병사 김응서(金應瑞)의 진영을 드나들며, "카또오 키요마사(加藤淸正)가 오래지 않아 다시 바다를 건너올 것이니 그날 조선 수군의 백전백승의 위력으로 이를 잡아 목을 베지 못할 바 없을 것인즉, …" 하며 거짓 정보로 현혹케 하였다. 이 요시라의 간책(奸策)이 도원수 권율(權慄)을 거쳐 조정에 보고되자, 조정 또한 절호의 기회를 놓칠세라 왜 간첩 요시라의 간책(奸策)을 따를 것을 명령하였고, 그 결과는 참혹한 칠천량 패전으로 이어짐, 더욱 어처구니없는 것은 조정은 요시라에게 벼슬을 내리고 은자 80냥을 내렸다는 사실이다. (『宣祖實錄』 선조 30년_1597년 1월 22일조) 嗚呼痛哉라! 백척간두에 선 조국을 위기에서 구한 英雄 李舜臣에게 고작 은자 20냥이라니… 조선 수군을 괴멸시킨 왜놈 간첩의 간계에 대한 보답이 은자 80냥인데…, 왜놈 간첩의 공이 聖雄 李舜臣의 공보다 4배나 컸단 말인가! 嗚呼哀哉라! 이 나라를 어찌할꼬….

10 〈尤註〉 1597년 정유년 1월 21일 도원수 권율은 한산도에 머물고 있는 이순신에게 요시라의 간책대로 하라는 명을 전하였으나, 통제사 이순신은 그것은 필경 왜군의 간교한 유인책일 것이라고 명을 따르지 않았다. 그 결과 이순신은 파직되어 2월 26일 함거(檻車)에 실려 서울로 압송되어 3월 4일 투옥되었으며, 4월 1일 28일간의 옥고를 치르고 석방되었다. 이후 백의종군(白衣從軍)의 길을 떠나 6월 4일 초계(草溪) 땅에 있는 도원수 권율의 진영에 도착하였다. 그러나 그 와중에 객지 노변에서 청천벽력 같은 모친상(4월 13일)을 당하고도 빈소만 차려 놓은 채(4월 16일) 길을 떠나야만(4월 19일) 했던 자식으로서의 자책감에 시달리며, 자신이 처한 비통한 운명에 한탄하지 않을 수 없었다. "… 이날은 오절(午節, 단오)인데 천 리 밖에 멀리 와서 종군하며, 장례도 못 모시고, 곡(哭)하고 우는 일조차 뜻대로 맞추지 못하니, 무슨 죄와 허물이 있어 이런 갚음을 당하는가. 나와 같은 사정은 고금을 통하여 그 짝이 없을 것이다. 가슴이 찢어지는 듯 아프고, 아프다. 다만 때를 만나지 못한 것이 한(恨)스러울 따름이다." (『정유일기』, 5월 5일)

측됩니다.(전선 1척당 군사 130여 명이 탔으므로, 전선 13척만 하더라도 1,690여 명임) 말이 정규 수군이나 사실상 의병의 처지나 다름이 없었습니다. 한편 왜 수군의 동향 파악에는 빈틈이 없었으며, 해전 후 20여 일 만에 명량의 우수영으로 되돌아왔던 것입니다.

계산공고, 2014. 8.

10. 『징비록(懲毖錄)』과 삼배구고두례(三拜九叩頭禮)

방학을 잘 보내고 계시는지요? 방학 중에도 학교는 안전하고 쾌적한 교육환경 조성을 위해 많은 일들을 진행하고 있습니다. 소방시설 보수, 교실 환경 개선, 교정 화단 정리, 각종 도색작업, 학습도움실 환경 개선, 음악실 시설 개선 등의 작업이 진행 중에 있습니다. 또한 '군특성화고'에 선정되었다는 반가운 공문도 있었습니다. 각종 방과후학교도 계획대로 진행 중에 있고, 기능영재 학생들도 굵은 땀방울을 흘리며 기능연마에 최선을 다하고 있습니다. 이런 모든 일들 가운데에 우리 부평공고의 선생님들이 계심은 물론입니다. 다시 한번 선생님들의 노고에 치하와 감사의 말씀을 드립니다.

한반도를 둘러싼 정세가 우리를 더욱 힘들게 하고 있습니다. 밖으로는 일본의 무역 도발, 중국, 러시아의 영공 침범 도발, 안으로는 점점 어렵다고들 하는 경제, 서로 옳다고 싸우는 정치 등 저와 같은 필부(匹夫)는 감히 무엇이 무엇인지 알지 못하나 다만 역사를 생각해 보고 '생각하지 않은 죄'를 범하는 잘못을 하고 싶지 않은 마음은 있습니다. 참 안타깝습니다. 역사에는 '만약'이 없다고들 하는데…. 임진왜란(1592년) 이후 5년 뒤 정유재란(1597년), 30년 후 정묘호란(1627년), 9년 후 병자호란(1636년), 참혹한 전쟁의 잔혹함이 금수강산을 휩쓸고 지나간 44년 동안 유림(儒林)의 나라 조선은 대비하지 않았습니다. 그 참혹한 전쟁의 상흔과 역사는 온전히 살아 있는 백성들의 몫이었습니다. 427년 전 우리 역사는 이때를 어떻게 기록하고 있으며, 그것이 오늘날 우리에게 주는 교훈은 무엇인지 생각해 보았습니다.

임진왜란(壬辰倭亂) 후에 서애(西厓)가 집필한 징비록(懲毖錄), 그는 무슨 생각으로 이 책을 저술했는지 책의 서문(序文)을 소개해 드립니다. 나라에 충성하고 나라에 보답하지 못한 스스로의 죄를 묻고 있는 서애(西厓)의 통렬한 반성의 기록, 바로 『징비록(懲毖錄)』입니다.

또한 왜란(倭亂)이 일어난 지 불과 35년 후 호란(胡亂)에 직면한 조선의 조정, 지금부터 정확히 382년 전 남한산성에서는 무슨 일이 벌어지고 있었는지 『조선왕조실록』 중 『인조실록』에는 이때(인조 15년, 1637년)를 어떻게 기록하고 있는지 살펴보았습니다. 정묘호란이 일어난 지 불과 9년 후의 이야기입니다.

嗚呼! 嗚呼! 哀哉라! 慟哉라!

自序(자서)[11]

懲毖錄者何(징비록자하) 記亂後事也(기난후사야)

其在亂前者(기재난전자) 往往亦記(왕왕역기)

『징비록』이란 무엇인가? 임진왜란이 발생한 후의 일을 기록한 것이다. 그중에 임진왜란 전의 일도 가끔 기록한 것은 그 전란의 발단을 구명하기 위해서다.

所以本其始也(소이본기시야) 嗚呼壬辰之禍慘矣(명호임진지화참의)

11 저자 스스로 적은 머리말.

浹旬[12]之間(협순지간) 三都[13]失守(삼도실수) 八方[14]瓦解(팔방와해) 乘輿播越[15](승여파월) 其得有今日(기득유금일) 天也(천야)

아아! 임진년의 전화는 참혹했다. 수십 일 동안에 삼도를 지키지 못했고, 팔방이 산산이 무너져서 임금께서 수도를 떠나 피난했는데, 그러고서도 우리나라에 오늘날이 있게 된 것은 하늘이 도왔기 때문이다.

亦由祖宗[16](역유조종) 仁厚之澤(인후지택)

固結於民(고결어민) 而思漢[17] 之心未已(이사한 지심미이)

聖上 事大之誠(성상 사대지성)

感動皇極(감동황극) 而存邢[18] 之師屢出(이존형 지사루출) 不然則殆矣(불연칙태의)

또한 선대 여러 임금님들의 어질고 두터운 은덕이 백성들 속에 굳게

---

12 협순(浹旬): 우리말 사전에는 열흘 동안, 중문대사전에는 일순(一旬)이라고 해석하고 있으나, 여기서는 수순(數旬) 즉 수십 일이라고 해석하는 것이 옳다. 서울, 개성, 평양이 함락되기까지는 60여 일이 걸렸다.

13 서울, 개성, 평양을 말한다.

14 사면(四面) 팔방(八方) 또는 육합(六合) 팔방이라고 할 때의 팔방이 아니고, 조선의 행정 구획인 팔도(八道)를 지칭한 것이다.

15 파월(播越): 파천(播遷)과 같은 뜻. 임금이 도성을 떠나 피난함을 말한다.

16 조종(祖宗): 선대의 여러 임금을 말한다. 대개 공이 있는 임금은 조(祖)로, 德이 있는 임금은 종(宗)으로 일컫는데, 조선왕조에서는 태조, 세조, 인조, 선조는 공이 있는 임금으로 조라고 일컫고, 그 밖의 임금은 모두 종으로 일컬었다. 후대의 영조, 정조, 순조는 처음에는 종으로 일컬었으나, 뒤에 와서 추존하여 조로 고쳐 일컬었다.

17 사한(思漢): 백성들이 조국을 사모한다는 말. 곧 중국의 전한(前漢)이 新의 왕망(王莽)에게 찬탈당해 멸망하니 국민이 전한의 유덕(遺德)을 사모하여 왕망을 격멸하고, 다시 한제(漢帝)의 후손인 유수(劉秀)를 추대하여 후한(後漢)을 건국한 것을 말한다.(『후한서(後漢書)』 비융전(邳肜傳)에 "비융이 이르길 이민들이 노래를 읊으며 조국을 사모한 지 오래다[邳肜曰 吏民歌吟思漢久矣]"란 記事가 있다.)

18 존형(存邢): 중국의 주대(周代)에 천자인 주왕(周王)이 제후국인 형(邢)나라를 구원하였다는 고사를 인용하여, 명나라에서 조선을 구원한 일을 말한다.

결합되어, 백성들이 조국을 사모하는 마음이 그치지 않았기 때문이며, 임금께서 명을 섬기는 정성이 황제를 감동시켜 우리나라를 구원하기 위한 군대가 여러 차례 출동했기 때문이다. 이러한 일들이 없었더라면 우리나라는 위태로웠을 것이다.

詩(시)[19] 曰(왈) 予其懲而毖後患(여기징비후환) 此懲毖錄所以作也(차징비록소이작야)

『시경』에 "내가 지난 일의 잘못을 징계하여 뒤에 환난이 없도록 조심한다."는 말이 있는데, 이것이 바로 내가 『징비록(懲毖錄)』을 저술한 까닭이다.

若余者(약여자) 以無似(이무사) 受國重任於流離板蕩之際(수국중임어류리판탕지제)

危不持(위불지) 顚不扶(전불부) 罪死無赦(죄사무사)

나와 같은 보잘것없는 사람이 어지러운 시기에 나라의 중대한 책임을 맡아서 위태로운 판국을 바로잡지도 못하고 넘어지는 형세를 붙들어 일으키지도 못했으니 그 죄는 죽어도 용서받을 수가 없을 것이다.

尙視息田畝間(상시식전묘간)

苟延性命(구연성명) 豈非(기비) 寬典憂悸稍定(관전우계초정) 每念前日事(매념전일사) 未嘗不惶愧靡容(미상불황괴미용)

그런데도 오히려 시골구석에서 목숨을 부쳐 구차하게 생명을 이어 가고 있으니 이것이 어찌 임금님의 너그러우신 은전이 아니겠는가. 근심하

19 『시경』 제19권 주송(周頌) 소비장(小毖章).

고 두려워하는 마음이 조금 진정되어 지난날의 일을 생각하니 그때마다 황송하고 부끄러워 용신할 수가 없다.

乃於閑中(내어한중) 粗述其耳目所逮者(조술기이목소태자) 自壬辰至于戊戌(자임진지우무술) 總若干言(총약간언) 因以狀啓[20](인이장계) 疏箚[21](소차) 文移[22](문이) 及雜錄(급잡록) 附其後(부기후)

이에 한가한 틈을 이용하여 내가 귀로 듣고 눈으로 본 바, 임진년(선조 25년, 1592)부터 무술년(선조 31년, 1598)에 이르기까지의 일을 대강 기술하니 이것이 얼마 가량 되었고, 또 장, 계, 소, 차자, 문이와 잡록을 그 뒤에 부록했다.

雖無可觀者(수무가관자) 亦皆當日事蹟(역개당일사적) 古不能去(고불능거) 旣以寓畎畝惓惓願忠之意又以著愚臣報國無狀之罪云

(기이우견묘권권원충지의우이저우신보국무상지죄운)

비록 보잘것없지만 모두 그 당시의 사적이므로 버리지 않고 두어서, 이것으로 내가 시골에 살면서도 성심으로 나라에 충성하고자 하는 나의 간절한 뜻을 나타내고, 또 어리석은 신하가 나라에 보답하지 못한 죄를 나타내도록 할 것이다.

---

20 서장(書狀)과 계사(啓辭) : 서장은 임금의 명령을 받들고 지방에 나간 관원이 서면으로 보고하는 문서이며, 계사는 각종 정책을 왕에게 건의, 상주하는 문서다.

21 소장(疏章)의 하나. 일정한 격식을 갖추지 않고, 간단히 사실만을 기록하여 올리는 상소.

22 상급관청에서 하급관청에 지시 전달하는 공문이다. 때로는 격문과 포고문의 성격도 띠고 있다. 문은 통유문(通諭文), 이는 이문(移文)이다.

〈允註〉 서산대사의 말씀입니다.

踏雪野中去(답설야중거) 不須胡亂行(불수호난행)
今日我行跡(금일아행적) 遂作後人程(수작후인정)
눈 내리는 날 벌판 한가운데를 걷더라도 어지럽게 걷지 말라.
오늘 걸어간 이 발자국들이 뒤따라오는 사람의 이정표가 되리니.

우리가 앉아 있는 자리는 우리들 개인의 자리가 결코 아닐 것입니다. 같은 길을 걷고 있는 교육의 선배, 후배, 동료 등 모든 선생님들과 함께 걷고 있는 자리라고 생각합니다. 앞으로 3년, 5년, 10년 후에 지금 우리들 덕분에 부평공고의 교육경쟁력이 높아져 학생들이 모두 잘되어 '행복했었다'라는 말을 들었으면 참 좋겠습니다.

병자호란의 시작! 조선왕조실록은 어떻게 기록되어 있는가?

○ 인조 14년(1636년) 병자년 12월 14일(이하 모두 음력)
- 적병이 송도를 지나자 파천하기로 하고 종묘사직의 신주와 함께 빈궁을 강화도로 보낸다. 최명길(주화파)을 적진에 보내 강화를 청하여 진격을 늦추도록 하다. 임금이 수구문[23]으로 나가 남한산성에 도착하다. 김류가 임금에게 강화도로 피할 것을 권하다.
○ 12월 15일
- 임금이 새벽에 산성을 출발하여 강화도 향하다가 성으로 돌아오다.

23 한양 동대문 밖 시체가 나가는 문(지금의 한양공고 앞에 있음, 4소문 중의 하나인 광희문을 말함).

최명길이 적진에서 돌아와 왕제(王弟)와 대신을 인질로 삼기를 요구한다고 전하다. 임금이 수어사 이시백의 청에 따라 체찰사 이하 모든 장수를 불러 유시하다. 눈이 많이 내리고 유성이 나타나다.

○ 12월 16일

- 上在 南漢山城, 성첩을 순시하고 사졸을 위로하다. 유성이 나타나다.

○ 12월 17일

- 上在 南漢山城, 김류와 홍서봉이 강화를 청하다. 예조판서 김상헌(척화파)이 화의의 부당함을 극언하다.

○ 12월 18일

- 上在 南漢山城, 김상헌, 장유, 윤휘를 비국당상으로 삼다.

○ 12월 19일

- 上在 南漢山城, 적병이 남벽에 육박하자 화포로 물리치다.

○ 12월 20일

- 上在 南漢山城, 오랑캐 사신 3명이 성 밖에 도착하다. 임금이 각 도의 군대를 선발해 적을 치게 하라고 명하다.

○ 12월 21일

- 上在 南漢山城, 김신국, 이경직 등이 오랑캐 진영에서 돌아와 사정을 아뢰다.

○ 12월 22일

- 上在 南漢山城, 삼사[24]가 주화(主和)를 내세운 사람을 참하도록 청하다.

○ 12월 23일

- 上在 南漢山城, 자모군(自募軍) 등이 출전하여 오십 명 가까운 적을

---

24 사간원(간쟁), 사헌부(관리 비행감찰), 홍문관(옥당, 왕의 자문).

죽이다.

○ 12월 24일

- 上在 南漢山城, 신하를 거느리고 망궐례를 치르다. 진눈깨비가 그치지 않자 임금이 세자와 승지, 사관을 거느리고 날씨가 개기를 빌다.

○ 12월 25일

- 上在 南漢山城, 예조가 온조 사당에 제사를 지내자고 아뢰다.

○ 12월 26일

- 上在 南漢山城, 강원도 영장(營將) 권정길이 병사를 거느리고 검단산에 도착했으나 습격을 받고 패하다.

○ 12월 27일

- 上在 南漢山城, 이기남이 소 두 마리, 돼지 세 마리, 술 열병을 오랑캐 진영에 가지고 가서 전했으나 받지 않다.

○ 12월 28일

- 上在 南漢山城, 최명길이 강화에 대해 아뢰다. 선전관 민진익이 성 밖으로 나가 각지의 군중(軍中)에 명을 전하고 돌아오다. 임금이 입은 옷을 벗어 그에게 내리다.

○ 12월 29일

- 上在 南漢山城, 북문으로 출병하여 진을 쳤는데 적이 싸우지 않다. 날이 저물 무렵 적이 엄습하여 별장 신성립 등 8명이 죽고 사졸의 사상자도 매우 많다.

○ 12월 30일

- 上在 南漢山城, 간관이 오랑캐 진영에 사람을 보내지 말기를 청하니, 임금이 윤허하지 않다.

○ 인조 15년(1637년) 정축년 1월 1일

- 上在 南漢山城行宮, 백관을 거느리고 망궐례를 행하다. 비국낭청 위산보를 파견하여 쇠고기와 술을 가지고 오랑캐 진영에 가서 새해 인사를 하고 형세를 엿보게 했으나, 청나라 장수가 "황제가 이미 왔으므로 마음대로 받지 못한다."며 되돌려 보내다. 일식(日蝕)이 있다. 삶은 고기와 찐 콩을 성첩의 장졸에게 내리도록 명하다.

○ 1월 2일

- 홍서봉, 김신국, 이경직 등이 오랑캐 진영에 가서 칸의 글을 받아 오다. 이성구가 장유, 최명길, 이식으로 하여금 답서를 작성할 것을 청하다. 완풍부원군(完豊府院君) 이서가 군중(軍中)에서 죽다.

○ 1월 3일

- 동양위(東陽尉) 신익성이 오랑캐의 글을 태워 버리자고 상소하다. 홍서봉, 김신국, 이경직 등이 최명길이 지은 국서를 들고 오랑캐 진영에 가다.

○ 1월 4일

- 김상헌이 "오랑캐에게 답서를 보내는 것이 급한 것이 아니라, 한뜻으로 싸우고 지키는 데 대비해야 한다."고 아뢰고, 사간 이명웅, 교리 윤집, 정언 김중일, 수찬 이상현 등이 "최명길의 죄를 다스려 군사들의 마음을 진정시키라."고 아뢰다. 선전관 민진익이 여러 진의 근왕병들에게 조정의 명을 전하겠다고 청하여 적의 화살을 맞으면서 세 번이나 나갔다 들어오다.

○ 1월 5일

- 자원 출전한 김사호가 성 밖을 순찰하다 도망하는 군사를 붙잡아 효

시하다. 전라 병사 김준룡이 군사를 거느리고 광교산에 주둔하며 전황을 알리다.

○ 1월 6일

- 함경 감사 민성휘가 군사를 거느리고 강원도 금화현에 도착했다는 장계가 들어오다. 사방에 안개가 끼어 지척을 분간하지 못하다.

○ 1월 7일

- 임금이 성첩을 지키는 장졸을 위로하다.

○ 1월 8일

- 임금이 대신들을 불러 계책을 묻다. 관량사 나만갑이 남은 군량미가 2,800여 석이라고 아뢰다. 예조가 "날짜를 다시 받아 온조왕의 제사를 정성껏 치르자."고 청하다.

○ 1월 9일

- 김류, 홍서봉, 최명길이 사신을 보내 문서를 오랑캐 진영에 전하다. 예조판서 김상헌이 사신 파견을 반대하다.

○ 1월 10일(기록 없음)

○ 1월 11일

- 해가 뜰 무렵, 임금이 원종대왕(元宗大王)의 영정에 제사를 지내다. 김류, 홍서봉, 최명길 등이 글을 보낼 것을 굳이 청해 임금이 열람하고 고칠 곳을 묻다. 최명길이 문장의 자구를 고치다. 푸르고 흰 구름 한 가닥이 동방에서 일어나다.

○ 1월 12일(기록 없음)

○ 1월 13일

- 홍서봉이 "정명수에게 뇌물을 주고 강화를 하자는 의견이 있다."고

하자 임금이 비밀리에 정명수에게 은 일천 냥을, 용골대와 마부대에게 삼천 냥씩 주게 하다. 임금이 세자와 성을 순시하고 장사들을 위로하다. 동풍이 크게 불다. 헌릉(獻陵)에 불이 나 사흘 동안 화염이 끊이지 않았다.

○ 1월 14일

- 날씨가 매우 추워 성 위에 있던 군졸 가운데 얼어 죽은 자가 있다.

○ 1월 15일

- 남병사 서우신과 함경 감사 민성휘가 군사를 합쳐 양근에 진을 쳤는데, 군사가 2만 3천이라고 일컬어지다. 평안도 별장이 말 백여 기병을 거느리고 안협에 도착하다. 경상 좌병사 허완이 군사를 거느리고 쌍령에 도착했으나 싸우지도 못한 채 패하고, 우병사 민영은 싸우다가 죽다. 충청 감사 정세규가 용인의 험천에 진을 쳤으나 패하여 생사를 모르다.

○ 1월 16일

- 오랑캐가 '초항(招降)'이라는 두 글자를 기폭에 써서 보이다. 용골대가 홍서봉, 윤휘, 최명길에게 "새로운 말이 없으면 다시 올 필요가 없다."고 하다.

○ 1월 17일

- 홍서봉 등이 무릎을 꿇고 칸의 글을 받아 돌아오다. 그 글에 "그대가 살고 싶다면 빨리 성에서 나와 귀순하고, 싸우고 싶다면 속히 일전을 벌이도록 하라. 양국의 군사가 서로 싸우다 보면 하늘이 자연 처분을 내릴 것."이라고 쓰여 있다.

○ 1월 18일

- 임금이 적진에 보낸 문서를 읽고 최명길에게 온당하지 않은 곳을 감정하게 하다. 최명길이 수정한 글을 보고 예조판서 김상헌이 통곡하며 찢어 버리고 "먼저 신을 죽이고 다시 깊이 생각하라."고 아뢰다. 김상헌의 말뜻이 간절하고 측은해 세자가 임금 곁에서 목 놓아 울다. 눈이 크게 오다.

○ 1월 19일

- 오랑캐가 보낸 사람이 서문 밖에 와서 사신을 보내라고 독촉하다. 우상 이홍주와 최명길, 윤휘를 보내 오랑캐 진영에 가게 하다. 오랑캐가 성 안에 대포[25]를 쏘아 죽은 자가 생기자 사람들이 두려워하다. 정온이 문서에 '신(臣)'이라 언급한 것을 들어 "백성들에게 두 임금이 없는데 최명길은 두 임금을 만들려 한다."는 내용의 차자(箚子)[26]를 올리다.

○ 1월 20일

- 대사헌 김수현, 집의 채유후, 장령 임담, 황일호 등이 청대하여 "국서에 신이라고 일컬으면 다시는 여지가 없게 된다."고 아뢰다. 최명길이 "늦추는 것은 빨리 일컫는 것만 못하다."고 말하다. 이홍주 등이 지난번 국서를 가지고 오랑캐 진영에 가서 답서를 받아 오다. 그 글에 "그대가 성에서 나와 귀순하려거든 먼저 화친을 배척한 신하 두세 명을 묶어 보내도록 하라."는 내용이 있다.

○ 1월 21일

- 이홍주 등이 "화친을 배척한 신하를 우리가 다스리도록 결재해 달

---

25 홍이포(紅夷砲): 네덜란드인(紅夷)이 만든 포, 우리나라에서는 병자호란 때 청이 처음으로 사용.

26 차자(箚子): 간단한 형식의 상소문.

라."는 내용의 국서를 들고 오랑캐 진영에 가다. 저녁에 용골대가 서문 밖에서 국서를 돌려주며 "그대 나라가 답한 것은 황제의 글 내용과 달라 받지 않는다."고 말하다.

○ 1월 22일

- 최명길이 "다시 문서를 작성해 회답하자."고 아뢰다. 화친을 배척한 사람에게 자수하도록 하다. 세자가 봉서(封書)를 비국에 보내어 "죽더라도 내가 성에서 나가겠다는 뜻을 전하라."고 하다. 오랑캐가 군사를 나누어 강화도를 범하겠다고 큰소리치다. 오랑캐 장수 구왕(九王)이 군사 삼만을 거느리고 갑곶진에 주둔하면서 홍이포를 발사하자 수군과 육군이 겁에 질려 접근하지 못하고, 적이 이 틈을 타 급히 강화도로 건너오다. 전 우의정 김상용이 죽다. 강화도가 함락되던 날, 유사(儒士)와 부녀 중에 자결한 자와 굴복하지 않고 죽은 자가 이루 기록할 수 없을 정도로 많다.

○ 1월 23일

- 김상헌이 적진에 나아가 죽게 해 줄 것을 청하다. 밤중에 적이 서쪽에 육박하자 수어사 이시백이 힘을 다해 싸워 적이 무기를 버리고 물러가다. 전 교리 윤집, 전 수찬 오달제가 척화신으로 오랑캐의 칼날을 받겠다고 상소하다.

○ 1월 24일

- 적이 망월봉에서 발사한 포탄이 행궁으로 떨어지다.

○ 1월 25일

- 대포 소리가 종일 그치지 않고 성첩이 탄환에 맞아 허물어져 군사들의 마음이 흉흉하다. 용골대와 마부대가 "국왕이 성에서 나오지 않으

려거든 사신은 다시 오지 말라."고 하며 그동안의 국서를 모두 돌려 주다.

○ 1월 26일

- 훈련도감의 장졸과 어영청의 군병이 대궐 밖에 모여 화친을 배척한 신하를 오랑캐 진영에 보낼 것을 청하다. 이때 처음으로 강화도가 함락되었다는 보고를 듣고 임금이 울면서 말을 하지 못하다. 삼사가 통곡하며 출성을 만류하자 임금이 "군정(軍情)이 변했고 사태도 달라졌다. 나의 자부(子婦)들이 모두 잡혔고 백관의 족속들도 북으로 끌려가게 되었으니 혼자 산들 무슨 면목으로 지하에서 보겠는가."라고 말하다.

○ 1월 27일

- 이홍주, 김신국, 최명길이 글을 받들고 오랑캐 진영에 가다. 그 글에서 "조지(詔旨)[27]를 분명하게 내려 신이 안심하고 귀순할 수 있는 길을 열어 달라."고 하다.

○ 1월 28일

- 문서를 거두어 모두 태우다. 정온이 스스로 배를 찌르고, 김상헌이 목을 맸으나 죽지 않다.

○ 1월 29일

- 윤집, 오달제가 하직 인사를 하자 임금이 오열하며 술을 내리다. 최명길이 두 사람을 이끌고 청나라 진영에 가다.

○ 1월 30일

- 삼전도에서 임금이 세 번 절하고 아홉 번 머리를 조아리는 예(三拜九

27 조지(詔旨): 황제의 명령서.

叩頭禮)를 행하다. 임금이 밭 한가운데에 앉아 진퇴를 기다리다 해질 무렵 비로소 도성으로 돌아가게 되다. 임금이 송파나루에서 배를 타고 건너는데 백관들이 앞다투어 어의(御衣)를 잡아당기며 배에 오르다. 사로잡힌 부녀들이 "우리 임금이시여, 우리 임금이시여. 우리를 버리고 가십니까." 하며 울부짖다. 인정(人定) 때가 되어 창경궁 양화당으로 들어가다.

○ 2월 1일

- 몽고병이 남한산성 안에 있었는데, 살림집이 대부분 불타고 시체가 길거리에 널리다. 용골대와 마부대가 임금에게 "황제가 내일 돌아갈 예정이니 나와서 전송하라."고 요청하다. 왕세자와 빈궁, 봉림대군과 부인은 청나라 진중에 머물고 인평대군과 부인은 돌아오다.

○ 2월 2일

- 칸이 삼전도에서 철군하자 임금이 전곶장에 나가 전송하다.

싸우다 죽자는 척화파, 항복해 살아남자는 주화파! 남한산성으로 들어간 지 47일! '그 갇힌 성안에서는 삶과 죽음, 절망과 희망이 한 덩어리로 엉켜 있었고, 치욕과 지존은 다르지 않았다.' 남들과 싸우는 데는 등신, 우리끼리 싸우는 데는 귀신인 우리의 자화상이 그대로 그려지고 있습니다. 아니 이는 현재진행형인지도 모릅니다. 당대 조선 최고의 명문장가들이 임금 앞에서 벌이는 말의 향연, 김상헌의 분기탱천한 비분강개는 아름답고 구구절절합니다. 최명길의 실리주의는 굴욕을 감수한 생존의 길이었습니다. 당연한 이상은 굶주리고 얼어 죽어 나가는 성안에서는 실현되지 않았습니다. 머리를 조아려 후일을 도모하자는 화친은 사실 투항이었습니다. 대의명분은 이념과 말로 이루어지는 것이 아닙니다. 진실로 적이 도모할 수 없는 강력한 무력으로만 지켜진다는 것이 역사의 교훈인 것 같습니다.

둘 다 옳았고, 둘 다 정말 모자랐습니다. 다만 살아남은 자들의 치욕과 능욕만이 남았을 뿐입니다. 상헌은 난(亂) 이후 15년을 더 살았고, 명길은 10년을 더 살다 죽었습니다. 청으로 끌려간 수만 명의 민초들의 삶은 역사에 기록조차 되지 않았습니다. 그들은 오롯이 역사의 화살을 빈 몸으로 받아냈습니다.

참 안타깝습니다. 역사에는 '만약'이 없다고들 하는데…. 임진왜란(1592년) 이후 5년 뒤 정유재란(1597년), 30년 후 정묘호란(1627년), 9년 후 병자호란(1636년), 44년 동안 유림(儒林)의 나라 조선은 대비하지 않았습니다. 사림(士林)의 공론이라는 대안 없는 말의 잔치만이 선명성을 앞세워 반대파를 공격하기에 급급했습니다. 목숨을 빼앗은 것은 예사요 삼족을 멸하기까지 했습니다. 부관참시도 서슴지 않았습니다.

저는 이런 글을 보았습니다. "남의 잘못을 보면 나의 잘못을 찾아볼 것이니 이렇게 해야만 유익이 있느니라."(「性理書」) 남의 선함과 잘못을 말하기 전에 먼저 자신의 잘못과 선함을 돌아보아야 한다는 말인 것 같습니다. 저부터라도 조심하고 이런 삶을 살기 위해 노력해야 할 것 같습니다. 거창하게 거대담론을 이야기할 것이 아니라 오직 교육(학생)을 위한 작은 실천부터 행해야 하겠습니다. 無我爲國의 자세를 다시금 다짐해야 하겠습니다. 역사는 앞으로도 그렇게 흘러갈 것입니다. 지금 이 순간도 그때 남한산성 앞을 흐르던 한강은 묵묵히 서해로 흐르고 있습니다.

(蛇足) 이 삼전도(三田渡)는 지금은 없어졌지만 옛날 송파 나루터였습니다. 개인적으로 송파는 지금은 돌아가신 저의 모친이 전쟁 때 충신동(대학로 인근)에서 피난 가셨던 동네입니다. 모친은 제가 어렸을 때 피난길의 배고픔과 고단함, 참혹한 전쟁의 상흔, 인천상륙작전 때 그곳까지 들렸던 함포사격 포성의 공포 등을 들려주곤 하셨습니다. 물론 어렸던 저는 그때에는 그것이 무슨 소리인지 모르는 것이 당연했을지도 모릅니다. 다만 그 소리를 듣고 있는 저보다 더 어린 10살의 어린 소녀가 4살의 더 어린 동생을 등에 업고 걸어갔던 그 길을 상상해 볼 뿐이었습니다. 오늘날 전쟁의 기록 사진으로 보는 이런 참담한 모습이 남의 모습이 아닌 나의 어머니의 모습이었던 것입니다. 문득 어머님이 그리워지는 아침입니다.

부평공고, 2019. 8.

〈참고문헌〉

1. 이재호 번역, 『징비록(懲毖錄)』, ㈜위즈덤하우스(역사의 아침), 2014. 8. 8.
2. 『조선왕조실록』, 『인조실록』(태백산사고본).

11. 서애 유성룡과 통제사 이순신

지난 6. 18일에 우리 학교는 해병 제2사단과 군특성화고 운영에 대한 학군협약을 체결하였고, 6. 24일에는 24명의 군특학생들의 발대식이 있었습니다. 앞으로 정예해병(자주포조종)으로 거듭나기 위해 금선탈각(金蟬脫殼)의 과정을 겪을 것입니다. 위대한 선택을 한 학생들에게 선생님들의 큰 응원을 부탁드립니다.

7월에는 3학년 학생들의 국가기술자격증 취득을 위한 필기면제 시험이 있을 예정입니다(7. 13일~22일). 지난 5. 13일 등교개학 후에 약 2개월 동안 자격취득을 위해 열심히 공부하였고, 방과 후까지 지도하신 선생님들 또한 수고가 많으셨습니다. 우리 특성화고등학교에서 국가기술자격증의 취득은 매우 중요한 교육 목표이기도 합니다. 왜냐하면 우리가 가르친 교육의 내용과 방법(교육과정)을 국가에서 인증한다는 의미이고, 학생들에게는 국가에서 인증하는 기술자격을 취득함을 의미합니다. 또한 산업체에서는 개인의 역량을 판단하는 중요한 수단으로도 작용하기 때문입니다.

이번 시험에 3학년 학생 248명 중 242명(97.6%)이 응시하게 됩니다. 실제로 위탁생과 도움반 학생을 제외하면 100%의 응시율이라 할 수 있습니다. 대단한 가르침입니다. 동기유발이 된 것이지요! 이 또한 선생님들의 지도가 없었으면 과연 가능키나 한 것인지 저는 스스로 되묻곤 합니다.

이제는 이 가르침이 실질적인 배움의 성과로 이어져야 하겠습니다. 남은 시간 잘 지도하셔서 모든 학생들이 국가기술자격증을 취득할 수 있도록 도와주시길 거듭 당부드립니다.

올해는 한국전쟁 70주년이고, 오는 7월 8일은 한산도대첩(1592. 7. 8.)이 있었던 후 꼭 428년이 되는 날입니다. 왜병에 의해 금수강산은 유린당하고, 백성은 도탄에 빠져 저마다 살길을 찾아야 했습니다. 대비하지 않은 조선은 붕당의 현란한 말잔치뿐이었고, 죽어 나가는 것은 백성들이었습니다. 이 참혹한 7년의 왜란 후 서애는 『징비록(懲毖錄)』을 썼습니다. '미리 징계하여 후환을 경계한다'는 시경의 구절에서 따온 것이지요. 서애의 징비의 기록은 어떠했는지 되돌아봅니다(통제사를 언급한 부분만 발췌하여 살펴봄). 또한 그 암울한 시기를 통제사는 『난중일기(亂中日記)』에 어떻게 기록하고 있는지 살펴보았습니다. 그리고 저의 생각을 사족(蛇足)으로 달았습니다. 나라가 안팎으로 어렵습니다. 무엇이 진실인지 모르는 혼돈의 시대이기도 합니다. 자기만의 생각이 정의라고도 합니다. 오늘 우리가 어떠해야 하는지 존경하는 우리 부평공고의 모든 교육 도반들이 한번 생각해 보셨으면 합니다. 그 생각이 행위로 이어질 때 비로소 부평공고의 비전은 달성될 수 있으리라 저는 믿습니다.

○『懲毖錄』

정읍 현감 이순신을 발탁하여 전라좌도 수군절도사로 삼았다. 이순신은 담력과 지략이 있고, 말타기와 활쏘기를 잘했다. 일찍이 조산(함경도) 만호로 있었는데 그 무렵 북쪽 변방에 사변이 많았다. 이순신이 배반한 오랑캐 우을기를 꾀로 유인하여 잡아 묶어서 병영으로 보내어 베어 죽이니 이후로는 오랑캐로 인한 근심이 없어졌다.

순찰사 정언신이 이순신에게 녹둔도의 둔전을 지키도록 했는데, 어느 날 안개가 많이 낀 가운데 군사들이 모두 나가 벼를 거두었고 성채에는 10여 명만 남아 있었다. 그때 갑자기 오랑캐 기병이 사면에서 모여들었는데 이순신이 성채 문을 닫고 안에서 유엽전(柳葉箭, 살촉이 버들잎처럼 생긴 화살)으로 적 수십 명을 잇달아 쏘아 말에서 떨어뜨리자 오랑캐가 놀라서 도망쳤다. 이순신이 성채 문을 열고 혼자서 크게 고함치며 뒤쫓자, 오랑캐 무리가 크게 패하여 빼앗긴 것을 모두 되찾아서 돌아왔다. 그러나 조정에서 그를 추천해 주는 사람이 없어서, 무과에 오른 지 10여 년이 되도록 벼슬이 승진되지 않다가 비로소 정읍 현감이 되었다.

이때 왜적이 쳐들어온다는 소식이 나날이 급하게 전해지자, 임금께서 비변사에 명하여 제각기 장수가 될 만한 인재를 천거하라 했다. 내가 이순신을 천거했는데 정읍 현감에서 수사로, 차례를 뛰어넘어 임명되자 사람들은 혹시 그가 갑작스레 승진한 것을 의심하기도 했다.

○ 〈允註〉

이때가 1591년(선조 24년) 2월 13일로 서애는 50세(1542년생)이고, 통제사는 47세(1545년생) 때의 일입니다. 임진왜란(1592년 4월 12일, 선조 25년)이 일어나기 불과 1년 전의 일입니다.

○ 『懲毖錄』

전라수군절도사 이순신이 경상우수사 원균과 전라우수사 이억기 등과 함께 적병을 거제 바다 가운데서 크게 쳐부수었다. 처음에 적병이 이미 육지에 오르자, 원균은 적의 형세가 큰 것을 보고 감히 나가 치지 못하고 그 전선 백여 척과 화포, 병기 등을 모조리 바닷속에 가라앉힌 다음, 다만 수하의 비장 이영남, 이운룡 등만 데리고 배 네 척에 나누어 타고 달아나서 곤양 바다 어귀에 이르러 뭍으로 올라가서 적군을 피하고자 하니, 이에 그가 거느린 수군 1만여 명은 모두 무너지게 되었다. 이영남이 간하기를 "공은 임금의 명령을 받아 수군절도사가 되었는데, 지금 군사를 버리고 육지로 올라가게 되면 후일 조정에서 죄를 물을 때 무슨 말로 해명하겠습니까? 그러니 전라도 수군에 구원병을 청하여 적군과 한번 싸워 본 다음 이기지 못하거든 그 후에 도망치더라도 늦지 않을 테니 그렇게 하는 것이 좋을 듯합니다." 하자, 원균이 옳다고 여겨 이영남을 이순신에게 보내 구원을 청하도록 했다.

이순신은 "우리가 각각 맡은 경계가 있는데 조정의 명령이 아니고서야 어찌 마음대로 경계를 넘어갈 수 있겠는가?" 하고 응하지 않았다. 원균은 또다시 이영남을 시켜 구원을 청하도록 대여섯 차례나 내왕했는데, 이영남이 돌아올 때마다 원균은 뱃머리에 앉아서 바라보고 통곡했다.

얼마 후에 이순신은 판옥선 40여 척을 거느리고 이억기와 약속하여 함께 거제로 나와 원균과 군사를 합쳐 나아가 적의 전선과 견내량에서 만나게 되었다. 이순신이 말하기를 "이곳은 바다가 좁고 물이 얕아서 배를 돌리기가 어렵겠으니 우리가 거짓으로 물러가는 체하여 적병을 유인하고, 바다가 넓은 곳으로 나가서 싸우는 것이 좋을 듯합니다." 하자, 원균은 분함을 견디지 못하여 바로 나가서 맞닥뜨려 싸우고자 했다. 이에 이순신은 "공은 병법을 알지 못하니 이같이 하면 반드시 패전할 것이오."라고 말했고, 마침내 깃발로써 배를 지휘하여 물러갔다. 그러자 적병은 크게 기뻐하여 앞다투어 따라왔는데, 이미 좁은 곳을 다 나온 후 이순신이 북소리를 한 번 울리자 여러 배들이 일제히 노를 돌려 바다 가운데 열을 지어

벌려 서서 정면으로 적의 배와 맞부딪치니, 서로 거리가 수십 보밖에 떨어지지 않았다.

이보다 앞서 이순신이 거북선을 창조했는데, 목판으로 배 위를 덮으니 그 형상이 가운데가 높아 마치 거북과 같았으며, 싸우는 군사와 노 젓는 사람들은 모두 배 안에 있고, 좌우와 전후에 화포를 많이 싣고 이리저리 마음대로 드나들기를 마치 베 짜는 북(梭)과 같이 행동했다.

적의 배를 만나면 잇달아 대포로 쏘아 부수고, 여러 배가 일시에 합세하여 쳐부수니 연기와 불꽃이 하늘에까지 가득하였고 적의 배가 수없이 불타 버렸다.

적의 장수가 누선에 탔는데, 그 배는 높이가 서너 길이나 되고 배 위에 망루가 있으며, 붉은 비단과 채색 담요로 그 겉을 둘렀다. 이것 또한 대포에 맞아 부서지고 적병은 모두 물에 빠져 죽었다. 그 후에도 적군은 잇달아 싸웠으나 모두 패전하여 드디어 부산과 거제로 도망쳐 들어간 후 다시는 나오지 못했다.

어느 날 한창 싸움을 독려하던 중, 날아오는 탄환이 이순신의 왼편 어깨에 맞아 피가 발꿈치까지 흘렀으나 이순신은 말하지 않고 있다가 싸움이 끝난 후에야 비로소 살을 칼로 베고 탄환을 뽑아냈다. 그 깊이가 서너 치나 들어가서 보는 사람들은 얼굴빛이 변했으나, 이순신은 웃으며 이야기하는 것이 평상시와 같이 태연했다.

전쟁에 이긴 보고가 들려오니 조정에서는 크게 기뻐하여 임금께서 이순신에게 일품 벼슬을 주시려 했으나, 너무 지나친 승진이라 말하는 사람이 있어 이순신을 정헌대부(정2품)로 승진시켰고, 이억기와 원균은 가선대부(종2품)로 승진시켰다.

이보다 앞서 적의 장수 평행장(소서행장)이 평양에 이르러 글을 보내 "일본 수군 10여만 명이 또 서쪽 바다로 오게 되니 대왕(선조)의 행차는 이곳에서 어디로 가시렵니까?"라고 했다.

적군은 본디 수군과 육군이 합세하여 서쪽으로 내려오려 했는데, 이순신이 이 한 번의 싸움으로 드디어 적군의 한쪽 세력을 꺾었기 때문에 평행장이 비록 평양을 점령했으나 형세가 외로워져서 감히 더 나아가지 못했다. 우리나라에서는 전라도, 충청도, 황해도, 평안도 연해 지역 일대를 보전함으로써 군량을 보급시키고 조정의 호령이 전달되도록 하여 나라의 중흥을 이룰 수 있었으며, 요동의 금주, 복주, 해주, 개주, 천진 등도 소란을 당하지 않아서 명나라 군사가 육로로 나와 구원함으로써 적군을 물리치게 된 것이다. 이 모든 일이 이순신이 단 한 번의 싸움에서 이긴 공이니, 아아, 이것이 어찌 하늘의 도움이 아니겠는가!

이순신은 이내 삼도의 수군을 거느리고 한산도에 주둔하여 적군이 서쪽으로 내려오는 길을 막았다.

○ 〈允註〉

이순신은 맡은바 경계가 있음을 이유로 영역을 넘어 경상도로 출동하기를 주저합니다. 그러나 사태가 너무 위급하였기에 막하 장수들인 광양현감 어영담, 녹도만호 정운 등과 격렬한 찬반논의와 그들의 소신을 확인한 끝에 출전의 결단을 내립니다. 조정의 명령이 없이 군대를 움직이는 것은 그때나 지금이나 반역에 해당하는 죄이고, 파죽지세로 몰려오는 왜군의 깃발 앞에 경계만 논하고 있을 수만은 없는 상황에서 통제사의 난처한 입장을 엿볼 수 있습니다. 그는 수하 장수들과 격렬하게 토론했습니다. 찬반이 있었겠지요. 그런 후 통제사는 결단합니다. 방법을 찾은 것이지요. 4월 27일 그는 조정에 장계를 올립니다. 이른바 〈경상도로 구원나가는 장계(赴援慶尙道狀, 부원경상도장)〉에서 '같이 출전하라는 명령(往偕之命, 왕해지명)'을 내릴 것을 주청하고 있습니다. 그로부터 전라좌도의 수군, 즉 통제사의 함대는 경상도 해역에 총 4번의 출전을 감행하여 10여 회의 잇따른 해전에서 연전연승합니다.

제1차 출전인 옥포해전(5. 4일), 제2차 출전인 사천해전(5. 7일), 당항포해전(6. 5일), 율포해전(6. 7일), 제3차 출전이 바로 한산도대첩(7. 8일), 안골포해전(7. 10일), 제4차 출전 부산포해전(9. 1일)이 그것입니다. 서애는 사천해전에서 입은 통제사의 부상, 한산도대첩의 전투상황과 승리의 전략적 의미에 대해 자세히 기술하고 있습니다. 그는 '하늘의 도움(嗚呼 豈非天哉, 오호 기비천재)'이라 했습니다. 통제사가 여수에서 한산도로 본영을 옮긴 것은 1593년(선조 26년) 7. 14일이고, 8. 15일에는 삼도수군통제사의 직책을 부여받게 됩니다.

○『懲毖錄』

수군통제사 이순신을 잡아 옥에 가두었다. 처음에 원균은 이순신이 자기를 구원해 준 것을 은덕으로 여겨 두 사람의 사이가 매우 좋았으나, 조금 후에는 공을 다투어 점점 사이가 좋지 못하게 되었다. 원균은 성품이 음흉하고 간사하며, 또 중앙과 지방의 많은 인사들과 연결하여 이순신을 모함하는 데 있는 힘을 다했다. 늘 말하기를 "이순신이 처음에는 내원하지 않으려고 했는데 내가 굳이 청했기 때문에 왔으니, 적군에게 이긴 것은 내가 수공(首功)이 되어야 할 것이다."라고 하자, 이에 조정 의론이 두 갈래로 나뉘어 각각 주장하는 것이 달랐다. 이순신을 천거한 사람은 나(서애)이므로 나와 사이가 좋지 않은 사람은 원균과 합세하여 이순신을 매우 공격했으나, 오직 우상 이원익만은 그렇지 않은 점을 밝혔으며 또 말하기를 "이순신과 원균이 각각 자기 맡은 지역이 있었으니, 처음에 곧바로 전진하여 구원하지 않았다고 해서 그것을 꼭 그르다고 할 수는 없다."라고 했다.

이보다 앞서 적의 장수 평행장(소서행장)이 졸병 요시라를 경상우병사 김응서의 진영에 자주 드나들도록 해서 은근한 정을 보였는데, 이때 가등청정이 다시 나오려고 하자 요시라는 은밀히 김응서에게 "우리의 장수 평행장의 말이, '이번 화의(和議)가 이루어지지 않은 것은 가등청정 때문이므로 나(평행장)는 그를 매우 미워하고 있는데, 아무 날에 가등청정이 반드시 바다를 건너올 것이니, 조선 군사는 수전을 잘하므로 바다 가운데서 기다리고 있으면 능히 쳐부숴 죽일 수 있을 것이다. 결단코 이 기회를 놓치지 마라'고 합니다."라고 했고, 김응서가 이 사실을 조정에 아뢰자 조정 의론은 이 말을 믿었다. 해평군 윤근수는 더욱 좋아라고 날뛰면서 이 기회를 놓치기가 아깝다 하여 여러 번 임금께 아뢰어 이순신에게 나가 싸우라고 잇달아 재촉했으나, 이순신은 적군의 간계가 있을까 의심하여 여러 날 동안 주저하면서 나아가지 않았다.

이때 요시라가 다시 와서 "가등청정이 벌써 상륙해 버렸습니다. 조선에서는 어째서 요격하지 않았습니까?"라고 하면서 거짓으로 후회하고 애석히 여기는 뜻을 보였다. 이 사실이 조정에 알려지자 조정 의론은 모두 이순신에게 허물을 돌리고, 대간에서는 이순신을 잡아 와 국문하기를 청했다. 현풍 사람 전 현감 박성이란 자도 그때의 여론에 영합하여 소(疏)를 올려 "이순신을 참형에 처해야 합니다."라고 극단적으로 말하자, 드디어 의금부 도사를 보내 이순신을 잡아 오게 하고 원균을 대신 통제사로 삼았다.

임금께서는 오히려 이 일이 모두 사실이 아닐 것이라 의심해서 특별히 성균관 사성 남이신을 보내 한산도로 가서 사찰하도록 했다. 남이신이 전라도에 들어가자 군사와 백성들이 길을 막고, 이순신의 원통함을 호소하는 사람이 이루 헤아릴 수 없었으나, 남이신은 사실대로 보고하지 않고 "가등청정이 바닷섬에 7일 동안이나 머물러 있었으니 우리 군사가 만약 갔더라면 가등청정을 잡아 올 수 있었을 텐데, 이순신이 머뭇거려 그만 기회를 놓쳐 버렸습니다."라고 했다.

이순신이 옥에 갇히자 임금께서 대신들에게 명령하여 이순신의 죄를 의논하게 했는데 이때 유독 판중추부사 정탁만은 "이순신은 명장이니 죽여서는 안 되며, 군사상 기밀의 이롭고 해로운 것은 먼 곳에서는 미루어 헤아릴 수 없으니 그가 나아가지 않은 것은 반드시 무슨 짐작이 있었을 것입니다. 청컨대 너그럽게 용서하시어 뒷날에 공을 이루도록 하시옵소서."라고 했다. 조정에서는 한 차례 고문을 가한 후 사형을 감하고 관직을 삭탈한 채, 그대로 군대에 편입하도록 했다.

이순신의 늙은 어머니는 아산에 있었는데. 이순신이 옥에 갇혔다는 말을 듣고 근심하고 두려워한 끝에 세상을 떠났다. 이순신이 옥에서 나와 아산을 지나다가 성복(成服)하고, 곧 권율의 막하로 가서 종군하자 사람들이 그 소식을 듣고 슬퍼했다.

○ 〈允註〉

"왜장을 놓아주어 나라를 저버렸다."는 치열한 모함으로 파직된 통제사는 1597년(정유년, 선조 30년, 53세) 2월 26일 서울로 압송되어 3월 4일에 투옥됩니다. 그리고 4월 초하룻날 28일간의 혹독한 옥고 끝에 석방되어 백의종군의 길을 걷게 됩니다. 이 사건을 서애는 징비록에 이렇게 기록했던 것입니다. 저는 마지막 문장(人聞而悲之)이 참 안타깝습니다. 정유재침의 서막은 통제사의 투옥으로 시작된 것입니다.

한 해 전 1596년(병인년, 선조 29년, 52세) 11월 통제사에 대한 원균의 중상모략이 조정 내의 분당적 시론에 거세게 파급되고 있을 무렵, 왜장 소서행장(징비록에는 평행장이라 함)의 막하 간첩 요시라의 간계가 도원수 권율을 거쳐 조정에 보고되자, 조정 또한 절호의 기회를 놓칠세라 왜 간첩 요시라의 계책을 따를 것을 하명하였습니다.

선조실록(1597년, 선조 30년 1월 22일)에는 이때의 일을 이렇게 기록하고 있습니다. '병사 김응서는 요시라에게 의관을 갖추고 숙배(肅拜)케 한 후 벼슬 주는 것을 허락하고, 또 은자 80냥을 상으로 내리는 등 조정의 후한 뜻을 전하여 그의 헌책(獻策)을 치하하였다.' 간첩에게 상을 내린 것입니다. 명량대첩(같은 해 9월 16일)의 승리로 통제사에게 하사된 것은 은자 20냥이었습니다. 나라를 위기에서 구한 영웅보다 간첩에게 내린 상이 4배나 컸던 것입니다. 嗚呼! 嗚呼! 哀哉라! 哀哉라! 痛哉라! 痛哉라!

드디어 1월 21일 도원수 권율이 한산도에 이르러 요시라의 계책대로 하라는 명을 전하였으나, 통제사는 그것이 필경 왜군의 간교한 유인책일 것이 분명하다고 생각하여, 적의 동향을 탐색하며 함대의 출동을 자제했습니다. 안타깝게 이때의 일이 난중일기에 기록되어 있지 않아 통제사의 심정을 헤아릴 수 없는 것이 아쉽습니다. 그러나 다른 기록들을 살펴보면 통제사가 도착하기 7일 전에 벌써 가등청정은 정월 15일 장문포에 상

륙한 것으로 보입니다(이분 『행록』). 일본 측 기록에도 정월 14일 서생포에 상륙했다고 나옵니다. (구조선참모본부, 『朝鮮の役』, 1965)

가혹한 문초 끝에 이순신을 죽이자는 주장이 분분하였으나, 이미 죄상의 규명 같은 것은 전혀 중요하지 않았습니다. 이순신의 탄핵 사건은 정치적 모살(謀殺) 행위였습니다. 조선의 붕당 하에서 사실관계는 이미 중요치 않았습니다. 423년 전의 조정의 상황은 오늘날의 현실과 다르지 않았습니다. 그러나 이순신은 판중추부사 정탁(鄭琢, 당시 72세)이 올린 신구차(伸救箚, 구명탄원서)에 의해 간신히 목숨을 부지할 수 있었습니다. 이 사건은 적인 왜와 우리 조정의 합작이라 해도 과언은 아닐 듯합니다. 통제사는 석방되고 그 이튿날(4월 2일) 서애를 찾아갑니다. 이날을 통제사는 이렇게 기록하고 있습니다. '2일 임술, 종일 비. 비. 여러 조카들과 함께 이야기했다. 방업이 음식을 아주 넉넉하게 차려 왔다. 필공을 불러다가 붓을 매게 했다. 저물녘에 성으로 들어갔다. 정승(서애 유성룡을 말함)과 밤새 이야기하고, 닭이 울고서야 헤어져 나왔다.'

무슨 이야기를 밤새 했을까요? 저 같은 필부는 감히 짐작조차 할 수 없으나 저 같으면 아마도 분기탱천(憤氣撐天)하여 욕을 했을 것입니다. 그러나 한편으로는 앞으로 어떻게 해야 도탄에 빠진 백성을 구하며, 잔악한 왜병에 짓밟힌 이 산하를 보존할 수 있을까에 대한 얘기를 하지 않았을까 짐작할 따름입니다. 가슴이 먹먹합니다.

○ 『懲毖錄』

이순신을 다시 기용하여 삼도수군통제사로 삼았다. 한산도의 패전 보고가 이르자 조야가 크게 놀랐다.

임금께서 비변사의 여러 신하들을 불러 보시고 계책을 물었으나, 군신들은 두렵고 당황하여 대답할 말을 알지 못했다. 경림군 김명원과 병조판서 이항복이 조용히 임금께 아뢰기를 "이것은 원균의 죄이오니, 마땅히 이순신을 기용하여 통제사로 삼는 길뿐입니다." 하자, 임금께서 이 말에 따랐다. 이때 권율은 원균이 패전했다는 소식을 듣고 이순신을 현지로 보내 남은 군사들을 거두어 모으게 했는데, 적군의 형세가 한창 강성한 때였다. 이순신은 군관 한 사람을 데리고 경상도에서 전라도로 들어갔는데, 밤낮으로 몰래 가며 이리저리 돌아서 간신히 진도에 이르렀고, 군사를 거두어 적군을 막고자 노력했다.

통제사 이순신이 왜병을 진도 벽파정 아래에서 쳐부수고 그 장수 마다시를 죽였다. 이순신이 진도에 이르러 병선을 수습하여 겨우 10여 척을 얻었다. 이때 연해 지방의 사람들 중에서 배를 타고 피란하는 이가 수없이 많았는데, 이순신을 왔다는 소문을 듣고 기뻐하지 않는 사람이 없었다. 이순신이 여러 방면에서 이들을 불러 맞자 멀고 가까운 지방에서 구름처럼 많이 모여들어서, 이들을 군대의 후방에 있도록 하여 우리 군대의 형세를 돕게 했다.

적의 장수 마다시는 수전을 잘했는데, 그가 배 200여 척을 거느리고 서해를 침범하려고 하니 이순신과 벽파정 아래에서 만나게 되었다. 이순신이 배 12척에 대포를 싣고 조수가 밀려오는 것을 이용하여 순류로 적병을 치니 적병은 패전하여 달아났으며 이로부터 이순신의 군대의 명성과 위세가 크게 올랐다.

이때 이순신은 이미 군사가 8천여 명이나 있었는데, 고금도로 나아가 주둔했다. 군량이 떨어질까 염려하여 해로통행첩을 만들고 영을 내리기를 "삼도의 연해를 통행하는 공선과 사선 중에서 첩지가 없는 것은 간세(첩)로 인정하고 통행하지 못하게 할 것이다."라고 하니, 배를 타고 피란길에 오른 백성들이 모두 와서 첩지를 받아 갔다. 이순신은 배의 크고 작은 차이에 따라 등급을 정하여 곡식을 바치고 첩지를 받아 가게 했는데, 큰 배는 3석, 중간 배는 2석, 작은 배는 1석이었다.

피란하는 사람들이 모두 재물과 곡식을 싣고 바다로 들어왔기 때문에 곡식 바치는 것은 어렵게 여기지 않고 통행을 금지하지 않는 것을 기뻐하여 열흘 동안에 군량 1만여 석을 얻게 되었다. 또 민정을 모집하고, 구리와 쇠를 수송하여 대포를 주조하며, 나무를 베어 배를 만들어서 모든 일이 잘 진척되었다. 멀고 가까운 지방에서 피란 온 사람들이 이순신을 찾아와 의지하여 집을 짓고 막을 만들며 장사를 생계로 삼으니 섬 안에서는 능히 수용할 수 없는 형편이었다.

조금 후에 명나라 수군 제독 진린이 우리나라로 나와서 남쪽 고금도에 내려와 이순신과 군사를 합쳤다. 진린은 성품이 사나워서 다른 사람들과 대부분 뜻이 맞지 않으니 사람들이 그를 두려워했다.

임금께서 청파 들까지 나와서 진린을 전송하였다. 나는 진린의 군사가 수령을 때리고 함부로 욕을 하며, 찰방 이상규의 목에 새끼줄을 매어 끌고 다녀서 얼굴이 피투성이가 된 것을 보고 역관을 시켜 말렸으나 듣지 않았다. 나는 같이 앉아 있던 재신들을 보고 "안타깝게도 이순신의 군사가 장차 패전하겠구나! 진린과 같이 군중에 있으면 행동이 제지당하고 의견이 서로 어긋나서 분명히 장수의 권한을 빼앗기고 군사들은 함부로 학대당할 텐데, 이것을 제지하면 화를 더 낼 것이고 그대로 두면 한정이 없을 테니 이순신의 군사가 어찌 패전하지 않을 수 있겠소?" 하니, 여러 사람들도 "그렇습니다." 하면서 서로 탄식만 할 따름이었다.

이순신은 진린이 온다는 소식을 듣고 군인들에게 대대적인 사냥과 고기잡이를 시켜서 사슴, 돼지, 해산물 등을 많이 잡아 왔으며, 성대하게 술잔치 준비를 갖추고 그를 기다렸다. 진린의 배가 바다서 들어오자 이순신은 군대의 의식을 갖추고 멀리 나가서 영접했으며, 일행이 도착하자 그의 군사들을 풍성하게 대접하니 제장 이하의 군사들이 흠뻑 취하지 않는 이가 없었다. 사졸들이 서로 전하여 말하기를 "과연 훌륭한 장수다." 하였고, 진린도 마음이 흐뭇해졌다.

잠시 후에 적군의 배가 근방의 섬을 침범하자 이순신이 군사를 보내 패배시키고, 적군의 머리 40개를 베어 모두 진린에게 주어 그의 공으로 하도록 했다. 진린은 기대보다 과분한 대우에 더욱 기뻐했다. 이로부터 모든 일을 죄다 이순신에게 물었으며, 나갈 때는 이순신과 교자를 나란히 타고 다녔고, 감히 앞서 나가지 않았다. 이순신은 드디어 명나라 군사와 우리 군사들 사이에 아무런 차별도 두지 않겠다고 진린에게 약속시켰으며, 백성의 조그마한 물건 하나라도 빼앗는 사람이 있으면 모두 잡아 와서 매를 쳤기 때문에 감히 군령을 어기는 사람이 없어져서 섬 안이 삼가고 두려워했다. 진린이 글을 올려 "통제사는 경천위지(經天緯地)의 재주와 보천욕일(補天浴日)의 공이 있습니다."라고 했으니, 이는 마음속으로 감복한 것이다.

ㅇ〈允註〉

선조 30년(1597년, 정유) 9월 16일 이른바 명량대첩의 날입니다. 이순신은 13척의 전선으로 울둘목의 길목을 막고 밀려드는 130여 척의 왜 함대와 사력을 다해 싸워 적을 물리쳤습니다. 그는 "죽고자 하면 오히려 살고, 살고자 하면 도리어 죽는다(必死則生 生則必死)."라는 결의를 각 전선의 장령들에게 엄하게 촉구하였고, 역조(逆潮)에서 사력을 다하여 왜수군의 해협 통과를 저지했으며, 순조(順潮)를 맞이하자 일제히 진격함으로써 적선 31척을 깨뜨렸습니다. 적선은 다시는 우리 수군에 가까이 오지 못했습니다.

명량대첩은 왜군의 서진북상(西進北上)의 전략을 결정적으로 좌절시킴으로써 전란의 역사적 전기를 마련했던 한산도대첩과 그 전략적 의의를 같이하고 있으나, 명량대첩은 불과 13척의 배로 민족의 박해와 역경을 이겨 낸 이순신의 초인적이고 실존적인 삶으로 극복된 승리임을 오늘 우리는 잊어서는 안 될 것입니다. 그러나 이런 기적 같은 승리에도 불구하고 통제사의 함대는 여전히 기항지 없이 군수품 보급, 전선 정비는 물론이거니와 군량미 조달까지 자체적으로 해결해야 하는 떠돌이 함대였습니다. 승리 후 통제사는 고군산군도까지 북상하여(9월 21일) 11일을 머문 후 비로소 남하하여 법성포에서 5일을 머물고(10월 3일~7일), 다시 우수영을 거쳐(10월 9일~10일), 안편도에서 17일을 머문 후(10월 11일~28일) 마침내 목포 보화도에 진을 치고 겨울을 나게 됩니다(10월 29일). 이와 같이 여러 차례 이동한 까닭은 적절한 기지를 찾고, 겨울철의 추운 날씨에 견딜 군수품의 조달, 함선과 군기의 정비, 군량미의 확보가 긴급했기 때문일 것입니다. 이런 배경에서 통제사의 일기에는 쓰여 있지 않지만 서애의 『징비록』에는 '해로통행첩'을 위와 같이 기술하고 있습니다.

통제사와 진린(陳璘)의 만남은 선조 31년(1598년, 무술) 9월 16일의 일기에 처음으로 짧게 기록되어 있습니다. 명량대첩(1597년 9월 16일)의 승리 후 꼭 1년이 지난 때입니다. "무술. 맑음. 나로도에 머물며 도독과 술을 마셨다." 다음 날 17일도 술을 마셨다고, 감정이 섞이지 않은 아주 짧고 건조하게 기록되어 있습니다. 아마도 잘은 모르지만 저의 생각에는 명나라 구원병을 청할 수밖에 없었던 당시의 정세를 통제사는 참으로 안타까워했을 것입니다. 나라에 힘이 없어 외국 군대의 힘을 빌릴 수밖에 없었던 처지를 부끄러워했을 것입니다. 나라의 안보에 있어 유비무환(有備無患)은 진리입니다. 그래서 베게티우스는 기원전 4세기경에 벌써 "평화를 원하거든 전쟁을 준비하라! 힘 있는 자만이 자신을 지킬 수 있고, 자신을 지키는 자만이 평화를 누릴 수 있다."라고 했습니다. 어떤 이는 평화를 원하거든 대화를 하라고 말합니다. 우리에게 진리를 분별하는 지혜가 있었으면 좋겠습니다.

○『懲毖錄』

10월(1598년), 통제사 이순신은 수군으로 적의 구원병을 바다 가운데서 크게 패배시켰으나 이순신은 이 싸움에서 전사했다(舜臣死之). 이순신은 명나라 장수 진린과 함께 바다의 후미진 어귀를 제압하고 바싹 근접해 들어갔다. 평행장이 사천에 있는 심안돈오에게 구원을 청하자 심안돈오가 수로로 와서 구원했는데, 이순신이 나아가 공격하여 크게 쳐부수고 왜적의 배 200여 척을 불살랐으며 적병을 죽인 것이 이루 헤아릴 수 없을 만큼 많았다. 적병을 뒤쫓아 남해와의 지경에까지 이르렀다. 이순신은 시석(矢石)을 무릅쓰고 몸소 힘껏 싸웠는데, 날아오는 탄환이 그의 가슴을 뚫고 등 뒤로 나갔다. 곁에 있던 부하들이 부축하여 장막 안으로 옮겼는데, 이순신은 "싸움이 한창 급하니 절대로 내가 죽었다는 말을 내지 마라." 했으며, 말을 마치자 곧 숨을 거두었다. 이순신의 조카 이완(李莞)은 담력과 국량(局量)이 있는 인물이었다. 이순신의 죽음을 숨긴 채 이순신의 명령이라 하여 싸움을 급히 독려하니 군중에서는 그의 죽음을 알지 못했다.

진린이 탄 배가 적병에게 포위된 것을 보고 이완이 군사를 지휘하여 구원하니 적선이 흩어져 물러갔다. 진린은 이순신에게 사람을 보내 자기를 구원해 준 것을 사례했는데, 그때 비로소 이순신이 죽었다는 말을 듣고 의자에서 땅 위로 몸을 던지면서 "나는 노야(老爺)께서 생시에 오셔서 나를 구원한 줄 알았는데 어찌하여 돌아가셨습니까!" 하고 가슴을 치고 통곡했다. 온 군대가 모두 통곡하여 곡성이 바다를 진동시켰다.

평행장은 우리 수군이 적군을 추격하여 그의 진영을 지나간 틈을 타서 뒤로 빠져 달아났다. 이보다 앞서 7월에 왜적의 괴수 평수길이 이미 죽었기 때문에 연해에 진영을 설치했던 적군이 모두 물러갔다. 우리 군대와 명나라 군대는 이순신이 죽었다는 소식을 듣고, 이어져 있는 각 진영이 통곡하여 마치 제 어버이의 죽음을 통곡하는 것 같았다. 또 영구(靈柩)가 지나는 곳마다 백성들이 곳곳에서 제전을 차리고서 상여를 붙잡고 통곡하기를 "공께서 진실로 우리를 살리셨는데, 지금 공은 우리를 버리고 어디로 가십니까?" 하며 길을 막아 상여가 가지 못하게 되었으며, 길 가는 사람들도 눈물을 흘리지 않는 이가 없었다.

조정에서는 이순신에게 의정부 우의정을 증직 했다. 형군문(형개)은 바닷가에 사당을 세워 그의 충혼을 제사 지내야 마땅하다고 했으나, 이 일은 결국 시행되지 못했다. 이에 해변 사람들이 서로 모여 사당을 짓고 이를 민충사(愍忠祠)라 하여 사시(四時)로 제사 지냈으며, 상인과 어선들도 왕래하면서 그곳을 지나는 사람마다 제사 지냈다.

○ 〈允註〉

이순신의 일기(亂中日記)는 선조 25년(1592년, 임진, 48세) 정월 초하루에 시작하여 선조 31년(1598년, 무술, 54세) 11월 17일에 끝을 맺습니다. 더 이상 일기를 쓸 수 없었습니다. 바로 11월 19일 새벽, 7년 왜란의 막을 내리는 노량해전에서 전사하셨기 때문입니다. 음력 11월은 양력으로 12월 말이나 정월 초입니다. 살을 에는 듯한 추위와 보름이 갓 지나 달 밝은 새벽 2시경, 바다에서의 전투였습니다. 각종 화포를 쉴 새 없이 발사하고, 불화살을 날리고, 잎나뭇불을 마구 던지고, 조총의 탄환이 난무하는 등 치열한 야간 전투가 계속되는 동안 밤은 서서히 새벽으로 젖어 들고 있었습니다. 이 마지막 해전이 고비에 이른 19일 새벽, 동이 틀 무렵 통제사는 몸소 지휘 독전 중에 아주 가까운 거리에서 발사된 적의 탄환을 왼쪽 가슴에 맞아 관통상을 입고 쓰러지셨습니다. 군사들이 급히 그를 방패로 가리었으나, 그는 "싸움이 한창 급하니, 나의 죽음을 알리지 말라!"고 당부하며 숨을 거두셨습니다(戰方急 愼勿言我死 言訖而絶). 전사한 곳은 관음포 앞바다이고, 승패는 이미 판가름이 났습니다.

명나라 도독 진린은 통제사를 제사하는 글 〈제이통제문(祭李統制文)〉에서 "평시에 사람을 대해 이르시되 '나라를 욕되게 한 사람이라, 오직 한 번 죽는 것만 남았노라(辱國之夫只欠一死).' 하시더니 이제 와선 강토를 이미 찾았고 큰 원수마저 갚았거늘 무엇 때문에 오히려 평소의 맹세를 실천해야 하시던고. 어허! 통제여. ….."라 하며, 통제사의 죽음에 대한 집착을, 그의 죽음이 이미 예감된 죽음이었음을 서슴지 않고 애통해하며 전하고 있습니다. 통제사는 전쟁이 끝나던 날 죽었습니다. 그의 죽음은 전사가 아니라 전사로 위장된 자살이라는 생각이 왜 나의 뇌리에서 떠나지 않는지 모르겠습니다! 嗚呼! 痛哉라!

부평공고, 2020. 7.

〈참고문헌〉

1. 유성룡 저, 이재호 역, 『징비록』, ㈜위즈덤하우스, 2014.

2. 박혜일 등저, 『이순신의 일기』, 서울대학교출판부, 2005.

3. 김훈, 『연필로 쓰기』, ㈜문학동네, 2019.

12. 忠의 길! 孝의 길! 淸廉의 길!

방학 중 <실습실 현대화 사업>이 한창 진행 중입니다. 총 20억 4천여 만원의 예산을 들여 추진되는 사업입니다. 왜 이런 큰 금액을 들여 공업고등학교인 우리 학교의 실습환경 개선에 투자하는 것일까요? 크게 세 가지의 목적이 있습니다. 노후 실험실습실을 쾌적하고 머물고 싶은 시설로 개선하는 것이 첫째요, 두 번째는 내실 있는 교육과정 운영을 위한 실험실습기자재의 확충이며, 마지막으로 실험실습실의 유해환경을 제거하여 안전한 교육 시설을 확충하는 것입니다.

이에 우리 학교에서는 작년 5. 17.일 관련 계획과 예산이 교부된 이후로 겨울방학 중 공사를 위해 각종 협의와 행정 절차를 진행해 왔습니다. 저는 5개 학과의 모든 선생님들의 의견을 적극적으로 수렴하여 학과 특성이 반영된 실습환경이 구축될 수 있도록 최선을 다해 주시길 부탁드렸습니다. 그동안 수많은 협의와 의견 수렴 과정을 거쳐 설계에 반영한 것으로 알고 있습니다. 글을 쓰고 있는 지금도 전문교육부장님은 방학 중임에도 불구하고 초과근무까지 하시며 맡은 바 업무에 최선을 다하고 계십니다. 그러니 제가 어찌어찌 감사하지 않을 수 있겠습니다.

그러나 제가 한 가지 우려스러운 것이 있습니다. 그것은 아마 경험으로 축적된 지혜일지도 모릅니다. 절차나 과정에서 존경하는 우리 선생님들의 의견을 적극 수렴하였다고 해서 그 결과도 반드시 좋으리라 생각하는 것입니다. 과연 그럴까요? 아마 그럴 수도 있고 또는 그렇지 않을 수도 있을 것입니다. 옛말에 '우물 안 개구리에게는 바다를 설명할 수 없고, 매미에게는 얼음에 대해 설명해 줄 수 없고, 편협된 지식에 사로잡힌 사람에게는 진정한 도의 세계를 설명할 수 없다.'는 말이 있습니다. 장자에 나오는 말이지요. 저 자신도 이 세 가지의 그물에 걸리지 않기 위해 항상 경계하며 살고자 노력하고 있으나 잘되지 않는 것도 고백할 수밖에 없습니다. 다만 우리 모두 힘들고 어려울 때일수록 내가 보는 하늘만이 옳다고 하지 말고, 다른 사람이 보는 하늘도 인정해 주는 여유가 필요한 것이 아닐까요? 그것이 진정한 배려가 아닐까요? 우리 함께 우물 속에서 나와 저 넓은 하늘과 바다를 만나보시지 않겠습니까?

대롱으로 본 하늘이 오죽하겠습니까? 어찌 전복 껍데기로 바닷물을 재겠습니까?

그러면 저 넓은 하늘과 바다는 무엇일까요? 저에게 있어 그것은 바로 우리 학교 〈학생〉들입니다. 나의 고정관념과 관리 위주의 관점에서 벗어나 학생들의 관점에서 모든 것을 생각하자는 것입니다. 〈실습실 현대화 사업〉도 마찬가지입니다. 사랑하는 아이들이 개학 후 보았을 때 '참 보기에 좋았더라.' 할 수 있었으면 정말 좋겠습니다.

노산(鷺山) 이은상(李殷相)은 忠武公에 대해 이렇게 말했습니다.

"우리 역사상에 가장 거룩한 이, 가장 위대한 이가 누구냐 하고 물으면 나는 서슴지 않고 충무공이라 대답하리라. 그야말로 자기 몸을 희생하여 나라와 겨레를 죽음 속에서 건졌고, 무너지는 역사를 바로 세워 은혜를 천추에 드리운 이가 바로 그 어른이기 때문이다."

방학 중 公의 1,604일 동안의 일기를 읽었습니다. 公 자신은 스스로 이 일기에 아무런 이름을 붙이지 않았습니다. 뒷날 정조 때 〈이충무공전서〉를 편찬하면서 편찬자가 公의 친필 초고에 〈난중일기〉란 이름을 붙이면서부터 오늘날 〈난중일기〉로 불리게 된 것이라고 합니다. 이 친필 초고는 모두 7책 205장으로 현충사에 보관되어 있습니다.

일기를 읽는 동안 마음이 내내 무거웠습니다. 임진년 정월 초하루(1592. 1. 1.)부터 무술년 동짓달 열 이레(1598. 11. 17.)까지 1,604일의 기록! 公은 이틀 뒤인 무술년 동짓달 열아흐레(1598. 11. 19.) 새벽 6시경 노량해전에서 순국하십니다.

그 첫날(1592. 1. 1.)의 기록은 이렇습니다.

'맑음, 새벽에 아우 여필과 조카 봉과 아들 회가 와서 이야기했다. 다만 어머님을 떠나서 두 번이나 남도에서 설을 쇠니 간절한 회포를 이길 길이 없었다. 병사의 군관 이경신이 병사의 편지와 설 선물과 또 긴 편전 등 여러 가지 물건을 가지고 와 바쳤다.'

순국하시기 이틀 전 마지막 날(1598. 11. 17.)의 기록은 이렇게 되어 있습니다.

'어제 복병장 발포 만호 소계남과 당진포 만호 조효열들이, 왜의 중간 배 한 척이 군량을 가득히 싣고 남해로부터 바다를 건너는 것을 한산도 앞바다에까지 추격하였더니 왜적은 기슭을 타고 육지로 올라 달아났고,

잡은 왜선과 군량은 명나라 군사에게 빼앗기고 빈손으로 와서 보고했다.'

일기 속에 나타난 公의 모습을 보잘것없는 제가 감히 네 가지로 헤아려 보았습니다.

첫째, 公은 심각한 병을 앓고 있던 병자(病者)였습니다. '몸이 몹시 불편하여 온백원 네 알을 먹었다. 몸은 불편해도 억지로 고기를 먹게 되니 더욱 비감하다.'(1593. 5. 18.~19) '몸이 몹시 불편해서 종일 신음하였다.'(7. 14.) '몸이 몹시 불편했다. 대단히 불편했다. 불편하여 앉았다 누웠다 했다.'(7. 16.~18.) '몸이 불편하여 간신히 앉아서 이야기만 하고 돌아왔다. 몹시 불편해서 종일 드러누웠다가, 허약한 탓에 땀이 무시로 나서 옷이 흠뻑 젖기 때문에 억지로 일어나 앉았다. 몹시 불편하여 홀로 배뜸 아래 앉았노라니 회포가 천만 갈래다.'(8. 11.~13.) '몸이 몹시 불편하여 자리에 누워 땀을 내었다.'(1594. 1. 14.) '몸이 불편하여 저녁내 누워 신음하는데. 나는 몸이 편치 않아 종일 땀이 흘렀다.'(1. 29.~30.) '몸이 불편하여 종일 나가지 아니했다. 불편해서 종일 신음하였다.'(2. 20.~21.) '나는 몸이 몹시 괴로워 앉고 눕기조차 불편했다. 몹시 불편하여 꿈적거리기가 어려웠다. 병세는 별로 가감이 없었다. 기운은 더욱 축이 나서 종일 고통했다. 기운이 조금 나은 듯하므로 따뜻한 방으로 옮겨 누웠다. 다른 증세는 없었다. 병세가 차츰 덜해지건만 열기가 치받쳐 그저 찬 것만 마시고 싶은 생각뿐이었다. 병세가 훨씬 덜해졌다. 열도 또한 내렸다. 다행 다행한 일이다. 몸이 몹시 불편했다. 병은 차츰 낫는 것 같으나 기력은 몹시 고달팠다. 병은 나은 듯했으나 머리는 무겁고 불쾌했다. 종일 몸이 괴로웠다. 종일 신음했다. 몸이 몹시 불편했다. 몸이 회복되지 아니했다.

몸이 몹시 불편했다. 좀 나은 것 같았다.'(3. 6.~27.)

아! 公은 환자(患者)였습니다. 거의 매일, 거의 매년 '몸이 불편하다'는 일기는 계속 반복됩니다. '초저녁에 토사곽란을 만나 한 시간이나 고통하다가 삼경에 조금 가라앉았다. 일어났다 앉았다 몸을 뒤척거리면서 공연한 고생을 하는 듯 생각하니 한스럽기 짝이 없다.'(1596. 3. 21.)

아! 정유년 명량대첩의 승전 이후에도 公의 일기에는 '몸이 불편했다.'라는 글귀가 자주 나타나 있습니다. 아마 지금 생각해 보면 만성위염 또는 위암, 안질 등의 병을 앓으셨던 것 같습니다. 자신의 몸을 돌보지 않으시고 오직 나라 걱정에 군인의 길에서 벗어나지 않으셨던 公에게 저절로 고개 숙여집니다.

둘째, 公은 진정한 효자(孝子)였습니다. '어머님 편지를 보니 평안하시다 한다. 다행 다행이다.'(1593. 6. 1.) '흰 머리털인들 무엇이 어떠하랴마는 다만 위로 늙으신 어머님이 계시기 때문이었다.'(6. 12.) '기운이 아주 가물가물해 앞이 얼마 남지 않으신 듯하니 다만 애달픈 눈물을 흘릴 뿐이다. 그러나 말씀하시는 데에 착오는 없으셨다.'(1594. 1. 11.) '이날은 어머님 생신인데, 몸소 나가 잔을 드리지 못하고 홀로 먼 바다에 앉았으니 회포를 어찌 다 말하랴.'(1595. 5. 4.) '어머님 병환이 조금 덜해졌다고 하나 구십 노인이 이런 위태한 병에 걸렸으니 걱정스러워 소리 없이 울었다.'(6. 12.) '어머님이 평안하시긴 하나 입맛이 안 달다고 하신다 했다. 민망스럽다.'(7. 3.) '이날은 어머님 생신인데 헌수하는 술잔을 올리지 못하여 심회가 평온하지 못했다.'(1596. 5. 4.) '백발이 부수수한 채 나를 보고 놀라 일어나시는데 기운이 흐려져 아침저녁을 보전하시기 어렵다. 눈물을 머금고 서로 붙들고 앉아 밤이 새도록 위로하여 그 마음을 풀어 드렸다.'(1596. 윤 8. 12.) '일찍이 어머님을 위한 수연을 베풀고 종일토록 즐기니 다행 다행이다. 어머님께서 편안하시니 다행 다행이다.'(10. 7.)

아! 公은 백의종군 길에 어머님의 부고를 듣습니다. '뛰쳐나가 뛰며 슬퍼하니 하늘의 해조차 캄캄하다. 길에서 바라보는 가슴이 미어지는 슬픔이야 이루 다 어찌 적으랴. 뒷날 대강 적었다.'(1597. 4. 13.) '일찍 길을 떠나며 어머님 영 앞에 하직을 고하고 울며 부르짖었다. 어찌하랴. 어찌하랴. 천지간에 나 같은 사정이 또 어디 있을 것이랴. 어서 죽는 것만 같지 못하구나.'(4. 19.) '천 리 밖에 멀리 종군하여 어머님 영연을 멀리 떠나 장례도 못 모시니 무슨 죄로 이런 갚음을 당하는고. 나와 같은 사정은 고금을 통하여 짝이 없을 것이니 가슴이 찢어지는 듯 아프다. 다만 때를 못 만난 것을 한탄할 따름이다.'(5. 5.) '아침저녁으로 그립고 설운 마음에 눈물이 엉기어 피가 되건마는 아득한 저 하늘은 어째서 내 사정을 살펴주지 못하는고. 왜 어서 죽지 않는지.'(5. 6.) '이날 밤 달빛이 대낮 같아 어머님 그리는 슬픔과 울음으로 밤이 깊도록 잠들지 못했다. 통곡하고 보냈다. 내가 무슨 죄를 지었기에 이 지경에 이르렀는가.'(7. 9.~10.)

아! 公은 천지간에 나 같은 사람은 없다고 하십니다.

셋째, 公은 자나 깨나 오로지 나라 걱정뿐이었습니다. '나라를 근심하는 생각이 조금도 놓이지 않아 홀로 배 뜸 밑에 앉았으니 온갖 회포가 일어난다.'(1593. 7. 1.) '종일 빈 정자에 홀로 앉았으니 온갖 생각이 가슴을 치밀어 회포가 산란했다. 무슨 말로 형언하랴. 가슴이 막막하기 취한 듯, 꿈속인 듯, 멍청이가 된 것도 같고 미친 것 같기도 했다.'(1594. 5. 9.) '호남 방백들이 나라를 저버리는 것을 생각하니 참으로 유감스러웠다.'(5. 20.) '신경황이 들어오는 편에 영의정(유성룡)의 편지를 가지고 들어왔는데, 나라를 근심하는 이로 이보다 더할 분이 없을 것이다.'(6. 15.) '국사가 어지럽건만 안으로 건질 길이 없으니 이 일을 어찌할꼬.'(9. 3.), '촛불을 밝히고 혼자 앉아 나랏일을 생각하니 모르는 사이에 눈물이 흐른다. 또 병드신 팔십 노친을 생각하며 뜬눈으로 밤을 새웠다.'(1595. 1. 1.) '사직의 위엄과 영험을 힘입어 겨우 조그마한 공로를 세웠는데, 임금의 총애와 영광이 너무 커서 분에 넘치는 바가 있다. 장수의 직책을 띤 몸으로 티끌만 한 공로도 바치지 못했으며, 입으로는 교서를 외면서 얼굴에는 군인으로서의 부끄러움이 있음을 어찌하랴.'(5. 29.) '나라 정세가 아침 이슬 같이 위태로운데 안으로는 정책을 결정할 만한 기둥 같은 인재가 없고, 밖으로는 나라를 바로 잡을 만한 주춧돌 같은 인물이 없음을 생각해 보니 사직이 장차 어떻게 될지 몰라 마음이 산란했다. 종일토록 누웠다 앉았다 했다.'(7. 1.) '체찰사로서 계획을 세우는 것이 이렇게 무의미할 수 있는가, 국가의 일이 이렇고 보니 어찌하랴, 어찌하랴.'(1596. 2. 28.) '홀로 수루 위에 앉았으니 온갖 정회가 그지없다. 우리나라 역사를 읽어 보고 개탄하는 생각이 많았다.'(5. 25.)

아! 원균의 모함으로 견딜 수 없는 고초를 겪으신 公은 옥에서 풀려난 첫날을 이렇게 기록했습니다. '옥문 밖으로 나왔다.'(1597. 4. 1.) 참으로 건조합니다. 저 같으면 억울하여 통분의 말, 저주의 말을 쏟아부어도 시원치 않을 판에 '옥문 밖으로 나왔다'니요! 그러나 公은 그렇게 살았습니다.

넷째, 公은 청렴(淸廉)을 몸소 실천하신 분이셨습니다. 백의종군 길에 있었던 일입니다. '정혜사 중 덕수가 미투리 한 켤레를 바치므로 거절하고 받지 않았으나 두 번 세 번 간절히 말하므로 값을 주어 보내고, 미투리는 원명에게 주었다.'(1597. 5. 7.), '안팎이 모두 바치는 물건의 다소로 죄의 경중을 결정한다니 이러다가 결말이 어떻게 될지 모르겠다. 이야말로 돈만 있으면 죽은 사람의 넋도 찾아온다는 것인가.'(5. 21.) '시국의 그릇된 것을 무척 분히 여기며 다만 죽을 날만 기다린다고 했다.'(5. 23.) '아침에 종들이 고을 사람들의 밥을 얻어먹었다고 하기에 종을 매 때리고 밥쌀을 도로 갚아 주었다.'(6. 3.) '이날 아침 구례 사람들과 하동 현감(신진)이 보내 준 종과 말들을 모두 돌려보냈다.'(6. 5.) '승장 처영이 보러 와서 부채와 짚신을 바치므로 다른 물건으로 갚아 보냈다.'(6. 12.)

아! 公의 백의종군 길에는 백성들이 있었습니다. 노인네들은 술을 가져와 눈물로 바쳤고, 중들은 짚신을 엮어 왔습니다. 그러나 公은 그것들조차 마다했습니다. 430년 전 公의 삶이 그러했는데, 公은 그렇게 살았는데, 지금 우리의 모습이 부끄러워 얼굴을 들 수 없습니다. 저부터 말입니다.

저는 예전에 〈서애 유성룡과 통제사 이순신〉이란 글을 드린 적이 있습니다. 유비무환의 정신을 강조한 글이었습니다. 서애는 그래서 『징비록』이라는 통한의 글을 우리에게 남겨 주셨습니다. 그러나 왜란이 일어난 지 430년이 지난 오늘 우리들의 모습은 어떠한가요? 끝없는 부정부패와 내로남불의 당파싸움, 정권욕에 사로잡힌 망국적인 포퓰리즘 등은 430년 전의 동서분당(東西分黨)을 방불케 하고 있습니다. 그것도 대한민국의 심장 경복궁 앞 광화문 광장에 우국충정의 충무공 정신을 받들고자 드높이 세워 놓은 公의 동상이 지켜보는 가운데 버젓이 자행되고 있습니다.

公의 부릅뜬 두 눈과 움켜쥔 칼을 보면 "불멸의 사람은 모든 시대의 고뇌를 경험한다."(Kraus, Karl, 오스트리아 작가, 1874~1936)는 아포리즘의 의미를 되새기게 합니다.

니체의 말입니다. "한 민족의 특유성은 그 민족이 어떤 위인을 낳았는가 하는 것뿐만이 아니라, 그 위인을 어떻게 인식하고, 또 어떻게 존경하고 있는가 하는 그 양식(樣式)에 의해 결정되는 것이다."(『희랍의 비극적 시대의 철학』) 맞는 말입니다.

부평공고, 2022. 2.

Ⅱ.

눈길을 서로에게 보내면서

1. 약점을 극복하기 위한 투쟁
2. 교사의 정체성과 성실성
3. 수업 친구 만들기
4. 외우는 공부에서 느끼는 공부로!
5. 소유형 인간과 존재형 인간
6. 제4차 산업혁명과 창의융합인재 육성
7. 도덕공동체로서의 우리 인천 교육
8. 새해에는 이랬으면 좋겠습니다!
9. 신축년(辛丑年) 새해를 맞이하여
10. 예(禮)는 인간의 가치를 높이는 일이다!
11. 선물
12. 학교의 텔로스? 선생님의 텔로스?
13. 문화·예술과 교육의 방향
14. 슈퍼 티처, 아이언 티처 vs 매뉴얼 티처, 쉬링크 티처
15. 토크빌, 동아시아 시민교육
16. 안전한 현장실습에 대한 소회(素懷)

1. 약점을 극복하기 위한 투쟁

계산공고의 모든 교직원 여러분! 2015학년도 참 수고가 많으셨습니다. 매일 똑같은 일상의 반복이면서 하루도 같은 날이 없는, 일상의 위대함을 매년 느끼면서 지난 학년도를 마무리하고 새 학년도를 준비합시다.

설날입니다. 그립고 보고 싶던 가족들을 만나는 설렘이 있습니다. 모두 행복하시고 안전한 설 연휴를 보내시기 바랍니다.

이번 달에는 '약점을 극복하기 위한 투쟁'이라는 주제로 말씀드리고자 합니다. 우리가 누구인지, 무엇 때문에 이곳에 있는지, 왜 우리가 만났는지, 그리고 우리 공동체의 가장 큰 가치인 학생들을 위해 나는 무엇인지에 대한 물음입니다.

제2차 세계대전이 끝난 후 승리한 미국의 한 라디오 방송에서는 전쟁의 승리를 축하하는 개선문을 세우려는 분위기를 읽을 수 없었다고 합니다. 인류 역사상 연합국이 가장 숭고한 군사적 승리를 거뒀음에도 불구하고 메조소프라노 리세 스티븐슨은 〈아베마리아〉를 불렀고, 프로그램의 사회를 맡은 빙 크로스비는 "하지만 오늘 우리 모두의 마음속 깊이 자리 잡은 감정은 겸손일 것입니다."라고 말했다고 합니다. 이 분위기는 프로그램의 전체를 지배했다고 합니다.

저는 전쟁에서 승리한 이들이 자신들이 다른 이들에 비해 도덕적으로 우월하지 않다는 것을 인정하고 있다고 생각합니다. 자만심이나 우월감을 갖지 않도록 스스로 견제하는 것이 아마 집단적 충동처럼 나타난 듯합니다. 과도한 자기애로 흐르기 쉬운 자연스러운 인간의 경향에 본능적으로 제동을 건 것은 아닐까요?

"그 누구도 나보다 더 나은 것은 아니다. 하지만 나 또한 그 누구보다도 더 나은 것은 아니다."라는 말을 떠올리게 합니다. 자기 자신을 낮추는 겸양의 위대한 도덕적 전통을 한마디로 표현한 말이기도 하지요. 그러나 지난 수백 년 동안 지속되어 왔던 이런 도덕적 환경이 이제는 점점 그 중요성을 잃어 가고 있다는 생각에 안타깝기도 합니다. 이전에는 자신의 욕망을 회의적으로 보고, 자신이 약한 존재라는 것을 인식하고 자신의 약점과 맞서 싸우고, 약점을 강점으로 승화시키려는 노력을 더 많이 해야 한다는 도덕적 환경이 존재했었습니다. 이런 전통과 환경 속에서 성장하고 살아온 사람들은 자신의 모든 생각, 감정, 그리고 성취를 그 즉시 온 세상에 알리고자 하는 욕구가 비교적 적었을 것이라고 생각합니다. 우리 아버지들의 삶과 또 우리들의 삶 속에서 일부분 인식할 수 있는 일들이지요.

요즘은 오히려 자신을 낮추라고 강조하는 문화에서 자신을 우주의 중심으로 보도록 권장하는 문화로 바뀐 것 같습니다. 미국의 베스트셀러 작가인 애너 퀸들런은 말합니다.

"여러분의 성격, 지성, 성향을 존중하십시오. 그리고 그래요. 여러분의 맑은 영혼을 존중하세요. 겁에 질린 세상이 보내는 탁한 메시지를 따르기보다는 그 영혼의 맑고 명확한 소리에 귀 기울임으로써 말입니다."

저는 우리 삶에 있어 겸양의 가장 완전한 의미는 멀리서 바라본 자신에 대한 정확한 자각이라고 생각합니다. 즉 '내 안의 또 다른 나'의 시각을 말하고 있는 것입니다. 이것을 어떤 철학자는 양심이라고 표현하기도 했습니다. 스스로를 아주 가까이에서 클로즈업해 보며 미완의 캔버스를 온통 자기 자신으로 채우는 청소년기의 관점에서 시야를 확대해 풍경 전체를 조망하는 관점으로 삶의 관점을 이행해 가는 것입니다. 그 속에서 자신의 강점과 약점, 자신이 관계 맺고 의존하는 사람들, 그리고 더 큰 이야기에서 자신의 역할을 파악한다는 것이지요.

지난 방학에 예술의 전당 한가람미술관에서 열린 〈피카소에서 베이컨까지〉라는 전시회에 다녀왔습니다. 미술에 대한 지식이 없어 잘은 모르지만 그중 피카소의 작품 중에서 소를 표현한 〈10개의 데생〉이 참 인상 깊었습니다. 피카소의 전 생애에 걸쳐 표현된 소의 모습이 나의 시선을 사로잡았습니다. 처음에는 소의 세밀한 털 하나하나를 묘사한 정말 잘 그린 그림이었습니다. 그러나 말년에 피카소가 표현한 소의 모습은 저에게 충격이었습니다. 불과 선 서너 개를 사용하여 소의 모습을 완벽하게 표현하고 있었습니다. 사물의 본질과 본성, 핵심을 꿰뚫어 본 예술가의 인생이 거기에 있었습니다. 우리 모두가 인정하는 위대한 피카소도 이렇듯 관점이 변하고 있었던 것입니다. 하물며 나의 관점(철학, 가치, 이념 등 그 무엇이든지 간에)이 변하지 않는다는 것은 교만, 자만, 오만의 극치일 것입니다. 그러기에 저에게는 충격이었던 것입니다.

"우리의 인생은 긴 여정이다."라는 말이 있습니다. 공동체를 위해 무엇을 할 수 있는가를 찾는 사람이 도덕적 실재론자의 삶을 사는 사람이라고 생각합니다. 따라서 스스로의 약점을 극복하려는 나의 내적 투쟁이 가장 중요한 나의 인생의 드라마라고 할 수 있습니다. 가장 근본적인 문제는 나의 '자기중심성'에 있는 것입니다. 이런 나의 '자기중심성'은 간혹 바람직하지 못한 방향으로 나아갈 수 있습니다. 첫째는 이기심이요, 둘째는 자만심이요, 셋째는 보상심입니다. 즉 자신의 이익을 위해 다른 사람을 이용하여 공동체에 누가 되는 것이요, 다른 모든 사람보다 자신이 더 우월하다고 생각하고 싶은 욕망이 생기기도 합니다. 또한 공동체를 위해 이만큼 헌신했으니 이제는 공동체가 나를 위해 보상해야 할 때라고 말하고 싶은 욕망이 싹트기도 합니다.

이마누엘 칸트는 "인간이라는 뒤틀린 목재에서 곧은 것이라고는 그 어떤 것도 만들 수 없다."라고 일갈했습니다. 이 말은 인간에 대한 부정과 회의의 말이 아니라 인간이 자신의 결점을 적나라하게 인식하고, 스스로의 약점을 극복하기 위한 치열한 내적 투쟁의 과정에서 도덕적 실재론자로서의 나의 인격이 완성될 수 있다는 말의 역설일 것이라고 생각합니다. 어떤 대의나 목표에 헌신할 때 우리는 자신의 욕망을 더 높은 수준으로 끌어올리고 자신이 가진 에너지를 재배치할 수 있습니다.

어느 공동체이든 어떤 사회이든 어디를 가나 영웅과 얼간이는 있기 마련입니다. 가장 중요한 것은 자신과의 도덕적 투쟁에 몰두할 용의가 있는지 그리고 기꺼이 이 투쟁에 동참할 의지가 있는지 하는 것입니다. 적어도 나는 죄를 지을 수밖에 없는 사람이라는 것을 인정하고, 개인적으로 제가 자주 인용하는 우리가 하고 있는 이 치열한 전투에서 승리할 수밖에 없다는 것을, 결코 패배할 수 없다는 것을 인정한다면 우리는 전장에 나서는 투사처럼 용기와 열정, 심지어 즐거운 마음을 가지고 이 투쟁에 임할 수 있다고 저는 생각합니다. 다른 사람에게 이김으로써 혹은 나 혼자만의 편함을 추구함으로써 성공을 이루어 내는 것이 아니라 내 안의 약한 부분을 이겨 내는 인격의 완성을 이루려고 나의 치열한 내적 투쟁의 여정 속에 성공이 있는 것은 아닐까요?

겸양의 마당에 들어선 사람들은 삶의 여정에서 치유를 경험하는 것이 아니라 변화를 경험하게 됩니다. 소위 천직이나 소명을 찾는 것이지요. 이를 통해 그들은 스스로 오래도록 순응할 무언가에 전념하고, 삶의 목표를 부여해 줄 절박한 무언가에 헌신하게 됩니다. 이런 사람들에게서는 자존감을 엿볼 수 있는데 자존감은 도덕적으로 신뢰할 만한 사람들에게서 찾아볼 수 있습니다. 그것은 외적인 승리가 아니라 내적인 승리를 통해서 그의 내면에 쌓여가고 있습니다. 모종의 '내적인 유혹'을 견뎌 낸 사람, 자신의 약점에 치열하게 맞선 사람, '최악의 경우'라도 견딜 수 있고 극복할 수 있다는 것을 아는 사람만이 갖게 되는 덕목인 것입니다.

저는 우리가 이런 도덕적 전통에서 멀어졌다고 생각합니다. 지난 십수 년 동안 우리는 이런 방법으로 생각하고 생활하는 법을 잊어버린 것은 아닌지 심히 걱정스럽습니다. 우리가 나빠진 것은 아니지만 도덕적으로 무뎌진 것은 사실인 것 같습니다. 인간을 '뒤틀린 목재'로 보는 도덕적 전통은, 그러니까 죄악에 대한 자각과 치열한 내적 투쟁에 기초한 도덕적 전통은 한 세대에서 다음 세대로 이어지는 우리의 훌륭한 유산입니다. 결코 오늘날 우리 세대에서 포기할 수 없는 인류의 위대한 유산입니다.

오늘날 우리가 남과의 경쟁에서 이기거나 나 혼자만의 안위와 편함만을 성취하는 것으로 깊은 만족감과 행복을 얻을 수 있다고 믿는 것은 우리가 삶을 살아가며 저지르는 가장 핵심적인 오류라고 저는 생각합니다. 만약 그런 생각을 갖고 있는 사람이라면 그는 아마도 도덕적 천박함으로 치장한 화려한 왕의 곤룡포를 입고 있는 것과 다름 아닐 것입니다. 궁극적 기쁨과 행복은 도덕적 기쁨에서 나온다고 저는 굳게 믿습니다. 물론 우리는 과거로 돌아갈 수 없고, 또 돌아가려고 해서도 안 됩니다. 그러나 저는 제안합니다. 과거의 도덕적 전통을 재발견하고 인격이라는 말의 의미를 다시 배워서 나의 삶에 도입할 수는 있는 것이 아닌가 말입니다. 매뉴얼이 있고 단계별 프로그램이 있는 것은 아니지만 그러나 뛰어난 사람들의 삶에 흠뻑 빠져 그들 삶의 방식에서 지혜를 얻기 위해 노력해 볼 수는 있는 것이 아닌가 말입니다. 오로지 치열한 나의 내적 투쟁으로 도덕적 실재론자의 삶을 살기 위해서 말입니다.

신학년도를 앞두고 여러 가지로 뒤숭숭하고 어수선하고 심란한 요즘인 것 같습니다. 최근 저에게 어느 학생이 준 글을 소개해 드리는 것으로 글을 맺습니다.

"안녕하십니까! 저는 이 학교에 ○○과 ○학년 ○반 ○○○입니다. 교장선생님 새해 복 많이 받으시고 가족 모두 행복하세요! 2016년에도 더욱 좋은 학교로 만들어 주시기를 응원합니다!!"

더욱 좋은 학교로 만들어 달라는 학생의 바람이, 더 나아가 나를 응원하겠다니! 참 기특하기도 하고 부끄럽기조차 합니다. 신학년도를 앞둔 저에게 화두로 다가옵니다. 더욱 기도하고 분발해야겠다고 저 스스로에게 다짐해 봅니다.

계산공고, 2016. 2.

2. 교사의 정체성과 성실성

시간이 참 빠르게 지나간다고 새삼 절실히 느끼는 요즘입니다. 어느덧 이번 학년도도 절반이 지나 2학기가 시작된 지 벌써 보름이 지나갔습니다. 우리 모두 경험으로 알고 있듯이 2학기는 1학기에 비해 더 시간이 빨리 지나갈 것입니다. 1년 동안의 학교 교육과정 운영에 대한 성과와 열매를 거두어들이는 추수의 시간이기도 하지요! 사랑하는 우리 계산공고 모든 선생님들이 교육의 풍성한 열매를 거두었으면 하는 바람입니다.

이번 달 제가 드리는 글은 〈교사의 정체성과 성실성〉에 대해 작성되었습니다. 교육이 처한 상황과 여건이 하루가 다르게 변하며, 현재진행형으로 우리가 가르치는 학생들은 광속으로 변해 가고 있습니다. 점점 상처받는 교사가 늘어나고 있고, 어떤 이유에서인지는 모르겠으나 교단을 떠나길 희망하는 선생님들이 증가하고 있다는 현실이 마음을 무겁게 하고 있습니다.

그러나 교육은 불가능할 것 같은 상황에서 희망을 보고, 한 개인 나아가서는 우리 조국의 미래를 결정하는 가장 중요한 요인 중의 하나임에는 변함없을 것입니다. 그 최일선에서 오늘도 격렬한 전투를 치르고 계시는 선생님들에게 위로를 드리고 서로 격려하는 작은 글을 드리니 한번 읽어 보셨으면 합니다.

사랑하는 계산공고 교직원 여러분! 힘을 내십시다!

1) 에피소드 1

- 일시: 2014. 7. 28. (월) 14:00
- 장소: 시청각실
- 대상: 산업기능요원 협약 학생 37명
- 내용: 직무발명을 위한 방과후학교(7. 28.~8. 1.)

방학을 했음에도 불구하고 뜨거운 여름에 직무발명을 위한 방과후학교에 참여한 37명의 학생들에게 격려와 위로와 자신의 꿈을 개척해 나가라고 말해 줄 요량으로 부푼 마음을 안고, 전날 저녁 해 줄 말과 방법에 대해 마인드 컨트롤까지 했음에도 불구하고, 담당부장님의 안내로 시청각실에 들어선 순간 나의 희망은 일순간에 무너져 내렸습니다. "아이고! 이거 정말 큰일 났구나!" 전혀 학습 분위기가 조성되어 있지 않았기 때문입니다. 스스로 자원했던 학생들인데도 말입니다. 저는 순간 오래전에 잊고 있었던 마음속의 공포에 빠져들기 시작했습니다. 정말 큰일이 난 것입니다. 제게 주어진 시간의 결과가 명확히 보였기 때문입니다. 좋은 마음에서 시작된 저의 의도가 전혀 다른 방향으로 흘러가고 있는 순간이었습니다. '내가 이 아이들을 너무도 지겹게 만드는 게 틀림없어! 정말 큰일 났네! 이 위기의 순간을 어떻게 모면해야 하나?' 머릿속이 하얘지기 시작했습니다! 아니나 다를까 한 학생이 드디어 포문을 열었습니다! "선생님! 우리 학교는 왜 이렇게 방학이 짧아요!" 그것은 질문이 아니었습니다. 저에 대한 공격이 시작된 것이었습니다. 교실 분위기는 어수선했고 어떻게 강의를 마치고 나왔는지 마치 아이들에게 흠씬 두들겨 맞은 느낌이었습니다. 물론 기분은 '짱'이었지요! 참고로 이날 참여한 학생은 37명 중 27명이었습니다.

2) 에피소드 2

- 일시: 2014. 7. 15. (화) 11:00
- 장소: 1층 회의실
- 대상: ㈜이너트론 장학금 수여자 14명
- 내용: 컴퓨터정보전자과 3-2반 ○○○ 학생이 쓴 감사의 편지글

㈜이너트론 회사 여러분께!

안녕하십니까?

덥고 습한 여름 불철주야 수고가 많습니다.

저는 현재 계산공업고등학교 컴퓨터정보전자과 3학년 2반에 재학 중인 ○○○이라고 합니다.

우선 저에게 장학금을 주셔서 정말 진심으로 감사드립니다. 가정 형편이 어려워서 책을 사거나 급식비, 방과후수업 등 학교생활을 할 때 부담이 많이 되었는데 정말 큰 도움이 될 것 같습니다. 주시는 장학금이 절대 헛되지 않도록 매사에 성실하고 노력하는 사람이 되겠습니다.

저는 현재 성적이 그렇게 좋지는 않지만 학교 수업을 한 번도 안 빠지고 3년 개근을 유지 중입니다. 하지만 성실하고 노력하다 보면 사회에 필요한 사람이 될 것이라고 확신합니다.

이렇게 저한테 도움을 주는 사람들이 있다는 것을 생각하며 앞으로 더 욱더 꿈과 희망을 가지고 열심히 노력하며 살겠습니다. 그리고 나중에 반드시 훌륭한 사람이 되어서 제가 도움을 받은 것처럼 다른 사람들을 돕는 사람이 되겠습니다.

회사에 들어가서도 비록 지금은 아는 것도 잘하는 것도 적고 많이 미숙하지만 다른 사람 그 누구보다 성실하게 사소하고 작은 것부터 큰 것까지 항상 열심히 노력하여 언제나 항상 남에게 떳떳하고 자랑스러운 사람이 되겠습니다.

그럼 덥고 습한 여름, 기운 잃지 않게 건강하시고 마지막으로 정말 감사합니다.

컴퓨터정보전자과 3학년 2반

○○○ 올림

참 기특하지요! 참고로 이 학생은 에피소드 1의 프로그램에 불참하였습니다.

오랜만에 교실에서 실패의 순간을 맛본 저는 파커 J. 파머의 말이 떠올랐습니다.

"오랜 세월 교직 생활을 되돌아보니 모든 교실은 결국 다음과 같이 결론지을 수 있다. 나와 나의 학생들이 교육이라는 저 오래된 어려운 과제를 수행하기 위해 얼굴과 얼굴을 맞대고 앉아 있는 공간, 내가 습득한 기술은 어디로 가지는 않았지만, 그렇다고 해서 충분하지도 않았다. 내 학생들과 대면하고 있으면, 딱 한 가지 자원만 즉시 가동할 수 있을 뿐이다. 즉 나의 정체성, 나의 자기의식, 가르치는 '나'라는 인식이 그것이다. 이것이 없으면 배우려는 '대상'에 대한 인식도 없게 된다."

'훌륭한 가르침은 하나의 테크닉으로 이루어지는 것이 아니라, 교사의 정체성과 성실성에서 나온다.' 이 얼마나 예리한 통찰인가! 바로 나 자신에게 하는 말과 같으니 말입니다. 파머의 말에 의하면 나는 아직도 먼 교사의 길을 가고 있는 셈인 것입니다.

전제는 간단하지만 그의 통찰에서 파생되는 의미는 결코 간단하지 않은 것 같습니다. 아마 이 문제는 저뿐만 아니라 우리 학교 모든 선생님들이 매 순간 느끼는 어려움이리라 생각됩니다. 내가 진행하는 모든 수업에서 학생들과 유대감을 형성하는 능력, 나아가 전공과 연결 지어 지도하는 능력은 내가 사용하는 교육 방법(테크닉)보다는 나의 자아의식의 발휘 정도에 따라 크게 의존한다는 것입니다.

저의 경험에 비추어 보면 모든 훌륭한 교사가 모두 같은 교육 방법을 사용하는 것은 아니었습니다. 어떤 교사는 한 시간 내내 마치 슈퍼맨과 같이 열정적으로 수업을 진행하고, 어떤 교사는 별로 말이 없으나 학습의 효과는 뛰어났고, 또 어떤 교사는 주어진 교재에 충실한가 하면, 어떤 교사는 존 키팅 선생(『죽은 시인의 사회』의 로빈 윌리엄스)처럼 마음껏 상상의 나래를 펴라고 합니다. 어떤 교사는 당근을 사용하여 학생을 강화하고, 어떤 교사는 엄한 규율과 체벌(?)로 학생을 교육하기도 하였습니다.

그러나 제가 관찰한 모든 훌륭한 선생님들의 공통점이 있었는데 그들은 모두 강한 자기의식과 교사로서의 정체성을 갖고 수업에 임하고 있다는 것입니다. 아마 그들은 '방법'에서 해결점을 찾지 않고 '마음'에서 해결책을 찾은 것 같습니다. 여기서 마음은 지성과 감성과 영혼이 모두 모여서 인간의 자아를 만들어 내는 장소를 말합니다. 그럼 아마도 나쁜 교사의 이미지는 상상이 되시리라 생각됩니다.

그러나 가르침의 문제는 또 다른 차원의 어려움을 우리에게 안겨주고 있습니다. 왜냐하면 교사가 가르침을 사랑하면 할수록 그것은 가슴 아픈 작업이 되고, 때로는 교사에게 마음의 상처를 주기 때문입니다. 그렇기에 가르칠 수 있는 용기는 내가 수용할 수 있는 한도보다 더 수용하도록 요구당하는 그 순간에도 내 마음을 열어 놓는 용기이므로 이 얼마나 어렵고 고통스럽겠습니까! 저는 아직 이 고통의 순간을 넘지 못한 것 같습니다.

저는 가르침이 교육 방법의 문제로 격하되어서는 안 된다는 파커의 말에 동의합니다. 그러나 우리도 인간이기에 본능적으로 찾아오는 권태의 순간은 있을 것입니다. 이때 교육 방법의 문제는 나를 권태감에서 해방시켜 주는 하나의 수단으로 작용할 것이라는 긍정적인 측면은 있으리라 생각됩니다. 왜냐하면 새로운 교수-학습방법에 대한 공부는 나를 깨어있게 하기 때문입니다.

저는 우리 계산공고 선생님들 모두가 서로 이 '가르침'에 대한 깊이 있는 대화를 나누기를 원합니다. 조언, 요령, 기술에 대한 토론이 아니라 진정 용기에 대해 말입니다. 만약 우리가 서로에게 자신의 교육적인 관점을 강요하지 않고, 교사로서 우리가 과연 어떤 사람인지를 논한다면 우리 계산공고에 아주 놀라운 일이 벌어질 것이라 확신하기 때문입니다. 이렇게 되면 우리들 모두의 내부에 잠자고 있던 교사로서의 정체성과 성실성이 깨어날 것이며, 기지개를 켜고 무럭무럭 자라날 것입니다.

마틴 부버는 "모든 실제적인 삶은 만남이다."라고 말했습니다. 참으로 교사인 우리에게 가르침은 끝없는 내 속의 나와 만나는 작업인 것 같습니다. 저도 때로는 지위나 역할이라는 간판 뒤에다 나의 자아의식을 감추고 싶은 유혹을 받습니다. 선생님, 학생, 학부모, 지역사회로부터 필연적으로 부딪치게 될 충돌로부터 나 자신을 보호하고 싶어집니다. 그러나 만약 제가 그런 유혹들에게 굴복한다면 나의 정체성과 성실성은 상처받을 것이며, 나아가 우리 공동체는 더욱 어려워질 것입니다.

사랑하는 계산공고 선생님 여러분! 부디 가르칠 수 있는 용기를 회복하시기 바랍니다! 우리에게는 920명의 학생들이 맡겨져 있습니다. 아이 한 명 한 명이 모두 우주를 품을 수 있는 큰 가슴을 안고 있습니다. 선생님 힘내세요!

계산공고, 2014. 9.

3. 수업 친구 만들기

선생님들 반갑습니다! 전통 있는 구월중학교에서 우리 모두 소중한 인연을 맺게 된 것을 감사하게 생각합니다. 우리 학교 1,139명의 학생들을 위해 저에게 맡겨진 소임에 최선을 다하고자 다짐해 봅니다. 선생님들의 크신 이해와 협조가 있길 기대합니다.
인천 교육의 기본방향 중 교육 비전은 '모두가 행복한 인천 교육'입니다. 모두가 행복한 인천 교육이 되기 위해서는 무엇보다도 먼저 우리 선생님들이 행복해야 한다고 생각합니다.
'행복한 교사 10계명'을 소개해 드립니다.

1. 내가 행복해야 아이들이 행복하다.
2. 아이들을 믿고 이해하며 사랑하자.
3. 나를 믿고 사랑하는 교사가 되자.
4. 마음을 내려놓고 여유 있는 교사가 되자.
5. 나는 아이를 변화시킬 수 있는 사람이라고 생각하자.
6. 긍정적인 마음을 갖자.
7. 건강을 잘 챙기자.
8. 자주 웃자.
9. 수업을 연구하자.
10. 동료와 함께 나누자.

무엇보다 우리 모두 교사로서 안고 있는 마음통, 성장통, 관계통, 열망통, 내면통 등의 아픔에서 벗어나 '가르칠 수 있는 용기'를 회복하는 것이 중요하겠습니다.
학교 교육과정 3,366시간 중 교과교육과정이 차지하는 비중이 91%로 3,060시간에 이르고 있습니다. 거의 모든 시간이 학생들과 함께하는 수업을 통해서 이루어지고 있다는 것이지요. 이는 역설적으로 수업의 개선 없이는 행복한 교사가 되기 어렵다는 말입니다. 올 한 해 우리 구월중학교에서는 모든 선생님이 '수업 개선을 통한 행복한 교사 되기'에 동참하여 모두 행복한 선생님이 되셨으면 합니다.
한 방법으로 '수업 친구 만들기'라는 방안을 제안해 봅니다. 여러 가지 시행착오와 어려움도 있겠으나 우리 모두 마음을 열고 함께하면 어려움은 행복과 발전, 성취로 변화되리라 확신합니다.

1) 수업 장학과 수업 성찰의 비교

대한민국 교사라면 누구나 교사로서의 사명감으로 수업을 잘해야 한다는 생각을 가지고 있으리라 생각합니다. 교사의 태생적 존재 이유는 수업에 있기 때문입니다. 몸이 아프고 피곤할 때라도 수업이 잘되는 날에는 괜스레 기분이 좋아지며 뿌듯한 성취감을 느끼지만 수업이 잘 안되는 날에는 뒷머리가 땅기면서 젖은 솜처럼 몸이 무거워집니다. 더군다나 여기에 무기력한 학생들 모습이 매 시간마다 이어질 때면 내가 지금 무엇을 하고 있나라는 자괴감이 들기도 합니다.

지금까지 학교 현장은 우리 선생님들을 슈퍼맨처럼 여겨왔고, 만일 무엇 하나 잘못된 일이 있으면 모든 책임을 우리 교사들에게만 지우며 비난의 화살을 쏘아대곤 했습니다. 그러나 그럼에도 불구하고 우리 선생님들은 묵묵히 가르치는 일에 최선을 다해 왔고 이 일은 현재진행형으로 지금도 계속되고 있습니다. 수업에서 선생님의 '가르칠 수 있는 용기' 회복 없이는 '모두가 행복한 인천 교육'이라는 교육 비전은 헛구호에 지나지 않을 것입니다. 이제는 수업 개선을 평가가 아닌 진정한 수업 개선에서 찾아야 할 때가 되었다고 생각합니다.

기존의 수업 장학은 교사의 수업 능력을 객관적으로 평가하고 분석하기 위해 학교관리자 또는 장학사의 일방적 분석과 처방이 일반적이었습니다. 따라서 평가자와 피평가자라는 수직적 구조가 기본적 관계로 설정, 획일적인 기준에 의해 평가·분석되어 수업 개선이라는 본질적 목적을 달성하기보다는 오히려 지적을 안 받으려고 연습까지 하는 웃지 못할 상황도 벌어지곤 했습니다. 다만 객관적, 효율적으로 평가할 수 있다는 좋은 점은 있을 것입니다. 어쨌든 기존의 수업 장학의 형태로는 수업 개선이라는 목적을 달성하기에는 역부족인 듯 보입니다. 그렇다면 새로운 수업 개선의 방법으로 제안하는 수업 성찰이란 무엇인가? 선생님들 스스로가 자신의 수업을 돌아보고 문제를 해결하기 위해 동료 교사 간에 성찰적 질문을 통해 내면적인 대화를 나누어 스스로 수업을 개선할 수 있도록 하는 것입니다. 즉 동료 교사들 간의 수평적 관계에서 '수업 친구'라는 새로운 관계를 형성하는 것입니다. 학교 현장에서 가장 손쉽게 수업을 개선할 수 있고 동료성이라는 수평적 관계를 바탕으로 하기 때문에 수업뿐만 아니라 학교 전반의 문제에 대한 개선 방안도 도출할 수 있을 것입니다.

다만 한두 번의 만남으로는 어렵고 오랜 시간 만남이 이루어져야 수업 개선의 효과를 볼 수 있을 것이고, 자칫 잘못하면 수업 개선을 위한 성찰의 만남보다는 불평과 불만만을 늘어놓는 우를 범할 수도 있을 것입니다. 그러나 이런 문제는 수업 개선이라는 본질적 목적을 생각한다면 능히 극복할 수 있는 문제라고 생각합니다.

2) '수업 친구'는 어떻게 만드는가?

(1) 1단계: 수업을 공개하고 나눌 수 있는 수업 친구 찾기

참 어려운 일이라 생각됩니다. 막상 취지에 공감하고 수업 친구를 찾으려 하니 선뜻 떠오르는 선생님이 생각나지 않을 것입니다. 그러나 마음을 열고 먼저 손을 내밀어 봅시다. 교과, 보직, 경력, 업무 등 모든 것을 떠나 내 이야기를 잘 들어주고 고민을 함께 나눌 수 있는 선생님을 찾아가 내 수업을 보고 피드백을 해 달라고 부탁할 수 있습니다. 내 수업을 다른 선생님에게 보여 준다는 것은 참 쑥스럽고 부끄러운 일이라고 저도 생각하고 있습니다. 그러나 제가 인천여자공고에서 근무할 때(아마 1997년으로 기억하는데) 선생님들과 동료 장학(지금 제안하는 '수업 친구 만들기'와는 조금 성격이 다르지만)을 했던 경험이 있습니다. 학과부장인 제가 먼저 수업을 하고 같은 전공 선생님들이 모두 수업을 공개했는데 의외로 반응과 성과가 좋았던 것으로 기억됩니다.

(2) 2단계: 서로의 수업을 공개하고 '수업 나눔'하기

서로의 수업을 공개한 후에는 수업 나눔을 해야 합니다. 수업 속에서 교사가 의도한 배움(교육목표)이 무엇인지를 묻고, 관찰자는 그 의도대로 의미 있는 배움이 있었는지를 이야기합니다. 이때 서로는 비평적 관점에서 배움 중심으로 내면을 중심으로 한 대화가 되어야 할 것입니다. 처음에는 이런 과정이 조금 쑥스럽겠지만 이런 나눔을 통해 나의 수업이 개선될 수 있음을 깨닫는다면 더욱 적극적으로 수업 나눔을 진행할 수 있을 것입니다. 그러기 위해서는 일회성에 그치는 것보다는 지속적으로, 예를 들어 한 달에 한 번 또는 학기당 한 번 등 서로 협의하여 횟수를 정하는 것도 한 방법이라 생각됩니다. 수업 친구 만들기의 핵심은 수업 나눔에 있습니다. 수업 친구와 함께 진정한 수업 나눔을 하다 보면 서로 위로하고 격려하면서 실질적인 수업 성찰이 이루어질 수 있을 것입니다.

(3) 3단계: 수업 공동체 만들기

이런 수업 친구 만들기에 모든 교사가 동참하여 1단계, 2단계의 실천이 잘 이루어진다면 수업 친구들끼리 모이는 '수업 동아리' 모임으로 확대될 수 있을 것입니다. 두 명의 수업 친구가 다른 팀(친구)과 수업 동아리를 만들고 이 동아리가 확대된다면 학교 차원의 자발적 교육혁신이 이루어질 수 있을 것입니다. 사실 우리 모든 구월중학교 선생님들은 수업 변화에 대한 열망을 지니고 있으며, 계기가 없어서 실천하지 못하고 있거나 혹은 혼자의 힘으로는 역부족이라는 생각으로 시작하지 못하고 있다고 생각합니다. 그러나 이제 우리 모두 함께 수업 변화에 동참한다면 분명 우리 구월중학교라는 교육공동체의 모든 교육 주체들은 행복해질 것이라는 확신이 있습니다.

3) 그렇다면 수업 나눔은 어떻게 할까?

(1) 1단계: 수업을 한 교사의 생각을 듣고, 수업에 관해 질문하기

'이 교사가 의도하고 있는 배움은 무엇인가?', '의미 있는 배움을 만들기 위해 이 교사는 어떤 교육적 선택을 하고 있는가?' 등 비평적 관점 중요.

(2) 2단계: 수업 속 배움의 상황에 대해 같이 알아 가기

배움 중심의 수업 보기, 학생 중심으로 수업 보기 등.

(3) 3단계: 교사의 내면적 이야기 듣기

교사 내면 중심의 아픔과 상처 살펴보기, 동료애 중요 등.

(4) 4단계: 수업 속 토의 주제 찾기

(5) 5단계: 수업 속 도전적 과제 찾기

4) 수업 친구를 통한 행복한 구월중학교 만들기

이제 새로운 학년이 시작되었습니다. 올해 전입하신 선생님들은 조금은 어색하고 낯선 환경에 적응하기 위해 노력하실 것입니다. 기존에 계신 선생님들은 이 선생님들이 빠르게 잘 적응할 수 있도록 도와 드려야 할 것이며, 이 선생님들은 열린 마음으로 최선을 다해야 할 것입니다.

교사의 길은 수업에 있습니다. 선생님들 각자의 경력을 떠나 서로 일대일의 관계 속에서 수업을 깊이 나누는 것이 '수업 친구 만들기'입니다. 서로 지적이 아닌 성찰적 질문으로 '수업 나눔'을 하여 우리 모두가 겪고 있는 아픔과 상처를 서로 치유하고 보다 나은 수업을 통해 우리 구월중학교 학생들이 모두 행복할 수 있도록 하고자 하는 것입니다.

마르틴 부버(Martin Buber, 『나와 너』, 1923)는 "나 그 자체는 없다. 오직 '나와 너'일 때의 '나'와 '나와 그것'일 때의 '나'만 있을 뿐이다."고 말하였습니다. 우리는 혼자 사는 존재가 아닐 것입니다. 자신뿐만 아니라 남을 위해서도 좋고 옳은 일을 하며 살아가는 존재이며, 각자 해야 할 일들이 있을 것입니다. 삶을 이끄는 가장 강한 원동력은 우리가 해야 할 일을 해야 하는 의무감일 것입니다. 여기서의 의무는 부담이 아니라 우리 교육의 동지들만이 누릴 수 있는 기쁨이라 생각합니다. 이것이 도덕적 행동이며 칸트가 말한 도덕적 행동이 스스로의 정언명령에 의한 행동으로 이어질 때 비로소 자유롭게 되는 것이라 생각합니다. 저는 제 자신이 이것만이라도 잘할 수 있었으면 좋겠습니다. 어디 우리 공동체를 떠나서 저의 존재와 해야 할 일에서 제 자신이 자유로울 수 있겠습니까! 저의 자아는 저만의 유일한 개체가 아닌 작게는 우리 학교 크게는 사회 공동체 속에서 완성된다고 생각합니다. 왜냐하면 사회 안에서 나의 존재와 나의 의식은 반드시 상대방이라는 타자를 통해 인식되기 때문입니다. 나의 자아가 중요할 것입니다. 그러나 더욱 중요한 것은 그 자아가 반드시 타자와의 관계 속에서 형성되어 왔다는 것입니다. 그러니 시간이라는 개념이 중요한 것입니다. 존경하는 우리 구월중학교 선생님 여러분! 저를 포함한 우리들의 시간은 크로노스(객관적 시간, 시계)였는지 템푸스(주관적 시간, 추억)였는지 되돌아보았으면 합니다.

올해는 정말 단 한 명의 낙오자도 없이 사랑하는 우리 구월중학교 학생들이 모두 자기가 원하는, 하고 싶은 일을 할 수 있도록 최선을 다하도록 우리 모두 가르칠 수 있는 용기를 회복했으면 좋겠습니다.

존경하는 구월중학교 선생님 여러분! 힘내세요!

구월중학교, 2017. 3.

4. 외우는 공부에서 느끼는 공부로!

무술년(戊戌年) 새해 새로운 시작을 맞아 사랑하는 우리 구월중학교 모든 교직원 여러분들에게 희망의 소식을 전할 수 있어 감사드립니다. 지난 한 해 우리 학교의 풍성한 교육적 성취에 거듭 감사의 말씀을 드리고 수고하신 모든 교직원들의 노고에 감사의 말씀을 드립니다. 올해에도 더욱 풍성한 열매를 맺기 위해 주마가편(走馬加鞭)의 마음으로 힘써 주시길 당부드립니다.

이번 달에 드리는 글 또한 어느 때나 그러하듯이 저 자신에게 경계하고 항상 유념하라는 메시지이기도 합니다. 가르치는 일의 최전선에 계신 선생님들이 스스로와 학생들을 위해 어떤 공부(工夫)를 해야 하는지, 어떤 생각을 가져야 하는지, 함께 고민하는 시간이 되었으면 합니다. 에리히 프롬의 『소유냐 존재냐』(1976)에 대한 이야기입니다.

1) 생존과 실존, 두 개의 공부

흙수저, 은수저, 금수저 논란이 우리 사회를 더욱 천박하게 만들고 있는 것 같습니다. 프롬은 이야기합니다. 공부에는 두 종류의 공부가 있다고. 먼저 생존을 위한 공부입니다. 아마 우리가 공부한다고 할 때의 공부는 모두 여기에 속할 것입니다. 학교 시험공부, 대학입시, 자격증 시험,

토플, 토익 등 외국어 시험, 각종 스펙 쌓기 등 생존을 위한 공부입니다. 두 번째 공부는 실존을 위한 공부입니다. 나는 누구인가, 인간이란 무엇인가, 어떤 삶이 좋은 삶인가 등에 대한 답을 찾기 위한 공부입니다. 스스로의 지적 탐색을 위한 공부로 돈을 벌거나 생존을 위한 공부가 아닌 자신의 실존을 찾기 위한 공부를 말합니다. 그런데 요즘 우리 사회는 대부분이 생존을 위한 공부에 너무 치중한 나머지 실존을 위한 공부는 다소 등한시하는 것 같아 아쉽습니다. 요즘처럼 청년들이 취업하기 힘들고 먹고살기 힘든 시대에 배부른 소리한다고 힐난의 소리도 있을 수 있습니다. 그러나 프롬은 생존을 위한 공부만으론 생각의 능력을 키우기 어렵다고 주장하고 있습니다. 나아가 시대적 요구인 창의적 사고를 하기에는 이것만으로는 안 된다는 것을 강조하고 있습니다. 바로 소유형 지식과 존재형 지식에 대한 이야기입니다. 우리가 소유형 지식에 매몰될 때 우리는 풍요롭고 폭넓은 사고를 할 수 없으며 오히려 경직되고 특정한 이론이나 지식에 갇히게 되는 잘못을 범할 우려가 높습니다. 반면에 존재형 지식을 추구하는 사람들은 소통과 이해를 넘어서 수용과 새로운 대응이라는 삶의 방법도 찾을 수 있습니다. 즉 생각이 중요하다는 이야기입니다. 『인간의 조건』이란 책을 쓴 한나 아렌트(Hannah Arendt, 1906~1975)는 나치 전범 '아돌프 아이히만'의 재판과정을 묘사한 『예루살렘의 아리히만』에서 〈생각하지 않은 죄〉에 대해 신랄하게 비판하고 있습니다. 제가 주제로 제시한 〈외우는 공부에서 느끼는 공부로〉라는 제목은 소유형 지식의 추구에서 존재형 지식의 추구로의 전환을 말하고 있습니다. 제가 왜 지금 프롬의 『소유냐 존재냐』와 같은 고전에서 교육의 방향을 찾으려 하는지? 그것은 아마도 이 책 속에 우리가 그동안 보지 못했던 것들이 보이며, 생각하지 못했던 것들을 생각하게 해 주는 것들이 있기 때문일 것입니다.

2) 생각 좀 하고 말하자

요즘 사회는 소유 지향적인 삶의 방식을 당연시하지만 사실 인류가 이런 생각으로 살게 된 것은 그리 오랜 일이 아니라고 합니다. 지구의 역사를 38억 년 전이라고 한다면 약 7만 년 전에 지금의 인류라고 알려진 호모 사피엔스가 출현했다고 합니다.[28]

인류 역사의 시작은 인지혁명(약 7만 년 전)으로부터 시작되었고, 사유재산의 등장은 농업혁명(약 1만 2천 년 전)으로 가속화되었고, 과학혁명(약 5백 년 전)은 산업혁명으로 이어졌다고 주장합니다. 유발 하라리는 특히 농업혁명에 주목하고 있는데 이것은 『총·균·쇠』(1997)의 저자 재러드 다이아몬드의 '농업혁명은 역사상 최대의 사기였다.'라는 주장에 적극 동의하고 있는 태도입니다. 『총·균·쇠』 중 '인간사회의 운명'에 대한 글의 한 대목을 잠깐 살펴보겠습니다.

'… 수렵채집인들은 농업혁명 훨씬 이전부터 자연의 비밀을 알고 있었다. … 농업혁명은 안락한 새 시대를 열지 못했다. 그러기는커녕 농부들은 대체로 수렵채집인들보다 더욱 힘들고 불만스럽게 살았다. … 수렵채집인들은 그보다 더 활기차고 다양한 방식으로 시간을 보냈고 기아와

28 『사피엔스』, 유발 하라리, 2015.

질병의 위험이 적었다. 농업혁명 덕분에 인류가 사용할 수 있는 식량의 총량이 확대된 것은 분명한 사실이지만, 여분의 식량(잉여자산)이 곧 더 나은 식사나 더 많은 여유 시간을 의미하지는 않았다. 오히려 인구폭발과 방자한 엘리트를 낳았다. 평균적인 농부는 평균적인 수렵채집인보다 더 열심히 일했으며 그 대가로 더 열악한 식사를 했다.'

소유형 생존방식에 대한 혹독한 비판의 글입니다. 오늘날 자본주의와 인간의 합리적 이성에 대한 믿음, 과학기술의 급격한 발달은 인간의 소유욕을 더욱 부채질했고 그 결과 생산성은 급격히 증가하여 사회적 부가 급속히 증가했습니다. 하지만 정작 중요한 인간의 행복은 여전히 멀게만 느껴지고 행복을 느끼는 사람은 부의 증가만큼이나 늘어나지 않은 것 같다는 것이 프롬의 주장입니다. 특히 요즘의 우리나라의 상황을 잘 대변해 주고 있는 말인 것 같습니다. 열심히 일해도 가난한 사람은 여전히 가난하고, 부자들은 돈으로 돈을 벌기 때문에 더욱 큰 부자가 될 뿐 아니라 부패가 만연하여 불평등이 점점 심화되고 있습니다. 그러다 보니 국가에 대한 반감을 가진 사람들이 점점 많아지고 있습니다. 국가의 권위나 명령을 무시하고 비판과 저항에 참여하는 비율은 예전에 비해 엄청 높아졌습니다. 급기야 우리는 대통령까지도 탄핵했습니다. 여기서 저는 국가와 권력은 분리해야 한다는 냉철하고도 합리적인 생각을 해야 한다고 봅니다. 안타까운 것은 우리의 이런 주장과 비판이 단지 불평과 불만을 토로하는 것에 그친다면 안 되기 때문입니다. 우리가 거부하는 것은 국가 자체가 아니라 민주적이지 못한 권력에 대한 저항이기 때문입니다. 불복종과 저항도 방향과 대안이 있을 때 힘을 얻을 수 있습니다. 말을 하기 전에 생각을 좀 해 볼 필요가 있는 요즘인 것 같습니다.

프롬의 『소유냐 존재냐』는 우리가 이제까지 알아 왔던 것들 즉, 인간은 합리적 존재이다, 이성의 존재로 얼마든지 행복한 사회를 건설할 수 있다 등에 대한 통렬한 반성의 책입니다. 지금 전 세계는 우리의 이런 신념과는 전혀 다른 방향으로 흘러가고 있는 듯합니다. 프롬은 통렬히 비판합니다. 인간이 생존을 위한 삶을 살 뿐 인간의 행복을 위한 삶은 생각하지 못하고 있다고 말입니다. 존재적 삶의 방식을 강조하고 있는 것입니다. 그러므로 우리에게 모든 문제의 답은 교육에 있다고 한다면 학교 현장에서 소유형 공부가 아닌 생각의 힘을 키울 수 있는 존재형 공부는 당연할 것입니다.

3) 삶의 능동성

지식을 소유하기만 하는 공부가 우리의 생각을 방어적으로 만들고 아는 것에만 집착하게 만든다면, 존재형 공부는 새로운 생각을 창조하게 하고 창의적인 생각으로 마음에 활력을 불어넣습니다. 우리가 하는 모든 일에 생명을 불어넣고 자신의 능력을 최대한으로 발휘하게 할 수 있습니다. 프롬은 이를 삶의 능동성이라고 불렀습니다.

『古文眞寶』에 실린 李白의 「友人會宿」이라는 시 한 편을 소개해 드립니다.

滌湯千古愁 (척탕천고수) 천고의 시름을 씻어 보려고,

留連百壺飮 (류련백호음) 눌러앉아 백 병의 술을 마신다.

良宵宜清淡 (량소의청담) 좋은 밤, 이야기 나누기 좋고,
皓月未能寢 (호월미능침) 달이 밝으니 잠들지 못하네.
醉來臥空山 (취래와공산) 술에 취해 텅 빈 산에 누우니,
天地即衾枕 (천지즉금침) 하늘과 땅이 곧 이불과 베개로다.

'네 사람이 모여 웃고 뜻이 통하니 친구가 되었다'라는 장자의 말씀이 있지요. 좋은 밤에 백 병의 술을 마실 수 있는 친구! 능동적 삶의 끌리는 데로 기꺼이 나아가려고 하는 삶의 결기, 이런 경험이 저에게도 있었으면 좋겠습니다.

아직도 소유형 삶의 방식과 존재형 삶의 방식이 구체적으로 어떠해야 하는지 저는 알지 못합니다. 다만 내가 아는 것이 나를 구속하지 않았으면 좋겠습니다. 그것은 속박을 넘어 나를 강박에 이르게 하기 때문입니다. '진리가 너희를 자유롭게 하리라'(요 8:32)라는 말씀이 떠나지 않는 요즘입니다. 이제 곧 우리 구월중학교에도 새로운 만남과 이별의 시간이 다가올 것입니다. 바로 지금 우리들의 소중한 작은 인연들을 잘 마음에 담아 우리 모두 아름다운 인생을 살아갔으면 합니다.

구월중학교, 2018. 1.

5. 소유형 인간과 존재형 인간

'가야 할 때가 언제인가를 분명히 알고 가는 이의 뒷모습은 얼마나 아름다운가. … 결별이 이룩하는 축복에 싸여 지금은 가야 할 때, … 샘터에 물고이듯 성숙하는 내 영혼의 슬픈 눈'

– 이형기 「낙화」 중에서 –

'사랑도 사람의 일이라 만날 때에 떠날 것을 염려하고 경계하지 아니한 것은 아니지만 이별은 뜻밖의 일이 되고 놀란 가슴은 새로운 슬픔에 터집니다. … 우리는 만날 때에 떠날 것을 염려하는 것과 같이 떠날 때에 다시 만날 것을 믿습니다. 아아 님은 갔지마는 나는 님을 보내지 아니하였습니다.'

– 한용운 「님의 침묵」 중에서 –

작년 2월 6일의 기억이 새롭게 떠오르는군요. 교장실에 앉아 학년 말 업무에 여념이 없을 때 걸려 온 한 통의 전화 "교육청에 들어오셔야 하겠습니다." 순간 저는 아무 말도 할 수 없었습니다. 평소 저는 나의 인사에 대해서 누구한테 부탁한 적도 없고 나의 의사를 표현해 본 적도 없기 때문입니다. 다만 어디에 있으나 학생들과 선생님들이 계시면 됐기 때문입니다. 그러나 교육청의 일은 매우 힘든 것을 알고 스트레스 또한 크다는 것을 잘 알고 있었기 때문에 두려운 마음이 앞선 것은 사실이었습니다. 그렇게 1

년의 세월이 흘러 다시 그리운 곳으로 돌아갈 수 있어 개인적으로는 참 감사합니다. 그러나 마찬가지로 이번에도 나의 생각과 뜻은 필요하지 않았습니다. 다만 인사권자의 뜻에 따를 뿐입니다. 조용한 가운데 나의 내면에 소리에 귀 기울여 지금보다는 더욱 아이들을 사랑하는 선생이 되길 다짐해 봅니다.

그동안 11편의 글을 드리고 이제 마지막 글을 드리게 되었습니다. 부족한 저의 글을 읽어 주시고 격려해 주신 동지들에게 감사의 말씀을 드립니다. 처음으로 드린 글은 '제4차 산업혁명과 창의융합인재 육성'이라는 글이었습니다. 이 글은 지금도 진행 중입니다. 실제로 우리 창의인재교육과에서 하는 모든 업무의 성과가 여기에 있기 때문입니다. 이제 마지막 글을 드리게 되어 이 또한 감사하기 그지없습니다. 공동체의 목표를 향해 달려갈 때 각 구성원들이 가져야 할 생각에 대한 이야기입니다.

20세기 말 최고의 지성으로 일컬었던 에리히 프롬(Erich Fromm, 1900~1980)의 1976년도 저서 『소유냐 존재냐』의 소유형 인간과 존재형 인간에 대해 살펴보아 우리가 사람들을 대할 때나 자기가 맡은 업무를 할 때 어떤 생각을 갖고 임해야 하는지 살펴보고자 합니다. 물론 우리들 각자의 철학에 맞게 재구성해야 하는 것은 당연하겠지요. 자 이제 그 위대한 이야기 속으로 들어가 볼까요!

우리나라는 일제강점기를 벗어나 근대화, 산업화, 민주화를 정말 정신없이 이루어 왔습니다. 불과 70여 년 만의 성과입니다. 전 세계적으로도 전례를 찾아볼 수 없으니까요. 참 엄청난 일들을 해왔구나 생각하면 위대한 우리나라라고 생각할 수 있겠습니다. 물론 그 근간에는 교육의 힘이 있었다는 것을 그 누구도 부정하지 못할 것입니다. 그러나 한편으로는 불편한 것도 있습니다. 산업화와 민주화 이후 우리나라가 앞으로 나아갈 방향을 못 찾고 길을 잃고 헤매는 것은 아닌지 크게 걱정스럽습니다.

프롬은 산업화 시대의 그릇된 환상을 다섯 가지의 논거를 들어 지적하고 있습니다. 무제한의 생산, 절대적 자유, 무한한 행복 추구의 삼위일체가 발전이라는 새로운 신앙을 만들어 냈고, 결국 초인을 만들어 인간의 비인간화를 초래했다고 말합니다. '첫째, 행복과 최대치의 만족은 모든 욕망의 무제한적인 충족에서 나오는 것이 아니며 그것이 웰빙(well-being, 복지상태)으로 이어지지도 않는다. 둘째, 우리가 자기 삶을 지배하는 독자적 주인이 되리라는 꿈은 '관료주의 체제'라는 기계의 톱니바퀴로 물려 들어가 깨져 버렸다. 셋째, 우리의 사고, 감정, 취미는 언론을 지배하는 산업과 정부에 의해 조정되고 있다(允註: 오락으로 대중의 눈과 귀를 가림, 20세기 호르크하이머의 프랑크푸르트 학파의 비판이론 중 「문화산업론」을 참조하셨으면 합니다). 넷째, 경제적 성장은 부강한 나라에 국한되며 격차는 더욱 벌어졌다(允註: 우리 사회의 점점 심각해지는 양극화 문제). 다섯째, 기술적 진보는 생태학적 위험과 핵전쟁의 불안을 필연적으로 수반하며 인류의 종말이 우려된다.'고 주장했습니다.

이런 지적은 프롬 이전에도 있어 왔습니다. 알버트 슈바이처(A. Schweitzer)가 1954년 11월 4일 노르웨이의 오슬로에서 노벨평화상을 수상할 때 한 말입니다. "과감히 지금의 상황을 보십시오. 인간이 초인이 되는 상황이 벌어졌습니다. … 이 초인은 초인적 힘을 지닐 만한 이성의 수준에 올라서지 못했습니다. … 우리가 이전에는 온전히 인정하려고 하지 않았던 사실, 이 초인은 자신의 힘이 커짐과 동시에 점점 더 초라한 인간이 되어

간다는 사실이 이제는 명명백백해졌습니다. … 그러나 근본적으로 우리가 의식해야 할 점은, 이미 오래전에 의식해야만 했던 점은 초인으로서 우리는 비인간(非人間)이 되었다는 사실입니다." 우리가 그토록 힘들게 이루어 왔던 산업화가 인간의 비인간화를 초래했다는 말입니다. 사실 서양은 근대화 100여 년, 산업화 100여 년의 시간을 거쳐 왔습니다. 약 200여 년에 걸쳐 인류문명의 진보가 이루어져 왔음에도 불구하고 이런 어려움이 있었던 것입니다. 그러니 하물며 약 70여 년에 걸쳐 발전해 온 우리나라는 그 폐해가 얼마나 크겠습니까! 이런 공동체의 사회학적, 개인의 심리학적 어려움에 대비할 다른 선택은 무엇인가? 여기에 프롬의 고민이 있었으며, 그 결과 탄생한 것이 그가 죽기 4년 전에 출간한 『소유냐 존재냐』입니다. 그는 인간의 두 가지 실존양식을 소유양식과 존재 양식으로 분석했고, 이 두 실존 양식의 차이를 일상생활에서의 실례를 들어 냉철하게 분석했습니다. 그리고 마침내 새로운 인간과 새로운 사회의 고찰이라는 결론에 이르게 됩니다. 그는 학습, 기억, 대화, 독서, 권위 행사, 지식, 신앙, 사랑 등에서 두 실존 양식의 구체적 사례를 들어 주장하고 있습니다. 일일이 다 소개해 드릴 수는 없으나 이 중에서 우리 교육과 관련될 수 있는 부분만 말씀드리고자 합니다.

첫째, 권위 행사입니다. 우리 선생님들은 학생들 앞에 설 때 선생님으로서의 권위가 당연히 있습니다. 다만 그 권위를 소유하느냐 권위로 존재하느냐 그것이 문제입니다. 프롬은 그의 또 다른 저서 『자유로부터의 도피』(1941)에서 인간의 성장을 촉진하는 합리적 권위와 권력을 바탕으로 유지되는 비합리적 권위에 대해 언급했습니다. 또한 존재형 권위는 사회적 기능을 수행하는 능력뿐 아니라 고도로 자기완성과 자기실현을 이룩한 인격을 바탕으로 존재한다고 주장합니다. 즉 높은 도(道)의 경지에 이른 인격체를 말합니다. 그런데 그런 사람이 어디 있겠습니까? 만약 그런 사람이 있다면 그는 예수님, 부처님, 공자님과 같은 성인으로 추앙받겠지요. 그러기에 다만 우리는 행동이나 말로서뿐만 아니라 있는 그대로의 자기 존재로 인간의 가능성을 실증하고자 노력할 뿐입니다. 이런 생각을 하고 살아가는 것과 하지 않고 살아가는 것은 큰 차이가 있을 것입니다. 어쩌면 학생들이 자기들에게 강요하면서 솔선수범하지 않는 선생님들에게 무시당하거나 강요당하면 반발하는 것은 당연한 것이 아닌가 하는 생각도 듭니다. 우리 모두가 공감하듯이 어떤 경우에는 권위로 존재하기에는 완전히 부적격인데도 그럼에도 불구하고 권위를 지니는 소유형 권위를 지닌 선생님들을 간혹 보기 때문입니다. 오늘날의 권위가 반드시 능력에만 의존하는 것은 아닐 것입니다. 어떤 경우에는 능력과 권위가 전혀 상관없는 경우도 있습니다. 한 분야에서 유능한 지도자가 다른 분야에서는 무능할 수도 있기 때문입니다. 다만 어떤 경우에서든지 선생님으로서의 권위는 학생들에게서 나오는 것만큼은 분명해 보입니다. 따라서 학생들과의 관계가 중요하겠지요. 우리는 이것을 래포(rapport) 형성이라 부릅니다.

둘째, 지식에 대한 실존 양식입니다. '나는 지식을 갖고 있다.'라고 한다면 소유형 지식이겠지요. 반면 '나는 알고 있다.'라고 한다면 존재형 지식으로 인간의 위대한 사고 과정을 말할 수 있습니다. '앎'이란 절대적 진리를 확신하는 데 있지 않고 인간 이성이 스스로를 확증하는 과정에 있다고 프롬은 주장합니다. 맞는 말인 것 같습니다. 더군다나 정말 총알과 같이 빠르게 변화하는 오늘날 지식과 진리에 대한 인간의 사고는 인류가 오랫동안 전승해 온 가치마저 그 의미를 확증하지 못하고 있는 듯합니다. 다만 저는 현재 우리의 교육이 지식을 소유물로 공급하고 있는 것은 아닌지 두려울 따름입니다. 학교는 학생들에게 인간 정신이 쌓아 온 최고의 업적을 전달해 주어야 한다고 생각하기 때문입니다. 이반 일리치(Ivan Illich)는 『탈학교사회』(1971)에서 이런 학교 교육의 병폐를 아주 혹독하게 비판하고 있습니다. 학교가 지식의 꾸러미들을 생산하는 공장이 되어서는 절대로 안 될 것입니다.

그렇다면 권위 행사이든 지식이든 존재적 실존 양식의 본질적 특성은 무엇일까요? 그걸 알아야 삶의 방향이 정해지지 않겠습니까? 프롬은 그것을 인간의 내면 정신 상태를 의미하는 '능동성'이라고 단언하고 있습니다. '내면의 소리에 귀 기울이라!' 하는 말씀을 드린 적이 있습니다. 이렇듯 왜 제가 '내면의 소리'를 중요시할까요? 그것은 아마도 양심 때문에 그럴 것입니다. '나'의 존재를 결정짓는 양심 말입니다. '존재'하기 위해선 자기중심주의와 아집을 버리고 마음을 '가난하게' 하고 '텅 비워야 한다'고도 하였습니다. '비워야 존재할 수 있다'라니 어디서 많이 들어 본 말입니다. 노자 도덕경 11장의 말입니다.

三十輻共一轂 當其無 有車之用(삼십폭공일곡 당기무 유거지용)

삼십 개의 바퀴살이 하나의 바퀴통에 모인다. 그 바퀴통의 빔에 수레의 쓰임이 있다.

埏埴以爲器 當其無 有器之用(선식이위기 당기무 유기지용)

찰흙을 빚어 그릇을 만든다. 그 그릇의 빔에 그릇의 쓰임이 있다.

鑿戶牖以爲室 當其無 有室之用(착호유이위실 당기무 유실지용)

문과 창을 뚫어 방을 만든다. 그 방의 빔에 방의 쓰임이 있다.

故有之以爲利 無之以爲用(고유지이위리 무지이위용)

그러므로 있음의 이로움은 없음의 쓰임에 있다.

정말 놀랍지 않습니까? 춘추전국시대 초나라에 살던 노자의 사상이 현대를 대표하는 지성인 에리히 프롬에게 그대로 전해지는 듯합니다. 시기적으로 BC 570년경의 동양의 사상이 AD 1976년에 저술된 『소유냐 존재냐』에 그대로 나타나는 경이로움을 느낍니다. 이렇듯 옳고 바른 생각과 가치 있는 것들과 아름다운 것들은 시대와 공간을 뛰어넘어 현재의 지금 저에게 다가올 수 있습니다. '빔의 쓰임'과 '비워야 존재할 수 있다'는 사상은 존재적 실존 양식의 본질이라고 프롬은 주장하고 있습니다.

이제 이야기를 마무리 짓겠습니다. 존경하는 우리 창의인재교육과의 교육 동지 여러분! 여러분들의 위대한 사명과 그 사명의 완수를 위해 노력하시는 수고에 대해 경의를 표합니다. 우리가 상대하는 모든 이들 앞에선 존재형 선생님으로서의 권위 행사와 동료들과의 사이에선 삶의 능동성에 기초한 연대로 우리 창의인재교육과의 놀라운 교육적 성취가 있기를 소망합니다. 그렇게 된다면 서두에서 언급한 저의 걱정은 눈 녹듯 사라짐은 물론이고, 우리 창의인재교육과를 뛰어넘는 선진화를 향한 대한민국의 도약은 지금 여기 바로 이곳 우리 사무실에서부터 시작될 것이라고 저는 확신합니다. 또 그런 비전을 우리 교육 도반들이 함께 공유할 때 비록 어렵고 힘들지만 한 줄기 희망의 빛이 비추는 것을 발견할 수 있을 것입니다.

'최종적으로 교육은 선생님에 의해 완성된다.'라는 명제는 우리 모두가 선생님이어야 함을 잊지 말라는 말인지도 모릅니다.

존경하는 교육 동지 여러분! 찬바람이 품 안에 스며드는 추운 겨울 건강 조심하세요!

인천시교육청 창의인재교육과, 2019. 2.

6. 제4차 산업혁명과 창의융합인재 육성

창의인재교육과 직원 여러분! 반갑습니다. 훌륭하신 분들과 함께 근무하게 되어 참 감사한 마음입니다. 우리들의 새로운 인연이 맑고 아름답고 향기롭길 기대합니다. 부족하고 허물이 많은 저이기에 제게 맡겨진 소임을 잘 감당할 수 있도록 직원 여러분들의 진심 어린 도움을 간곡히 부탁드립니다. 저 또한 조고각하(照顧脚下)할 것이며, 우리 과(科)의 집단지성과 팀웍을 믿어 의심치 않을 것입니다.

'무소유'를 외치던 법정 스님의 글(『산방한담』, 〈꽃처럼 새롭게〉에서)을 소개하는 것으로 저의 마음을 전해 올립니다.

"우리에게 일거리가 없다는 것은 삶의 소재가 없다는 말과 같습니다. 순간순간 하는 일이 내 삶의 내용인 동시에 내게 맡겨진 과업입니다. 일을 할 때에는 즐거움을 가지고 선뜻 나서서 해야 합니다. 그래야만 하는 일에 능률도 오르고 일 자체가 기쁨이 될 수 있습니다. 일이 즐거우면 인생은 낙원이고, 일이 마지못해 하는 의무일 때 인생은 지옥이란 말은 결코 빈말이 아닙니다."

요사이 우리 사회에 '제4차 산업혁명'이란 용어가 자주 등장하고 있습니다. 저도 잘은 모르지만 저에게 이 말이 직접적으로 피부에 와 닿은 것은 2016. 3. 9.일이었습니다. 바로 구글의 딥마인드가 개발한 바둑 프로그램인 〈알파고〉와 이세돌의 대국 결과 때문이었습니다. 1승 4패! 정말 충격적이었습니다. 저는 인간 지능의 무한성을 그리고 그 발전 가능성을 신뢰하고 있는 사람이기 때문입니다. 마치 1957년 미국이 스푸티니크 충격에 빠진 것처럼 말입니다. 이 사건을 계기로 미국은 사회 모든 분야에 걸쳐 일대 혁신을 진행했고, 교육도 예외는 아니었으며 이 혁신을 교육이 주도했기 때문에 아마도 오늘의 미국이 있는지도 모르겠습니다.

아마 우리 창의인재교육과 모든 직원들도 충격적으로 이 사건을 접했을 것입니다. 아시다시피 '제4차 산업혁명'이란 말속에는 이전의 1차, 2차, 3차 산업혁명을 전제로 하고 있습니다. 우리가 잘 알고 있는 증기기관과 철도의 발명을 제1차 산업혁명으로 기계화 시대, 전기와 포드사로 대변되는 생산라인의 발명을 제2차 산업혁명으로 전기화, 내연기관의 발명 또는 대량생산의 시대라고 한다면 제3차 산업혁명은 반도체와 컴퓨터의 발명으로 자동화 또는 컴퓨터의 시대를 말하고 있습니다.

그렇다면 '제4차 산업혁명'은 어떤 시대를 말하는가? 오늘 현재를 '제4차 산업혁명'의 시대라고 한다면 이것이 우리 교육에 시사하는 바는 무엇이며, 특히 '창의융합인재 육성'이란 이 시대의 미션이 왜 필요한지? 이것이 이번 달에 제가 드리는 글의 주제입니다. 우리가 해야 할 가장 중요한 업무이기도 합니다.

이 주제를 풀어나가기 위해선 반드시 클라우스 슈밥(Klaus Schwab, 독일, 1938~)이란 사람에 대해 먼저 살펴보아야 합니다. 우리에겐 다보스 포럼이라 더 잘 알려진 세계경제포럼의 창립자이자 회장, 학자이자 기업가, 정치가 등으로 활동하는 독특한 이력을 갖고 있는 사람입니다. 왜 매년 스위스의 다보스에서 개최되는 포럼에 세계 각국의 지도자, 세계적인 기업의 CEO들이 모여드는지를 보면 그의 위치를 짐작하고도 남습니다. 2016. 10. 18.일 그가 우리나라를 방문해 우리가 처한 '제4차 산업혁명'의 현실과 과제 등에 대해 해법을 제시하였습니다. 자 이제 그럼 그 장대한 이야기 속으로 들어가 볼까요?

1) 새로운 이야기의 시작

'제4차 산업혁명'은 인공지능, 유비쿼터스 컴퓨팅, 모바일, 디지털 등으로 일컬어지는 지능화 시대를 말합니다. 또는 디지털 혁명의 시대라는 컴퓨터를 비롯한 모든 디지털 기술을 총망라한 '제2의 기계시대'라고들 정의 내리고 있습니다. 이 시대는 우리가 원하는 바에 상관없이 헤밍웨이의 말대로 "서서히 그러다가 갑자기" 우리 앞에 나타났습니다. 즉 이 시대 기술의 변화는 아주 오랜 세월 느리게 진행되다가 어느 순간 급격히 가속되고 있음을 뜻하고 있습니다.

아직도 세계 인구의 약 17%인 13억 명의 사람이 제2차 산업혁명조차 경험해 보지 못하고 있고, 약 40억 명의 인구는 인터넷을 사용하지 못하고 있다고 합니다. 또한 기계부품인 축(spindle)이 유럽 밖으로 전파되는 데는 약 120년이 걸렸다고 합니다. 반면에 인터넷이 전 세계로 확산되는 데는 불과 10년이 채 걸리지 않았음을 우리는 경험적으로 알고 있습니다.

즉 이 시대에는 세 가지의 특징적인 현상을 발견할 수 있습니다. 첫째로 변화의 속도에서 기하급수적(exponential) 성장, 둘째로 모든 것이 0과 1로 표현 가능한 디지털화(digitalization), 마지막으로 조합적

(combination) 혁신이 그것입니다. 아마도 우리 모두 느끼고 있는 특징일 것입니다. 다만 저는 우리 인천 교육이 운영하고 있는 교육과정과 제4차 산업혁명의 특징인 조합적 혁신과의 연관성을 찾아 우리 인천 교육만이 지금 하고 있는 교육이 얼마나 중요한지에 대해 강조하려 합니다. 당연히 선생님들의 교수법에 대해 큰 변화를 뛰어넘는 일대 혁신이 필요할 것이라 생각됩니다.

전통적으로 경제학적인 측면에서만 본다면 모두가 행복해질 수 있는 방법은 무엇일까요? 그것은 생활수준이 향상됨을 의미하며, 사회가 부유해짐을 뜻할 것입니다. 그러기 위해서는 오로지 기업과 노동자가 동일한 양을 투입했을 때 얻어지는 산출량을 계속 더 늘리는 것뿐입니다. 즉 동일한 인력으로 더 많은 상품과 서비스를 생산하는 방법밖에는 없습니다. 소위 생산성의 향상이지요. 저는 제1차 산업혁명과 제2차 산업혁명의 역사에 주목해 보았습니다. 제1차 산업혁명을 넘어선 제2차 산업혁명의 시기에는 3가지의 중요한 기술적 혁신이 있었습니다. 전기의 발명, 내연기관의 발명, 물이 흐르는 실내배관의 발명이 그것입니다. 증기기관이 증기를 다 써 버렸을 때 그것을 대체할 내연기관은 이미 나와 있었습니다. 즉 '영향력 있는 기술의 발명'이 경제발전의 핵심이었던 것입니다. 이 기술은 특정 산업에만 머무르는 것이 아니라 산업의 전 분야로 파급되는 기술이며, 이런 기술을 우리는 범용기술(GPT, General Purpose Technology)이라고 말합니다. 많은 경제 분야에 중요한 충격을 미칠 수 있는 잠재력을 지닌 심오한 새로운 아이디어나 기술을 의미합니다. 여기서의 '충격'은 생산성의 대폭적인 확대를 의미하고 있습니다.

그런데 지금 세계의 변화는 우리의 전통적 생각에 오류가 있음을 지적하고 생각의 변화를 요구하고 있습니다. 왜냐하면 지난 10년간 전 세계 생산성은 기술의 기하급수적 진보와 혁신에 대한 투자가 폭발적으로 증가했음에도 불구하고 여전히 부진하며, 오히려 마이너스 성장을 나타내고 있기 때문입니다. 이른바 '생산성의 역설(productivity paradox)' 현상이 나타나고 있습니다. 산업 전반에 생산성이 제자리 또는 퇴보하고 있는 것이 현실입니다. 이 문제는 심각한 노동문제, 사회문제, 정치문제로까지 비화되고 있습니다. 여기서는 이것에 대한 언급은 가급적 하지 않겠습니다. 교육의 문제에서만 접근하겠습니다. 그러나 이 모든 것이 연결되어 있으니 이 또한 쉽지는 않을 것이라 예상은 되지만요. 바로 이 시대 '제4차 산업혁명'의 시대가 요구하는 인재가 이제와는 전혀 다른 인재를 원하고 있습니다. 슈밥은 2016. 10. 18.일 대법원과 국회에서 한 연설에서 '작은 물고기 이론'을 펼쳤습니다. 민첩성, 유연성, 기민성 등을 이야기했는데 이것은 '창의융합인재 육성'의 필요성을 말하는 것으로 그것을 실현하기 위한 수단으로는 교육만이 가능하다는 요지의 내용이었습니다. 그는 또한 "제4차 산업혁명은 쓰나미와 같다."라고 말하고 있습니다. 바로 속도와 규모에서 아직 우리는 그 진정한 효과를 경험하지 못하고 있다는 뜻이지요. 여러분들의 생각은 어떠신지요?

2) 제4차 산업혁명과 노동의 문제

제4차 산업혁명은 속도와 그 범위와 깊이, 시스템의 완전한 개편으로 기존 노동의 본질을 완전히 뒤바꿔 놓고 있습니다. 1990년 미국의 대표적인 자동차 공업도시인 디트로이트의 3대 대기업의 시가총액은 360억 달러, 매출 2,500억 달러, 근로자 수 120만 명이었습니다. 그러나 세월이 흘러 2014년 IT산업의 메카로 일컬어지는 실리콘밸리의 시가총액은 1조 9천억 달러, 매출은 2,470억 달러, 근로자 수는 13만 7천 명이라고 합니다. 근로자 수가 1/10로 줄어들었으나 매출은 거의 변화 없고, 시가총액은 약 530배 증가했습니다. 자본이 노동을 대체하는 파괴 효과가 생산성의 혁명을 일으킨 것입니다. 1931년 케인스는 기술진보 때문에 나타나는 노동수요 감소의 기술적 실업을 경고했습니다. "인간은 인간이 노동의 새로운 용도를 찾아내는 것보다 노동을 절약하는 법을 더 빨리 찾아낸다."라고 말했습니다. 이런 노동의 문제는 필연적으로 고용시장의 양극화를 불러오고 더욱 심화시킬 수밖에는 없을 것입니다. 고소득 전문직과 창의성을 요하는 직군과 저소득 노무직의 고용은 늘어날 것으로 예측되며, 중간소득층의 단순반복 업무의 일자리는 크게 줄어들 것입니다. 그러나 저는 이 문제를 단순히 제4차 산업혁명에서 야기되는 자동화와 노동 대체 현상이라는 양극화의 문제로 받아들이기 어렵습니다. 다만 이런 현실이 앞으로 더욱 가속될 것이라는 우려 속에서 우리가 가르치는 학생들의 역량이 과연 어떠해야 하는지에 저의 고민이 있는 것입니다. 즉 사회적이고 창의적 역량을 키우는 교육이 지금 학교에서 필요하다는 말입니다. 저는 우리 인천 교육에 몸담고 계신 모든 선생님들이 각자 가르치는 학생들의 창의성과 사회적 역량을 내면화시킬 수 있다는 믿음이 있습니다. 앞으로 그들이 사회에서 어떤 직무를 수행하든지 그들이 배운 이와 같은 역량은 발현될 수 있기 때문입니다.

자 이제 어떻게 하여야 할까요?

3) 제4차 산업혁명과 창의융합인재

클라우스 슈밥은 제4차 산업혁명의 시대에 꼭 필요한 지능을 다음 네 가지로 제시하고 있습니다.

첫째, 상황맥락지능 〈정신〉입니다. 다양한 네트워크의 가치에 대해 먼저 이해해야 한다는 말입니다. 문제와 사안, 도전 과제에 접근하는 방식은 반드시 총체적이고 유연해야 하며 적응력이 필요합니다. '고슴도치보다는 여우가 되어야 한다.'라는 말로 비유할 수 있습니다.

둘째, 정서지능 〈마음〉입니다. 자기 인식, 자기 조절, 동기 부여, 감정 이입, 사회적 기술 등과 같은 능력을 말합니다. 다양한 분야의 협력을 시스템화할 수 있는 능력, 계층구조를 수평화하는 능력, 새로운 아이디어를 독려하는 환경을 만드는 능력 등의 소위 디지털적 사고방식을 의미합니다.

셋째, 영감지능 〈영혼〉입니다. 의미와 목적에 대해 끊임없이 탐구하는 능력, 개인주의와 공공의 선 추구 사이에서 항상 고민할 줄 아는 영혼, 개인의 목적이 아닌 공공의 이익을 위해 결정을 내린다면 신뢰는 싹틀 것이고, 신뢰는 영혼에 매우 중요한 가치입니다.

넷째, 신체지능 〈몸〉입니다. 더 이상 말하지 않아도 우리 모두 공감하는 내용입니다. 다만 '몸'도 '지능'이라고 말하는 그의 식견이 놀라울 따름입니다.

직원 여러분! 어떻습니까? 우리에게 익숙한 내용이지요? 그렇습니다. 직업기초능력, 직무수행능력, 가드너가 말한 다중지능이론 모두 비슷비슷합니다. 자 그럼 이런 역량을 배양하기 위해 우리 창의인재교육과에서 해야 할 일은 무엇일까요? 지금 위의 내용들과 전혀 다른 교육인가요? 그렇지 않다는 것에 모든 직원들이 동의하실 것입니다. 다만 저는 교육이 '세상을 살아가기 위한 밑천 마련하기'라고 한다면 시대에 맞는 선생님들의 교육과정 변화가 필요하다는 말씀과 그것을 지원하는 교육행정이 뒷받침되어야 한다는 것을 말씀드리고 있는 것입니다. 초지능(Superintelligence), 초연결(Connectivity), 자율성(Autonomy)의 시대변화에 맞는 컴퓨터적 사고, 융합역량, 학습자 중심, 협업능력 등이 교수·학습 과정에서 반영되어야 한다는 것입니다.

2015 개정 교육과정에서는 창의융합인재 육성을 위한 '핵심역량(Core Competency) 중심 학교 교육과정 운영'을 강조하고 있습니다. 6가지 핵심역량과 그것의 실현을 위해 현재 우리 교육청 관내 학교가 하고 있는, 또한 해야 할 교육과정에 대한 내용입니다. 선생님들이 가르치실 때 교육내용이 어떤 역량의 배양에 필요한지 전략적 접근이 필요할 듯합니다. 또한 어떤 교과와 연계해야 학습의 효과를 극대화할 수 있는지도 고민해 보아야 할 것입니다. 이런 고민이 있는 선생님들을 지원하기 위한 우리 과의 주어진 소임을 저를 비롯한 우리 모두는 명심해야 할 것입니다.

저는 실제로 제4차 산업혁명이 우리 대한민국의 교육에 어떤 결과를 초래할지 알지 못합니다. 다만 불러올 문제점이 우리에겐 벅차고 무겁다는 것만큼은 잘 알고 있습니다. 모든 것은 우리에게 달려 있습니다. 우리 모두에게 이득이 되는 방향으로 우리 인천의 모든 학생들의 미래를 설계하며 오늘을 치열하게 살아갑시다. 우리에게 공동의 책임 의식이 필요합니다. 사랑하는 조국과 겨레의 스승으로서….

인천시교육청 창의인재교육과, 2018. 3.

〈참고문헌〉

1. 에릭 브란욜프슨, 앤드루 맥아피 공저, 『제2의 기계시대』, 청림출판, 2014.

2. 클라우스 슈밥, 『제4차 산업혁명』, 메가스터디(주), 2016.

3. 하워드 가드너 저, 김동일 역, 『지능이란 무엇인가?』, ㈜사회평론, 2016.

7. 도덕공동체로서의 우리 인천 교육

풍성한 한가위 잘 지내고 오셨는지요? 여름내 수고와 땀으로 얻은 첫 열매를 수확하며 감사하는 절기입니다. 우리 창의인재교육과의 모든 이들이 각자 나름대로의 열매를 얻을 수 있길 기도합니다.

지난달에는 인천직업교육박람회, SW교육 창의융합축제가 모든 이들이 수고하신 덕분에 기대했던 소기의 성과를 거둘 수 있었습니다. 업무 담당 장학사님뿐만 아니라 함께 하신 분들께 역시 감사의 말씀을 드립니다.

이제 10월입니다. 5일부터 전남 여수 일원에서 펼쳐지는 전국기능대회에서 그동안 흘린 땀의 결실들을 얻을 수 있었으면 좋겠습니다. 이번 달에는 '도덕공동체로서의 우리 인천 교육'이란 주제로 말씀드리고자 합니다. 도덕적 체계와 도덕적 자본, 그리고 교육에 있어 진보와 보수의 화합에 대해 살펴보고자 합니다. 모든 논의의 한가운데에는 우리 모두가 사랑하는 인천의 학생이 있음은 물론입니다.

교육의 정의를 이야기할 때 어떤 관점에서 보느냐에 따라 고대 이래로 수많은 철학자, 교육자들이 자신의 이론을 펼쳐 왔습니다. 어원상의 정의부터 도덕성, 인격성, 자연성, 사회성, 문화성, 종교성 등 사상적으로 정의하기도 하였으며, 서술적, 약정적, 강령적 등의 교육을 현상적으로 정의하기도 하였습니다. 그중에서 영국의 교육철학자 피터스는 교육은 '가치 지향적'이어야 한다고 정의했습니다. 즉 교육은 규범적 기준을 가지고 있으며, "교육은 헌신할 만한 가치가 있는 것을 전수해 주는 일이다."라고 했습니다. 그리고 그는 교육을 우리 선생님들이 잘 아시는 대로 주입, 주형, 계도, 도야, 계명, 자아실현 등으로 정의했습니다. 반면 프랑스의 사회학자인 뒤르켐은 교육을 사회적인 관점에서 바라보았습니다. "교육은 사회화이다."라고 주장하며, '성숙한 사람이 미성숙한 사람을 성숙한 사람으로 이끌어 나가는 것'이라고 정의했습니다. 교육의 수단적 기능 또한 중시해서 "교육은 사회의 유지와 존속에 필요하다."고도 하였습니다. 참 관점이 다양하지요? 다양성만의 관점에서 본다면 적어도 교육의 정의에 관한 견해는 기네스북에 오를 정도로 많을 것입니다.

그런데 저는 젊었을 때 그렇게도 싫어했던 아니 동의하지 못했던(왜냐하면, '교육의 수단화'에 교육은 그 자체가 목적이어야 한다는 '교육의 본질'에 더욱 충실하고자 했던 20, 30대의 진보적인 생각 때문에) 에밀 뒤르켐의 사상에 요즘 들어 상당 부문 공감하고 있습니다. 특히 '교육은 사회화이다.'라는 정의에서 사회화는 이기적 미성숙한 개인에게 집단적 의식을 내면화시킴으로 사회구성원이 되어 가는 과정이라는 말은 저에게 충격으로 다가왔습니다. 집단적 의식은 자칫 잘못하다가는 파시즘, 나치즘 같은 극단으로 치우칠 우려가 역사적으로 증명되었기 때문입니다. 그런데 뒤르켐은 여기서 집단적 의식을 말할 때 도덕과 규범이라는 사회의 정신적 실체에 대해 말하고 있으며, 사회의 공존에 대해서도 방법론적 접근을 하고 있습니다. 뒤르켐이 도덕성을 강조한 것을 보면 그의 사회학적 지향이 일정 부분 보수적이라고 말할 수 있을 것입니다. 그러나 실제 그의 삶은 당시 프랑스 제3공화정의 신뢰받는 공무원이었으며 결코 보수적인 인물들과 교류하지 않았으며 오히려 진보주의적 자발적 결사체인 인권연맹과 같은 단체에 속해 있었습니다. 그는 당시 사회의 기본적 구심점인 전통적 기독교의 도덕성과 가톨릭교회의 권위를 일시에 무너뜨릴 수 있는 과학적 도덕성을 발전시키고자 했던 것입니다. 이런 면에서 그는 진보적이며 혁명적인 인사에 가까웠다고 저는 생각합니다.

그는 도덕성의 정의에 대해 참으로 진보적인 견해를 피력했습니다. "결국 사람들 간에 연대를 형성시키는 모든 것, 나아가… 자신의 자아보다… 커다란 무엇을 통해 인간의 스스로의 행동을 규제하게 만드는 모든 것, 그것이 바로 도덕이다." 자신의 자아보다 커다란 무엇을 통해 개인의 행동을 규제하는 것이 도덕이라고 강조하고 있는 것입니다. 참으로 놀랍지 않습니까? 1858년에 태어나 1917년에 사망한, 즉 한 세기 전에 벌써 뒤르켐은 오늘날의 사회적인 난맥상을 꿰뚫어 보고 있는 듯합니다.

저는 우리 인천 교육에도 이런 도덕적 체계를 굳건히 세워야 한다고 생각하고 있습니다. 도덕적 체계란 가치, 미덕, 규범, 관습, 정체성, 제도, 시스템 등이 우리 공동체 구성원의 바른 마음(Righteous Mind, 좋음 나쁨이 아닌, 옳고 그름이 아님에 주목하시길)과 서로 맞물려 있는 것을 말합니다. 이 둘은 도덕적 체계로서 함께 작용하여 개인의 이기심을 스스로 억제하거나 규제하며, 오직 우리 인천의 학생들만을 바라보는 공동체를 만들어 낼 것이기 때문입니다. 또한 우리 공동체가 가진 가치, 미덕, 규범, 관습, 정체성, 제도, 시스템 그리고 이와 맞물린 우리 공동체 구성원의 바른 마음은 우리가 가지고 있는 중요한 도덕적 자본입니다. 그것은 도덕공동체로서의 우리 인천 교육을 지탱해 주는 힘이기도 합니다.

마이클 센델 교수는 정의를 이해하는 3가지 방식을 다음과 같이 이야기하고 있습니다. 첫째는 사회(공동체, 조직 등) 전체의 행복을 극대화하는 방법은 무엇인가? 즉 제러미 밴덤의 공리주의입니다. 둘째는 소득과 부의 공정한 분배란 규제 없는 시장에서 재화와 용역의 자유로운 교환을 주장하는, 즉 개인의 자유를 적극 옹호하는 자유지상주의입니다. 셋째는 재화를 분배해 미덕을 포상, 장려하고 좋은 삶에 관한 고찰과 연관이 있으며 사람들이 도덕적으로 마땅히 받아야 할 몫을 받는 것이라는 미덕 추구입니다. 제가 여기서 관심이 있는 것은 첫 번째 공리주의입니다. 젊을 때 저 역시 공리주의의 한계에 대해 공감했으며 그것은 정의롭지 못하다고 생각했습니다. 왜냐하면 우리나라가 일본과 축구 시합을 할 때 '최대 다수의 최대 행복 추구'라는 공리주의의 입장에서 보면 우리나라는 언제나 이겨야 하는 산술적, 기계적인 필연성의 문제가 제기되기 때문입니다. 그런데 반드시 그래야만 하는 건가요? 공리주의에서는 개개인이 원하는 것을 그들에게 제공함으로써 사회의 행복을 증진시킬 수 있다고 생각합니다. 그러나 이런 공리주의도 제가 만난 뒤르켐을 만나면, 개개인의 삶이 풍성해지는 데에는 반드시 사회의 질서와 사회적 기본 토대가 필요하다는 것을 인정하게 될 것입니다. 뒤르켐적인 공리주의에서는 살기 좋은 사회, 공동체를 이룩하는 데 연대의 기반들(보수적 가치인 충성심/배신, 권위/전복, 고귀함/추함 기반이 진보적인 가치인 배려/피해, 자유/압제, 공평성/부정보다 중요함, 뉴욕 대학 스턴 경영대학원의 Jonathan Haidt 교수는 그의 연구에서 진보주의자들은 위의 세 가지의 도덕적 기반을 가진 반면, 보수주의자들은 여섯 가지 도덕적 기반을 모두 활용하고 있다고 주장함, 다만 보수주의자는 진보주의자에 비해서 배려 기반을 희생시키는 경향이 강함, 따라서 다른 도덕적 목적을 성취하기 위해서라면 그 과정에서 해를 입는 사람이 생겨도 어쩔 수 없다고 생각)이 막중한 역할을 한다는 사실도 기꺼이 인정해 줄 테고 말입니다.

저는 우리 삶에 규범적 윤리가 되어 줄 최선의 이론이 무엇인지 잘 모릅니다. 다만 오늘날과 같은 다양성의 사회에서 규범 윤리로서 뒤르켐적 공리주의만큼 설득력 있는 대안은 없는 것으로 보입니다. 제러미 밴덤이 법률과 공공 정책의 일차적인 목표가 총이익 산출의 최대화에 있다고 한 것은 제가 보기에 옳기 때문입니다. 그저 저는 벤담이 우리 공동체에게 그의 이론과 방법을 알려 주기에 앞서 우리가 호모 듀플렉스임을 먼저 인정했으면 좋겠다고 생각해 봅니다.

다음 두 가지의 생각을 소개하는 것으로 이제 이야기를 마무리 지으려고 합니다.

'옛날 옛적에 사회와 제도가 부정의하고 불건전하고 폭압적이어서, 수없이 많은 이가 그 안에 살며 고통을 받았다. 이 사회가 비난받을 수밖에 없었던 까닭은, 불평등·착취·비합리적인 전통이 이곳에 깊이 뿌리내려 있었기 때문이다. 그러나 자유·평등·번영을 바라는 인간의 고귀한 열망이 그러한 불행과 폭압의 힘에 맞서 맹렬히 싸워 나갔고, 결국 자유롭고 민주적인 현대 자본주의 복지사회를 이룩해 냈다. 현대 사회의 모든 조건이 개인의 자유와 기쁨을 최대화시킬 가능성이 있기는 하지만, 그럼에도 불평등·착취·폭압이 남긴 뚜렷한 흔적을 없애려면 아직도 우리가 해야 할 일이 많다. 훌륭한 사회를 이룩하기 위해 투쟁을 벌이는 것, 즉 개인이 평등하고 자유로운 조건 속에서 스스로 정의한 행복을 위해 살아갈 수 있도록 투쟁을 벌이는 것은 한 사람이 목숨 바쳐 이룰 만한 진정

가치 있는 사명이다.'

-『도덕과 믿음의 동물』, Christian Smith, 2003 -

'예전에 미국은 세상에 환한 빛을 비춰주는 등대와도 같았다. 그런데 어느 날 갑자기 진보주의자들이 나타나더니 엄청난 규모의 연방 관료 체계를 세웠고, 이로써 자유 시장의 보이지 않는 손에는 꼼짝없이 수갑이 채워졌다. 그들은 다니는 곳곳마다 미국의 전통적 가치를 뒤엎었으며 하느님과 신앙에도 반기를 들었다. … 그들은 사람들에게 먹고살기 위해 일을 하라고 하는 대신 열심히 일하는 미국인들의 돈을 퍼다 고급 승용차를 몰고 다니는 마약중독자나 사회보장제로 호사하는 가짜 생활보호 대상자에게 나눠 주었다. 또 범죄자들을 벌하기는커녕 그들을 '이해하려고' 노력했다. 범죄의 희생자들을 걱정하지 않고, 범죄자의 인권을 걱정했다. … 가정, 충절, 개인적 책임감이라는 미국의 전통적 가치를 고수하는 대신 난잡한 성생활, 혼전 성교, 동성애 생활 방식을 설교하고 다녔다. … 거기다 페미니즘을 부추겨 가정이 가진 전통적 역할까지 훼손시켰다. … 이들은 전 세계적으로 악을 자행하는 무리에게 무력을 행사하기는커녕 오히려 국방 예산을 삭감하고, 군복 입은 군인들을 멸시했으며, 성조기를 불태우고, 협상과 다자주의를 선택했다. … 미국을 해치려는 자들의 손에서 이제 미국인들은 자신의 조국을 되찾아 오기로 결심했다.'

- 1980년 레이건이 지미 카터를 이기고 대통령이 될 때 -

참으로 상반된 두 주장이지요! 이 정도의 차이가 나는데 과연 좌파와 우파는 상대편의 이야기를 이해나 할 수 있을까요? 앞에서 언급한 대로 저는 '공동체를 지탱하는 힘은 도덕적 자본에서 나온다!'라고 감히 주장하고 싶습니다. 1990년대 전 세계를 휩쓸었던 사회적 자본(social capital)이란 용어는 순식간에 대중적 어휘가 되었습니다. 적어도 이 용어에 대해선 좌파든 우파든 생각하는 바가 같았습니다. 저는 이것을 뛰어넘는 도덕적 자본이 우리 인천 교육에 있다고 우리 도반들에게 말하고 싶습니다. 분명 진보주의자들은 자유와 기회균등의 확장을 위해 많은 노력을 했습니다. 그런데 그들은 확실히 적정선을 넘어서는 경향이 있고, 한꺼번에 너무 많은 것을 바꾸려고 하고, 고의적은 아니더라도 공동체에 쌓인 도덕적 자본을 감소시키는 경향이 있습니다. 바로 이것이 좌파의 한계가 아닌가 생각합니다. 그들의 변화에 대한 열망이 아무리 명분이 있다고 하더라도 그 열망이 그 공동체의 도덕적 자본에 미칠 영향을 고려하지 않는다면 공연히 문제만 일으킬 것이 분명하기 때문입니다.

또한 보수주의자들도 그들의 약점이 있음은 분명합니다. 그들은 쌓여 있는 도덕적 자본은 잘 지켜 내지만, 공동체를 위해선 특정한 희생에 대해 모른 체하는 경향이 있습니다. 가진 자들의 탐욕을 제어하지 못하며, 시대변화에 발맞추어 제도를 바꾸거나 고칠 줄 모른다는 것이 그것입니다.

우리 모두는 음양의 이치를 잘 알고 있습니다. 어느 한쪽만의 개념이 아니고, 서로 맞서는 개념도 아닙니다. 서로 화합하여 성장하는 이치입니다. 우리 사회는 학교라는 공동체에게 엄격한 윤리·도덕적 요구를 하고 있습니다. 우리 모두 사랑하는 우리 인천의 학생들을 위해 지금 내가 해야 하는, 또한 할 수 있는 일을 헤아리고 그것에 최선을 다할 때 우리 인천 교육에 몸담고 있는 교육공동체 모두가 행복한 교육은 이루어질 것입니다.

인천시교육청 창의인재교육과, 2018. 10.

8. 새해에는 이랬으면 좋겠습니다!

戊戌年 한 해를 마무리하고 己亥年 새해가 밝았습니다! 지난해 참 수고들 많으셨습니다. 저는 우리 창의인재교육과의 모든 교육 동지들은 진정 대한민국 아이들을 위한 교육을 위해 최선을 다하셨다고 생각하고 있습니다. 저의 생각이 어떻든지 그것은 중요하지 않을 것입니다. 모두 자기 내면의 소리에 귀 기울여 지난 한 해를 되돌아보고 새해를 맞이했으면 좋겠습니다. 한 해 동안 저의 허물을 묵묵히 참아 오신 우리 창의인재교육과의 모든 이들에게 다음 글로 용서를 구합니다.

밤에 용서라는 말을 들었다

이진명

나는 나무에 묶여 있었다. 숲은 검고 짐승의 울음 뜨거웠다.
마을은 불빛 한 점 내비치지 않았다. 어서 빠져나가야 한다.
몸을 뒤틀며 나무를 밀어냈지만, 세상모르고 잠들었던 새
떨어져 내려 어쩔 줄 몰라 퍼드득인다. 발등에 깃털이 떨
어진다.
오, 놀라워라. 보드랍고 따뜻해. 가여워라. 내가 그랬구나.
어서 다시 잠들거라. 착한 아기. 나는 나를 나무에 묶어 놓은
자가 누구인지 생각지 않으련다. 작은 새 놀란 숨소리

가라앉은 것 지키며 나도 잠들고 싶구나.

누구였을까. 낮고도 느린 목소리. 은은한 향내에 싸여.
고요하게 사라지는 흰 옷자락. 부드러운 노래 남기는.
누구였을까. 이 한밤중에

새는 잠들었구나. 나는 방금 어디에서 놓여 난 듯하다.
어디를 갔다 온 것일까. 한기까지 더해 이렇게 묶여 있는데,
꿈을 꿨을까. 그 눈동자 맑은 샘물은, 샘물에 엎드려
막 한 모금 떠 마셨을 때, 그 이상한 전언. 용서. 아, 그럼.
내가 그 말을 선명히 기억해 내는 순간 나는 나무 기둥에서
천천히 풀려지고 있었다. 새들이 잠에서 깨며 깃을 치기
시작했다. 숲은 새벽빛을 깨닫고 일어설 채비를 하고 있었다.

얼굴 없는 분노여. 사자처럼 포효하던 분노여. 산맥을 넘어
질주하던 증오여. 세상에서 가장 큰 눈을 한 공포여. 강물도
목을 죄던 어둠이여. 허옇고 허옇다던 절망이여. 내 너에게로
가노라. 질기고도 억센 밧줄을 풀고. 발등에 깃털을 얹고
꽃을 들고. 돌아가거라. 부드러이 가라앉거라. 풀밭을 눕히는
순결한 바람이 되어. 바람을 물들이는 하늘빛 오랜 영혼이
되어.

기해년 새해도 역시 올해만큼이나 청년들은 취업난에 허덕이고, 국민들

은 분열되고, 경제는 어려울 것이며, 북핵은 오리무중이고, 교육은 평등, 인권의 가치에 무게가 실릴 듯 보입니다. 특히 경제에 있어서는 모든 전문가들이 우려하고 있는 실정입니다. 이런 상황에서 저는 어떻게 하여야 할까 생각해 보았습니다.

어느 곳에 있든지 저는 '자랑스런 대한민국의 선생'임이 분명합니다. 우리가 전통적으로 갖고 있는 선생의 이미지는 내가 가르치는 아이들의 성장을 위해 부단히 사랑과 봉사와 헌신의 자세를 견지하는 것이라 생각합니다. 이 가치는 교육 현장에서는 그 어떤 가치보다 우선할 수 없다고 생각하는 것이 저의 생각입니다. 그렇기에 선생님을 전문직으로 인정하는 당위성이 있는 것입니다.

우리 창의인재교육과 교육 도반 여러분! 황금돼지해라는 己亥年 새해가 밝았습니다. 우리 더욱 분발하여 지난해보다는 더 나은 올해가 될 수 있도록 각자 맡은 바 소임에 최선을 다합시다. 주마가편(走馬加鞭)이라 하지 않았습니까! 그리하여 일 년 후 이맘때 한 해를 마무리하는 시점에 홀로 지긋이 웃을 수 있는 우리 모두가 되길 소망합니다.

1) 우리 사회에 변하지 않는 도덕적 질서가 회복되었으면 좋겠습니다

혼돈의 상태에서 인간에 의해 인간을 위한 질서는 만들어졌으며 그 질서에 따라 인간 또한 만들어졌습니다. 인간의 이중적 본성은 변하지 않는 상수이며 도덕적 진실은 영원합니다. 이 질서는 조화를 의미하며 개인에게는 영혼의 내적 질서이고, 공동체에게는 구성원 간의 외적 질서입니다. 불변하는 도덕적 질서가 있다는 신념으로, 옳고 그름을 판단하는 강한 정신으로, 정의와 명예를 소중하게 여기는 개인의 내적 질서에 의해 지배되는 사회는 어떤 정치적 체제를 사용한다 해도 매우 훌륭한 사회임은 분명할 것입니다. 그러나 도덕적 질서가 없고 규범에 무지하며 욕망에만 매달리는 사회는 아무리 많은 표를 얻었다 해도 그 사회는 나쁜 사회입니다. 새해에는 우리 사회가 변하지 않는 도덕적 질서를 회복하여 지금보다는 더 나은 훌륭한 사회로 나아갔으면 정말 좋겠습니다.

2) 우리가 지켜 온 관습과 널리 오랫동안 합의된 지혜가 우리 사회에 차고 넘쳤으면 좋겠습니다

성공적인 개혁가들이 오래된 관습을 적폐라고 하여 철폐하고, 널리 오래 합의된 지혜를 조롱하고, 사회 제도들의 계속성을 파괴했을 때 바로 그 순간에 필연적으로 새로운 관습과 계속성 등을 수립해야 할 필요성이 생겨나게 됩니다. 그러나 그 새로운 수립 과정은 우리 모두에게 고통스럽고 느리게 진행됩니다. 고통의 시간이 길어지는 것이지요. 또 그 결과 등장하게 되는 새로운 사회 질서는 개혁가들이 지상의 천국을 수립하려는 열정 때문에 그들이 부숴 버린 구질서보다 훨씬 더 열등하게 되는 악순환을 반복하게 됩니다. 우리가 말하는 정의와 질서, 자유는 오랜 사회적 경험의 인위적 산물이며, 인류 역사의 고난과 반성과 희생의 결과물입니다. 그렇기 때문에 변화가 필요할 때에도 오래된 이해 세력들을 한꺼번에 몰아내지 말고 반드시 단계적이고 점진적으로 진행해야 합니다. 새해에는 우리가 지켜 온 오랜 관습과 오랫동안 널리 합의된 지혜가 차고 넘치는 사회가 되었으면 좋겠습니다.

3) 우리가 만들어 온 소위 규범이란 것이 지켜졌으면 좋겠습니다

우리들이 지켜 온 도덕은 대부분이 규범적입니다. 개인적인 판단과 개인의 합리성을 근거로 당면한 모든 현안의 중요성을 가름하려고 한다면 매우 위험한 생각일 수 있습니다. 개인은 어리석지만 인류문명은 현명하기 때문입니다. 위대하고 신비스러운 인류의 공동체는 어느 한 인간의 사소한 개인적 합리성보다 훨씬 위대한 규범적 지혜를 획득하여 왔으며 이것은 현재진행형이기도 합니다. 새해에는 우리 사회가 우리가 지금까지 만들어 온 규범을 지금보다는 더 잘 지켜 계승했으면 좋겠습니다.

4) 개혁에 '신중함의 원칙'이 우선되었으면 좋겠습니다

플라톤은 정치인의 가장 중요한 덕목은 신중함이라고 주장했습니다. 어떤 공공의 정책도 거의 확실한 장기적 결과를 감안해서 결정해야지 단순히 단기적인 인기나 정치적인 득실에 따라 결정하지 말아야 합니다. 오늘날 우리 사회를 보면 개혁하고 없애고 바꾸려고 희망하는 적폐들보다 더 나쁜 새로운 폐해가 등장할 위험을 충분히 고려하지 않은 채 오직 자신들의 정의에 사로잡혀 자신들만의 목표를 향해 질주하는 모습이 참 위태롭기 때문입니다. 신의 섭리는 천천히 움직이지만 악마는 언제나 서두른다는 말도 있습니다. 새해에는 적폐 청산이라는 과거에 매몰되지 말고 미래를 바라보며 개혁에 신중함의 원칙이 우선 적용되는 그런 사회가 되었으면 좋겠습니다.

5) '다양성의 원칙'이 존중받는 우리 사회가 되었으면 좋겠습니다

제가 알기론 인류문명의 어떤 역사도 건강한 다양성을 보존하려면 질서와 계급, 물질적 조건의 차이, 환경에 적응하는 진화 능력의 차이, 다양한 종류의 불평등이 존재해 왔습니다. 오직 유일한 형태의 평등은 신의 심판 앞에서나, 또는 공명정대한 법관 앞에서만 가능할 뿐이었습니다. 그 외의 모든 평등화의 시도는 기껏해야 사회적 정체로 이어져 문명의 쇠퇴를 가져올 뿐이었습니다. 어떤 사회든 정직하고 능력 있는 지도자를 원합니다. 만약 사회가 그런 지도자가 등장하지 못하도록 자연적이고 관습적이며 제도적인 차이를 파괴한다면 곧이어 독재자나 전제주의, 책임회피에 급급한 과두 정치 지도자들이 새로운 형태의 불평등을 만들어 낼 것입니다. 새해에는 구호에 매몰된 평등, 행복이 아니라 사회의 계층적 구조를 인정하고 개인의 다양성에 근거한 역량을 키워 줄 수 있는 우리 사회가 되었으면 좋겠습니다.

6) 인간은 불완전하다는 원칙에 따라 모든 이들이 자기 억제의 겸양을 회복하면 좋겠습니다

인간은 이중적 양면성을 갖고 태어납니다. 바로 내 안의 선한 본성과 악한 본성입니다. 삶 자체가 이 둘의 치열한 싸움임은 인간이 갖는 숙명입니다. 이렇듯 인간은 불완전하기 때문에 완벽한 사회질서를 창조하지 못합니다. 만약 지금이 이상향이라 해도 인간의 속성상 변화를 바라는 욕구에 의해 반드시 반동이 생길 수밖에 없습니다. 그런 반동이 준동하여 폭력적으로 변해 간다면 또다시 이상향을 향한 인간의 욕구는 태동하게 되는 것입니다. 잘은 모르지만 어쩌면 헤겔이 말한 정반합의 이치와 같은 것인지도 모릅니다. 어찌 보면 인간은 완벽한 세상에서 살도록 만들어지지 않았는지도 모릅니다. 따라서 인간은 우리가 합리적으로 참을 수 있을 만큼의 질서와 정의롭고 자유로운 사회로서 어느 정도의 악과 사회적 불평등, 고통이 계속 존재하는 것을 용인할 수밖에 없는 것입니다. 만약 한 나라의 제도적이고 도덕적인 옛 안전장치들이 경시되면 인류의 무정부적인 충동이 날뛰게 될 것입니다. 제1차 세계대전 이후 아일랜드의 시인 예이츠(William Butler Yeats, 1865~1939)는 "순수의 의식은 물에 잠긴다."[29]고 노래했습니다. 새해에는 우리 모두 내면의 치열한 싸움을 통해 자기 욕망을 절제하고 남을 진정으로 배려하는 그런 사회가 되었으면 좋겠습니다.

---

29 「재림(The Second Coming)」이라는 시에 나오는 구절, 노아의 방주를 연상시키는 구절이 이어지면서 분노한 신이 세계를 멸망시킨다는 상징이라고 해석하는 사람이 많다. (註) 러셀 커크(Russel Kirk)

7) 우리가 지향하는 사회는 자유와 재산권이 중시되는 사회였으면 좋겠습니다

만약 개인의 소유에서 재산권을 분리해 버리면 모든 재화는 거대 중앙정부가 전부 지배하게 될 것입니다. 인류의 모든 문명은 사유재산권을 토대로 발전해 왔습니다. 사유재산권이 더 광범위하게 확산될수록 공동체는 더 생산적이고 안정적으로 발전해 왔습니다. 다만 탐욕과 약탈은 전혀 다른 문제입니다. 재산을 소유한 자는 사회에 대한 특정한 의무가 반드시 있습니다. 이런 도덕적이고 법적인 의무를 당연시하는 사회가 건강한 사회일 것입니다. 저는 경제적 평준화는 결코 경제적 진보가 아니라고 생각합니다. 새해에는 우리 사회가 노동의 결실을 소유할 수 있고, 획득한 재산을 후손에게 물려줄 수 있으며, 찢어지는 가난이라는 자연적 조건을 극복해 성공에 이르는 사람이 더욱 많아지고, 인간이 성실해야 한다는 동기를 제공해 주는 자유와 사유재산권이 더 넓게 확장되는 사회였으면 좋겠습니다.

8) 우리 사회가 건강한 자발적인 공동체를 지향하고 강제적인 집산주의[30]의 유혹에 빠지지 않았으면 좋겠습니다

지방자치의 확대에 대한 요구가 점점 증가하고 있는 요즘입니다. 큰

30 집산주의(Collectivism, 集産主義)는 주요 생산수단을 공유화하는 것을 이상적이라고 보는 정치 이론이다. 집산주의는 토지, 철도, 광산 등 수많은 자본들의 국유화를 주장하지만, 개별 소비의 자유는 인정하기 때문에 공산주의와는 차이가 있다. (위키백과)

틀에서 저는 이런 논의에 동감하고 있습니다. 다만 그러기 위해서는 전제되어야 할 것이 있는데 그것이 바로 건강하고 자발적인 수많은 공동체의 존재 여부입니다. 진정한 공동체라면 시민의 삶에 가장 직접적으로 영향을 미치는 결정은 공동체 구성원들이 자발적으로 내려야 한다고 생각합니다. 만약 이런 기능들이 자동적으로 또는 강압의 형태로 중앙 집중화된 권력에 넘어가 버리면 공동체는 심각한 위험에 빠질 수밖에 없습니다. 이른바 집산주의의 유혹입니다. 인간의 존엄과 자유의 확대에 부정적인 평균적 인간의 양성이 시작될 수 있기 때문입니다. 새해에는 우리가 속한 공동체 안에서 우리 각자에게 부여된 역할과 의무를 신중하게, 효율적으로 어려운 사람들을 돌아보면서 잘했으면 하는 바람입니다.

9) 우리 사회 구성원 모두가 인간의 격정과 권력을 신중하게 자제했으면 좋겠습니다

원래 권력이란 다른 사람의 의지와 상관없이 내가 하려는 것을 할 수 있는 능력을 말합니다. 공자의 말과는 사뭇 다르지요. '기소불욕 물시어인'(己所不欲 勿施於人, 論語 衛靈公篇) 자기가 하기 싫은 일을 남에게 하게 해서는 안 된다는 말입니다. 그래서 공자의 말씀이 춘추전국시대에는 통하지 않았는지도 모릅니다. 만약 모든 사람이 권력이 있다고 주장할 때 그 사회는 무정부 상태로 치닫게 됩니다. 무정부 상태는 독재자나 과두 체제를 낳게 되고 권력은 오히려 소수가 독점하게 됩니다. 결코 원하는 바가 아닙니다. 권력을 손에 쥔 혁명가들은 자신의 권력에 정의가 있다고 생각하는 것을 우리는 역사를 통해 배울 수 있습니다. 자유라는 이름으로 프랑스와 러시아의 혁명가들은 시민을 억압했던 오래된 권력을 풀어헤쳤습니다. 그러나 권력 자체가 없어지지는 않았습니다. 결국 권력은 누군가의 손에 들어갔고, 그 권력은 구체제의 그것보다 몇 배나 더 포악해졌음을 우리는 알 수 있습니다. 새해에는 우리 사회가 권위 있는 정부의 권력과 자유와 안보의 요구 사이에서 건강한 긴장을 유지하는 균형 있는 사회로 나아갔으면 좋겠습니다.

10) 우리 사회가 활력이 넘치는 사회라면 반드시 계속성과 변화를 인정하고 조화시켰으면 좋겠습니다

저는 사회적 개선 자체를 반대하지는 않습니다. 사회가 어떤 측면에서 진보하면 다른 측면에서는 반드시 퇴보하기 마련입니다. 문재인 정부에서 주도하는 사람중심경제, 소득주도성장 등은 얼마나 좋은 정책입니까! 아마 사회의 불평등을 해소하고자 하는 그 취지에 대해 반대하는 이는 드물 것입니다. 그러나 급격한 최저임금 인상과 주 52시간의 근로 시간이 우리 사회에 또 다른 퇴보를 가져오고 있는 것은 정부에서는 인정하고 싶지 않아도 분명한 사실이라고 생각합니다. 어느 건강하고 훌륭한 사회에서도 이 두 가지 힘은 작용하고 있습니다. 새뮤얼 콜리지(Samuel Taylor Coleridge, 1772~1843, 영)는 이를 계속성과 전진의 힘이라고 불렀습니다. 사회의 계속성은 안정감과 연속성을 주는 이해와 공감대로 형성됩니다. 만약 계속성이 없으면 사회는 혼란에 빠지게 되고, 공무원들의 복지

부동을 가져오게 될 것입니다. 동시에 사회의 전진은 우리에게 신중함을 요구하게 되고, 전진의 힘이 없으면 사회는 정체의 늪 속에 빠지게 될 것입니다. 새해에는 우리 사회가 계속성과 전진의 힘을 바탕으로 지금보다는 더 나은 좋은 사회가 되었으면 좋겠습니다.

새해 복 많이 받으세요!

인천시교육청 창의인재교육과, 2019. 1.

9. 신축년(辛丑年) 새해를 맞이하여

- 마이클 샌델의 『정의란 무엇인가』를 다시 펴 들며 -

2021년 신축년 흰 소의 희망찬 새해가 밝았습니다! 사랑하는 우리 부평공고의 모든 교직원님들! 새해 복 많이 받으시고 더욱 건강하시고 가정에 행복이 가득하시며 원하시는 모든 일들이 잘 이루어지시길 기도합니다.
지난해는 우리 모두에게 정말 악몽 같은 한 해였습니다. 아직도 코로나의 사태가 진정될 기미가 보이지 않고 있지만 백신과 치료제의 개발로 희망의 신축년 한 해를 기대해 봅니다. 저는 지난해 이맘때 '부평공고를 뛰어넘는 선진화를 향한 대한민국의 도약'이라는 비전을 우리 선생님들에게 제시한 적이 있습니다. 존재형 선생님이 되고자 힘쓰셨던 우리 선생님들은 코로나의 와중에서도 최선을 다해 아이들을 교육했으며, 부족하지만 나름대로 교육적 성과도 거두었습니다. 3학년 학생들의 국가기술자격증 취득률이 87%, 1인당 1.6개의 자격증을 취득하였습니다. 12. 30.일 기준으로 취업률 47%, 진학률 22%, 미정 31%입니다. 또한 중소기업인력양성사업 선정, 군특성화고 상륙장갑차 지정 등 새로운 교육과정이 학생들에게 제공되기도 했습니다. 저는 이 모든 것이 우리 부평공고 모든 교직원들의 헌신과 희생과 봉사의 마음이 없었으면 이루어지지 못했을 것이라 믿어 의심치 않습니다. 그러니 어찌 감사하지 않을 수 있겠습니까! 역시 '최종적으로 교육은 선생님에 의해 완성된다.'는 명제는 참이고 진리입니다. 그러나 자퇴한 6명의 아이들은 저의 마음을 무겁게 하고 있습니다. 가

출과 부적응, 학업부진 등의 이유로 학업을 중도에 포기한 아이들을 생각하면 어찌할 수 없는 저의 무력함에 주저앉은 다리로 쓰린 속을 쓰디쓴 소주로 달래야만 했던 불면의 밤도 있었습니다. 그러나 존경하는 선생님들! 우리 다시 힘을 내십시다. 이 치열한 교육의 신성한 전쟁터에서 반드시 승리합시다. 다른 곳에서 행복을 찾는 것이 아니라 이 엄숙한 교육의 제단에서 행복을 스스로 찾으시는 선생님들이 되셨으면 합니다.

『정의란 무엇인가』를 처음 읽은 후(2011. 2. 11.) 어느덧 10년의 세월이 흘렀습니다. 두 번째 읽은 후(2014. 11. 16.) 6년의 시간이 지나 신축년 새해를 맞이하여 다시 이 책을 꺼내 들었습니다. 이 책이 세계 어느 나라보다 우리나라에서 더 환대를 받는 까닭은 마이클 샌델 교수가 한 언론 기자에게 말했던 것처럼 정의에 대한 요구가 높은 한국 사회의 상황에서 이 책이 나왔기 때문일 것입니다. 그의 말대로 지금도 우리 사회의 사상적으로 가장 주요한 과제 가운데 하나는 정의에 대한 해명이라고 저는 생각합니다.

1971년에 존 롤스가 그의 저서 『정의론』을 통해 이전 정치사상의 문제 구성 패러다임을 정의 구성 패러다임으로 바꾸어 놓았습니다. 샌델은 롤스가 구성한 정의 중심의 프레임 안에서 사회문제를 다루면서도 롤스 이론의 장단점을 가장 분명하게 구분하고 보완하고 있는 현존하는 최고의 사상가라고 할 수 있습니다(물론 그의 주장에 반대하는 학자들도 있습니다). 저는 우리 사회에서 샌델의 『정의란 무엇인가』라는 책이 많이 팔린 이유는 우리가 정의에 대해 그토록 목말라했고 그 철학적 논거에 대한 지적 호기심이 있었기 때문이라고 생각합니다. 그러나 이런 목마름은 2021

년 신축년 흰 소의 새해를 맞이하는 오늘도 현재진행형이고 우리는 지금도 치열하게 살아가고 있습니다. 자 그럼 샌델이 말하는 '자유주의와 공동체주의 그리고 자유적 공동체주의'란 무엇인지 책 속으로 저와 같이 들어가 보시겠습니까?

1) 자유주의자들의 생각

샌델은 1980년대에 등장한 자유주의자들에 대해 다음과 같이 말하고 있습니다.

"이들은 대부분 공동체주의자라는 호칭에 달가워하지 않는다. 특정 공동체가 규정하는 것은 무엇이든 정의가 될 수 있다는 상대주의적 견해를 주장하는 듯 보이기 때문이다. 하지만 이러한 우려는 한 가지 중요한 면을 시사한다. 공동체가 주는 부담은 억압적일 수 있다는 생각이다. 자유주의자들이 말하는 자유는 카스트나 계급, 신분이나 서열, 관습이나 전통, 타고난 지위로 사람들의 운명이 결정되도록 하는 정치론에 대한 해결책으로 발전했다. 그렇다면 공동체의 도덕적 중요성을 인정하면서 동시에 인간의 자유를 인정하는 것이 어떻게 가능하단 말일까? 만약 인간이 자발적 존재라는 관념이 약한 것이라면(만약 우리의 모든 의무가 우리 자신의 산물이 아니라면), 어떻게 우리를 소속된 존재이자 자유로운 자아로 볼 수 있겠는가?"

여기서 말하는 '이들'에 샌델 자신이 포함되는 것은 물론입니다. 이 글에서 말하는 것처럼, '공동체의 도덕적 중요성을 인정'하면서도 동시에 '인간의 자유를 인정'하는 길을 발견하려는 것이 샌델의 입장입니다.

자유주의와 공동체주의 사이의 논쟁에서 샌델이 서 있는 지점을 정확하게 이해하려면 자유주의와 원래의 공동체주의, 그리고 샌델과 같은 사람들(알레스데어 맥킨타이어, 마이클 월처, 찰스 테일러 등)의 공동체주의 중심 주장을 구별해서 이해할 수 있어야 합니다.

자유주의란 자유를 중심적 가치로 삼는 입장을 말하며, 자유란 주로 선택의 자유를 말합니다. 자유주의자란 근대에 들어서면서 등장한 사회계약론자들을 포함하며, 자유지상주의자 로버트 노직과 평등을 강조하는 자유주의자 존 롤스, 로널드 드워킨 등도 여기에 포함됩니다. 공리주의자인 벤담과 밀 또한 마찬가지입니다. 샌델은 칸트를 노직과 같은 맥락에서 다루고 있지만, 두 사람의 자유주의는 결코 동일한 성질의 것이 아닙니다. 칸트는 선택의 자유를 인정하지 않고 그와 전혀 다른 자유 개념을 주장하기 때문에, 비록 이 두 사람이 모두 자유를 가장 중요시했다고 해도 그들 주장의 실질적 내용은 완전히 다른 것이기 때문입니다. 노직의 자유지상주의는 극단적 자유주의 가운데 성공적인 체계를 갖춘 이론입니다. 그렇지만 정치철학에서 그의 이론은 하나의 극단적인 주장으로 여겨질 뿐입니다. 이보다는 오히려 롤스나 드워킨의 사상처럼, 더불어 사는 세상을 아울러 고민한 이론들이 더 호소력 있게 받아들여지고 있습니다. 저는 우리 한국 사회에서 자유주의는 간혹 마음대로 원하는 것을 스스로 선택하는 철저한 개인주의의 형태로 나타나기도 한다고 생각하는데, 이런 자유주의는 극단적 형태의 것이며 철학적으로 지지하기도 어렵다고 생각합니다.

2) 공동체주의자들의 생각

자유주의의 반대편에 서 있는 입장은 공동체주의입니다. 공동체주의의 원래 입장은 시민권, 계급, 인종적 혈통, 문화적 정체성 등을 중심으로 연대를 이룬 집단인 공동체의 삶 가운데 그 공동체의 연대성, 민족성, 언어, 정체성, 문화, 종교, 역사, 생활 방식 등이 최고의 가치를 갖는 것으로 이해하는 입장입니다. 그러나 문제는 이러한 공동체주의가 이념 중심이 될 경우 파시즘, 전체주의, 인종주의, 민족주의로 나아갈 가능성이 있다는 점입니다. 이 점은 좌파나 우파나 같습니다. 공동체가 그동안 형성해 온 습속과 믿음의 체계 혹은 가치관만을 소중히 여길 경우, 개인의 자유를 무시하고 공동체의 안녕을 해치게 됩니다. 우리 사회에 그동안 만연해 온 연고주의나 지역주의, 학벌중심주의 등이 이런 폐해의 예입니다. 저는 "특정 공동체가 규정하는 것은 무엇이든 정의가 될 수 있다."는 생각은 상대주의적 생각이며, 보편적 인권을 부정할 수 있으며, 자칫 잘못하면 "억압적일 수 있다."는 점은 극복해야 할 문제라고 생각합니다.

3) 자유적 공동체주의자들의 생각

샌델과 같은 현대의 공동체주의자들은 이러한 원래의 공동체주의에 반대하며, 공동체의 중심성을 인정하더라도 보편적 가치 혹은 전 세계적으로 공유할 수 있는 가치가 존재할 수 있다고 믿습니다. 보편적 가치의 존재를 줄곧 주장해 온 대표적인 학자가 칸트이며, 존 롤스는 칸트의 정신을 이어받아 현대의 평등적 자유주의 노선을 자신의 『정의론』을 통해 주장했습니다. 자유주의가 아니면서도 그런 가치의 존재를 인정한다는 말은 샌델이 롤스에 대한 비판과 수용을 동시에 하고 있음을 의미합니다. 그리고 전통의 중요성을 인정하면서도 사회 변화를 동시에 주장하는 것이 샌델의 입장이라는 의미이기도 합니다. 이런 점에서 저는 자유적 공동체주의자인 샌델을 지지합니다만 그의 주장 중 하나인 시민적 공화주의에 대해서는 동의할 수 없습니다. 최근 그의 저서 『공정하다는 착각』은 평등의 원칙과 비례의 원칙이 같이 갈 수는 없는 것인지? 우리 사회가 지향하는 것은 무엇이어야 하는지?에 대해 저에게 많은 여운을 남겨 주고 있습니다.

지난 2005년 샌델 교수가 한국철학학회 초청으로 다산기념 철학강좌에서 말한 인터뷰 내용입니다. "자유주의와 공동체주의라는 논쟁적 관계에서 당신은 과연 어느 위치에 서 있습니까?"라는 물음에 샌델은 "저는 찰스 테일러나 마이클 윌처와 마찬가지로 저 자신을 공동체주의자라고 부르기를 꺼려 합니다. 일반적으로 공동체주의란 오직 자기 나라나 민족만을 중심으로 생각하는 방식이라고 정의를 내립니다. 그래서 다른 공동체가 가진 도덕적·정치적 주장에 대해 무시하는 경향이 있습니다. 이런 입장에 대해서 저는 반대합니다. 이런 점에서 저는 공동체주의자가 아닙니다. 관습과 전통의 가치는 시험의 대상이 되어야 합니다. 민족주의적 공동체주의의 협소함 때문에 순수보편주의가 대안으로 제시되기도 합니다. 이 입장에 따르면 특정한 정체성이나 전통을 전적으로 무시하고 지구적 관점에서 세계 시민적 태도를 가질 것을 요구합니다. 이것은 적절한 대안이 될 수가 없다고 봅니다. 저는 자유주의는 많은 점에서 오류에 빠져 있다고 생각합니다. 물론 지구적 관점에서의 윤리 교육은 필요합니다. 그러나 그와 동시에 자신이 속한 특정 정체성의 발현과 존중이 함께 이루어져야 합니다."라고 답합니다. 그의 말 중에 '민족주의적 공동체주의의 협소함'이 저의 머리와 가슴을 무겁게 짓누르고 있습니다.

4) 샌델의 『정의란 무엇인가』

『정의란 무엇인가』에서 주장하고 있는 그의 핵심적 주장을 다음의 네 가지로 간추려 보았습니다.

첫째, '선(좋음)이 권리(옳음)보다 앞선다(the priority of the good over the right)'입니다. 문제의 핵심은 좋은 삶의 개념을 가정하지 않고, 권리의 존재만 정당화하는 것이 가능한가라는 데 있습니다. 샌델의 입장은, 사회의 기본구조를 규제하는 정의의 원칙은 다양한 성향을 가진 사람들로 구성된 시민들이 가지고 있는 서로 대립적인 도덕적 혹은 종교적 확신과 무관하게 중립적으로 존재할 수 없고, 또 그렇게 정당화될 수도 없다는 것입니다. 정의와 좋음에 대한 생각, 즉 정의와 선의식은 서로 상관적일 수밖에 없다고 주장합니다. 그는 정의의 원칙이 갖는 도덕적 힘이 특정 공동체 혹은 전통에서 형성되거나 거기서 폭넓게 공유된 가치에서 나온다는 공동체주의에 반대합니다. 그런 생각에 따르면, 정의란 공동체가 받아들일 때만 정의로 성립되거나, 혹은 공동체 전통에 함축되어 있으나 실현되지 않은 이상에 호소할 때 정의로 옹호할 수 있게 됩니다. 그는 정의 및 권리의 원칙의 정당화가 그 원칙이 기여하는 목적의 도덕적 중요성에 달려 있다고 생각합니다. 따라서 우리는 그 목적을 실질적으로 도덕적 관점에서 판단함으로써 정의를 이루고 권리를 옹호할 수 있다는 것입니다. 즉 정의는 도덕적이어야 한다는 말이지요.

둘째, 샌델에게 개인은 공동체와 끊을 수 없는 연고를 가지고 있는 존재입니다. 개인은 공동체와 전통이 주는 부담에서 완전히 벗어날 수 없으며, 나아가 그것에 적극적으로 응대하는 것이 필요한 존재라고 보기 때문입니다. 이를 설명하는 근거가 인간은 이야기하는 존재, 혹은 서사적 존재라는 주장입니다. 개인은 공동체가 역사적으로 이루어 온 것에 대해 부담을 지고 있으며, 이는 다른 말로 우리가 하는 선택이 역사적으로 완전히 중립적일 수 없다는 의미이기도 합니다. 우리의 생각과 존재는 가치와 역사, 전통 등으로 이미 제약을 받고 있기 때문에 자유주의자들이 말하는 것처럼 그런 것으로부터 완전히 부담을 덜어 버린 결정을 내리는 것이 아예 가능하지 않다는 것입니다. 이 때문에 '선이 권리에 앞선다'는 말이 '앞서야 한다'는 당위로서가 아니라 '앞선다'라는 사실 언어로 표현되고 있습니다. 이것이 인간관과 관련하여 샌델과 같은 자유적 공동체주의자가 자유주의자들이 주장하는 보편적 가치를 옹호하면서도, '권리가 선에 앞선다'는 주장에 입각하여 옹호하는 것이 아니라 각각의 사안이 가지고 있는 가치에 대해 판단적 태도로 접근하는 이유입니다. 즉 내가 선택하지 않은 공동체라고 해도 내가 속한 이상 그 공동체에 기여해야 한다는 말이지요.

셋째, 샌델이 선 관념의 중요성을 말할 때, 거기에는 반드시 전통에 대한 비판을 포함하고 있습니다. 공동체가 공유하는 좋음(선)에 대한 관념이 반드시 옳은 것만은 아니며 가치 판단을 통해 수용할 수 없는 점들은 반드시 비판을 받아야 한다고 주장합니다. 비판적 검토를 거치지 않은 선관념 혹은 전통은 샌델에게는 수용될 수 없는 것입니다. 그러나 이러한 비판의 기준이 자유주의자들이 생각하는 것과 같이 순전히 절차적으로 규정된다거나 혹은 어떤 일정한 원칙에 입각하여 이루어지는 것으로 생각할 수는 없습니다. 자유주의에서 주장하는 방식으로 설정된 인권 개념은 특정 문화와 전통의 중요성을 놓치고 있기 때문입니다.

이를 정치 영역으로 옮겨서 생각하면, 자유주의에서 말하는 공적 이성은 결코 중립적일 수 없다는 샌델의 주장으로 이어지게 됩니다. 다른 말로 하면, 정치적 담론은 그런 담론에 참여하는 이들의 도덕적·종교적 정체성과 분리되어 이루어질 수도 없고, 그런 한에서 분리되어서도 안 된다는 것입니다. 이는 그동안 자유주의적으로 생각되었던 정치 영역의 개념, 즉 정치에 참여하는 자들은 도덕적 혹은 종교적 입장에서 자신의 주장을 펼쳐서는 안 된다는 생각에 반대하는 것입니다. 이런 중립적 정치 영역 개념의 결과가 오늘의 국제 정치에서 보는 것과 같이 종교의 이름으로 이루어지는 수많은 폭력 행위라는 부작용의 한 원인이 되는 것을 우리는 보고 있습니다.

하지만 이와 마찬가지로 종교적 신념에 따라 정치 문제에 접근하는 경우에도 종교적 신념에 근거한 태도에 있어 개방성을 가져야 하며, 종교적 폐쇄성은 내부적 개방성을 통해 해결되어야 한다고 강조하고 있습니다. 물론 이는 하루아침에 해결될 문제는 결코 아니며 많은 시간이 필요한 일임을 샌델도 잘 인지하고 있지만, 이런 시간을 회피하지 않고 긴 논의에 참여해야만 문제의 진정한 해결이 가능하다는 것입니다. 즉 과일이 무르익기 위해서는 시간이 필요하다는 것이지요.

넷째, 샌델은 정치가 절차적 정당성만으로는 좋은 정치에 도달할 수 없고, 정치적 숙고를 통해 공동선에 대한 실질적 판단을 해야 한다는 점을 강조하고 있습니다. 공동선을 산출하게 될 판단을 하기 위해서는 공동으로 처한 상황에 대한 시민의 참여가 필요하고, 따라서 시민에게는 올바른 판단을 하려는 태도와 기본 소양이 필요하다는 것입니다. 『정의란 무엇인가』는 바로 이런 소양을 함양하는 내용을 담고 있습니다. 좋은 정치를 위해서는 민주적 절차와 선거뿐만 아니라 소양을 갖춘 시민의 존재, 그리고 민주적인 공공문화 형성이 필요한 것입니다. 샌델이 중요시하는 공화주의적 덕성을 갖춘 시민이란 다원적 세계에서 복합적 정체성을 갖고 살아가는 법을 아는 사람이고, 현실에 대해 공감적으로 이해할 수 있는 사람이며, 남과 대화를 통해 의견을 함께 형성할 줄 아는 사람을 말합니다. 자신이 원하는 정치인에게 표를 던지는 절차에 참여하는 것만으로는 의미 있는 공동선을 자신의 사회에서 만들어 낼 수 없으며, 자신이 봉착한 문제에 대한 가치의 문제를 자신의 관점에서 실질적으로 고려하고 소통할 수 있는 역량을 갖추어야 한다는 것입니다. 그리고 이런 것이 가능하도록 하는 제도적 장치 또한 만들어 내야 한다고 주장합니다. 즉 좋은 사회를 이루려면 공부해야 한다는 말이지요.

5) 나가며

『정의란 무엇인가』는 공리주의에 대한 비판으로 시작하고 있습니다. 그 이유는 공리주의가 마땅히 비판받을 만하고 또 손쉬운 비판의 대상이기 때문이 아닙니다. 우리는 사실상 알게 모르게 어떤 결정을 내릴 때 공리주의에 가장 많이 의존하고 있습니다. 또한 공리주의는 우리가 살고 있는 자본주의 사회의 기본원리를 이루기도 합니다. 정부가 정책을 펼 때 어떤 특수한 계층에게만 이익이 되는 결정을 내려서는 안 되며, 국민 다수에게 도움이 되는 결정을 내려야 한다고 주장할 때 우리는 공리주의적 입장에 서 있는 것입니다. 그러므로 공리주의를 비판적으로 검토한다는 것은 우리 사회에 만연한 문제의 뿌리를 점검하는 일에 해당합니다. 그 비판적 검토의 핵심은 공리주의의 가치를 전면적으로 부정하는 데 있지 않고 다만 공리주의적 사고가 우리의 삶 전체를 지배하지 않도록 하는 데 있는 것입니다. 따라서 책의 서두에 나오는 경로를 이탈한 전차의 사례를 활용한 논의의 초점은 공리주의가 사회의 모든 면을 지배하는 것을 비판하는 데 있는 것입니다. 공리주의에 대한 비판은 현대의 자본주의 사회가 가진 문제점에 대한 근본적인 반성을 요구하고 있으며 이 점에서 그의 논의는 정치적인 성격을 갖고 있습니다. 그런데 이 과정에서 다양한 관점과 이론이 체계적으로 제시되는 이유는 어느 하나의 주의나 주장에만 몰입해서는 문제가 해결되지 않기 때문입니다. 우리는 다양한 입장과 관점을 경청하고, 다른 사람들 편에 서서 이해를 시도하면서 어떤 생각이 해당 문제에 더 좋은지 고민하고 판단하는 태도를 가져야 합니다. 이 과정을 통해 우리의 사유가 확장되고 이해가 넓어지면서 우리 사회를 구성하고 있는 다양한 사람들과 더불어 아름다운 공동체를 이룰 수 있습니다.

제가 이 책을 읽는 내내 드는 답답함은 다양한 사례와 질문이 제시되지만, 해답은 주어지지 않는다는 인상이 든다는 것입니다. 하지만 자세히 읽어 보면 이 책은 하나의 주장에서 다른 주장으로 넘어갈 때 이루어지는 분석과 비판을 통해 우리에게 생각의 길을 제공하고 있음을 알 수 있습니다. 따라서 우리는 정답을 얻으려는 데만 집중하지 말고 여러 주장들의 비판적 만남의 과정 자체에 관심을 기울여야 할 것입니다. 또한 우리는 관점의 다양성을 잘 살펴야 할 것입니다. 모든 경우에 적용될 수 있는 '하나의' 완전한 철학이란 존재하지 않기 때문입니다. 그런데 과연 특정한 상황에 특정한 대답을 찾는 것을 넘어 모든 상황에 적용될 수 있는 보편적 원리는 정말로 존재할 수 없을까요? 칸트가 말하는 '정언명령'이나 롤스가 말하는 '정의의 원칙들'이 바로 그런 보편적 원리로 제시된 것들입니다. 하지만 샌델은 그러한 원리들이 전적으로 타당할 수는 없음을 다양한 사례를 통해 반박하고 있습니다. 칸트의 정언명령이 타당하지만, 우리 집에 숨은 친구를 찾아온 살인자에게 거짓말을 할 것인가를 묻는 사례처럼 정언명령을 모든 사례에 적용했을 때 받아들이기 어려운 어리석은 결과가 나타날 수도 있습니다. 롤스의 정의의 원칙들은 칸트의 경우보다 더 세련되게 구성되어 있지만, 여전히 현실에 제대로 뿌리를 박고 있는 이론은 아니라고 생각합니다. 1787년 미국 헌법이 노예제를 승인하고 있었던 것처럼 아무리 사람들이 중립적이고 객관적으로 사유하려 해도 자신이 실제로 속한 공동체가 뿌리 깊게 믿고 있는 생각을 근본적으로 제거하기는 사실상 불가능하다는 것이 샌델의 주장이며 저도 같은 생각입니다.

우리가 살아가는 데 의존할 여러 도덕적 원리를 아는 일은 아주 중요합니다. 그러나 그 원리가 적용될 상황을 적절하게 이해하는 것도 마찬가지로 중요합니다. 상황을 제대로 이해하지 못하면 아무리 좋은 원리라도 제대로 적용할 수 없고 따라서 좋은 판단과 실천은 불가능하게 되기 때문입니다. 이와 더불어 그 상황에 임한 다양한 사람들의 입장과 관점의 다양성을 살피는 것도 중요합니다. 주어진 상황에 대해 모든 사람이 중립적으로 접근하는 것이 아니라 모두는 각자 자신의 철학, 문화, 종교의 옷을 입고 나타나기 때문입니다. 물론 상황의 해석과 사람들의 다양성에만 얽혀서는 문제가 해결되지 않습니다. 따라서 우리에게는 철학적인 원리, 특수한 상황에 대해 제대로 된 이해, 다양한 사람들의 입장과 관점에 대한 고려, 이 세 가지를 종합적으로 아우르는 것이 필요한 셈입니다.

샌델은 줄곧 우리에게 우리의 문제를 스스로 고민하고 자신의 입장을 수립하라고 요구하고 있습니다. 토론과 고민을 통해 우리는 우리가 어떤 사람인지 알게 되고 이를 통해 내 입장의 장점과 한계를 인식하게 되며, 또 우리처럼 장점과 한계를 가진 입장에 있는 다른 사람들을 이해하며 그들과 어울려 살 수 있게 됩니다. 저에게 있어 『정의란 무엇인가』는 바로 이런 노력을 하는 '나'와 '우리'에게 도움을 주는 책입니다.

부평공고, 2021. 1.

〈참고문헌〉

1. 마이클 샌델 저, 김명철 역, 『정의란 무엇인가』, ㈜미래엔, 2014.

2. 존 롤스 저, 황경식 역, 『정의론』, 이학사, 2003.

3. 마이클 샌델 저, 함규진 역, 『공정하다는 착각』, 와이즈베리, 2020.

10. 예(禮)는 인간의 가치를 높이는 일이다!

'인간이 위대하고 존경받는 것은 예절 행위가 있기 때문이다. 예절은 인간의 가치를 높여 주는 아름다운 인간 행위의 표현이며 예절교육은 시대를 불문하는 교육적 가치이다!'

- 김상규 -

정신없이 3월이 지나가고 어느덧 벚꽃이 만개한 4월의 중순에 이르렀습니다. 선생님들 노고가 참 크십니다. 힘내십시오!

이번 달에는 금 학년도 들어 처음으로 실시되는 중간고사가 4/25~29일로 예정되어 있습니다. 그동안 배운 내용이 잘 평가될 수 있도록 지도 부탁드립니다.

저는 부족하여 잘하고 있지는 못하지만 징비(懲毖)의 마음으로 이번 달에는 예(禮)에 대한 자료를 준비해 보았습니다. 학생들 교육에 참고하셨으면 합니다.

공자는 『예기(禮記)』라는 책에서 "사람을 바로 잡는 법 가운데 예(禮)보다 필요한 것은 없다."고 하였습니다. 예절은 상대방을 존중하는 착한 마음을 표현하는 행동입니다. 예절은 인간답게 살기 위하여 우리들이 오랜 세월을 거쳐 약속해 놓은 생활 방식으로, 지혜의 산물입니다. 인간사회는 더불어 살아가는 공동체입니다. 사람이 살아가는 사회에서 상대방을 존중하고 예의를 갖추는 것은 사람으로서의 최소한의 도리입니다. 예의는 함께 사는 사회에서 다 같이 즐겁고 편리한 삶을 살기 위한 사회 질서요 공중을 위한 도덕으로 자신이 어떤 사람인가를 남에게 비춰주는 거울입니다. 우리는 거울에 비춰지는 자신의 모습이 보다 아름답고 귀한 존재가 되도록 노력해야 합니다. 예의란 타인의 감정을 고려하여 표현하는 기술이므로 각자는 사람과의 관계 속에서 자신의 마음가짐, 몸가짐, 인사하기, 말하기 등 스스로 사람다워지려는 자기관리에 정성을 들여야 하는 것입니다. 이것은 저의 학교 경영관에 세 번째로 제시된 '사람다운 사람'과도 상통(相通)하는 것입니다. 예절은 사람들이 다가가기 편하고 좋은 인간관계를 가지게 하여 밝고 건전한 사회생활의 바탕이 됩니다. 예의 바른 태도는 그 사람이 지닌 능력보다 더 강한 영향력을 발휘하게 됩니다.

인간이 위대하고 존경받는 것은 인간적인 양식과 품위 있는 예절 행위가 있기 때문입니다. 예로부터 우리나라는 예절 바른 민족으로 웃어른을 공경하고 효를 실천하는 예의지국으로 칭송되어 왔습니다. 그러나 오늘날은 예절이 형식적이고 시대에 뒤떨어진 낡은 것으로 예절을 소홀히 하는 사람들이 많이 있습니다. 이로 인해 윗사람을 공경하고 아랫사람을 사랑하며 이웃과 조화롭게 살아온 우리 민족의 예의 바른 전통이 점점 사라져 가고 있어 안타깝습니다. 오늘날 물질만능주의와 산업화정보화 물결 속에서 급격히 파괴되어 가고 있는 도덕적 행동을 회복하기 위해서도 도덕의 근간을 이루는 예절교육은 가정이나 학교에서 더 강화되어야 합니다.

예절은 인간의 가치를 높여 주는 아름다운 인간 행위의 표현이며 예절

교육은 시대를 불문하는 하나의 교육적인 가치입니다. 예의 바른 아이들을 보면 예쁘고 사랑스러우며 그 부모를 안 보아도 그 집안의 가풍이나 가정 교육을 짐작하게 합니다. 학교 역시 학생들이 인사 잘하고 친절하면 그 학교의 교풍이나 내실 있게 교육하는 좋은 학교임을 미루어 짐작할 수 있습니다. 마치 우리 학교 아이들같이 말입니다. 우리 학교 학생들 참 인사 잘합니다.(이것은 저의 생각만이 아니라고 생각합니다.)

인간의 삶이 가치 있게 상승하려면 행복한 교육 속에서 좋은 인성과 서로 존중하는 예의에 의해 움직이는 삶이 되어야 합니다. 교사와 교사 간, 학생과 교사 간, 학생과 학생 간, 교사와 학부모 간 모두의 관계 속에 적용되어야 합니다. 이 시대 우리에게 필요한 것은 형식적 행동이 아닌 따뜻한 감정의 표현으로 좋은 인상을 남겨 서로 신뢰하는 따뜻한 사회를 만드는 일입니다. 인간의 도리를 실천하는 예의 있는 사람다운 사람이 우리가 바라는 오늘날의 인재입니다.

'어느 회사 신입사원 면접 시험장에서 있었던 일입니다. 응시한 수험생들은 나름대로 추천장을 하나씩 들고 면접에 임했습니다. 그런데 이 회사 사장은 추천장을 가지고 온 수험생은 모두 불합격시키고, 추천장이 없는 한 젊은이를 합격시켰습니다. 심사위원들이 그 이유를 묻자, 사장은 이렇게 말했습니다.

"그 젊은이야말로 행동으로 추천장을 보여 주었소. 첫째, 그는 문에 들어서기 전에 구두에 묻은 흙을 털고 들어와서 조용히 문을 닫았으며, 둘째, 내가 미리 시험장 바닥에 휴지를 떨어뜨려 두었는데 그 젊은이는 보자마자 얼른 주었어요. 셋째, 옷을 보니 낡은 옷이었는데 깨끗하게 빨아

단정하게 입었으니 그보다 훌륭한 추천장이 어디 있단 말이오.'"

사람의 일상생활은 예절과 연결되지 않은 것이 없습니다. 바른 예절은 돈이 들지 않는 보화 이상의 가치와 큰 힘을 발휘합니다. 예절이 바르면 성실해 보이고 신뢰를 할 수 있으며 호감을 갖게 합니다. 우리가 사는 사회에서는 이런 사람을 좋아하고 도움을 주기 때문에 성공할 수 있습니다. 각박해져 가는 세태 속에서 우리가 있음을 알게 하는 것은 따뜻한 인사와 고운 말이 오가는 실천적 예의 사회에서 비롯합니다.

예(禮)는 인격 완성의 수단으로 인생에 있어서 소중히 지켜야 할 덕목입니다. 예의를 지키는 것은 자기를 낮추는 일이 아니라 인격을 갖춰가는 일로 자기 스스로를 높이는 일입니다. 예(禮)는 인간의 본성을 따르는 일이고 세상을 살아가는 으뜸 지혜 중의 하나입니다. 우리 조상은 인간이 행해야 할 가치 덕목으로 인의예지(仁義禮智) 네 가지를 잘 실천해야 최고의 인간상인 군자(君子)가 될 수 있다고 하였습니다. 오늘날 사회는 이를 낡은 것으로 생각하는 경향이 있으나 사실 인의예지의 정신을 따르는 자세로 노력해야 자신을 경계하고 인격을 드높이는 존경받는 삶을 살 수 있는 것입니다.

오늘날 사랑하는 우리의 학생들에게 어른을 공경하고 친구를 사랑하는 경애(敬愛)의 정신에 기초한 생활예절교육을 포함한 인성교육이 무엇보다 필요합니다. 예절교육의 기본은 겸손과 공경과 사랑입니다. 예절교육은 가정과 연계된 학교의 체계적이고 지속적, 반복적 지도를 하여야 보다 바람직한 교육성과를 얻을 수 있습니다. 우리 선생님들이 힘드셔도 예절교육에 임해야 하는 이유가 여기에 있습니다. 장차 우리나라를 짊어지고 나갈 미래의 동량들을 키워 내는 저를 포함한 선생님들의 소명이 막중함을 절실히 느끼는 요즘입니다. 선생님들! 힘내십시오!

계산공고, 2014. 4.

11. 선물

헬렌 켈러의 말입니다.

"비관론자가 천체의 비밀이나 해도에 없는 지역을 항해하거나 인간 정신세계에 새로운 지평을 연 사례는 단 한 번도 없다."

第54회 전국기능경기대회에 참여한 학생들이 힘껏 기량을 펼친 결과 3종목에서 장려상에 입상하는 쾌거가 있었습니다. 입상한 학생들에게 축하의 말을 전하고, 지도해 주신 선생님들의 노고에 감사의 말씀을 드립니다. 그러나 한편으론 마음이 무거운 것도 사실입니다. 인천 전체를 놓고 볼 때 학생들의 성적이 예년에 미치지 못한 것은 아닌지 하여 말입니다. 결국 학생들을 가르치는 것은 선생님인데 우리가 잘 가르치지 못한 것은 아닌지 저 자신을 스스로 돌아볼 수밖에 없음을 고백하지 않을 수 없습니다.
우리 학교 도제교육부 팀장님으로 근무하시는 강신홍 선생님께서 「일학습병행 전담자 우수사례 경진대회」에서 전국 대상을 수상하는 영예가 있었습니다. 모든 교직원의 마음을 모아 축하의 말씀을 드리고, 강 팀장님의 수고에 감사의 마음을 전합니다. 자전거로 도보로 기업들을 발굴하고자 끊임없이 노력하시는 모습은 경이롭기조차 합니다. 한 기업을 발굴하기 위해 지속적으로 회사 관계자와 소통하며 공감하는 그의 노력은 교육의 길이 결국 교언영색(巧言令色)에 있지 않음을 실증하고 있습니다. 우리 모두 귀감(龜鑑)으로 삼아야 할 것입니다.

교육에 있어 선생님의 역할은 고금을 막론하고, 인류의 역사에 있어 그 중요성이 가벼이 여겨지지 않았음을 우리는 잘 알고 있습니다. 선생님의 마음이 생각으로 이어지고, 그 생각은 말로 전해지며, 그 말은 곧 행동으로 이어집니다. 그래서 마음이 중요한 것 같습니다. 헬렌 켈러를 가르쳤던 설리번 선생처럼….

저는 교육은 스킬(방법)에 있다고 생각하지 않습니다. 마음에 있다고 생각합니다. 그 마음은 곧 생각이요, 우리의 말과 행동으로 표현된다고 믿고 있습니다. 우리 학교 772명의 학생들은 각자 서로 다른 772가지의 사연을 품고 살아가고 있습니다. 존경하는 부평공고 선생님들! 우리들도 우리들만의 이야기를 만들어갔으면 좋겠습니다. 거대 담론을 이야기하는 것이 아니라 우리 아이들의 이야기를 말입니다.

여기 한 편의 글을 소개해 드립니다. 실제 있었던 이야기를 글로 옮긴 것으로 추측되나 선생인 우리들에게 우리가 하고 있는 일에 대해 다시 한번 생각할 수 있는 기회를 주는 글인 듯하여 소개해 올립니다.

테디 스톨라드에게는 분명히 '열등생'이라는 등급이 매겨져 있었습니다. 학교 공부에 대한 무관심, 때 묻은 구겨진 옷, 한 번도 빗질하지 않은 머리, 학교에서 가장 무표정한 얼굴, 게다가 표정 없고 공허하고 초점 잡히지 않은 시선 등이 그것을 잘 입증해 주고 있었습니다. 여교사 톰슨 선생님이 테디에게 질문을 하면 테디는 언제나 짧게 대답했습니다. 흥미가 없고, 이렇다 할 학습 동기도 없으며 도무지 공부하고는 담을 쌓은 듯이 보였습니다. 톰슨 선생님이 좋아하기엔 너무 힘든 아이였습니다.

톰슨 선생님은 입으로는 학생들 모두를 똑같이 사랑한다고 말하곤 했지만, 그 말이 진실이 아니었는지도 모릅니다. 테디의 시험지를 채점할 때마다 톰슨 선생님은 짓궂은 쾌감을 느끼면서 답안지의 틀린 답에 ×표를 해 나갔는지도 모릅니다. 그리곤 답안지 위에 멋들어지게 F학점을 써 놓곤 했습니다.

톰슨 선생님은 테디에 대해 좀 더 알았어야 했습니다. 톰슨 선생님에게는 테디의 생활기록부가 있었습니다. 따라서 테디가 처한 환경을 모른다고 할 수도 없었습니다. 생활기록부엔 이렇게 적혀 있었습니다.

1학년: 공부에 대한 가능성이 엿보이고 학습 태도도 좋음. 하지만 가정 환경이 열악함.

2학년: 더 잘할 수 있지만 엄마가 중병에 걸렸음. 가정에서 아무런 지도를 받고 있지 못함.

3학년: 착한 소년이지만 너무 심각한 것이 단점. 학습 속도가 뒤처짐. 올해 어머니가 돌아가셨음.

4학년: 배우는 속도는 매우 늦지만 얌전함. 아버지가 아이에게 아무런 관심을 기울이지 않음.

시간이 흘러 크리스마스가 되어 남학생과 여학생들은 톰슨 선생님에게 크리스마스 선물을 가져왔습니다. 학생들은 가져온 선물을 교탁 위에 쌓아 놓고 빙 둘러서서 선생님이 그것을 풀어 보는 것을 구경했습니다. 선물들 중에는 테디 스톨라드가 가져온 것도 있었습니다.

톰슨 선생님은 테디가 선물을 가져왔다는 사실에 어지간히 놀랐습니다. 테디의 선물은 갈색 종이에 스카치테이프로 아무렇게나 포장돼 있었습니다. 그리고 종이쪽지엔 간단히 '테디가 톰슨 선생님에게'라고 적혀 있었습니다. 톰슨 선생님이 테디의 선물을 풀자 번쩍번쩍 빛나는 가짜 다이아몬드 팔찌와 값싼 향수병 하나가 나왔습니다. 팔찌는 중간에 박힌 보석들이 듬성듬성 빠져 있었습니다.

학생들은 테디가 가져온 선물을 보고 킥킥대며 웃기 시작했습니다. 하지만 톰슨 선생님은 최소한의 분별력이 있었기에 즉각 학생들의 웃음을 중지시키고 그 자리에서 팔찌를 껴 보고 향수 한 방울을 손목에 묻혔습니다. 손목을 학생들에게 냄새 맡게 하면서 그녀는 이렇게 말했습니다.

"애들아. 어떠니? 냄새가 참 좋지 않니?"

학생들도 선생님의 의도를 알아채고는 얼른 "야! 정말 좋은 냄새네요!" 하고 맞장구를 쳤습니다.

그날 마지막 수업이 끝나고 학생들이 모두 가 버린 뒤에도 테디는 가지 않고 쭈볏쭈볏 남아 있었습니다. 테디는 톰슨 선생님에게 우물쭈물 다가와 작은 목소리로 말했습니다.

"저. 톰슨 선생님… 선생님한테서 엄마 냄새가 나요…. 엄마가 꼈던 팔찌도 선생님에게 잘 어울리고요. 제 선물을 받아 주셔서 정말 기뻐요."

테디가 교실을 나간 후 톰슨 선생님은 그만 바닥에 무릎을 꿇고 주저앉고 말았습니다. 그녀는 神에게 자신을 용서해 줄 것을 기도했습니다.

다음 날 학교 수업이 시작됐을 때 학생들은 이제까지와는 전혀 다른 새로운 선생님을 맞이했습니다. 톰슨 선생님은 이미 이전의 톰슨 선생님이 아니었습니다. 완전히 다른 사람이 된 것입니다. 그녀는 더 이상 단순한 선생님이 아니었습니다. 어쩌면 그녀는 이제 신의 대리인이 되었는지도 모릅니다. 그녀는 제자들에게 아낌없는 사랑과 관심을 쏟아붓기 시작했습니다. 학생들 모두에게 힘과 용기를 불어넣어 주었으며, 특히 공부가 뒤처지는 아이들, 그중에도 테디 스톨라드에게 뜨거운 관심을 기울였습니다.

그해가 끝나 갈 무렵 테디는 학업에서 극적인 발전을 거듭했습니다. 대부분의 학생들을 따라잡았으며, 심지어는 다른 학생들을 앞지르기도 했습니다.

그 후 오랫동안 톰슨 선생님은 테디의 소식을 듣지 못했습니다. 그러던 어느 날 그녀는 엽서 한 장을 받았습니다.

'존경하는 톰슨 선생님께!

누구보다도 먼저 선생님에게 알려 드리고 싶었어요. 제가 반에서 차석으로 졸업하게 됐답니다.

사랑을 보내며.

– 테디 스톨라드로부터 –'

4년 뒤 또 한 장의 엽서가 날아왔습니다.

'존경하는 톰슨 선생님에게!

제가 저희 학교에서 일등으로 졸업하게 됐습니다. 선생님께 가장 먼저 알려 드리고 싶었어요. 대학 생활이 쉽진 않았지만 즐거운 날들이었습니다.

사랑을 보내며.

- 테디 스톨라드로부터 -'

또다시 4년 뒤에 온 엽서엔 이렇게 적혀 있었습니다.

'저는 오늘 테오도르 스톨라드 의학박사가 됐습니다. 어떻습니까? 그리고 제가 다음 달 27일에 결혼하게 됐다는 소식을 선생님에게 가장 먼저 알립니다. 선생님께서 꼭 오셔서 제 엄마가 살아 계셨다면 앉으셨을 자리에 대신 앉아 주셨으면 합니다. 이제 저에게 남은 가족이라곤 선생님밖에 없습니다. 아버지께서 작년에 돌아가셨거든요.

여전히 사랑을 보내며.

- 테디 스톨라드로부터 -'

톰슨 선생님은 테디의 엄마를 대신해 그 결혼식에 참석했습니다. 그녀는 그 자리에 앉을 충분한 자격이 있었습니다. 테디에게 결코 잊지 못할 일을 해 준 사람이었기 때문입니다.

- 『마음을 열어주는 101가지 이야기』 중에서 -

우리 학교 학생 772명 중 가정 형편이 어려워 학비 감면을 받고 있는 학생이 31%(237명)입니다. 이들은 저소득층, 특수학급, 난민, 한부모가정, 조손가정 등 다양한 형태의 사정으로 학비 감면을 받고 있습니다. 물론 특성화고에 다니는 모든 학생들은 특성화고장학금이란 형태로 모두 학비 감면을 받고 있으며, 우리 학교의 경우 69%(535명)의 학생이 이에 해당됩니다.

저는 우리 학교에 부임 후 어느 때부터인가 폴리메카닉스과 2학년에 재학 중인 어떤 학생을 눈여겨볼 수밖에 없었습니다. 그의 학교생활기록부의 가족 상황에는 아무것도 기재되어 있지 않습니다. 강화중학교를 졸업하고, 짧은 제 생각으로는 전혀 통학이 어려울 것 같은 우리 학교에 진학했습니다. 그리곤 1년 반이라는 시간 동안 그는 새벽 별을 보고 집에서 나와 저녁달을 보고 집에 들어가는 고난의 시간(?)을 이겨 내었습니다. 그의 출결상황란에는 1학년 때 '미인정 지각 1회'만이 기재되어 있습니다. 이 지각 1회가 저의 마음을 무겁게 합니다. 날씨, 교통상황 등에 의해 아마도 무슨 사정이 있었음이 분명할 것이라고 추측되기 때문입니다.

그런 이 학생이 지난 1학기 말에 학교 근처에 자취방을 마련했다고 합니다. 평소 잘 웃지 않던 그가 아침에 등교하며 밝은 얼굴로 "선생님! 너무 좋아요. 피곤하지 않아서요!"라고 말했을 때 그의 말은 내 마음에 비수처럼 꽂혔습니다. '저 어린 것이 학교 다니는 것이 피곤했다니!' 그는 그런 자기를 평소 내색하지 않았습니다. 아직도 세상을 잘 모르는 저는 그냥 그렇게 어쩔 수 없이 다니는구나 하고 생각했습니다. 그의 놀라운 의지와 행동에 놀라고 있는 저 자신이 부끄러웠고, '너는 지금 무엇을 하고 있냐?'라고 하는 나의 내면의 소리에 한없이 부끄러울 뿐이었습니다.

그가 실습하고 있는 기업에 찾아갈 것입니다. 그리고 그의 위대한 도전에 응원과 격려를 아끼지 않을 것입니다. 그는 분명 자기의 삶을 스스로 개척해 나갈 것입니다. 자기가 세운 목표를 향해 그는 끊임없이 전진할 것입니다. 그에게 가정 사정과 주변 환경이란 아마도 사치에 가까울지도 모릅니다. 그에겐 생존의 문제이기 때문입니다. 다만 너무 일찍 그런 세상을 알아 버린 그가 측은하고 안타까울 따름입니다.

우리가 무엇을 '본다'라는 행위에는 세 가지 의미가 있는 것 같습니다. 그냥 그저 보는 것, 살펴보는 것, 관찰하는 것입니다. 그냥 그저 보는 것에는 대상이 없습니다. 생각이 없기 때문입니다. 살펴보는 것은 내 삶을 견인하기 위한 변화와 혁신의 에너지가 부족합니다. 관찰은 깊이 보는 행위이며 나의 몰입을 필요로 하고 있습니다. 다른 생각을 할 여지가 없지요. 보이는 것 이면의 안 보이는 것을 볼 수 있게 하는 것이 관찰입니다. 하지만 그러기 위해서는 내가 지닌 관습과 이념, 편견의 시선을 먼저 제거해야 합니다. 우리는 내가 보고 싶은 것만 보도록 뇌와 눈을 훈련시켜 왔기 때문입니다. 그렇다면 학생들을 바라보는 우리들의 눈은 어떠해야 할까요?

부평공고, 2019. 11.

12. 학교의 텔로스? 선생님의 텔로스?

방학들 잘 보내고 계시는지요? 올해는 이상하게도 눈이 참 안 옵니다. 지구촌 온난화의 이상기후가 정말 맞기는 맞는 모양입니다. 더욱 건강에 유념하시기 바랍니다.

지난 1. 6.일 저는 군특성화고 협약 관계로 졸업식 후에 종업식에는 참석하지 못하고 해병대사령부에 다녀왔습니다. 이승도 해병대사령관님과 올해 신규로 선정된 8개 특성화고 교장선생님이 군특성화고 운영을 위한 업무협약을 체결했습니다. 이승도 사령관은 연평도 포격 도발 당시(2010. 11. 23.) 해병대 연평부대장으로 근무하여 우리 고장 인천과는 각별한 인연이 있었습니다.

저는 해병대사령부를 방문하기 전 정보를 얻기 위해 해병대의 홈페이지를 검색해 보았습니다. 그곳에는 해병대의 핵심가치가 자세하게 소개되어 있었습니다. 순간 눈이 번쩍 뜨였습니다. 아니 군에서도 이제는 핵심가치에 대한 이야기를 하는구나! 상명하복이 생명처럼 여겨지는 군에서도 이제는 구성원 모두의 내면세계에 기준이 되는 가치관, 목표를 향해 공유하고 실천하는 사고와 행동의 기준이 되는 핵심가치를 언급하고 있었기 때문입니다. 해병대의 핵심가치는 충성(Loyalty), 명예(Honor), 도전(Chhallenge)이었습니다. 어디서 많이 보던 단어였습니다. 미국 육군사관학교의 교훈이 조국(Country), 명예(Honor), 의무(Duty)이고, 사랑하는 우리 부평공고의 핵심가치 또한 열정(Passion), 사랑(Love), 전문성

(Professional)입니다. 적으로부터 국가 안위를 책임지는 군의 특성상 조국에 충성하는 것을 명예와 의무로 여기는 것은 지극히 당연한 듯 보입니다. 군이 존재하는 텔로스(telos, 목표, 목적)가 거기에 있기 때문입니다. 이점에서는 이론의 여지가 없을 것입니다.

지난해(2019. 7. 19.) 우리는 교직원 워크숍에서 부평공고의 핵심가치와 비전을 만방에 선포했습니다. 〈P+L+P=A3 열정(Passion)·사랑(Love)·전문성(Professional)이 있으면 정답(Answer)·발전(Advancement)·성취(Achievement)가 있습니다!〉의 핵심가치를 바탕으로 세계 최고의 중등단계 직업교육기관으로 성장해 가는 비전을 선포하였습니다. 군의 텔로스가 그러하다면 아이들을 교육하는 우리 학교의 텔로스는 무엇일까요? 이 소중한 방학 기간이 선생님들 각자의 텔로스를 확인하고 다짐하는 의미 있고 가치 있는 시간이 되어지길 바랍니다.

방학 중 학교는 내진 공사로 정신이 없습니다. 소음과 분진이 심한 철거공사는 어느 정도 마무리가 된 것 같은데…. 아무쪼록 개학 전에는 모든 공사가 완벽하게 마무리되어 아이들을 맞이하는 데 차질이 없도록 최선을 다해야 하겠습니다.

아침 조회시간, 철수는 오늘도 지각일까 결석일까. 아직 오지 않는다. 개학 이후 하루도 마음 편하게 아침을 맞이한 날이 없다. 철수가 오면 쉬는 시간에라도 다녀가라고 전해 두었다.

1교시, 기분 좋게 수업을 하려는데 첫 시간부터 떠드는 아이들이 있다. 이런 몇몇 아이들 때문에 1교시부터 정신이 사납다. 조용히 시키면서 수업을 했지만 기분이 언짢다.

철수가 오기는 왔다. 왜 지각했냐고 물으니 그냥 늦게 일어났다고 한다. 크게 미안해하지도 않는다. 왜 늦게 일어났느냐고 했더니 잠이 안 와서 늦게 잤다고 한다. 어떻게 하려고 그러냐고 묻고 싶었지만 참는다. 일찍 다니라고만 말하고 오후에 끝나고 보자고 했다. 설마 중간에 가지는 않겠지.

2교시, 1교시를 어떻게 참았나 싶다. 벌써부터 자는 아이들이 있다. 간밤에 무슨 일이 있었기에. 자는 아이를 내버려 두어야 하나 깨워야 하나. 언제부터인가 나도 모르게 깨울 수 없는 것이 당연시되었다. 설혹 깨우면 수업을 방해하며 대들고, 내버려 두자니 자괴감이 든다. 수업이 끝날 무렵 그만 일어나라고 했더니 오히려 불만스러운 눈빛으로 나를 째려본다. 실랑이를 하면 마무리를 못 할 것 같고, 우리 반 아이도 아닌데 붙잡고 상담하기도 그렇다. 다음 시간에는 잘해 보자 하고 끝냈다. 자는 아이들의 무기력이 번번이 선생인 내게도 전이됨을 느끼며 소름 돋는다.

3교시는 잠깐 쉬고 4교시를 들어갔더니 수업 중에 화장실에 가겠다고 하는 아이가 있다. 안 된다고 했더니 대 놓고 식식거린다. 기본 예의를 갖추라고 했더니 생리적인 현상인데 이렇게 인권을 침해해도 되느냐고 하면서 오히려 화를 낸다. 어떻게 해야 하나. 그래도 한 번 큰소리를 내기는 했다. 쉬는 시간은 그런 일을 처리하라고 있는 거라고. 그랬더니 그냥 잠깐 갔다 올게요 하면서 제지할 겨를도 없이 나가 버린다. 기가 막혔지만 막을 수가 없었다. 도대체 기본 규칙조차 몸에 배지 않은 아이들을 어디서부터 지도해야 하나 싶다. 점심시간, 선생님들이 식사하면서 자식이나 학생들 이야기 혹은 다른 사람들 뒷얘기를 한다. 교장, 교감 흉을 보면서….

5교시, 커피 한 잔을 마시고 밀린 업무를 처리했다. 교사가 가르치는 일에 전념한다는 것은 허상이다. 문득 한심하다는 생각에 빠져 있다가 정신을 차린다.

6교시, 오늘의 마지막 수업, 그래도 마지막 수업은 상쾌하게 마치고 싶었으나 흐트러진 아이들의 자세가 영 나아지지 않는다. 몇몇은 삐딱하니 앉아서 낙서를 하고, 몇몇은 떠들고, 대부분의 아이들은 마지못해 앉아 있는 얼굴이었다. 목소리가 점점 커진다. 이름도 불러 보고 혼도 화도 내면서 수업을 끝냈다. 하지만 이런 수업은 내가 바라던, 내가 하고 싶은 수업이 결코 아니다.

7교시를 지나 종례시간, 전달할 게 있으면 빨리 끝내 달라는 아이들의 성화에는 익숙하다. 내 목소리가 어수선함 속에 묻힌다. 지각한 철수의 눈이 빨갛다. 그래도 도망 안 간 것이 내심으로 고맙다. 상담하기 위해 교무실로 오라고 하고 뒤돌아서는데 아이들 떠드는 소리가 나를 향해 지르는 성난 고함 소리처럼 들린다. 떠밀려 나온 느낌이다.

교무실로 찾아온 철수는 학교 다니기 싫다고 한다. 억지로 간신히 오고 있는 거라고, 공부도 하기 싫고, 학교도 싫고, 선생님들도 싫다고 한다. 의욕도 없고 희망도 없다고 한다. 아이들과 피씨방에서 만나기로 했으니 빨리 끝냈으면 좋겠단다. 화가 났다. 집안 사정을 물으니 부모의 사이가 나빠져서 최근에 별거를 시작했다고 한다. 어머니가 일을 나가서 밤에 들어오시는데 하도 잔소리를 많이 해서 짜증이 날 뿐이라고, 그 짜증이 고스란히 나에게 전이되어 피곤해진다.

철수 어머니에게 전화를 걸었다. 안 받으신다. 일부러 안 받으시는 건지, 아니면 못 받는 것인지는 알 수가 없다. 문자를 남긴다. 철수 문제로 상담할 게 있으니 가능한 시간에 전화 부탁드린다고. 아이가 매일 이렇게 지각을 밥 먹듯이 하는데 협력하지 않는 학부모는 또 어떻게 해야 하나.

온종일 아이들 떠드는 소리에 귀가 멍하다. 오늘 한 수업 중에 마음에 드는 수업은 하나도 없다. 아이들과 벌인 신경전에서 오늘은 왠지 내가 진 기분이다. 지겨워요, 싫어요, 왜 안돼요, 재수 없어요, 헐, 대박, 개와 씨라는 접두어로 시작하는 아이들의 언어에 내 귀까지 절여진 상태이다. 지치고 피곤하다. 빨리 학교를 벗어나고 싶다. 어디 시원한 카페에 가서 신나게 수다나 떨고 싶다. 아니면 시원한 맥주 한잔하거나.

하지만 마음만 그럴 뿐 이제 제2라운드를 시작해야 한다. 집으로 돌아가는 길, 내 아이들만이라도 나를 피곤하게 하지 않았으면 하고 바랄 뿐이다. 집을 코앞에 두고 몇 분 동안 머릿속이 복잡하고 생각이 많아진다. 헝클어진 이 기분, 내 마음은 마치 쓰레기통 같다는 생각이 든다.

어떻습니까? 선생님들! 오늘날 교실 모습의 한 단면을 보여 준다고 생각지 않으십니까? 이런 모습에 깊은 슬픔과 상실감, 자괴감을 느끼고 계시지는 않으십니까? 교사로 살아가는 것이 혹시 두렵지는 않으신지요? 안타깝지만 이것이 우리의 현실입니다.

그러나 한편으로는 이런 불안과 절박함이 선생님들을 변화시키는 원동력이 될 수 있음을 알고 있습니다. 교실에서 수업이 살아나면 교육 현장이 회복될 것이라는 희망의 밧줄을 부여잡고 지금도 수업 변화의 불씨를 켜는 의지의 선생님들이 우리 주변에 많이 있음을 저는 잘 알고 있습니다.

2018. 6. 1.일로 기억하는데 〈특성화고 전문적 학습공동체 연합워크숍〉이 인천뷰티예술고에서 있었습니다. 그곳에서 저는 경력 2년인 선생

님의 발표를 보고 깜짝 놀랐습니다. 그의 고민은 경력 35년인 저의 고민과 한 치도 다르지 않았으며, 지금 이 순간에도 저는 해결하지 못한 문제를 그 선생님은 해결을 위한 큰 시도를 하고 계셨기 때문입니다. 기계가공의 프로그램에 관한 학습 내용(좀 어렵습니다만 반드시 알아야만 합니다.)을 저 졸(자?)고 있는 아이들에게 어떻게 설명할 수 있을까? 선생님이 찾은 방법은 바로 '게임'이었습니다. 놀라웠습니다. 게임의 용어와 알고리즘을 기계가공 프로그램에 응용하여 교수·학습자료(PPT)를 직접 제작하셔서 학생들의 동기를 유발했던 것입니다. 물론 자는 아이들이 없어진 것은 어떻게 보면 당연한 것이겠지요! 게임 하면 자다가도 벌떡 일어나는 아이들이니까요. 이런 젊은 선생님들이 계셔서 저는 희망을 봅니다. 정말 학교 현장에는 이렇듯 소리 없이 빛도 없이 묵묵히 가르치는 일에 고민하고 자신의 수업방법 개선을 위해 연찬에 최선을 다하고 계시는 선생님들이 참 많다는 것을 저는 잘 알고 있습니다.

이렇듯 교육의 변화는 교실의 변화, 즉 수업의 변화로부터 시작될 수 있습니다. 그러니 그 주체가 교사가 되어야 함은 자명하겠지요! 물론 교육의 원리인 학습자의 자발성과 학부모의 협력 없이는 소기의 목적을 달성하기 어렵겠지만 그렇다고 교사의 임무마저 포기할 수는 없지 않겠습니까? 저는 예전 드린 글에서 '훌륭한 가르침은 하나의 테크닉으로 이루어지는 것이 아니라 교사의 정체성과 성실성에서 나온다.'는 파머의 말을 소개해 드린 적이 있습니다. 가르침이 교육 방법의 문제로 격하되어서는 안 된다는 파머의 말에 전적으로 동의합니다. 그러나 우리도 인간이기에 본능적으로 찾아오는 권태의 순간은 있을 것입니다. 이때 교육 방법의 문제는 나를 불안감, 절박함, 권태감에서 해방시켜 주는 마중물이 될 수 있다는 긍정적인 측면은 있으리라 생각됩니다. 왜냐하면 새로운 교수-학습방법에 대한 공부는 나를 깨어 있게 하기 때문입니다. 이렇듯 교실 수업의 변화는 교육 현장을 회복시키는 주요한 수단이 될 수 있습니다.

제가 지금부터 소개해 드리려는 프로젝트 기반 학습(PBL, Project Based Learning)은 당장 교실 수업의 변화를 이끌어 교육 현장을 회복시키는 특별한 마법이나 만병통치약이 물론 아닙니다. 다만 교실 수업을 살리고 교육 현장을 회복시키려는 생각이 있는 의지의 선생님들에게 도움을 드릴 수 있으리라 기대해 봅니다. 선생님들이 각자 맡고 계시는 교과에서 선생님의 생각과 철학이 반영된 교수-학습계획으로 구체화되어야 함은 물론입니다.

먼저 GSPBL[31]이라는 용어를 제시합니다. Gold Standard PBL이라는 의미입니다. 기존의 PBL과 다른 점은 학생의 학습결과물을 반드시 공개하는 것을 원칙으로 한다는 것입니다. 왜 제가 이런 말을 먼저 하는 것일까요? 그것은 추상적으로 이론적으로 알고 있는 PBL이 아니라 우리의 교실에서는 각 교과마다 어떤 형태로든 눈으로 볼 수 있는 실제적인 학습의 결과물들이 만들어지기 때문입니다. 다만 그 형식에 차이가 있을 뿐입니다. 프레젠테이션, 출판물, 게시물, 연극, 전시회, 작품전, 발표회 등 다양한 형태를 지닐 수 있습니다. 이 중에서 저는 특히 우리 특성화고의 전시회나 과제(실습)작품전 등에 관심이 많습니다. 지금은 하고 있지 않으나 청학공고의 과제작품전시회, 인천미래생활고의 4P 교육과정작품전시회, 인천기계공고의 개교 60주년 실습작품전시회, 계산공고의 직무발명전

31 벅 교육협회 BIE(Buck Institute for Education, 2015), PBL을 연구하고 교사들을 지원하는 대표적인 미국의 비영리 교육단체, PBL에 관한 한 가장 권위 있는 기관으로 손꼽힌다. 우리나라에서는 2016년 EBS 〈공부의 재구성〉에서 소개된 적이 있다.

시회, 인천디자인고의 실습작품전시회, 인천전자마이스터고의 과제작품 전시회 등은 실제로 GSPBL을 운영하여 얻어진 결과물들을 공개한 사례라 볼 수 있습니다. 저는 이런 노력들이 매우 의미 있는 교육활동이라고 생각합니다. 왜냐하면 공개되는 순간 학습의 결과물들은 공공성(being public)을 띠게 되기 때문입니다. 공공성의 확보는 민주사회의 근간을 이루기 때문입니다. 이렇듯 교육의 민주화는 구호에 머무는 것이 아니라 실재 수업에서 교실에서 민주화가 이루어질 때 비로소 그 의미와 가치가 있다고 생각합니다. 학교 민주화는 학교 교육의 체제뿐만이 아니라 교실 수업의 혁신에 있다는 것이 저의 생각입니다. 따라서 GSPBL은 학교 교육의 민주화를 위한 하나의 수단이자 마중물이라고 볼 수 있습니다.

우리 부평공고에 GSPBL을 좋아하지 않는, 아니 동의하지 않는 선생님이 계실 수 있습니다. 어떤 선생님들은 GSPBL보다는 기존의 교수법을 더 선호할 수밖에 없는 현실(학습자의 학습능력, 교육환경과 여건, 대학 입시, 관리자의 지원과 관심 등)을 말하곤 합니다. '강당의 현인(sage on the stage)'으로 남을 것인가? 아니면 '객석의 안내자(guide on the side)'가 될 것인가?[32] 햄릿의 독백처럼 사느냐 죽느냐 그것이 문제입니다. 어떤 선택을 할 것인가 망설이며 선택의 기로에 서 있는 선생님들에게 두 가지의 말씀을 드립니다.

첫째, GSPBL에서도 선생님들께서 지금까지 사용해 오시던 교수법을 그대로 사용해도 무방하다는 것입니다. 특히 처음으로 GSPBL을 구상하

32 웨슬리 베이커(Wesley Baker), 미 시더빌대학교 공과대학 교수, 플립러닝(우리나라에선 거꾸로 교실, 역진행 수업이라고도 한다. 블렌디드 러닝(blended learning)의 한 형태로서, 수업 시간 전에 교수자가 제공한 온라인 영상 등의 각종 자료들을 학생이 미리 학습하고 강의실에서는 과제풀이나 토론 등이 이루어지는 수업방식을 말한다.)의 창시자, 2000, 〈尤註〉 현대의 학습자 중심의 교육철학에서 강조하는 교사의 역할 변화에 대한 비유.

고 계시는 선생님께서는 학생의 참여 정도를 일정 부분 제한하는 것도 좋을 것입니다. 그러다 경험이 쌓이면 그때에는 GSPBL에 도사(?)가 될 수 있을 것입니다. 그리고 필요하다면 언제든지 교사 주도의 수업 등 기존의 교수법으로 되돌아가는 것도 전혀 문제 될 것이 없습니다.

둘째, 일단 한번 시도해 보라는 것입니다. 선생님들이 경험해 보지 못했던 성취를 느끼실 수도 있습니다! GSPBL에서도 선생님의 전문지식은 중요합니다. 새로운 방식으로 아이들과 함께하는 것은 힘든 것이 사실입니다. 그러나 보람되고 재미도 있을 것입니다. 앞에서 말씀드린 GSPBL의 특성화고 사례들이 왜 지금은 행해지지 않고 있는지[33] 혹시 아십니까? 모두 선생님들의 어려움과 반대 때문이었습니다. 어렵고 힘들다고 포기한 것이지요! 분명 GSPBL의 교육적 성취에 대해 의문을 제기하는 선생님들은 안 계셨습니다. 다만 그렇게 되기까지 그 과정이 우리 선생님들에겐 너무 힘들었기 때문입니다. 그래서 저는 기대 수준과 성취 수준을 잘 조화롭게 설정해야 한다고 봅니다. 아마도 이것이 GSPBL의 성패를 가름 짓는 것이 아닌지 모르겠습니다. 너무 완벽한 학습결과물을 기대하는 것은 오히려 GSPBL의 본래 취지에 어긋난다고 할 수 있습니다. 부족하고 미흡하고 엉성하여 어디 내놓을 수 없을지라도 그 결과 그대로를 인정하고 평가하는 것이 좋을 듯합니다.

20세기 진보주의 교육사상의 거두인 듀이의 제자 킬 패트릭, 그가 처음 주장한 프로젝트 교수법(1918)은 스승인 듀이에게조차 받아들여지지 않았습니다. 제자의 학설을 반대한 것이지요! 왜 그랬을까요? 교육 현장의 학생과 선생님의 역할, 관계에 대한 시각 차이 때문은 아니었는지 생

33 인천디자인고와 인천전자마이스터고에서는 지금도 전시회를 아주 잘 운영하고 있습니다.

각해 봅니다. 듀이는 학생들의 '인지적 사고행위'를 강조했고, 킬 패트릭은 학생들의 참여를 전제로 하는 학생 중심의 '목적 지향적 활동'을 강조했기 때문입니다. 듀이는 그렇다면 학생들의 선택권을 어디까지 주어야 하나? 자발적이고 전면적인 학생 참여가 가능하기는 하나? 그렇다면 선생님은 무엇을 해야 하고 또 할 수 있나? 등에서 킬 패트릭의 견해가 잘못된 것이라고 야단친 것입니다. 듀이는 결코 자유방임주의의 진보주의 교육사상가만은 아니었습니다. 선생님의 판단, 지도, 영향력 등을 중시하지 않는 교육은 교육이 아니며 학생들은 선생님들로부터 높은 기준, 탁월한 안목 등을 배워야 한다고 킬 패트릭을 한 방에 날려 보낸 것이지요! 학생들의 참여와 의사결정만으로 충분한 학습이 이루어질 수 있습니까? 실제적인 배움이 일어날 수 있는 동기부여와 환경과 여건을 만들어 주는 것이 선생님이 아닌가요? 존경하는 우리 부평공고의 선생님들 생각은 어떠신지요? 제가 알기론 선생님은 학생이 사고하고, 탐구하며, 성찰할 수 있는 상황을 만들어 내는 존재입니다. 철수에게 있어서 담임선생님과 같은 존재 말입니다. 선생님은 학생들이 배울 가치가 있는 것들을 붙들고 씨름할 수 있도록 이끌고, 학생들이 실패 위험을 줄이고 성공할 수 있도록 학습에 대한 비계를 자료와 함께 제공해야 하는 것으로 알고 있습니다. 듀이가 그토록 강조한 '인지적 사고행위'가 일어나는 교실, 제발 생각 좀 하고 말하고 행동했으면 하는 좋은 교실, 좋은 학교, 나아가 좋은 사회를 위해서 말입니다.

학생들의 인지적 사고행위를 촉발하기 위해선 선생님의 지도가 자기관리역량, 지식정보처리역량, 창의적사고역량, 심미적감성역량, 의사소통역량, 공동체역량 등의 21세기가 요구하는 역량 중심 교육과정에 그 포커스가 맞춰져야 할 것입니다. 그래서 우리 학교의 학교 교육과정 운영 방침이 이 6가지의 핵심역량으로 제시되어 있는 것입니다.

방학 중 연찬에 여념이 없으신 존경하는 부평공고 선생님 여러분! 새 학년 새 학기에는 우리 모두 새로운 마음과 신념으로 꽃으로 다가온 사랑하는 아이들의 교육에 최선을 다하십시다. 남은 방학 기간 건강하게 잘 지내셨으면 합니다.

부평공고, 2020. 2.

13. 문화·예술과 교육의 방향

- '심미적 이성인' 중심의 사회를 위한 -

9월입니다. 그 뜨거웠던 한여름의 폭염도 어느덧 한풀 꺾인 것 같습니다. 이제 어김없이 다가올 가을은 풍요의 계절이요, 결실과 수확의 계절이라고들 합니다. 존경하는 선생님들께서도 학기 초 계획하셨던 풍성한 수확을 잘 거두셨으면 합니다.

우리 교육청 업무포털의 초기화면에 광복 74주년을 맞이하여 백범 선생님의 글이 올라왔습니다. '~오직 한없이 갖고 싶은 것은 높은 문화의 힘이다', 글을 읽는 순간 글은 말(言)이 아니었고, 백범의 글은 과거가 아닌 현재였습니다. 비수와 같이 가슴에 꽂히는 백범의 피를 토하는 절규였습니다. 아팠습니다. 어쩌면 저 자신에게 향하는 백범의 준엄한 꾸중이었는지도 모릅니다. 그것은 타성에 젖어 선생으로서 무엇을 해야 하는지 모르고 하루하루를 그냥 그렇게 살며, 현실과 타협하고 있는 저에게 정신 차리라고 꾸짖는 백범의 나라 사랑의 마음이었기 때문입니다.

하여 이번 달에는 백범이 그렇게나 부르짖었던 '문화·예술교육'에 대해 말씀드리려고 합니다. 자존감이 낮은 사랑하는 우리 부평공고 학생들의 인성을 회복하고, 감성을 북돋으며 자존감을 높일 수 있는 가장 좋은 교육방법 중의 하나가 바로 문화·예술교육이라고 생각하기 때문입니다. 잠자고 있는 그들의 감성을 깨워 교육의 선순환을 기대하면서 선생님들이 학생들을 지도하실 때 참고하셨으면 합니다.

어떤 조직이든 윗사람에게 굽신거리며 아첨하고, 아랫사람에게 교만하게 구는 사람들이 있습니다. 권력의 생리상 권력자 주위에는 언제나 아첨꾼들이 충성을 빌미로 득실거립니다. 학문을 굽혀서 세상에 아첨하는 곡학아세(曲學阿世)의 무리 또한 나타나기 마련입니다. 그래서 마키아벨리는 "군주가 아첨이란 질병으로부터 자신을 보호하는 것은 지극히 어렵다."고 했습니다. 사람들이 자신에게 아첨하면 자신도 모르게 스스로에 대한 긍지를 넘어 자만에 빠지고, 오만과 교만으로 흐르는 경우가 종종 생깁니다. 자만은 자신을 너무 뽐내는 것이고, 오만은 더 이상 남의 말을 듣지 않는 것입니다. 여기서 더 나아가 교만에 빠진다면 사람들이 눈에 보이지 않습니다. 그러나 교만하면 반드시 패함을 기억해야 할 것입니다. 사람이 삼만(三慢)에 빠지는 길은 죽음에 이르는 길입니다. 언제나 자신을 낮추는 겸손만이 사람을 사람답게 만듦을 잊지 않아야 하겠습니다. 성경에는 '하나님은 교만한 자를 물리치시고'(약 4:6), '대적하신다'(벧전 5:5)고 하였습니다. 저 스스로에 대한 경계(儆戒)의 말씀임을 명심하고 항상 조심해야 함은 물론입니다. 생각은 하나 행하지 못하는 저의 나약함을 탓하면서 말입니다.

'새들이 지저귀고 짐승들이 울부짖었다. 그래, 자세히 귀 기울이면 부는 바람 속에서도 무슨 소리가 났다. 대지도, 하늘도 무슨 소리를 내고 있는 것 같다. 귀에 들리지 않고 가슴에 번져 드는, 무척 웅장하고 성스러운. 시끄럽지는 않았다. 새소리는 즐거웠지만 동시에 어딘가 슬펐다. 짐승 소리는 두려웠지만 처량하기도 했다. 저건 내 감정 때문일 거야. 그랬다. 새들이 슬프거나 기쁜 것이 아니라, 그것을 듣는 사람의 감정이 그런 거였다. "으으음…", 누군가가 그렇게 가락을 읊조렸다. 슬플 때는 슬픈 음악이 오히려 위로가 되었다. 기쁠 때는 기쁜 음악이 기쁨을 더욱 크게 해 주었다. 슬픔에서 끊어질 듯 이어지는 느린 가락이 더욱 느려졌다. 기쁨에서 숨 막힐 듯 빠른 박자가 더욱 빨라졌다.'

그렇습니다. 음악은 강제하지 않습니다. 그것은 귀를 열어 달라고 사정하거나 채근하지도 않습니다. 그렇게 자연스럽게 스며드는 음악이 얼마나 강한 감동으로 우리의 심성을 뒤흔들고, 또 얼마나 깊은 기억의 골을 우리의 감성 속에 파고들게 하는지 말입니다. 이렇듯 음악은 '자연의 소리에 대한 인간 내면의 사유와 느낌과 통찰의 총체'로 나타납니다. 그러나 우리 음악교육은 '음악 용어로 음악을 설명'하거나, 작곡가의 '천재적인 일화의 작품 목록을 나열'하는 등의 지식 획득을 위한 가르침과 기능 습득을 위한 익히기로 일관하지는 않았던가요? 이제는 '안 들리는' 음악이 아닌 '들리는' 음악이어야 하며 그 첫 번째는 '눈으로 읽는' 문학을 통해 음악의 감동을 느껴 보고, 그 경험을 바탕으로 '들리는' 음악을 받아들일 수 있도록 교육해야 할 것입니다. '음악의 문학'으로 시작하여 '문학의 음악'으로 나아갈 수 있도록 말입니다. 그러기 위해서는 우리 선생님들이 많이 알고, 잘해야 한다고 생각합니다. 학생들이 생각하고 느끼게 하기 위해서는 내가 먼저 그렇게 해야 하기 때문입니다. 감수성이 예민한 질풍노도의 시기를 지나고 있는 학생들에게 음악을 통해 감성교육을 제공하는 것은 우리 교육자만이 할 수 있는 것입니다. 저는 오늘 '심미적 이성인을 기르자!'는 학교 교육을 향한 우리의 다짐과 의무는 아름다움을 느끼고 공감하며 살기를 원하는 사랑하는 우리 부평공고 학생들에게 너무

나도 당연한 권리라고 생각합니다. 그러기에 저는 올해 우리 학교 학교 교육과정 운영방침 중 '심미적 감성역량 강화'를 4번째에 제시하였던 것입니다.

그렇다면 어떻게 하면 문화·예술 향유를 통해 '심미적 이성인의 사회'를 만들 수 있을까요? 문화와 문명과 예술에 대해 살펴보고, 또 그 교육의 중요성과 음악을 중심으로 한 예술적 경험과 '심미적 이성인', 즉 인간 내면과의 만남은 어떤 관계에 있으며, 어떻게 가능할까에 대해 살펴보고자 합니다.

1) 문화, 문명, 예술

한 사회의 운명을 결정짓는 소프트파워인 문화(Culture)는 '한 사회의 중요한 행동양식이나 상징구조' 또는 '한 사회가 지니는 예술, 가치관, 전통, 언어, 도덕, 종교, 신념, 생활양식 등에 관한 독특한 정신력, 지적 양상'으로 정의될 수 있습니다.

문명(Civilization)은 '인류가 이룩한 물질적·사회조직적인 발전' 또는 '미개와 대응되는 진보된 인간 생활의 총체'로 정의됩니다. 그렇기에 문명과 문화의 관계는 상호보완적이며, 문명을 뒷받침하는 문화의 발달이 전제될 때 인간은 행복할 수 있을 것입니다.

예술(Art)은 문화 영역의 한 형태로 '문학, 음악, 미술, 무용, 연극, 영화 등의 다양한 분야'로 구분됩니다. 따라서 예술은 다양한 문화 영역에서 가장 중요한 위치를 차지하고 있으며, 그 영향력 또한 대단하다고 할 수 있습니다. 사람들은 예술의 창조와 향유를 통해 보다 수준 높은 문화를 창조할 수 있으며, 다른 분야의 문화 수준을 높이는 기능도 아울러 할 수 있게 됩니다.

2) 문화·예술과 그 교육의 중요성

백범 김구 선생은 일찍이 문화·예술교육의 중요성을 다음과 같이 설파하셨습니다.

"나는 우리나라가 세계에서 가장 부강한 나라가 아니라 가장 아름다운 나라가 되기를 원한다. ~그래서 한없이 가지고 싶은 것은 오직 높은 문화의 힘이다. ~나는 우리나라가 이러한 높고 새로운 문화의 근원이 되고 모범이 되기를 원한다. ~내가 교육에 바라는 것이 바로 이것이다."

– 『백범일지(白凡逸志[34])』 중 〈나의 소원〉에서, 1947 –

1947년 그 어려웠던 시절에 백범은 벌써 문화·예술교육의 중요성을 강조하셨습니다! 이 얼마나 시대를 앞서가는 사상이요, 민족의 선각자다운 선언인가 말입니까! 그때는 나라를 빼앗긴 그래서 나라가 없었던 일제강점기에서 벗어난 지 불과 2년이 지난 참으로 어려웠던 시절이었고 극심한 혼란기였습니다. 우리는 존재했던 것(과거), 지금 있는 것(현재), 아직 없는 것(미래)을 저마다 각기 다른 방식으로 받아들입니다. 인류문명의

---

34 '日誌'가 아닌 '逸志'임에 유념할 필요가 있습니다. '훌륭하고 높은 지조'를 뜻합니다.

시간성을 고려할 때 지나간 것의 현재는 우리의 기억 속에, 현존하는 것의 현재는 우리의 정신적 직관 속에, 그리고 아직 있지 않은 것의 현재는 우리의 기대 속에 있습니다. 선생인 '나'는 나의 평범한 일상 속에서 이런 위대한 시간적인 행위를 수행하고 있는 것입니다. 그런데도 타성에 젖어 있어 생활하고 있다니! 그러니 마음이 아팠던 것입니다. 부끄러웠기 때문입니다. 저부터라도 정신을 차려야 하겠습니다. 백범의 말(言)은 빈말(虛言)이 아닙니다. 현란한 말이 아닌 우리의 역량을 키워야 할 것입니다. 지식인을 길러 낼 것인가? 지성인을 육성할 것인가? 오늘 우리 교육에 있어 중요한 화두로 대두되고 있는 문제입니다. 교육의 본질에 입각한 이상의 실현, 개인과 가정의 행복, 국가의 번영과 인류 공영에 이바지할 인간을 육성하기 위해선 어떻게 해야 할 것인가? 교육에 있어 문화의 핵심가치는 긍정, 열정, 실용주의, 원칙으로 말할 수 있으며, 이를 바탕으로 한 교육이 이루어질 때 비로소 백범이 그렇게도 원했던 '높은 문화의 힘을 가진 아름다운 우리나라'가 되지 않을까요?

3) 예술(음악) 경험과 '심미적 이성인'

예술(음악)은 시간적, 공간적 한계를 넘나드는 인류 공통의 언어입니다. 그것은 민족적, 언어적, 문화적, 국가적, 역사적 관계에 있어 소통의 도구요, 상호이해의 수단이기도 합니다. 저는 학교 교육에서 예술(음악)을 통해 더 아름다운 것을 추구하고, 인류 공통의 삶의 질 향상을 도모하며 나아가 우리가 누리고 있는 문화의 수준을 한 단계 높이기를 기대합니다.

21세기가 요구하는 창의력과 심미성은 '바른 인성을 갖춘 창의융합인재 육성'이라는 우리 학교의 교육목표를 통해 구체화될 수 있으며, 그것은 헤비거스트(R. J. Havighurst)의 발달과업으로 인간의 발달단계에 맞추어 적기에 교육되어야 함은 물론입니다. 이를 기르기 위해 필요한 환경과 경험을 제공해야 하는데, 이때 가장 효과적인 것이 바로 예술 음악적 교육환경과 경험의 제공입니다. 우리 민족의 놀랍고 찬란한 문화적 유산과 문학과 음악 등의 예술적 경험을 바탕으로 한 창의력과 심미성의 배양은 우리 민족만이 할 수 있는 우리의 강점이라고 저는 생각합니다.

4) 예술 경험: 내면(예술적 의미와 아름다움)과의 만남

'어느 날 갑자기 친구가 죽었다는 소식이 들려온다. 고등학교, 대학교를 함께 하고, 같이 교단에서 젊음을 불태웠던 아주 친한 친구다. 그래, 단짝이었는데, 그러고 보니 잊고 살았다. 연락이나 자주 하고 그럴걸. 충격이 미안함으로 바뀌고, 하지만 그가 이 세상에 없다는 것이 이상하고 우울하다. 산다는 게 무얼까, 왜 이리 덧없는 것일까….'[35]

그런 소식처럼, 그런 느닷없는 슬픔처럼 「요하네스 브람스」의 현악 6중주 제2번 G장조 Op. 36 2악장 Scherzo는 비올라와 첼로의 저음이 교대로 피치카토로 시작됩니다. 충격이지만, 첼로 음은 아주 무겁고 그윽합니다. 그러다가 곧바로 바이올린이 흐느끼며, 첼로 두 대, 바이올린 두 대, 비올라 두 대가 눈물의 폭포를 이루고 길게 깊게 흘러갑니다. 그것은

35 2004. 2. 12. 사랑하는 친구를 떠나보내며….

너무도 비장합니다. 마치 슬픔을 파고들고 더 파고들고 슬픔으로 더 소용돌이치고, 그러는 것이 슬픔을 극복하는 유일한 길이라는 듯이 말입니다. 평생 한 여인만 사랑했던 그가 결혼하길 원하는 여인과의 이별을 고하기 위해 여인의 알파벳 이름을 조(調)로 사용하여 작곡한 현악 6중주곡, 이 음악이 나의 귀에 들리는 순간 브람스와 나는 둘이 아니고 하나입니다. 그리고 그 둘은 영영 헤어지지 않습니다.

바로 이런 나의 음악적 경험이 내가 가르치는 학생들에게 이어져야 하는 것이 아닌가! 진정한 의미의 '심미적 이성인'을 기르기 위해 가장 빠른 방법이 아닌가! 이런 기회를 제공하는 것은 비단 음악뿐만이 아니라 미술, 문학, 연극, 영화 등 모든 문화의 범주에 속하는 예술들이 아닐까! 그렇다면 이와 같은 시도는 과연 가능한 것일까? 이런 생각들을 불현듯 해보았습니다. 그렇습니다. 정말 가능한 것이라고 생각합니다. 인간은 누구나 본성적으로 예술을 할 만한 존재요, 또한 그것을 향유 해야만 온전해지는 존재이기 때문입니다. 또한 예술의 재료를 다루는 인간의 삶의 방식이 다양하므로 예술작품들은 서로 다른 특징과 문화의 다양성을 나타내고 있습니다. 그런 다음에 그 재료들의 속성을 이해해야 한다고 생각합니다. 다양한 예술 분야에서 사용되는 재료들은 수없이 다양하며, 각 요소들은 서로 다른 의미를 내포하며 아름다움을 표현하고 있기 때문입니다.

'안 들리는' 음악이 '들리는' 음악으로, '안 보이는' 미술이 '보이는' 미술로 변화할 때 진정 창의성과 심미성을 갖춘 '심미적 이성인'을 길러 낼 수 있는 것은 아닐는지요! 하버드 대학의 조지프 나이(Joseph S. Nye Jr.) 교수는 '운명을 결정짓는 소프트파워인 문화란 강제나 보상보다는 사람의 마음을 끄는 힘'이라 하였습니다. 문화·예술을 통한 감성교육, 인성교육이 그 어느 때보다 우리 학교에 시급하고 중요한 시기라고 생각합니다. 백범 선생이 그렇게 원했던 '높은 문화의 힘을 가진 아름다운 우리나라!' 지금 바로 저와 우리 선생님들이 앞장서서 만들어야 할 우리나라입니다. 저는 사랑하는 우리 부평공고에 진정 학생들이 인성을 회복하고 그들이 자존감을 회복할 수 있는 예술적 교육환경(물론 학생들에게 가장 좋은 교육환경을 의미합니다. 이는 학생들을 우리가 어떻게 대하느냐는 대상의 문제와도 관련됩니다)을 제공했으면 좋겠다는 생각을 해 봅니다. 우리 학교의 음악실을 '음악감상실'로 전환하는 방안도 고려해 볼 수 있겠지요. 학생들에게 시(詩) 한 편이라도 써 보게 해 자신의 작품을 전시하게 해볼 수 있는 시화전 같은 기회를 제공하는 것도 좋은 방법이 될 수 있습니다(마침 2학기에는 학교 축제가 예정되어 있습니다). 또한 학교시설 내 각종 게시 공간도 우리가 머리를 맞대면 좋은 잠재적 교육과정의 수단으로 사용할 수 있을 것입니다. '바른 인성을 갖춘 창의융합인재 육성'이라는 우리 학교의 교육목표는 '심미적 이성인'을 기르기 위해 우리 부평공고에서 반드시 이룩해야 할 교육적 책무입니다.

부평공고, 2019. 9.

14. 슈퍼 티처, 아이언 티처 vs 매뉴얼 티처, 쉬링크 티처

不意의 사고로 幽冥을 달리하신 故 ○○○ 선생님의 冥福을 빕니다.

嗚呼哀哉라! 天地不仁! 하늘도 무심하시지! 정말 그런 것 같습니다. 아쉽고 허무한 마음 금할 길 없으니 인간사의 번뇌를 모두 벗어 던지고 영면하시길 바랄 뿐입니다.

그래도 살아 있는 이들이 해야 할 몫이 있기에 준비한 자료를 드립니다! 힘내시고 우리 서로 위로하며 슬픔을 이겨 내길 소망합니다.

"선생님! 힘드시지요?"라고 물으면, "네! 많이 힘들어요, 아이고 힘들어 죽겠어요!" 하고 대답하는 선생님을 보면 저는 한편으로 마음이 놓이곤 합니다.

자신이 힘든 것을 알고 무엇이 힘들고 고통스러운지를 제대로 아는 것은 선생님의 삶이 건강하고 성숙하다는 증거이기 때문이지요.

저의 말이 아니고 영국의 정신분석가 도널드 위니콧(Donald Winnicott)의 말입니다. 그는 '건강한 사람이야말로 고통을 제대로 느끼며, 가장 성숙한 사람이 가장 큰 고통을 느낀다.'라고 말했습니다.

한 학년을 마무리하고 새로운 학년을 준비하는 시기입니다. 존경하는 선생님들! 선생님들 내면의 상처를 치유하고 새로운 힘과 열정을 비축하길 바랍니다. 이해인 수녀님의 시 한 편을 소개해 올립니다. 존경하는 선생님들! 힘내세요!

어느 교사의 기도

이해인

이름을 부르면 한 그루 나무로 걸어오고
사랑해 주면 한 송이 꽃으로 피어나는
나의 학생들이 있어 행복합니다.
그들과 함께 생각하고 꿈을 꾸고
희망을 이야기할 수 있어 감사합니다.

힘든 일 있어도 내가 처음으로 교단에 섰을 때의
떨리는 두려움 설레는 첫 마음을 기억하며
겸손한 자세로 극복하게 해 주십시오.

가르치는 일은 더 성실한 배움의 시작임을 기억하며
최선을 다하는 열정을 지니고 싶습니다.

그 누구도 내치지 않고 차별하지 않으며
포근히 감싸 안을 수 있는 너그러운 마음
항상 약한 이부터 먼저 배려하는
따뜻한 마음을 지니고 싶습니다.

학생들의 말을 귀담아듣고
그들의 필요를 민감히 파악하여
도움을 주는 현명한 교사가 되게 해 주십시오.

아무리 화나는 일이 있어도
충동적인 언행으로 상처를 주지 않으며
자신의 감정을 절제할 수 있는
인내의 덕을 키우도록 도와주십시오.
학생들의 잘못을 따끔히 나무라고 충고할 줄 알되
더 많이 용서할 수 있는 용기를 주십시오.

항상 미소를 잃지 않는 얼굴
지식과 지혜를 조화시켜
인품이 향기로운 교사가 될 수 있도록
노력하고 또 노력하는 오늘을 살게 해 주십시오.

기도하고 인내하는 사랑의 세월 속에 축복받는 나의 노력이
날마다 새로운 꽃으로 피어나는 기쁨을
맛보게 해 주십시오.

어느 날 그 꽃자리에
가장 눈부신 보람의 열매 하나
열리는 행복을 기다리며
오늘도 묵묵히 최선을 다하는
아름다운 교사가 되게 해 주십시오.

우리 학교 안에 선생님들의 모습을 살펴보면(저를 포함하여) 제목과

같이 크게 두 부류의 유형으로 나뉘어 있음을 볼 수 있습니다. 먼저 초인적 능력을 발휘하고 있어 도저히 어떻게 저렇게 할 수 있는지 의문마저 들게 하는 슈퍼 티처(super teacher), 비슷하게 어떤 고통과 어려움에도 흔들리지 않고 식지 않는 열정으로 헌신하는 아이언 티처(iron teacher)가 있습니다. 이분들은 스스로 또는 공동체가 설정한 교육적 목표가 달성될 때까지 끊임없이 스스로의 열정을 불태우는 분들입니다. 그 결과 공동체에서 다른 선생님에게 인정받고 때론 영향력을 갖기도 합니다.

한편 이들과는 반대편에 있는 매뉴얼 티처(manual teacher)와 쉬링크 티처(shrink teacher)가 있습니다. 이들은 최소한의 가이드를 따르면서 꼭 해야 하는 일만 하는 교사들을 말합니다. 학교 안에서 최소한 한 방울의 열정도 불태우려 하지 않습니다. 교사의 사명은 물론 최소한의 직업 윤리조차 찾아보기 어려울 때가 있으며, 때론 해야 할 일도 하지 않는 경우도 다반사입니다. 학교라고 하는 공동체에서 시공간적으로 생명이 없는 존재나 다름없이 말입니다.

이렇듯 우리 교사들은 학교라는 시공간 속에서 힘들고 어렵고 상처받기 쉬운 현실에 자신을 적응시키거나 보호하기 위해 과잉 전략 또는 과소 전략을 선택하고 있으며 때로는 서로를 비난하며 대립하며 공동체의 비전을 외면한 이기주의가 만연해 있는 것이 사실입니다. 어떤 이는 나는 그렇지 않다고 부정할 수 있을지 모르겠으나 이런 현상 속에서 나만은 자유로울 수 있는지 의문이 들기도 합니다.

저는 평소 '열심히 보다는 더 잘'이라는 신념으로 생활해 왔습니다. 물론 당연히 그런 생각으로 살아야 하겠지요. 그렇지만 때로는 이런 노력이 강박(强迫)이 되어 어느 순간에도 스스로 만족하지 못하고 더 자신을 채찍질하는 모습은 아닌가 생각해 봅니다. 미국의 상담가 데이비드 씨맨즈(David Swamands)가 말한 이른바 '더 잘해 봐 증후군'에 걸린 것이지요! 이렇게 말하곤 했던 것이 기억납니다. '이대로는 부족해', '열심히 하고 있지만 더 잘해야 하는 것이 중요해', '아직은 아니야', '이만큼 했다고? 뭐가 달라졌는데?', '이 정도는 교사라면 누구나 다 하는 거야!' 등 참 교만이 하늘을 찌를 듯합니다.

이런 교사로서의 저의 강박은 공동체의 관리자로서 시스템이나 명령 같은 외부 요인에서 시작되기도 하고, 한편으로는 학생들에게 더 잘 야 한다는 사명감에서 비롯되기도 합니다. 어느 쪽이든 저 또한 내면의 아픔이 존재한다는 것이지요! 가랑비에 옷 젖듯이 제게 있는 이런 스몰 트라우마가 우리 선생님들에게도 있을 것입니다. 내 마음을 몰라주고, 잘못된 또는 부족한 공감, 말이 안 통하는 것 등 많은 선생님들이 학생들과 잘 지내려고 마음먹지만 소통과 공감이 쉽지 않고, 무언가 부족하고 매끄럽지 못한 경험을 자주 하게 되고, 그냥 학생들이 내 말이나 잘 들어주었으면 하고 바라게 됩니다. 서로에게 분노와 방어가 쌓여 가는 일상, 이렇듯 우리 교사의 하루하루는 스몰 트라우마를 축적해 가는 시간의 연속인 것 같습니다.

우리 모두 내면에 갖고 있는 상처를 치유하지 않고는 한 발자국도 앞으로 나아가지 못하리라는 것은 자명할 것입니다. 그렇다면 그 방법은? 저는 '가르침의 자유'라고 말하고 싶습니다. 우리들의 핵심 정체성에 학생들 다음가는 요소는 바로 '가르침'이기 때문이지요! 가르칠 자유를 통해 우리 공동체의 선을 이룰 수 있다는 확신이 있습니다. 단순히 교사로서의 책무성이나 전문성 영역에 머물지 않고 스스로의 가치를 높이는 일에 더 적극적으로 동참해야 합니다. 우리의 상처는 학생들로부터 오는 경우가 대부분인데 그 시공간적 상황은 학생들과 마주할 때일 것입니다. 자신감을 잃은 가르침은 교사로서의 정체성을 훼손하고 우리를 매뉴얼 티처, 쉬링크 티처의 길로 내몰 것입니다.

개인적으로 이런 상황을 그려보곤 합니다.

학부모가 교사를 찾아와 항의하는 가운데 교장이 나타나 이렇게 말합니다.

"이 과목과 여기 있는 학생들의 가르침에 대해서는 이 선생님에게 권한이 있습니다. 교장인 저에게도 개입할 권한이 없습니다. 저와 우리 학교는 이 선생님의 수업 방식을 존중하며 적어도 학생들이 거부하지 않는 한 저는 선생님의 수업과 학생들의 관계를 지지합니다. 우리는 이 선생님이 가르침의 자유를 갖는다고 해서 학생들에게 해를 끼칠 것이라고는 전혀 생각하지 않습니다."

'교사는 미래의 불을 지피고 나르는 사람'이라는 말이 있습니다. 존경하는 선생님들! 우리 모두 자긍심을 회복합시다. 그리고 그 불씨를 동료 선생님들과 함께 나누어 가집시다. 그리하여 우리 학교가 모두에게 존중받는 공동체로 거듭납시다! 스스로를 빛이 나는 사람, 작은 힘이라도 서로에게 도움을 주는 사람으로 명명하고, 무너지지 않는 자긍심을 지닌 가르칠 수 있는 용기를 회복한 교사가 됩시다! 우리 학교를 참다운 배움이 가득한 학교로 만들어 나갑시다! 그것이 '모두가 행복한 교육'이 아닐는지요!

존경하는 선생님들! 힘내세요! 모두 이 치열한 전투에서 승리하시길 기원합니다!

계산공고, 2015. 2.

15. 토크빌, 동아시아 시민교육

흰 소의 해인 신축년(辛丑年)이 지나고 검은 호랑이의 해인 임인년(壬寅年)의 희망찬 새해가 밝았습니다. 부평공고의 모든 교직원 여러분! 새해 복 많이 받으시고 올 한 해도 건강하시길 바랍니다. 아울러 새해에는 소망하시는 일 모두 이루시길 기원합니다. 올해는 3월 9일에 제20대 대통령 선거, 6월 1일에 제8회 전국동시지방선거가 예정돼 있어 정치적 격변의 해가 될 것으로 보입니다. 오로지 국민의 안위와 행복을 위해 위국헌신(衛國獻身)하는 지도자가 선출되었으면 좋겠습니다.

조선의 역사에서 임인년은 아홉 번 있었습니다. 1422년(4대 세종 4년), 1482년(9대 성종 13년), 1542년(11대 중종 37년), 1602년(14대 선조 35년), 1662년(18대 현종 3년), 1722년(20대 경종 2년), 1782년(22대 정조 6년), 1842년(24대 헌종 8년), 1902년(26대 고종 39년)입니다. 저는 이 중에서 240년 전 조선왕조실록 1782년 정조 6년, 1월의 정조실록을 살펴보고자 합니다. 왕위에 오른 지 6년째인 정조는 정치보복을 최대한 억제했습니다. 그러나 새해가 밝자마자 조정은 채제공에 대한 탄핵 상소가 넘쳐나기 시작했습니다. 1월 5일에 영의정, 우의정, 대사헌, 이조참의, 이조참판의 상소를 시작으로, 7일 응교, 우의정, 승지의 상소, 8일 교리, 12일 대사헌, 30일 좌의정 홍사언의 탄핵까지 정월 한 달은 온통 채제공의 탄핵으로 조정이 들끓었습니다. 그러나 정조는 꿈쩍도 하지 않았습니다. 오히려 기근에 휩싸인 함경도, 전라도, 경상도의 이재민 구휼(救恤)에 힘썼으며, 오늘날 공무원 재교육 시스템이라 할 수 있는 초계문신제를 적극 추진하여 18일에 초계문신을 친시(親試)하고 24일에는 과시(課試)를 거행합니다.

30일 좌의정 홍사언의 탄핵 상소에 대한 정조의 답변입니다.

"내가 바야흐로 탕평(蕩平)의 정치를 하기 위해 모든 용사(用捨)에 있어 색목(色目)을 마음속에 두지 않고 있다. … 정신(廷臣)이 만일 나의 마음으로 자신의 마음을 삼는다면, 어떻게 차마 이 이야기를 다시 거론하여 거듭 나의 마음을 슬프게 할 수 있겠는가? 내가 윤허를 아끼는 것은 중신(重臣) 한 사람을 위해서 그러는 것이 아니다. 나의 뜻은 몹시 확고하니, 경은 양지(諒知)하기 바란다."

더 이상 언급하지 말라는 말입니다. 조선의 개혁을 주도했던 개혁 군주 정조는 안타깝게도 18년 후 정조 24년(1800년) 6월 28일 창경궁 영춘원에서 승하합니다. 정조와 같은 훌륭한 지도자가 선출되길 간절히 원합니다.

대학(大學)의 8조목은 격물(格物), 치지(致知), 성의(誠意), 정심(正心), 수신(修身), 제가(齊家), 치국(治國), 평천하(平天下)입니다. 모든 것은 '나'로부터 시작되는 것이거늘 염치(廉恥)없는 세상에서 온갖 거짓된 것과 말들이 난무하는 어지러운 새해입니다.

저는 예전 알렉시스 드 토크빌(1805~1859)의 민주주의에서 자유와 평등의 관계를 말씀드린 적이 있습니다. 최근 정부 여당에서 언론중재법이란 이름의 법률을 통과시키려 하는 것을 보고 다시 한번 토크빌을 생각해 봅니다.

그는 『미국의 민주주의』(1835, 1840)에서 벌써 오늘날 우리가 겪고 있는 민주주의의 위험성과 폐단을 예견하고 비판했습니다. 그는 19세기 프랑스에서 100여 년간 벌어진 제정, 왕정, 공화정의 정치체제의 변화를 보면서 질서와 안정을 위해 자유를 유보할 것인가? 아니면 자유를 확대할 것인가? 하는 치열한 싸움을 보았습니다. 그러나 결국 자유와 평등의 확대는 필연적 과정이었고 인민주권적인 민주주의는 전 세계적으로 확산되어 갔음을 우리는 역사를 통해 알 수 있습니다.

콩스탕(Benjamin Constant de Rebecque, 프랑스, 1767~1830) 역시 다수의 의견이 다른 소수를 다수의 노예로 만들어서는 안 되며 개인의 자유가 항상 인민주권에 우선해야 한다고 주장했습니다. 그는 "다수에게 무제한적인 권한을 주는 것은 집단으로서의 인민에게 개체로서의 인민을 제물로 바치는 것"에 다름 아니라고 보았습니다.

19세기에 벌써 프랑스에서는 인민주권론에 내재된 인민주권의 무소불위 전능성(인민이 모든 것을 할 수 있다는 절대성)의 위험성을 감지했던 것입니다. 대표적 자유주의자들인 기조, 콩스탕, 콩도르세, 토크빌은 모두 인민주권의 표현인 보통선거권에 반대했습니다.

"대중에 의한 민주주의는 자유를 위협할 위험성이 있다."

- 콩스탕 -

"대중이란 쉽게 조종당하고, 계몽되지 않은 사회란 사기꾼들에게 기만당하기 쉽다."(콩도르세)며 민주주의의 원리를 경계한 것입니다. 또한 토크빌은 자유의 정신이 함양되어 있지 않은, 깨어 있지 않은 국민의 보통

선거가 초래할 다수의 독재, 나아가 독재정치의 위험성을 미국의 민주주의를 관찰하면서 예견했던 것입니다.

지난번 말씀드린 바와 같이 그는 민주주의의 가장 큰 위협은 〈평등〉이 자유를 잠식하는 데 있다고 보았습니다. 특히 평등주의적 민주주의는 당시 사회주의운동으로부터 동력을 얻고 있었기 때문에 더욱 위험하다고 보았습니다. 토크빌은 민주주의와 사회주의가 모두 〈평등〉이라는 가치를 공유하지만 "민주주의는 모든 사람에 의해서 향유되는 수준의 자유 속에서의 평등을 원한다. 하지만 사회주의는 간섭과 노예 수준에서의 평등을 원한다."고 주장했습니다. 즉 경제적 자유인 재산권을 상실한 또는 위협받는 개인들이 집단주의 국가 내에서 자유 없는 노예와 같다고 본 것입니다. 자유의 정신이 없는 국민에 의한 보통선거가 자유의 말살을 가져오고, 자유의 정신과 결합되지 않은 평등의식은 있는 자에 대한 없는 자의 원시적 분노 내지는 선망의 감정에 불과하다고 주장하면서 자유의 위기를 경고했던 것입니다. 다수의 독재하에서 의견이 다른 사람들은 동일화, 획일화의 압력에 의해 희생되기 쉽고, 그것은 개인의 자유라는 민주주의의 정치적 토대 중 하나를 근본적으로 뒤흔들기 때문에 민주주의를 위태롭게 만들 수 있다고 본 것입니다. 그러나 토크빌은 개인의 자유를 존중하되 개인주의에 내재된 가진 자들의 기득권을 유지하기 위한 탐욕스런 물질주의도 경계했습니다. 사적 이익만을 추구하며 공공의 정신과 정치에 무관심해지는 현상 또한 민주주의 폐단이자 위기라고 보았습니다. 따라서 그는 시민들의 정치 참여의 확대와 공공성의 확대를 개인의 자유와 조화롭게 일치시켜야 한다고 본 공화주의자의 면모도 가지고 있었습니다.

또 그는 민주주의 사회에서 가장 저항하기 힘든 제일의 권능이 바로

〈여론〉이라며, 정치적인 압제보다 여론의 압제가 더 큰 문제라고 지적했습니다. 다수의 견해를 암묵적으로 강제하는 익명화된 권능, 즉 다수의 정신이 개인의 지성에 대해 강요하는 엄청난 압력을 현대의 진정한 압제라고 본 것입니다. 다수의 의견에 동의하지 않는 사람은 다수의 독재로부터 오는 도덕적 압력을 두려워하게 되며, 감옥에는 가지 않겠지만 사회로부터 외톨이가 되는 상황에 처하게 될 것이라고 경고했습니다. 이 점은 민주주의 사회의 심각한 문제로서 존 스튜어트 밀(John Stuart Mill, 1806~1873)은 『자유론』에서 개인이 대중사회에서 차별화될 수 있고 중심에서 벗어나 다르게 생각할 수 있는 권리를 보호하고, 토론을 통해 합의를 이루어 가야 한다고 강조했습니다.

사적인 존재로서의 나의 자유와 공동체의 구성원으로서의 나의 자유는 분명 차이가 있을 것입니다. 즉 개인과 공적 시민으로서의 자유의 의미는 다를 수밖에 없습니다. 그러면 어떻게 첨예한 대립 속에서 토론을 통해 합의에 이를 수 있을까요? 제 생각에는 구성원 모두 자신의 이익이나 이해를 배제하고 자유토론을 통해 '공익'만을 생각할 때 가능하다고 생각합니다. 즉 우리들 전체의 이해를 위한 공통의 의지인 보편의지(집단지성)를 도출해내야 한다는 것입니다. 이럴 때 비로소 개인과 공적 시민은 대립 없이 의견의 일치를 보게 되리라 생각합니다. 프랑스혁명(1789년)의 그 유명한 〈인간과 시민의 권리 선언〉에서조차 개인에게 주어진 보편적 권리인 인간의 권리(인권)와 공동체의 일원으로서의 특수한 권리인 시민의 권리가 혼재되어 있는 것을 우리는 주목할 필요가 있습니다. 민주주의는 완성된 물건을 구입하는 것이 결코 아닙니다. 지금 이 순간에도 민주주의는 진화하고 있습니다. 나의 자유는 '~로부터의 자유'(소극적 자유)로부터 '~할 자유'(적극적 자유)로 지금 이 순간도 진화하고 있습니다.

지금 저는 코로나19 확진자와의 접촉으로 자가격리 중에 있습니다. 나의 자유는 작은 방이라는 공간과 격리 기간이라는 시간으로 구속받고 있습니다. 어떻게 해야 할까요? 나의 침해받을 수 없는 권리인 자연권으로서의 인권을 주장해야 할까요? 아니면 혹시 모를 감염을 예방하기 위해 적극 협조해야 할까요? 즉 나의 자유는 '정부의 강제(방역지침)로부터 벗어날 소극적 자유'인가? 아니면 나로 인한 타인의 감염을 예방하기 위해 '정부의 강제(방역지침)를 따를 적극적 자유'인가의 문제입니다. 이 점에 있어서는 선택이 비교적 명확하고 어렵지 않습니다. 대부분의 우리 모두는 당연히 협조해야 할 것입니다. 그것도 아주 잘 협조해야 합니다.

그러나 여기서 한 가지 유념해야 할 점이 있습니다. 바로 위에서 언급한 다수에 의한 민주주의의 위협입니다. 특히 그것이 정권과 함께할 때는 더욱 위험합니다. 바로 전제주의(despotism, 專制主義)가 출현할 위험이 도사리고 있기 때문입니다. 혹시나 코로나19 확산을 막기 위한 수단이 정권에 부담이 되는 언로를 차단하기 위한 수단으로 전락하는 것이 아닌지 잘 살펴보아야 할 것입니다. 그래서 언론중재법이라는 것도 의심의 눈초리로 보는 것이고, 민주주의의 핵심가치 중 하나인 언론의 자유가 혹시 침해되는 것은 아닐까 염려하는 것입니다. 대한민국 헌법 제21조는 이렇게 되어 있습니다.

> ① 모든 국민은 언론·출판의 자유와 집회·결사의 자유를 가진다.
> ② 언론·출판에 대한 허가나 검열과 집회·결사에 대한 허가는 인정되지 아니한다.

③ 통신·방송의 시설기준과 신문의 기능을 보장하기 위하여 필요한 사항은 법률로 정한다.
④ 언론·출판은 타인의 명예나 권리 또는 공중도덕이나 사회윤리를 침해하여서는 아니된다. 언론·출판이 타인의 명예나 권리를 침해한 때에는 피해자는 이에 대한 피해의 배상을 청구할 수 있다.

우리나라 헌법에도 언론의 자유를 명시하고 있으며, 잘못은 배상을 청구할 수 있도록 되어 있습니다. 이미 최상위법인 헌법에 명시되어 있는 것입니다. 그럼에도 불구하고 하위 법률로 언론의 자유를 침해하려 든다면 이는 헌법에 반하는 것이라 생각할 수도 있습니다. 이와 같이 논란이 많은 법률을 다수의 힘으로 통과시키려 하는 것은 민주주의를 위협하는 심각한 행위로 보여질 우려가 있는 것입니다. 여당 일부 국회의원들이 주한 외신기자들과 간담회를 갖고 법안에 대해 설명하는 자리에서 많은 의문과 의혹, 질문이 이어졌다고 합니다. 전 세계적으로 우리나라의 언론자유에 주목하고 있는 것 같습니다. 만일 다수의 단일정당이 소수의 의견을 무시하고 국가권력을 독점하는 국가적 정당으로 군림한다면 바로 그 순간 민주주의 국가는 소멸하고 전제주의 국가가 탄생하게 될 것입니다. 그래서 민주주의가 어렵다고 하는 것이고, 그렇기 때문에 민주공화국에서는 삼권분립에 의한 권력의 견제와 균형, 자유민주주의를 기본이념으로 하고 있는 것입니다.

토머스 제퍼슨이 쓴 미국의 〈독립선언서〉는 홉스, 로크, 몽테스키외 등에 의해 완성된 영국과 프랑스의 자유주의 사상을 집약한 명문으로 유명합니다. 리버티(liberty), 프리덤(freedom)이라는 단어는 한자어 우리

말인 '자유(自由)'로 번역됩니다. 의외로 〈독립선언서〉에 'Liberty'라는 단어는 딱 한 번 나옵니다.

〈동아시아 시민교육〉이라는 말이 우리 인천 교육계에 새로운 화두로 떠올랐습니다. 동아시아라 하면 한국, 중국, 일본의 3국을 말합니다. 지정학적인 위치에 따라 그렇게 분류하고 있습니다. 각국의 역사와 문화, 정치, 경제가 다르지만 건조하게 분류하자면 이렇게 분류하고 있습니다. 그러나 시민교육(Civic Education)은 그 개념이 모호합니다. 사전적 정의에 의하면 단순하게 시민을 대상으로 하는 교육이라 볼 수 있지만, 교육 대상자의 범위를 어디까지로 둘 것이냐에 따라 교육하는 내용이 달라지기 때문에 이에 따라 시민교육의 의미 또한 달라지기 때문입니다. 시민교육은 세계 여러 지역에서 다양한 형태로 등장하고 발전해나갔기 때문에 교육 대상과 교육 내용, 교육 방법을 하나의 의미로 명확히 규정하기가 어렵습니다. 아테네의 시민교육, 영국의 시민교육, 미국의 개인 자질 향상을 위한 교육, 프랑스의 시민 권리 자각 교육, 독일의 이상주의적 개인 도덕과 국민으로서의 권리 및 의무에 관한 교육 등이 시민교육의 사례로 열거되며, 18세기 유럽에서 등장한 계몽사상과 의무교육을 시민교육에 포함시키기도 합니다. 이런 점에서 볼 때 시민교육은 반드시 공적인 영역에서 이루어지는 교육으로 한정되지 않으며 반드시 교육의 형태로 이루어지는 것만도 아니라는 것을 알 수 있습니다. 그 범위를 확대하면 꼭 학교에서만 이루어지는 교육이 아니라 운동(movement)이나 개인적 수양도 시민교육에 포함될 수 있습니다.

이렇듯 시민교육의 개념이 그 관점과 입장에 따라 조금씩 다르게 정의되고 있고 그것을 지칭하는 용어도 나라마다 다르게 사용되고 있습니다. 시민들의 정치성을 배양하는 데 역점을 두는 독일의 경우 '정치교육(politische Bildung)'으로, 영어권에서는 교육학적 관점을 중시해 '정치교육(political education)' 또는 '시민교육(citizenship education, civic education)'으로 표현하고 있습니다. 일본의 경우는 '공민교육(公民教育)'으로 표현하고 있습니다. 비록 시민교육의 형태가 나라마다 조금씩 차이를 보이지만 정규 학교 교육의 혜택을 받지 못한 청소년이나 성인들을 위한 공민학교 형태로서 시작되었다는 점에서 공통점을 찾을 수 있습니다. 즉 하위 계층의 청소년과 성인을 대상으로 기초교육의 기회를 제공하는 것에서 시작하여 전체 시민을 위한 기초교육 과정으로 발전했다고 볼 수 있는 것입니다.

그런데 바로 여기에 저의 의문이 있습니다. 유치원, 초등학교, 중학교, 고등학교를 관장하고 있는 교육청에서 왜 '시민교육'을 역점정책으로 삼았는가 하는 것입니다. 가장 중요하고 주된 교육의 대상이 학생인데 전체 시민을 대상으로 그 범위를 확대하겠다는 것인지, 아니면 학생들을 개인의 자유와 사회적 의무를 조화롭게 행할 줄 알게 가르쳐 이상적 시민사회의 구성원을 양성하려는 것인지, 이도 저도 아니면 둘 다인지에 대한 개념이 모호하기 때문입니다. 지금도 학교는 세계시민교육, 민주시민교육 등의 다양한 시민교육(?)을 하고 있습니다. 세계시민교육은 인류의 보편적 가치인 세계 평화, 인권, 문화 다양성 등에 대해 폭넓게 이해하고 실천하는 책임 있는 시민을 양성하기 위해, 민주시민교육은 급격히 변천하는 사회에 적응하고 발전적인 민주사회를 이룩할 수 있도록 훌륭한 시민으로서 지녀야 할 자질을 기르기 위해, 조금씩 말만 다르지 그 내용은 별 차이가 없는 교육을 해 오고 있는 것입니다. 그런데 불쑥 〈동아시아 시민교육〉이라는 용어가 등장했으니 학교 현장은 의아하기도 하고 다소 혼란스럽고 그건 또 뭐지? 하면서 고개를 갸우뚱거리고 있습니다. 더군다나 그 개념이 모호한 시민교육으로도 모자라 그 앞에 극동의 세 나라를 지칭하는 동아시아까지 붙었으니 선생님들이 무얼 어떻게 가르쳐야 하는지 혼란스럽습니다.

〈동아시아〉에 대한 것도 마찬가지입니다. 대한민국은 헌법 제1조에 "대한민국은 민주공화국이다"라고 되어 있고, 중국은 그들의 헌법 제1조에 "중화인민공화국은 노동자 계급이 지도하고 노동자·농민 연맹을 기초로 하여 인민민주 전제정치를 하는 사회주의 국가이다"라고 천명하고 있으며, 일본은 이른바 그들의 평화헌법 제1조에 "천황은 일본국의 상징이고 일본 국민 통합의 상징으로, 그 지위는 주권의 주인인 일본국민의 총의에 근거한다"고 되어 있습니다.

19세기에서 20세기 초까지 이들 세 나라는 격변의 시간을 보냈습니다. 구미 열강에 의한 제국주의 침략으로 중국은 청나라가 멸망하고 장개석의 국민당 정부에 이어 모택동의 공산당 정부가 들어서게 됩니다. 일본은 제국주의의 길로 들어서 중국과 조선을 침략하고 아시아와 미국을 상대로 전쟁을 일으킵니다. 우리나라는 대한제국이 사라지고 일본의 식민지로 전락하고 맙니다. 세 나라가 처한 근대의 모습은 참으로 달랐습니다. 대강의 역사가 이렇습니다. 인류 역사의 큰 흐름 속에서 세 나라가 처한 상황은 모두 달랐으며, 그 대응 방법 또한 모두 달랐습니다. 서구에서 시작된 자유주의 사상은 동아시아의 봉건주의 체제를 붕괴시켰으며 그 사상을 받아들이는 방식 또한 상이했습니다. 이들 나라에는 'Liberty'라는 단어를 번역할 마땅한 단어조차 없었습니다. 세 나라 중 일본이 가장 먼저 개방화의 길로 들어서게 되고 막부 말기에 지식인들을 서방에 유학을 보내면서 적극적으로 서방의 사상과 문물을 받아들였습니다. 1740년경에는 벌써 네덜란드어를 배우기 시작하여 1853년 미국의 페리 제독이 일본의 개항을 강제할 때는 네덜란드어를 자유자재로 구사하는 난학자(蘭學者)들이 수백 명에 달했습니다. 미일수호조약을 체결할 때도 중간에 네덜란드어로 통역하였고, 조약의 부본은 네덜란드어로 작성되기조차 했습니다. 그런 일본도 '자유'라는 단어는 1867년 일본 근대화의 아버지라 일컬어지는 후쿠자와 유키치의 『서양사정』에 최초로 등장하게 됩니다.

중국은 일본보다 늦게 자유라는 단어를 사용했습니다. 1890년대까지 'Liberty'를 '자주지권(自主之權)'으로 번역했고, 자유라는 단어는 거의 사용하지 않았습니다. 그 이유는 무지한 백성[民]이 마음대로 군주의 진퇴를 결정하는 것과 같다고 이해했고, 民이 군신의 윤리를 범하여 반역을 일으킬 것을 우려했기 때문으로 생각됩니다. 청 말 사상가인 옌푸(嚴復, 엄복)가 밀의 『자유론』을 번역하면서 비로소 '자유'라는 일본식 단어가 'Liberty'의 비교적 정확한 번역이라고 말하면서 사용되기 시작했습니다. 그럼에도 불구하고 중국에는 위와 같은 이유로 자유의 부정적 이미지가 각인되어 있고, 공산당 일당 독재의 정치체제로 지금도 자유라는 단어는 잘 사용하고 있지 않은 것 같습니다.

그렇다면 우리나라에서의 '자유'는 어떠했을까요? 구한말 개화파인 박영효가 고종에게 올린 상소문(1888년)에 '자유'라는 단어가 처음으로 등장합니다. 정확하게는 '자유지권(自由之權)'으로 표현했습니다. "~대저 민은 자유의 권을 가지며~"로 시작하는 13만8천 여자로 이루어진 상소문 제7조는 군주권력의 제한과 백성[民]의 자유권 보장을 연계하고 있어 그가 자유주의의 핵심가치를 이해하고 있었음을 알 수 있습니다. 또한 같은 개화파인 유길준은 『西遊見聞』(1895년)에서 "대저 인(人)의 권리는 자유와 통의를 말함"이라고 썼습니다. 구한말 개화파 지식인들의 자유와 권리에 대한 인식은 초보적이었음에도 이들은 앞서나간 일본을 통해서 서양을 학습하고 근대 자유주의 사상을 흡수했습니다.

이처럼 동아시아 3국의 자유에 대한 인식은 그 시기와 방법, 의미에 있어 서로 달랐습니다. 달라도 참 많이 다른 것 같습니다. 각 나라의 근대의 역사는 어떤 선택을 했느냐에 따라 오늘의 현대를 결정하였고, 또한 오늘의 선택이 미래를 결정할 것임을 우리는 역사를 통해 뼈저리게 배울 수 있습니다.

일찍이 듀이는 "설령 손바닥만 한 작은 땅이라도 그 지역에 뿌리를 내리고 그곳에 살면서 관찰하고 해명하면 그곳에서 한 나라, 나아가 전 세계의 현상을 고찰할 수 있게 된다. 자신과 세계와의 관계성을 앎으로써 더 깊이 자신을 들여다볼 수 있게 하는 것이 바로 세계시민교육이다."라고 말했습니다. 내가 머무는 곳에 정착하여 내 나라를 깊이 관찰하면 자연히 현상 하나하나에서 더 넓은 세계와의 관계를 인식하게 되고, 나아가 글로벌한 시야를 갖추게 된다는 말입니다. 시간과 공간의 축소가 이루어지고 있는 세계의 리더를 길러 내는 것은 오늘날 우리 교육의 중요한 목표 가운데 하나입니다. 그래서 〈동아시아 시민교육〉이 오늘 우리가 지향해야 하는 교육의 방향에 지엽적으로 역행하는 것은 아닌지 우려스러운 것입니다.

부평공고, 2022. 1.

16. 안전한 현장실습에 대한 소회(素懷)

지난 11. 16.일에는 해병 9여단과 학군협약을 체결하기 위해 제주도에 다녀왔습니다. 1박 2일의 짧은 여정이었지만 저녁을 8시에 먹을 정도로 바쁜 일정을 보냈습니다. 먼저 제주시에 있는 해병 9여단을 방문해 김현길 참모장님과 협약서에 서명하였고(박성순 여단장님(준장)은 VIP 접견 일정으로 BH 방문), 서귀포시로 넘어가 〈김영관 기념관〉을 방문해 군특 학생들의 숙소를 점검하였습니다. 숙소는 호텔급이었고 안전한 학생활동에 전혀 문제가 없었습니다. 이어 중문에 있는 해병 91대대를 방문했습니다. 이 부대는 손흥민 선수가 훈련을 받은 곳이기도 합니다. 이곳에 있는 50년대 〈육군제1훈련소〉, 〈제주도지구위수사령부〉, 〈해병 3·4기 호국관〉을 연이어 견학했습니다.

그런데 뜻밖에도 이곳에서 우리 학교 졸업생이 우리 일행을 찾아와 감격의(?) 상봉이 이루어졌습니다. 2020. 2월에 졸업한 정밀기계과 3-1반 ○○번 ○○○ 학생, 아니 지금은 해병 병장으로 늠름하게 성장한 모습으로 우렁차게 '필승'하고 경례했습니다. 기쁘고 반갑고 고맙고 놀라웠습니다. 그리곤 감사했습니다. 이렇게 잘 성장해 줘서 말입니다. 우리에게 맡겨진 사랑하는 아이들을 우리가 애써 인내하며 무사히(?) 졸업시킨다면 그 아이들은 스스로 살길을 찾는다는 것은 역시 진리인가 봅니다.

11. 19.일에는 현장실습 관련으로 교육부 정병익 평생교육국장과 화상회의가 있었습니다. 안전한 현장실습을 위해 학교 현장의 의견을 듣는 자리

였습니다. 전국의 권역별·계열별 대표 교장들이 참석한 회의에서 제가 드렸던 말을 원고로 정리하여 존경하는 부평공고의 선생님들께 드립니다. 우리 모두 안전한 현장실습을 위해 중지를 모아야 하겠습니다.

2022학년도 신입생 특별전형이 끝났습니다. 우리 학교는 214명(특별 171명, 일반 43명)이 정원입니다. 시교육청에서 실시한 2차 선호도 조사(11. 10.일) 결과 102명(47.7%)이 희망하고, 112명(52.3%)이 부족한 것으로 나타났습니다. 2년 전 선호도 조사 결과와 비슷합니다. 그때는 정원을 채웠습니다. 그러나 작년의 선호도는 2배 이상 높았으나 7명이 미달되는 결과를 얻었습니다. 그러면 올해는 어떻게 될 것인가? 특별전형 171명 모집에 110명(64.3%)이 지원했습니다. 정원 대비 51.4%입니다. 정말 걱정스럽습니다. 저도 어떤 결과가 나올지 잘 모르겠습니다. 그러나 10월에 발생한 현장실습 관련 안전사고는 신입생 모집에 부정적 요인으로 작용하고 있는 것이 틀림없는 것 같습니다. 이미 전국적으로 이런 현상이 나타나고 있습니다. 물론 최종 추가모집까지 가 봐야 알겠지만 말입니다. 어떤 결과가 얻어지던지 마지막까지 최선을 다해야겠습니다. 그동안 참 열심히 중학교를 방문하여 진정성 있게 부평공고를 알리는 데 힘쓰신 선생님들에게 감사의 말씀을 올립니다. 정말 감사합니다.

농부는 잡초들의 쉼 없는 무성함과 해충들의 끊임없는 공격이 올해도 틀림없이 계속되리라는 것을 알면서도 씨앗을 뿌립니다. 한여름 뜨거운 햇살 아래서도 풀을 뽑고 물을 주며 가지를 솎아내는 수고로움을 멈추지 않습니다. 만약 자연이 그런 수고와 노력을 안다면 튼실하고 풍성한 열매로 농부에게 보답해야 하는 것이 마땅할 것입니다. 그러나 어디 그런가요? 그렇지 않습니다. 인간의 노력과 수고, 바람에도 불구하고 그 열매를 장담할 수 없습니다. 농부는 그저 묵묵히 마땅히 하여야 할 일을 할 뿐입니다. 그 시간은 끊임없는 인내의 시간입니다. 농사를 짓다 보면 해충을 입고 태풍에 비닐하우스가 무너지는 일이 다반사로 일어납니다. 그러나 농부들은 한 해 농사를 망쳐도 다음 해 농사를 잘 지으면 된다는 희망으로 인생을 삽니다. 그래서 농부들이야말로 인내심이 가장 강한 사람이라는 말이 있는가 봅니다. 올 한 해 수확이 시원치 않더라도 농부처럼 인내심을 갖고 다음 해 농사를 준비하다 보면 풍년이 드는 해도 있을 것입니다. 교육에 임하는 선생의 모습도 농부의 이런 모습과 다르지 않다고 생각합니다. 사람에 대한 희망을 바라보며 잘 변하지 않는 사람을 그래도 변화시킬 수 있다는 믿음으로 인내의 시간 속에서 기다림으로 마땅히 가르칠 뿐입니다.

최근 현장실습 중의 안타까운 사고로 모두가 마음 아파하고 있습니다. 일어나서는 안 되는 사고인데도 매번 잊을만하면 반복되는 참 어처구니없는 일이 반복됩니다. 그때마다 우리는 다시는 이런 일이 일어나지 않도록 수많은 대책을 만들어 왔습니다. 만약 이런 대책들이 효과가 있었다면 이런 사고는 더 이상 일어나지 않아야 하는 것이 당연할 것입니다. 그런데도 이런 사고가 반복되는 것은 무슨 이유인가요? 대책이 잘못된 것일까요? 아니면 제도 자체가 잘못된 것일까요? 아니면 하늘의 잘못인가요? 정말 잘 모르겠습니다. 그러나 이런 안타까운 사고에도 불구하고 이 제도를 통해 훌륭하게 성장한 아이들을 볼 때면 분명 제도 때문이 아니라는 것에 마음이 가기도 하며, 아주 세세한 부분까지 자세하게, 때론 지나칠 정도까지 마련된 대책들을 보면 다시는 이런 일이 일어나지 않을 것이라는 믿음이 가기도 합니다. 그렇다면 과연 무엇이 문제이고, 그 해결 방안은 무엇일까요?

모든 세상사가 그러하듯이 결국 제도에 참여하는 '사람'의 문제라고 저는 생각합니다. 학생, 교원, 기업대표, 기업현장교사, 관료 등 현장실습 제도에 직간접으로 관여하는 사람들의 생각이 변하지 않고는 이런 사고는 언제든 다시 일어날 것이고, 생각이 변했을 때 사고는 그 피해를 최소화시킬 수 있을 것입니다. 다음의 몇 가지 방안을 생각해 볼 수 있고, 우리 선생님들뿐만 아니라 사회 모두가 이 문제에 대해 생각해 보았으면 합니다.

첫째, '모든 현장실습 현장이 위험한 곳이 아니다'라는 냉정한 합의가 필요하겠습니다. 작업 현장의 위험성평가(Risk Assessment)를 강화해 현장실습 참여업체 선정에 신중을 기해야 합니다. 위험성평가는 작업 현장의 유해·위험요인을 파악하고 해당 요인에 의한 부상, 질병의 발병 가능성과 중대성을 추정·결정하고 감소대책을 수립하고 실행하는 과정을 말합니다. 산업안전보건법 제36조에서는 이 법의 적용을 받는 모든 사업장을 그 대상으로 규정하고 있습니다. 위험성평가의 인정을 받은 사업장은 안전보건 감독 유예, 산재보험료 30% 이내 감면의 보험료율 특례 혜택을 부여하고 있습니다. 기업의 안전에 대한 의식을 고취시키고, 적극 참여시키기 위해서는 규제와 더불어 인센티브를 확대하는 등의 균형적 정책이 필요합니다.

둘째, 고위험 작업장에 대한 집중적인 관심과 관리가 필요합니다. 이것은 고용노동부의 근로감독관 제도를 활용하는 부처 간 협업이 필요할 것입니다. 문재인 정부에서는 2022년까지 자살, 교통사고, 산업재해 사망자를 절반으로 줄이는 「국민생명 지키기 3대 프로젝트」를 추진하여 사고 사망만인률을 0.27까지 줄이려 노력하고 있습니다. 그중 산업재해 사망사고 감축 추진전략 중 하나인 〈고위험 분야 집중관리 방안〉에 따르면 고위험 분야에 지도·감독 역량을 집중하겠다고 되어 있으며, 위험요인별 지도·감독 집중 실시, 산업별 소관부처가 참여하는 체계적 관리, 자치단체의 적극적 산업재해 감소 노력 유도, 관계부처 합동 〈안전보건 리더회의〉 등의 구체적 방안을 제시하고 있습니다. 이 같은 정책만 적극 잘 추진했더라면 현장실습 중의 사망사고는 일어나지 않았을 것입니다. 대책이 없던 것이 아니라 그 대책을 추진하는 '사람'들이 문제였던 것이라고 생각합니다.

셋째, 교육부에서 지원하고 있는 학교담당 전담노무사 제도를 더욱 내실화, 활성화하여 그 효과성을 담보해야 하겠습니다.

넷째, 현재 매우 강조되고 있는 노동인권교육과 더불어 학습근로자 자신의 안전과 생명을 지키는 산업안전보건교육을 의무화하여 강화시킬 필요가 있습니다. 전문교과의 공통과목으로 편성되어 있는 2종의 〈성공적인 직업생활〉의 교육 내용을 분석해 보면 산업안전과 재해예방에 대한 내용은 소단원 기준으로 평균 6.25%인 반면에 근로관계와 노사관계에 대한 내용은 평균 17.6%를 차지하고 있습니다.

다섯째, 전문교과의 교육과정 내에 산업안전에 대한 내용을 포함시켜 지속적인 교육으로 안전에 대한 의식을 내면화해야 합니다. 전공별로 산업안전에 대한 내용이 다를 수밖에 없어 전공별로 고위험작업의 안전교육이 교육과정 내에 반드시 포함되어야 합니다.

여섯째, 교육에 대한 문제는 결국 교육으로 해결할 수밖에 없다는 합의가 필요하며, 이를 위한 관련 예산의 확보와 지원이 필요합니다.

현행 〈학습중심 현장실습〉 제도와 산업안전을 위한 대책은 우리가 할 수 있는 거의 모든 것을 반영하여 마련됐다고 보여집니다. 위에서 언급한 여섯 가지의 보완 방안을 잘 구체화하여 정책에 반영한다면 현장실습으로 인한 산업안전사고는 예방할 수 있을 것이라 기대해 봅니다. 그러나 이런 대책과 노력에도 불구하고 산업재해는 끊임없이 일어날 것이라는 우려는 항상 있을 수밖에 없습니다. 문명의 이기인 자동차로 인한 사고가 그칠 줄 모르는 것과 마찬가지로 말입니다. 다만 우리가 할 수 있는 일은 그 피해를 최소화시키기 위해 지속적으로 교육해야 하고, 농부와 같이 인내의 시간을 보내며, 마땅히 해야 할 일을 할 수밖에 없다는 것이 안타까울 뿐입니다. 세상을 살다 보면 정말 이해할 수 없는 일들이 끊임없이 일어납니다.

부평공고, 2021. 12.

Ⅲ. 목소리 없는 것이 말하는 소리

1. 가르치다! 교육의 정신이 어린 '가르치다'
2. 느린 학습자와 학습부진아
3. 왜 역량 중심 교육과정인가?
4. 개인 성취(performance) 향상의 새로운 시도, 왜 융합(converging)인가?
5. '다중지능이론'에 대한 소고(小考)
6. 향후 15년을 이끌어 갈 새로운 교육목표
7. 세계교육포럼 '교육의 미래를 묻는다!'
8. 코로나19 사태와 부평공고
9. 세상을 어지럽히는 자! 정녕 그가 누구인가?
10. 혹시 운크라(UNKRA)를 아십니까?
11. 5,500만 광년 떨어진 M87과의 만남
12. 자유와 평등
13. 좌(左)와 우(右)
14. 우리는 편견의 시대를 살아가고 있다!
15. 규범, 권위, 질서 있는 자유
16. 한반도! 시간과의 충돌

1. 가르치다! 교육의 정신이 어린 '가르치다'

2021학년도가 기대와 함께 희망차게 시작되는 첫날입니다.

겨울방학 동안 학교는 학생들과 선생님들에게 안전하고 쾌적한 교육환경을 제공하기 위해 다양한 환경개선 사업을 진행했습니다. 교사용 책상 파티션 교체(24,000천 원), 교실 칠판 교체(30개, 28,331천 원), 냉난방기 전면해체 세척 및 소독(210대, 11,648천 원), 공기청정기 소독(38대, 2,000천 원), 교실 청소 및 소독(34곳, 9,000천 원), 교실 청소도구함 교체(30개, 6,000천 원), 교내 포장공사(67,349천 원), 각종 교육 시설물 도색(2,200천 원), 강당 청소(2,600천 원), 교내 각종 표찰 교체(3,240천 원), 변전실 특고압 스위치 교체(20,515천 원), 실습동 렉산 설치 및 사무실 이전(44,220천 원) 등 총 20여 개의 사업에 약 2억 4천여 만 원의 예산을 투입하여 대대적인 환경개선 사업을 완료했습니다. 수고하신 모든 분들의 노고를 치하하고 감사의 말씀을 드립니다.

우리에게 '가르치다'라는 말은 언제나 우리 마음을 설레이게 하고 때론 가슴 벅찬 감동으로 다가오곤 합니다. 새로운 학년도를 시작하는 오늘 이 '가르치다'라는 말의 의미를 다시 한번 생각해 보고자 하는 뜻에서 3월의 첫 글을 드립니다.

학생과 선생님이 함께 교실에 들어갑니다. 마침 휴지가 떨어져 있었습니다.

#1. 선생님이 떨어진 휴지를 주우니 학생이 따라 줍습니다. (德)

#2. 선생님이 먼저 주울까 봐 학생이 먼저 줍습니다. (禮)

#3. 반장이 선생님에게 여쭤보고 답을 들은 후 학생들에게 줍게 합니다. (法)

#4. 선생님이 학생들에게 휴지를 주우라고 명령합니다(?).

선생님은 어느 장면이 가장 '가르치다'에 가깝다고 생각하시는지요?

'사람의 잘못된 버릇은 남의 스승 되기를 좋아하는 데 있다.(人之患在好爲人師-孟子)'는 말이 있습니다. 자기 자신은 별로 착하지도 바르지도 못하고, 학식이나 덕행이 족하지도 못한 주제임을 모른 채 남을 탓하고 남을 누르면서 이끌고 나가고자 하는 버릇은 사람이 범하기 쉬운 폐단이라는 말입니다. 남을 가르치려 하기 전에 스스로 돌아볼 줄부터 알아야겠건만 그러지 못하는 게 이승을 사는 인간들의 어쩔 수 없는 본성이 아니겠습니까. 그것은 입은 살아 있으면서도 손발이나 가슴의 피는 죽어 있다는 뜻이기도 합니다. 당연히 저도 예외일 수는 없겠지요.

우리는 매일매일 학생들을 가르치며 살고 있습니다. 그게 우리의 직업이기도 하면서 맡은 바 사명이기도 하지요. 그런데 우리가 일상적으로 사용하는 순수한 우리말 '가르치다'에는 깊은 뜻이 담겨 있습니다. 교육의 정신이 어려 있기 때문입니다. 이 '가르치다'의 중세어는 'ᄀᆞᄅᆞ치다'인데 여기서 'ᄀᆞᄅᆞ'는 가루(粉)를 뜻하는 말인 'ᄀᆞᆯ-ᄀᆞᄅᆞ'와 맥을 같이한다고 풀이합니다(최창열, 『우리말 어원 탐구』). 가루를 만드는 방법 그대로 문질러서 '갈(磨)'면 물건을 마음에 들게 다듬을 수 있는 '갈'(刀=칼의 옛말)이 됩니다. 또한 밭을 '갈(耕)'아 씨를 뿌리면 열매가 맺게 되고, 사람을 '갈(磨)'면 미숙함을 슬기로움으로 '갈(改)'게 할 수 있습니다.

'골다'라는 중세어에는 '말하다-이르다'는 뜻도 지니고 있습니다. 남에게 말을 한다는 것은 곧 상대방의 마음 밭을 '갈(改)'고자 함이었음을 이 '골다'라는 말은 의미하고 있습니다. 『석보상절(釋譜詳節)』[36]의 '일훔 지어 ᄀᆞ로ᄃᆡ 釋譜詳節이라 ᄒᆞ고 …'에서 'ᄀᆞ로ᄃᆡ'는 '가로되'라는 오늘날의 한글에도 내려오는데 그게 바로 '골다'에서 비롯된 말입니다.

이와 같이 여러 가지 의미를 지닌 '골-ᄀᆞᄅᆞ'에 '치다'라는 동사가 붙어서 이루어진 단어가 오늘날까지 내려오는 '가르치다'입니다. 『훈몽자회(訓蒙字會)』[37]에서 '育'을 '칠 육', '養'을 '칠 양'이라 했듯이 '치다'는 '기르다'라는 뜻을 갖고 있습니다. 오늘날 쓰이는 '치다'는 양치기, 소 치는 아이, 가지를 치다 등 동식물을 대상으로 하여 쓰여지고 있지만 옛날에는 부모를 봉양한다는 뜻으로 사람에게도 쓰였습니다. '어미치기 지효러니(養母之孝), 『동국신속삼강행실도』'와 같은 표현에서도 이를 알 수 있습니다.

'가르치다'의 '치다'에는 이렇듯 사람의 정신을 양육(養育)한다는 뜻이 깃들어 있습니다. '갈고', '치고' 하는 '가르치다'이니 겹겹으로 깊은 덕육의 정신을 담고 있는 것입니다. 제 생각에는 뜻글자인 한자의 '가르칠 교(教)' 자보다는 우리말 '가르치다'에 담고 있는 뜻이 더 깊고 의미가 있는 것 같습니다. 왜냐하면 『설문해자(說文解字)』[38]에 의하면 이 '教'자는 '칠

---

36 조선 세종 28년(1446)에 수양 대군이 세종의 명에 따라 소헌 왕후 심씨의 명복을 빌기 위하여 쓴 책으로 세종 29년에서 31년 사이에 간행된 것으로 추정된다. 당나라 도선의 석가씨보(釋迦氏譜), 양나라 승우(僧祐)의 석가보(釋迦譜), 법화경, 지장경(地藏經), 아미타경, 약사경 따위에서 뽑아 한글로 풀이한 석가모니의 일대기로, 조선 초기 국어 국문학의 귀중한 자료이다. 7책. 보물 제523호. 출처: 〈표준국어대사전〉

37 조선 중종 22년(1527)에 최세진이 지은 한자 학습서. 3,360자의 한자를 33항목으로 종류별로 모아서 한글로 음과 뜻을 달았다. 중세 국어의 어휘를 알 수 있는 귀중한 자료이다. 3권 1책. 출처: 〈표준국어대사전〉

38 중국 한나라 때의 허신(許愼)이 만든 문자 해설서. 〈설문(說文)〉이라고도 약칭한다. 이 책은 진(秦),

복(攴)'(가볍게 두드려 주의를 줌: 위에서 아래로 가르침을 베풂)과 '사귈 효(爻)'와 배우는 학생 '아이 자(子)'(學의 옛 글자: 아래서 배움)가 합쳐진 회의문자(會意文字)입니다. 그래서 저는 우리말 '가르치다'가 '가르칠 교(敎)'보다는 훨씬 더 깊은 뜻을 갖고 있다고 생각하는 것입니다.

이는 한자뿐 아니라 서양의 언어와 비교해도 마찬가지입니다. 영어의 '교육'을 뜻하는 'education'은 'educe'에 추상명사로 만드는 접미사 '~tion'을 붙여 만들어졌음을 알 수 있습니다. 이 단어는 '추출하다'라는 뜻으로 지성(知性)의 개발을 의미합니다. 독일어의 경우도 그렇습니다. '교육'을 뜻하는 'Erziehung'도 'erziehen + ung'의 형태인데 'erziehen'은 '재배하다'라는 뜻과 함께 '추출하다, 끌어내다'의 의미도 있어 그 기본구조가 영어와 같습니다. '-ung' 또한 동사에 붙어 여성명사를 만드는 접미사라는 점에서 영어의 '~tion'과 다름이 아닙니다.

교육이 지성을 개발해 내는 데 그치는 것이어서야 어디 교육이라 할 수 있겠습니까? 교육이 그 사람됨을 갈고 닦는 것이 되지 못할 때 지성의 개발은 자칫 잘못된 무기 구실을 하는 것으로 전락해 버릴 수 있습니다. 이것이 지식과 지식인의 경계에 서 있는 인간상을 소설로 풀어낸 위대한 작가 톨스토이의 우려가 아니겠습니까?

이 아침 조용한 시간 다시 한번 'ᄀᆞᄅᆞ치다-가르치다'라는 우리말에 걸맞는 스승을 생각해 봅니다. 반드시 스승은 아니더라도 적어도 선생이라는 단어를 곱씹어 봅니다. 떳떳이 가르칠 수 있는 이 시대의 스승을 말입니다. 아니 가르칠 수 있는 용기를 회복한 선생을 말입니다. 거칠어져 있고

한(漢) 이래의 한자의 자형(字形), 자의(字義), 자음(字音)을 연구하는 데 있어서 가장 기본적인 참고문헌이며, 금문(金文), 갑골문(甲骨文)을 연구하는 데 있어서도 빼놓을 수 없는 고전자료이다. 출처: 〈국어국문학자료사전〉

또 거칠어져 가고만 있는 우리의 마음밭을 올바로 갈고 닦아 씨앗을 뿌려 줄 수 있는 조국의 스승 말입니다. 사리를 바르게 가르고 옳게 분별할 수 있도록 밝은 마음자리로 갈아(改) 주는 스승 말입니다.

가르치는 사람, 가르침을 받는 사람 모두가 'ᄀᆞᄅᆞ치다-가르치다'는 아름다운 우리말이 함축하는 바를 깊이깊이 마음에 새겨야 할 요즘입니다.

참, 앞에서 드렸던 물음에 대한 답은 생각해 보셨는지요?

저는 개인적으로 #1, #2, #3번 모두 'ᄀᆞᄅᆞ치다-가르치다'에 해당된다고 봅니다. 다만 방법의 문제인데 그래서 교육의 특수성이 있는 것이겠지요. 면대면의 교육 현장에서 상황과 맥락, 분위기, 태도, 학습자 수준은 결코 일반화시킬 수 없습니다. 따라서 이 부분에서 선생님들의 놀라운 자율성은 마땅히 보장되어야 한다고 생각합니다. 그래야 교육의 다양성 추구가 가능하지 않겠습니까?

하지만 #4번은 시대변화에 따른 학습자의 변화도 교육 방법 선정에 매우 중요한 요인임을 인정하면, 아마 이렇게 학생들을 지도하면 요즘에는 따르는 아이들이 그렇게 많지 않을 것입니다. 우리가 노스탤지어 군단이 되어서는 안 되지 않겠습니까? 존경하는 선생님들은 어떤 교육 방법을 택하시겠습니까?

부평공고, 2021. 3.

2. 느린 학습자와 학습부진아

생명수 같은 단비가 메마른 대지를 흠뻑 적시는 아침입니다. 잔인한 달 4월이 가고 계절의 여왕이라는 5월이 왔으나 이때만 되면 유독 눈물 흘리는 이들이 많은 것이 우리의 가슴 아픈 역사이기도 합니다. 혹시 시간이 허락하시면 도종환 님의 〈5월의 편지〉를 읽어 보셨으면 합니다. '붓꽃이 핀 교정에서 편지를 씁니다'로 시작한 시는 '사랑하는 사람이여'로 마무리 됩니다. '꽃이 피고 지고 다시 필 때마다 당신을 생각한다'고 합니다. '찔레가 필 때 더욱 당신이 보고 싶다'고도 합니다. 그리곤 '오월에 사랑하는 사람을 잃은 이가 많은 이 땅에선 찔레 하나가 피는 일도 예사롭지 않다'고 합니다. 주변에 사랑하는 사람이 없는 사람이 누가 있겠습니까. 사랑하는 사람에게 감사하리라 다짐하고, 그 귀한 인연을 소중히 간직하는 '나'와 우리 모두가 되었으면 정말 좋겠습니다.

지난달에 치러진 인천기능경기대회에서 금 2(폴리메카닉스, 정밀3-2, 임준형/산업제어, 전기3-2, 주황승), 은 3(자동차정비, 자차3-2, 오준영/폴리메카닉스, 정밀3-2, 채정우/산업제어, 전기2-2, 이주한), 동 2(폴리메카닉스, 정밀2-2, 양진우/산업제어, 전기2-2, 김수한)의 결과를 얻어 우수기관(장려)으로 선정되는 성과가 있었습니다. 이제 8. 29.~9. 2.에 경상남도에서 개최되는 전국기능경기대회에 출전하기 위해 최선을 다해 준비할 것입니다. 선생님들의 큰 격려와 응원을 부탁드립니다. 작년 대회에선 아쉽게 입상하지 못하였으나 참가했던 3학년 학생들이 모두 만도브로제, 삼성

SDI, 삼성바이오로직스 등 대기업에 취업하는 놀라운 일이 있었습니다. 아이들이 참 좋아했습니다. 지금도 열심히 돈 벌고 있음은 물론이고요.
5. 11. (수)에는 (사)인천비전기업협회(회장 김동훈, ㈜엠에스씨 대표)와 산학협력을 위한 MOU가 예정되어 있습니다. 회원사만 1,000여 개에 이르는 (사)인천비전기업협회와의 MOU는 사랑하는 우리 부평공고의 도약을 위해 매우 의미 있는 일이라고 생각됩니다. 협회와의 MOU를 위해 저는 작년 6. 21.일에 김동훈 회장을 찾아뵙고 MOU의 목적과 당위성에 대해 설명하였고, 흔쾌히 체결에 합의하였습니다. 그러나 코로나의 영향으로 일정이 계속 미뤄져 오다가 드디어 MOU를 체결하게 된 것입니다. 협회에는 우리 학교에 개설되어 있는 기계(자동차, 정밀가공, 자동화), 전기, 토목 관련 직종과 관련된 우수한 기업들이 많이 가입되어 있습니다. 이번 MOU를 통해 명실상부한 산학협력이 이뤄져 역량 있는 부평공고 학생들이 될 수 있도록 가르침에 최선을 다해야 하겠습니다. 각 학과별로 1팀 1기업 동아리, 산학맞춤교육, 취업연계, 도제교육 등 실질적 도움이 학생들에게 제공되었으면 합니다.

우리 학교에 입학하는 학생들의 성적이 매년 낮아지고 있습니다. 이런 현상은 경계선 지능을 가진 느린 학습자(Slow Learners)의 비중이 점차 증가하고 있음을 말하고 있습니다. 이들은 일반적으로 우리가 가장 많이 사용하고 있는 웩슬러 지능검사(WISC-Ⅲ)에서 IQ 71~84 사이에 있는 학생들을 말합니다(WISC-Ⅳ에서는 IQ 71~79, 2011). 저의 고민은, 아니 존경하는 우리 선생님들 모두 생각하고 계시겠지만 이들을 어떻게 가르쳐야 하는가일 것입니다. 모든 선생님이 떠안고 계신 고민은 교육의 현장에서 필연적으로 대면할 수밖에 없는 느린 학습자, 즉 경계선 지능에 있는 학생들을 어떻게 하면 적절하게 학습시킬 수 있을까 하는 것입니다. 우리에게 큰 숙제가 아닐 수 없습니다. 이들에게 알맞은 교육을 제공하여 그들이 건강한 사회인으로, 직업인으로 성장할 수 있게 하는 것이 학교의 역할이기 때문입니다. 그 중심에 선생님들이 있고, 선생님들의 말과 행동, 태도는 학생들의 성장에 광범위하게 영향을 미친다는 사실을 우리 모두 경험적으로 잘 알고 있습니다. 남을 가르친다는 것은 매우 어려운 일입니다. 더군다나 느린 학습자를 가르친다는 것은 몹시 어려운 일입니다. 그럼에도 불구하고 세상에서 가장 어려운 직업 중의 하나인 교사라는 직업을 선택한 사랑하는 우리 부평공고의 선생님들은 지금도 가르치는 일에 최선을 다하고, 또 그렇게 하고자 노력하고 계십니다.

느린 학습자는 추상적이고 상징적인 개념(언어, 수 등)을 다루는 능력이 제한적이고, 실제 상황에서의 추론 능력도 또래의 평균적인 학생들에 비해 매우 부족한 특징을 보이고 있습니다. 기대 수준과 성취 수준 사이에 큰 차이를 나타냅니다. 이들에게 최소한의 읽고, 쓰고, 셈하기의 성취 수준을 가르치는 것이 교육이며, 주로 학교에서 이루어지고 있습니다. 따라서 학교가 교육을 통해 이런 학생들의 느린 성장 속도를 적절히 제어해서 가장 효율적인 학습방법을 찾도록 도와주지 못하면 이들의 학습적인 어려움, 즉 학습 결손은 누적되어 증가할 수밖에 없습니다. 학교가 이런 느린 학습자에게 관심을 가져야 하는 이유는 이것뿐만이 아닙니다. 국가가 사회 질서 유지에 매우 중요한 평범한 일들을 할 수 있는 구성원들의 역량을 향상시키고자 노력하는 것은 어느 나라든 그 국가의 운명을 결정하는 중요한 요인이며, 이런 느린 학습자가 많은 사회에선 엄청난 사회적 비용이 지출되기 때문입니다. 따라서 느린 학습자들을 위한 별도의 교육 프로그램이 필요하다는 것을 학교는 잘 알고 있습니다.

느린 학습자와 학습부진아는 둘 다 기대 수준에 못 미치는 공통점은 있으나 이 둘 사이에는 명백한 차이가 있습니다. 느린 학습자는 또래 집단에서 평균적으로 기대되는 과업을 할 수 없는 학생들입니다. 심지어 아래 학년의 과업도 할 수 없습니다. 반면 학습부진아는 능력은 또래 집단과 비슷하나 학습에서 평균적인 학생들의 성취 수준보다 낮은 경우의 학생들을 말합니다. 즉 능력은 있으나 어떤 요인으로 인해 학습에 흥미를 잃고 공부에서 멀어진 학생들을 말합니다. 느린 학습자의 원인이 지능의 차이에 있다면, 학습부진아의 경우는 지능보다는 개인적인 특별한 환경이나 부적절한 주변 환경 등에 있습니다. 또한 느린 학습자와 학습장애아는 또 다릅니다. 학습장애는 뇌손상, 뇌기능장애, 난독증, 실어증 등과 같은 것들에 의해 유발되는 것을 말합니다. 따라서 느린 학습자는 학습장애아로 이어지지 않습니다.

느린 학습자의 일반적인 특징을 살펴보면,

첫째, 제한적인 인지능력입니다. 이들은 학업 상황을 헤쳐 나가고 추상적인 추론을 하는 데 실패합니다. 사물이나 현상의 특징을 관찰해서 이전의 경험에 따라 그 관계를 인지하는 데 어려움을 겪습니다. 즉 추론이라는 복잡한 인지적 조작에서 어려움을 겪습니다. 제한적인 인지능력으로 인해 발달단계에 따른 적절한 인지발달을 하지 못해 또래 집단을 따라가지 못하는 것입니다. 그런데 이들 대부분이 기계적이고 반복적인 학습에서는 성공할 수 있다는 연구 결과는 직업교육을 하는 우리 부평공고의 교육과정에 시사하는 점이 매우 크다고 생각합니다. 교육과정의 절반

이상이 전문교과로 편성되어 있으며, 그 대부분이 조작적이고 반복적인 실험·실습으로 이루어져 있기 때문입니다.

둘째, 부족한 기억력입니다. 기억력은 인지와 회상, 인지적 전략 등을 포함하는 일련의 인지적 과정입니다. 이 과정은 당연히 학습 능력에 영향을 미칩니다. 느린 학습의 이유가 부족한 기억력 때문인 것은 어쩌면 당연한 것인지도 모릅니다. 분명히 기억 속에 있으나 그것을 끄집어내지는 못합니다. 그러니 선생님이 한 말을 "언제 그러셨어요?" 하고 되묻는 것이 다반사입니다. 이런 일은 이들에겐 당연한 것입니다. 따라서 기계적이고 반복적인 가르침이 필요한 것입니다. 우리에게 맞는 교육 방법입니다.

셋째, 산만함과 주의력 결핍입니다. 느린 학습자가 기억하지 못하는 이유는 산만함과 주의력 결핍에 있습니다. 이들은 오랫동안 수업에 집중하지 못하고 흥미를 잃고 엎드려 잡니다. 학습자료나 내용, 교수 방법이 적절하지 않아서 주의력이 부족할 수 있습니다. 교육에서 다양한 매체를 사용하는 교수 방법을 택하는 이유가 여기에 있습니다. 주의 집중과 동기유발이 학습의 효과를 이끌어 낼 수 있기 때문입니다. 느린 학습자도 재미있는 수업에서는 상당한 시간 동안 수업에 집중할 수 있습니다. 조작적 기능을 통한 실용적인 학습 활동 중심의 수업이 이들에게 좋은 공부 습관을 갖게 하고, 산만한 주의력을 해소할 중요한 교육 방법입니다.

넷째, 사고 표현의 어려움입니다. 들은 것을 이해하고 말과 글로 표현하는 것이 무엇보다 중요합니다. 그러나 이들에겐 이런 능력이 부족합니다. 어휘력 부족으로 인해 무엇을 말해야 할지 모르고, 말할 것을 알고 있다 해도 말하는 방법을 찾기 어려워합니다. 그러니 말하지 않게 되고 내

성적인 경향을 나타내게 됩니다. 극단적인 경우에는 외톨이가 되기도 합니다.

문제의 원인을 알면 해결책을 찾을 수 있듯이 느린 학습자의 원인이 무엇인지 안다면 선생님은 초기 단계에서 이들을 찾아내고, 교육 방법을 강구하여 도움을 줄 수 있을 것입니다. 이런 원인들은 때론 어떤 한 가지의 원인으로 작용하기도 하지만, 대부분 복합적으로 작용하는 것이 일반적입니다.

첫째, 빈곤 등과 같은 가정의 경제적 어려움일 수 있습니다. 그러나 상관관계가 있을지언정 주요 원인은 아닙니다.

둘째, 부모의 교육 수준과 지능 등과 같은 가정환경입니다. 교육을 받은 부모일수록 자녀의 인지발달에 민감한 것이 일반적입니다. 우리 사회 일각에선 교육열이라 치부하고 있지만, 교육받은 부모는 자녀의 인지 수준에 맞는 교육적인 경험과 자료를 의도적으로 제공합니다. 다만 학원에 보내면 모든 것이 해결된다고 생각하는 부모가 대부분이라는 것이 문제지만 사회경제적으로 여유 있는 가정의 아이들이 느린 학습자가 될 가능성은 현저히 낮습니다. 빈곤은 분명히 상관관계가 있습니다.

셋째, 정서적 요인입니다. 느린 학습자의 대부분은 낮은 자아 개념과 자아존중감을 갖고 있습니다. 학생의 발달은 부모와 가족, 또래 집단, 학교에서의 경험에 의해 크게 좌우됩니다. 주변 환경에 의한 정서적 요인들이 느린 학습자에게도 영향을 미치는 것은 분명합니다. 느린 학습으로 인해 좌절하고, 과업의 실패가 열등감으로 이어져 낮은 자아존중감을 갖게 되는 악순환은 끊임없이 반복됩니다.

마지막으로 어찌 보면 가장 중요한 요인이라 할 수 있는데. 바로 개인적 요인입니다. 신체적 요인에 의한 것이라면 극복할 여지가 있으나 정신적 요인에 의한 느린 학습은 도와주는 데 큰 어려움이 있습니다. 학습의 자발성에 대한 문제입니다. 스스로 부족함을 극복하려는 자유의지는 학습의 기본원리 중 가장 중요한 요소이기 때문입니다. 그래서 공자는 비인부전(非人不傳)이라 했는지도 모릅니다.

선생님은 많은 것을 잘해야 하기 때문에 가르친다는 것은 결코 쉬운 일이 아닙니다. 어떤 때는 착한 리더가 되어야 하고, 어떤 때는 효율적으로 말할 줄 알아야 되며, 때론 빠른 진단자여야 하고, 눈치 있는 사교가이기도 하며, 엄격하지만 공정한 규율주의자여야 하며, 무엇보다도 선한 인도자여야 합니다. 가르치는 교과의 전문가여야 함은 두말할 나위가 없으며, 특히 느린 학습자에 대한 진단, 교육, 평가, 환류의 과정은 각 단계에서 높은 전문성이 요구되고 있습니다. 희생과 봉사에 헌신적인 선생님들은 자기의 일을 매우 좋아합니다. 그들은 결과에 대해 불평하지 않으며, 다른 사람이 어떤 말을 해도 자신의 권리를 앞세우기 전에 맡겨진 의무를 다합니다. 선생님이 마땅히 받아야 하는 존경을 사회가 늘 주는 것도 아니고 그렇다고 많은 급여를 주는 것도 아니며, 가르치는데 필요한 환경을 때에 맞춰 적절히 제공하지 않음에도 불구하고 선생님들은 자신의 일을 잘 수행해왔고, 앞으로도 그럴 것입니다. 우리에겐 맡겨진 아이들이 있고, 가르쳐야 할 학생들이 있으며, 그들이 잘 성장하여 졸업 후 사회구성원으로 자기 몫을 다하리라는 기대가 있기 때문에 그렇습니다. 선생에게 보상은 내가 가르치는 학생이 훌륭히 성장해 사람다운 사람으로 살아가는 것을 보는 데 있습니다. 아이들의 변화, 도전, 노력, 성공에 도움을 줄 수 있다는 것은 나에게 큰 보람이고, 선생인 저는 그것이 중요하다는 것을 압니다. 중봉직필(中鋒直筆)이라 하지 않았던가요! 붓끝을 정중앙으로 꼿꼿이 세워야 합니다. 측필편봉(側筆偏鋒)하는 재주는 결코 교육의 길이 될 수 없습니다. 우리 모두 각자의 중봉직필이 무엇인지 내가 가르치는 아이들의 눈빛에서 찾길 바랍니다. 힘들고 어려운 고난의 길이 선생의 길이라 하더라도 그렇게 하는 것이 옳습니다!

부평공고, 2022. 5.

3. 왜 역량 중심 교육과정인가?

- NCS 교육과정과 핀란드의 교실혁명을 중심으로 -

박근혜 정부에 들어 NCS 교육과정이 국정과제로 추진되고 있습니다. 우리 선생님들도 계속 연수를 받고 계시는 것으로 알고 있는데, 이번 달에는 이에 관한 말씀을 드리려고 합니다.

참고자료로 세계 교육의 흐름을 알 수 있는 OECD의 〈PISA 2012〉 결과와 일본 츠루 문과대학 후쿠다 세이지(福田誠治) 교수가 쓴 『핀란드 교실혁명』(비아북, 2009)을 참고하여 정리해 보았습니다. 요사이 핀란드 교육이 주목받고 있는 것은 모두 아실 것입니다.

우리나라와 핀란드는 정말 다릅니다. 달라도 너무 다릅니다. 하지만 수업 현장이라는 교실을 통해 학생들과 선생님들의 만남이 이루어지고, 교육이 과정(process)으로 진행되고 있는 것은 다르지 않다고 봅니다.

비록 상황은 다르지만 우리 선생님들이 어떻게 학생들을 대하고, 그들과 어떻게 만나야 하는지에 대해 생각해 보아 도전으로 삼았으면 합니다.

이 글은 핀란드 따라 하기도, 혹은 핀란드 거부하기도 아닌 그들의 교실에서 우리가 당장 배울 수 있는 것 몇 가지만이라도 우리 학교 교실에서 활용하였으면 하는 바람과 왜 역량 중심 교육과정으로 세계 교육의 흐름이 변하고 있는지에 대해서 작성되었으니 오해 없으시기 바랍니다.

우리나라와 핀란드는 지정학적으로 볼 때도 동아시아의 끝과 북유럽의 발트해 연안에 있습니다. 지구 반 바퀴를 돌아가는 곳에 위치한 셈입니다. 어떻게 다른지 한번 살펴보도록 하겠습니다.

참 많이 다릅니다. 좁은 국토에 인구는 우리나라가 10배 가까이 많고, 국민소득은 핀란드가 우리보다 약 3배가 높습니다. 한마디로 우리보다 엄청 잘사는 나라라고 할 수 있습니다.

그런데 핀란드의 교육이 세계적으로 주목받고 있는 것은 그들이 '국제학업성취도평가'에서 매번 전 분야에서 최상위의 성적을 거두고 있기 때문이라 생각됩니다. 아시다시피 '국제학업성취도평가'(PISA, Program for International Student Assessment)는 '경제협력개발기구'(OECD, Organization for Economic Cooperation and Development)에서 15세 학생을 대상으로 3년마다 실시하는 연구 프로젝트입니다. 읽기, 수학, 과학 등의 3개 주영역과 2~3개의 보조영역에서 30여 개국의 학업성취도를 비교분석 하여 교육이 나가야 할 방향을 제시해 주고 있습니다. 2000년부터 시행된 PISA는 3년 주기로 5회에 걸쳐 시행되었으며, PISA 2012의 결과가 지난 12월에 공개되었습니다.

구분	우리나라	핀란드	비교
위치	동아시아 동쪽 끝	북유럽 발트해 연안	-
면적	100,032㎢	338,1145㎢	핀란드 3.38배
인구	49,773,145명(2009)	5,244,749명(2008)	우리나라 9.5배
평균수명	79.56세(2007)	78.82세(2008)	-
출산율	1.15명(2009)	1.73명(2008)	핀란드 1.5배
1인당 GDP	17,074 $ (2009)	44,491 $ (2009)	핀란드 2.6배
실업률	3.5%(2009)	6.8%(2007)	핀란드 1.9배
수출	3,635억 $ (2009)	1,049억 $ (2007)	우리나라 3.5배

수입	3,231억$(2009)	815.4억$(2007)	우리나라 4배
인구밀도	498명/㎢(2009)	16명/㎢(2008)	우리나라 31배

참고로 우리나라의 성적을 살펴보면 다음과 같습니다. (PISA 2012, 득점순)

수학 소양		읽기 소양		과학 소양	
국가명	순위	국가명	순위	국가명	순위
대한민국	1	대한민국	1~2	일본	1~3
아일랜드	2~3	일본	1~2	핀란드	1~3
캐나다	2~3	핀란드	3~5	대한민국	2~4
폴란드	3~7	아일랜드	3~6	에스토니아	2~4
에스토니아	4~8	캐나다	4~9	폴란드	5~8
리히텐슈타인	4~9	에스토니아	6~9	캐나다	5~9
뉴질랜드	5~9	뉴질랜드	7~13	독일	5~10

※ OECD 회원국(34개국) 비교

우리나라의 성적이 매우 놀랍지요! 그러나 이와 같은 순위는 중요한 것 같지는 않습니다. 왜냐하면 검사 결과가 좋다고 해서 우리나라 교육이 다른 나라에 비해 우수하다는 것을 의미하지는 않기 때문입니다. 다른 관련 지표들을 비교분석해 보면 우리나라가 비록 등위는 높지만 교육투자비용 대비 효율은 낮은 것으로 분석되었기 때문입니다. 우리와 핀란드를 비교해 보면 핀란드 학생들에 비해 우리나라 학생들이 공부하는 시간은 2배 이상인 것으로 나타났기 때문입니다.

그렇다면 공부의 효율에 있어 핀란드와 우리나라는 왜 2배 이상의 차이가 날까? 바로 그 점이 제가 궁금한 것이었습니다. 자 그럼 이제 엄청

잘사는 나라 핀란드의 교실 현장에서는 지금 무슨 일들이 어떻게 이뤄지고 있는지 살펴보도록 하겠습니다.

1) 핀란드 사람들이 생각하는 교육이란?

(1) 경쟁으로 학력을 향상시킬 수는 없다

핀란드는 '경쟁을 통해 개인의 격차를 벌리는 방식으로는 학력을 끌어올릴 수 없다.'라는 사회적 인식하에 1985년부터 수준별 수업을 중지하였습니다. 왜냐하면 경쟁은 능력이 없을 것 같은 사람을 탈락시킬 것이라는 생각이 확고하였기 때문입니다.

우리와 참 다르지요? 사회복지가 잘되어 있고, 개인의 능력 발달이 가정, 지연, 환경, 경제 등의 이유에 의해 좌우되지 않도록 하겠다는 의지가 확고한 것 같습니다. 즉, 이들의 교육철학은 '격차를 없앤다!'에 맞춰 있습니다. OECD 교육국 지표분석과장인 슐라이허(Andress Scheicher)는 "우리는 사회적 배경에 관계없이 모든 학생에게 평등한 기회를 주기 위해 노력하고 있다. 교육의 질이 떨어져서도 안 되고 아이의 배경이나 출신이 교육에 영향을 미쳐서도 안 된다. 한 사람 한 사람을 소중하게 여기고, 개개인의 '격차'를 염려하는 것은 '무척 단순한 경제적 필요성'에 기인한다."라도 잘라 말하고 있습니다. 저는 개인적으로 이 문제에 있어 '격차를 없앤다!'라는 철학에는 동의하나 반드시 우리가 처한 현실적 문제와 상황을 살펴보아야 한다고 생각합니다. 국민소득이 우리보다 3배나 높은 나라이니 얼마나 사회복지가 잘되어 있겠습니까? 교육의 문제를 복지의 차원에서 접근하고 있는 것을 알 수 있습니다. 다만 우리도 하루빨리 그와 같은 수준을 넘어설 수 있기를 희망하며 지금과 같은 고민을 하고 있는 것이겠지요.

(2) 자신을 위해 공부하는 아이들과 8학군이 없는 나라

최근 교육에 대한 OECD의 시각은 교육의 목적을 학생들이 사회에서 활용할 수 있는 능력을 배양하는데 두고 있습니다. 이런 국제적 시각에 맞춰 핀란드는 교육의 목적을 산업 발전이나 지식 활용에 두지 않고 사회의 안정적 기능 확보 즉, 일종의 사회의 인프라 정비로 바라보고 있습니다. 집단 속에서 '함께 일하고 함께 배우는 능력', '함께 전략을 만들어 내는 능력' 등을 강조하고 있는 것입니다.

학습 속도는 개인에 따라 또 같은 사람이라도 시기에 따라 균일하지 않으며, 한 사람 한 사람이 모두 다르게 배우고 학습하기 때문입니다. 그런 '배움' 자체에 의미가 있는 것이겠지요. 즉, 학생의 필요에 개별적으로 대응하겠다는 것인데 이것이 바로 우리가 강조하고 있는 '맞춤형 교육과정'이라고 생각합니다.

교사는 모든 문제를 해결해 주고 진로를 결정해 주는 것이 아니라 개개의 학생에게 적절한 학습 환경을 만들어 주어야 한다는 것입니다. 여기서 적절한 학습 환경이란 꼭 물리적 환경을 의미한다고는 보지 않으며 교사의 포괄적 지도 노력을 의미한다고 생각합니다. 똑같은 것이 하나도 없고 모두 다른 진로를 고민하고 있는 학생들에게 매우 '개별화된 배움의 기회'를 주는 것, 바로 오늘 핀란드가 하고 있는 노력입니다.

저의 고민은 공부 못한다고 비난받는 학생들을 무조건 학생 개인의 탓으로 여겨 비난해야 할지, 아니면 그들 스스로 공부하도록 키워 주지 못한 우리 사회를 비난해야 할지에 있습니다. 자기주도적 학습을 못 하는 학생들에게 시간 낭비, 비용 낭비, 정신력 낭비, 행복의 낭비, 나아가 국가 경쟁력의 낭비는 아닌지 말입니다. 아무리 핀란드와 사정은 다르지만 그들이 '단 한 명의 낙오자도 허용하지 않겠다.'(비록 적은 인구 때문이라 하지만)라는 교육적 노력이 부럽고 우리가 배워야 할 자세라고 생각합니다.

우리나라와 또 다른 것이 '학력 격차가 학교 간에는 거의 없고 학교 내에서의 개인 간의 격차는 크다.'라는 것입니다. 즉, 학교 내에 잘하는 학생과 못하는 학생의 격차가 크다는 것을 의미하는데 이런 현상은 우리와 비슷한 것 같습니다. 다만 8학군(?)이 없다는 것입니다. PISA의 연구 결과에 의하면 평등과 고학력은 결코 모순되지 않음을 보여 주고 있습니다. 학교의 편차를 줄이고 경제적 배경을 평등하게 하면 국민의 평균 학력은 높아진다는 것입니다. 핀란드에서는 밑바닥은 끌어 올리되 위쪽은 제한 없이 개방한다는 철학이 깔려 있는 것 같습니다. 이는 그들의 사회적 민주주의에 입각한 정치철학에 근거하고 있다고 생각합니다.

다음 PISA 2012의 결과는 우리에게 좋은 자료가 될 듯합니다(수학 성취도에 한해).

구분	학교 간 격차	학교 내 격차	사회·문화·경제적 배경		OECD국가별 분산 대비전체분산
			학교 간	학교 내	
OECD평균	36.8	63.4	27.6	5.1	100
대한민국	45.3	69.2	13.2	1.5	115.8
핀란드	6.3	77.0	33.5	9.7	85.8
일본	54.5	48.3	5.9	1.8	103.2

핀란드는 우리보다 엄청 심각하지요? 학교 간의 격차는 작으나 학교 내의 격차는 엄청 크니 말입니다. 결코 우리나라의 미래는 어둡지 않습니다. 다만 오늘 우리가 지금 어떻게 하느냐에 따라 결정될 뿐입니다.

(3) 학업성취도가 다른 학생 집단과 수업의 개별화

핀란드 교실에선 '통합하되 개별적으로 가르친다.'라는 큰 전제하에 국가 차원의 거창한 교육목표와 목적이 있지만 그것을 어떻게 구현할지를 결정하는 것은 전적으로 학교와 교사 개인이라고 생각하고 있습니다. 교사들에게 책임과 권한을 이양하고 교사의 편의가 아니라 학생의 의욕 증진과 동기 부여를 위해 최선을 다하는 선생님의 존재는 절대적으로 중요하게 여깁니다. 이들의 생각엔 '책임과 권한'이라는 합리적 사고가 자리 잡고 있는 것으로 보입니다. 권한이 이양될 때는 반드시 책임도 따른다는 것이지요. 평가는 물론이구요. 핀란드와 우리의 현실적인 여건의 차이, 제도의 미비가 있다고 해서 교실 현장에서 '교사의 역할'에 대한 기대마저 포기할 수는 없는 노릇입니다. 교실 안에서 교사의 자율성은 얼마든지 발휘될 수 있습니다. 비록 우리가 부족할지언정 이런 노력이 있을 때 우리의 교육은 신뢰받을 수 있지 않을까 생각해 봅니다.

(4) 그들이 말하는 핀란드 교육의 성공 요인

다음은 핀란드 국가교육위원회에서 말하는 그들의 교육에 관한 설명입니다.

① 가정, 성, 경제력과 관계없이 교육기회 평등(사회적 평등)

② 어떤 지역에서도 교육에 대한 접근이 가능(공간적 평등)

③ 성별에 따른 분리를 부정(남녀공학)

④ 모든 교육은 무상으로 실시

⑤ 종합제(통합)로 선별(수준별)하지 않는 교육

⑥ 전체는 중앙, 조정·실행은 지역에서 유연한 교육행정 지원

⑦ 모든 교육단계에서 서로에게 영향을 주고 협동(동료의식)

⑧ 학생의 학습과 복지에 대해 개인별 맞춤 지원

⑨ 시험과 서열을 없애고 발달의 관점으로 학생을 평가

⑩ 자신의 생각에 따라 행동하는 전문성이 높은 교사

⑪ 사회적 구성주의에 입각한 학습 개념

2005년 이르멜리 할리넨 핀란드 국가교육위원회 보통교육국장은 핀란드에서 '학습의 개념'을 다음과 같이 말하고 있습니다.

① 사회적 구성주의와 학생의 적극적인 역할

② 상황에 따른 학습 방식, 학교문화와 학습환경의 중요성

③ 종합적 교육학

④ 학업 달성과 학생 복지의 구현

교육과정에서 기존의 교과 중심 교육과정이 학생의 역량과 능력을 중시하는 역량(competency) 중심 교육과정으로 변화하였음을 알 수 있습니다. 우리나라와 가장 큰 차이점이라 할 수 있겠습니다. 최소한 교사 중심의 일방적인 주입식 수업에 대한 대안을 심각히 고려해야 할 것입니

다. 공부에 소극적인 학생, 성적이 부진한 학생을 문제 학생으로 쉽게 딱지 붙이는 일만은 피해야 하지 않겠습니까? 교사의 지시를 위반한다면 문제 학생인가 말입니다! 적어도 핀란드에서는 그가 처한 상황과 환경을 높은 교사의 전문성과 사회적 관심에 의해 살펴본다는 것입니다.

2) 왜 역량 중심 교육과정이어야 하는가?

이제 우리의 논의를 '지금까지 무엇을 배웠는가?'가 아닌 '앞으로 무엇을 할 수 있는가?'에 초점을 맞추었으면 합니다.

2002년 OECD에서는「개인 역량의 정의·선택(Definition and Selection of Competency, DeSeCo 계획)」이라는 의무교육 단계의 학력을 '개인 역량'의 개념으로 통합하는 계획을 발표하였습니다. 핀란드는 이의 추진을 위해 DeSeCo 계획의 세 가지 전략을 수립하여 추진하고 있는데 이는 우리 학교와 같은 특성화고가 추구하고 있는 교육 내용과 매우 유사합니다. 즉 현재 우리가 추진하고 있는 NCS 교육과정의 핵심적인 교육 내용이라 할 수 있습니다.

첫째, 상호 교류적으로 도구를 사용하는 능력의 강조(use tools interactively) - 언어, 정보, 수학, 과학, 기술(PISA에서는 언어, 정보, 수학, 과학 측정)

둘째, 서로 다른 집단에서 상호 교류하는 능력(interaction in heterogeneous groups) - 의사소통 능력 강조

셋째, 자율적으로 행동하는 능력(act autonomously) - 스스로 판단하

고 스스로 책임지는 단계까지(자기주도적 학습능력)

이와 같은 내용은 우리가 추진하고 있는 '직업기초능력'의 강화와 일맥 상통하고 있습니다. 우리 특성화고가 강조하고 있는 직업기초능력은 세계적인 교육의 흐름에 부응하고 있으며, 그 방향에 있어서는 적어도 틀리지 않았다고 생각합니다. 학생들과 만날 때 어떤 생각과 의도를 가져야 하는지 교육에 몸담고 있는 우리의 치열한 고민이 있어야 할 것입니다. 교육의 내용을 추출하는데 방향이 맞다면 이제는 교육의 방법에 신경을 써야 한다는 말입니다. 학생들 전체가 아닌 개개인의 상황과 처지를 고려한 만남을 통해 진정한 교육이 이루어지길 기대해 봅니다.

지난 2010년 FIFA 주관 국제대회인 U-17 세계여자축구대회에서 우리나라가 정말 열악한 환경을 극복하고 기적에 가까운 우승이라는 쾌거를 이룩했습니다. 고1 정도에 해당하는 학생들인데 정말 대단한 일을 해낸 것입니다. 감독을 맞고 있는 최덕주 감독의 리더십을 일컬어 '아버지 리더십'이란 말이 회자 되었던 것을 기억하실 겁니다. 그는 "아버지 리더십이 아니라 아버지였다. 선수들이 나를 아버지로 만들었다."라고 미소 지었다고 합니다. 예민한 감수성을 보듬고 감성적이고 따뜻한 시선으로 선수들을 지도한 그는 정말 선수들에게는 아버지였는지도 모릅니다. 매일 혼만 내는 선생님이 아니라 최덕주 감독과 같이 부모의 심정으로 학생들을 대할 때 우리 교육은 지금보다 훨씬 나아지리라 생각합니다. '단 한 명의 학생도 결코 포기하지 않겠다.'는 핀란드 선생님들의 생각은 우리뿐 아니라 세계 모든 나라의 선생님들이 지녀야 할 가치 덕목이라 생각합니다. 지금 이 순간에도 우리 학교의 많은 선생님은 곳곳에서 참 어려운 환경과 여건을 극복하고 학생들 지도에 최선을 다하고 계시는 것을 저는 잘 알고 있습니다. 주마가편(走馬加鞭)이라 했습니다. 교육에 관한 우리 모두의 소망 한 번 이루어 보지 않으시겠습니까?

계산공고, 2014. 7.

4. 개인 성취(performance) 향상의 새로운 시도, 왜 융합(converging)인가?

발명·특허 특성화고등학교인 우리 학교! 산업현장과 연계한 직무발명이 핵심과제일 것입니다. 어떻게 추진할 것인가? 가르치는 데 있어 융합! 21세기 지식정보사회의 키워드인 '융합과학기술(Converging Technologies)'을 학습에 접목시켜야 하는 이유(교수·학습 내용의 선정)와 어떻게 가르칠 것(교수·학습방법의 결정)인가에 대해 말씀드리고자 합니다.

아마도 이 내용은 전문교과 선생님뿐만 아니라 보통교과 선생님에게도 매우 필요하리라 생각하고 있습니다. 선생님들이 가르치실 때 교육의 방법과 내용을 선정하실 때 참고하셨으면 합니다. 처음은 모두 어려울 것입니다.

1) 들어가는 말

앨빈 토플러(Alvin Toffler)는 지금부터 정확히 35년 전에 그의 저서 『제3 물결, The Third Wave』(1980)에서 '프로슈머(prosumer)'란 신조어를 만들어 미래 사회-35년 전의 미래 사회이므로 현재 오늘날의 사회를 지칭하기도 함-를 예측하였습니다. 그는 또 『부의 미래, Revolutionary Wealth』(2006)에서 다시 한번 '프로슈머(prosumer)'의 의미와 그 역할에 대해 강조하고 있습니다.

『제3 물결』에서는 '판매나 교환을 위해서라기보다 자신의 사용이나 만족을 위해 제품, 서비스 또는 경험하는 이들'을 가리켜 '프로슈머(prosumer)'라 하였다면, 『부의 미래』에서는 보다 확장된 의미의 '개인 또는 집단들이 스스로 생산(PROduce)하면서 동시에 소비하는 행위(conSUME)를 하는 이들'을 가리켜 '프로슈머(prosumer)'라 하였으며, 그 행위를 '프로슈밍(prosuming)'이라 하였습니다.

이것은 사회의 모든 분야에서 생산과 소비의 벽이 무너졌음을 의미하며, 이 시대를 사는 우리 모두가 스스로 인지하든 하지 못하든 상관없이 프로슈머로써 프로슈밍하며 살아간다는 것을 말하고 있습니다. 이와 같은 사회에서 지금 우리 선생님들에게 관심 있는 것은 당연히 '교육'에 관한 변화일 것입니다.

사회에서의 요구는 '교육의 질을 높이면 생산성을 높일 수 있다.'는 것으로 교육의 질을 높이는 방법은 실력 있는 교사를 많이 배출해야 한다는 것이 일반적인 생각이고, 세계 각국의 교육 정책이 이런 방향으로 진행되고 있는 것도 사실입니다. 이와 같은 생각은 대량교육의 체제에서는 어느 정도 그 효용성을 인정받고 있는 것도 부인할 수 없습니다. 그러나 한편으로 보면 '오로지 교사만이 교육을 할 수 있다는 고정된 사고'가 은밀히 내포되어 있습니다. 그렇지만 오늘날 교육의 역사에서 가장 놀라운 사실은 '컴퓨터'의 대중화라는 것입니다. 이는 기존의 교사와 학생 간의 면대면 학습상황에서 개인 대 개인 간의 학습으로의 전환을 야기했고, 이와 같은 상황에서 교사와 학생 간의 관계가 한층 더 복잡해졌음을 나타내고 있습니다. 교사와 학생은 동료가 아닙니다. 왜냐하면 한쪽이 다른

쪽보다 내놓을 지식이 더 많기 때문입니다. 이들이 함께하는 이유는 분명한 지식 차이 때문이지 새로운 평등 관계를 구축하기 위해서가 아닙니다. 더욱 흥미 있는 사실은 이들의 역할이 일순간에 뒤바뀔 수 있다는 것으로 이들이 서로 경험과 정보를 나누는 동안 나중에 배운 학생이 스승이 되고 원래의 스승이 학생이 되는 일도 생깁니다. 순자(荀子)의 권학편(勸學篇)에 청출어람(靑出於藍)이라 하지 않았습니까!

이제 논의의 중심으로 되돌아가 보겠습니다. 생산과 소비의 벽이 무너진 사회, 교사와 학생 간의 역할이 재정립되어야 하는 사회, 속도, 연결성, 무형의 가치가 중요시되는 블러(blur)의 사회, 이런 사회에 요구되는 것이 '융합'이라는 것은 어쩌면 당연한 귀결인지 모릅니다. 현재 우리 학교의 시스템으로 되어 있는 5개 학과 간의 구분, 이를 가르치기 위한 선생님들의 전공(보통교과와 전문교과 모두)이라는 폐쇄적 자격 등, 분명 이와 같은 체제는 앞에서 언급한 사회와는 많은 거리가 있을 것이라 예상됩니다.

오늘날 세계는 기술의 융합과 복합화라는 21세기의 키워드를 갖고 기계공학, 전자공학, 재료공학, 물리, 화학, 생물, 의학 등 단위기술의 발달이 기술 발전을 주도했던 상황에서 벗어나 기술 간의 융합을 통한 새로운 패러다임이 수반되는 창의적인 과학기술, 인간과 사회를 위한 과학기술로 변화해가는 진화를 거듭하고 있으며, 이는 모든 나라들이 국가의 미래를 좌우하는 중요한 과제로 추진하고 있습니다.

'융합과학기술(Converging Technologies)'의 필요성에 대해서는 어느 정도 언급하였다고 봅니다. 그러면 이것을 어떻게 학습에 접목시킬 것인가? 이는 교육철학과 교육심리, 교육 방법과 연관된 것으로 저는 인지과학(Cognitive Science)과 학습과학(Learning Science)의 연결에서 그 방법을 찾고자 합니다.

2) NBIC 융합과학기술(Converging Technologies)[39]

(1) NBIC 융합과학기술이란 무엇인가?

21세기에 들어선 지금 나노기술, 생명과학기술, 정보기술, 인지과학, 그리고 이들과 사회과학을 연결하여 통합적 시너지 효과를 산출할 수 있는 새로운 융합과학기술이 주목받고 있습니다. 여기서 융합과학기술(Converging Technologies)이란 과학과 기술에 있어 다음의 4가지 주요 영역의 시너지 조합을 말합니다.

① NT(Nano Technology): 나노과학과 나노기술
② BT(Bio Technology): 유전공학을 포함하는 생명공학과 생명의학기술
③ IT(Information Technology): 높은 수준의 컴퓨팅과 통신을 포함하는 정보기술
④ CT(Cognitive Technology): 인지신경과학, 인지심리학을 포함하는 인지과학기술

이러한 융합과학기술 추구의 목표는 과거의 과학기술처럼 분산된 산

39 NSF 보고서(미국, National Science Foundation, 2002), 세계 각국이 추구해야 할 미래지향적 과학기술의 방향.

발적 목표 추구가 아니라 인간의 신체적, 심리적, 사회적인 모든 생활에서 개인의 성취를 향상시키는 데 있습니다.

(2) NBIC 융합과학기술 바탕 미래 사회의 모습

NBIC 융합과학기술이 가져올 미래 사회의 모습은 상당히 긍정적인 것으로 그 비전을 주로 교육과 관련하여 살펴보면 다음과 같습니다.

① 학교에서건, 직장에서건, 가정에서건 모든 배경의 사람들, 여러 계층의 다양한 능력을 가진 사람들이 보다 더 쉽게, 빠르게, 신뢰롭고 안정스럽게 새로운 가치와 지식을 습득

② 전통적으로 경계 지워지고 서로 간에 있었던 장벽이 무너지고, 효율적으로 서로에게 이익이 되도록 커뮤니케이션이 이루어지고 협동이 진행되며, 그로 인해 집단과 조직의 효율성이 증대

③ Ubiquitous Computing을 통해 세계 어느 곳에서, 시간에 관계없이, 한 개인이 필요로 하는 정보를 그 개인이 가장 효율적으로 사용할 수 있도록 맞춤된 형태로 즉각적으로 접근이 가능

④ 로봇과 소프트웨어 에이전트 등이 인류를 위하여 더 유용하게 되고, 인간의 인지적 능력과 목표, 개인의 행동 패턴 및 성격에 부합되는 원리에 의해 작동

⑤ 인간, 동물, 농작물의 유전자 특성에 대한 이해와 제어력의 개발을 통하여 인간 복지가 크게 개선된다. 그 과정에서 이와 관련된 윤리적, 법적, 도덕적 문제에 대한 널리 공유된 의견의 합일이 구축

⑥ 미래의 공장은 융합과학기술 중심으로 조직화되고 '인텔리전트 환

경'과 같은 인간과 기계의 조화를 통해 최대한의 생산과 소비자 맞춤 생산을 극대화

자연계를 나노 스케일로부터 우주적 스케일에 이르기까지 포괄적이고 위계적 구조를 지닌 통합적 사고와 다양성이 조합된 패러다임으로 바라볼 것이며, 그에 맞는 새로운 교육과정을 구성함으로 교육이 크게 변화할 것으로 예측됩니다.

(3) NBIC 융합과학기술 교육에의 접목

학생과 교사 모두 적어도 NBIC 영역 중 하나의 영역에 대한 관심과 지식의 폭을 넓히기 위해 노력해야 합니다. 그 시작이 미약할지라도 지속적인 관심과 노력은 필요합니다. 또한 다른 분야의 전문가들과 협력할 수 있는 자세가 요구되며, 주어진 어떤 과제를 수행하기 위해 직업기초능력의 향상에 힘써야 합니다.

또한 모든 단계의 교육기관들은 기존의 배타적, 독립적으로 분리되었던 과학기술의 영역을 수렴, 융합하여 융합과학기술을 가르치기 위한 교육과정을 개발해야 하며, 교육조직, 체제 등의 변화가 필요합니다. 그러나 급변하는 기술과 산업의 변화가 관료조직의 변화를 기대하기에는 시간이 없습니다. 따라서 현재 가르치고 있는 교사들이 교육장면에서의 변화를 견인하는 것이 훨씬 유용할 것입니다. 교사들 간의 네트워크 구성으로 융합된 교육 내용을 선정하고 교육 방법을 개선하는 것이 우선되어야 할 것입니다. 아마도 현재 특성화고의 체제라면 이와 같은 방법을 모색하는데 다른 유형의 학교보다는 경쟁력이 있으리라 기대됩니다. 한국직업

능력개발원에서 추진하고 있는 '전국 특성화고 교수·학습연구대회'와 같은 사업은 그 바탕에 이와 같은 융합의 시너지 효과를 기대하고 있는 것으로 볼 수 있습니다. 보통교과-전문교과의 연계, 보통교과 간의 연계, 전문교과 간의 연계 등은 우리에게 좋은 사례들을 제시하고 있습니다.

(4) NBIC 융합과학기술, 교육, 학습

인간은 역사 이래 경험을 통하여 각종 지식과 기술을 습득하여 왔고, 환경에 적응하는 방법을 학습하여 왔습니다. 경험을 통해 학습한다는 것은 생존을 위한 인간 삶의 핵심입니다. 학습을 통하여, 그리고 학습과정을 체계적으로 안내하는 시스템인 교육을 통하여 인류문명이 유지, 발전되어 왔으며 이는 현재진행형이기도 합니다.

그런데 과거에는 오늘날처럼 교육과 학습이 '동일표준상 비교불능의 원칙'(토마스 쿤, 『과학혁명의 구조』)은 있지만 체계적이거나 과학적이지 못한 것은 사실입니다. 인간의 심리적, 신체적, 특히 인지능력에 대한 이해 부족으로 비효율적인 교육과 학습이 이루어져 왔다고 할 수 있습니다.

이런 측면에 NBIC 융합과학기술은 인간 인지구조의 이해를 바탕으로 교육과 학습을 변화시킬 수 있다는 가능성을 제시하고 있습니다.

NBIC 융합과학기술은 방법론적, 도구적 측면 이외에 콘텐츠와 학문의 큰 틀(frame)적 측면도 가지고 있습니다. 미래의 인류의 삶과 과학기술은 더 이상 낱개로 쪼개지고, 연결이 안 되며 분할되어지고 더욱 세분화된 학문영역들에 의하여 효율적으로 추구될 수 없습니다. 따라서 현재 우리의 교육과정은 그 근본부터 재구성되어야 하며 이와 같은 시도가 '홀리스틱(holistic) 교육'으로 나타나고 있습니다. 물론 이와 같은 교육의 방향이 학교에서 끝나지 않고 가정, 직장 등 인간 생애 전체에 걸쳐 이루어져야 함은 두말할 나위가 없습니다. 현재 우리의 교육 사조에서 교육이 '교사 중심의 교육'에서 '학생 중심의 학습'의 개념으로 재편되어 가고 있고, '학습과학'의 영역이 새롭게 대두되고 있는 것은 이런 시도의 좋은 증거라 할 수 있습니다.

3) 교수·학습에의 적용 사례[40]

오늘날 산업사회의 변화로 전문지식과 기술·기능을 갖춘 고급화된 기능 인력 양성이 요구되고 있고, 특성화고등학교 학교 현장에서는 학습자의 기초학습능력 및 학습동기 저하가 심각한 문제로 제기되고 있다. 또한 학습 환경에 있어서 앞에서도 서술하였지만 컴퓨터가 광범위하게 보급되면서 교수·학습의 적용범위가 점점 확대되고 있고, 그 방법 또한 다양해지고 있다.

이와 같은 교육의 환경 변화에 발맞추어 학습자 중심의 교육이 강조되고 있고, 이에 학습자 중심의 교수·학습방법을 적용하기 위해서는 다음과 같은 요건들이 고려되어야 한다.

첫째, 교육의 원리이기도 하지만 수업은 학습자 중심으로 학습자의 능동적 참여로 진행되어야 한다. 둘째, 학습자가 수업에서 배운 것을 실생활에서 활용·적용할 수 있을 때 학습효과는 배가된다. 셋째, 학습자의 선수학습 진단을 통해 출발점을 정한다. 넷째, 실제 행하는 학습으로 진행

40 전국 특성화고 교수·학습 연구대회 운영 및 우수사례 보급(한국직업능력개발원, 2008)을 인용.

되어야 한다. 다섯째, 실생활과 연계된 과제는 학습자의 학습동기를 유발시켜 학습의 효과를 배가시킨다. 여섯째, 학습과제에 적합한 학습방법의 적용은 학습자의 적극적 참여를 유도한다. 일곱째, 교사의 긍정적인 피드백은 학습자의 행동을 강화시켜 더욱 좋은 행동을 유발한다.

이에 전국 특성화고 교수·학습 연구대회를 통해 선정된 우수사례 18건을 분석하여 특성화고 학교 현장에 즉시 적용 가능한 효과적인 교수·학습 방법 적용 사례를 제시하고자 한다.

교육 패러다임이 점차 학습자 중심으로 변화함에 따라 학습자의 자기주도적인 학습능력을 지원할 수 있는 학습 환경이 강조되고 있다. 따라서 적합한 교육매체를 활용하여 교육의 효과를 증대시키고자 하는 노력은 계속되고 있으며, 정보통신망의 발달은 학습자가 새로운 지식을 얻고 새로운 정보를 활용하여 한 차원 높은 새로운 지식을 만들 수 있도록 하는 것이 가능하게 되었다. 특히, 교육에 있어서 컴퓨터 매체는 교수·학습의 도구로 널리 사용되고 있으며, 단순히 교실수업에 컴퓨터 매체를 활용하는데서 벗어나 일반적인 교실수업에 e-Learning을 활용한 Blended Learning이 활발히 적용되고 있다.

Blended Learning은 온라인과 오프라인 학습 환경뿐만 아니라 학습목표, 학습방법, 학습시간과 공간, 학습활동, 학습매체, 상호작용 방식 등 다양한 학습요소들의 융합을 통해 최상의 학습효과를 도출해 내기 위한 e-Learning 설계 전략의 한 가지이다. 온라인 커뮤니티를 기반으로 하는 학습 유형은 다음의 다섯 가지 유형을 제시할 수 있다.(『교실수업과 사이버학습 연계의 커뮤니티기반 교수·학습 모형 교사용 지침서』, 한국교육학술정보원, 2003)

첫째, 가상체험 학습은 학습자가 교실 밖에서의 면대면 현장체험 혹은 매체 기반의 가상체험 환경하에서 동료 학습자들과의 협력적 공동체 학습활동을 통해 오감으로 직접 경험하고, 몸으로 체득하는 구체적, 실질적 경험을 하는 가운데 자연스럽게 학습이 이루어지도록 하는 교수·학습 모형이다.

둘째, 토론 학습은 학습자가 면대면 교실수업 및 인터넷 기반 사이버 학습 환경에서 다른 학습자들과의 공동체 활동을 토대로 어떤 특정 주제 또는 상황을 중심으로 하여 자신의 견해나 아이디어를 실시간 및 비실시간 토론을 통해 나누고 교환함으로써 특정 문제를 해결하거나 합리적인 논지를 정립해 나가는 교수·학습 모형이다.

셋째, 프로젝트 학습은 학습자가 면대면 교실수업 및 인터넷 기반 사이버 학습 환경에서 동료 학습자들과의 협력적 공동체 활동에 기반한 프로젝트 수행과정을 통하여 공동체적 지식과 문화·체계·목표를 생성·공유하고, 특정 과제 및 문제를 해결하거나 학습결과물을 제작·완성해 가면서 학습하게 되는 교수·학습 모형이다.

넷째, 문제 중심 학습은 학습자가 면대면 교실수업 및 인터넷 기반 사이버 학습 환경에서 개별적인 자기주도적 학습과 동료 학습자들과의 협력적 공동체 활동을 통해 비구조적이고 실제적인 문제 상황이나 학습 과제를 중심으로 문제해결 활동을 수행해 나가는 교수·학습 모형이다.

다섯째, 탐구 학습은 학습자가 면대면 교실수업 및 인터넷 기반 사이버 학습 환경에서 탐구할 문제나 주제에 대하여 탐구계획을 세우고 가설을 설정하며, 탐구를 위한 자료를 수집·평가한 뒤 가설을 검증하는 일련의 탐구과정을 동료 학습자들과의 협력적 학습 공동체 활동을 중심으로 수행하는 교수·학습 모형이다.

Blended Learning은 학습 성과와 교육 프로그램의 전달 비용을 최적화하기 위해 하나 이상의 전달 양식을 사용하는 학습 프로그램을 의미한다. Blended Learning은 일반적으로 서로 다른 전달체제 및 교육 방법이 가진 장점을 살리고 단점을 보완함으로써 보다 효과적인 학습을 가능하게 하며, 학습자가 가진 다양한 요구와 스타일을 폭넓게 수용할 수 있다.

그러나 Blended Learning을 실행함에 있어 단순히 다양한 전달체제, 혹은 교육 방법을 혼합해 놓는다고 해서 효과적인 교육으로 귀결되는 것은 아니다. 즉, Blended Learning을 개발·운영하기 위해서는 Blended Learning을 위한 사전 분석과 이를 기반으로 한 전략 수립, 체계적이고 유기적인 실행절차가 뒤따라야 한다. 이에 특성화고등학교 수업 현장에서도 실험·실습이 요구되는 학습 내용인 경우 효과적인 이론수업과 실험·실습의 접목(통합교과의 교수·학습방법)에 Blended Learning이 활용되고 있다.

또한, 정보화 사회의 도래와 함께 지식, 기술, 정보는 매우 급격히 발전하고 있으며, 이에 따라 산업구조와 노동시장도 변화되고 있다. 특히, 습득해야 할 지식이 폭발적으로 증가하고 급속하게 기술이 발전함에 따라 이를 직업 현장에 적용할 수 있는 창의적 능력과 함께 직업생활에서 자신의 문제를 스스로 해결하고 적응해 나갈 수 있는 능력을 포함하는 직업기초능력의 강화와 배양이 요구되고 있다.

직업기초능력은 기초직업능력과 유사한 개념으로 직종이나 직위에 상관없이 대부분의 직업 현장에서 직무를 성공적으로 수행하는 데 필요한 능력을 말한다. 특히, 특성화고등학교 학생들은 일반고등학교 학생에 비하여 대체적으로 기초학습능력이 부족하고 보통교과보다는 전문교과가 강조되는 특성을 고려할 때 전문교과를 통해서 직업기초능력을 신장시킬 수 있는 효과적인 교수·학습방법의 개발과 적용이 요구된다.

과거의 특성화고등학교 교육은 노동시장에서 바로 사용할 수 있는 전문적인 지식과 기능·기술을 가르치는 데 중점을 두어 산업계에서 필요로 하는 기능 인력의 양성 및 공급원으로서의 역할과 기능을 수행하였다. 그러나 산업 및 직종 구조의 빠른 변화, 정보화 사회 및 평생학습 사회의 도래 등으로 인해서 이제는 산업현장에서 직무를 수행하기 위하여 필요한 지식과 기능·기술을 능동적으로 습득할 수 있는 기초능력과 자질을 갖추게 하는 역할로 변화하고 있다. 고등학교 수준의 직업교육에서도 학생들의 다양한 졸업 후 진로를 고려하여 일생 동안 합리적인 선택을 할 수 있도록 교과에 관한 내용을 통한 직업기초능력 신장 지도에 초점을 두어야 할 필요가 있다.

따라서 직업기초능력을 효과적으로 지도하기 위해서는 교수 중심의 지시적인 방법보다는 학습자로 하여금 문제를 불러일으키고, 문제를 해결하도록 하는 학습방법의 적용을 통해 학문적인 지식 및 기술의 원리로부터 해답을 찾아내도록 하고, 학습자 스스로 삶에서 중요하다고 여기는 문제를 해결하도록 하는 것이 매우 중요하다고 할 수 있다.

4) 나가는 말

앞에서 살펴본 바와 같이 NBIC 융합과학기술이 교육을 위하여 도움을 줄 수 있는 한편 학교도 NBIC 융합과학기술의 발전을 위해 구체적인 도움을 줄 수 있습니다. 학교가 NBIC 융합과학기술의 아이디어 생성과 정보의 교환 마당을 하는 것입니다.

NBIC 융합과학기술의 개발은 한 번에 끝나는 것이 아니라 계속적으로 추진되어야 합니다. 이를 달성하기 위해서는 현재 각 분야의 전문가가 아이디어를 공유하고, 산업체와 연계하여 실제 산업현장에서 쓰여질 수 있는 기술과 기능을 가르치기 위해 학교가 앞장서야 합니다. 물론 이와 같은 논의에서 우리 특성화고등학교는 매우 훌륭한 기반과 환경, 여건을 구비하고 있음은 틀림없는 사실입니다. 미래의 NBIC 융합과학기술자들인 학생들을 교육, 훈련시키는 데에는 현재 우리 교육체제에서 특성화고가 가장 경쟁력이 있기 때문입니다. Blended Learning을 활용한 직업기초능력 향상이라는 주제로 소개된 교수·학습방법의 새로운 시도는 특성화고에 근무하는 우리 교사들의 전문성 신장에 도움을 주리라 기대됩니다.

'개인의 성취 향상을 위한 새로운 시도-왜 융합인가?'

NBIC 융합과학기술이 추구하는 목표가 최적화, 효율화, 요즘 흔히 쓰는 맞춤형 개인의 성취 향상이기 때문입니다. 이를 달성하기 위해 가장 경쟁력 있는 교육체제가 바로 우리 특성화고등학교가 아닐는지요!

교육에 있어 교사의 중요성은 차치하고라도 특성화고등학교 교육의 정체성을 이야기하는 혹자들에게 하나의 참고가 되었으면 하는 바람으로 씁니다!

계산공고, 2015. 1.

5. '다중지능이론'에 대한 소고(小考)

지난 3월, 4월 두 달이 참 정신없이 지나간 것 같습니다. 아마도 학교 현장에 계시는 선생님들이 가장 바쁜 시기였다고 생각됩니다. 학기 초 빠른 학습 분위기 정착에 수고하신 인천의 모든 선생님들과 우리 과 직원 여러분들에게 감사의 마음과 그 노고에 치하의 말씀을 드립니다.

지난달 각 팀별로 다양한 사업들이 추진되었습니다. 인천기능경기대회, 인천학생정보올림피아드대회, 섬에서 묻어나는 과학의 향기 등 여러 사업들이 의도했던 교육목표들을 달성했으리라 기대합니다. 성과분석을 거쳐 더욱 발전하는 사업들로 성장하였으면 좋겠습니다.

인간 지능에 대한 세계적인 권위자 하워드 가드너는 『지능이란 무엇인가?』(2016)라는 최근 저서에서 '지능에 대한 본 연구에서, 나는 미래의 무용수는 민속 공연을 보고, 젊은 수학자는 반복해서 변하는 시각 패턴을 보고, 미래의 시인은 길고 복잡한 운(韻)을 배우는 것과 같이 특정 영역에 속한 특정 개인에게 촉매로 작용하는 몇 가지 경험을 언급했다.'라고 말하고 있습니다.

반면에 아래에 소개할 내용은 로버트 루트번스타인(Robert Root-Bernstein) 교수와 그의 아내 미셸 루트번스타인(Michele Root-Bernstein)이 공동 저술한 『생각의 탄생』(2007)에 언급된 내용입니다. 가드너와 이들의 생각이 어떻게 다른지 또는 같은 점은 무엇인지 비교해 보는 것도 흥미로울 듯합니다.

지능의 가변성 내지는 유연성에 관한 이야기이기도 하지만 우리가 추구하고 있는 교육과정에 대한 이야기이기도 합니다. 저는 개인적으로 지능의 가변성을 믿는 입장입니다. 교육은 희망이기 때문이지요! 여러분들 생각은 어떠신지요?

다음에 소개하는 네 사람의 사례는 어린 시절 특정한 분야에서 재능을 보인다 하더라도 너무 일찍 전문화(專門化) 교육을 받아 흥미가 저해되고 활동이 위축된다면 성인이 되었을 때 지지부진한 성취 결과를 보일 수도 있음을 반증하고 있으며, 또한 지능의 유연성 내지는 가변성에 대한 실증일 수 있습니다.

1894년, 한 젊은이가 스코틀랜드에서 가장 높은 벤네비스산(Ben Nevis Mt) 정상에 올랐다. 안개가 낀 약간 흐린 날이었고, 무지개가 태양 주위로 완벽한 원을 그리면서 그림자를 던지고 있었습니다. 그 젊은이는 이 광경이야말로 자신이 본 것 중에서 가장 아름답다고 생각했습니다. 그는 나중에 이날을 회상하며 이렇게 쓰고 있습니다. '태양이 산꼭대기를 에워싼 구름 위에서 빛날 때 풍경은 참으로 멋졌다. 특히 태양을 둘러싼 찬란한 환(corona), 산꼭대기 위로 드리운 무지개 그림자, 안개 속에 있는 나와 구름 주위를 둘러싼 빛(후광)은 나를 엄청나게 흥분시켰다. 그리고 나는 언젠가 이 모습을 그대로 모사해 보고 싶다는 생각을 했다.' 먼 훗날 그는 실제로 그렇게 했습니다.

그 무렵 감수성이 예민한 한 소녀가 창조를 향한 열망을 토로하고 있습니다. 그녀는 말합니다. “아주 어렸을 때부터 나는 열정적으로 시를 사랑했습니다. 시의 형식과 리듬은 나를 설레게 했지요. 나는 내 마음을 빼앗아 간 러시아 시인들의 시구를 게걸스럽게 삼켰습니다. 고백하자면 시가 높이 날수록 더 좋았어요. 시어의 운율에 너무도 깊이 매혹되었기 때문에 나는 다섯 살부터 시를 쓰기 시작했습니다. 열두 살이 되면서는 장차 내가 시인이 될 거라는 것을 추호도 의심하지 않게 되었답니다.” 실로 시적인 상상력으로 새로운 세계를 창조하는 일보다 그녀에게 신성한 것은 없는 듯했습니다.

이들과 거의 비슷한 시기에 또 다른 젊은이는 기하학이 ‘우리 앞에 진리를 차려 놓는 과정’임을 알아냈습니다.

“우리는 밝게 빛나는 점(點)에서 출발해서 점점 더 깊고 깊은 암흑 속으로 들어갑니다. 그러고 나서 다시 높은 곳으로 올라가기 위해 새로운 불을 붙여 스스로 빛을 내는 존재가 되지요. 이것은 확실히 대단한 모험이고 사람이 가질 수 있는 크나큰 야망에 값하는 것일 테지요. 우주를 하나의 공식이라는 주형에 쏟아붓고자 하는 것, 그리고 모든 현실을 이성이라는 표준에 맞춰 재단하는 일 말입니다. 참으로 멋진 일입니다. 마치 세상이 창조되는 것을 목격하는 듯한 느낌이죠.”

마지막으로 이 젊은이들과 동시대에 살았던 한 사람의 말을 들어보겠습니다. 그가 사랑한 대상은 사회과학이었고, 그는 다음과 같이 쓰고 있습니다. ‘다른 공부를 하는 것은 추상적 사고의 연습이 된다. 근본적인 의

문을 파고드는 법을 알려 주기 때문이다. 정작 내가 선택한 공부(경제학)는 제쳐놓고 어떤 때는 순차적으로, 어떤 때는 동시적으로 다른 분야에 강하게 끌린다. 내 마음을 사로잡고 있는 로마법, 형법, 러시아법과 농민법의 역사, 인문학 등 이 모든 것들이 내가 추상적으로 사고하는 데 도움이 된다.' 이 젊은이의 목표는 인류가 처해 있는 조건을 근본적으로 바꾸는 것이었습니다.

이 사람들은 누구일까요?

벤네비스산(Ben Nevis Mt) 정상에서 본 햇무리를 그림으로 포착하고자 했던 젊은이는 화가가 되었을 것이라고 추측할 수 있습니다. 시를 연모한 소녀는 시인이 되었을 것이고, 기하학에 몰두한 학생은 수학자가 되었을 것입니다. 사회과학을 사랑한 청년은 경제학자나 정치가가 되었으리라 생각할 수 있습니다. 제 생각엔 그때의 학교가 지금의 학교와 같았더라면 이들은 누구나 예상할 수 있는 한 방향으로만 공부했을 것이고, 그랬다면 이들이 누구였는지 아무도 모르게 되었을 것은 분명하다고 생각됩니다. 그러나 이 네 사람은 누구도 예상치 못한 방법으로 각자가 가진 재능과 열정과 훈련을 한데 어울러 자신들 나름의 성과를 만들어 냈습니다.

스코틀랜드의 한 산 정상에서 햇무리를 보고 깊은 감명을 받았던 이 젊은 남자는 바로 찰스 토머슨 R. 윌슨[41]입니다. 그는 케임브리지 대학 연구실로 돌아가서 마음속에 있는 '물리학의 시(詩)'를 가지고 그 유명한 구

41 찰스 토머슨 R. 윌슨: 1869~1959, 영국 스코틀랜드 글렌코스, 윌슨의 안개(구름)상자 발명, 고속하전입자의 비적 관측(1911), 노벨 물리학상 수상(1927).

름상자를 발명했습니다. 구름상자는 인류 역사상 최초로 과학자들 앞에 소립자의 존재를 드러내 보인 장치입니다. 발명을 한 지 수년 후에 윌슨은 노벨상 수상 강연에서 자신의 첫 번째 관심사가 순전히 정서적이고 심미적인 것이었다고 고백하고 있습니다. 그의 구름상자는 미술과 과학 모두를 구현한 것이며, 그 자신은 물론 미래 세대를 위한 것이었습니다.

자신이 시인이 될 거라고 확신했던 그 소녀는 수학자 소피아 코발레프스카야(Sophia Kowalewskaja)[42]입니다. 그녀는 자서전에서 이렇게 쓰고 있습니다.

'사람들은 내가 문학과 수학을 동시에 연구한 것을 보면 놀랄 것이다. 수학을 제대로 배울 기회가 없었던 많은 사람들은 수학을 산수와 혼동해서 그것을 아주 무미건조하고 재미없는 과학으로 치부해 버린다. 그러나 실제로 수학이야말로 최대한의 상상력을 요구하는 과학이다. 어느 위대한 수학자는 영혼의 시인이 되지 않고서 수학자가 될 수 없다고 말했다. 시인은 다른 사람이 보지 못하는 것을 보아야 하며, 다른 사람들보다 더 깊이 보아야 한다. 그것은 수학자도 마찬가지다.'

기하학을 사랑했던 학생은 수학자도, 물리학자도, 공학자도 되지 않았습니다. 그 학생은 곤충 세계의 시인이자 예언자 또는 장수말벌과 거미에 관한 산문의 호머라고 불리는 곤충학자 앙리 파브르(Henri Fabre)[43]입

42 소피아 코발레프스카야(Sophia Kowalewskaja): 1850~1891, 러시아 수학자, 1888년 프랑스 학술원 보르당 상 수상, 수학에서 박사학위를 받은 최초의 여성.

43 앙리 파브르(Henri Fabre): 1823~1915, 프랑스 남부 생레옹 뒤 레브주, 『곤충기』, 1879~1907, 28년

니다. 그의 저작물은 20세기 초반에 수천 명의 젊은이들에게 감명을 주어 곤충학자의 길을 걷도록 하였으며, 수백만 명의 독자들에게 즐거움을 선사하였습니다. 그러나 그렇다고 해서 그의 창조적 상상의 세계가 기하학으로부터 멀어진 것은 아니었습니다. 그의 말을 들어 보겠습니다.

"내 글을 읽으면서 독자들이 피곤해하지 않았다면 그것은 전적으로 기하학 덕분이다. 기하학은 누군가의 사고를 이끌어 주는 놀라운 스승과 같다. 뭔가 얽혀 있는 것을 풀어주고, 중요치 않은 것을 제거해 핵심만을 추출해 주며, 동요하는 것을 진정시켜 주고, 복잡한 것을 걸러 내어 명료하게 만들어 주는, 모든 수사법을 능가하는 어떤 것이다."

파브르에게 기하학은 곧 아름다움 그 자체였습니다. 마찬가지로 시나 소설도 거기에 쓰인 단어들과 리듬과 구조가 어떤 밝은 빛으로 향해 간다고 느낄 때 그는 아름다움을 느꼈던 것입니다.

마지막으로 젊은 사회과학도는 바실리 칸딘스키(Wassily Kandinsky)[44]입니다. 그는 비구상적 그림을 그린 최초의 화가로 알려져 있습니다. 추상적 개념에 대한 그의 사랑과 인류의 조건을 개선시키려는 열망은 그를 경제학자로 만들지 않고 화가의 길로 들어서게 했습니다. 그는 그림을 통해 지각과 표상의 개념을 재정립했습니다. 그러나 칸딘스키가 진로를 바꾸었다는 표현은 정확하지 않은 것 같습니다. 그는 '그림은 다른 세계

간의 곤충 관찰 기록, 10권의 방대한 저서.

44 바실리 칸딘스키(Wassily Kandinsky): 1866~1944, 러시아 모스크바, 1933 프랑스 망명, 추상화의 창시자, 바우하우스 교수(1922~1933), 〈황·적·청〉, 〈블랙아치와 더불어〉 등.

들 간에 부딪치는 천둥 같은 충돌을 통해 신세계를 창조하려고 한다. 이 충돌로부터 탄생하는 신세계가 바로 작품이다. 누구도 새 가지가 돋아난 것을 두고 나무줄기에 불필요한 잉여가 발생했다고 생각하지 않는다. 나무줄기가 가지를 가능하게 했을 뿐이다.'라고 썼습니다.

앞에서 살펴본 바와 같이 이런 창조적인 인물들은 어린 시절의 열망과 성인이 되어서의 관심을 조화시킬 줄 알았고, 일과 취미를 한데 엮어 낼 줄 알았습니다. 이런 태도가 그들 상상력의 원천이 되었고, 혁신가로서의 자세를 잃지 않도록 해 주었던 것입니다.

저는 우리 인천의 학생들이, 아니 대한민국의 모든 아이들이 이들과 같은 삶을 개척해 나가길 원합니다. 정말 그랬으면 좋겠습니다. 우리 모두 힘을 내십니다!

(蛇足) 2015년 유럽 연수 일정 중 독일 프랑크푸르트에서 체코 프라하로 넘어갈 때 하룻밤 묵었던 체코 필젠의 한 호텔(COUNTRYARD Marriott) 방에 바실리 칸딘스키의 그림이 걸려 있었습니다. 비록 인쇄된 그림이겠지만 호텔 객실에 건축과 미술과 기술을 융합한 칸딘스키의 그림은 제게 큰 인상을 주었습니다. 유럽에서는 지금부터 100여 년 전 20세기 초에 벌써 요즘 우리가 주목하는 융합교육을 시작하고 있었습니다. 늦었지만 다행이라는 생각도 한편으로 듭니다. 왜냐하면 그때 우리는 나라가 없었으니까요.

인천시교육청 창의인재교육과, 2018. 5.

〈참고문헌〉

1. 로버트 루트번스타인 저, 박종성 역, 「생각의 탄생」, 에코의 서재, 2007.
2. 하워드 가드너 저, 김동일 역, 『지능이란 무엇인가?』, 사회평론, 2016.

6. 향후 15년을 이끌어 갈 새로운 교육목표

지난달에는 3학년 학생들의 자격증 시험이 있었습니다. 총 9개 직종에 305명의 학생이 응시하여 그동안 갈고닦은 기능을, 최선을 다해 검증받았습니다. 재적인원 310명에 305명(98%)이 응시하여 298명(접수 취소 2명, 결시 2명, 오작 3명)의 합격(96%)이 예상되고 있습니다. 이와 같은 결과는 불철주야, 노심초사하시면서 학생들을 지도하신 선생님들이 계셨기에 가능하였다고 생각됩니다.

특히, 특수학급 8명의 학생 중 7명(1명 미접수)이 자격증을 취득할 것으로 예상되는데 이 또한 모든 선생님들이 협력하여 선(善)을 이룬 결과라고 생각합니다. 다시 한번 지도해 주신 모든 선생님들에게 감사의 말씀을 드립니다.

이번 달에는 지난 5. 15.~22.일까지 우리 고장 인천 송도에서 펼쳐진 〈2015 세계교육포럼〉에 대한 말씀을 2회에 걸쳐 드리고자 합니다. 세계교육포럼은 “모두를 위한 교육(Education For All, EFA)”을 슬로건으로 내걸고, 모든 사람들이 좋은 교육을 통해 각자의 꿈을 실현하고, 이를 통해 국가와 사회의 발전을 이끌어내기 위한 노력으로 1990년 태국 좀티엔에서 ‘세계교육회의’로 시작되었습니다.

이 포럼은 유네스코를 중심으로 회원국들과 국제기구, 민간단체들의 협력을 통해 25년간 진행되어 왔으며, 이러한 노력에 힘입어 많은 국가들은 보편교육의 확대, 교육에 있어서의 양성평등 추구, 문제해결능력 향상 등

교육에 있어서 괄목할 만한 성과들을 이루어 왔습니다.

〈2015 세계교육포럼〉에서 설정된 5가지 핵심주제와 논의된 세계교육의 흐름과 우리가 나아갈 방향에 대해 2회에 걸쳐 소개해 드리고자 합니다. 누구나 가르친다고 해서 우리를 선생으로 만들어 주는 것은 아니라고 생각됩니다. 교육은 우리들의 머릿속에 있는 생각을 교육의 내용과 방법으로 어떻게 현실화시키느냐의 문제이기 때문입니다. 우리들이 행하고 있는 매일 똑같은 일과의 반복이지만 하루도 같은 날이 없는 '일상적인 것의 위대함'을 발견하는 것이기도 하고요. 자 그럼 먼저 '향후 15년을 이끌어 갈 새로운 교육목표 5가지 핵심 주제'입니다.

1) 교육받을 권리

교육은 기본적으로, 그 자체로 독립적인 인권이면서 동시에 다른 인권을 실현하는 데에도 핵심적인 역할을 합니다. 교육은 소외된 어린이, 청년 및 성인들이 빈곤에서 탈출하고 사회에 참여할 수 있도록 하는 원동력입니다.

다카르 세계교육포럼(2000)에서는 교육이 기본적인 인간의 권리임을 재확인하고, 모두를 위한 교육(EFA) 달성을 위한 목표를 설정하였습니다. 같은 해 빈곤을 해소하고 삶을 개선시키기 위한 '새천년 선언'(Millenium Declaration, 2000)이 선언되었는데, 2번째, 5번째 EFA 목표가 '새천년개발목표'(MDGs)의 3번째 목표와 연계됩니다.

『2015 세계교육포럼』은 교육받을 권리가 인간의 기본권임을 재확인하하고 이를 토대로 2030년까지의 교육을 위한 길을 제시하고 있습니다.

2) 형평성

태국 좀티엔에서 선언된 채택된 'EFA 선언문(1990)'과 '다카르 실행계획(2000)'은 "모든 어린이, 청년 및 성인을 위한 교육 접근성의 보편화와 평등성의 증진"이라는 전반적인 비전을 제시하고 있습니다. 이는 교육기회에 접근하기 위해 많은 사람들이 부딪히는 장애물과 이를 극복하기 위한 자원이 무엇인지를 규명하는 데 앞장서야 함을 의미합니다.

교육 형평성이란, 평등을 달성하는 것으로 평등은 공정한 기회 그 자체만이 아니라 공정하고 평등한 결과를 얻는 것까지를 포함합니다. 이는 모든 학생들이 자신들의 잠재력을 최대한 발휘할 수 있도록 최고의 기회를 제공하고, 교육 성취를 제한하는 모든 차별을 철폐하는 것을 의미합니다. 이를 위해서는 학습자들이 동등한 토양 위에서 교육에 접근하고 혜택받는 것을 막는 역사적이고 사회적인 차별들에 대한 특별한 조치들이 수반되어야 합니다. 특히 여아와 여성들은 여전히 학교 밖 아이들과 비문해 성인들의 대다수를 차지하고 있어 이들에게 더욱 주의를 기울여야 합니다. 이들의 학습기회는 학교 안팎의 요인들에 의해 방해받고 있습니다.

우리나라도 헌법 제31조에서 '① 모든 국민은 능력에 따라 균등하게 교육을 받을 권리를 가진다. ② 모든 국민은 그 보호하는 자녀에게 적어도 초등교육과 법률이 정하는 교육을 받게 할 의무를 진다. ③ 의무교육은 무상으로 한다.'로 명시하여 교육의 형평성을 보장하고 있습니다. 또한 교육기본법 제4조(교육의 기회균등)에서는 '① 모든 국민은 성별, 종교, 신념, 인종, 사회적 신분, 경제적 지위 또는 신체적 조건 등을 이유로 교육에서 차별을 받지 아니한다. ② 국가와 지방자치단체는 학습자가 평등하게 교육을 받을 수 있도록 지역 간의 교원 수급 등 교육 여건 격차를 최소화하는 시책을 마련하여 시행하여야 한다.'로 명시하여 교육의 차별금지와 평등을 법률로 보장하고 있습니다. 다만, 그동안 제가 알아 왔던 교육의 기회균등과 형평성의 범위가 '공정하고 평등한 결과'까지 확대되고 있는 것이 세계 교육의 흐름이고 선언이라는 것입니다. 왜냐하면 저는 교육의 능력에 따른 기회균등만 생각했지 그 결과에 대해서는 그동안 많이 생각해 보지 않았기 때문입니다. 점점 머리가 복잡해지는 것 같습니다.

3) 포용

포용(Inclusion)은 어떤 학습자도 배제하지 않고 모든 이에게 접근하여 교육권을 실현하는 것을 말합니다. 포용은 다양한 요구와 능력, 인성을 존중하고 학습 환경에서 모든 종류의 차별을 제거함으로써 이루어집니다. 포용은 교육이 기본적인 인권이며 정의롭고 평등한 사회의 토대라는 사실로부터 출발하여 교육 정책과 학교에서 발현되어야 합니다.

포용은 원칙과 과정(교육행정만이 아니라 교육과정까지) 모두에 적용되며 교육 기회로부터 배제되는 것뿐만 아니라 교육 안에서 이루어지는 배제에 대해서도 분명하게 인식하는 것에서 출발합니다. 포용적인 교육을 위해서는 전반적인 교육 시스템과 학습 환경에서 모든 학습자들을 위해 다양성을 존중하며 교수·학습하는 것이 요구됩니다. 이는 학교와 학습 환경이 학문적으로 효과적일 뿐 아니라 친화적이고, 안전하고, 깨끗하고, 건강해야 하며 양성(兩性)을 배려해야 함을 의미하며, 영유아 교육에서부터 시작하여 소외된 취약계층을 고려한 학습 환경에 걸쳐 전인적으로 접근해야 함을 뜻합니다.

포용적인 교육을 위해서는 '학습자들의 다양성을 존중하며 교수·학습하는 것이 요구된다.'고 하고 있습니다. '학습자의 다양성'은 교육에 있어서 교사의 역할이 어떠해야 하는지에 대한 기본 정보임을 강조하고 있는 것이라 생각됩니다. 그래야 어떤 교수·학습방법을 사용해야 하는지 결정할 수 있기 때문입니다. 또한 이 문제는 교사의 선택의 문제가 아니라 반드시 그렇게 해야만 하는 의무의 문제로 요구하며 선언하고 있습니다. 그렇기 때문에 교육 현장에서 선생님의 학생들에 대한 시선과 학생들을 어떻게 대해야 하는지가 중요한 것입니다.

4) 양질의 교육

〈모두를 위한 교육에 대한 세계선언〉(1990, 좀티엔 세계교육회의 채택 선언문)에서는 모든 어린이와 청년, 성인들에게 삶에 연계되고 삶을 위해 필요한 교육을 제공할 필요성이 강조되었으며, 이는 양질의 교육에 대한 개념으로 이어졌습니다. 학교 현장에서 교수·학습이 담아내는 지식, 기술, 가치, 태도는 개인과 국가, 세계가 요구하는 역량을 충분히 반영한 것이어야 합니다. 읽기, 수학과 같은 기초적인 기술(skill)만이 아닌, 비판적 사고를 촉진하고 평생학습능력을 배양하며 지역적, 국가적, 전 세계적 변화에 대응할 수 있는 능력을 증진시키는 것이어야 합니다.

학습을 개선하는 데 있어 교사는 핵심적인 역할을 합니다. 하지만 많은 나라들에서 양질의 교사 수급에 어려움을 겪고 있으며, 어떤 나라들에서는 교사의 사회적 지위가 낮으며 교사들이 매우 적은 봉급을 받고 일하고 있습니다.

양질의 교육은 사람들의 기초학습 수요를 충족시키기 위한 필수요건일 뿐 아니라 세계평화와 지속 가능한 발전을 일구어 내기 위한 토대가 됩니다. 모든 청년들은 자신이 속한 지역사회를 융성하게 번영시키기 위해 자율적이고도 협동적인 방식으로 활발하게 학습할 필요가 있습니다. 이들을 위한 교사와 지역사회, 커리큘럼과 학습자원은 전 세계 보편적인 인권을 존중하는 법을 알려 주고 21세기 환경에서 필요한 능력들을 함양할 수 있도록 준비되어 있어야 합니다.

5) 평생학습

모든 사람들은 생애 모든 단계에서 자신의 욕구를 충족하고 사회에 기여할 수 있는 지식과 기술을 습득할 수 있는 평생학습 기회를 가질 수 있어야 합니다.

평생학습에 포함되어야 하는 지식, 기술, 역량의 습득은 단순히 기초적인 기술에 대한 개념적인 이해로 제한되지 않아야 하며, 세계시민의식을 위한 기술, 학습에 대한 학습, 기업가 정신 등 보다 넓은 의미의 기술까지 포함하여야 합니다.

적절한 기술을 습득한 우수한 인적자원은 국가의 지속적인 발전과 안정을 위한 열쇠입니다. 따라서 직업기술교육훈련(Technical and Vocational Education and Training, TVET)에 대한 정책적인 관심이 전세계적으로 증가하고 있습니다.

평생학습은 모든 연령의 다양한 학습에 맞는 고유의 학습 욕구를 충족시키는 것으로, 여기에는 모든 이들이 형식교육과 효과적 대안교육을 통해 기본적인 문제해결능력 및 기초수리력을 획득하는 것도 포함됩니다.

계산공고, 2015. 7.

7. 세계교육포럼 '교육의 미래를 묻는다!'

여름방학을 잘 보내고 계시는지요? 방학 중에도 많은 학생들이 학교에 나와 방과후학교 프로그램을 이수하였고, 다문화학생 지도, 전공기능생 훈련, 복싱부 훈련, 초·중학생발명캠프 등 다양한 교육과정이 운영되었고 진행 중에 있습니다.

기쁜 소식으로 제28회 대한민국학생발명전시회에 우리 학교 학생 4명이 수상하는 쾌거가 있었습니다. 금상(이정언_금형3), 동상(우민혁_전기2, 원선영_설비3, 오병희_전기3)을 수상하였습니다. 전국 특성화고에서는 유일하게 우리 학교가 금상을 수상하는 영광을 거두었습니다. 참 잘되었습니다. 지도하신 선생님들에게 감사의 말씀을 드립니다.

또한 복싱부 학생들은 회장배 복싱대회에서 금(남건국_식품3), 동(정광현_식품2)을 수상하기도 하였고, 제5기 IP Miester Program에 1팀의 학생(우민혁, 유재혁_전기2)들이 선발되어 소양 교육에 참여하게 됩니다.

8분의 선생님이 대전에서 발명 연수를 받고 계셔서 격려 방문을 하였고, 전기기기 전지훈련 중인 전남공고에 다녀오기도 하였습니다. 이렇듯 무더운 방학 중에도 우리 학생들과 선생님들 모두는 참 열심히 자기의 할 일들을 하고 계십니다. 우리 계산공고 학생들은 참 행복하겠다고 생각합니다.

지난달에 이어 〈2015 세계교육포럼〉에서 발표된 내용들을 말씀드립니다. 5가지 핵심 주제에 이어 논의된 세계 교육의 흐름과 우리가 나아갈 방향에 대한 말씀입니다. 4명의 교육에 관한 전문가들이 이야기하는 우리 대한민국 교육의 장·단점, 그리고 나아가야 할 방향입니다. 선생님들에게 도움이 되었으면 좋겠습니다.

1) 교육 우수한 한국, 일과 교육(학습)의 조화가 필요해!

□ 안드레아스 슐라이어(Andreas Schliecher, 51) OECD 교육국장

경제협력개발기구(OECD)가 만 15세 학생들을 대상으로 3년마다 치르는 국제학업성취도평가(PISA)에서 우리나라 학생들은 늘 전 세계 최상위권입니다. 2012년 PISA에서 한국은 34개 OECD 회원국 가운데 수학 1위, 읽기 1~2위, 과학 2~4위였습니다. 지난 5월 OECD가 발표한 76개국 수학·과학 학업성취도평가에서도 우리나라는 3위를 차지했습니다. 이 결과만 보면 우리나라 교육은 지금 인재를 잘 키우고 있는 것으로 평가할 수 있습니다. 여러 가지 부정적인 견해가 있음에도 불구하고 말입니다.

하지만 OECD의 슐라이어 교육국장은 "미래의 교육은 주요 과목의 학력을 높이는 것보다 학생들의 창의력과 협업 능력 등을 키우는 것에 초점을 맞춰야 한다."면서 "이런 관점에서 볼 때 한국 교육은 개선해야 할 점이 많다."라고 고언(苦言)을 하고 있습니다. 슐라이어 국장은 PISA를 직접 고안했고 3년마다 치르는 이 시험을 주관하는 책임자입니다. 이 양반이 말하는 미래의 교육! 어떤지 한번 들어나 볼까요?

Q) 국제학업성취도평가(PISA) 시험을 왜 만들었나?

A) "동일한 평가 결과를 놓고 각 나라가 추진한 교육 정책들의 경험을

공유하자는 취지에서다. PISA 결과를 통해 각 나라는 의미 있는 목표와 정책 아이디어를 얻을 수 있다."

Q) 한국 학생들의 PISA 성적을 어떻게 평가하나?

A) "평가 기준을 무엇으로 보느냐에 따라 다르다. 인지능력 분야에선 탁월하다. 수십 년간 한국 학생들의 학력 향상은 매우 뛰어났으며, 이를 뒷받침하는 좋은 교육 시스템을 가지고 있다고 판단한다. 하지만 학업에 대한 자신감 등의 측면에서 보면 전혀 다르다. 한국 교육은 아직도 개선해야 할 점이 매우 많다."(실제로 우리나라 학생들의 2012 PISA 결과 학업흥미도, 자신감 등은 최하위권)

Q) 미래 인재를 키우려면 무엇을 가르치는 데 중점을 두어야 하나?

A) "학교에서 단순 지식을 가르치는 일은 급격히 줄어들 것이다. 미래 사회는 지식의 양보다는 창의력과 비판적 사고, 문제해결능력, 협업능력 등이 중요해질 것이다. 또 전통적인 학교에서는 문제를 최소 단위로 쪼개 이를 해결하는 법을 가르쳤지만, 미래 학교에서는 학생들에게 통합적 사고의 가치를 강조하게 될 것이다."

Q) 한국 사회에서는 지나친 경쟁이 사회문제가 되기도 한다. 견해는?

A) "현재의 학교 시스템에서는 학생들이 개인적으로 학습하고, 학기말 시험 등을 통해 개인의 학력을 평가받는다. 하지만 미래에는 남과의 협업이 중요한 가치가 되기 때문에 협력자와 조정자로서의 역할이 더욱 중요해질 것이다. 개인이 혼자 연구실에서 연구하거나 공부해 '혁신'을 이루는 일은 점점 어려워지는 반면, 지식을 남과 어떻게 공유하고 연계하느냐가 중요해진다는 얘기다."

Q) 한국에서는 매년 5월 15일이 '스승의 날'이다. 교사는 어떤 역할을

해야 하나?

A) "한 사회의 교육시스템은 교사 수준을 넘어설 수 없다. 교육 강국들은 교사를 어떻게 선발하고 훈련하느냐에 많은 관심을 기울인다. 이 나라들에서는 학생들을 위해 교사들이 강단에서 혁신적인 교수법을 선보일 수 있게 독려한다. 무엇보다 중요한 것은 우수한 교사들을 통해 공교육의 질을 업그레이드하는 것이다. 예컨대 핀란드나 상하이 같은 곳에서는 가장 뛰어난 교장과 교사들을 지역적으로 낙후한 학교에 보내 교육 혁신을 일으킨다."

Q) 한국은 일반고 졸업생 80% 이상이 대학에 진학하지만, 졸업 후 취업은 어렵다.

A) "높은 진학률이 보여 주듯 한국은 지식 측면에서는 많은 발전이 있었다. 반면 대학 진학률이 50% 이하인 유럽 국가들은 상대적으로 '일'과 '교육'을 잘 조화시켰던 것 같다. 앞으로 한국 사회가 이 부분(교육과 취업의 불일치)을 많이 개선해야 할 것으로 보인다."

독일의 교육전문가가 밝힌 내용입니다. 우리나라만의 사회, 문화, 경제, 역사 등을 반영하여 비판적으로 접근해야 할 것입니다.

2) 경쟁은 하되, 뒤처진 학생에게 '두 번째 기회'는 주어야!

□ 줄리아 길라드(Julia Gillard, 54) 전 호주 총리

줄리아 길라드(Julia Gillard, 54) 전 호주 총리는 재직 시 교육개혁을 적극적으로 추진한 총리로 꼽힙니다. 학교 지원금과 교사 연수 지원금을 확대했고, 교육부장관 재직 때는 학교정보공개 사이트인 '마이 스쿨(My School)'을 도입해 학부모들에게 큰 호응을 얻기도 했습니다. 2013년 총리에서 퇴임한 후 전 세계 개발도상국의 교육을 지원하는 국제교육협력기구인 GPE(Global Partnership for Education)의 의장을 맡고 있습니다. 그녀는 "미래 인재를 키우기 위해선 경쟁에서 실패해도 '두 번째 기회(second chance)'를 주는 사회적 분위기를 조성해야 한다."고 강조하고 있습니다. 자 그럼 그녀의 이야기를 들어 볼까요?

Q) 21세기형 인재를 키우기 위해 교육은 학생의 어떤 자질을 키워져야 하나?

A) "기초적인 읽기, 쓰기, 산수 능력을 갖출 수 있도록 하는 것은 기본이다. 이에 더해 우리 아이들이 앞으로 살아갈 시대에는 세상을 이해하는 능력이 필요하다. 그러기 위해서 아이들은 세계 시민으로서의 책임감과 전 세계인이 서로 연결돼 있다는 것을 인지해야 한다. 미래 사회에서는 일상적이고 단순한 작업은 기계가 대체하게 된다. 인간만이 가진 사고력과 상상력을 발휘할 수 있어야 한다. 창의성과 혁신에 초점을 맞춘 교육이 필요하다."

Q) 한국 교육이 뛰어나다고 하지만 학생 간 지나친 경쟁이 부정적인 영향을 주기도 한다.

A) "호주에서도 12학년(한국 학제로 고3)이 되면 진로를 정하고 대학 입시를 준비하면서 치열하게 경쟁한다. 경쟁이 부정적이라고 보지는 않는다. 학생들이 사회에 나오게 되면 결국 한정된 기회와 일자

리를 두고 경쟁한다. 경쟁을 통해 그동안 공부한 성과를 평가하고, 미숙한 점이 무엇인지 되짚어 볼 수 있다."

Q) 한국의 높은 교육열이 긍정적으로 작동하게 하려면 어떤 제도적 장치가 필요한가?

A) "경쟁은 하되 거기서 뒤처진 학생이 좌절하지 않고 '두 번째 기회'를 가질 수 있는 사회 분위기가 조성돼야 한다. 전과(轉科)를 하거나 재입학을 하는 것을 실패라고 생각하지 않는다. 인기 많은 의대나 법대에 갔다가도 거기서 나와 다시 자신의 길을 찾아갈 수 있다. 한국에서도 대학 진학에 실패했거나 전공이나 진로를 잘못 선택한 학생이 도태되지 않고 다른 길로 갈 기회를 보장받는다면 지나친 경쟁으로 인한 사회 문제는 줄어들 것이다. '두 번째 기회'가 보장돼야만 학생들이 경쟁을 통해 배운 것을 다음번에 활용할 수 있다."

Q) 한국 학생들의 학업성적은 높지만 학업에 대한 자신감은 부족한데 비해 호주 학생들은 학업에 대한 자신감과 흥미도가 OECD 평균보다 높다. 두 나라 교육의 차이점은?

A) "한국 학생들은 학교가 끝난 후에도 과외나 학원에 다니면서 공부하는 것이 당연하다고 들었다. 많은 사람이(열심히 공부하는) 한국 교육을 성공으로 본다. 하지만 교육은 '전인적인 차원'에서 이뤄져야 한다. 호주에서는 학교 수업이 끝나면 그날 공부도 끝난다. 방과 후엔 음악, 스포츠 활동을 하거나 아르바이트를 한다. 다양한 경험을 통해 공부만이 아니라 예술과 노동의 가치도 배우는 것이다. 이런 활동을 통해 자신에게 맞는 길을 찾을 수 있다."

Q) 한국이 앞으로 모범으로 삼아야 할 교육 시스템은?

A) "다른 나라 교육 시스템이 좋은 결과를 냈다고 그대로 따라가서는 안 된다. 핀란드 교육이 줄곧 높은 평가를 받고 있지만, 그것은 문화적 맥락에 대한 고려 없이 받아들이는 것은 좋은 생각이 아니다. 교육은 사회 체계의 일부이고 문화의 산물이다. 이번 세계교육포럼 같은 기회를 통해 여러 나라 교육 시스템과 문화 차이를 비교해 보고, 어떤 것을 자국에 맞게 적용할 수 있을지 연구해 봐야 한다."

Q) 국제교육협력기구인 GPE 의장으로서 빈곤 국가의 교육에 힘쓰고 있다.

A) "아직도 전 세계 어린이 5,800만 명이 초등교육을 받지 못하고 있다. 모든 어린이가 기본적인 읽기 능력을 갖추면 1억 7100만 명이 빈곤에서 벗어날 수 있다. GPE가 여성 교육을 강조하는 이유도 이 때문이다. 한국은 70년 만에 가난하고 원조를 받는 나라에서 다른 개발도상국에 도움을 주는 나라로 탈바꿈했고, 그 놀라운 발전에는 교육이 큰 몫을 담당했다. 교육을 통해 성장한 한국이 이번 포럼을 통해 다른 가난한 국가의 교육 수준을 높이는 데 나섰다는 데서 큰 의의가 있다."

그녀의 견해 중 '다른 나라 교육 시스템이 좋은 결과를 냈다고 그대로 따라가서는 안 된다. 핀란드 교육이 줄곧 높은 평가를 받고 있지만, 그것은 문화적 맥락에 대한 고려 없이 받아들이는 것은 좋은 생각이 아니다. 교육은 사회 체계의 일부이고 문화의 산물이다.'는 말에 저는 전적으로 동의하고 있습니다.

3) 한국 학교, 학부모들의 의식 변화 못 따라가! 교육 현장의 혁신 시급

□ 김용(56) 세계은행 총재, 지영석(54) 엘스비어 회장

김용(56) 세계은행 총재는 그동안 교육에 큰 관심을 보여 왔습니다. 하버드대에서 의학과 인류학 박사학위를 받았고, 하버드 의대 교수를 거쳐 세계보건기구(WHO) 에이즈 국장, 다트머스대 총장을 지낸 후 2012년 7월부터 세계은행 총재로 재임 중입니다. 지영석(54) 회장은 현재 글로벌 출판기업 엘비어스 회장으로 교육부 산하 미래교육특별위원회 위원장을 맡고 있으며, 프린스턴대 출신으로 랜덤하우스 회장을 지냈고, 동양인 최초로 국제출판협회(IPA) 회장을 역임했습니다. 대한민국의 참 글로벌 인재인 두 사람의 한국 교육에 대한 고언(苦言)! 어디 한번 들어 볼까요?

Q) 한국 교육의 문제와 비전은?

A_김) "한국은 구두닦이도 서울대에 갈 수 있는 나라라고 본다. 한국에서 좋은 교육을 받을 수 있는 접근성은 매우 좋다. 선생님들의 수준이 매우 뛰어나기 때문이다. 다른 나라에 비하면 가난한 학생들도 양질의 교육을 받을 수 있다는 얘기다. 전 세계 모든 나라에서 교육은 엄청난 평등장치(equalizer)라고 생각한다. '결과의 평등'이 아니라 '기회의 균등'을 만들자는 것이다. 세계은행도 모든 국가가 교육에서 기회의 균등을 갖는 것을 중요한 목표로 본다. 다만 한국 상황에서는 좋은 학원에 갈 수 있느냐가 가정 형편에 달려 있고, 여기서 불평등이 발생하고 있다."

A_지) "교육은 분명히 평등 장치이고, 사회를 쇄신하는 장치이다. 나

와 김용 총재 모두 미국에서 공부하면서 이 혜택을 봤다. 대학 다니면서 장학금을 받고 다녔다. 김 총재 얘기대로 한국의 공교육은 질이 높지만, 교육의 기회균등을 위해 학원에 대한 접근성 문제에 초점을 맞춰야 한다. 학원 안 가고 좋은 대학에 갈 수 있다면 이걸 왜 신경 쓰겠는가. 한국의 공교육 시스템은 학원 없이 사회 쇄신을 할 수 있도록 노력해야 한다."

Q) 높은 성적, 그러나 행복하지 않은 한국 학생. 어떻게 해야 할까요?

A_김) "삶에서 무언가를 성취하는 데는 두 가지 중요한 요소가 있다. 하나는 타고난 지능인데, 이걸 바꾸는 건 힘들다. 둘째는 의지력, 근성이라고 불리는 것들이다. 한국 학생들은 이걸 갖고 있다. 싸이 같은 가수가 성공한 이유를 보면 훈련 덕분이다. 한국 학생들이 학력이 높은 것도 이 훈련 덕분이다. 하지만 학생 개개인은 행복하지 않다. 내가 동료한테 '한국 학생들은 8시에 학교 가서 11시까지 공부한다.'고 말했더니 동료가 '학교가 오전 11시에 끝난다고?' 하더라. 그래서 내가 '아니, 밤 11시에 끝난다고.' 했더니 안 믿더라. 한국 학교시스템은 어린 친구들에게 너무 힘들다. 이는 개선돼야 한다."

A_지) "학생들에게 다양한 선택 사항을 주면 행복에 대한 생각은 바뀔 수 있을 것이다. 모든 학생이 한 가지 목표를 가지고 달려가는 것이 문제인 것 같다. 경제가 이만큼 성장했으니까 학생들에게 모두 고속도로를 타라고 할 필요는 없다. 학생들이 국도로도 가고, 자전거도 타는 다양한 선택 기회를 가져야 한다."

A_김) "이번에 한국에서 열리는 세계교육포럼은 15년에 한 번씩 한다.

나는 교육장관들이 매년 만나면 안 되느냐고 질문해 왔다. 세계 교육포럼이 15년 만에 한 번씩 열리는 것은, 교육이(사회 변화에 맞춰) 빨리 변하려고 하지 않는다는 생각이 있기 때문이다. 교육에서의 혁신은 중요하다."

A_지) "지난 2월부터 교육부 미래교육특별위원회 위원장을 맡아 한국 교육이 어디로 나아가야 하는지 고민하고 토론 중이다. 기본적으로 우리 학교가 사회에 많이 뒤처져 있는 것 같다. 한국 사회와 학부모의 의식은 매우 빨리 변하는데, 학교라는 시스템은 예전 그대로다. 그러니 학생과 학부모는 사교육으로 빠져나가고, 일부 학생들은 외국의 교육기관으로 빠져나가는 것이 아닌가 생각된다."

Q) 고교생 80%가 대학 가는 사회, 어떠신지요?

A_김) "최근 한국에서 대학 입학정원을 줄이는 구조조정을 추진하는데 이는 졸업생 취업난과 인구 구성 변화 등 여러 가지 이유가 있을 것이다. 하지만 이에 앞서 취업 시장의 현실이 어떤지 정확히 따져봐야 한다. 예를 들어 독일에선 고교 졸업생 40%만 대학 가고 나머지 40%는 기술학교에 간다. 한국은 80%가 대학 가지만, 대학이 모든 학생을 (산업현장의) 기준에 맞게 잘 교육시키기 힘들 것 같다. 대졸 취업시장의 규모가 어디까지인지 잘 살펴보라는 점을 조언하고 싶다."

A_지) "대학이 취업시장과 별개로 운영되면 안 된다. 4년제 대학을 안 나오면 직장에 지원조차 못 한다. 지원자의 태도나 적성이 이 일을 잘할지 여부는 잘 안 본다. 우리 사회에서 대학 학위와 취

업의 미스매치를 없애려면 대학 학위가 없는 데 대한 낙인을 없애야 한다. 요리사나 사진사가 되는데 왜 반드시 4년제 대학을 나와야 하나?"

Q) 교육은 미래 경제의 나침반이라는 견해에 동의하시는지요?

A_김) "세계은행 총재로서 교육 문제에 늘 관심을 기울여 왔다. 사람에게 투자하는 교육은 미래 경제 성장에 엄청난 영향을 주기 때문이다. 경제 성장에 관심을 쏟는 중동과 북아프리카, 라틴 아메리카 사람들이 나와 이야기할 때 첫째로 꺼내는 이슈가 바로 교육이다. 경제 성장을 도모하려면 교육에 투자해야 한다는 사실은 분명하다.

여러 한국 젊은이를 만나 봤는데 한국 학생들에게 창의성이 없지 않다. 한국 시스템에 창의력이 없다. 왜냐하면, 시스템이 한국 학생들이 목소리 내는 것을 막는다. 내가 25세 때 처음 한국 왔을 때 무조건 '예예, 그렇습니다.' 하는 것만 배웠다. 나이로 젊은 학생들을 억누르는 것이다. 한국 사회의 큰 변화는 어떤 세대가 '우리부터 나이에서 오는 특권을 포기하겠다.'고 말할 때 시작될 것이다. 나이와 성에서 오는 특권을 버려야 한다."

A_지) "작년에 발생한 땅콩 회항 사건도 다 그 문제에서 오는 것이다. 나이나 직책을 기반으로 존경심이 나오는 시스템은 창의성을 억누른다. 엄청난 아이디어가 있고 위험을 무릅쓰려는 마음도 있는데, 이런 시스템에선 그런 것들이 안 나온다. 그게 바로 창조 경제의 핵심이다."

세계적인 금융인과 경제인의 시각으로 바라본 우리나라 교육의 진단이지요. 조금 시각은 다를 수 있으나 교육의 문제를 외부에서 바라본다는 점은 참고할 만하다고 생각합니다. 다만, 나이와 직위의 문제는 깨야 한다는 지적은 전적으로 동의하고 있습니다.

이번 달까지 2회에 걸쳐 세계교육포럼에서 논의된 우리나라 교육에 대한 문제와 비전을 살펴보았습니다. 우리의 현실이 참 어렵고 사회적 상황은 우리를 힘들게 하지만 그럼에도 불구하고 우리는 자랑스러운 대한민국의 교사입니다! 선생님들 힘내세요!

계산공고, 2015. 8.

8. 코로나19 사태와 부평공고

9. 1.일 자로 우리 학교에 ○○○ 교감선생님이 새로 부임하셨습니다. 부평공고의 모든 학생들과 교직원들의 마음을 담아 환영의 말씀을 드립니다. 교감선생님이 하루속히 업무를 파악하시고 가지고 계신 뜻을 잘 펼 수 있도록 우리 모두 도와드려야 하겠습니다. 아울러 새로 부임하신 선생님들에게도 환영과 축하의 말씀을 드립니다. 우리 부평공고의 학교문화에 잘 적응하셔서 가르치시는 학생들이 잘 성장할 수 있도록 도와주시길 당부드립니다.

오늘 우리 학교는 군특성화고의 내실 있는 운영과 교육의 질을 높이기 위해 부평구청과 업무협약을 체결하게 됩니다. 앞으로 연간 3천만 원의 예산을 안정적으로 지원받게 됩니다. 저는 지난 2. 4.일 부평구의 차준택 구청장님을 찾아뵙고 우리 학교의 군특성화 교육과정을 설명드리고, 지역사회의 적극적인 협조를 부탁드린 적이 있습니다. 그 열매를 오늘 걷을 수 있게 되어 참 감사합니다. 지난 7개월여 동안 오늘을 위해 수고해 주신 주무부장인 군특부장을 비롯해 여러 선생님들에게 감사와 그 노고에 치하의 말씀을 드립니다.

저는 "코로나의 광풍이 아직 끝나지 않았고 언제 끝날지도 알지 못하는 상황임에도 불구하고 교육은 이루어져야 하는 절대절명의 과제가 우리 모두에게 주어져 있습니다. 주어진 자리에서 우리가 해야 할 일들을 잘 챙겨보고 또한 잘해야 하겠습니다."라는 말씀을 드린 적이 있습니다.

코로나 바이러스의 대유행 사태를 맞고 있는 지금, 우리는 하루하루를 마치 살얼음판 위를 걷는 조마조마한 심정으로 그저 감사하며 살고 있습니다. 어쩌면 이제는 코로나와 함께 살아가는 방법을 찾는 것이 지혜로운지도 모르겠습니다. 위에 언급한 말씀에는 교육의 연속성과 효과성, 책무성에 대한 고민이 들어 있습니다.

직업교육을 하는 우리 부평공고는 일반고와는 달리 코로나로 인한 그 충격이 더욱 크다는 것을 선생님들께서는 모두 동의하실 것입니다. 어떻게 해야 할까요? 그냥 세월이 흘러 이 사태가 진정되기만을 기다릴까요? 아니면 그냥 남들이 하는 대로 따라 할까요? 그것도 아니면 교사의 자존심을 걸고 어떻게 하면 학생지도를 잘할 수 있을까? 고민하고 연찬해야 할까요? 정답은 잘 알고 계시리라 믿습니다. 이런 고민 끝에 이번 달에는 '코로나19 사태와 부평공고'라는 주제로 글을 쓰게 되었습니다. 버릴 것은 버리시고 받아들일 것은 나의 발전의 수단으로 삼아 진정 사랑하는 우리 부평공고의 교육이 잘 이루어졌으면 하는 바람입니다.

작년 12. 1.일 중국 우한에서 코로나 첫 번째 환자의 시작으로 우리나라에서는 관광목적으로 방문한 중국의 한 여성이 우리 고장 인천에서 올해 1. 20.일 첫 확진 판정을 받았습니다. 그 이후로 전 세계는 코로나의 팬데믹을 겪고 있고 우리나라도 예외는 아닙니다. 그러나 의료진의 헌신적인 노력과 봉사와 전 국민의 적극적인 협조로 비교적 잘 관리되어 오던 중 8월 들어서는 처음보다 더욱 심각한 사태를 나타내고 있어 2차 대유행을 전문가들은 우려하고 있습니다.

이런 상황에서 학교도 온라인 개학(4. 9.일)이라는 초유의 사태를 맞았고, 등교 개학은 5. 13.일 고3부터 단계적으로 실시하였으며 그것도 밀집도 최소화 조치에 따라 우리 학교는 2개 학년만 1주일씩 서로 번갈아 가며 등교하게 되었습니다. 이제 2학기를 시작하는 지금 악착같은 코로나는 멈출 기세를 보이고 있지 않습니다. 사태 발생 이후 교육부는 많은 대책을 발표하였고 학교 교육의 정상화를 위해 현재진행형으로 노력하고 있습니다. 그러나 이런 여러 정책의 결정과 지원 방안에도 불구하고 우리 부평공고뿐만 아니라 학교급을 불문하고 모든 교육기관에서 어려움을 토로하고 있는 것이 현실입니다. 특히 직업교육을 하는 우리 부평공고는 여느 일반고와는 달리 교육과정의 편성·운영과 교과목 선택이 학과마다 달라 자율성이 높으며, 전문교과의 경우 전문공통과목, 기초과목, 실무과목 등으로 세분화되어 있으며, 실습시간이 상대적으로 매우 높은 비중을 차지하고 있습니다. 특히 NCS 기반 교육과정 도입(2020학년도 전 학년) 이후 실습시간은 더 늘어난 것으로 나타나고 있습니다. 따라서 특성화고인 우리 학교에서 코로나의 악영향은 더욱 클 수밖에 없다는 것은 자명합니다.

[표] 전국 직업계고등학교 교과 편성 현황[45]

구분		보통교과	전문교과			비고
			전문공통 과목	기초과목	실무과목	
2019	이수단위	150.9	1.5	15.3	30.8	1, 2학년 NCS 교육과정
	비율	76.0%	0.7%	7.8%	15.5%	

45 2019 NCS 기반 교육과정 학교컨설팅(2020), 한국직업능력개발원. (尤註: 우리 학교 자료와 비교 분석)

2020	이수단위	117.9	3.9	69.9	62.6	전 학년 NCS 교육과정
	비율	46.3%	1.5%	27.4%	24.7%	
증감	이수단위	-33	2.4	54.6	31.8	-
	비율	-29.7%	0.8%	19.6%	9.2%	
부평공고	이수단위	82	4	34	60	2020 학년도 전 학년
	비율	45.6%	2.2%	18.9%	33.3%	

NCS 기반 교육과정이 전면 시행되는 올해 우리 학교의 교과별 편성비율은 전국 평균과 비슷하게 나타나고 있습니다. 보통교과가 46%, 전문교과가 54% 정도의 비율로 편성되어 교과교육과정의 반 이상이 전문교과로 편성되었음을 의미합니다.

교육부에서 발표한 원격수업 가이드라인에 따르면 원격수업 운영방식은 크게 실시간 쌍방향 수업, 콘텐츠 활용 수업, 과제수행 수업 등 세 가지로 구분되는데, 우리 학교는 주로 EBS 온라인 클래스를 플랫폼으로 콘텐츠 활용 수업, 과제수행 수업의 두 가지 방식을 혼용하고 있습니다. 실제 여러 특성화고에서 운영하고 있는 원격수업 방식은 참 다양하게 이루어지고 있습니다. 실시간 쌍방향 수업을 기본원칙으로 하고 블록타임을 실시하는 학교, 콘텐츠 활용 수업을 기본원칙으로 하고 교사가 직접 콘텐츠를 제작하거나 기존 자료를 활용하는 학교, 과제수행 수업을 기본원칙으로 하고 수행 결과를 출석에 활용하는 학교, 조종례 시간은 실시간 쌍

방향으로 운영하고 교과수업은 콘텐츠 활용 수업을 진행하는 학교, 교사 선택에 의해 실시간 쌍방향 수업과 콘텐츠 활용 수업을 병행하는 학교 등 참으로 다양한 원격수업 방식이 운영되고 있습니다.

저의 짧은 생각으로는 보통교과와 전문교과의 이론과목은 원격수업이 진행되더라도 얼마든지 대면수업에 버금가는 학습효과를 거둘 수 있다고 생각합니다. 기존의 전통적인 수업방식에서 벗어나 블렌디드 러닝(Blended Learning, 혼합형 학습)의 한 형태인 플립드 러닝(Flipped Learning, 역진행 수업, 거꾸로 교실 등으로 번역)이라는 새로운 학습이론은 원격수업에 적합한 수업모형으로 활용될 수 있다고 생각하기 때문입니다.(물론 학생의 자발성과 교사의 전문성이 전제되어야 하는 것은 대면이든 원격이든 당연하지만)

문제는 보통교과, 전문교과에서 실험·실습, 실기의 비중이 높은 과목의 원격수업일 것입니다. 왜냐하면,

첫째, 실험·실습 기자재의 준비와 실습환경의 조성이 어렵기 때문입니다. 컴퓨터를 기반으로 하는 실습의 경우 가정의 PC 환경이 서로 다르고 일부 사양이 낮은 PC는 프로그램조차 설치할 수 없는 경우도 있습니다.

둘째, 학생과 교사의 쌍방향 소통이 어려워 즉각적인 피드백을 제공하지 못하며, 과목의 특성상 작업환경이 갖추어진 실습장에서만 수업이 가능한 경우도 있기 때문입니다. 아무리 콘텐츠를 잘 만들었다고 하더라도 실습교육의 특성상 직접 경험해 보지 않고 눈으로 보는 것만으로는 한계가 있기 때문입니다.

셋째, 아마도 가장 어려운 문제일 텐데 바로 평가입니다. 특히 평가의 공정성에 가장 큰 의문이 있기 때문입니다. 이는 평가의 신뢰성과도 관

계됩니다.

넷째, 수업의 마무리 단계에서 학습목표의 도달 여부를 확인할 수 없다는 문제가 있으며, 수업에 임하는 태도, 정리·정돈 등의 지도는 사실상 불가능하기 때문입니다.

이외에도 참 많은 문제들이 학교 현장에서 발생하고 있는 것이 현실입니다. 그럼 우리 부평공고에 계시는 선생님들은 어떻게 하여야 할까요? 저는 지난 4. 9. 일 온라인 개학을 한 이후 존경하는 우리 부평공고의 선생님들이 자신의 일들을 참 잘해 오셨다고 생각하고 있고, 앞으로도 그러하리라 믿어 의심치 않습니다. 그러나 한편으로는 불편한 마음이 있는 것 또한 숨길 수 없습니다. 우리 학교 5개 학과의 특성 차이도 있으나 선생님들 간에도 원격수업 준비 및 활용 역량, 콘텐츠 제작 능력 등 차이가 있는 것이 사실이기 때문입니다. 여러 가지 힘든 상황임에도 불구하고 한 가지 다행스러운 것은 우리 부평공고는 원격수업을 위한 인프라가 비교적 잘 갖추어져 있다는 사실입니다. 노트북 50대, 업무용 PC 94대, 실습용 PC 351대 등 총 748대의 컴퓨터가 확보되어 있습니다. 원격수업을 위한 인프라 구축은 조금만 보완하면 선생님들이 활용하는 데는 문제가 없을 것으로 판단하고 있습니다. 즉 모든 선생님들의 실시간 쌍방향 수업이 인프라 측면에서는 가능하다는 것입니다. 문제는 콘텐츠일 것입니다. 이에 몇 가지 제안을 드리니, 이것들이 구체화될 수 있도록 존경하는 우리 부평공고 선생님들의 능동적 참여를 기대합니다.

먼저 각 교과별, 학과별로 선생님들의 원격수업 역량을 강화하기 위한 고민이 있어야 한다는 것입니다. 교과협의회가 됐든 전문적 학습공동체가 됐든 아니면 수업 친구가 됐든 어떤 형태로든 선생님들의 만남이 있어야 하고, 서로 협력하는 방안을 모색해야 할 것입니다. 코로나 시대에 모든 선생님들을 대상으로 하는 모임 및 연수는 아마 힘들 것입니다. 소규모로 원격수업 역량을 강화하기 위한 모임을 통해 서로 협력하고 고민하고 우리를 도와줄 수 있는 외부 전문가들의 도움을 받으면 사랑하는 우리 부평공고의 교육역량은 점점 강화될 것입니다. 이 과정에 필히 수반되는 예산은 우선적으로 편성하여 지원해야 될 것입니다.

둘째, 앞에서도 잠깐 언급했는데 전통적 수업방식에서 벗어나 자신만의 새로운 형태의 수업모형(플립드 러닝 등)을 활용해야 하겠습니다. 원격수업에서는 기초지식과 이론 중심의 자기주도적 학습을, 대면수업에서는 실습과 토론, 과제 중심의 수업방식을 혼합하는 형태의 교수설계가 필요할 것입니다. 즉 온-오프라인 실습연계형 교육과정을 운영할 필요가 있습니다.

셋째, 공업계열 학교인 우리 학교에서 온라인 실습이 가능한 범위는 아마 다음과 같을 것입니다. 학습준비 단계에서 사전지식 안내, 동기부여, 교수학습단계에서 실습과정에 대한 구체적인 설명 및 안내, 시범, 안전교육 등, 평가단계에서 형성평가와 수행평가, 정리단계에서 실습 내용 정리 및 차시 예고 등일 것입니다. 따라서 각 단계에 맞는 전략적 원격수업 설계가 이루어져야 할 것입니다. 차시별로 위의 각 단계별 학습 내용을 구조화하면 원격수업을 위한 차별화된 자신만의 콘텐츠도 개발이 가능할 것입니다.

이런 노력들을 우리가 잘해 나간다고 해도 그럼에도 불구하고 원격수업의 한계인 학생 간 격차 심화 문제는 어떻게 해결해 나가야 하는지 저도 정말 잘 모르겠습니다. 자기주도적 학습능력과 목표지향성이 뚜렷한 학생들은 분명해야 할 공부를 잘해 나갈 것입니다. 그러나 대면수업에서조차 수업에 집중하지 못하는 아이들에게 원격교육은 그 효과를 담보할 수 없습니다. 수업참여가 아니라 출석 확인조차 힘든 것이 우리의 현실이기 때문입니다. 두 번째는 학생들의 취업문제입니다. 지난 8. 13.일 도성훈 교육감이 학교에 방문하셨을 때 저에게 물어본 첫 번째 말씀이 코로나 사태에 학생들의 취업에 대한 전망이었습니다. 정말 심각한 문제가 아닐 수 없습니다. 그러나 다행스럽게도 취업을 위한 다양한 프로그램들의 운영에 필요한 예산을 중소기업 인력양성 사업으로 확보한 것은 이 어려움을 타개해 나갈 기회를 우리에게 제공하고 있습니다.

존경하는 부평공고 선생님 여러분! 힘내십시오! 부족하지만 최선을 다해 도와드리겠습니다. 그리고 코로나의 광풍을 건강하게 이겨 내십시다! 우리에게는 700명의 아이들이 맡겨져 있습니다.

부평공고, 2020. 9.

9. 세상을 어지럽히는 자! 정녕 그가 누구인가?

가을이 그냥 무심하게 훅 지나가 버립니다. 여름에서 겨울로 그냥 훅 넘어가 버립니다. 푸르렀던 나무들은 옷을 벗을 준비를 하는데 사람들은 두터운 옷을 껴입기 시작합니다. 가을엔 편지를 하겠다 했는데 쓰지 못한 사연은 찬바람으로 마음속에 꽁꽁 얼어붙어 버리고 맙니다. 누구라도 그대가 되어 쓰지 못한 이야기를 받아 주셨으면 하는 마음이 더욱 간절해지는 계절입니다. 존경하는 선생님들 환절기 건강에 유의하시기 바랍니다.

11월은 신입생 모집이라는 가장 중요한 일이 우리에게 주어져 있습니다. 그동안 우리는 부평공고의 우수한 교육활동을 널리 알리고 바른 인성을 갖춘 창의융합인재 육성에 전력을 다해 왔습니다. 모두가 어렵다고들 하는 특성화고 직업교육의 선순환을 위해 부단히 노력해 왔습니다. 그러나 이런 모든 노력들이 신입생 미달이라는 결과로 한순간에 무너져 내리는 아픔도 겪었습니다. 여러 가지 구조적인 요인들로 인해 어려움이 있는 것이 현실이나, 그럼에도 불구하고 정원을 못 채우는 악순환만은 결코 막아야 하는 것이 우리에게 주어진 사명이기도 합니다. 누구 한 사람의 노력으론 결코 이루지 못할 과업이기도 합니다. 계획을 세워 추진하는 업무에 진정성 있는 마음으로 적극 동참하여 주시길 간곡히 당부드립니다. 존경하는 우리 부평공고 한 분 한 분 선생님들의 모든 노력이 모아져 큰 성과가 있기를 간절히 바랍니다.

올림픽에서 금메달을 딴 선수가 시상대 위에서 애국가와 함께 게양되는 태극기를 보고 눈물을 흘리는 것을 TV 중계를 통해 보곤 합니다. 특히 해외여행 중에 태극기를 보게 되면 그렇게 반가울 수가 없습니다. 그 순간은 모두가 애국자가 되어 나라 사랑의 마음을 되새기곤 합니다. 그 태극기는 중앙에 태극(太極)을 중심으로 건곤감리(乾坤坎離)의 네 괘가 조화와 균형을 이루어 배치되어 있습니다. 건(乾)! 곤(坤)! 감(坎)! 리(離)! 곧 하늘(☰天)과 땅(☷地)과 물(☵水)과 불(☲火)의 음양과 자연의 조화를 상징하고 있습니다. 인간도 자연이니 곧 인간사의 조화로움과 이로움을 의미하기도 합니다. 우리나라 국기인 태극기에 이런 심오한 사상이 들어 있습니다. 그런데 그 태극기가 품고 있는 하늘과 땅과 물과 불을 가지고 세상을 어지럽히고 있는 자들이 있으니! 경악하지 않을 수 없는 노릇입니다. 나는 나를 가장 정직하게 본다는 나의 독백은 가장 심각한 자기기만입니다. 나는 나를 결코 정직하게 볼 수 없습니다. 나의 결함은 보지 못하면서 남의 결함을 떠버리는 것은 정의롭지 못합니다. 이런 자기기만이 바로 확증편향입니다. 정의는 결코 상식에서 벗어나지 않습니다. 통탄스럽고 애통스럽습니다!

䷍(火天大有, 화천대유)! 태양이 온 세상을 비추듯이 밝음으로 세상을 경륜하라!

☲(火)와 ☰(天)으로 이루어진 괘상입니다. 하늘 위에 불(태양)이 있으니 이 얼마나 끝내주는 괘인가! 이른바 괘를 뒤집어도 그대로인 부동괘입니다. 부동괘는 방향성이 정해져 있지 않기 때문에 변하지 않습니다. ☲(火)가 가장 높은 곳에 있습니다. 땅 위에 하늘이 있고 그 위에 불이 있는 형국입니다. 태양이 온 천하를 가득 밝히고 있으며, 빛이란 높이 올라

갈수록 멀리 뻗어 나가는 법입니다. ☲(火)가 하늘 위에 있다는 것은 위대함이 만천하에 드러났다는 것을 의미하기도 합니다. 곧 위대한 업적이란 하늘에 떠 있는 ☲(火)에 비유되는 것입니다. ☲(火)는 아름답고 위대하며 올림픽에서 금메달을 따는 것도, 오랜 수련 끝에 심오한 경지에 이른 것도, 대통령이 나라를 잘 경영하는 것도 모두 ☲(火)입니다. 부족한 나도 어느 순간 빛나는 성공을 이루었다면 그때가 바로 ☲(火)가 하늘 높이 떠오른 때를 말합니다.

공자의 말입니다.

"火在天上 大有 君子以 遏惡楊善 順天休命(화재천상 대유 군자이 알악양선 순천휴명)"

"하늘 위에 불이 떠 있는 것이 대유니 군자는 이로써 악을 막고, 선을 드러내면 하늘에 순해 명을 쉰다."는 말이니 이는 태양이 온 세상을 비추듯이 밝음으로 세상을 경륜하라는 뜻입니다. ☰(天)을 따른다는 것이 바로 밝음을 따른다는 것이니 이 얼마나 우리가 상식으로 알고 있는 말입니까? 그렇지 않으면 그만두어야 하는 것이 세상의 이치입니다. ☰(天)이란 ☲(火)의 극한인바 밝고 위대한 섭리이고, ☲(火)에는 ☰(天)을 지향하는 성질이 있으니 하늘에 순행하는 것이 선이고, 역행하는 것이 악입니다. ䷍(火天大有)! 모든 위대함이 크게 드러났다는 뜻이니 이 얼마나 위대한 일인가 말입니다.

䷌(天火同人, 천화동인)! 하늘과 불이 부합하니 군자는 이로써 사물을 분별한다!

䷍(火天大有)을 뒤집은 괘입니다. 역시 부동괘입니다! ☲(火)는 빛이요 밝음이며, 아름다움, 조화, 꽃, 질서, 문명 등을 의미합니다. ☲(火)는 위로 향하는데 밝은 것은 하늘의 도리에 가까워진다는 말이기도 합니다. 군자는 하늘의 섭리에 다가가기 위해 끊임없이 노력하는 사람을 말합니다. 논어 헌문편(憲問篇)에 "君子上達 小人下達(군자상달 소인하달)"이라 했습니다. 불이 하늘로 향하고 물이 땅으로 향하니 유유상종이요 끼리끼리입니다.

공자의 말입니다.

"天與火同人 君子以 類族辨物(천여화동인 군자이 유족변물)"

"하늘과 불이 부합하니 군자는 이로써 그 정체성으로 사물을 분별한다"는 말이니 만일 내가 군자라면 나는 어떤 족속인지가 밝혀질 것입니다. 불인지, 물인지?

☰(天)이란 양(陽)입니다. 하늘은 밝은 곳, 높은 곳, 지휘관, 어른, 남자 등을 의미하니 강한 것, 아버지, 공격, 승리, 명예, 권력, 대통령 등 무수히 많은 의미를 지니고 있습니다. 절대적 의미가 아닌 음(陰)의 상대적 의미로 작용합니다. 그러니 陰은 陽의 반대 단어를 말하면 되는 것입니다. ䷍(火天大有), ䷌(天火同人) 모두 陽이니 이 괘의 반대의 괘가 곧 陰입니다. 그 괘가 바로 ䷇(水地比, 수지비), ䷆(地水師, 지수사) 괘입니다.

䷇(水地比, 수지비)! 군자는 만국을 세우고 제후와 친했다!

䷍(火天大有, 화천대유)의 반대 괘입니다. 이 괘는 ☵(水)와 ☷(地)로 이루어졌습니다. 땅 위에 물이 있으니 그대로 자연이고 역시 부동괘입니다. ☵(水)는 사람, 자유, 군중, 험난 등을 의미하기도 합니다. 그러니 ䷇(水地比)는 땅 위에 사는 사람을 나타내니, 사람이 살 곳을 제대로 찾아 머무는 형상입니다. ☷(地)는 陰이니 가장 낮은 곳이요, ☰(天)은 陽이니 가장 높은 곳을 의미합니다. ☷(地) 위에 세상의 모든 만물이 존재하는 것이 자연(自然)입니다.

공자의 말입니다.

"地上有水比 先王以 建萬國 親諸侯(지상유수비 선왕이 건만국 친제후)"

"땅 위에 물이 있는 것이 비(比)이니 선왕이 이로써 만국을 세우고 제후와 친했다"라는 말입니다. 왕은 마땅히 백성들이 나라 안에서 편안히 살며 서로 사이좋게 지내게 해야 한다는 의미입니다.

䷆(地水師, 지수사)! 백성을 포용하고 군중을 모아라!

䷌(天火同人, 천화동인)의 반대 괘입니다. 땅 위에 있던 물이 가장 낮은 땅보다 아래로 내려온 형국입니다. 땅속에 물이 있다는 말입니다. 지하수를 말하나요? 풍수에서 말하는 수맥을 말하기도 하지만 그렇게 단순하지는 않을 것 같은데. ☵(水)는 사람을 뜻한다고도 했습니다. 땅속에 사람이 있으니 숨어 있는 사람이요, 보이지 않는 사람입니다. 그래서 이 괘상을 사(師)라 한 것입니다. 또한 ☵(水)는 흉(凶)이란 의미도 있는데 음택(陰宅)에서 물은 무조건 나쁘다고들 말합니다.

공자의 말입니다.

"地中有水師 君子以 容民畜衆(지중유수사 군자이 용민축중)"

"땅속에 물이 있는 것이 사(師)이고, 군자는 이로써 백성을 포용하고 군중을 모은다"라는 말이니, 이는 정치를 잘하라는 말이기도 합니다. 예나 지금이나 정치를 잘하면 땅에 물이 고이듯이 백성이 편안하고 모여드는 법입니다. 공자는 흉을 말하지 않고 평범하고 좋은 상황으로 이 괘를 설명하고 있습니다. 원래 괘상에는 선악이 따로 있지 않습니다. 악한 상황에서도 선을 말할 수 있고, 선한 상황에서도 악을 말할 수 있습니다. ☵(水)는 물만을 말하지 않고 물 같은 것을 의미하고, ☷(地) 또한 땅만을 말하지 않고 엄마의 품속 같은 푸근함을 의미하기도 합니다. 어떤 상황에서 항상 한 가지 상황만을 주목하면 자연의 섭리를 어찌 깨달을 수 있겠습니까?

䷍(火天大有, 화천대유)와 ䷌(天火同人, 천화동인)이 나라를 어지럽히고 있습니다. 주역의 괘상으로 이보다 좋은 괘가 어디 있겠습니까만 인간의 탐욕은 끝이 없어 범죄에 이르기까지 하니 나라 꼴이 참 우습습니다. 더구나 사인(私人)이 잘못해도 그 죄가 클 터인데 하물며 공인(公人)들이 그 본분을 망각하였으니 이 또한 어찌 통탄하지 않을 수 있겠습니까! 나의 허물과 잘못을 남 탓으로 돌리고, 세상을 어지럽히고 있으니 이 또한 어찌 애통하지 않을 수 있겠습니까! 온갖 편벽된 주장(詖辭)과 지나친 주장(淫辭), 사악한 주장(邪辭)과 둘러대는 말(遁辭)들이 세상을 어지럽히고 있습니다.

염치(廉恥)와 청렴(淸廉)이라는 말이 있습니다. 모두 같은 한 글자가 들어 있으니 곧 '염(廉)' 자입니다. 茶山은 친구의 아들인 영암군수 이종영에게 준 글에서 육자결(六字訣)을 말했습니다.

'옛날 소현령(蕭縣鈴)이 선인(仙人) 부구옹(浮丘翁)에게 나라 다스리는 방법을 물었다. 부구옹이 말했다. "내게 여섯 자로 된 비결이 있네(六字訣). 사흘간 재계(齋戒)하고 오면 알려 주지." 사흘 뒤에 찾아가니 세 글자를 알려 주었다. 모두 '염(廉)' 자였다. "청렴이 그렇게 중요합니까?" "하나는 재물에, 하나는 여색에, 나머지는 직위에 적용해 보게." "나머지 세 글자는 무엇입니까?" "다시 사흘간 재계하고 오게나."

사흘 뒤에 다시 갔다. "정말 듣고 싶은가? 나머지 세 글자도 염, 염, 염일세." "정말 청렴이 그다지도 중요합니까?" "자네 거기 앉게. 청렴해야 밝아지네. 사물이 실정을 숨길 수 없게 되지. 청렴해야 위엄이 생기는 법, 백성이 명을 따르게 된다네. 청렴해야 강직할 수 있네. 상관이 함부로 하지 못하게 되지. 이래도 부족한가?" 현령이 벌떡 일어나 두 번 절하고 허리띠에 '염(廉)' 자를 여섯 개 써서 즉시 길을 떠났다.'

茶山은 한탄합니다! 목민자(牧民者)가 백성을 위해 있는 것인가? 천만에! 백성이 목민자를 위해 있다는 이 엄연한 현실에 한탄하고 있는 것입니다. 백성은 예나 지금이나 고혈과 진액을 짜내 목민자를 살찌우기 바뿝니다. 염치와 청렴이 없는 세상! 아! 정녕코 이 나라가 어디로 향해 가고 있는 것인가? 嗚呼 痛哉라! 嗚呼 哀哉라!

그러나 선생인 나에게 한 가지 유쾌한 일이 있으니 그것은 교육의 길을 노래하는 것입니다. 교육은 단순하지 않기 때문에 교육 주체들 간의 상호작용을 과학과 같이 정확하게 측정하여 증명할 수 없습니다. 때론 전혀 이해할 수 없는 일들이 교육 현장에서 빈번히 일어나고 있습니다. 그러니 누가 맞고 누가 틀리다고 감히 확정적으로 말할 수 있겠습니까? 다만 선생으로서 나의 겸손과 인내만을 홀로 노래하고자 노력할 뿐입니다. 젊었을 때 가졌던 서슬 퍼런 칼날과 같던 나의 신념들이 이제 나이가 들면서 점점 자신감을 잃어가는 것 같습니다. 그러나 그것은 아마도 내가 나 자신을 더욱 객관적으로 보기 시작했기 때문일 것입니다. 세상이 아무리 어지러워도 선생인 나의 일을 하자고 거듭 다짐해 봅니다. 나에게 마땅히 유쾌한 일인 교육의 길을 노래하리라! 이 구도의 길과도 같은 교육의 길을 노래하며 마무리하리라 다짐해 봅니다.

부평공고, 2021. 11.

〈참고문헌〉

1. 김승호, 『공자의 마지막 공부』, 다산북스, 2020. 10. 27.(초판3쇄).
2. 정민, 『다산어록청상(茶山語錄清賞[46])』, 도서출판 푸르메, 2010. 10. 8.(1판 13쇄).

46 청상(清賞): 맑게 감상(感賞)하다.

10. 혹시 운크라(UNKRA)를 아십니까?

연일 폭염이 기승을 부리고 있는 무더위 속에서 방학기간을 잘 보내고 계신지요? 7. 16.일 방학을 시작한 후로 학교는 방과후학교, 전공심화동아리 등 각종 교육활동에 학생들이 적극 참여하고 있으며 이 무더위 속에서도 지도교사 선생님들은 학생들과 함께 굵은 땀방울을 흘리고 계십니다. 또한 보다 쾌적하고 안전한 교육환경을 위해서 약 20여 건의 공사가 6억여 원의 예산으로 진행되고 있으며, 개학 이전에는 모든 공사를 마무리하기 위해 역시 폭염 속에서 공정에 박차를 가하고 있습니다. 수고하시는 모든 교직원들에게 감사와 그 노고에 치하의 말씀을 드립니다.

8. 1.일 자 산업통상자원부의 〈2021년 7월 수출입 동향〉이라는 보도자료에 의하면 우리나라의 '수출액은 무역통계가 집계되기 시작한 1956년 이래 65년 만에 가장 높은 수치인 554억 달러를 기록하며, 역대 월 수출액 1위를 달성'했으며, '1~7월 누계 기준으로, 누적 수출액(3,587억 달러) 역대 1위로 11년 만에 최고치를 달성'했다고 그 성과를 널리 홍보하고 있습니다. 이 코로나 팬데믹의 엄중한 상황 속에서도 경제 분야의 큰 성과가 아닐 수 없습니다. 1964년 수출 1억 달러 달성, 1971년 수출 10억 달러 달성(7년), 1977년 수출 100억 달러 달성(6년), 1995년 수출 1,000억 달러 달성(18년), 2011년 수출 1조 달러 달성(16년)! 나아가 이제는 한 달 수출액만 무려 554억 달러, 반도체 한 분야에서만 연간 수출액이 1,000억 달러에 이르는 나라가 되었습니다. 불과 47년 만에 1,000배의 경제 성

장을 이룬 것입니다. 전 세계 그 어떤 나라도 이루지 못한 것을 이루어 낸 위대한 대한민국입니다. 그러나 해방 이후 신생 대한민국은 나라라고 할 수 없는 나라였고, 한국전쟁의 참화는 국민을 먹여 살릴 모든 자원을 파괴했습니다. 그 당시의 상황을 살펴보아 오늘과 미래의 교훈으로 삼았으면 합니다.

국가발전과 국민경제에 밀착된 정치 이념이 민주화 시대의 초석이 되지 않고서는 경제 도약의 길은 열릴 수 없습니다. 국민 전체의 기(氣)와 세(勢)가 솟고, 역사관이 뚜렷이 정립되는 것이 도약의 일차적 요인이라고 생각합니다. 이것은 변화에 도전하는 한민족의 의지이며, 활력입니다. 그리고 이 의지와 활력을 구체화 시킬 수 있는 기반은 지도자의 리더십에 달려 있습니다. 경제주체인 젊은이들의 패기에 찬 기술혁신에 대한 의지와 국민들의 우리 경제에 대한 기대감, 그리고 기업인들의 기업가정신이 삼박자를 이루어 상호 보완적으로 발전의 사이클이 맞물려 들어갈 때 한국 경제는 비로소 발전을 향한 진일보한 발걸음을 내딛을 수 있을 것입니다.

『강대국의 흥망』의 저자 폴 케네디는 아담 스미스의 『국부론』을 인용하여 강대국이 되기 위한 조건 세 가지를 말하고 있습니다. '국가를 빈곤과 절망의 상태에서 벗어나게 할 수 있는 길은 단 하나밖에 없다. 바로 안정적인 정부(stable government), 예측 가능한 법들(predictable laws), 그리고 공평한 조세(absence of unfair taxation), 이 세 가지만 지켜지면 됩니다.' 그리곤 스위스의 예를 들어 설명하고 있습니다. 저는 이 중에 그가 '예측 가능한 법'이라고 표현한 것에 주목하게 됩니다. 바로 상식에 근거한 법이라는 말로 저는 해석하기 때문입니다. 상식(常識)은 '사람들이 보통 알고 있거나 알아야 하는 지식. 일반적 견문과 함께 이해력, 판단력, 사리 분별 따위가 포함된다.'고 표준국어대사전에 쓰여 있습니다.

111년 전 1910. 8. 22.일(조인)~29.일(발표) 경술국치의 날인 한일병합조약으로 나라를 강탈당한 후, 36년 1945. 8. 15.일 마침내 일제강점기의 치욕적인 역사가 종식되고 해방을 맞았습니다. 그러나 북쪽은 1948. 9. 9.일 공산주의 북한[47]이, 남쪽은 1948. 8. 15.일 자유민주주의 대한민국이 각각 정부를 수립하는 반쪽짜리 해방이었습니다. 1950. 6. 25.일 공산주의 침략전쟁이 일어났을 때 대한민국은 두 살도 채 안 된 어린 아기였습니다.

모든 일에 대해 과거를 회고하는 것은 미래를 예견하는 것보다 훨씬 쉬운 일일 것입니다. 3년 동안 이어진 한국전쟁은 신생 대한민국의 정치, 경제, 사회 등 모든 것에 있어서 엄청난 피해를 가져왔습니다. 죽은 사람만 군인과 경찰이 23만 1,787명, 민간인이 37만 3,599명으로, 총 60만 5,386명이 목숨을 잃었습니다. 여기에 실종자 35만 4,212명과 피랍자 8만 5,164명을 합하면 인명 손실만 총 104만 4,762명에 이릅니다. 부상자는 군인과 경찰이 72만 4,579명, 민간인이 22만 9,625명으로 총 95만 4,204명이었습니다. 이 모두를 합하면 인적 피해만 199만 8,966명으로 당시 남한 인구 2,043만 명의 거의 10%에 해당하는 인명 손실이었습니다. 물적 피해는 차치(且置)하고서라도 말입니다.

---

47 사실상 북한은 북조선 임시인민위원회를 구성(중앙행정기관, 1946. 2.)하고, 이후 공산주의 체제를 확립하여 갔다. 북조선 인민위원회(1947. 2.)는 북조선 인민회의 1차 회의에서 위원장을 김일성으로 하여 결성되었다. 그리고 1948. 9. 9.일 김일성이 내각 수상에 취임하면서 조선민주주의인민공화국을 선포하였다. [네이버 지식백과] 북한 정부의 수립(통합논술 개념어 사전, 2007. 12. 15., 한림학사)

전쟁으로 인해 폐허가 된 한국 경제를 재건하기 위해 1950. 12. 1.일 UN 총회에서 〈국제연합 한국재건단(United Nations Korean Reconstruction Agency: UNKRA, 운크라)〉의 설립을 결의하게 됩니다. 이후 UNKRA는 완전히 망가진 한국 경제의 재건을 위해 피해 규모에 대한 정확한 진단 및 재건 계획 등을 미국의 경제전문가 로버트 R. 네이산(Robert R. Nathan, 1908~2001)에게 현지 조사를 통해 보고서 제출을 의뢰하게 됩니다. 그 결과 1952년 예비 보고와 1954년 〈한국 재건을 위한 경제 계획(An Economic Programme for Korean Reconstruction: EPKR)〉이라는 제목의 최종보고서가 제출되게 됩니다. 바로 이 보고서가 이른바 〈네이산 보고서〉입니다.

기억 속에서 사라졌던 이 보고서가 최근 한국학중앙연구원에 의해 『한국 경제의 재건을 위한 진단과 처방-네이산보고(1954)의 재발견』[48]이란 제목으로 서울대 조영준 교수, LG경제연구원 류상윤 책임연구원, 홍제환 통일연구원 부연구위원 등 3인의 번역으로 출간되었습니다(2019. 11. 19.). 실제 보고서는 490여 쪽의 방대한 양이었고, 이번에 출간된 단행본은 540여 쪽의 분량입니다. 제가 이 책에 관심이 있던 이유는 해방 이후 한국전쟁까지 우리나라 경제 상황이 어떠했는지 궁금했기 때문입니다. 실제로 대한민국의 경제는 기적의 역사라고들 합니다. 과연 그런지 피상적으로 알고 있는 것들이 사실인지 확인하고 싶었습니다. 후진국이라 할 수도 없을 정도의 어려운 신생국가의 경제 현실을 선진국의 경제학자가 현대 경제학의 이론이라는 척도를 통해 바라본 우리나라의 실정이 어땠는지 몹시도 궁금했습니다. 이 책을 읽는 내내 마음이 참 무거웠습니다

48 본 글에서 인용한 내용(")은 이 책의 내용을 재인용함.

다. 제가 1961년생이니까 일제강점기와 해방, 건국, 전쟁은 겪어 보지 못했습니다. 다만 저의 기억에 각인 되어 있는 최초의 기억은 초등학교 3학년 때 새로운 교실 건물이 지어져 아스팔트 루핑으로 지어진 시커먼 하꼬방(판자로 지은 집) 건물에서 새 교실로 이사 간 감격을 기억하고 있습니다. 그때는 어려서 몰랐습니다. 그냥 새 교실에서 공부할 수 있어서 마냥 좋았습니다. 어떤 일로 그렇게 될 수 있었는지는….

〈네이산 보고서〉는 개요, 총 4편 20장, 부록 2편으로 구성된 방대한 양입니다. 특히 부록 A에 실려 있는 〈GNP: 1949/1950, 1952/1953, 1953/1954 한국 회계연도〉는 당시의 한국 경제의 실상을 볼 수 있는 자료였습니다.

'신생 대한민국 정부는 아직 국민소득에 대한 만족할 만한 통계상의 기초를 충분히 확립하지 못하고 있다. 자금 부족, 훈련된 인원의 부족, 충분한 사업 결산 보고 절차의 결핍, 독립 후 일천한 경험 등의 관계로 여러 가지 필요 불가결한 자료가 전혀 존재하지 않고, 또한 신빙성이 의문시된다. 국민소득 연구 분야에서 각각 상이한 기관이 가진 통계자료는 보통 서로 맞지 않았다. 그러나 전쟁으로 인한 선입견과 혼란에도 불구하고 신뢰할 만한 국민소득과 소득 계열을 책정할 수 있는 통계자료를 입수하는 데는 괄목할 만한 훌륭한 진전이 있었다.'고 기술하고 있습니다. 바꿔 말하면 믿을 만한 자료가 거의 없었다는 말입니다. 이 당시 정부의 회계연도는 매년 4월에 시작하여 다음 해 3월에 마감하는 것으로 되어 있었습니다. 또한 1950/1951 회계연도 자료가 없는 것은 전쟁 중이었기 때문으로 생각됩니다. 실제 한국전쟁 중에 38선 이남에서의 전투는 1951년 초에 끝났으나, 38선 주변에서의 전투는 계속되었습니다.

그럼 전쟁 전후의 경제 상황을 살펴보겠습니다.

	1949/1950		1952/1953		1953/1954	
	총액(백만$)	1인당($)	총액(백만$)	1인당($)	총액(백만$)	1인당($)
최종 생산물 총 소요량	1,880	92.43	1,544	71.53	2,172	98.66
개인소비	1,440	70.80	1,069	49.53	1,325	60.18
국내투자총액	170	8.36	75	3.47	197	7.96
정부	270	13.28	400	18.53	650	29.52
총 자원량	1,880	92.43	1,544	71.53	2,150	97.66
GNP	1,770	87.02	1,384	64.12	1,721	78.17
인구(1,000명)	20,339	-	21,584	-	22,016	-

전쟁 전 1인당 GNP가 87.02$에서 전쟁 중에 64.12$, 78.17$로 감소합니다. 당연한 결과이겠지요. 전쟁이 끝나고 1인당 GNP는 점차 증가하는 양상을 보이고 있습니다. 이 보고서의 목표연도인 1958/1959에는 약 18.7% 증가한 103.26$를 전망하고 있습니다. 즉 연간 약 3.7%의 성장률을 기대하고 있습니다. 이 계획의 성공 여부는 '오로지 모든 한국인의 노력, 적절한 경제 정책, 충분한 외국 원조로써만 비로소 가능할 것이다.'라고 쓰고 있습니다. 그러나 실제 성장률은 목표의 반도 안 되는 초라한 성적이었습니다(총생산증가율 51.3% 증가 예측했으나 실제 23.6% 증가에 그침). 그렇게 어려웠던 시절이었습니다.

해방 이후 한국은 원조 없이는 나라를 지탱할 수 없었습니다. 이에 따라 미군정기부터 원조가 도입되었는데, 1948년 정부가 수립되기 이전에는 미국으로부터 〈점령지역 행정구호원조(Government Aid and Relief in Occupied Areas: GARIOA)〉를 제공받았습니다. 이는 미국이 점령지역 주민들에게 제공한 긴급구호적 성격의 원조였으며, 식료품, 피복류 등 소비재 위주로 구성되어 있었습니다. 정부 수립 이후에는 1948년 체결된 〈한미원조협정〉에 의해 ECA(Economic Cooperation Administration: 경제협조처) 사절단이 서울에 설치되었고, 미국이 유럽의 재건 과정에서 실시한 ECA 원조를 우리나라에서도 그대로 제공하게 됩니다. ECA 원조는 1949년부터 도입되었으며, GARIOA 원조와 달리 우리나라 경제의 자립과 부흥에 목적을 두고 있어 소비재뿐만 아니라 원자재, 기계류 등으로 구성되어 있었습니다. 1950년 공산 침략 이후 원조는 미국 주도에서 UN군 주도로 전환되었으며, 전시 상황에 맞추어 원조의 성격도 전쟁으로 재난을 입은 사람들의 구호를 목적으로 바뀌게 되었습니다. 한국전쟁 중 가장 많이 제공된 원조는 CRIK(Civilian Relief in Korea: 민간구호원조) 원조였으며, UN 민사처에서 주관하였습니다. 이는 전시 한국인의 기아, 질병, 고난을 완화하기 위해 임시적으로 제공된 것입니다. UN은 1951년 한국의 경제재건을 주관할 원조기구로 앞에서 언급한 UNKRA를 설립하게 되는데, UNKRA 원조는 1953년 종전 이후부터 본격적으로 추진되었지만 그 규모는 그리 크지 않았습니다. 종전 이후 원조를 주도한 것도 미국이었습니다. 미국 정부는 1953년 원조 전담 기구로 대외협력처(Foreign Operation Administration: FOA)를 신설하였으며, 경제부흥 및 방위지원을 목적으로 FOA 원조를 제공하였습니다. FOA는 1955. 6월 국제협조처(International Cooperation Administration: ICA)로 바뀌는데, 이 두 기관을 통해 1960년까지 전체 원조액의 절반이 넘는 15억 8,720만 달러의 원조가 제공되었습니다. PL480(Public Law 480: 미국공법 480호, 농업수출진흥 및 원조법)은 미국의 잉여 농산물 원조로 이를 통해 1956년부터 1960년까지 총 1억 5,770만 달러의 식량이 도입되었습니다. 전체 원조액 29억 3,560만 달러 가운데 미국의 원조가 80.1%에 달하는 23억 5,610만 달러였습니다. 미국의 원조는 UN의 원조에 4배에 달하는 금액이었습니다.(아래 표 참조)

'한국인의 높은 향학심과 진실하고 근면한 노동 소질을 모든 관찰자는 이구동성으로 인정하고 있다. 한국인의 체력은 대단히 강하며, 달리기를 하거나 짐을 지는 그들의 능력은 전설이 되어 있을 정도로 놀랄 만한 것이다. 최근 수년간의 참을 수 없을 정도의 곤경 속에서 보여 준 한국인의 용기와 인내심은 모든 외국인 관찰자에게 깊은 인상을 주고 있다. 최악의 역경 속에서도 신변의 청력과 정돈을 유지하는 국민성은 주목할 만하다. 모든 이러한 특성은 장래 번영의 추진력이 될 것이다.'

그때 그들은 우리를 이렇게 보았습니다. 지난달 우리나라 역사상 역대 월 수출액 1위라는 성과는 그래서 우리에게 더욱 무겁게 다가오는 것인지 모릅니다.

다시 뛰자! 대한민국! 대한민국 파이팅!

연도	미국 정부				UN		합계
	GARIOA	ECA-SEC	FOA-ICA	PL480	CRIK	UNKRA	
1945	4.9						4.9
1946	49.5						49.5

1947	175.4						175.4
1948	179.6						179.6
1949	92.7	23.8					116.5
1950		49.3			9.4		58.7
1951		32.0			74.4	0.1	106.5
1952		3.8			155.5	2.0	161.3
1953		0.2	5.6		158.8	29.6	194.2
1954			82.4		50.2	21.3	153.9
1955			205.8		8.8	22.2	236.8
1956			271.0	33.0	0.2	22.4	326.7
1957			323.3	45.5		14.1	382.9
1958			265.6	47.9		7.7	321.2
1959			208.3	11.4		2.5	222.2
1960			225.2	19.9		0.2	245.3
계	502.1	109.1	1,587.2	157.7	457.3	122.1	2,935.6
	2,356.1(80.1%)				579.4(19.9%)		

출처: 한국은행, 『경제통계연보』, 각 연도판. (금액단위: 백만 달러)

부평공고, 2021. 8.

11. 5,500만 광년 떨어진 M87과의 만남

- 인류 문명의 위대한 진보 -

교정이 온통 꽃으로 뒤덮였습니다. 붉은 연산홍, 분홍 꽃잔디, 하얀 꽃사과, 자줏빛 목련, 진분홍 복숭아꽃, 동백, 철쭉 등, 짬을 내어 꽃구경 한번 어떠실까요? 지난 4월에도 우리 부평공고 모든 교직원 여러분 참 수고 많으셨습니다. 지방기능경기대회에서는 금, 은메달을 각 3개, 동메달을 4개 수상하여 우수기관 표창도 받았습니다. 또한 수학여행, 현장학습, 학과체험학습 등 다양한 교육활동이 안전하게 바라던 교육목표를 잘 달성하였습니다. 사랑하는 학생들과 함께하신 선생님들에게 거듭 감사의 말씀을 올립니다.

우리나라는 매년 4월을 과학의 달로 정해 과학기술의 중요성을 강조하고 있습니다. 하여 이번 달에는 블랙홀과 아인슈타인을 주제로 〈5500만 광년 떨어진 M87과의 만남〉이라는 제목의 글을 드립니다. 학생들 교육에 참고가 되었으면 합니다.

지난 4. 12.일에는 금 학년도 들어 처음으로 학교운영위원회를 개최하였습니다. 임원진 선출과 12건의 안건을 처리하였습니다. 자세한 내용은 학교 홈페이지에 게시되어 있으니 관심 있는 분들은 참고하셨으면 합니다. 특히 제1회 추경으로 약 3억 4천여 만 원을 증액 편성하였습니다. 이 중 2억 2천여 만 원은 목적사업비이고, 약 1억 2천여 만 원을 교직원들이 요구한 예산과 학교시설유지보수 및 시설확충으로 편성하였습니다. 아시다시피 우리 학교는 건물이 지어진 지 26년이 되는 학교입니다. 노후가 진행되어 손볼 곳이 많은 학교입니다. 특히 각종 시설·설비(소방, 전기, 방수 등)들의 노후가 심각하게 진행되어 현재 교육청에 현안사업비도 신청해 놓고 있습니다. 선생님들의 관심과 특히 가르치시는 일에 있어 필요한 것들을 적극적으로 제안해 주시기 바랍니다.

계절의 여왕이라는 이번 달은 1회 고사와 체육대회, 간부들의 리더십 캠프 등이 예정되어 있습니다. 역시 그 어느 것 하나 중요하지 않은 것이 없을 것입니다. 선생님들의 적극적인 참여와 열정을 기대해 봅니다.

1) 이 글을 쓰게 된 이유

지난 4. 10.일 전 세계 언론은 하나의 소식을 대서특필했습니다. 물론 우리나라의 언론들도 이 소식을 메인뉴스로 전했습니다. '인류 문명 최초로 블랙홀을 관측'했다는 내용이었습니다. 과학계는 물론 전 세계가 흥분하였습니다. 우주 비밀의 열쇠를 풀 수 있는 기대를 안겨 주기에 충분한 소식이었고, 우리 인류가 이론적으로는 오랫동안 그 존재에 대해 예측은 하고 있었지만 실제로 눈으로 확인한 것은 처음이기 때문입니다.

또 어떤 언론은 '아인슈타인 당신이 옳았어요!'라는 카피로 기사의 제목을 뽑기도 하였습니다. 궁금했습니다. 아인슈타인과 블랙홀, 블랙홀과 아인슈타인이 서로 무슨 관계인지 말입니다. 제가 초등학교 때 어느 선생님이었는지는 기억이 없지만 "이 우주에는 빛조차 빠져나올 수 없는 곳이 있는데 그곳을 블랙홀이라 한다는구나!" 아마 이런 말씀이었던 것으로 희미하게 기억됩니다. 그때 블랙홀이란 단어를 처음으로 접했던 것 같습니다. 그 후로 중학교에서 과학을 가르치며 이런 신비한 이야기들을 학생들에게 해 주었으나 한동안 잊고 살다가 이 혁명적인 관측 소식을 언론을 통해 알게 되곤, 과거의 텍스트들을 다시 들여다보다 우리 선생님들과 함께 나누었으면 좋겠다는 생각이 들어 글을 쓰게 되었습니다. 그냥 편하게 읽어 주셨으면 합니다. 혹시 어려운 이야기가 나오면 그냥 넘어가도 좋을 듯합니다. 다만 사랑하는 우리 부평공고 학생들에게 선생님들 수업에서 관련 내용을 조금만 언급하여도 초등학생이었던 저에게 흥미를 자아내게 했던 것처럼, 혹시 이들 중에 세계적인 학자, 기술자, 발명가가 나올지 누가 알겠습니까!

2) 블랙홀과 상대성이론

(1) 상대성이론

블랙홀을 말하기 전 상대성이론을 먼저 말해야 하는 것이 순서일 듯싶습니다. 시기적으로 그렇습니다. 1905년 스위스 특허국의 서기로 근무하던 무명의 아인슈타인은 논문을 한 편 발표합니다. 이른바 상대성이론(theory of relativity)이라는 이 새로운 이론은 자유롭게 이동하고 있는 관찰자들에게 그들의 속도와는 관계없이 과학법칙이 동일할 것이라는 기본적인 가정을 기반으로 삼고 있습니다. 즉 내가 얼마나 빨리 움직이고 있든지 간에 빛의 속도는 일정하게 측정된다는 주장입니다. 이 간단한 개념이 인류 문명에 얼마나 큰 파장을 가져오리라고는 그 당시 사람들은 전혀 예상하지 못했습니다. 지금은 당연한 것이라고 받아들이지만 불과 1세기 전에는 그렇지 않았던 것입니다. 여기서 그 유명한 아인슈타인의 방정식 $E=mc^2$이 탄생하게 됩니다. 바로 질량과 에너지의 등가원리와 광속불변의 원리입니다. 식을 보면 빛의 속도가 일정하면 질량과 에너지는 서로 전환하고 있음을 보여 주고 있습니다. 즉 어떤 물체가 빛의 속도에 이르기 위해선 질량이 무한대가 되어야 하며 무한한 에너지가 필요하게 됩니다. 그런 이유에서 물체는 결코 빛의 속도에 도달할 수 없다는 것입니다.

또 하나의 중요한 영향은 시공간에 대한 기존 우리의 관념을 혁명적으로 바꾸어 놓았다는 데 있습니다. 거리와 무관하게 빛의 속도는 일정하다는 것입니다. 속도는 거리를 시간으로 나눈 것인데 관찰하는 빛의 속도가 모두 같다는 것은 시간이 절대적이지 않다는 것을 의미하고 있습니다. 즉 절대시간을 부정한 것입니다. 지금 우리가 보고 있는 별빛은 지금 그 별이 내는 빛이 아니라는 말입니다. 지금 내가 보고 있는 태양빛은 지구 시간으로 약 8분 전에 태양을 출발한 빛이라는 이야기이지요! 이 당연한 이야기를 아인슈타인 이전에는 물리적(수학적)으로 표현하지 못했습니다.

이 상대성의 개념에서 중력의 영향을 무시한 것이 특수상대성이론입니다. 대개의 개념은 앞에서 설명한 내용과 비슷합니다. 수학적으로는 차이가 있지만!(그냥 넘어가겠습니다.) 그런데 이 이론은 뉴턴의 중력과 모순되는 문제가 있었습니다. 아인슈타인은 고민했습니다. 그 후 7년의 시간 동안 이 문제를 해결하려고 연구에 매진했으나 성공하지 못하고 1915년 마침내! 오늘날 우리가 일반상대성이론이라고 부르는 이론을 발표합니다. 빛이 중력장에 의해서 휘어질 것이라는 것이 핵심이지요! 즉 시공이 구부러지거나 휘어져 있다는 것입니다. 아마 저와 우리 선생님들이 가장 어려워하는 내용이 이 부분일 것입니다. 우리가 눈으로 보는 일상의 자연현상에서 시공의 왜곡 현상을 관찰하는 것은 불가능하기 때문입니다. 경험해 보지 않은 사실을 어떻게 이해할 수 있을까요? 또한 과학을 이해하려면 수학을 알아야 하는데 수학이 어디 좀 어렵습니까! 그러니 그냥 그런가 보다 하고 넘어가는 것이 속이 편할지 모르겠습니다. 그래서 이런 위대한 진보를 이룬 학자들에게 노벨상을 주는구나 하고 생각하는 편이 나을 것 같습니다.

또 한 가지 중요한 사실은 중력장 내에서 시간이 느리게 가는 것처럼 보인다는 것입니다. 실제로 이 주장은 1962년 실험으로 검증되었습니다. 63빌딩 옥상에 있는 시계와 1층에 있는 시계는 같이 가지 않는다는 말로 1층에 있는 시계가 느리게 간다는 말입니다.(그 차이가 너무나 작아 느끼지 못하지만 느리게 가는 것은 사실)

뉴턴의 고전역학에서 운동의 법칙은 공간에서의 절대위치라는 개념을 폐기시켰습니다. 아인슈타인의 상대성이론은 절대시간이라는 개념을 무너뜨렸습니다. 1915년 이전까지 시간과 공간은 고정되어 있고 서로 영향을 받지 않는다고 생각했습니다. 아인슈타인도 1905년 특수상대성이론을 발표할 때까지 이런 생각에 변함이 없었습니다. 그러나 일반상대성이론에서는 '절대적인 시간과 공간이란 없다'라고 말하고 있습니다. 시간과 공간은 우주 속에서 일어나는 모든 것에 영향을 줄 뿐만 아니라 영향을 받기도 한다고 주장하고 있습니다. 아인슈타인 이후로 현재의 인류는 우주를 시공간과 물질의 동역학이란 관점에서 바라보고 있습니다. 이상으로 상대성원리의 기초적인 개념들을 살펴보았습니다. 비록 수박 겉핥기이지만 그 시작은 위대합니다. 자 힘을 내십시오!

(2) 블랙홀

블랙홀이란 용어가 처음 사용된 것은 비교적 최근의 일입니다. 1969년 미국의 과학자 존 휠러는 200여 년 전부터 격론을 벌였던 빛의 이중성을 설명하기 위해 이 신조어를 만들었습니다. 바로 빛의 입자설과 파동설에 대한 이야기입니다. 오늘날 우리는 이 두 이론이 모두 옳다는 것을 알고 있습니다. 1783년 캠브리지 대학의 존 미첼은 충분한 질량과 밀도를 가진 별은 강한 중력장을 가지기 때문에 빛조차도 빠져나오지 못할 것이라고 예측했습니다. 지금부터 정확히 236년 전입니다! 놀랍지요? 바로 이 천체가 오늘날 우리가 블랙홀이라 부르는 별입니다. 빛을 뉴턴의 중력이론으로는 설명하지 못했습니다. 적어도 1915년 아인슈타인 이전까지는 말입니다.

1920년대 말 인도의 과학자 찬드라세카르는 태양 질량의 약 1.5배 이상인 죽은 별은 자체 중력을 지탱하지 못할 것이라고 계산했습니다(찬드라세카르 한계). 만약 어떤 별이 찬드라세카르 한계보다 작으면 수축을 멈추고 백색왜성으로 진화하게 된다는 말입니다. 또 다른 형태의 진화도 있는데 구소련의 이론물리학자 란다우는 태양의 1~2배의 질량을 갖지만 크기가 백색왜성보다 훨씬 작은 별을 예측했습니다. 우리는 이 별을 중성자별이라 부릅니다. 그렇다면 이 한계 이상의 질량을 가진 별의 운명은 어떻게 될까요? 자체 중력에 의해 붕괴하게 되겠지요! 이 말은 별들이 '0'의 크기로 줄어들 수 있다는 말과 같습니다. 학계에 난리가 났습니다. 그의 스승인 아서 스탠리 에딩턴, 심지어 아인슈타인도 별의 크기가 '0'이라니 말도 안 되는 소리라고 반대했습니다. 그러나 그는 1983년 노벨상을 수상했습니다. 아마 최소한 부분적으로는 차갑고 어두운 별의 한계

질량을 계산했다는 그의 업적을 높이 산 것이겠지요.

1939년 미국의 젊은 물리학자 오펜하이머는 찬드라세카르 한계 이상의 질량을 가진 별에서 일어나는 일을 일반상대성이론으로 증명했습니다. 증명의 과정은 앞에서도 언급했듯이 저도 잘 모르니 그냥 넘어가는 것이 현명할 듯합니다. 핵심은 이렇습니다. '별의 중력장은 시공 속에서 빛의 경로를 바꾸며(휘게 한다), 빛은 별의 표면 안쪽으로 약간 휘어진다.'라는 것입니다. 우리는 이런 현상을 일식으로부터 관측할 수 있습니다. 중력장이 더욱 강해지면 빛은 더욱 휘어지게 되고, 마침내 그 별이 임계반경 이내로 줄어들면 결국 빛은 그 별을 빠져나오지 못하게 됩니다. 상대성이론에 따르면 빛보다 빠른 것은 없으므로 이곳에서는 그 무엇도 빠져나오지 못합니다. 따라서 그 별은 우리가 볼 수 없는 '사건(event)의 집합'(수학적 표현임에 주의), 즉 시공의 영역을 갖게 되는 것입니다. 이 영역을 바로 오늘날 우리가 블랙홀이라 부르는 것입니다. 이 블랙홀의 경계를 '사건의 지평선(event horizon)'이라 합니다.

3) 사건의 지평선 망원경(EHT: Event Horizon Telescope)

지구로부터 빛의 속도로 5,500만 광년이나 가야 하는 거대 은하 M87, 거꾸로 이야기하면 5,500만 광년 전에 M87을 떠난 빛을 지금 우리가 보고(관측 또는 검출) 있다는 이 위대한 인류의 진보, 어떻습니까! 선생님들 제가 왜 장황하게 이 이야기를 이번 달의 주제로 선택했는지 아시겠습니까? 그렇습니다. 우리 인류 문명의 한 획을 긋는 위대한 진보임에 틀림없는 것 같습니다. 제 생각으론 이 연구진에게 노벨상 수상은 당연할 듯 보입니다.

이와 같은 진보를 이룬 연구진의 이름은 '사건의 지평선 망원경(EHT: Event Horizon Telescope) 연구단'이라고 합니다. 왜 연구단의 이름이 '사건의 지평선 망원경'인지 아시겠지요? 바로 블랙홀의 경계를 관측한 것입니다. 망원경으로요! 2017년 관측한 자료를 2년 동안 슈퍼컴퓨터로 해석하고 보정해서 '인류 최초로 관측한 블랙홀'이라는 결과물을 컬러 사진으로 내놓았습니다. 전 세계 200여 명의 과학자가 6개 대륙에 있는 8개의 전파망원경을 연결해 블랙홀 관측에 성공한 것입니다. 그래서 지구 크기의 망원경이라는 말이 나오는 겁니다. 망원경은 해상도가 생명인데 그것을 결정하는 것은 여러 요인이 있겠지만 가장 중요한 것은 망원경의 구경입니다. 그래야 빛을 많이 모을 수 있기 때문입니다.

이런 아이디어를 낸 것 자체가 저는 놀랍습니다. 그것도 혼자 골방에 틀어박혀 연구하는 것이 아니라 전 세계 200여 명의 학자가 같이했다니! 놀랍지 않습니까? 전 세계는 이런 인재들의 협업에 열광하고 있습니다. 우리 부평공고의 교육이 나아가야 할 방향에 대해서도 시사하는 바가 매우 크다고 생각합니다. '바른 인성을 갖춘 창의융합인재 육성', 교육과정에서 제시하고 있는 6가지의 핵심역량은 우리 학생들에게 꼭 필요한 역량이라고 생각합니다. 우리 선생님들이 가르치고 계시는 교과에서 이 핵심역량은 가르쳐져야 하고, 그러기 위해선 부단한 연찬과 열정이 있어야 할 것입니다. 존경하는 부평공고 선생님 여러분! 저는 이것이 가능하다고 믿고 있습니다. 왜냐하면 지금까지 우리 부평공고 공동체의 모든 구성원들은 맡은 바 자기의 일에 최선을 다해 오셨기 때문입니다. 다만 저는 우리 구성원들이 어떤 생각을 갖고 사랑하는 아이들을 가르쳐야 하는지에 대한 말씀을 드리고 있는 것입니다. 이 위대한 발견을 한 연구진에 우리나라의 연구원들도 포함되어 있다니 일제강점기로부터 벗어난 지 74년 만에 우리가 이뤄 낸 성취는 놀라운 것입니다. 그 중심에 교육이 있었음은 두말할 나위가 없습니다.

두 번째로 제가 놀란 것은 이 아이디어를 처음으로 제시한 사람이 저명한 천체물리학자도 아니고 이 분야의 대가도 아니었다는 사실입니다. 20대의 젊은 여성 컴퓨터 과학자인 MIT의 케이티 보먼이라는 대학원생이라고 합니다. 블랙홀에 대한 전문지식은 없지만 자신이 잘할 수 있는 컴퓨터과학 분야에서 블랙홀 촬영의 알고리즘을 제안했다고 합니다. 그런데 더욱 놀라운 것은 이런 황당한 아이디어를 학계가 받아들였다는 것입니다. 권위와 위계질서에 막혀 터무니없는 이야기로 치부했다면 오늘의 쾌거는 이루기 어려웠을 것입니다. 우리 조국은 우리 젊은이들이 어떻게 미래를 열어갈 것이냐에 따라 그 흥망성쇠가 결정될 것입니다. 이 젊은이들을 잘 가르쳐야 하는 권리와 의무가 우리에게 있다고 생각합니다.

존경하는 부평공업고등학교 선생님 여러분! 힘내십시오!

부평공고, 2019. 5.

〈참고문헌〉

1. 김항배, 『우주, 시공간과 물질』, 컬처룩, 2017.
2. 스티븐 호킹, 김동광 옮김, 『그림으로 보는 시간의 역사』, 까치글방, 1996.

12. 자유와 평등

3학년 학생들의 제2회 정기기능사 국가기술자격 시험이 끝났습니다. 가채점 결과 재적 225명 중 216명(응시율 96%)이 응시하여 187명(합격률 86.6%)이 합격하였습니다. 수고하신 선생님들에게 감사드리고 합격하지 못한 학생들이 제3회 정기기능사 시험에 꼭 응시하여 하나의 자격증이라도 꼭 취득할 수 있도록 지도 부탁드립니다. 작년에는 재적 248명, 응시 236명(응시율 95.2%), 195명 합격(합격률 82.6%)하였는데, 올해 결과는 응시율은 0.8%, 합격률은 4%가 향상된 것으로 나타났습니다. 또한 두 종목에 응시한 10명의 학생 중에서 8명이 합격하는 쾌거도 이루었습니다. 특히 자격증 취득이 그렇게 어렵다는 토목과의 경우 합격률이 83.7% → 90.2%로 6.5% 증가한 것은 놀랍기도 합니다. 다시 한번 수고하신 선생님들에게 감사와 격려의 말씀을 드립니다.

『징비록』과 『난중일기』에 대한 글을 드린 기억이 있습니다. 다가오는 7월 8일은 429년 전 조선의 바다에서 한산도대첩이 있던 날입니다. 서애는 하늘이 도왔다고 했습니다. 대선을 10개월여 앞두고 언제나 그렇듯이 온통 나라가 시끄럽습니다. 모두들 자기가 옳다고 합니다. 정의라고 합니다. 71년 전 이 땅은 참혹한 전쟁터였습니다. 그때 흘린 피의 결과가 오늘의 대한민국입니다. 그 나라는 자유민주주의와 시장경제를 공산주의로부터 지켜 냈습니다(하기야 북한의 나라 이름에도 민주주의가 들어 있긴 합니다만). 학교 다닐 때 민주주의 핵심가치는 자유와 평등이라 배웠습니다.

세월이 흘러 잘 기억이 나지 않았습니다. 그래서 다시 책을 펴들었습니다. 그리곤 기억을 더듬어 보았습니다. 학기말 업무에 바쁘실 텐데 짬을 내셔서 읽어 보셨으면 합니다.

자유와 평등! 반론의 여지가 없는 민주주의의 핵심가치입니다. 표준국어대사전에 보면 자유(自由)는 '외부적인 구속이나 무엇에 얽매이지 아니하고 자기 마음대로 할 수 있는 상태, 법률의 범위 안에서 남에게 구속되지 아니하고 자기 마음대로 하는 행위, 자연 및 사회의 객관적 필연성을 인식하고 이것을 활용하는 일'로 나와 있습니다. 영어에는 freedom과 liberty로 구분되어 있고 각각 권리로서의 자유, 원하는 대로 할 수 있는 자유와 지배로부터의 자유, 노예가 아닌 상태로서의 자유를 의미하고 있습니다. 또한 평등(平等, equality)은 '권리, 의무, 자격 등이 차별 없이 고르고 한결같음'으로 나와 있습니다. 이는 민주주의에서 정치적 자원의 평등과 권력의 평등을 의미합니다.

그런데 "평등이 자유를 침해하는 사태가 틀림없이 도래할 것이다. 민주주의 시기에 전제정치를 조심해야 한다."고 경고한 학자가 있습니다. 바로 알렉시스 토크빌(Alexis de Tocqueville, 1805. 7. 29.~1859. 4. 16. 프랑스 정치철학자)입니다. 토크빌의 우려는 정치적, 사회적, 경제적 평등이 개인의 정치적 자유와 독립성을 위협할 수도 있다는 문제였습니다. 이와 같은 우려는 민주사회에서 민주주의와 재산권 사이의 대립과 함께 자유와 평등 사이의 문제에서도 오랜 논쟁거리였습니다. 과거 농업사회에서 이 문제는 그다지 심각한 문제를 야기하지 않았으나 오늘날 민주화가 진행된 산업사회에서 이 문제는 심각한 문제를 야기할 수밖에 없고 현재진행이기도 합니다. 왜냐하면 이 새로운 경제질서에서는 기업이 시민의 재산, 소득, 사회적 지위, 교육, 지식, 직업의 명성과 권위 그리고 많은 자원의 불평등한 배분을 조장했다고 보는 시각이 있기 때문입니다.

그렇다면 과연 토크빌의 우려대로 평등이 자유를 위협하는가? 궁금했습니다. 왜냐하면 지금 우리 대한민국 사회도 '공정'이라는 화두가 뜨거운 논쟁거리로 등장했기 때문이며 특히 젊은이들은 이 문제에 아주 민감하게 반응하고 있기 때문입니다. 먼저 토크빌의 주장을 살펴보겠습니다. 그의 주장의 핵심은 다음 네 가지로 정리할 수 있습니다. 첫째, 문명 세계에서 평등은 확대되고 있고 이는 불가피한 현상이다. 둘째, 자유는 아마도 평등보다도 더 민주사회에서 가장 중요한 가치이다. 그러나 대다수의 사람들은 평등을 더 좋아한다. 셋째, 자유의 필요조건은 권력 행사에 대한 강력한 견제 장치의 존재 여부이다. 마지막으로 정치·사회·경제적 평등이 보편화되어 있고, 다수의 무제한적인 권력 행사를 막을 수 있는 장치가 모두 제거되어 있는 민주국가에서 다수는 국가를 전제적으로 지배할 수도 있다는 것으로 요약할 수 있습니다. 그는 "민주주의 정부의 핵심은 다수의 절대 주권에 있다. 왜냐하면 민주주의 국가에서는 다수의 절대 주권을 막을 수 있는 방법이 없기 때문이다."라고 주장합니다. 이런 이유로 그는 평등이 자유를 침해할 소지가 있다고 본 것입니다. 그런데 제가 생각하기에는 바로 여기에 민주주의의 딜레마가 있는 것 같습니다. 왜냐하면 평등이 민주주의의 필요조건임에도 불구하고 자유의 필요조건은 아닐 수 있기 때문입니다. 게다가 평등은 분명히 자유의 충분조건이 아닙니다. 오히려 평등은 다수의 전제를 조장할 수도 있기 때문에 자유를 위협할 수 있습니다. 무슨 말입니까? 민주주의의 필요조건인 평등이 자유를 위협한다면 우리는 민주주의와 자유, 두 가지 가운데 하나를 선택해야만 하는 것이냐?라는 말입니다. 토크빌은 분명히 '아니다'라고 말할 것입니다. 저도 같은 생각입니다. 우리는 간혹 민주주의에서 다수와 다수의 대표는 비록 합법적이지만 정의롭지 않은 행동을 하는 것을 보아 왔습니다. 이것은 정치에서 흔히 제기되는 문제입니다. 다수당의 횡포가 바로 그런 예입니다. 엄격한 법적 권리 행사를 통해 다수가 소수를 억압할 수 있고 민주적 사회가 대중 독재를 낳을 위험이 항상 도사리고 있다는 것입니다. 중우정치가 그렇습니다. 그러나 이것은 민주국가의 일반적 특성은 아닙니다. 이런 시각은 다수의 도덕적 힘은 다수의 이익이 소수의 이익보다 우선한다는 공리주의적 원칙에 기인하고 있는 것 같습니다.

예를 하나 들어 보겠습니다. 학교 민주화라는 기치 아래 학교장의 권한이 부당하다고 할 수 있는 어떤 상황이 존재한다고 가정해 보겠습니다. 학교장에게는 학교경영의 책임과 권한이 본질적으로 존재하고, 법률은 학교장의 이런 권한과 책임을 법적 권리와 의무로 보장하고 있습니다. 이 경우 학교장의 권한을 금지할 수 없다면 부당한 것이 되고, 만약에 금지한다면 정부는 전제적으로 행동하는 것이 될 수 있습니다. 이런 문제는 민주주의의 기본 원리인 다수결의 원칙을 적용해도 해결할 수 없다고 저는 생각합니다. 또한 바람직한 민주적 절차를 거쳐 이루어진 결정은 그 자체로 정의로운 결정이라고 한다면, 즉 우리가 민주적 절차가 바람직한 결정이라고 믿기만 한다면 민주적 절차에 따라 이루어진 모든 결정은 모두 정의롭다는 결론에 이를 수 있을까요? 과연 그럴 수 있을까요? 저는 이런 결론은 받아들일 수 없다고 생각합니다. 물론 절차적 정의는 매우 중요합니다. 어찌 보면 절차적 정의만이 민주사회에서 보증 가능한 유일한 정의일지도 모릅니다. 하지만 우리에게는 바람직한 절차를 거쳐 나온 결과가 그 자체로 정의로운 것인지 되물을 권리가 있습니다. 민주적 절차가 절차상 정의롭다고 생각한다 할지라도 완전히 민주적 절차를 거쳐 내린 결정이 때로는 사실상 부당할 수 있다고 주장할 수 있는 권리가 우리에겐 있다고 생각합니다. 다수의 권력 남용, 소수에 대한 부당행위, 다수의 전제, 절차적 정당성과 내용적 정당성의 충돌 등을 어떻게 판단할 수 있을까요? 부당하고 전제적인 것과 민주적 절차에 대한 기준이 그래서 필요한 것입니다. 이 문제는 민주주의와 공동체에서 상당히 중요한 문제입니다.

만약 사람들에게 권리가 없다면 민주적으로 스스로를 통치하는 양도할 수 없는 기본권으로서의 자치권은 불가능할 것입니다. 반대로 사람들에게 권리가 있다면 독재자가 통치하는 정부를 민주적으로 선택할 수도 있습니다. 이 또한 딜레마입니다. 어떤 경우에도 민주주의는 없기 때문입니다. 우리는 역사적으로 민주적으로 민주적 절차를 이용해 그 절차를 파괴하기로 결정할 수 있음을 보아 왔습니다. 민주적 절차만이 만병통치약이 될 수는 없는 노릇입니다. 시행착오로 얼룩진 민주주의의 역사에서 다양한 사람들이 투표를 통해 번번이 민주주의를 파괴해 버렸다면 민주주의 체제는 자기 파괴적인 경향이 강해서 민주주의가 근본적으로 결함을 지니고 있다고 비관적으로 생각할 수도 있습니다.

민중이 할 수 있는 일을 실제로 행하는 것이 정당하게 행동하는 것인지 즉 민중에게 권력이 있다고 해서 그것을 실행할 권한도 갖고 있는 것일까요? 민중이 민주적 절차를 통해 정당하게(?) 민주주의를 파괴할 수 있다면 이는 다수가 소수의 권리를 정당하게(?) 박탈할 수 있다는 말과 같습니다. 존경하는 선생님들은 동의할 수 있겠습니까? 저는 발상 자체가 잘못된 것이라고 생각합니다. 어떤 한 사람이 민주적으로 스스로를 통치할 수 있는 자치권이 옳은 것이라면 그가 비민주적인 통치를 받는 것은 옳지 않습니다. 민주주의가 바람직하며 정당하다고 생각하는 사람이 동시에 민주주의가 바람직하지 않으며 민주적 절차를 파괴하는 것이 정당하다고 생각하는 것은 논리적으로 불가능합니다. 따라서 정치적 기본권은 민주적 절차에 필수적이기 때문에 민주적 절차를 존중하는 사람은 모든 사람들의 정치적 기본권(다수든 소수든)을 인정할 수밖에 없습니다. 그러나 반대로 이를 알고도 정치적 기본권을 침해하려 든다면 이는 그들이 모순적이게도 민주적 절차를 거부한다고 말하는 것과 같습니다.

저는 민주적 절차와 정치적 기본권 사이의 관계는 상식에 기반해야 한다고 봅니다. 안정된 민주주의에서는 정치적 기본권이 바람직하다는 신념이 민주주의 자체에 대한 신념으로 자연스럽게 이어질 수 있을 것입니다. 민주주의와 자유와 평등, 민주주의와 정치적 기본권 사이의 균형을 유지하기 위해서는 상식이 필요한데 이 상식은 그 사회가 오랫동안 쌓아온 관습과 습관, 그리고 민중의 도덕적 신념을 총망라하고 있습니다. 그래서 민주주의는 권력의 독점이 아닌 균형과 견제로 작동한다고 하는 것인가 봅니다. 이제 사랑하는 우리나라도 지도자를 새롭게 뽑는 정치의 시간이 다가오고 있습니다. 진정 안정된 민주국가의 비전을 제시하는 인물이 나라를 위해 헌신하길 진심으로 기원해 봅니다.

부평공고, 2021. 7.

〈참고문헌〉

1. 알렉시스 토크빌, 임효선 옮김, 『미국의 민주주의 1』, 한길사, 2002.
2. 알렉시스 토크빌, 임효선 옮김, 『미국의 민주주의 2』, 한길사, 2009.
3. 로버트 달, 배관표 옮김, 『경제 민주주의에 관하여』, 후마니타스, 2011.

13. 좌(左)와 우(右)

좌파니 우파니, 보수니 진보니, 여당이니 야당이니, 4월 보궐선거를 앞두고 정치판은 벌써부터 시끄럽습니다. 왜 사람들은 정치적인 지향점을 '좌(左)'와 '우(右)'로 구분하는지 문득 궁금해졌습니다. 그래서 살펴보았습니다. 재미있는 말들이 많았습니다. 하여 이번 달에는 방학 중 자율연수에 여념이 없으실 텐데 편안한 마음으로 읽어 보시라 살펴본 내용을 정리해 보았습니다.

방학이지만 매일 100여 명의 학생들이 학교에 나와 열심히 공부하고 있습니다. 국가기술자격증을 취득하기 위해서지요. 아이들이 참 이쁩니다. 가르치시는 선생님 또한 얼마나 아름다우신지요!

문득 저의 고등학교 시절이 떠오릅니다. 저도 공고를 나왔습니다. 그때도 지금과 같이 공고의 교육과정은 전문교과 교육과정이 교과 교육과정의 반 이상을 차지하고 있었습니다. 당연히 보통교과의 이수 단위가 적을 수밖에 없었지요. 부족한 영어, 수학을 보충하기 위해 학원에 다녔고 그 시절 대부분의 아이들이 그렇게 학교생활을 했습니다. 동숭동(지금의 대학로)의 집에서 종로2가 관철동의 EMI학원까지, 새벽 06시 30분의 첫 타임을 듣기 위해서는 새벽에 별을 보고 집을 나서야 했고, 07시 20분 수업이 끝나면 대방동에 있는 학교에 부지런히 가야 했습니다. 학교 수업을 마치면 기능반에서 기능대회를 준비했고, 역시 학원의 마지막 타임을 들은 후에는 깜깜한 밤 달을 보고 집에 들어가곤 했던 기억이 납니다. 그렇게 3년의 학창 시절을 보냈습니다. 고1 때는 사춘기의 열병을 앓아 57명의 아이들 중 54등을 한 적도 있습니다. 성적표를 보시고 한 번도 저에게 공부하라는 말씀을 하신 적이 없는, 소같이 큰 눈을 가지신 제 모친의 눈에서 하염없이 흐르던 눈물을 지금도 생생히 기억합니다. 그냥 야단을 치시거나 때리는 것이 오히려 저에게는 덜 아팠을 겁니다. 큰 망치로 뒤통수를 얻어맞는 충격이었고 순간 온몸이 저려오던 아픔을 기억합니다. 그러니 공부를 안 할 수가 없었지요! 내가 잘못하면 내 엄마의 눈에서 피 같은 눈물이 난다는 것을 저는 바보같이 고등학생 때에야 비로소 알았던 것입니다.

또한 그 시절 저에게는 훌륭하신 선생님들이 계셨습니다. 참으로 아름다운 분들이시지요! '아름다움'은 자신이 반드시 해야 할 일을 깨달아 알고 그것을 행동으로 옮길 때 자신의 몸에 배어들기 시작하는 아우라를 말한다고 합니다. 우리 모두 '지금 이 순간'에 아름다운 선생님으로 남기 위해 최선을 다해야 하는 것이 마땅하지 않은지요! 선생님들 생각은 어떠신지요?

바른쪽은 오른쪽이니 옳은 쪽이라!

– 오른손 –

다음과 같은 수수께끼가 있습니다.

'날치기해 가지고 도망가는 도둑을 순경이 뒤쫓아 갔다. 한참 뒤쫓다 보니 도둑은 안 보이는데 길은 두 갈래 나 있다. 그런데도 순경은 조금도 주저함이 없이 그중의 어느 한쪽 길로 달려갔다. 과연 순경은 어느 쪽 길로 갔을 것인가'가 문제입니다. 대답은 왼쪽 길입니다. 도둑질하는 못된 놈이 당연히 왼 길('외다'라는 말에는 '마음이 꼬여 있다, 그르다, 속이다'

… 따위 뜻이 있음. 외수=속임수)로 갔지 '옳은 길-오른길-바른길'로 갔을 리가 없기 때문이라는 말입니다. 그럴싸합니다. 저의 학창 시절 시내버스에 여자 차장이 있었을 때 손님이 다 내리고 타면 버스를 손바닥으로 치면서 "오라이!" 하고 소리쳤습니다. 저쪽에서 공이나 술잔 따위를 던져 줄 때 이쪽에서 받을 준비가 갖춰지면 던져도 좋다는 신호로 "오라이" 하기도 합니다.

영어의 'All right'에서 온 것으로 모두 '오른쪽'이 아니라 '좋다'라는 뜻입니다. 그러고 보면 영어의 'right'역시 우리말과 같이 '옳다, 바르다'라는 뜻과 '오른쪽'이라는 뜻을 함께 가지고 있습니다. 독일어에서도 'Recht-recht(레히트)'는 '옮음, 바름'이면서 '오른쪽'이라는 뜻을 가지며, 프랑스어에서도 'droit(드루와)'는 역시 '바름'과 '오른쪽'의 뜻을 지니고 있는 것이 공통점입니다. 스페인어에서의 '오른쪽'의 뜻을 가진 'derecha(데레차)'나 포르투칼어에서의 '오른쪽'의 뜻을 가진 'direita(디레이타)'는 그것들이 여성명사임을 나타내는데, '옳은, 바른'으로 되면 스페인어에서는 'derecho(데레초)', 포르투칼어에서는 'direito(디레이토)'로 되어 '바른'과 '오른쪽'의 말뿌리가 같음을 보여 주고 있습니다.

이렇게 오른쪽과 바르다는 말이 같은 것은 어린아이의 말에서 유래한다고 보는 사람이 덴마크의 언어학자 예스페르센(Jens Otto Harry Jespersen, 1860. 7. 16.~1943. 4. 30.)입니다. 그는 어린아이의 말이 언어 발달에서 어떤 구실을 하는지에 대해 그의 저서『언어, 그 본질, 발달과 기원(1922)』에서 세계 여러 나라말을 예로 들면서 분석해 흥미를 자아내게 했습니다. 그의 저서 중 일부입니다.

"… 본디 좌우(左右)의 구별은 어린아이에게 여간 어려운 것이 아니다. 때로는 초등학교에 다니는 어린이 중에서도 잘 구별하지 못하는 경우를 볼 수 있다. 더러는 제 손에 난 사마귀 따위를 보면서 구별해 내는 아이도 있다. 식탁에 앉아 밥을 먹을 때 어머니는 항시 왼손질 하는 아이에게 "오른손을 써야지" 한다. 그래도 어린아이는 잘 모른다. 그때 어머니는 "그쪽이 아니고 바른쪽이라니까" 한다. 그래서 많은 나라의 '바르다'라는 말이 '오른쪽'의 뜻으로 함께 쓰이게 된다. …"

유럽의 경우와 같이 우리의 말 '바르다, 옳다'가 '오른쪽'과 같은 것이 어린아이의 말에서 시작된 것인지는 분명하지 않습니다. 그러나 왼손보다는 오른손을 더 소중히 여겼다는 것만은 사실인 듯합니다. 가령 어른한테 술잔을 올릴 때도 왼손을 내미는 것은 실례라고 생각했던 것이 우리의 내림이 아닌가 싶습니다. 예스페르센의 지적과 달리 우리의 경우 어린아이가 어른한테 무엇인가 드리면서 왼손을 내미는 데 대해 오른손으로 드리라면서 "맞아, 그게 옳은 손(오른손)이야!" 했던 데서 '옳은'과 '오른'은 공용되기 시작한 것인지도 모를 일입니다. 이왕 오른쪽, 왼쪽의 이야기가 나왔으니 한자의 경우에는 어떤가를 잠시 살펴보는 것도 재미있을 것 같습니다.

중국 한나라 때에는 오른쪽이 더 귀히 여기고 왼쪽은 낮추어져 불렀습니다. 대칭되는 말 몇 가지를 살펴보면, 우부인(제1 부인) - 좌부인(제2 부인), 우당(수구파, 여당) - 좌당(반대당, 야당), 우학(은나라 때 대학, 경대부로 늙은 사람을 봉양) - 좌학(선비나 서민이 관(官)에 있다 늙은 사람을 봉양) 등 이렇게 '우'을 높이고 '좌'를 낮추는 생각은 그 밖의 다른 낱말을 살펴보아도 마찬가지입니다. 우성(右姓, 귀한 집안, 권세 있는 집안), 우도(右道, 바른길), 우문(右文, 학문을 배우다), 우척(右戚, 권세 있는 친척) 등 '귀하고, 바르고, 권세 있는' 뜻의 '우'에 비할 때 '좌'의 처지는 낮아집니다. 좌계(左計, 잘못된 모사), 좌어(左語, 야만인의 말), 좌사(左使, 邪道를 사용), 좌성(左性, 비뚤어진 심보) 등 대체로 이런 식이어서 좌천(左遷)이면 내직에서 외직으로 물러나는 벼슬길이 낮아짐을 뜻하는 것이요, 좌임(左衽)이면 깃을 왼쪽으로 한다는 뜻에서 야만인의 옷 입는 법을 이르는 것이니 그 처지가 점점 궁해지고 있습니다. 그렇다고 해서 '좌'氏가 그대로 주저앉는 것은 아닌 듯합니다. 다음과 같은 항변으로 '우'氏를 걸고넘어지려 하고 있습니다. '좌'氏의 항변입니다.

"이거 봐요. 우씨, 『좌전』(左傳: 春秋左氏傳)이란 책을 읽어는 보셨는가? 나는 아직 『우전』(右傳)이란 책이 있다는 말은 들어 본 적이 없네. 어째서 좌의정이 우의정보다 자리가 높다지? 임금님도 신하의 의견을 들을 때에는 '좌우'를 돌아보셨다고. 중국엔 좌우전(左右田)이란 성씨가 있었네. 우좌전이 아니었단 말씀일세. 좌우간 …. 그래 좌우간이란 말만 해도 그렇지 누가 우좌간이라 하던가? 좌우간 체하지 말라는 뜻이야. 좌충우돌, 좌지우지, 좌고우면 등 내가 당신보다는 앞서 있음을 명심하게!"

이 말을 들은 우氏의 항변입니다.

"듣자듣자 하니 가소롭군! 당신 처지가 하도 가여워서 위에다 올려 준 사례도 있다는 걸 모르니! 아 그 남존여비 사상이 팽배했던 시절에 말이야. 어째서 요철(凹凸)이란 말이 있었겠는가? 양음(陽陰)이라 하지 않고 음양(陰陽)이라 했던 것도 같은 이치일세. 봐준 거라고! 먼저 쳐 주었대서 으스댈 일은 아니란 말씀이네! 우왕좌왕이란 말도 있지 않은가? 중국에 우사(右史)와 좌사(左史)가 있다는 말은 들었겠지. 그들은 천자의 우좌(좌우가 아니라)에 있었는데 우사는 천자의 말을 기록하고, 좌사는 그 행동을 기록했던 거야. 그래서 그게 어쨌다는 말이냐고? 이 사람아! '언행'이라고 하지 누가 '행언'이라고 하는가! '언'이 '행'보다 앞서 있단 말씀이야! 당신이 좋아하는 사람 가운데 '좌우명'을 '左右銘'이라고 쓰는 사람이 더러 있던데, 사람이 명심해야 할 것은 반드시 왼쪽이 아닌 오른쪽에 두고 앉는 법이거든, 그래서 '座右銘'이라 써야 하는 거야! 한 가지만 더 말하지. 당신도 서예의 대가인 왕희지를 잘 알고 있을 거야. 그를 일러 우군(右軍)이라 했어. 그는 본디 우군의 장수이었거든. 그래서 왕희지 풍의 필법을 이르면서 우군습기(右軍習氣)라고도 하지. 오른쪽이 옳은 것과 통한다는 말을 하다 보니 말이 옆길로 새는 듯하네 그려 하하하!"

외수 쓰고 외로운 왼쪽은 불길하다!

– 왼손 –

초면에 인사를 나누는 사람들끼리 술자리를 함께했습니다. 한 사람이 다른 이에게 술잔을 권하면서 왼손으로 잔을 건네고 왼손으로 술을 따랐습니다. 그러자 다른 이는 잔을 바닥에 내친 다음 큰소리로 호통을 쳤습니다. "당신, 지금 나에게 시비를 거는 거요! 나한테 무슨 감정 있어!" 잔을 건넨 이는 화들짝 놀랐습니다. 무슨 까닭으로 상대방이 언짢아하는지 몰랐기 때문입니다. 설명이 있고서야 오해가 풀렸습니다. 잔을 건넨 사람은 한참 뒤에 물었습니다. "왼손으로 잔을 건넨 것이 그렇게 잘못된 것인가요?" "그래요! 우리 고장에서는 시비를 걸 때 그렇게 건네다가 술을 상대방에게 끼얹고서 한바탕 싸움을 하곤 하죠!" 지금은 우습게 들릴지 모르겠으나 제가 직접 경험했던 이야기이기도 합니다! 언젠가 저에게 술을 건네시던 선생님이 왼손으로 술을 따르시길래 "선생님은 아버님에게 이렇게 주도(酒道)를 배우셨습니까?" 했더니, 그 선생님은 "왜 우리 아버지 욕을 하십니까!" 하고 정색을 하셔서 제가 사과를 했던 적이 있었습니다. 주객이 전도되었다고나 할까요.

반드시 우리 문화뿐만이 아니라 대체로 왼쪽이나 왼손은 불길하고 좋지 않은 쪽으로 생각하는 것은 세계적으로 공통성을 띠고 있습니다. 인도, 미얀마, 파키스탄, 태국 같은 나라에서는 왼손에 대한 미신이 대단하여 '신성한 오른손'은 식사할 때만 사용하도록 되어 있습니다. 인도네시아의 사이시아트(saisiat) 족 사이에서는 인간은 여덟 개의 혼을 갖는데 영(靈, havun, 하분)은 오른쪽 어깨에는 착한 영이, 왼쪽 어깨에는 악한 영이 깃들인다고 믿고 있습니다. 그 나라 동해안을 따라 살고 있는 아미(Ami) 족 또한 사이시아트족과 똑같은 믿음을 갖고 있습니다.

필리핀 민다나오섬에 살고 있는 바고보(Bagobo)족이나 보르네오의 다야크(Dayak) 족들은 좌우의 영의 작용을 믿고 있습니다. 그들은 한결같이 오른쪽에는 선, 왼쪽에는 악이 깃든다고 여겼습니다. 중세 유럽에서도 왼쪽에 대한 미신이 있었고, 그 미신은 저주를 내리는 데 쓰이기도 했습니다. 가령 '聖 세케르의 미사'라 불리는 저주의 검은 의식은 폐허로 변해 버린 교회 안에서 한밤중에 행해졌습니다. 악마의 사자라 믿어지고 있던 박쥐가 나는 어둠 속에서 흉악한 사제와 요녀가 함께 검은 미사를 올렸습니다. 이때 정상적인 기도라면 성호를 긋는데 오른손을 사용해야 하나, 그들은 왼쪽 발로써 땅바닥에 성호를 그렸습니다. 그것은 상징적으로 불행을 표시한 셈인데 그렇게 함으로써 선량한 그리스도인들을 저주하며 죽일 수 있다고 믿었기 때문입니다.

사람만이 아닌 것 같습니다. 호랑이도 왼쪽을 싫어하는 것으로 알려지고 있습니다. 동물생태학상으로 옳은 얘기인지는 모르겠으나 우리의 고노(故老)들에 의하면 호랑이가 사냥한 것을 내려놓을 때는 왼쪽이 아닌 오른쪽에 놓는다고 합니다. 왼쪽으로 내려놓으면 고기가 써져서 먹지 못한다는 믿음 때문이라 합니다. 호랑이한테 물어볼 일은 아니니 물론 진위를 가리기야 어려운 얘기일 뿐입니다.

우리말에서 보더라도 왼쪽은 '외로운' 곳이며, '외곬'인 쪽입니다. '외다'에는 '마음이 꼬여 있다, 그르다, 속이다' 따위의 뜻이 있는 것부터 부정적인 면을 보여 주고 있습니다. 옛날 사랑방에서 머슴들이 한 해의 피땀 어린 사경돈을 걸어 놓고 투전판을 벌일 때 판을 벌이기 전에 그들 가운데 누군가가 이렇게 말합니다.

"외수 쓰는 놈은 송곳으로 손등 찍기다!"

"아이갸! 시안(세얀: 겨울)에 놈(남)의 눈 외어 갖고 손등 찍힌 놈이 누구관디 큰소리여?"

이때의 '외수'가 곧 '속임수'인데 국어사전에 '外數'라는 한자를 달아놓음으로써 한자에서 온 말인 양 해놓은 것은 잘못인 것 같습니다. 이 '외수'

는 곧 '외는(속이는) 수'라는 뜻으로 해석함이 마땅할 것이기 때문입니다.

중세 국어에서도 "만국히 즐기거늘 성성에 외다터시니(滿國酷好 聖性獨闢)" 『용비어천가』 107장의 '외다'는 '그르다, 옳지 못하다'라는 뜻이며, 「訓蒙字會」에도 '非' 자를 '욀 비'라 새겨놓고 있습니다. 또한 "忠臣을 외오 주겨늘(壇殺忠臣)" 『용비어천가』 106장의 '외오'는 충신을 '잘못' 죽였다는 뜻입니다. 오늘날에는 잘 사용되지 않고 있는 '외오, 외다'가 지난날에는 자주 쓰였음을 알 수 있는 기록들입니다.

영어의 'right'에는 오른쪽이라는 뜻과 함께 '바르다'라는 뜻이 있건만 왼쪽을 나타내는 말 'left'에는 특별히 다른 뜻이 있는 것 같지는 않습니다. 그러나 'lefthanded'에는 '왼손잡이'라는 뜻 외에 '엉터리의, 애매모호한, 앙큼한' 등의 뜻이 있고, '어리석은'이라는 뜻이 있어 'left'를 불편하게 합니다.

독일어에는 'morganatiche Ehe(모르가나티시 에에)'라는 말이 있는데 이른바 좌수결혼(左手結婚), 귀천상혼(貴賤相婚)이라고도 하며, 귀족 남자와 신분이 낮은 여자의 결혼을 말합니다. 이는 그 남자의 지위와 계급은 물론 재산까지도 그 부인이나 두 사람 사이에서 태어난 아이에게 상속하지 못하게 되어 있는 것으로 영국뿐만 아니라 유럽 여러 나라에서 행해졌습니다. 이 단어는 남자가 결혼식 때 왼손을 내미는 독일 풍습에서 붙여졌는데, 영어로는 'morgatic marriage'라는 말 외에 왼손을 내민다는 뜻에서 'left-handed marriage'라고도 합니다. 어찌 됐든 왼손의 격을 떨어뜨리는 말임에는 분명한 듯합니다. 그건 그렇고 영어에 왼쪽을 가리키는 말이 'left'만 있는 것이 아닙니다. 'sinister' 또는 'sinistro'가 그것입니다. 라틴어의 'sinister(시니스테르)'에서 온 말인데 '불길한, 재수 없는'의 뜻이 있어 'left'보다는 더욱 직설적입니다. 이렇게 된 이유도 분명히 있습니다. 고대 로마제국에는 점복관(占卜官)이라고 불리는 제관(祭官)이 있었는데 그들이 치는 점으로써 제국의 중대사를 결정하곤 했습니다. 그 방법으로 새를 날려 보내서 그 나는 방향에 따라 길흉을 판단하는 것이었습니다. 새가 오른쪽으로 날면 길(吉)이요, 왼쪽으로 날면 흉(凶)이라고 생각한 데서 'sinister'에는 '불길한'이라는 뜻이 붙게 된 것입니다. 그러니 오른쪽이라는 뜻의 'dexter'에 '행운의, 행복의' 같은 뜻이 상대적으로 붙게 된 것은 당연한 것이라 여겨집니다.

이래저래 오른쪽에 비할 때 왼쪽은 기가 죽게 되어 있는 듯 보입니다. 자애로운 성경 말씀으로나 왼쪽의 기를 살려 볼 일입니다.

"지혜는 진주보다 귀하니 네가 사모하는 모든 것으로도 이에 비교할 수 없도다 그 오른손에는 장수가 있고 그 왼손에는 부귀가 있나니 그 길은 즐거운 길이요 그의 지름길은 다 평강이니라"

(잠 3:15~17)

부평공고, 2021. 2.

〈참고문헌〉

1. 박갑천 저, 『재미있는 어원(語源)이야기』, ㈜을유문화사, 1995.

14. 우리는 편견의 시대를 살아가고 있다!

이번 달 드리는 글은 우리가 어떤 생각을 갖고 사랑하는 아이들 앞에 서야 하는지 고민해 보았습니다. 아이들과 선생이 같을 수는 없지 않겠습니까? 나의 사고가 자유롭길 원합니다. '나' 속에 묻혀 정의롭다고 생각하는 '나'가 '너'를 공격하는 '나'가 되고 싶지 않습니다.

1824. 2. 25.일 괴테는 에커만에게 다음과 같이 말했습니다. "그런데 시간은 정말 놀라운 존재 아닌가. 자기 기분대로 하는 폭군과도 같지. 소크라테스를 독살하고 얀 후스를 화형 시킨 것은 시대였네" 1934. 7. 13.일 히틀러는 독일 의회 앞에서 '낡고 병든 시대를 없애겠다.'고 공헌하며 자신만의 방식으로 방향 상실에 빠져 세상을 끝냈습니다. 시간은 기다리는 자의 편이며 모든 갈등을 가라앉힐 것입니다. 시간은 내게 말합니다. '너의 내면의 소리에 심연(深淵)의 소리에 귀 기울여라!'고.

1) 공리주의적 시민사회와 니체의 대중사회

여기 인간의 사고가 자유롭지 않다는 것, 인간은 대부분의 경우 외적 규범의 노예에 불과하다는 것을 주장한 철학자가 있습니다. 프리드리히 니체(Nietzsche, Friedrich Wilhelm, 1844~1900, 독일)입니다. 극단적으로 인간은 자기가 누구인지를 알 수 없다고도 했습니다. 좀 의외였습니다. 저는 인간의 삶은 자기가 누구인지를 알아 가는 여정으로 생각하고 지금도 현재진행형으로 살아가고 있기 때문입니다. 그런데 알 수 없다니! 궁금했습니다. 왜 그렇게 이야기했는지?

선과 악은 각각의 사회집단이 지닌 문화적, 역사적 조건에 따라 변화합니다. 야생의 자연 상태에 있는 인간이라면 각각 자기보존이라는 순수하게 본능적인 동기에 의해 행동할 수밖에 없습니다. 공리주의자들은 인간이 모든 수단을 동원해서 이기적으로 행동하고 자기보존에 노력하는 것은 인간이 본래 지닌 권리라고 생각했으며, 이 권리를 자연권이라 명명했습니다. 그러나 모두가 자연권을 행사하면 자기가 원하는 것을 타인에게서 빼앗아도 좋다는 말이나 다름없기 때문에 인간들은 끝없는 전투상태에 놓이게 됩니다. 바로 토마스 홉스(Hobbes, Thomas, 1588~1679, 영국)가 말한 '만인에 대한 만인의 투쟁 상태'가 되는 혼돈의 상태가 그것입니다. 배틀 로얄(battle royal)의 상태에서는 개인의 생명과 재산을 안정적으로 유지하거나 확보할 수 없게 됩니다. 즉 자연권의 전면적인 행사는 자연권의 행사를 불가능하게 만드는 모순적인 상황을 낳게 되기 때문입니다. 따라서 사람들은 자연권의 행사를 유보하고 '사회계약'에 기초해서 만들어진 국가에게 자연권의 일부를 위임하는 편이 오히려 자신의 자연권을 지킬 수 있는 가장 확실한 방법이라 생각하게 된 것입니다. 이것이 바로 공리주의자들의 생각이었습니다. 존 로크(John Locke, 1632~1704, 영국)의 말을 들어 보겠습니다.

"인간들이 공동체를 구성하고 하나의 정부에 복종할 때 그들이 서로 인정한 가장 중요하고 근본적인 목적은 자기들의 사유재산을 보존하는 것이었다. 왜냐하면 자연 상태에서는 사유재산의 확보를 위해 너무나 많은 것을 잃어야 하기 때문이다."

존 스튜어트 밀(John Stuart Mill, 1806~1873, 영국)은 '근대 시민사회'를, 니체는 '현대 시민사회'를 고찰했습니다. 니체의 '대중(시민)사회'란 '이웃 사람과 똑같이 행동하는 것'을 가장 우선적으로 배려하는 것을 바탕으로 하는 사회를 말합니다. 비판이나 회의 없이 모든 구성원이 쓰나미를 피해 한 방향으로 달려가듯 동일한 방향으로 가는 사회를 대중사회라 정의했으며, 이런 주체적이지 못한 군중을 니체는 아주 못마땅하게 생각하여 '짐승의 무리'라고 이름 붙였습니다. '짐승의 무리'가 지닌 단 하나의 행동 준칙은 '타인과 동일하게 행동한다.'는 것이었습니다. 니체는 바로 이런 짐승의 무리가 지닌 이상인 '모두가 동일하게'를 신랄하게 비판한 것입니다. '만인이 평등한 것'은 이들의 도덕에서 가장 빛나는 이상이고 정의입니다. 이런 '모두가 평등하게'와 같은 도덕률은 어떻게 보면 공리적이기까지 합니다. 그러나 로크와 홉스가 말한 공리주의는 이런 것이 아니었습니다. 시민사회의 이기적 시민들이 그들의 자연권을 국가에 위임한 것은 적어도 그들이 어떻게 하면 최상의 이익을 얻을 수 있을까를 판단할 만한 지성과 교양을 갖추고 있었기에 가능했던 것입니다. 이기주의의 제한은 이기적 동기를 기반으로 한 합리적 판단을 내릴 수 있는 시민들에 의해서 비로소 주체적으로 받아들일 수 있는 것이었기 때문입니다.

즉 개인의 자유를 제한하는 것이 모두에게 이익이 된다는 것을 구성원이 알고 있을 때 공리주의 도덕률은 성립할 수 있습니다. 이 점에서 뒤르켐(Durkheim, Emile, 1858~1917, 프)의 사회적 공리주의에 대한 생각도 한번 살펴보셨으면 합니다. 저는 개인적으로 이 시대에 가장 맞는 정의는 이런 정의라고 생각하고 있습니다. 그러나 안타깝게도 니체가 말한 '짐승의 무리'에는 이런 추론 능력이 없습니다. 이들의 주된 관심사는 어떻게 하면 '모두가 평등하게, 균질적인 무리'를 만들고 유지할 수 있느냐에 쏠려 있기 때문입니다. 공리주의적 시민사회에서는 구성원들의 주체적 판단에 의해 결과로서의 공리를 추구했지만 '짐승의 무리'에서는 전원이 일치하는 것 자체가 목적이 되고 맙니다. 참 어처구니없는 상황이 벌어진 것이지요! 이렇게 되면 사회는 전제적, 폭력적, 억압적으로 흘러갈 수밖에 없다는 것을 우리는 역사에서 배울 수 있습니다. 마치 제2차 세계대전을 일으킨 독일의 나치에서 보듯이 말입니다. 니체가 말한 '짐승의 무리'를 위한 도착적인 도덕이 탄생하는 순간입니다. 왜 도착적이냐 하면 '짐승의 무리'는 어떤 행위가 도덕적인지 아닌지에 대한 판단을 그 행위에 숨어 있는 가치나 그 행위가 가져다줄 이익이 아니라 단순히 '나의 생각과 같은지 다른지'에 판단 기준을 두기 때문입니다. 같으면 '선'이요, 다르면 '악'이 되는 것입니다. 이것이 '짐승의 무리'가 지닌 유일한 도덕적 기준입니다.

이것은 오늘날 우리 사회가 겪고 있는 분열의 모습을 잘 보여 주고 있습니다. 한 가지 더욱 아쉬운 것은 소위 지식인이라 자칭하는 자들이 그들의 구이지학(口耳之學)으로 곡학아세(曲學阿世, 史記 儒林列傳)하고 있는 것입니다. 아마도 오늘을 살고 있는 우리가 '모두가 동일하게 되는 것' 자체에서 행복을 찾으려 하기 때문인 것 같습니다. 서로의 삶을 비교하고 이웃을 모방하며 집단 전체가 균질화되어 가는 것을 '모두가 행복'한 것으로 느끼는 인간들에게 니체는 '노예 slave'라고 이름 붙였습니다. 한 가지 니체가 이 노예에 대응하는 존재자를 '귀족'이라 이름 붙인 것이 흥미롭습니다. '행동하기 위해 외적 자극을 필요로 하지 않는 사람'을 귀족이라 불렀으며, 우리의 '선비'와도 비슷한 것 같습니다. 그는『도덕의 계보1』에서 '모든 귀족 도덕은 의기양양한 자기 긍정에서 생긴다.'고 말했습니다. 자기 긍정이 곧 주체적 삶이요, 귀족의 삶이라는 것입니다. 따라서 '초인'에게는 신이 필요 없는 것이었고 '신은 죽었다.'라고까지 말한 것입니다. 그는 과거 어떤 시대에 있었던 역사적, 사회적 현상이나 문화, 감수성, 신체 감각 같은 것은 지금의 잣대로는 파악할 수 없다고 했습니다. 바로『과학혁명의 구조』에서 토마스 쿤이 말한 '동일표준상 비교불능'입니다. 있는 그대로 받아들여야 한다는 말이기도 합니다.

2) 실존주의와 구조주의

우리는 늘 어떤 시대, 어떤 지역, 어떤 사회집단에 속해 있으며, 그 조건이 우리의 견해나 느끼고 생각하는 방식을 결정합니다. 따라서 우리는 생각만큼 자유롭거나 주체적으로 살고 있지 못하다고 볼 수 있습니다. 오히려 대부분의 경우 자기가 속한 사회집단이 수용한 것만을 선택적으로 보거나, 느끼거나, 생각하기 마련입니다. 그리고 그 집단이 무의식적으로 배제하고 있는 것은 애초부터 우리의 시야에 들어올 일이 없고 우리의 감수성과 부딪치거나 우리가 하는 사색의 주제가 될 일도 없습니다. 우리는 스스로 판단하고 행동하는 자율적인 주체라고 믿고 있지만, 어찌 보면 사실 그 자유나 자율성은 상당히 제한적이라는 것을 부정할 수 없을 것입니다. 바로 이런 사실에 의문을 제기한 철학자들이 있습니다. 바로 20세기 실존주의와 맹렬하게 대립한 구조주의 학자들입니다. 그들은 '우리는 편견의 시대를 살아가고 있다.'고 주장한 일련의 프랑스 학자들입니다. 그들은 푸코(Michel Paul Foucault, 1926~1984, 프랑스), 바르트(Roland Barthes, 1915~1980, 프랑스), 레비스트로스(Claude Lévi-Strauss, 1908~2009, 프랑스), 라캉(Jacques Lacan, 1901~1981, 프랑스) 등입니다.

1952년 사르트르(Sartre, Jean Paul, 1905~1980, 프랑스)는 카뮈(Albert Camus, 1913~1960, 알제리)를 고발했습니다. 실존주의 문학의 거장들이자 서로 돈독한 사이였던 프랑스의 두 지성은 1952년 소련에 강제수용소가 존재한다는 사실이 알려지자 지상 논쟁을 벌였습니다. 카뮈는 당시 공산주의에 기대와 희망을 걸었던 프랑스 지성계의 일반적 흐름과 달리 공산주의를 맹렬하게 비판하는 입장에 섰고, 사르트르는 이에 맞서 반공산주의 자체를 반대하는 주장을 폈습니다. 같은 시대의 철학자 모리스 메를로퐁티(Merleau-Ponty, Maurice, 1908~1961, 프랑스)는 『휴머니즘과 공포』란 책에서 '진보적 폭력'이라는 개념을 제시해 많은 논쟁을 유발했습니다. 모든 정치 제도는 폭력에 근거할 수밖에 없는데, 폭력을 제거하기 위한 '진보적 폭력'과 폭력을 영구적으로 고착하려는 폭력을 구분해야 한다는 주장입니다. 여기엔 두 가지 가정이 있는데, 혁명을 통해 역사의 진보가 이뤄질 수 있다고 보는 '휴머니즘'과 자연 상태 속 인간은 다른 인간을 투쟁의 대상으로 삼는다고 보는 '테러주의'가 그것입니다. 이런 가정들로부터 앞으로 휴머니즘이 이뤄지는 세상을 이루기 위해서는 현재 횡행하는 폭력들을 제거하기 위한 '진보적 폭력'이 불가피하다고 보는 주장이 나온 것입니다. 참 무섭습니다. 폭력으로 폭력을 제거한다니! 간디가 살아 있다면 아마 말도 안 되는 소리라고 일갈했을 것입니다. 바로 이

가정에 문제를 제기한 것이 카뮈입니다.

카뮈는 그의 저서 『반항하는 인간』을 통해 이 두 가지 가정을 무력화시키려 했습니다. 그는 인간이 역사에 의해 구원받을 수 있다는 혁명론자들의 생각은 '지금-여기'를 아랑곳하지 않는 헛된 시도로서, 우상숭배와 다를 바 없다고 봤습니다. 인간의 비참함은 인간에게 주어진 삶의 본질적인 모습이라고 본 그 유명한 '부조리론'이 그것입니다. 또 자연 상태를 긍정한 루소의 전통을 이어, '인간은 인간에게 늑대'라고 본 홉스의 생각을 비판했습니다. 흔히 마르크스주의는 헤겔의 '주인-노예 변증법'을 근거로 주인에 대한 노예의 반항('죽음의 투쟁')을 세계를 변화시킬 혁명의 실천이라고 보지만, 카뮈는 반대로 그 속에서 인간의 '연대성'과 의사소통의 가능성을 확인했습니다. 인간은 반항을 통해 [나]를 넘어서 타자와 함께 서 있는 공동체로서 '우리'를 인식할 수 있다는 것입니다. 여기에 카뮈의 위대성이 있습니다. 아무리 어려운 상황이라도 인간의 선한 본성에 대한 희망을 놓지 않고 있기 때문입니다.

반면 사르트르는 인간은 인간에게 늑대이기 때문에 [나]는 [우리]로 자발적으로 옮겨 갈 수 없다는 홉스의 생각을 이어받았습니다. 그런 자연 상태가 아닌 '사회 상태', 곧 정치적인 삶을 만들려면 [우리]를 강제할 수 있는 매개자가 불가피하다고 본 것입니다. 이런 논점 아래 사르트르는 개인이 매개자에게 복종하는 것만이 의미를 만들어 낼 수 있다는 식의 '복종의 계약' 논리를 끝까지 밀고 나갔고, 이는 전제주의에 대한 긍정으로까지 나아갔던 것입니다.

무엇보다 사르트르에게 가장 중요한 것은 '전체성'이었습니다. 인간이 만인에 대한 투쟁 상태에 놓인 이상 그 속에 있는 적대감을 제거하려면 그들 사이의 차이를 제거해야 한다고 생각했습니다. 그러나 제가 생각하기에 절대적 평등이란 가능하지 않기 때문에 이런 생각은 비관적일 뿐만 아니라 실현 가능하지도 않습니다. 오히려 사회적 약자들만 더욱 어렵게 만들 뿐이라고 생각합니다. 그는 프랑스 혁명을 앞두고 바스티유 감옥을 탈취하기 위해 인민들이 하나의 동일체가 됐던 것처럼, 사람들이 자신을 던질 수 있는 전제적 존재와 이를 통한 진보적 폭력의 필요성을 제기한 것입니다.

카뮈에 비해 사르트르는 때론 자신의 논지에 애매모호한 태도를 취했고, 카뮈의 비판에 부응하기라도 하듯 오늘날 공산주의는 그 전제주의적 속성 때문에 몰락했습니다. 그러나 저는 그렇다고 사르트르의 주장이 틀렸다고 생각하지는 않습니다. 자연 상태이든 역사의 산물이든 지금 내가 우리가 살고 있는 이 시대가 '만인에 대한 만인의 투쟁의 시대'라는 것은 분명한 듯 보이기 때문입니다.

3) 한 방에 날아간 실존주의

두 사람 모두 실존주의자입니다. 그러나 그 '실존'이 무엇인가에 대해선 이렇듯 달랐습니다. 바로 이 점에 문제를 제기한 것이 레비스트로스입니다. [나(실존)]는 주어진 상황에서 결단과 선택을 통해 나의 삶의 주인이 된다는 점에서 실존과 구조는 같습니다. 그러나 주어진 상황 속에서 [나(실존)]는 늘 정치적으로 옳은 선택을 해야 하고, 그 정치적 올바름은 마르크스적인 역사 인식을 전제해야 한다는 점에서 구조는 실존과 결별을 고하게 된 것입니다. 사르트르가 한 방에 날아간 것이지요!

'실존한다. ex-sistere'라는 동사는 말의 뜻만 보면 '바깥에 선다'라는 뜻입니다. 자기 존립의 근거가 되는 발판을 '자기의 내부'에서가 아니라 '자기의 외부'에 두는 것이 실존주의의 기본 시각입니다. 이런 시각은 '인간은 생산, 노동을 통해서 만들어 낸 것으로 자기가 누구인지를 알 수 있다'라는 헤겔·마르크스주의와 기본적인 구조가 같습니다. '실존'이란 나는 누구인가를 알기 위한 실마리로 나의 지금, 이 순간의 모습에 다름 아닙니다. '실존은 본질에 우선한다'라는 사르트르의 유명한 말은 주어진 어떤 특정 상황에서 [나]가 어떤 결정을 내리는 가에 따라 [나]의 본질이 무엇인가로 결정된다는 뜻입니다. 여기까지는 구조나 실존이 별 차이가 없어 보이는 듯합니다. 그러나 주체나 역사에 관해서는 서로 치열하게 대립하고 있습니다. 대표적인 것이 '참여, engagement, 앙가주망'에 대한 시각입니다. 원래의 뜻은 '구속되는 것'이라는 의미를 내포하고 있습니다. 사르트르가 주장하는 참여는 '내가 처해 있는 역사적인 상황은 중립적이지 않고 기다려 주지 않으며 결단을 요구한다.'는 '참여하는 주체'를 강조하고 있습니다. 주어진 상황에서 과감하게 몸을 던지고 주관적인 판단을 토대로 자기가 내린 판단의 책임을 숙연하게 받아들이며, 그 수용을 통해서 그런 결단을 내리고 있는 어떤 것으로서 자기의 본질을 구축해 나간다는 것이 실존주의 삶의 방식입니다. 매우 믿음직스럽고 말만 놓고 본다면 매우 그럴듯해 보입니다. 예전 제가 인천시교육청 창의인재교육과장으로 있을 때 인천시의회 주요업무보고(2018. 7. 13.)에서도 이런 '참여'에 대한 질의가 있었습니다. 요지는 학생, 학부모, 지역사회의 학교 교육에 대한 참여 확대 방안입니다. 그러나 이 문제는 신중히 접근해야 할 것입니다. 왜냐하면 '참여하는 주체'는 원래 선택과 결단을 내리기 전에 어떻게 선택하고 결단해야 하는가?라는 정답을 모릅니다. 따라서 [나]가 선의를 가지고 정의롭다고 생각해 한 행동이 다른 사람을 곤란하게 만들기도 하고, 다들 울고불고하는 카뮈가 말한 '부조리'한 상황이 일어나기도 합니다. 더욱이 아직 미성숙의 인간을 사회의 책임 있는 구성원으로 성장시키는 학생을 대상으로 하는 학교 교육에서는 더욱 신중하여야 하고, 심사숙고해야 함은 당연할 것입니다. 저의 생각은 [나]는 주어진 상황에서 항상 옳은 선택과 판단을 할 수 있느냐는 것과 그 선택과 판단의 몫을 후대의 역사에 맡기는 것이 과연 옳은가?라는 것입니다. 이 점에서 저는 사르트르가 틀렸다고 봅니다. 오히려 카뮈의 입장에서 레비스트로스가 주장한 것이 훨씬 설득력이 있다고 생각합니다. 어떻게들 생각하시는지요? 역사의 이름으로 모든 것을 재단하는 권력적이고 자기중심적인 사상이 실존주의라는 생각이 들지는 않으시는지요? 모든 공동체는 각자가 지닌 사고의 객관적 측면을 과대평가하는 경향이 있습니다. 즉 우리는 모두 자기가 보고 있는 세계만이 객관적으로 실재하는 세계이며 다른 사람이 보고 있는 세계는 주관적이고 왜곡된 세계라고 생각하고 공격하고 있습니다. 자기는 '정의로운 사람'이고 이 사회의 구성에 대해 객관적인 시각을 갖고 있다고 생각하는 사람일수록 이런 오류를 범하기 쉽습니다. 우리는 이런 교만에 대해 경계해야 하며, 오직 공의와 사랑과 겸손이라는 인간의 선(善)을 이루기 위해 나 자신을 징비(懲毖)하여야 할 것입니다. 물론 부족한 저 자신에 대한 이야기임은 당연합니다.

부평공고, 2022. 9.

〈참고문헌〉

1. F. 니체, 『선악의 저편·도덕의 계보』, 김정현 옮김, 책세상, 2002.
2. J. 로크, 『유토피아/자유론/통치론』, 김현욱 옮김, 동서문화동판주식회사, 2008.
3. T. 홉스, 『리바이어던』, 최공웅·최진원 옮김, 동서문화동판주식회사, 2009.
4. C. 레비스트로스, 『야생의 사고』, 안정남 옮김, 한길사, 1996.
5. 우치다 타치루, 『푸코, 바르트, 레비스트로스, 라캉 쉽게 읽기』, 이경덕 옮김, 갈라파고스, 2016.
6. A. 카뮈, 『반항하는 인간』, 김화영 옮김, 책세상, 2003.
7. 알렉산더 데만트, 『시간의 탄생』, 이덕임 옮김, 북라이프, 2018.

15. 규범, 권위, 질서 있는 자유

지난 7. 26~28.일 제주도에서 직업계고 교장 역량강화 하계워크숍이 있었습니다. 재선에 성공한 도성훈 교육감도 참석하여 그동안의 성과를 반성하고 향후 4년의 계획을 설명하는 아주 뜻깊은 연수가 진행되었습니다. 도 교육감은 먼저 "지난 4년은 재난 상황이었다."고 평가하며, "사랑하는 아이들의 안전과 생명을 지킨 학교 현장의 선생님들의 노고에 대한 감사와 치하의 말씀"이 있었습니다. 특히 "차별적 인식의 어려움 속에서 직업교육을 하는 특성화고의 어려움이 더 컸다."고 말하고, "직업교육은 삶의 통로이므로 벽 속의 문을 만들어야 한다."고 주문했습니다.
"2기 공약의 핵심은 진로다."라고 선언하고, "삶의 힘이 자라는 인천 교육에서 학생성공시대를 열어 가는 인천 교육이 되자."고 당부했습니다. "그 전제는 안전과 안심의 책임교육이며, 지속 가능하고 실천 가능한 교육이 되기 위해 코딩교육, AI와의 공존, 환경교육의 강화가 필요하며, 세계시민 교육의 중요성에 비추어 교육의 지평을 넓혀 글로벌 진로박람회도 필요하다."고 언급했습니다.
또한 "다문화 학생들에 대한 직업교육이 필요함에도 왜 못하고 있는지 고민이 많다."고 했습니다. "학생 성공시대는 곧 진로교육이다."라고 말하면서 특성화고의 직업교육에 앞으로도 계속 지원과 관심을 잊지 않겠다고 했으며, 교장선생님들에게는 "교장은 학교 교육과정의 전문가"여야 한다고 강조하고, 헌법에 보장되어 있는 교육의 정치적 중립성, 자주성, 전문성을 드높여 인천 교육의 자주성을 강화해야 한다고 강조했습니다.

여름방학이 시작됨과 동시에 예정되어 있던 공사가 시작되었습니다. 급식실 증축 공사, 실습실 현대화 사업, 각종 시설 개보수 작업 등이 동시에 시작되었습니다. 특히 운동장에는 펜스가 설치되어 일절 관계자 외에는 출입이 통제되고 있습니다. 방학 중이지만 등교하는 학생들의 안전에 각별한 관심을 부탁드립니다. 2학기 내내 운동장의 절반은 사용할 수 없을 것이므로 선생님들의 교육계획에 참고하셔서 차질 없는 교육활동이 이루어졌으면 좋겠습니다.

새로운 정부가 들어서고 외친 일성은 자유였습니다. 아무 생각 없이 아니 어쩌면 공기와 같은 것이어서 그 존재조차 잊고 있는 것은 아닌지, 자유! 다시 한번 생각해 보았습니다. 얼마나 소중한 것인지, 그러기에 때론 평범한 사람들이 자신의 소중한 목숨으로 지켜 낸 자유! 아이들을 가르치는 우리 선생님들에게 더욱 소중한 가치인 자유! 이 뜨거운 여름, 자유를 외쳐 봅니다!

문명의 혜택을 받은 인간이라면 권위를 따르고 존중합니다. 권위와 무관한 인간 존재란 전혀 불가능하고, 마찬가지로 우리는 규범을 따릅니다. 과거의 관습과 관례, 또 그것들이 수립한 권리들을 존중한다는 의미입니다. 정당하고 공정한 권위와 존중되는 규범, 시민적 사회 질서라는 기둥들이 없어지면 우리에게 진정한 자유는 불가능해지고 말 것입니다. 지금 우리 사회는 권위와 규범을 조롱하는 일들이 유행처럼 번지고 있습니다. 무엇이든 허용하고 잘못된 인권의 관념으로 교육받은 아이들이 자신들의 인격을 충분히 발현시켜 주리라던 규범과 질서의 결여에 직면하자 오히려 저항하고 불만족스러워하며 짜증을 냅니다. 절대적 자유와 항구적인 평화를 외치는 구호에 속아 버린 사회는 점증하는 폭력과 새롭게 등장한 독재에 잠식되어 버렸습니다.

만약 우리가 누군가와 더불어 살아간다면 어떤 식이든 권위적인 형태의 가르침이 필요합니다. 마치 부모와 선생 같은 존재 말입니다. 전통적인 권위, 관습과 문화, 그리고 교육적 훈육이나 부모의 권위를 외면하는 사람들은 곧 어떤 때는 새롭고 때론 법과 같은 무자비한 권위에 굴복하도록 강제됩니다. 권위와 규범이 결여된 질서는 유지되지 않습니다. 만약 권위가 정당하지 않고, 규범이 단지 어떤 새로운 지배의 지침에 지나지 않고, 자유가 결코 용납되지 않는다면, 그 사회는 그런 권위와 규범에 저항할 수밖에 없습니다. 진정으로 질서가 잘 잡힌 자유, 국가 안에서의 질서나 영혼 내의 질서로 가능해진 자유야말로 유일하게 바람직한 자유입니다. 무질서한 자유, 권위나 규범에 저항하는 자유는 만인의 만인에 대한 투쟁만 불러올 뿐이고 카인에게 내려진 형벌[49]일 뿐입니다. 우리가 진정으로 자유를 바란다면 진정한 권위가 무엇인지도 알아야 합니다.

권위는 경찰관의 곤봉이 아닙니다. 양심이 권위이고, 성경이든 불경이든 경전의 말씀이 권위입니다. 고대의 문물, 현자들의 말, 역사적 교훈, 법률적 금언, 국가의 공리, 격언, 정서, 예감, 조상으로부터 물려받은 슬기롭고 지혜로운 판단 등이 곧 권위입니다. 요컨대 권위는 신중한 행위가 이뤄지는 토양입니다. 권위를 인정하지 않는 인간은 자신을 카인으로 만들어 버리는 셈이고 머지않아 쓰러지고 말 것입니다. 때로 권위들은

49 창 4:8 '카인이 그의 아우 아벨을 쳐죽이니라.' 카인, 아담의 아들로 동생 아벨을 죽인 인류 최초의 살인자.

서로 충돌하기도 합니다. 역사적으로 중요한 분쟁들은 바로 이런 권위들의 싸움이었고, 양심적인 사람들은 자신에게 비친 빛에 따라 어둠에서 벗어나, 어느 권위가 더 우위에 있는지 분별하려고 노력합니다. 그러나 어리석은 사람은 절망스럽게도 모든 권위를 다 부정해 버립니다. 인간의 본성에는 근본적으로 결함이 있고, 서구 문명은 모든 사람이 죄인이라는 원죄의 개념에서 출발했습니다. 인간에겐 신의 공정한 권위를 뒤집어엎고 그 자리에 자신을 앉히려는 악마의 충동이 있습니다. 모든 권위에 거역하려는 어른은 마치 부모를 거역하려는 세 살 먹은 어린아이와 같습니다. 좋은 부모든 나쁜 부모든 부모 없이 아이는 단 하루도 살아갈 수 없습니다.

인간의 사리사욕을 억제하고 보통 선거를 도입하며 합리적 공공정책이 실행된다면 빈곤, 무지, 질병, 전쟁 종식이 가능할 것입니다. 그러니 기존의 나쁜 것들을 잘라 내고 그 자리에 합리적이고 평등한 제도를 도입하면 인간 삶의 주요한 문제들은 어느 정도 해결할 수 있다고 초기 자유주의자들은 생각했습니다. 그러나 과연 그런가요? 이들의 생각은 대중에게 인기를 얻었고 지지를 받았습니다. 그런데 이런 생각들은 사회주의로 변질되어 버렸습니다. 자유주의는 권위와 규범을 부정하고, 모든 종류의 오래 지속된 관계와 의무를 철폐하면서 시작됐습니다.

그러나 그들은 점차 새로운 권위, 전능한 복지국가의 전능함을 받아들였고, 오직 사생활의 영역에서만 권위를 계속 거부했습니다. 이런 자유주의가 어떻게 몰락했는지 영국 자유당(1859~1988)의 몰락을 보면 잘 알 수 있습니다. 자유당은 1961년 전당대회에서 세 가지의 주요 안건을 상정했습니다. 첫째 군주제의 폐지, 둘째 상원의 세습 철폐, 셋째 복지국가의 확대가 그것이었습니다. 전당대회 결과 첫 번째 안건은 부결되었으나, 나머지의 두 개의 안건은 열정적으로 통과됐습니다. 당원들은 만족했으나 일반 국민들의 생각은 전혀 달랐습니다. 군주제의 폐지는 권위와 질서의 영국적 상징을 파괴하려는 시도로 보여졌고, 상원의 세습 철폐는 세계에서 가장 사려 깊은 논의 기구를 훼손할 뿐이라고 생각했으며, 복지국가의 확대는 분명히 사회주의로의 전환을 의미하고, 나아가 영국 헌정 체제의 종말을 의미한다고 생각했습니다. 자유주의를 기치로 내건 자유당의 전당대회는 대부분의 영국인에게 사멸해 가는 정당의 기행으로 보여졌습니다. 실제로 자유당은 지지 기반을 노동당에게 대거 넘겨주고 군소정당으로 전락해 해체의 길을 걷게 됩니다.

전통을 따르는 개인인가요? 내적 목소리를 좇는 개인인가요? 다른 사람을 무조건 따르는 개인인가요? 어떤 개인이 과연 옳은가요? 다른 사람이 하는 행위를 보면서 자신의 규범을 찾는 떠돌이 개인으로 전락할 것인가요? 자주적 인간이란 무엇인가요? 나의 내적 통제에 의해 시대의 변덕에 휘둘리지 않는 인간이 아닌가요! 뿌리 없는 인간들이 오직 이런 인간이 되길 희망하기만 하면 다른 사람에게 휩쓸리는 군중보다 나아지리라는 희망은 과연 옳은가요? 부족한 제 생각에는 이런 희망보다 우스꽝스러운 건 없습니다. 건전하고 공정한 권위의 존재 그 자체를 부인하고 조상들의 지혜에 콧방귀를 뀌면서 서슬 퍼런 권력을 쥐고 있던 자유주의는 더 이상 발붙일 곳이 없어졌습니다. 어느 정도 권위라는 질서가 없다면 삶은 무의미해지며 휘황찬란한 수사만이 넘쳐나는 세상이 되고 말 것입니다. 권위가 불가피하다면 우리들이 활용할 수단은 무엇일까요? 그것은 바로 규범과 전통이라고 저는 생각합니다.

규범(Prescription)이란 기억조차 없던 시대로부터 오래 지속되어 온 관계로 만들어진 방법, 제도, 권리, 의무 등을 말합니다. 전통(Tradition)은 대대로 전해 내려와 널리 받아들여진 지혜, 종교, 도덕, 정치, 미학, 믿음 등입니다. 시행착오, 계시, 천재적 인물들의 통찰력으로 인류는 인간 본성과 문명사회의 질서라는 지식을 오랜 시간에 걸쳐 고통스럽게 습득해 왔습니다. 이는 어느 한 개인이 개별적 합리성으로 만들어낼 가능성이 전혀 없는 엄청난 지식입니다. 따라서 에드먼드 버크(Edmund Burke, 영국의 정치사상가, 1729~1797)가 말한 대로 "개인은 어리석지만 인류는 현명하다"는 명제는 옳습니다. 우리에겐 그 누구도 도덕적이고 정치적인 실험으로 국가와 문명 자체를 위험에 빠뜨릴 권리가 전혀 없습니다. 왜냐하면 개인의 파편적인 지적 자본은 보잘것없기 때문입니다. 축적된 역사와 전해진 유산, 다시 말해 조상들의 지혜에 의지할 때 인간은 현명하게 행동할 수 있습니다. 전통과 규범에 의지하지 않으면 우리에게 남는 것은 부분적이고 협소한 경험, 그리고 자만심만 남게 될 것입니다. 전통과 단절된 개인은 그 사회에서 별 의미 없는 존재로 전락하고 말 것이고, 아무리 재주가 뛰어난 사람도 어쩔 수 없을 것입니다. 규범과 관례를 비웃고 조롱하면 삶은 견디기 힘들어집니다. 전통과 규범의 존중, 그러한 지식에 의존해서 대부분의 인간은 규준(規準, norm)과 관습, 그리고 사적이고 사회적인 존재에 용인되는 규율을 어느 정도 이해하게 됩니다. 규준은 지속적으로 유지되는 기준을 말합니다. 인간에겐 인간의 법칙이, 사물에겐 사물의 법칙이 있습니다. 인간은 규준을 모르거나 잊어버릴 수 있지만, 규준은 여전히 존재하며 우리에게 영향을 미칩니다. 인간은 규준을 파악하거나, 또는 이해하지 못하긴 해도 규준을 만들거나 파괴하진 않습니다.

우리의 삶에서 정의와 불의, 자선과 이기심, 자유와 굴종, 진실과 거짓을 분별하는 널리 받아들여진 의견들을 거의 무의식적으로 따르는 사람은 어느 정도의 의지와 용기를 가지고 습관적으로 행동하게 됩니다. 이렇듯 전통과 규범에 따라 관습적으로 행동할 때 인간은 외롭다고 느끼지 않습니다. 죽은 자의 민주주의가 그를 지지하기 때문입니다. 그러나 규범에 따르지 않고 행동한다면 그는 위기 상황에서 겁쟁이가 되거나 짐승이 되고 맙니다. 검증된 권위를 받아들이고 규범과 전통의 바람직한 영향력을 인정하는 사람은 널리 합의된 지혜를 존중하되 결코 그것에 굴종하지 않습니다. 널리 합의된 지혜는 규범에 복종하도록 사회에 뿌리내려진 수단입니다.

이런 지혜는 우리가 서로의 권리와 권위를 존중해 주겠다고 합의한 계약이며, 공정한 권위와 그 결과를 수용하는 강력한 인격을 가진 사람은 유순하지만 오직 모세처럼 그러할 뿐[50]입니다. 이들은 신의 섭리에는 순종하나 독재자들 앞에서는 조금도 굴하지 않는 투사적 지도자입니다. 훌륭한 시민은 법을 지키는 전통주의자이며, 용기와 미덕이 있는 인간에겐 대개 훌륭한 도덕적 습관이 있습니다. 그들은 어릴 때부터 좋은 예와 모범, 그리고 교육을 통해 습득한 좋은 행동들을 거의 습관적으로 생각하지 않고 실행에 옮깁니다. 이것이 바로 '선입견은 무지한 이들의 지혜인 것'[51]이라는 말입니다. 선입견이란 잘못된 고정관념이나 편견이 아니라 슬기롭고 지혜로운 조상들이 중요 문제에서 무엇이 옳고 그른지 이미 판단을

---

50 애굽에서 이스라엘 민족을 가나안으로 인도한 사람, 출애굽기 참조.

51 에드먼드 버크의 말.

내려준 것들을 의미합니다. 이들은 전통과 규범에서 자신의 인격을 쌓아 갑니다.

물론 오랫동안 수립된 관례와 널리 받아들여진 지혜의 무조건적 수용이 사적 또는 공공의 문제를 전부 해결해 줄 수는 없습니다. 세계는 급격히 변화하고 한 나라도 변합니다. 권위와 규범, 그리고 전통은 모든 세대에서 일정한 여과 과정을 거치고, 진정으로 낡고 쓸모없게 된 것은 그 과정에서 버려집니다. 그러나 우리는 그것이 실제로 여과의 과정일 뿐 우리가 물려받은 유산을 그저 하수구로 흘려보내는 행위가 아니라는 점을 분명히 해야 합니다. 신중함과 올바른 이성이 요구된다는 말입니다. 우리에겐 개혁의 정신과 보존하려는 마음이 모두 균형 있게 요구됩니다. 살아 있는 이들이 열정적으로 적용하고 신중하게 개혁하려는 노력을 유지하지 않으면 전통과 규범은 유지될 수 없습니다. 그러나 어떤 경우에도 조상들의 지혜를 무시하고는 아무리 정교하게 만들어진 개혁이라도 사상누각에 지나지 않는다는 사실 또한 우리는 부인할 수 없습니다.

인간의 욕망과 재능은 사람마다 다릅니다. 따라서 모든 사람을 동일한 존재로 취급하는 사회, 또는 어떤 사람이 받아야 할 마땅한 권리와 의무를 전혀 다른 사람에게 배정하는 사회는 정의로운 사회가 아닙니다. 제가 생각하는 정의란 각자에게 주어진 합당한 몫입니다. 즉 비례의 원칙이 적용되는 사회가 정의로운 사회라는 것입니다. 이런 주장은 플라톤과 키케로가 주장한 정의의 개념이고 오늘날 서구 문명에 깊게 뿌리내리고 있으며 평등주의에 맞서는 철학적 근거이기도 합니다. 모든 인간이 동등한 권리를 가졌을 뿐 동등한 사물을 소유할 수 없으며 개인으로 이루어진 공동체, 즉 다양한 보상과 의무로 특징지어진 사회의 질서를 유지하기 위한 헌정 체제의 토대이기도 합니다.

오늘날 이런 고전적 의미의 정의의 개념은 마르크스 강령에 의해 도전받고 있습니다. 모든 인간이 똑같은 인간으로 취급되고 조건의 평등이 의무적으로 강제되어야 한다는 것이 그것입니다. 그러나 우리는 검증된 문명사회의 질서를 내던져 버릴 권리가 우리에게 없다는 사실을 알고 있습니다. 또한 조건의 단조로운 획일성은 인간의 본성에 어긋나며 공산주의는 사물의 본질을 왜곡한다는 사실도 알고 있습니다. 그렇기에 우리는 급진적 혁신가의 위협과 현란한 레토릭의 유혹에 결연히 맞설 수 있는 것입니다. 인류라는 이 위대하고 신비스러운 합성체는 각 개인이 안전하게 살아가기 위한 일종의 계약입니다. 그 계약은 죽은 자, 산 자, 태어날 자 사이의 계약이며, 산 자들만의 계약이 결코 아닙니다. 그런 점에서 인류가 위대하고 신비롭다는 것입니다. 우리가 도덕과 윤리, 교육에서 진정하고 공정한 권위, 다시 말해 규준에 순종할 때 바로 그 계약은 계속 유지될 수 있습니다. 그리고 그 순종은 우리 모두에게 상식과 질서 있는 자유를 보장해 줍니다. 우리에게 주어진 자유가 절망적인 자유가 되어서야 무슨 유익이 있겠습니까!

정부는 공정한 권위의 존중을 통해 정의와 질서를 회복하려는 인간이 만든 제도입니다. 정치적 행위로 인간을 행복하게 만들 수 있다는 생각은 자유주의가 낳은 가장 슬픈 착각 중의 하나입니다. 좋은 정부라면 우수한 사람들이 자신들의 약속을 실현하거나 능력을 발휘하도록 허용하되, 그들의 욕망으로 인한 탐욕과 인간에 대한 학대를 못 하게 해야 합니다. 또한 가장 덜 해로운 정부는 국민의 전통, 규범적 삶의 방식과 일치해야 한다는 것입니다. 이 보편적이고 일반적인 원칙 외에 다른 정치 규칙을 정부가 강제해서는 안 됩니다.

우리나라도 좌파 정부 등장 이후 사회적 평등주의가 압도적으로 유행했습니다. '기울어진 운동장'이란 레토닉이 그런 경향을 단편적으로 보여주고 있습니다. 어떤 권력이든 평등을 조건의 평등으로 이어가려는 경향이 있습니다. 영국의 작가 올더스 헉슬리(Aldous Huxley, 1894~1963)의 소설「멋진 신세계(The Brave New World)」(1931)에 등장하는 구호처럼 말입니다. "모든 사람은 다른 모든 사람에게 속한다." 만약 이런 사회가 존재한다면 그런 사회는 죽음 속의 삶이요, 아마도 지옥과 같을 것입니다. 어떤 사람은 다른 사람처럼 선하지도 않고, 모든 사람은 다른 모든 사람에게 속할 수 없는 것이 아닌가요? 왜 그런가요? 인간은 모두 저마다 각기 다르게 태어났기 때문입니다. 만약 이런 진리를 무시하는 권력이 있다면 그 권력은 정당하지 못하다고 생각합니다. 왜냐하면 평범한 사람들로 인해 우월한 사람들을 희생시키기 때문입니다. 정당하지 못한 권력은 열등한 사람을 만족시키려고 우월한 사람들을 희생시킵니다. 저는 소위 하향 평준화라는 것은 두 가지 이유에서 인간성을 훼손하고 있다고 생각합니다. 첫째, 인간 스스로 자신의 잠재력과 역량을 끌어올리려 노력하는 본능적 욕구를 좌절시키고, 둘째, 마치 손흥민에게 모래주머니를 채우고 경기에 임하라고 하는 것과 같이 이런 끌어내림은 머지않아 모든 사람의 복지에 부정적 영향을 미치기 때문입니다. 도덕적 평등이라는 가치를 세속적 강령으로 받드는 순간 그 권력은 인간에게 적대적이 될 수밖에 없습니다.

제가 생각하기에 오늘날의 위협은 학교생활을 잘하며 개인의 자아실현에 힘써 사회에서 성공적인 삶을 영위하는 능력 있는 사람들이 그들의 탐욕으로 다수를 능욕하며 착취할 가능성에 있지 않습니다. 오히려 선동가들의 현란한 구호에 넘어간 다수의 평범한 사람들의 위협인 대중의 봉기에 있다고 생각합니다. 따라서 대중의 지지를 받는 정부는 곧 도덕 가치의 평등, 지적인 평등, 조건의 평등을 내세우는 정부여야 한다고 착각해선 안 됩니다. 만약 이런 것들을 앞세우는 정부가 있다면 그 정부는 좋은 정부가 아닙니다. 좋은 정부는 각 분야의 능력 있는 사람의 권위와 권리를 존중합니다. 발명가의 독창적인 권리, 기업가, 근로자들의 노력이 보상받을 권리, 절약하는 사람들이 재산을 쌓아 자식에게 물려줄 권리, 즉 사유재산의 권리를 존중합니다. 좋은 정부가 이런 권리와 요구를 존중하는 이유는 이런 권리들의 향유와 그 권리에 연동된 의무의 이행으로 자아를 실현하고, 각자에게 주어진 합당한 몫이라는 정의 또한 실현되기 때문입니다. 다만 여기서 그 '합당한 몫'을 누가 결정하느냐 하는 것에 논쟁의 여지가 있고, 그래서 민주주의는 결코 완성된 정치체제가 될 수 없으며 계속 진행형으로 존재할 수밖에 없는 한계를 태생적으로 안고 있습니다.

평등을 주장하고 있지만 평범한 사람들은 여전히 권력화된 그들의 지배하에 있을 뿐입니다. 이런 정부가 없는 자의 승리나 가진 자의 보호에만 힘쓴다면 그 정부는 결코 좋고 훌륭한 정부가 될 수 없습니다. 좋은 정부는 품위와 바람직한 질서로 이루어진 사회에서 모든 사람이 각기 자기의 마음대로 살아갈 자유를 허용해야 합니다. 자연인으로 살든, 연구실에서 밤을 꼬박 새든, 새벽 시장에서 아침을 열든, 녹색의 칠판을 등에 지고 오늘도 이 신성한 사명에 순종하며 살든, 공리주의적 행복을 강요하지 않아야 합니다. 개인적인 행복은 스스로 알아서 해결하라고 그냥 내버려 두는 정부가 좋은 정부이며, 이런 신중하고 인내심 있으며 균형을 찾는 정부를 민주주의라 불러도 좋을 것입니다. 이런 정부는 이념보다 원칙, 획일성보다는 다양성, 전지전능보다는 균형을 선호하는 정부일 것입니다.

좋은 정부는 마땅히 사람들의 전통이나 규범적 방법과 일치하는 행동을 해야 합니다. 전례, 규범, 시행착오, 몇 세대에 걸쳐 이루어진 합의 등을 믿으며, 조상들의 지혜와 국가의 경험을 신뢰합니다. 예스러움의 권위와 힘을 선호하며 깔끔함에 매료되지 않습니다. 역사적으로 이런 전통을 유지하고 이와 비슷하게 발전한 나라가 영국과 미국입니다. 전승, 규범, 전통에 근거한 당당한 계속성과 자유라는 원칙이 승리한 사회이기 때문입니다.

보수주의자들은 자유주의자들이 예찬하는 프랑스혁명을 끔찍하게 여깁니다. 자유, 평등, 박애를 기치로 일어난 대중의 봉기는 끔찍한 공포정치를 낳았기 때문입니다. 흔히 박애라 번역되는 fraternité(화다무띠)는 사실 보편적인 사랑이라는 뜻보다는 동지애, 즉 뜻을 같이하는 사람들끼리 똘똘 뭉친다는 패거리 의식, 우리끼리라는 의미가 강합니다. 미국과 영국은 이성보다는 규범, 전통, 경험, 질서 등과 같은 보수적 가치를 선호했습니다. 만약 한 나라에 어떤 헌정 체제가 오랫동안 수용됐다면, 설사 조금 수정된다 해도 본질적으로 마찬가지인 그것이 국민이 기대할 만한 가장 최선의 정부입니다. 그렇습니다. 헌정 체제는 개선되거나 회복됩니다. 그러나 그것이 어느 순간 모두 배설물과 같이 여겨진다면 그 나라의 모든 질서는 끔찍하게 훼손되고 말 것입니다. 그렇습니다. 세계 공통으로 적용되는 헌정 체제란 존재하지 않습니다. 각 나라마다 처한 상황과 역사, 문화, 전통, 관습, 규범 등이 모두 다르기 때문입니다. 미국을 포함한 강대국의 헌정 체제를 세계에 강제한다고 세계가 행복해지지는 않습니다.

좋은 정부는 대량 생산된 상품이 아닙니다. 질서와 정의, 자유는 다양한 형태로 나타나지만 그 나라의 역사적 경험에서 벗어나기는 힘들 것입니다. 경험과 유리된 이론, 실재에서 벗어난 이상, 이념의 노리개, 팬덤들이 광신하는 정치인, 팬덤들에 의지하는 정치인, 고르디우스의 매듭을 끊을 칼은 한없이 위험합니다. 과거에 맞서 반란을 일으키는 것은 결코 옳은 방법이 아닙니다. 우리에게 주어진 자유가 절망적인 자유가 되어서야 무슨 유익이 있겠습니까! 하물며 교육의 장에서야!

부평공고, 2022. 8.

16. 한반도! 시간과의 충돌

어느덧 그 무더웠던 한여름의 폭염이 자연의 순리에 순응하는 듯합니다. 아침저녁으로 제법 선선한 상쾌함을 느낄 수 있으니 말입니다. 예로부터 우리는 가을을 천고마비(天高馬肥)의 계절이라 하여 풍성한 수확을 위한 마지막 땀을 흘리는 계절로 여겨 왔습니다. 우리의 교육에도 풍성한 열매를 위한 세심한 관심과 지도가 있어야 할 것입니다. 지도하시는 선생님들에게 감사의 마음과 그 노고에 치하의 말씀을 거듭 드립니다.

지난해 앨빈 토플러(Alvin Toffler)의 서거 소식을 들었습니다. 개인적으로 그의 생각에 크게 공감하고 있기에 『제3의 물결』(1980)부터 『부의 미래』(1995)까지 그의 저서를 틈나는 대로 읽어 보곤 하였습니다. 그는 2001년 〈21세기 한국의 비전〉이라는 보고서를 우리나라에 제출하기도 했습니다. 그가 『부의 미래』(1995)에서 예측한 '한반도! 시간과의 충돌'에 대한 이야기를 전해 드립니다. 요즈음 한반도를 둘러싼 안보 지형의 변화가 저 같은 사람이 보기에는 참 불안하고 위태로우며 예측하기 어렵습니다. 마치 혼돈(混沌)의 시대인 것 같습니다. 우리는 혼돈(混沌)이라 하면 부정적, 나쁨, 정리되지 않음, 옳지 않음 등의 이미지를 연상하게 됩니다. 그러나 여기 장자(莊子)의 이야기는 좀 다릅니다.

'칠일이혼돈사(七日而混沌死)'(응왕제편), 혼돈(混沌)이 7일 만에 죽었다고 하네요. 어쩌면 장자의 말대로 혼돈은 질서보다 경쟁력을 발휘할 때가 있는지도 모릅니다. 질서는 언제나 아름답고 우리를 안정시키는 것인가에

회의(懷疑)해 보고, 혼돈은 늘 추하고 불안하고 제거해야 할 것인가에 대한 의문도 품어야 할 것 같습니다. 다만 그 혼돈이 파국으로 이어지지 않게 예비하고 관리하는 것이 무엇보다 가장 중요하다고 생각합니다.

저의 전공은 선생님들도 아시다시피 철학(鐵學)입니다. 엔트로피(entropy)라는 중요한 개념을 배우지요! 바로 열역학에 대한 이야기입니다. 자연과학에 대한 이론이며 자연(自然)의 법칙에 관한 이야기이기도 합니다. 자연의 법칙은 곧 우리 인간세(人間世)가 아니겠습니까? '열역학 제2법칙'을 '엔트로피의 법칙'이라고도 합니다. 즉 '물질과 에너지는 한 방향으로만 전환된다. 그것은 엔트로피가 증가하는 방향이다.' 좀 어렵지요! 그러나 간단합니다. 자연은 질서의 세계(불안정)에서 무질서의 세계(안정)로 변하며, 사용 가능 에너지가 사용 불가능 에너지로 변하는데 그 척도를 엔트로피로 부르는 것입니다. 바로 혼돈의 척도가 엔트로피입니다.

동양과 서양의 자연에 대한 접근방법이 참 다르지요! 그러나 하고자 하는 이야기는 같은 듯합니다. 어지럽고 혼돈스럽지만 이 또한 자연의 법칙이라 생각하고 저를 포함한 우리 모두 자기가 맡은 일에 최선을 다해야 하겠습니다.

구한말 일본의 침략이 노골화되었을 때 월남 이상재 선생(1850. 10. 26.~1927. 3. 29.)의 탄식을 소개해 드립니다. 그는 우리 민족에 대해 "외적과 싸우는 데는 등신, 우리끼리 싸우는 데는 귀신"이라고 일갈했습니다. 안타깝습니다. 우리는 광복 이후 근대화, 산업화, 민주화를 70여 년이라는 짧은 기간에 이루어 왔습니다. 토플러가 말한 대로 제1 물결, 제2 물결, 제3 물결이 동시에 폭풍처럼 몰려왔고 지나가고 있습니다. 부작용도 있는 것이 사실이지만 우리는 이 또한 능히 극복할 수 있을 것입니다. 전 세계가 주목할 만큼 우리나라는 성공적이었습니다. 이 혼돈의 시대에 온 국민의 마음을 하나로 모으려는 노력이 필요하겠습니다. 대한민국의 '선진화'를 위해서 말입니다.

앨빈 토플러(Alvin Toffler, 1928. 10. 3.~2016. 6. 27.)의 이야기입니다.

"한반도! 이곳만큼 이미지가 다양하고 예측 불가능한 곳은 전 세계 어디에도 없다. 이곳에는 서로 극과 극을 마주하고 있는 전혀 다른 두 체제가 존재하고 있다. 지식기반의 제3의 물결의 경제와 문명으로 향하는 거대한 변혁의 선두에 서 있고, 국제사회의 선두 주자라고 해도 과언이 아닌 대한민국이 그 첫 번째이다. 국민들은 세련되고 여행의 자유를 누리며, 초고속 인터넷을 통해 전 세계 그 누구와도 자유롭게 의사소통이 가능하며, 고속으로 미래를 탐험하며, 미래의 혁신적 경제체제를 정의하는데 좋은 모델을 보여 주는 진행형의 국가이다. 반면에 다른 체제인 북한은 제1 물결과 제2 물결로 대표되는 굶주림과 빈곤, 세계 최빈국으로 자국민들의 입과 귀를 틀어막고 억압과 통제가 체제 유지의 가장 중요한 수단으로 작용하고 있는 나라이다. 나름대로 신중하게 경제개혁을 추진하고 있음에도 불구하고 이전 세대의 박제화된 유물로서 김정은의 지배를 받는 왕조 국가[52], 무기력하고 반혁신적인 경제체제를 고수하는

52 〈尤註〉 이 말은 모순되게도 북한 스스로도 인정하고 있습니다. 그들이 조선로동당 제4차 당대표자회의(2012. 4. 11.)에서 개정한 〈조선로동당규약 서문〉의 첫 문장은 다음과 같이 기술되어 있습니다. '조선로동당은 위대한 김일성동지와 김정일동지의 당이다.'라고 규정하고 있으며, 지난해 36년 만에 개최된 조선로동당 제7차대회(2016. 5. 6.)에서 〈조선로동당규약 서문〉을 개정하였는데, 그 핵심은 3대 세습체제를 더욱 공고히 하는 것입니다. 김정은을 "경애하는 김정은 동지는 조선로동당을 위대한 김일성 동지와 김정일 동지의 당으로 강화발전시키시고 주체혁명을 최후 승리에로 이끄시

이상한 나라가 두 번째 나라이다. 어찌 됐든 대한민국이든지 북한이든지 세계적인 슈퍼 파워와는 거리가 멀다. 그러나 북한의 핵문제만큼은 두 나라만의 문제가 아니고 세계적인 문제인 것은 분명하다. 따라서 6자 회담이 중요하다.(한, 미, 일, 중, 러, 북)

내가 생각하는 한반도 미래에 대한 시나리오는 6가지 정도로 예측할 수 있다.

첫째, 어느 한쪽이 중국의 위성국 내지는 속주로 전락.

둘째, 한국의 흡수통일로 핵을 보유한 7천만 인구의 통일 한국.

셋째, 3만 명의 주한미군 철수 또는 한반도에 미국의 핵 재배치.

넷째, 미국의 폭격기에 의한 북한 핵시설 제거.

다섯째, 북한 정권의 내적 붕괴나 군사 쿠데타.

여섯째, 반미 성향의 한국 사람들이 북한의 한국 점령을 용인."

여기까지가 토플러의 말입니다.

참 무시무시하기도 하고, 섬뜩하기조차 합니다. 어느 것 하나 손쉬워 보이는 것이 없습니다. 이렇듯 한반도의 미래는 참 예측 불가능합니다. 그러나 토플러는 명확하게 이야기하고 있습니다. 부의 심층 기반인 공간

는 조선로동당과 조선인민의 위대한 령도자이시다."라고 규정하고 있습니다. 그들 스스로가 왕조국가임을 자인(自認)하고 있는 것입니다. 그들에게는 헌법보다 상위의 개념인 〈조선로동당규약〉에 이와 같은 사실들을 명문화하고 있으니 참 황당하지요! 이제 그들의 지도자에 대한 호칭에 문제가 생겼습니다. 바로 김정은에 대한 호칭이지요. 김일성은 '위대한 수령, 영원한 수령'으로 변화가 없고, 김정일은 '노동당의 상징이고 영원한 수반'이라고 바꿨으며, 드디어 김정은에 대해 '위대한 령도자'라고 규정했습니다. 이렇듯 그들의 세상이 '왕조국가'임을 그들 스스로 인정하고 있는 것입니다. 토플러가 말한 것이 아니라 그들 스스로가 자신의 체제에 대해 왕조국가임을 말하고 있는 것입니다. 21세기에 왕조국가라 하니 참! 용어가 생소하기도 합니다.

과 지식에 대해서는 쉽게 예측 가능하지만 시간에 대해서는 그럴 수 없다고 말입니다. 북한의 핵과 탄도 미사일은 국경선의 공간적 변화와 그 영향력을 증대하고 있으며, 한국의 엄청난 속도의 지식의 확대는 예측이 가능하다고 말입니다. 그러나 부의 심층 기반 중 다른 하나인 시간에 대해서는 쉽게 예측할 수 없는데 이것이 바로 한반도 미래의 핵심이라 말하고 있습니다. 그는 6자회담의 중단과 반복은 이 시간에 대한 대립적인 가정에 근거하고 있다고 분석하고 있습니다. 이른바 시간을 둘러싼 충돌입니다.

전술적 정책의 측면에서 시간은 핵심 요소입니다. 6자 회담에서 북한은 시간을 끌면 끌수록 협상력은 점점 강해질 수밖에 없습니다. 왜냐하면 핵과 미사일을 개발할 수 있는 시간을 그만큼 더 벌기 때문입니다.[53] 북한이 지연전술을 쓰는 이유는 여기에 있습니다. 미국이 공격하려는 직접적이고 심각한 위협이 없는 한 시간을 통해 얻을 것은 다 얻겠다. 뭐 이런 전술 아니겠습니까! 그런데 지금은 미국을 공격하겠다고까지 협박하고 있습니다. 그러나 우리 입장에선 신속한 협상의 진행이 필요하며, 무엇보다 핵문제는 우리만의 문제가 아닌 세계적인 문제입니다. 다만 이 대립의 경연에서 최종 승리자는 가장 느린 템포로 춤을 춘 팀이 될 것만은 분명해 보입니다. 아시다시피 북한은 6자 회담뿐 아니라 개성공단 문제에 대해서도 전혀 서두르지 않고 있습니다. 시간은 자기편이라는 생각을 분명하게 하고 있는 것 같습니다. 오히려 전략적으로 우리의 국론분열을 노리고 있습니다. 이른바 그들의 통일전선전략[54]입니다. 여기서 토

53 2007. 9월 이후 북한의 거부로 회담 중단, 10년 동안 유명무실, 그동안 수없는 도발 강행.

54 統一戰線戰略: 북한의 대남 전략전술의 하나로써 대남적화혁명을 위한 연합·동맹전략으로 남한 내의 학생과 지식인 등을 통한 투쟁을 기폭제로 하여 개인이나 단체 또는 반대노선과도 연합해 혁명세력을 결집해 궁극적으로 적화통일을 이루려는 전략을 말한다.(경찰학사전, 2012. 11. 20., 법문사)

플러는 중요한 이야기를 하고 있습니다. 이 모든 상황에서 가장 중요한 전제 조건은 북한의 핵개발 포기라고 말입니다. 핵개발을 포기할 때 경제적 지원과 협력이 있고 나아가 사회·문화적 통합이 정치적 통합으로 이어지고 궁극적으로 통일국가를 형성할 수 있다고 전망하고 있습니다. 급격한 통일은 남·북한 모두에게 이롭지 않다고 말입니다. 여기에 우리의 고민이 있는 것 같습니다. 이 시간적 모순을 어떻게 풀어 가느냐가 한반도 미래의 핵심인 것 같습니다.

급격한 통일, 이 문제에 관해 역사적 사실(事實)을 살펴보겠습니다.

독일 통일의 과정 역시 급속하게 통제력을 상실한 사태로부터 이루어졌습니다. 서독 수상 헬무트 콜은 연방의회에서 「10대 통일 계획」을 발표하며 독일 통일의 로드맵을 제시했습니다. 1990년 동독과 조약을 체결하고, 1992년 독일 연방을 형성하고, 1993년에서 1994년에 완전한 통일을 이루겠다고 말입니다. 그러나 1989. 11. 9.일 베를린 장벽은 붕괴하기 시작했습니다. 전 세계에서 누가 이런 사태를 예측했겠습니까? 정말 독일의 통일(1990. 10. 3.)은 도둑과 같이 다가왔습니다. 베를린 장벽의 붕괴와 함께 시작된 통일의 과정은 불과 채 1년이 걸리지 않았습니다. 이렇듯 국제적 사건들 중 처음에는 신중하고 점진적인 진전을 기대했지만 급속하게 통제력을 상실했던 경우가 단지 독일의 통일만이 아닙니다. 그것은 구소련의 붕괴(1991. 12. 25.)에서도 똑같이 재현되었습니다. 미하일 고르바초프는 1980년대 페레스트로이카(구조조정) 30년 계획을 발표하고 공산당 일당제를 폐지하였습니다. 그러나 군부 보수파의 쿠데타(1991. 8.)에 의해 개혁이 실패하는 듯했으나 우리가 잘 아는 보리스 옐친의 충격적인 시위에 의해 결국 소련은 해체되고 맙니다. 이런 사태는 독일의 통일과정과 마찬가지로 소련에서는 페레스트로이카에 의한 계획된 진화가 아니라 혁명이라는 이름의 파국이었습니다.

성경에는 이런 말씀이 있습니다.

'그러나 주의 날이 도둑 같이 오리니 그 날에는 하늘이 큰 소리로 떠나가고 물질이 뜨거운 불에 풀어지고 땅과 그중에 있는 모든 일이 드러나리로다.'

(벧후 3:10)

참으로 무섭고 두려운 말씀입니다. 도둑같이 독일의 통일과 소련의 해체는 이뤄졌습니다. 그러면 한반도는? 저의 두려움이 여기에 있습니다. 한반도에서의 시간의 모순을 우리가 어떻게 극복하느냐? 이 시간을 둘러싼 충돌에서 어떻게 살아남느냐? 우리의 속도 지상주의 문화와 경제가 어떻게 더디고 느린 외교 사이에서 그 모순을 극복하느냐?

인간이 적응하는 데 필요한 시간을 벌기 위해 보조를 맞춰 전진해야 한다는 이상적이고 논리적인 시도와 급속히 변화하는 세계에서 발생하는 감당하기 어려운 실제적이고 현실적인 삶 사이에는 반드시 모순이 존재할 수밖에 없습니다. 역사란 항상 정의로운 것만은 아니었습니다. 토플러의 말대로 오직 시간만이 가장 중요한 결정요인으로 작용할 것 같습니다.

저는 교장실에 우리 학교 학생들의 사진첩을 비치하고 있습니다. 각자의 사진 위에는 그들의 특성과 개성을 메모하고 있습니다. 우리 학교에서의 3년의 시간과 경험, 추억은 학생들의 삶을 결정하는 중요한 심층 기반이기 때문입니다. 교육에도 시간은 중요한 심층 기반입니다. 이제 환절기인데 선생님들 건강에 유의하시기 바랍니다.

구월중학교, 2017. 9.

Ⅳ.

지금은 가야 할 때

1. 어머니이이-!

2. 아! 누리호

3. 미래를 기대하며

4. 이공계 출신 지도자! 왜 그들인가?

5. 『21세기 자본』과 부의 양극화

6. 노동시장의 이중구조

7. 불멸의 영웅! 베토벤

8. 시인의 사랑

9. 아아! 백석(白石)

10. 작은 거인! 김수철

11. 가을예찬

1. 어머니이이-!

그 뜨겁던 한여름의 폭염도 계절의 순환은 거스를 수 없는가 봅니다. 아침 저녁으론 제법 선선한 바람이 불어 열대야에 힘들었던 몸과 마음을 위로하고 있습니다. 고생들 많이 하셨습니다.

지난 8. 20.일에는 제21차 남북 이산가족 상봉이 이루어졌습니다. 언제나 그렇듯이 뉴스로 전해 오는 가슴 절절한 사연은 우리들의 마음을 아프게 합니다. 최고령 할아버지의 인터뷰에선 울컥해지기도 했습니다. "누구를 만나러 가십니까?" "며느리…" 흐르는 세월은 그 누구도 기다려 주지 않습니다. 이젠 이승의 한을 저승에서의 만남으로 풀어야 하는 운명으로 자조하기도 합니다.

그렇습니다. 우리에게는 이런 아픈 역사가 있습니다. 아주 오래전 다른 나라의 이야기가 아닙니다. 불과 60여 년 전 우리의 이야기입니다. 그런데도 우리는 잊은 듯, 아니 잊어버린 듯 살아가고 있습니다. 다시 한번 우리를 되돌아보아야 하겠습니다. 남이 아닌 내가 먼저 말입니다. 그런데 그것이 참 어렵습니다. 다만 그렇게 행하려고 노력하며 살 뿐입니다. 드리는 글의 제목이 그래서 '어머니이이-!'인가 봅니다.

마침내, 그 40대 남자도

황지우

#1. 마침내, 그 40대 남자도 정수가아아--- 목놓아 울어 버린다.

#2. 부산 스튜디오의 그 40대 여자는 카메라 앞에서 까무러쳐 버렸다.

#3. 서울 스튜디오의 그 40대 남자는, 마치 미아가 된 열 살짜리 어린이가 길바닥에서 울 듯, 이젠 얼굴을 들고 입을 벌린 채 엉엉 운다. 정숙이를 부르며.

#4. 아나운서가 그를 진정시키려 하지만 그의 전신에는 지금 어마어마한 해일이, 거대한 경련이 지나가고 있다.

#5. 각자 피켓을 들고 방영 차례를 기다리던 방청석의 이산가족들이 피켓을 놓고 박수를 쳐 준다.

#6. 카메라는 다시, 가슴 앞에 피케트를 내밀고 일렬 횡대로 서 있는 사람들에게 맞춰지고 … 만오천이백삼 번, 만오천이백사 번 … 황해도 연백군, 함경북도 청진 … 형님, 누님, 여동생, 삼촌, 아버지, 어머니 …

#7. 체구가 작은, 한복 입은 할머니 한 사람이 피켓을 들고 하염없이, 하염없이, 눈물을 흘리며 서 있다. 카메라는 '원산서 폭격 속에서 헤어짐'을 짧게 핥고 지나 버린다.

#8. 다시 화면은 가운데로 잘려서 한쪽은 서울 스튜디오, 다른 한쪽은 대구 스튜디오를 연결하고 - 여보세요, 성함이 김재섭 씨 맞아요? 아버지 이름이 뭐예요? 맞아요, 맞어, 재서바아, 응, 그래, 어머니는 그때 정미소에 갔다 오던 길이었지요? 미군들이 그때 폭격했잖아,

맞어, 할머니랑 큰형님이랑 그때 방바닥에 엎드려 있었는데 방 안에 총알 다섯 개가 들어왔다는 말 들었어, 맞어, 둘째 삼촌이 인민군으로 끌려가 반공포로로 석방됐다는 소문도 있었는데, 맞지요? 맞어, 맞아요. 맞어. 재서바아. 어머니 살아 계시니? 어머니이이-

#9. 화면은, 너무나 흥분한 나머지 자기 가슴을 치며 KBS 이산가족찾기 생방송 중계홀 중앙으로 뛰어나간 김형섭 씨를 쫓아간다. 그는 조명등이 눈부시게 내리쬐는 천장을 향해 두 팔을 벌리고 대한민국 만세를 서너 번씩 부르고 있다.

#10. 남자 아나운서와 여자 아나운서가 그를 다시 카메라 앞으로 끌고 왔을 때 그는 무슨 큰 죄라도 지은 사람처럼 계속 머리를 주억거리면서, 케이비에스 감싸함다, 정말 감싸함다. 이 은혜 죽어도 안 잊겠음다. 한다.

#11. 남자 아나운서는, 아까 김 씨 입에서 얼결에 튀어나온, 방안에 총알이 다섯 개 들어온 대목이 켕기었던지, 그에게 그때의 정황 설명을 요구했으나 그는 아직도 제정신이 아닌 것 갈다- 네, 그때 전적지가 된 고향으로 돌아가 가족들을 데리고 내려오려고 했지요, 그런데, 중공군이 내려오고, 또 이북에 원자폭탄이 떨어진다고 해서, 부랴부랴.

#12. 화면은 이제 춘천방송국으로 가 있다. 그리고 사리원 역전에서 이발소를 했다는 사람, 문천에서 철공소를

했다는 사람, 평양서 중학교를 다녔다는 사람, 어버지가 빨갱이에게 총살당했다는 사람, 일본명이 가네다 마찌고였다는 사람, 내려오다 군산서 쌀장사에게 수양딸을 줬다는 사람, 대구 고아원에 맡겨졌다는 사람, 부산서 행상했다는 사람.

#13. 엄마야 왜 날 버렸어요? 왜 날 버려!

#14. 내가 죽일 년이다. 셋째야 미안하다, 미안하다.

#15. 아냐, 이모는 널 버린 게 아니었어. 나중에 그곳에 널 찾으러 갔더니 네가 없더구나.

#16. 누나야 너 살아 있었구나!

#17. 언니야 왜 이렇게 늙어 버렸냐, 응? 그 이쁜 얼굴이, 응?

#18. 얼마나 고생했니?

1983년 여름 그해 여름은 올해처럼 참 뜨거웠습니다. 온 나라가 눈물바다였습니다. 개인적으론 제가 대학교 4학년 때입니다. 졸업을 앞두고, 군 입대를 앞두고, 안갯속 같은 미래에 마음이 몹시 무겁고 심란하던 시기였습니다. 처음에는 1시간 30분짜리 특집 프로그램에서 24시간 철야 생방송으로, 급기야는 장장 138일 동안, 넉 달 보름 동안 세계 방송 사상 유례가 없는 방송이 온 국민을 울게 만들었습니다. 그때만 해도 무명가수였던 설운도를 일약 스타로 만들기도 했습니다. 방송된 당일 밤, 가사를 바꿔 다섯 시간 만에 녹음을 끝내고 다음 날 방송에서 흘러나온 〈잃어버린 30년〉, 이 곡은 '최단 기간에 히트한 곡'으로 기네스북에 오르기도 했습니다. 이때 우리에게 외로움은 사치였는지 모릅니다. 당장 먹고사는 것이 절체절명의 과제였습니다. 오로지 살아남기 위해, 이것은 이상의 문제가 아닌 현실의 생존하기 위한 과제였습니다. 인간의 이상이 현실 앞에서 얼마나 철저하게 무너질 수 있는지 우리의 시인들은 다음과 같이 절규했습니다.

민간인

김종삼

1947년 봄
심야
황해도 해주의 바다
이남과 이북의 경계선 용당포

사공은 조심조심 노를 저어가고 있었다.
울음을 터뜨린 한 영아를 삼킨 곳.
스무 몇 해나 지나서도 누구나 그 수심을 모른다.

울음을 터뜨린 아이의 입을 막아야 했던 젊은 부모는 모두의 비밀을 간직한 채 스무 해가 지나도 가슴 속에 묻고 지내야 했다는 비극을 절규하고 있습니다. 안타깝게도 이것은 현실이었습니다. 이상은 현실 앞에서 철저하게 유린당하고 있었습니다. 전쟁과 이념이 우리에게 남긴 것은 이상향이 아니라 영혼의 상처였습니다. 안타깝게도 우리 사회에는 아직까지도 이 영혼의 상처로 고통받으며 살고 있는 사람들이 많이 있습니다.

지난달 20일 89명의 우리 측 이산가족과 동반 가족 등 197명이 북측 가족 185명과 65년 만의 감격적인 만남을 가졌습니다. 정전협정 체결 이후 65년이 흘렀습니다. 2015년 10월 이후 2년 10개월 만입니다. 문득 이산가족 교류 현황이 어떤지 궁금했습니다. 통일부의 공식자료[55]에 의하면 당국 차원에서 총 20차례의 이산가족 상봉을 가졌고(1985년의 처음 상봉은 「이산가족 고향방문단」으로 포함하지 않음), 생사가 확인된 이산가족은 57,567명, 방북 상봉은 17,228명, 방남 상봉은 2,700명으로 집계하고 있습니다. 19,928명이 상봉했습니다. 약 35%의 이산가족이 상봉한 것으로 나타났습니다. 현재까지 상봉을 신청한 이산가족은 13만2천6백여 명, 벌써 많이 세상을 등져 이제 생존해 있는 이산가족은 5만7천여 명, 그중 63%가 80대 이상의 고령이라고 합니다. 또한 그들 중 매년 4천여 명이 세상을 등진다고 합니다. 21차례의 상봉 중 매년 있어 왔던 부부 상봉이 이번 상봉에선 없다고 합니다. 얼핏 계산해 보면 10여 년 후에는 부부 상봉이 아니라 이산가족 상봉이라는 용어 자체가 사라질지도 모르겠습니다. 우리에겐 갈 길이 먼데 시간이 없습니다.

김대중 정부(1998. 2.~2003. 2.)와 노무현 정부(2003. 2.~2008. 2.) 때인 2000년에서 2007년까지는 8년 동안 매년 이산가족 상봉이 이루어졌습니다. 이명박 정부(2008. 2 .~2013. 2.) 때 2차례(2009, 2010), 박근혜 정부(2013. 2.~2017. 5.) 때도 2차례(2014, 2015)의 이산가족 상봉이 성사되었습니다. 이제 문재인 정부(2017. 5.~)에서 처음으로 이산가족 상봉이 이뤄진 것입니다. 이번 상봉의 89명은 역대 상봉 규모와 비교하면 많이 축소된 것으로 보입니다. 백 건이 안 되니 말입니다. 여러 이유가 있겠으나 이제는 65년의 세월이 흘러 더 이상 기다릴 수 없는 사람이 점점

---

55 이산가족정보통합시스템(https://reunion.unikorea.go.kr/), 〈이산가족 교류 현황〉(2018. 7. 31.현재).

많아지고 있는 것 같습니다. 참 안타깝습니다.

제가 더 안타까운 것은 겉으로는 평화공세를 펴며 속으로는 핵개발에 전념하고 있는 북한의 행태[56]입니다. 2005. 2. 10.일 북한은 핵무기 보유를 선언하고, 2006. 10. 9.일 급기야 1차 핵실험을 강행했습니다. 2006년은 노무현 정부 때로 두 차례[57]의 이산상봉이 이루어졌습니다. 역대 2번째의 대규모 만남(당사자 594명, 가족 2,683명)이었습니다. 3월과 6월의 만남 이후 같은 해 10월에 핵실험을 강행한 것입니다. 그 이후는 우리가 잘 알고 있듯이 2017. 9. 3.일 제6차 핵실험까지 강행했습니다. 저 같은 비전문가도 잘 알지는 못하나 표면적으로 나타난 사실만 보면 2000년대 들어 북한은 위장 평화 공세와 핵개발을 동시에 추진한 것 같습니다. 앨빈 토플러는『부의 미래』(1995)에서 시간의 전술적 측면을 강조하고 있습니다. 한반도에선 가장 느린 템포로 춤을 춘 측이 최종 승리할 것이라고 말입니다. 북한이 그들의 통일전선전략[58]을 수정했다는 말을 저는 한 번도 들어 본 적이 없습니다. 겉으로는 평화공세, 속으로는 핵개발만이 있었습니다. 그들의 지연전술에 한두 번 당한 것이 아닙니다. 그런데도 믿으려 하고 있으니 저는 잘 모르겠습니다. 토플러가 위의 저서에서 언급한 〈한반도 미래에 대한 시나리오 6가지〉를 한번 읽어 보시길 권해 드립니다.

56 〈조선민주주의인민공화국의 대량살상무기〉, WIKIPEDIA.

57 제13차 2006. 3. 20.~25., 제14차 2006. 6. 19.~30.

58 統一戰線戰略: 북한의 대남 전략전술의 하나로써 대남적화혁명을 위한 연합·동맹전략으로 남한 내의 학생과 지식인 등을 통한 투쟁을 기폭제로 하여 개인이나 단체 또는 반대노선과도 연합해 혁명세력을 결집해 궁극적으로 적화통일을 이루려는 전략을 말한다.(경찰학사전, 2012. 11. 20., 법문사)

청장관(青莊館) 이덕무(李德懋, 1741~1793)의 저서 『이목구심서(耳目口心書)』에 나오는 글을 소개해 드립니다.

'사람이 오직 한쪽으로만 치우친 견해가 있고, 이렇게 저렇게 융통하는 이치에 밝지 못하다면 단지 명분 없는 일에 자신의 몸을 해치고 말 것이다. 이런 사람은 사슴이나 곰이나 담비로서 옷차림을 한 자다. (인유유일편지견人惟有一偏之見 이불능위곡통창자而不能委曲通暢者 지장신어무소명지사只戕身於無所名之事 시록야웅야초야是鹿也熊也貂也 이의관자야而衣冠者也)'

우리들은 대개 이분법, 흑백논리, 이것과 저것, 옳음과 그름을 구별하는 사고방식에 젖어 있습니다. 어쩌면 인간 진화의 역사에 있어서 이는 당연한 결과인지도 모르겠습니다. 그러나 연암(燕巖) 박지원(朴趾源, 1737~1805)은 〈낭환집서(蜋丸集序)〉에서 이렇게 말하고 있습니다. "참되고 올바른 식견은 진실로 옳다고 여기는 것과 그르다고 여기는 것 중간에 있다." 참되고 올바른 식견이란 천지자연 및 우주 만물과 인간의 관점과 인식 사이의 중간 지점, 즉 대상과 [나]의 사이와 경계가 분리되고 통합되는 어느 지점에 있는 것 같다는 말입니다. 그렇지만 연암조차도 그곳이 어디인지는 알 수 없다고 했습니다. 다만 그 중간 지점이란 결코 절대적이고 고정 불변한 곳이 아니고 상대적이고 가변적이라는 것만을 알 수 있다고 말합니다. 역시 실학자다운 시각입니다. 진리의 절대성을 부정하고 상대성의 중요성을 강조하고 있으니 말입니다. 어느 것이 옳고 어느 것이 틀렸다는 극단적인 선택에서 벗어나 견해의 다양한 전환과 관점의 유연한 변화만이 참되고 올바른 식견이 존재하는 중간 지점에 접근할 수 있는 유일한 방법이라고 강조하고 있습니다. 한쪽에 치우친 견해만 고집하고 다양한 의견들과 소통하거나 교류하지 못하는 사람의 어리석음을 꾸짖는 말이기도 합니다.

그런데 한 가지 아이러니는 이런 사람일수록 소통과 공감을 강조한다는 것입니다. 이런 생각이 드는 것은 나만의 생각인지도 모르겠습니다. 옳은 것과 그른 것 사이에 존재하는 참되고 올바른 식견이란 마치 니체(Nietzsche, Friedrich Wilhelm, 1844~1900)가 『짜라투스트라는 이렇게 말했다』에서 묘사한 '광대의 줄타기'와 같은 것은 아닐까요? 줄 위에 서 있는 광대는 이쪽으로 기울어져도 떨어지고 저쪽으로 기울어져도 떨어집니다. 몸이 오른쪽으로 기울면 다시 왼쪽으로 몸을 기울여야 떨어지지 않고, 몸이 왼쪽으로 기울면 다시 오른쪽으로 몸을 기울여야 떨어지지 않는 이치와 같이 이쪽과 저쪽의 사이 또는 좌와 우의 경계인 중간에 존재하는 어느 지점을 쉼 없이 찾으면서 앞으로 나아가는 것, 그것이 바로 줄타기의 종착점에 비유되는 진리에 이르는 길이 아닐까요? 진리를 찾아가는 여정은 이렇듯 위태롭고 모호하기 그지없는 것 같습니다. 이치가 이러하기 때문에 어떤 특정한 것만이 절대적으로 옳다고 주장하는 사람은 그것이 무엇이든지 간에 편견에 사로잡혀 있는 사람일 가능성이 높습니다. 그런 사람은 진리의 실체에 다가가기는커녕 오히려 그 근처에도 가지 못할 어리석은 사람입니다. 세상의 진리를 모두 알아 바꿀 수 있다고 떠드는 마치 이치가 자기 것인 양 주장하는 지적 사기꾼들이 백성들을 호도하지 않기를 바랄 뿐입니다. 그 처참한 결과 또한 힘없고 아무것도 모르는 백성들이 져야 할 것은 역사적으로 자명하기 때문입니다. 문득 어머니가 그리워집니다.

어머니이이-!

인천시교육청 창의인재교육과, 2018. 9.

2. 아! 누리호

1학기 기말고사를 치를 69개 과목의 문항지를 살펴보고 결재했습니다. 문항을 검토하던 중 깜짝 놀랐습니다. 눈에 확 띄는 문제가 있었기 때문입니다. 출제하신 선생님은 우리 학교 안 작은 미술관인 「삼원미술관」에 전시된 그림을 자신이 가르치는 과목의 학습 내용으로 선정하여 출제하셨기 때문입니다. 아! 역시 사랑하는 우리 부평공고에 계시는 선생님들은 대단하십니다. 이런 생각을 하셨다니 말입니다. 이런 선생님들에게 배우는 부평공고 학생들은 분명 행복할 것입니다. 아직은 잘 모르지만 말입니다. 문득 인천여자공고에서 아이들을 가르치던 때가 떠오릅니다. 여학생들이라 개인차는 있었지만 기계, 전기 등 전문교과의 내용을 가르치는 데 큰 어려움이 있었습니다. 특히 금속재료의 특성이 그 재료의 내부 결정구조에 의해 모두 다르게 나타난다는 것을 설명했을 때 아이들은 왜 그런지 도무지 이해하지 못했습니다. 선생인 저에게 큰일이 난 것입니다. 보이지 않는 결정구조를 설명해야 했기 때문입니다. 속이 많이 상했고 선생으로서 자존심도 상했습니다. 이걸 어떻게 해야 하나? 제가 찾은 해결책은 '그래 그렇다면 결정구조의 사진을 찍어 보여 주자'였습니다. '그리고 그것들의 특성이 어떻게 다른지 수치로 보여 주자'였습니다. 사진은 전자현미경(SEM)으로 찍고, 특성은 충격시험의 데이터로 보여 주자고 계획했습니다. 1998~1999년까지 2년에 걸쳐 실험을 계획하고 실행했으며, 그 결과를 정리하고 분석하여 아이들의 학습자료로 사용했습니다. 고가의 장비인 SEM은 아무 데나 있는 것이 아닙니다. 당시 인천제철에 근무하던 선배의 도움으로 인천제철 기술연구소의 SEM을 이용하고, 충격시험은 인천기계공고의 충격시험기를 이용했으며, 시편은 인천여자공고의 와이어컷 방전가공기를 사용하여 제작했습니다. 실험 결과는 제가 생각한 대로 잘 나왔습니다. 그 결과를 학습자료로 만들어 아이들을 가르치는 데 활용했습니다. 어땠을까요? 아이들이 이해하는 데 큰 도움을 주었음은 물론이겠지요. 그러나 여전히 어려워하는 아이들이 있었습니다. 그 당시 14년차 선생인 제가 교육의 영원한 난제에 봉착한 것입니다. 그리고 이 난제는 여전히 진행형임을 선생님들에게 고백하지 않을 수 없습니다.

〈가르치는 일〉 이것은 부끄럽게도 선생인 '나'에게 영원히 풀 수 없는 숙제인 듯합니다. 존경하는 부평공고의 선생님들! 저와 같은 우를 범하지 않는 모두 훌륭한 선생님들이 되시길 간절히 기원합니다. 전쟁의 참화 속에서, 아무것도 없는 폐허에서 세계 7대 우주 강국으로 도약한 대한민국에는 〈가르치는 일〉에 전념한 선생님들이 계셨습니다. 존경하는 선생님들! 힘내십시오!

2022. 6. 22. (수) 16:00은 반만년 우리나라 역사에 길이 남을 위대한 날로 기록될 것입니다. 순수 우리 기술로 개발된 국산 우주발사체(로켓) 누리호가 두 번의 도전 만에 드디어 발사에 성공했기 때문입니다. 누리호는 설계부터 제작, 시험, 인증, 발사까지 로켓의 하드웨어와 소프트웨어의 모든 기술을 순수 우리 기술로 만들었습니다. 37만여 개에 이르는 부품들의 국산화율이 94.1%에 이른다고 합니다. 과연 쾌거가 아니라 할 수 없습니다. 우리 모두 이번 성공을 자축하고 개발에 참여한 모든 분들

의 노고에 감사해야 하겠습니다. 아시다시피 우주 기술은 인공위성과 발사체인 로켓으로 이루어져 있습니다. 이 중 이번에 성공한 누리호는 발사체에 해당하고 성능검증 위성과 4개의 큐브 위성을 탑재하고, 성능검증 위성이 궤도에 안착하는 데까지 성공한 것입니다. 나머지 4개의 큐브 위성은 발사 일주일 후부터 순차적으로 사출된다고 합니다. 그러니 명실상부하게 자랑스런 내 조국 대한민국이 우주 기술을 독자적으로 개발한 세계 7번째 나라가 된 것입니다. 2010년부터 시작된 누리호 개발 프로젝트는 당시 우리에겐 불가능한 과업이었습니다. 2014년 첫 엔진 실험에서는 불과 10초 만에 엔진이 멈추었습니다. 실패였습니다. 4년 동안의 연구 결과가 불과 10초밖에는 지속되지 않았던 것입니다. 그 후로 12년 3개월 동안 정말 수많은 실패를 거듭한 끝에 마침내 성공한 것입니다. 그러니 어찌 개발에 참여한 관계자들의 노고에 경의와 찬사를 보내지 않을 수 있겠습니까!

우리나라의 우주 개발의 시작은 모든 것이 그렇듯 부모의 돌봄이 없이는 성장하지 못하는 어린아이와 같았습니다. 아니 그보다 더욱 상황이 어려웠습니다. 왜냐하면 우주 기술은 국가 간에 기술 이전이 엄격하게 금지되어 있어 오직 우리 스스로의 힘만으로 기술을 개발해야 하기 때문입니다.

존경하는 선생님들 혹시 1992년 8월 11일을 기억하십니까? 우리나라 최초의 인공위성 우리별 1호가 발사된 날입니다. 교직 8년 차에 접어든 제가 북인천여중에서 과학을 가르치고 있을 때인 30년 전의 일입니다. 우리별 1호는 1989년에 영국의 서레이 대학교의 기술 지원으로 개발된 우리나라 최초의 인공위성입니다. 우리별 1호 개발에는 최순달 박사가 선발한 KAIST 학생들이 참여하였는데 전기·전자, 물리학, 통신, 제어, 회로 등 다양한 전공 분야에서 두각을 나타낸 학생들로 이루어진 연구팀이었습니다. 이들은 유학생으로 서레이 대학교 대학원 과정을 밟으며 인공위성 개발에 참여합니다. 그리고 1992년 8월 11일 오전 8시 8분에 우리별 1호는 프랑스의 아리안4 로켓에 탑재되어 중남미 기아나의 쿠루 우주 발사장에서 발사에 성공합니다! 이로써 우리나라는 세계에서 25번째로 인공위성을 보유한 나라가 되었습니다. 우리별 1호 제작에 성공한 연구팀은 우리별 1호를 개발한 기술을 국내에 가지고 와서 국내 연구팀과 함께 우리별 2호 제작에 매진합니다. 우리별 1호를 개발한 경험을 바탕으로 외국 연구자들의 도움 없이 국내 연구진들의 힘으로 만든 것입니다. 약 1년이 지난 1993년 9월 26일, 우리나라에서 제작한 우리별 2호 발사에도 성공합니다. 1999년 5월 26일에는 1호와 2호 경험을 바탕으로 우리나라 연구자들이 독자적으로 개발한 국산 기술이 탑재된 우리별 3호가 발사되었습니다. 그 이후 과학기술 위성에 이어 우리에게 잘 알려진 무궁화, 아리랑, 천리안과 같은 중형 위성을 차례로 쏘아 올렸습니다. 현재는 해외에 우리나라의 인공위성 제작 기술을 전수할 수준까지 올라왔으니, 우리별 1호 개발은 우리나라 인공위성 기술의 도약을 이루게 해 준 아주 뜻깊은 사건이라 할 수 있습니다.

우주 기술은 인공위성과 운반체인 로켓 기술로 이루어진다고 말씀드렸습니다. 그동안 우리의 인공위성은 외국의 발사체의 도움을 받아야 했습니다. 그런데 이번 누리호의 발사 성공은 드디어 우리도 자체 국산 발사체로 우리가 만든 위성을 우주에 쏘아 올릴 수 있는 기술을 확보했다는 것을 의미합니다. 그 발사의 순간은 정말 역사적인 순간으로 기록될 것입니다. 발사 10초 전 카운트다운이 시작되었을 때 여성 연구원의 목소리는 나에게 아무런 감정이 없는 의례적이고 무미건조하며 냉정한 목소리로 들렸습니다. 그렇게 10초가 지난 후 이륙에 성공하였을 때에도 나로우주센터 발사지휘센터의 연구원들은 긴장의 끈을 놓지 않고 있었습니다. 발사 123초 뒤 1단 로켓 분리(62㎞), 227초 뒤 페어링(위성 보호 덮개) 분리(202㎞), 269초 뒤 2단 로켓 분리(273㎞), 이때까지도 연구원들의 표정은 굳게 굳어 있었습니다. 왜냐하면 지난 1차 발사 때 실패한 순간이 다가오고 있었기 때문입니다. 마침내 875초 뒤인 2022. 6. 21. (화) 16:14:36초. 발사지휘센터에 "와!" 하는 함성과 박수 소리가 터져 나왔습니다. 어떤 연구원은 눈물을 훔치기까지 했습니다. 누리호 3단 로켓에서 발사된 성능검증위성이 지구 위 700㎞ 궤도에 안착한 것이 확인된 순간이었습니다. 이어 945초(15분 45초) 후에는 1.3톤짜리 위성 모사체의 분리까지 성공했습니다.

그 어느 것도 만만치 않은 기술 개발이지만 누리호의 핵심 동력인 75톤 엔진의 개발은 그야말로 고난의 연속이었고, 나아가 그 엔진 4개를 하나로 묶는 클러스팅 기술 또한 우리가 넘어야 할 기술적 난제였습니다. 2010년부터 약 2조 원의 예산과 300여 개의 민간기업이 개발에 참여하여 이 모든 난제들을 극복하고 오늘의 성공에 이른 것입니다. 이게 끝이 아닙니다. 앞으로 누리호는 고도화 사업을 거쳐 4번 더 발사된다고 합니다. 역시 많은 예산과 인내와 고난의 시간이 계속될 것임을 우리는 알고 있으나 결코 멈출 수 없음도 잘 알고 있습니다.

이런 성취를 이룬 것의 밑바탕에는 자라나는 우리 아이들을 위해 오늘도 묵묵히 '가르치는 일'에 전념하시는 선생님들이 계신다는 것을 우리는 압니다. 그 길은 결코 영화로운 꽃길이 아니라는 것 또한 우리는 잘 알고 있습니다. 그러나 그럼에도 불구하고 우리는 '가르치는 일'을 소명으로 알고 어떻게 하면 '잘 가르칠 수 있을까?' 매 순간 고뇌하며 이 소명의 길을 걸어가고 있습니다. 그러니 제가 어떻게 존경하는 선생님들의 이 고난의 길을 응원하지 않을 수 있겠습니까! 아이들이 다 다르듯 선생님 또한 다 다릅니다. 아이들이 다 다르다고 그들 탓을 하며 우리가 가르쳐야 할 인간의 고귀한 가치들을 가르치지 않을 수는 없는 노릇 아니겠습니까? 선생님이 다 다르다 하여 선생님의 길을 우리가 포기해야 하겠습니까? 그럴 수는 없지 않겠습니까! 우리 모두 선생으로 바로 서고 '가르치는 일'에 최선을 다합시다. 중봉직필(中鋒直筆)이란 말씀을 드린 적이 있습니다. 우리 모두 선생으로 꼿꼿이 섭시다.

부평공고, 2022. 7.

3. 미래를 기대하며

새로운 교육감이 취임하였습니다. 우리 학교 교육에도 많은 변화의 시도가 있을 것으로 예상되고 있습니다. 진정 사랑하는 아이들을 위한 교육이 어떠해야 하는지 교육에 몸담고 있는 우리들의 마음을 다시 한번 되돌아보았으면 합니다. 또 한 번 학교 교육 현장에 '교육개혁'이라는 명분의 데자뷰(기시감)의 바람이 불 것 같습니다. 교육의 정치적 중립이 헌법 등으로부터 명시(헌법 31조4항, 교육기본법 제6조)되어 있으나 정권이 바뀔 때마다 정권의 이념과 가치에 따라 학교 교육도 변화되어 온 것이 사실입니다. 따라서 교육개혁은 태생적으로 정치적일 수밖에 없다고 생각합니다. 교육의 문제가 경제적, 사회적 문제로부터 자유로울 수 없기 때문입니다. 그러나 그 많은 교육개혁에도 불구하고 '학교 교육의 기본 틀'은 큰 변화가 없다는 것이 저의 생각입니다. 이번 달에는 미래를 기대하며 이 문제와 관련한 저의 생각을 말씀드리고자 합니다. 물론 다양한 생각이 있을 수 있습니다. 다만 우리가 지금 현재 고민해야 하는 것이 무엇이고, 점차 나아져 가는 우리 교육을 기대하며, 생각을 공유하는 소주 한잔 나눌 수 있는 소통의 장을 기대할 뿐입니다.

1) 교육개혁이란?

일반적으로 교육에 대한 이상적인 생각은 경제적, 사회적 문제의 해결책으로 교육적 처방을 도출해 내는 정치적 행위로 볼 수 있습니다. 교육이 공공재이기 때문입니다. 따라서 교육개혁이란 사회적, 경제적 문제들을 해결하기 위한 수단으로 '학교'를 변화시키려는 계획적인 노력이라고 볼 수 있습니다. 그런데 우리나라의 〈교육기본법〉 제2조(교육이념)에서는 교육의 목적을 인격의 도야, 자주적 생활 능력, 민주시민으로서 필요한 자질, 인간다운 삶의 영위, 민주국가의 발전, 인류 공영의 이상 실현 등 6가지로 정하고 있습니다. 교육의 목적과 수단의 의미를 구별해 볼 수 있는 대목입니다. 즉 교육의 목적이 '공공의 선'에 관한 것이라면 그 목적 달성을 위해 '교육개혁'이란 이름으로 계획적이고 정책적인 노력을 수단으로 사용할 수 있음을 알 수 있습니다. 그래서 제가 서두에서 '교육개혁은 태생부터가 본질적으로 정치적이다.'라고 말한 것입니다. 몇 가지 예를 들어 보겠습니다.

벌써 20여 년의 세월이 흘렀습니다만 김대중 정부 때(제15대 대통령, 1998. 2.~2003. 2.)는 확신에 찬 개혁가들이 논리적이며 설득력 있는 자신들의 주장이 낡은 체계의 기초를 허물고 새로운 학교 체계의 청사진을 제공해 줄 것이라고 단언했습니다. '한 가지만 잘해도 대학에 갈 수 있다'든지, 심지어는 '나이 많은 고경력 교사 1명을 퇴임시키면 젊고 활기에 넘친 개혁적인 젊은 교사 3명을 신규로 임용할 수 있다'는 논리까지 확신에 차서 주장하였으며 실제로 그렇게 했습니다. 과연 그런 일이 일어났을까요? 무분별한 대학의 확대는 오늘날 대학구조조정과 고학력 실업자 증가로 이어졌고, 지금 우리 사회는 초고령사회에 접어들어 모든 정치적, 사회적, 경제적 이슈들을 블랙홀처럼 빨아들이고 있습니다. 정년 연장에 대한 필요성이 제기되고 있는 실정입니다. 그때 그 개혁을 주도했던 인물들은 다 어디로 갔나요? 적어도 일말의 양심적인 책임은 느끼고 있을까요? 참 그때 교육부장관을 하셨던 분은 노무현 정부 때 국무총리를 역임하셨고, 현 문재인 정부 탄생의 일등 공신인 공동선대위원장을 하셨던 분입니다. '교육개혁'이 참 정치적이지요? 저에게 20년 전의 데자뷔가 자꾸 사라지지 않는 것이 저만의 느낌일까요? 그때는 개혁의 장애물이 나이 많은 고경력 교사였습니다. 그런데 이제는 나이 많은 고경력 교사들의 정년 연장을 생각해야 하니 참 아이러니죠? 학교 선생님들은 잘못한 것이 없습니다.

두 번째는 이런 일이 있습니다. 교육의 책무성에 대한 문제입니다. 일반적으로 학업성취 수준이 낮은 학생들의 원인을 살펴보면 여러 가지 요인이 있을 수 있겠으나 현대에 들어와서는 가정적인 결손이 주요 원인으로 지적되고 있습니다. 즉 가정에서조차 돌봄을 받을 수 없는 학생들이 점차 증가하고 있다는 사회적인 문제입니다. 그런데 이 문제는 지역적인 영향도 있음을 현실적으로 무시할 수 없습니다. 예를 들어 소득이 높은 계층이 다수인 지역에서는 학업성취 수준이 낮은 학생들의 비율이 현저히 낮다는 통계가 이를 뒷받침하고 있습니다. 이와 같은 현상은 단위 학교 수준에서만이 아니라 같은 학교급인 일반고와 특성화고에서도 실재적으로 나타나고 있습니다. 그런데 성적과 학업성취도평가로 측정되는 '책무성의 시대'에선 이와 같은 현실이 정책입안자 또는 개혁가들에게는 무시되고 있는지 아니면 알면서도 모르는 척하는 것은 아닌지 의구심이들 때가 많습니다. 여러분들도 다 알고 계시리라 생각되는 어떤 학교에서는 학생들의 역량 강화, 성취도 향상, 진로 개발 등은 생각도 할 수 없이 어떻게 하면 이 학생들을 잘 졸업시킬 수 있을까 하는 문제에 모든 역량을 집중하고 있습니다. 그런데 이 학교에게 '왜 성적이 그렇게 낮으냐?' 하고 책무성의 잣대를 댈 수 있을까요? 저는 그럴 수 없다고 봅니다. 교육의 가치에 대한 문제이기 때문입니다. 그렇지만 우리의 현실은 그 책임이 모두 선생님들에게로 돌아온다는 것입니다. 선생님들은 열심히 학생들을 가르친 죄(?)밖에는 없습니다.

세 번째는 과연 누구를 위한 개혁인가?입니다. 학교가 만병통치약에서 희생양으로 손바닥 뒤집듯 신분이 바뀌는 것은 순식간입니다. 학교 교육이 사회적 문제를 해결한다고 기대했으나 그렇지 못했을 때 이미 학교는 여론의 먹잇감이 되는 것입니다. 나아가 일부 정치가와 여론이 이를 부추기기도 합니다. 정치가에게 학교 교육의 질 저하는 교육개혁의 명분을 제공해 주기도 합니다. 그러나 학교는 학교가 할 수 없는 일이 있습니다. 정치가, 행정가, 교육학자들의 그 할 수 없는 일에 대한 과도한 약속과 믿음은 우리 선생님들을 더욱 옥죄고 자유롭지 못하게 할 뿐 아니라 학교 교육에 대한 신뢰를 깨트리기도 합니다. '공공의 신뢰는 사회적 자본'이라는 명제가 학교와 같은 공공재에겐 생명과도 같다는 것을 그들은 그 누구보다도 잘 알고 있으면서도 말입니다. 「인성교육진흥법」(시행 2016. 12. 20.)이 생겼습니다. 언제 학교가 인성교육을 안 했던가요? 아니면 잘못했던가요? 대한민국의 어느 선생님이 학생들이 잘못되길 바라겠습니까? 그런데도 학교에서 인성교육을 안 했다고 합니다. 아니 잘 못했다고 합니다. 그래서 법을 만들어 이제는 인성교육을 의무화했습니다. 선생님들은 지금까지 그래왔듯이 앞으로도 내가 가르치는 학생들의 바람직한 성장을 위해 최선을 다할 것입니다. 교육개혁의 성과(?)는 여러분들이 가져가라고 말하고 싶습니다.

2) 학교 교육의 기본 틀

우리나라의 중등교육은 학년이라는 엄격한 교육과정, 수업 시간, 이수단위라고 하는 3대 핵심 요소로 구성되어 있습니다. 교육과정은 〈중등학교 교육과정 결정〉(1945. 9. 30.) 이후로 총 10차례의 개정을 거쳐 오늘에 이르고 있습니다. 광복 이후 73년 동안 평균적으로 약 7년에 걸쳐 교육과정을 개정해 왔으며 그 주기는 점점 빨라지고 있는 추세입니다. 시대가 급변하니 당연한 현상이겠지요. 수업 시간은 초 40분, 중 45분, 고 50분이 변하지 않고 있습니다. 이수단위는 교육과정의 변화에 따라 자연스럽게 변화하는 것은 당연하겠지요. 그러나 이런 기본 틀의 변화는 제가 40여 년 전에 받았던 중등교육과 지금을 비교해 본다면 거의 변화가 없습니다. 적어도 외형적인 변화는 거의 없다는 말입니다. 시간과 장소를 나누고 학생들을 반편성해서 교실에 배치하고, 시간표를 짜서 과목에 대한 파편적인 지식을 전수하며, 배웠다는 증거로 성적을 매기고, 진급과 졸업이라는 학교 교육의 기본 틀은 거의 변하지 않았습니다. 또한 교육과정의 변화(어떻게 가르쳐야 하는지 구조적으로 정해진 틀)에 비해서 실제로 교실에서는 그만큼 되지 않은 것도 사실입니다. 그렇다면 왜 그럴까요? 저는 이런 학교 교육의 기본 틀은 역사의 산물이지 인류가 고대로부터 창조한 것이 아니기 때문이라고 주장하고 싶습니다. 왜냐하면 학교 교육의 기본 틀은 학교에서의 일상적인 관행과 관습, 법적 의무 또는 강제 사항, 공동체의 문화적인 신념, 학교 외적인 요인 등에 의해 점차 고정되어 가고 마침내 무의식적으로 습관화되었기 때문입니다. 다시 말해 '학교 교육의 기본 틀'이 '학교'가 된 것입니다. 전 세계적으로 이것은 공통적인 현상입니다. 이 틀은 놀랍도록 견고하고 쉽게 깨지지 않습니다. 저는 이런 기본 틀을 유지하기 위한 노력이 보수주의라고는 생각하지 않습니다. 왜냐하면 그 틀 속에 우리 학생과 선생님이 계시기 때문입니다. 또한 저는 일부 정치가나 개혁가들이 주장하는 '이 틀을 깨고 교육혁명을 위한 개혁'보다는 '교육과정에 대한 자그마한 실험'이라도 제대로 했으면 하는 바람이 있습니다. 이런 작은 실험의 바람이 우리 교육에 불고 있다는 사실에 저는 감사할 따름입니다.

현재 우리나라의 특성화고 선생님들은 '선취업후진학'이라는 정책에 맞추어(이제는 '선취업후학습'이라는 용어를 사용하라고 합니다) 학생들의 취업역량강화를 위해 새로운 교육 프로그램을 설계·적용·평가해야 하고, 새로운 통합교과 교육과정을 만들어야 하며, 학생들을 상담하고, 그들의 진로를 잘 선택할 수 있도록 의사결정 과정에 도움을 주기 위해 거의 녹초가 될 지경에 이르렀습니다. 여기서 저는 가장 중요한 학습(넓은 의미의)이 이루어지는 공간과 시간에 대해 비판적인 생각을 하지 않을 수 없습니다. 특별히 '아주 개별화되고 창의성이 뛰어난' 일부 학생들에게는 새로운 정책이나 '학교 교육의 기본 틀'을 깨기 위한 개혁방안이 잘 맞았다는 것에는 동의합니다. 그러나 이것이 정책이 잘되어서 그렇다는 생각에는 동의할 수 없습니다. 왜냐하면 학습에 있어서 '자발성'은 학습의 기본원리 중의 하나이기 때문입니다. 저는 오히려 선생님들이 좀 더 지도해 주고 살핌이 있는 허용적 분위기에서 자신의 삶을 스스로 개척하기를 바라는 다수의 부족한 학생들에게 선생님들이 '무엇을 하고, 무엇을 배워야 하며, 어떻게 해야 하는지'를 설명하지 않았을 때 좌절하게 되는 학생들에게 더 큰 관심이 있습니다. 즉 개혁으로 성공한 학생들이(과거) 아니라 좌절하고 있는(현재) 학생들에게 더 큰 관심이 있다는 말입니다. 더욱 심각한 것은 계속되는 실패로부터 상처를 입고 기본기가 부족한 일부 소외된 학생들은 수업을 듣지 않고 방과 후에 거리를 어슬렁거리거나 직업 세계에서 생존을 위한 최소한의 교육을 받지 못한 채 학교 교육을 끝마치게 된다는 것입니다. 여러분들 어떻습니까? 교육개혁이란 모두 옳은 것입니까? 정의로운 것입니까? 모두가 행복하면 그만입니까? 저는 제4차 산업혁명이 마치 쓰나미와 같이 몰려오는 이 시기에 결국 이러한 교육개혁들이 반복(순환?)된다면 본래 의도했던 목적에서 벗어나 오히려 사회·경제적으로 낮은 계층이나 저소득층 자녀들에게 더 큰 어려움을 끼칠 것으로 예상하고 있습니다. 즉 교육에 내재된 가치 충돌의 문제에 반드시 직면하게 될 것입니다. 권위에 대한 존중, 훈련, 기본 학문, 규칙적인 시간 활용, 준법정신, 공공의 선 추구 등의 기본 가치는 훼손하고, 엄청난 자만심과 극도의 자기중심주의, 근시안적인 자기 망상(애), 전반적인 무질서 등의 의도하지 않은 부작용들이 반드시 나타날 수밖에 없습니다. 미국의 실용주의 교육학자이자 진보주의 철학자인 존 듀이(1859~1952), 오늘의 미국이 있기까지 실용주의라는 철학적 기반을 다진 위대한 철학자이자 교육자이기도 한 그가 자신의 제자라고 자칭하는 진보주의 교사(교육학자)들이 교육의 상호연관성의 중요성을 경시하고, 잘못된 학생들의 언행을 너그럽게 봐주는 것을 보고 격분하며 자신의 진보적인 이론을 수정했다는 사실은 오늘날 우리에게 많은 것들을 시사해 줍니다. 요즘 아이들 기죽는 아이들이 없지요? 어디 아이뿐만이겠습니까?

3) 미래를 기대하며

쓰다 보니 말이 좀 길어졌습니다. 길면 지루한데. 존경하는 창의인재교육과 교육동지 여러분! 우리에게 가장 본질적인 보상(?)이 무엇인가요? 저는 내가 가르친 학생들이 지적·사회적으로 성장해 가는 것을 보는 것이라고 생각합니다. '내가 학생들에게 도움을 주었고, 그들이 배웠다는 사실을 아는 것' 그것이 저에게는 가장 큰 보상입니다. 개혁은 필요하지만, 그 개혁을 내 것으로 만드는 지혜로운 저와 여러분들이 되길 기원합니다.

인천시교육청 창의인재교육과, 2018. 7.

4. 이공계 출신 지도자! 왜 그들인가?

지난달 우리 학교는 5월의 푸른 하늘과 만물이 생동하는 기운 속에서 작년에 하지 못했던 '교내체육대회'를 활기차게 진행하였습니다. 준비하는 과정에서부터 오랜만에 스트레스를 풀고, 활기차게 참여하는 학생들의 모습이 참 보기에 좋았습니다. 수고하신 모든 선생님들에게 감사의 말씀을 드립니다.

이번 달에는 이공계 출신 지도자들에 대해 살펴보고자 합니다. 우리가 가르치는 학생들 또한 이공계 출신으로, 관련 분야에 진출할 가능성이 매우 높고, 선생님들의 구성 역시 전체 교사 68명 중 40명(58.8%)이 전문교과입니다.

우리나라 중앙행정부처의 장, 국회의원들의 전공을 분석해 이공계 출신들이 얼마나 있는지 알아보고, 특히 주변 국가의 지도자들 가운데 이공계 출신을 살펴보아 왜 그들은 이공계 출신을 국가 지도자로 중용하는지에 대해서도 살펴보도록 하겠습니다. 우리 선생님들이 가르치시는 데 조금이라도 도움이 되었으면 하는 바람입니다.(학생들의 인생 목표 설정 및 동기유발에 좋은 자료가 될 듯합니다.)

우리나라 정부 조직의 중앙행정부처는 17부 5처 16청 등 38개 부처로 조직되어 있습니다. 이들 부처 기관장들의 전공을 이공계, 법학, 정치·경제, 기타 등으로 분석해 보았더니 다음 표와 같이 나타났습니다.

구분	이공계		법학		정치·경제		기타		계
	인원(명)	비율(%)	인원(명)	비율(%)	인원(명)	비율(%)	인원(명)	비율(%)	
부	3	7.9	5	13.1	7	18.4	2	5.3	17
처	2	5.3	1	2.6	2	5.3	-	-	5
청	5	13.1	1	2.6	6	15.8	4	10.5	16
계	10	26.3	7	18.4	15	39.5	6	15.8	37

부처마다 업무의 성격상 특수성이 있어 전문성을 고려한 기관장들이 임명될 수는 있겠으나, 이공계 전공의 기관장이 약 26% 정도인 것으로 나타났습니다.

그러면 국회는 어떨까요? 19대 국회에서 이공계 출신은 23명으로 7.7%로 나타났습니다.[59] 특히 이중 박사학위 소지자는 5명에 불과한 것으로 분석되었습니다. 어떤 이들은 18대 국회의 4.3%보다는 높아져 긍정적이라고 분석하기도 합니다. 그러나 15대 국회의 3.8%, 16대 3.8%, 17대 7%, 18대 4.3%의 추이를 보면 18대 국회에서 급감한 것이 겨우 원상회복된 것에 불과할 따름입니다. 국가 과학기술의 주요정책을 수립하기 위한 국회의원의 과학기술에 대한 전문성은 필요조건으로 요구되어야

59 19대 국회의원 당선자 기준(박근혜 대통령과 통합진보당 해산으로 지금은 2명 감소)
- 〈새누리당〉: 하태경(서울대 물리학), 권은희(서울대 컴퓨터공학), 정갑윤(울산공대 화학공학), 이현재(연세대 전자공학), 전하진(인하대 산업공학), 한선교(성균관대 물리학), 심학봉(경북대 전자공학), 홍문표(건국대 농화학), 조명철(김일성종합대 자동조종학석사), 강은희(계명대 컴퓨터공학석사), 서상기(서울대 재료공학박사), 박덕흠(한양대 토목공학박사), 민병주(큐슈대 핵물리학박사) 등 13명.
- 〈새정치민주연합〉: 우원식(연세대 토목공학), 정청래(건국대 산업공학), 강기정(전남대 전기공학), 이찬열(인하대 기계공학), 조정식(연세대 건축공학), 주승용(성균관대 전기공학), 조경태(부산대 토목공학박사), 한정애(부산대 환경공학박사) 등 8명.

한다고 생각합니다. 그 이유는 다음에서 살펴볼 세계 각국의 이공계 출신 지도자 현황을 살펴보면 극명하게 드러날 것입니다.

또한 이들이 인문학적 소양을 갖추었을 때 어떤 시너지가 나타나는지도 살펴볼 것입니다. 우리의 현실이 녹녹치 않은 것만은 사실이나 우리가 가르치는 학생들이 국가의 지도자로 성장할 수 있게 도와주는데 분명한 동기와 목표를 설정할 수는 있으리라 생각됩니다.

2009년 9월 자민당의 아성을 무너뜨리고 일본 제93대 총리로 임명된 민주당의 하토야마 유키오(鳩山由紀夫) 총리가 법학, 경제학도가 아니면 명함도 내밀기 어려운 일본 정계에서 보기 드물게 도쿄대학 공학부(계수학과)를 졸업한 이과 출신인 것을 아는 사람은 그리 많지 않습니다.

1989년 중국의 권력을 잡은 강택민은 상해교통대학교에서 전기학을 전공하였고, 2003년 국가주석에 오른 후진타오는 청화대학교에서 기계공학을, 2013년까지 총리였던 원자바오는 북경지질대학교에서 지질광산학을 전공하였으며, 2013년 3월 국가주석에 오른 시진핑도 청화대학교에서 공정화학과를 졸업한 이공계 출신입니다. 더욱 놀라운 것은 '중국 공산당 중앙정치국 상무위원회' 소속 정치국원 9명 중 7명이 이공계 출신이라는 사실입니다. 2003년 10월 15일 중국은 명실상부하게 세계 3번째 유인우주선을 갖는 우주 강국으로 부상했습니다. 과학기술에 대한 원대한 꿈과 비전을 갖고 국가 지도급 인사들의 전문성을 바탕으로 정책을 추진하는 중국을 보면 참 우리나라가 무엇을 하고 있는지 알다가도 모르겠습니다.

2005년부터 지금까지 10년 넘게 독일을 이끌어 가고 있는 앙겔라 메르켈 독일 총리, 그녀도 라이프치히대학교 물리학과 출신으로 이론물리학과 양자화학을 전공했으며, 영국의 '철의 여재상' 마거릿 대처 여사도 옥스퍼드대학교에서 화학을 전공했습니다. 리셴룽 싱가포르 총리도 캠브리지대학교에서 수학을 전공했으며, 이란의 6대 대통령으로 2013년까지 재임한 마흐무드 아마디네자드 대통령도 이란과학기술대학교에서 도시공학을, 베냐민 네타냐후 이스라엘 총리도 메사추세츠공과대학(MIT)에서 건축을 전공한 이공계 출신의 지도자입니다.

이건희 전 삼성그룹 회장이 후진타오, 강택민 등 중국 지도자들을 다른 나라 지도자들과 비교한 일이 있습니다. "그들은 방한했을 때마다 삼성반도체 사업장을 방문해서는 반도체 핵심기술인 '회로선폭' 같은 것들에 대해 물었다. 다른 나라 지도자들이 사업장 규모나 매출액처럼 일반적인 사항을 묻는 것과는 달랐다. 이는 중국 지도자들이 반도체 기술의 핵심 내용을 알고 있다는 이야기 아닌가?"(2009. 9. 24. 일 자 조선일보)라고 회고하였습니다.

물론 인간의 복합적인 지적 활동을 문과와 이과로 인위적으로 구분할 수는 없으며 그와 같은 시도 또한 무의미할 것입니다. 교사의 전공이 관리자가 되어 교감, 교장으로 되면 전공과목이 없어지는 것과 마찬가지인 것처럼 말입니다. 하물며 국가의 최고지도자가 되면 문과니, 이과니 하는 전공을 넘어 미래를 내다보는 혜안과 통찰력, 결단력, 추진력 등이 더 중요해질 것입니다. 그러나 상대적으로 문과 출신에겐 소통과 표현의 능력이, 이과 출신에겐 과학적 분석 능력이 더 뛰어난 것도 사실입니다. 국가적으로 보아 어느 시기엔 지도자의 문과적 안목과 통찰의 힘이, 어느 시기엔 이과적 분석력과 사고력이 더 요구될 수도 있습니다.

위에서 언급한 중국의 리더인 시진핑 주석의 전공을 보면 우리에게 시사하는 바가 클 것으로 생각됩니다. 그는 1953년 6월생으로 우리 나이로 따지면 62세입니다. 2007년 10월 중앙정치국위원회 상무위원을 역임하고, 2013년 3월부터 국가주석에 재임하고 있습니다. 그는 청화대학교에서 화학을 전공한 후에 동 대학원에서 법학박사 학위를 취득하였습니다. 그의 전공을 보면 현재 중국이 그들의 미래에 필요한 지도자의 상을 어떻게 그려 내고 있는지 조금은 알 수 있을 것 같지 않습니까?

사농공상(士農工商)의 언제적 이야기인지 모르는 이념과 문화가 아직도 판치고 있는 우리의 현실과는 너무나도 동떨어져 있는 것이 아닌지요! 우리나라 국회의원 299명 중 순수 이공계 출신은 7.7%인 23명, 그나마 박근혜 대통령이 서강대 전자공학과 출신인 것과 17명의 각료 중 이공계 출신이 3명이나(?) 들어가 있는 것을 위안으로 삼아야 할지 생각해 보아야 하겠습니다.

[장면 1]

중국 총리였던 원자바오는 2006년 내외신기자회견에서 중국의 농업 문제를 이야기하면서 『大學』에 나오는 '생재유대도(生財有大道), 생지자중(生之者衆), 식인자과(食之者寡), 위지자질(爲之者疾), 용지자서(用之者舒), 칙재항족의(則財恒足矣)' (재화를 만드는 데 도가 있으니 생산하는 사람이 많고, 먹는 사람이 적으며, 만드는 것을 빨리하고, 쓰는 것을 천천히 하면, 재화는 항상 풍족하다)라는 구절을 인용하였고,

사스가 문제가 되었을 때에는 홍콩 의학계와 함께 사스 퇴치 운동을 위한 모임에서 『禮記』에 나오는 '상불우천(上不憂天), 하불우인(下不憂人)'(위로 하늘을 걱정하지 않고, 아래로 사람을 걱정하지 않는다)이라는

구절을 인용하면서 "우리 민족은 현실이 어려울수록 더욱 분투, 노력하고 더욱 용감하게 대처하였다."라고 하면서 격려하였습니다.

중국의 지도자가 시로써 자기의 뜻을 표현하는 경우는 중국 내에서는 비일비재한 것 같습니다. 원자바오는 2005년 부시가 중국을 방문했을 때 조어대에서 환영 행사를 하면서 당말(唐末)의 시인인 사공서(司空曙)의 시 「운양관여한신숙별(雲陽館與韓紳宿別)」에 나오는 '고인강해별(故人江海別) 기도격산천(幾度隔山川)'[60]이라는 시구를 읊조렸습니다. 그러자 부시는 심히 감동한 듯 2003년 원자바오 총리가 미국을 방문했을 때의 모습이 눈에 역력하다고 답했다고 합니다.

원자바오 총리는 북경지질대학에서 지질광산을 전공한 공학도입니다. 그럼에도 불구하고 중국 고전에 광박한 지식을 가지고 있고, 중국 지도자 중에서도 회견 중에 고전을 인용하고 시를 읊조리기를 좋아하는 것으로 가장 유명하다고 합니다. 그는 수재(水災)를 시찰할 때면 수재를 읊은 옛 시를 읊조리는 등 상황에 따라 다양한 시를 인용하였다고 합니다. 낡은 신발을 신고 24년이나 입은 외투를 걸친 그가 인민의 고초를 시로써 읊조렸으니 그 광경은 그야말로 감동적이었을 것입니다. 그는 특히 두보의 시를 좋아했다고 합니다.

그가 어느 석상에서 두보의 「모옥위추풍소파가(茅屋爲秋風所破歌)」 시의 끝부분인 '안득광하천만간(安得廣厦千萬間), 대비천하한사구환안

---

60 고인강해별(故人江海別) 기도격산천(幾度隔山川) 사견번의몽(乍見翻疑夢) 상비각문년(相悲各問年) 고등한조우(孤燈寒照雨) 심죽암부연(深竹暗浮烟) 경유명조한(更有明朝恨) 이배석공전(離杯惜共傳) "옛 친구와 배 위에서 헤어진 뒤로 몇 년이나 멀리 떨어져서 지내다가 느닷없이 만나다니 꿈인가 싶어 서로가 슬퍼하며 햇수 물었네 등불 외롭게 비치는 밤비는 내리고 깊숙한 대숲에는 연무 가득 흐르네 아침 되면 또다시 헤어질게 서러워서 술잔 속에 아쉬움 담아 서로 권하네"(운양현 객관에서 함께 묵은 뒤 헤어지며 한신에게 쓴 사공서의 오언율시)

(大庇天下寒士俱歡顔), 풍우부동안여산(風雨不動安如山), 오호하시안전돌올견차옥(嗚呼何時眼前突兀見此屋), 오려독파수동사역족(吾廬獨破受凍死亦足)'(어떻게 하면 천만 칸 넓은 집을 지어 이 세상 추위에 떠는 사람 온통 감싸서 환한 얼굴로 비바람 몰아쳐도 태산처럼 끄떡도 하지 않게 할 수 있을까? 아아, 눈앞에 이와 같은 집이 우뚝 솟을 날이 그 언제일까? 그러면 내 집이사 무너지고 이 몸 얼어 죽는다 한들 마다하지 않으련만!)을 읊었다고 합니다. 과연 어떤 일로 모인 자리였을까요? 각자 한번 추측해 보시기 바랍니다.

[장면 2]

청화대학에서 기계공학을 전공한 후진타오 주석이 미국을 방문하였을 때, 부시 대통령과 회담한 후 만찬석 상에서 두보의 「望岳」(태산을 바라보며) 시의 끝부분인 '회당릉절정(會當凌絶頂), 일람중소산(一覽重山小)'(반드시 절정에 올라 한번 뭇 산들이 작은 모습을 보리라)라는 구절을 읊었다고 합니다.

이는 孔子가 '태산에 올라 보고서 천하를 작다고 여겼다'(『孟子』: 공자등동산이소노(孔子登東山而小魯), 등태산이소천하(登泰山而小天下))라는 말에서 아이디어를 얻은 시구라고 합니다.

[장면 3]

상해교통대학교에서 전기학을 전공한 강택민 주석이 미국을 방문했을 때에는 만찬석 상에서 李白의 「행로난(行路難)」(갈 길이 어렵다)라는 시의 끝부분인 '장풍파낭회유시(長風破浪會有時), 직괘운범제창해(直掛

雲帆濟滄海)'(긴 바람 타고 파도 헤쳐 갈 때가 반드시 있으리니 곧장 구름 돛 높이 달고 큰 바다 건너리라)라는 구절을 읊었습니다.

강택민이 읊은 시구의 뜻과 「행로난」이라는 시의 제목을 보았을 때 그가 말하려는 메시지 역시 명료하다고 생각됩니다. 중국이 지금 아직은 갈 길이 멀고 험하지만 반드시 어려움을 헤치고 최고의 경지에 도달하겠다는 의지 표현이 아니겠습니까?

또한 그가 1995년 10월 우리나라에 왔을 때 청와대에서 만당(晩唐)의 시인인 두목(杜牧)의 「山行」(산길을 가다)이라는 유명한 시를 읊은 적이 있었습니다.

> 원상한산석경사(遠上寒山石徑斜) 멀리 차가운 산을 오르니 돌길이 빗겨 있고
> 백운생처유인가(白雲生處有人家) 흰 구름 피어나는 곳에 인가가 있네
> 정거좌애풍림만(停車坐愛楓林晩) 수레를 멈춘 것은 늦가을 단풍 숲을 사랑해서이니
> 상엽홍어이월화(霜葉紅於二月花) 서리 맞은 잎새가 이월의 꽃보다 붉구나

이 시는 언뜻 보면 특별한 정치적 메시지가 없어 보이지만 사실은 그 속에 의미심장한 뜻이 있다고 합니다. 무엇일까요? 강택민은 그의 출생지(강소성 揚州)로 인하여 평소 두목을 좋아하고 그의 시를 즐겨 암송하였다고 합니다. 그렇기는 하지만 인문학도가 아닌(강택민은 상해교통대

학교에서 전기학을 전공) 그가 왜 툭하면 한시를 읊조렸을까요? 문화 소양이 있음을 나타내려는 것이니, 여기에서 중국인의 오랜 인문 중시 전통의 일단을 엿볼 수 있습니다. 한 가지 아쉬운 것은 강택민의 부시언지(賦詩言志)에 대한 우리의 응답이 없었다는 것입니다.

우리 지도자들의 출신이 이공계이어야만 하는 당위성은 없을 것입니다. 다만 그들이 갖추어야 할 소양으로 문과적 소통의 능력과 이공계의 분석적 사고력 등이 필요할 뿐입니다. 이 경계를 칼로 두부를 자르듯이 구분 지으려 하는 잘못을 범해선 안 될 것입니다. 우리가 가르치는 아이들이 분명 이 나라의 주인공이 될 것이고, 동량이 될 것임은 틀림없을 것입니다. 따라서 그들에게 우리는 전공에 관한 지식뿐만 아니라 인문학적 소양도 교양의 수준에서 가르쳐야 하고 그들이 다양한 사고와 사유의 세계에 접할 수 있도록 기회를 제공해야 할 것입니다.

우리 계산공고에서 이를 실행하기 위한 한 방법으로 고전(古典)을 읽고 가르치는 교육을 제안해 봅니다. 고전의 가치는 그것을 읽는 사람의 마음 그릇에 달렸다고 합니다. 그릇이 커서 지혜로운 사람은 많은 것을 담을 수 있으며, 그릇이 작아 어리석은 사람은 실제 얻을 것이 별로 없을 것입니다. 단편적인 말에 보편적인 가르침을 전하는 고전의 경구를 읽고 그 가르침의 뜻을 스스로 깨우치고, 그것을 다시 현실에서 적절히 활용하는 것은 오로지 읽는 사람의 능력에 달려 있다고 하겠습니다. 다만 우리 선생님들은 학생들이 그런 경험에 접할 수 있는 기회의 장을 마련해 주는 것이고, 더욱 공부할 수 있도록 도와주는 역할을 수행해야 할 것입니다. 공부하기 싫어하는 아이들을 공부할 수 있도록 도와주는 것이 우리 선생님들의 지상과제가 아닐까요? 공부하기 싫어한다고 나무라고 꾸짖기보다는 그 아이에게 맞는 공부의 방법을 찾아 도와주는 것이 우리가 함께 고민해야 할 숙제가 아닐는지요?

중국 지도자들의 예에서 보았듯이 그들이 이공계 출신의 태생을 갖고 있지만 그들이 스스로의 소양을 높이기 위해 인문학적 관점에서 고전을 공부한 것은 아마도 그들에게 인생의 목표가 무엇인지를 설정하는 데 중요한 계기가 되었음은 틀림없을 것입니다. 우리의 사랑하는 아이들에게도 그들이 가졌던 비전과 꿈을 실현할 수 있도록 도와줄 수는 없을까요? 오로지 하루하루를 아이들과 치열한 전투 속에서 생활하는 우리 선생님들의 분발을 기대해 봅니다. 힘내세요! 선생님!

계산공고, 2015. 6.

5. 『21세기 자본』과 부의 양극화

올해 1월 1일부터 최저임금이 시간당 6,470원에서 7,530원으로 무려 16.4%가 올라 나라가 온통 시끄럽습니다. 기업은 기업대로 근로자는 근로자대로 모두 죽겠다고 난리가 난 것 같습니다. 최저임금이 무엇이고 왜 정부는 이런 급격한 인상을 단행할 수밖에 없었는지? 우리 사회에 자주 언급되고 있는 양극화 내지 소득불평등의 실상은 어떤지? 문재인 정부에서 추진하는 '소득주도성장'이란 이런 경제적, 사회적 현상과 어떤 관계가 있는지? 무척 궁금했습니다.

그러던 차에 한 권의 책이 눈에 들어왔습니다. 바로 프랑스 경제학자 토마 피케티가 쓴 『21세기 자본』(2014)입니다. 주석까지 포함해 약 800여 쪽에 이르는 방대한 책이지만 데이터와 도표에 의해 비교적 쉽게 읽을 수 있었습니다. 이 책은 '피케티 패닉'이라는 현상을 만들어 낼 만큼 세계 경제학계를 발칵 뒤집어 놓았습니다. 학자들 간에 뜨거운 논쟁이 불붙듯 일어난 것은 당연한 듯 보입니다.

노벨 경제학상 수상자인 폴 크루그먼 미국 프린스턴대 교수는 이 책을 "최근 10년 동안 가장 중요한 경제학 서적"이라 극찬한 반면 그레고리 맨큐 하버드대 교수와 로런스 서머스 미국 전 재무부 장관은 피케티가 통계자료를 잘못 인용하는가 하면 의도적으로 가공했다고 비판하며 그의 주장이 틀렸다고 반박하고 있습니다.

뭐가 맞을까요? 저같이 경제에 대해 아는 것이 없는 사람이 세계적인 학자들의 주장에 대해 어떻게 코멘트할 수 있겠습니까! 다만 그들의 주장을 살펴보아 우리사회가 나아갈 방향에 대해 나름대로의 생각을 정리해 볼 뿐입니다. 한나 아렌트가 말한 대로 '생각하지 않은 죄'를 짓지 않기 위해서 말입니다. 아마도 제 생각에는 현 문재인 정부에서 주요 정책을 입안하는 분들 중에는 피케티의 주장에 동조하고 있는 사람이 많은 것 같습니다.

1) 피케티의 『21세기 자본』

이 책은 이렇게 시작되고 있습니다.

"사회적 차별은 오직 공익에 바탕을 둘 때만 가능하다."
-1789년 프랑스혁명 당시 인간과 시민의 권리에 관한 선언 제1조-

언뜻 보기에 제러미 벤담의 공리주의인가 생각했습니다. 처음부터 어려웠습니다.

그는 부의 분배에 대한 해답을 제시하고자 이 책을 저술했다고 말하고 있습니다. 연구 방법으로는 1700년 이후 미국, 일본, 독일, 프랑스, 영국 등 주요 선진국과 신흥국, 빈곤국 등 20여 개 나라의 생산과 소득분배, 자본/소득 비율, 자본-노동소득 분배율, 소득과 부의 불평등에 대해 분석하는 방법을 사용하였습니다.

연구 결과 그는 두 개의 결론을 말하고 있습니다.

첫째, 부와 소득의 불평등에 관한 어떤 경제적 결정론도 경계해야 한다는 것으로 부의 분배의 역사는 언제나 매우 정치적인 것이었으며, 단순히 경제적인 메커니즘에 따를 수는 없다는 것입니다.

둘째, 아마 이 책의 핵심인 것도 같은데 부의 분배의 메커니즘이 수렴(불평등이 줄어드는 방향)과 양극화가 번갈아 나타나도록 하는 강력한 메커니즘을 가동시킨다는 것, 그리고 불안정하고 불평등한 힘이 지속적으로 승리하는 것을 막는 자연적이고 자생적인 과정은 없다는 것입니다. 불평등을 줄이기 위해서는 지식과 기술의 확산이 평등을 향해 실제적, 구체적 힘으로 작동해야하나 그 힘은 반대 방향으로 작용하는 힘, 즉 더 큰 불평등을 초래하는 강력한 힘에 의해 압도당하고 좌절될 수 있다고 주장하고 있으며, 이것이 바로 결정적인 사실이라 말하고 있습니다. 지식과 기술의 확산, 훈련에 투자하지 않으면 일부 사회집단은 경제 성장의 혜택에서 완전히 소외될 수 있다고 우려하고 있습니다. 그런데 이런 투자는 언제나 당연하고 자동적인 것이 아니라고 말하고 있으며, 교육 정책, 적합한 기술 습득과 교육 기회에 대한 접근성, 관련 제도의 정비 등에 크게 좌우된다고 주장하고 있습니다.

또한 양극화의 주요 요인도 두 가지를 제시하고 있습니다

첫째, 가장 돈을 많이 버는 사람들이 나머지 사람들과의 격차를 더욱 빠르게 벌려 갈 수 있고, 둘째, 경제 성장률이 낮고 자본수익률이 높을 때 부의 축적 및 집중화 과정이 더욱 심해진다. 즉 돈이 돈을 버는 세상이라는 말입니다. 주요 선진국의 경제 성장률이 1~1.5%일 때 자본수익률은 4~5%에 이른다고 주장하고 있으며, 이런 추세가 계속된다면 부익부 빈익빈은 갈수록 심해지고 결국 자본주의는 세습 자본주의로 회귀할 것이라고 경고하고 있습니다.

2) '우리나라의 소득 불평등은 완화되고 있다?'

그런데 저는 항상 경제적 현상들을 설명할 때 반드시 동원되는 수학적, 통계적 방법들은 이런 추상적 수치들을 어떻게 측정할 수 있느냐? 하는 의문을 가지곤 합니다. 왜냐하면 수학과 통계에선 어떤 수량을 사용하느냐에 따라 그 결과와 의미가 매우 달라지기 때문입니다. 특히 '국민계정'[61]은 한 나라의 경제 상황을 보여 주는 매우 중요한 자료입니다. 피케티는 국민계정을 진화하는 사회적 개념으로 보았고, 언제나 그것이 만들어진 시대의 선입견을 반영한다고 하였습니다. 현재 우리나라를 포함한 모든 선진국에서 국민계정은 정부 통계 기관(국세청)과 중앙은행(한국은행)이 금융과 비금융 기업들의 대차대조표를 비롯한 회계장부 및 다른 많은 통계자료와 조사 결과를 바탕으로 집계하고 있습니다. 그런데 제가 앞에서 의문을 품었듯이 최근 우리나라의 국민계정에 대해 이상한 점이 있습니다. 바로 '우리나라의 소득 불평등은 완화되고 있다'는 동국대 김낙년 교수의 「한국의 소득 집중도: update, 1933~2016」(낙성대경제연구소, 2018. 1. 18.)의 논문이 그것입니다. 김 교수가 논문에서 사용한 2016년 우리 국민의 총 근로소득은 국세청 자료는 662조 원, 한국은행 자료는 625조 원, 무려 37조 원이나 차이가 납니다. 뭐가 맞을까요? 저는 알 수가 없습니다. 다만 한국은행이 추계하는 국민계정의 범위가 국민의 소득신고에 의한 국세청 자료보다 훨씬 클 것이라는 것은 상식일 것입니

61 일정 기간 국민경제의 모든 구성원이 이룩한 경제활동의 성과와 국민경제 전체의 자산과 부채 상황을 정리해 보여 준 것을 말한다. 기업의 재무제표에 비견되는 국가의 재무제표라 할 수 있다. 국민계정은 국민소득통계, 산업연관표, 자금순환표, 국제수지표, 국민대차대조표 등 5대 국민경제 통계로 구성된다. (행정학사전)

다. 왜냐하면 소득신고를 하지 않은 자료도 한국은행의 국민계정에는 포함되기 때문입니다. 실제로 2009년엔 한국은행의 국민계정이 국세청 자료보다 5% 많았으나 2016년에는 6% 적습니다. 김 교수는 바로 이런 문제를 지적하고 있습니다. 왜 저 또한 이런 문제 제기에 대해 공감하고 있을까요? 한국은행의 국민계정은 우리나라의 소득분배 수준을 분석하는 가장 기본적인 자료이기 때문입니다. 김 교수의 연구에 의하면 국민 상위 1%의 소득 집중도를 계산할 때 한국은행 국민계정을 분모로 사용하면 2010년 7.39%에서 2016년 7.67%로 0.28% 증가한 것으로 나타나 소득불평등이 심화된 것으로 분석됩니다. 그러나 소득이 있는 모든 국민을 대상으로 전수조사한 국세청의 자료를 분모로 사용하면 2010년 7.44%에서 2016년 7.13%로 0.31% 감소한 것으로 분석됩니다. 또한 상위 10%의 소득 집중도 역시 같은 기간 33.88%에서 32.01%로 감소했으며, 하위 50%의 소득 집중도는 16.1%에서 19%로 증가한 것으로 나타났습니다. 즉 소득불평등이 완화되었다는 말입니다. 하위 50%의 소득이 상위 10%의 소득보다 빠르게 증가하고 있는 것입니다. 다시 질문합니다. 뭐가 맞을까요? 답도 같습니다. 저는 알 수 없습니다.

실제로 한국경제신문 올해 1월 19일 자 사설에 의하면 '최근 10여 년간 소득 불균형이 완화되고 있다.'고 여러 연구 결과를 들어 주장하고 있으며, "2008년 이후 어디를 봐도 양극화 내지 임금격차가 확대됐다는 통계는 없다."고 말하는 KAIST 이병태 교수의 주장을 싣고 있습니다. 그런데 우리 국민들 중에는 우리 사회에 소득 불평등이 만연해 있는 것으로 알고 있는 이들이 적지 않은 것 같습니다. 다만 저는 이 정부가 양극화의 해소와 한국은행 통계를 기반으로 '소득주도성장'의 수단으로 '16.4%의 최저임금 인상'이라는 파격적인 정책을 입안했기 때문에 이에 대한 정확한 자료의 보완과 통계의 불일치를 바로잡기 위한 노력이 필요하다고 생각합니다. 정권에 입에 맞는 자료만을 사용하여 국민을 호도(糊塗)하는 일이 없길 바랍니다.

3) 피케티가 말하는 최저임금

피케티는 최저임금의 목적을 '어떤 고용주도 자신의 경쟁우위를 특정 한도를 넘어서까지 악용할 수 없게 하는 것'이라고 말하고 있습니다. 맞는 말인 것 같습니다. 최저임금제가 임금불평등을 해소하는 데 중요한 역할을 한다는 것은 의심할 여지가 없을 것입니다. 다만 이 문제는 각 나라마다 고유한 역사적 사건과 노동시장의 환경에 따라 다르게 발전되어 왔다는 사실을 인식할 필요가 있습니다. 실제로 미국에서는 1950년대와 1960년대에 저임금 노동자의 임금을 인상하는 데 최저임금제를 이용했지만 1970년대에 들어 이 제도를 포기했으며, 프랑스는 이와 정반대의 길을 걸어 왔습니다. 영국은 1999년, 독일은 2015년에야 최저임금제를 도입했으며 스웨덴은 최저임금제를 도입하지 않고 있습니다. 그렇다면 왜 최저임금제가 필요한 것일까요? 그는 먼저 특정 노동자의 한계생산성[62]을 측정하기가 쉽지 않기 때문이라고 말하고 있습니다. 이런 상황에서 노동자의 임금을 고용주에게 맡겨 두면 독단적이고 불공정한 요소가 끼

62 여러 가지 생산요소 중에서 여타생산요소들의 투입량은 고정시켜 둔 9면 그 생산요소의 증가분으로 인한 생산물의 증가분을 그 생산요소의 한계생산성(marginal productivity)이라 한다. (경제학사전, 2011, 경연사)

어들 뿐만 아니라 기업 경영에도 비효율적일 수 있습니다. 나아가 피케티는 노동자에게 일당 대신에 월급을 지급하는 것은 20세기 기업경영의 가장 혁명적이고 혁신적인 방법이라고 말하고 있습니다.

다음으로 '기업특수적 투자' 문제를 들고 있습니다. 좀 어려운 말인 것 같은데 제가 이해하기론 노동자들이 급여를 얼마나 받을지 모른다면 그 기업에 필요한 만큼의 일을 하지 않는다는 것 같습니다. 따라서 근로자에게 고정 급여를 지급하고 고용주들이 근로자의 한계생산성 이하로 임금을 낮추지 못하게 최저임금제를 도입하는 것은 합리적이고 효율적이라고 주장하고 있습니다. 여기까지 저는 피케티의 이론에 공감하고 있습니다.

그러나 저는 그 최저임금의 수준을 어떻게 누가 얼마로 정하느냐는 것에 의문을 갖지 않을 수 없습니다. 최저임금의 수준은 그 나라가 갖고 있는 전반적인 기술 수준이나 평균적인 생산성, 경제 환경 등을 떠나서 추상적, 정치적으로 결정될 수 없다고 생각합니다. 피케티는 최저임금이 올라도 고용률은 낮아지지 않으며 때로는 실제로 고용률이 증가할 수도 있음을 데이비드 카드와 앨런 크루거의 연구 결과[63]를 논거로 주장하고 있으나 이는 미국과 같은 거대 자본주의, 경제대국의 수요독점 모형에서만 가능하다고 생각합니다. 실제로 우리나라에서는 벌써 고용시장과 임금체계에 찬바람이 불고 있기 때문입니다. 그도 최저임금이 높아지면 고용시장에 미치는 부정적인 영향들을 부정하고 있지는 않습니다. 그의 마지막 말을 들어 봅니다.

---

63 『21세기 자본』(토마 피케티, 2014, 글항아리), 737쪽 10번 주석 참조.

"임금을 인상하고 궁극적으로 임금불평등을 줄이는 가장 좋은 방법은 교육과 기술에 투자하는 것이다. 장기적으로 보면 최저임금과 임금제도가 임금을 5배나 10배로 높이진 못한다. 그러한 수준의 진전을 이루기 위해서는 교육과 기술의 역할이 결정적이다."

토마 피케티 역시 교육과 기술의 중요성에 대해 말하고 있습니다. 문재인 정부의 '사람중심경제', '소득주도성장' 모두 피케티의 이론에서 나온 듯합니다. 무리한 최저임금 인상에 따른 부작용이 속출하고 있는 가운데 과연 현 정부에서 어떤 답을 내놓을지 궁금합니다. 또한 우리나라의 교육과 기술에 대한 투자를 어떻게 정책으로 실행할지도 사뭇 기대가 됩니다.

인천시교육청 창의인재교육과, 2018. 4.

6. 노동시장의 이중구조

"사람들은 말한다. 사람 사이에 느껴지는 거리가 싫다고, 하지만 나는 사람과 사람 사이에도 적당한 간격이 필요하다고 생각한다. 사람에게는 저마다 오로지 혼자 가꾸어야 할 자기 세계가 있기 때문이다. 또한 떨어져 있어서 빈 채로 있는 그 여백으로 인해 서로 애틋하게 그리워할 수 있게 된다. 구속하듯 구속하지 않는 것, 그것을 위해 서로 그리울 정도의 간격을 유지하는 일은 정말 사랑하는 사이일수록 필요하다. 너무 가까이 다가가서 상처 주지 않는, 그러면서도 서로의 존재를 늘 느끼고 바라볼 수 있는 그 정도의 간격을 유지하는 지혜가 필요한 것이다. 나는 나무들이 올곧게 잘 자라는 데 필요한 이 간격을 '그리움의 간격'이라고 부른다. 서로의 체온을 느끼고 바라볼 수는 있지만 절대 간섭하거나 구속할 수 없는 거리, 그래서 서로 그리워할 수밖에 없는 거리."

우종영 작가의 『나는 나무처럼 살고 싶다』의 한 구절입니다. 사회적 거리두기가 마스크 쓰기와 함께 방역수칙의 가장 중요한 수단으로 강조되고 있습니다. 작가는 적당한 거리는 그리움의 간격이라고 말합니다. 또한 미국의 인류학자 에드워드 홀(Edward T. Hall, 1914-2009)은 그의 저서 『숨겨진 차원, The Hidden Dimension』에서 사람은 일정한 공간을 필요로 하고, 다른 사람이 그 안에 들어오면 긴장과 위협을 느낀다며 인간관계의 거리를 4가지 유형으로 분류했습니다. 45cm 이내를 밀접한 거리로,

45cm~1.2m를 개인적 거리로, 1.2m~3.6m를 사회적 거리로, 3.6m~9m를 공적인 거리로 구분했습니다. 바이러스의 공격이 언제 끝날지 알 수 없는 지금 자유로운 인간이 할 수 있는 것은 외부로부터의 강제와 타율에 의한 것이 아니라, 주체의 자율과 양심에 따른 공동체의 안녕일 것입니다. '사회적 거리두기'는 '그리움의 간격'입니다.

요즘 중소기업 인력양성 사업으로 야간에도 학교에 불이 꺼질 줄 모릅니다. 환하게 빛나는 교정은 45년 전 저의 고등학교 시절을 추억하게 해 줍니다. 그때는 몰랐습니다. 선생님들의 고마움을. 지금의 아이들도 마찬가지일 것입니다. 그러나 존경하는 선생님들! 세월이 흘러 늦게 철든(?) 제가 그때의 선생님들을 추억하고 있으니 선생이라는 일! 참 멋지지 않습니까? 아이들의 눈빛에서 미래를 엿보고 그들에게 최선을 다하고 계시는 선생님들! 힘내십시오! 지금 우리들의 헌신과 노력 여하에 따라 사랑하는 조국의 미래가 좌우된다는 것은 변함없는 진리입니다. 아직도 잘 모르는 것이 많지만 이것만큼은 현재 저에게 분명한 것 같습니다.

멈출 줄 모르는 끈질긴 코로나19의 공격 중에도 올해도 어김없이 서늘한 바람이 불고, 색과 향으로 우리를 위로하는 국화가 피고, 3학년 학생들의 현장실습과 취업, 진학의 시간이 다가왔습니다. 매년 반복되는 일상적인 일이지만 올해는 그 느낌이 예년과 다른 것이 저만의 생각인지 모르겠습니다. 가뜩이나 어려운 경제 사정으로 새로운 일자리의 창출이 어렵고 특히 청년 일자리의 창출은 암울하기조차 하기 때문입니다. 청년들의 실업과 고용 문제는 청년 자신들에게 국한되지 않고 한 나라의 미래와 직결되기 때문에 많은 나라에서 주요 관심사로 등장한 지 이미 오래되었습니다. 현재 우리나라에서도 청년들의 고용과 실업 문제는 우리 사회가 해결해야 할 중요한 시대적, 국가적 과제라고 생각합니다. 일부 학자들은 우리나라의 청년 실업 문제는 인구구조의 변화, 저성장으로 인한 저고용의 지속, 내수시장 침체 등의 영향을 받고 있다고 지적하고 있고, 그 근본적인 원인은 청년들이 선호하는 일자리의 수요에 비해 공급의 부족에서 비롯된 것이지만, 청년 취업자의 잦은 이직 및 조기 퇴사 문제도 중요한 원인이 되고 있다고 지적하고 있습니다.[64] 특히 최근 청년 노동시장의 특징은 중소기업, 비정규직, 저임금 직종 등 2차 노동시장에 진입한 후 상당수의 청년들이 현 직장에 만족하지 못하고 고임금의 정년이 보장된 일자리로 이동하여 안착하기 위해 잦은 이직을 경험하고 있다고 주장하고 있습니다.[65] 반면 역량과 생산성이 높은 청년들은 이직을 피하고 있지만 그렇지 못한 청년들은 지속적인 이직과 직업이동으로 임금은 오히려 반비례한다는 연구 결과도 있습니다.

존경하는 선생님들! 이런 현실 속에서 직업교육을 하는 우리 부평공고의 교육은 어떻게 하여야 하는 것인지요? 우리가 길러 내는 학생들 대부분은 종업원 수 50인 이하의 소기업에 취업하게 됩니다. 그동안 저는 정밀 도제기업 24개, 전기 도제기업 29개, 기타 8개 등 총 60여 개의 기업체를 방문하였습니다. 이들 기업 중 1곳을 제외하고는 모두 소기업이었습니다. 선생님들과 도제(취업)지원관님들의 피땀 어린 수고 덕분에 노동조건(노동시간, 임금, 복지, 노동환경 등)이 비교적 우수한 기업들이었습

64 문영만, 홍장표(2017), 「청년취업자의 기업규모별 이직 결정요인 및 임금효과」 산업노동연구 제23권 2호, pp195-230.

65 황광훈(2019), 「청년층의 이직 결정요인 및 임금효과 분석」 직업능력개발연구 제22권 1호, pp137-172.

니다. 참 감사한 일입니다. 그러나 이런 기업에서 근무하고 있더라도 보다 나은 질 좋은 일자리로 진입하려고 하는 희망과 노력은 인간의 본성이며, 나아가 사회발전의 원동력이 되기도 합니다. 그런데 이와 같은 것들이 사회의 구조적인 문제로 인해 원천적으로 불가능하다면? 만약 그 구조를 바꿀 수 없다면? 어떻게 가르쳐야 사랑하는 아이들이 이와 같은 문제들을 잘 극복할 수 있을까? 결국 가르치는 것은 선생님들일 텐데, 과연 그들은 이런 문제를 해결하기 위해 가르치는 방향과 목표와 내용에 대한 고민은 하고 있을까? 저에게는 바뀌는 계절처럼 주기적으로 반복되는 일상이지만 특히 올해에는 이런 생각들로 마음이 더욱 무겁습니다.

이렇듯 노동시장의 이중구조란 노동시장이 처우가 좋고 안정적인 질 좋은 일자리와 그렇지 않은 일자리로 엄격히 분리되어 안 좋은 쪽에서 좋은 쪽으로 상향 이동하기가 극히 어려운 구조를 말합니다. 이런 구조는 정규직과 비정규직, 대기업과 중소기업 간 근로자의 이동이 차단되어 있어 한쪽으로 이동하기가 어렵기 때문에 사회·경제적으로 격차와 분리를 고착화시키는 결과를 초래합니다. 이런 현상이 심각한 나라들은 독일, 프랑스 등의 유럽 선진국과 우리나라가 해당됩니다.

그렇다면 유럽 선진국에서 노동시장의 이중구조가 강화된 이유는 무엇일까요? 1980년대 유럽의 경제 위기 때 일부 근로자들을 보호한 채 처우가 열악한 주변부 노동시장을 새로 만드는 부분적 유연화 정책으로 대응했기 때문입니다. 이런 정책을 펼 수밖에 없었던 이유는 이들 국가들이 전통적으로 노동시장의 규제가 강했기 때문입니다. 즉 질 낮은 일자리를 지양하고 취업 근로자의 처우를 강화하기 위해 근로조건을 강하게 규제한 특징이 있습니다. 따라서 이런 문화에 익숙한 질 좋은 일자리의 핵심 근로자들로서는 경제 상황이 나빠져도 일자리의 질이 낮아지는 것을 결코 용납할 수 없었던 것입니다. 경제 회복을 위해서는 구조 개혁이 절실한데 사용자가 고용의 안정성을 해치거나 처우를 낮추는 것에 대해 핵심 근로자들과 합의하는 것은 사실상 불가능했기 때문입니다. 그래서 타협한 것이 규제가 강한 핵심 근로자 부문은 구조 개혁하기 어려우니 차라리 이들의 일자리는 그대로 둔 채 기존 일자리보다 훨씬 보호 수준이 낮은 주변부 일자리를 새롭게 만드는 것으로 노조와 타협한 것입니다.

이와 같이 정규직 보호를 조건으로 한, 사용자와 정규직 근로자와의 타협은 노동시장의 이중구조가 발생한 한 원인이고, 이후 복지제도를 비롯한 각종 제도에서의 차등으로 이어져 이중구조가 노동시장에 고착화되었던 것입니다. 이런 노동시장 이중구조의 시발점은 수출 위주의 대기업이 산업의 중추였던 독일과 국영 대기업 중심의 프랑스였습니다. 이들 국가는 모두 1980년대의 경제 위기를 겪으면서 좋은 일자리가 줄어들고 실업이 증가했습니다. 당시 국제시장에서의 경쟁력을 잃어 가는 상황 속에서 기업들은 생산성을 회복하기 위한 여러 가지 개혁방안들을 강구했는데, 문제는 이 과정에서 조직력이 강한 노조의 핵심 근로자들의 처우를 낮추기 어려웠다는 것입니다. 노조는 노조대로 근로조건 관련 규제 완화에 저항하는 것에 한계가 있다는 것을 받아들일 수밖에 없었기 때문에 사용자와 노조는 핵심 근로자의 근로조건을 유지하는 대신 저숙련 근로자 관련 규제를 완화하는 타협에 동의하였던 것입니다. 이로써 경제 전반에 걸쳐 광범위한 아웃 소싱이 일어났습니다. 시설 관리나 청소, 경비 등 주변적 기능은 모두 외주화하는 것이 새로운 표준으로 등장하게 된 것입니다. 반면 원래 처우가 좋았던 핵심 근로자들의 근로조건은 그대로 유지

되었는데, 이는 근로 연한이 긴 근로자 중심으로 고용과 처우를 보호하는 규정을 단체협약 내에 확고하게 못 박았기 때문입니다. 정부 역시 이런 흐름을 뒷받침하면서 제도적으로 비정규직 사용에 관련된 규제 완화가 정책적으로 진행되었습니다. 결과적으로 노동시장의 이중구조란 경제 상황이 나빠졌을 때 노동시장에서의 교섭력이 강한 일부 그룹의 지위는 유지시키고, 그 외 그룹의 조건은 악화시키는 불평등한 방식으로 구조개혁이 진행된 결과라고 볼 수 있습니다. 여기서의 교섭력은 전문성, 숙련도, 중요도, 생산성 등에 영향을 받아야 하지만 가장 직접적으로 영향력을 발휘한 것은 노조의 조직력이었습니다.

물론 산업구조의 변화 역시 노동시장의 이중구조 강화에 영향을 미쳤습니다. 이 시기 서비스 산업의 비중이 증가했는데, 서비스 산업은 그 특성상 유연한 노무관리가 필요하기 때문에 서비스 산업과 여성 고용의 비중이 높아지는 것은 비정규직이 확대되기에 좋은 토양을 제공했습니다. 그렇다면 무엇이 문제일까요? 가장 심각한 문제는 구조 개혁의 고통이 특정 그룹에만 편중된다는 점입니다. 즉 경제 상황이 악화되어 일자리가 줄어들 때, 경제가 그 충격을 흡수해 최소화하기 위해서는 고용이나 근로조건이 조정될 수밖에 없습니다. 그런데 그 조정이 모든 근로자에게 균등하게 적용되지 않고 일부 근로자에게만 적용된다면 그 고통은 더 커질 수밖에 없는 것입니다.

또한 노동시장의 이중구조가 고착화되는 것은 국가 차원에서도 결코 바람직한 것이 아니며 심각한 정치·경제·사회적 문제를 야기할 수밖에 없습니다. 소득이 낮거나 실업 상태가 길거나 고령인 근로자가 비정규직에 편중되기 쉽고, 특히 정규직으로의 진입이 제한될 경우 노동시장의 이중구조는 새로운 사회계층구조를 형성하게 될 수밖에 없습니다. 정규직으로 이동할 가능성이 너무 낮으니, 마치 경직된 사회의 계층구조가 고착되는 것과 같기 때문입니다.

전통적으로 노동시장의 규제가 강한 국가들에서 이런 과정이 진행되어 왔는데, 프랑스, 네덜란드, 독일, 오스트리아, 벨기에 등이 공통적으로 기간제 근로, 파견 근로, 시간제 근로, 임시직 등을 확대하는 정책 수단을 동원했습니다. 독일의 경우 통일 후 사회·경제적 어려움 속에서 추진된 '하르츠 개혁'[66]은 독일 역사상 가장 대대적인 노동시장 개혁으로 평가받는데, 이때도 역시 임시직과 기간제 고용을 제한하는 규제를 한층 더 완화했습니다. 이미 노동시장의 이중구조화의 문제점이 널리 인식되던 때라 '하르츠 개혁' 당시 비정규직의 처우를 배려하려는 노력이 있었으나 여전히 정규직 근로자의 고용 보호를 감소시키는 해고 관련 규제는 완화하지 못했고, 비정규직 활용을 쉽게 만드는 데만 집중함으로써 이중구조를 심화시키는 결과를 낳았습니다. 최근 들어 프랑스의 마크롱 대통령이 정규직의 고용 보호 수준을 낮추는 개혁 어젠다를 내건 것은 이들 유럽의 선진국들도 고용시장의 이중구조가 한계 상황에 도달했음을 시사하고 있습니다. 이런 구조적 문제는 우리나라만이 겪는 새로운 문제가 아닌 것입니다.

그렇다면 우리나라에서 노동시장의 이중구조화가 심화된 이유는 무

---

66 하르츠 법안은 독일의 '아젠다 2010'에서 슈뢰더 총리의 적록연립정부가 구성한 하르츠 위원회에서 2002년 8월에 급부 중심의 사회국가 기본체계를 수정한다는 내용의 개혁안이다. 하르츠(Hartz) I~IV는 2002년 2월에 폴크스바겐 사의 노동이사 하르츠(Peter Hartz) 위원장을 중심으로 구성된 하르츠 위원회가 같은 해 8월에 제시한 4단계 노동시장 개혁 방안이다. 이 개혁안이 등장한 배경은 실업률 증가, 저성장, 재정악화였다.(위키백과), 최근 우리나라 정치권에서도 이 개혁에 대한 논의가 뜨거운 감자로 떠올랐다.

엇일까요? 우리나라의 경우 1980년대 후반까지 노동시장은 고용의 질과 양 면에서 상당히 순조롭게 발전했다고 평가됩니다. 이는 소규모 수출주도형 경제이다 보니 생산성이 향상되어 생산이 늘어도, 즉 공급이 늘어도 글로벌 시장이 이를 흡수해 가격이 유지되었고 일자리 창출은 계속될 수 있었기 때문입니다. 지금까지 우리나라는 생산성과 노동임금이 거의 같은 속도로 증가하는 형태를 보여 왔습니다. 그러나 이런 고속 성장에도 그림자는 있었습니다. 대기업을 중심으로 글로벌 시장에 민첩하게 대응하는 데는 성공했지만 근로자들의 노동 3권(단결권, 단체교섭권, 단체행동권: 헌법에 보장)은 개발 독재 기간 동안 억눌려 왔던 게 사실입니다. 정권의 비민주성, 사회의 전근대성, 반공을 중시하는 사회 분위기도 크게 작용했습니다.

이 무렵 정치적 민주화와 노동자의 투쟁이 맞물려 노동운동은 비약적으로 발전·확대되게 됩니다. 노동조합의 수는 2,700여 개(1987)에서 7,800여 개(1989)로 불과 2년 사이에 3배 증가했고, 노사분규는 276건(1986)에서 3,949건(1987)으로 급증했습니다. 분규의 원인은 주로 임금과 관련된 노동자의 처우개선이었고 결과적으로 이 시기에 노동자의 두 자릿수 임금인상률이 지속되었습니다. 제조업 월 평균 임금이 294,000원(1986)에서 492,000원(1989)으로 3년 동안 임금이 두 배 가깝게 인상되었습니다(고용부). 그런데 이 시기가 바로 정치적 민주화와 더불어 한국 경제의 구조 변화라는 측면에서 매우 중요한 시기였습니다. 1980년대를 지나 1990년대 경제의 글로벌화가 진행되면서 국제경쟁의 심화와 급격한 임금 인상에 직면한 대기업들이 본질적으로 노동절약형 경영을 추구하는 체질 개선에 나선 것입니다. 그 결과 대기업의 생산성은 향상되었지만, 경제의 나머지 부문은 변화의 속도를 따라가지 못했습니다. 급격한 임금 인상이 우리나라 경제가 이중구조로 분리되는 데 한 영향을 미친 것입니다.

또한 이 시기의 노사관계도 주목해 보아야 합니다. 제도적인 규율이 아직 정해지지 않은 상태에서 노조의 힘이 강화된 것은 대기업을 기반으로 하는 거대 노조의 탄생으로 이어졌습니다. 이는 전체 근로자의 연대나 이들을 전체적으로 아우르는 사회를 위한 마음과 자세가 미흡한 노조가 민주화 과정에서 쟁취한 강력한 힘을 이기적으로 행사하게 된 구조적 모순을 야기하게 됩니다. 대기업 노조를 기반으로 하는 전국적인 노조조직은 정규직과 원하청 근로자, 비정규직 근로자를 배제하며 본인들의 이익을 추구하는 형태를 보입니다. 기업들 역시 파업의 피해를 줄이고 조기 타협을 위해 이들의 요구를 들어주는 관행을 이어 왔습니다. 그 결과 핵심 근로자인 정규직과 원하청 근로자, 비정규직 근로자의 차별은 더욱 심화될 수밖에 없었습니다. 어쩌면 이런 노조들이 장외 투쟁이나 정치적 협의 공간에 참여하는 형태로 각종 노동시장의 제도를 노조에 유리하도록 유지시키는 역할을 해 온 것은 당연한 것인지도 모릅니다.

문제는 이런 과정 속에서 우리나라의 노동시장은 고용보호 수준과 임금이 높고 근로조건이 좋은 대기업과 그렇지 못한 비정규직 근로자와 원하청 근로자, 시간제 근로자, 영세 사업장 근로자들이 근무하는 기업으로 극명하게 갈리는 노동시장의 이중구조가 고착된 것입니다. 특히 공공부문, 금융 부문, 교육 부문에서 이런 구조가 심화되었습니다. 이들 부문은 주로 국민의 세금으로 보수를 지급하거나, 국가에 의해 강하게 보호되어 경쟁으로부터 보호장벽이 세워진 부문입니다. 시장의 경쟁에 노출되지 않으니 노조가 원하는 것을 달성하는 데 큰 어려움이 없는 구조인 셈입니다. 대한민국 헌법 제33조①항은 '근로자는 근로조건의 향상을 위해 자주적인 노동3권을 가진다'고 규정하고 있습니다. 즉 노조는 근로자의 근로조건 향상을 추구하지만 근로자들 사이에서도 처지와 상황이 다른 다양한 근로자가 존재한다는 점을 고려하면 어떻게 이들의 이해관계를 종합하고 중재해 대변할 것인가를 고민해야 한다고 생각합니다. 그러나 우리나라의 거대 노조들은 이런 점에서 아쉬움을 나타내고 있는 것이 현실입니다.

지난 8. 25. 일 수원지법 안산지원 형사2부에서는 우리나라 노동 현장의 한 단면을 보여 주는 주목할 만한 판결이 있었습니다. 재판부는 "전태일이 죽어 가면서 그토록 준수하라고 외쳤던 법과 제도를 파괴하는 것은 정작 피고인이다."라고 말했습니다. 그 피고인은 전국적인 조직의 노동조합에 속한 건설노조의 한 간부였습니다. 그는 자신들이 속한 노조의 조합원을 고용하라고 요구하며 한 공사 현장에서 폭력적이고 불법적인 시위를 한 혐의로 재판 중이었으며, 자신은 전태일처럼 준법을 촉구했다고 주장했습니다. 재판부는 피고인이 일용직 근로자의 일자리를 빼앗았고, 그의 주장이 얼마나 '위선'인지를 지적했습니다. 또한 "그로 인해 피해를 보는 것은 재벌이 아니라 능률이 떨어지는 근로자를 고용하고서도 추가 비용을 부담해야 하는 하도급업체와 실력 좋고 성실한 근로자들"이라고 했으며, "노조원을 썼을 때 생산성이 50~60%가량 떨어진다."는 하도급업체의 증언을 증거로 삼았습니다. 바로 우리나라 노동시장 이중구조의 현실을 보여 주는 한 사례입니다.

거대 노조의 이익 앞에 피해자는 일용직 근로자였습니다. 자신은 전태일처럼 행동했다고 하나 전태일은 그렇지 않았습니다. 전태일은 결코 노조의 조합원을 고용하라고 폭력과 불법을 일삼지 않았습니다. 22살의 전태일이 몸을 불사르며 외친 것은 "근로기준법을 준수하라! 우리는 기계가 아니다!"였습니다. 열악한 노동현장에서 착취에 시달리는 힘없는 노동자의 외침이었습니다. 감히 전태일을 비교하다니요! 그 위선을 재판부는 준엄하게 꾸짖은 것입니다. 아마도 이 재판은 계속 진행되어 대법원까지 아니 헌법재판소까지 갈지도 모르겠습니다. 우리에게 주어진 사회적 비용을 오랫동안 지불한 뒤에야 비로소 결론이 나겠지요!

청년 실업 문제와 일자리 창출의 어려움의 근본 원인은 우리 경제가 안고 있는 심각한 노동시장의 이중구조가 한몫을 하고 있음을 살펴보았습니다.[67] 이를 해결하기 위해 우리 모두 노력해야 한다고 생각합니다. 특히 우리 부평공고와 같은 특성화고에서 배출하는 기능 인력의 거의 모두가 중소기업에 취업하는 현실을 볼 때 이 문제는 결코 가벼운 문제가 아니라고 생각합니다. 기업의 생산성은 근로자의 역량에 따라 결정되며, 그것이 임금으로 이어지는 것이 경제원리라고 본다면 학교 교육은 당연히 역량 중심 교육과정으로 편성·운영되어야 할 것입니다. 우리가 할 수 있는 일은 학생들의 역량을 강화하여 우리 사회가 안고 있는 노동시장의 심각한 이중구조라는 파도를 사랑하는 우리 학생들이 잘 헤쳐 나갈 수 있게 하는 것이라고 생각합니다. 존경하는 선생님들 생각은 어떠신지요?

부평공고, 2020. 11.

---

67 최근 한국경제연구원의 발표에 의하면 독일은 하르츠 개혁 이후(2003~2019) 노동시장 유연성 순위가 42계단(80위 → 38위)이나 급등한 반면 한국은 81계단(63위 → 144위)이나 급락했고, 같은 기간 동안 청년실업률은 독일이 5.3%p(10.2% → 4.9%)가 감소한 반면 한국은 0.9%p(8.0% → 8.9%)가 증가했다고 주장하며 우리나라의 심각한 청년실업을 개선하기 위해 독일처럼 노동시장 유연화 정책의 도입이 필요하다고 제안했다.(한경연 보도자료 2020. 10. 21.)

7. 불멸의 영웅! 베토벤

아직도 사랑하는 아이들을 만날 날이 언제쯤인지 기약 없는 기다림에 목말라하는 일상의 연속이 이어지고 있습니다. 그러나 봄이 온 것같이 곧 아이들을 만날 날이 오리라 믿고 있습니다. '그날이 그날 같은 단조로운 일상의 시간표조차도 모두 새롭고 경이로운 감탄사로 다가옵니다. 살아서 누리는 평범하고 작은 기쁨들, 제가 마음의 눈을 뜨고 깨어 있으면 쉽게 느낄 수 있는 소소한 일상의 행복을 이젠 제 탓으로 놓치고 싶지 않습니다(『그 사랑 놓치지 마라』 중에서)'라고 고백하는 이해인 수녀님의 말씀은 우리가 학생들과 함께 있는 평범한 일상이 얼마나 소중한 것인지를 다시 한 번 깨닫게 해 주는 것 같습니다.

지난여름 장마 때 학교에 물난리가 났습니다. 5층 문화보건부 사무실부터 1층 보건실까지 온통 벽을 타고 물이 쏟아져 내렸습니다. 2, 3, 4층의 교실은 말할 것도 없었습니다. 아이들에게 미안했습니다. 올해는 꼭 그런 일이 없도록 해야겠다는 다짐도 해 보았습니다. 4. 22.일부터 약 두 달에 걸쳐 옥상 방수공사가 진행될 것입니다. 보다 쾌적한 교육환경을 위해 하루속히 했어야 할 공사였음에도 불구하고 석면공사, 내진공사, 방수공사가 연달아 이어져 선생님들과 학생들에게 미안한 마음도 있습니다.

우리 학교는 1994. 3. 1.에 개교하여 올해로 26년이 지난 학교입니다. 학교시설의 노후화가 진행되고 있고, 여기저기에 보수해야 할 곳도 한두 곳이 아닙니다. 창호공사도 곧 이어질 것입니다. 존경하는 선생님들의 큰 이해와 협조를 당부드립니다. 특히 학생들의 안전에 유의하여 교육활동이 전개되어야 하겠습니다. 세세한 부분까지 잘 살피셔서 안전하게 공사가 진행될 수 있도록 모든 선생님들의 적극적인 관심과 협조를 거듭 부탁드립니다.

이번 달에는 베토벤에 대한 글을 써 보았습니다. 부담 없이 읽어 보셨으면 합니다.

올해는 루트비히 반 베토벤(Ludwig van Beethoven, 1770. 12. 17.~1827. 3. 26., 독일)이 태어난 지 250주년이 되는 해입니다. 전 세계가 이 영웅의 생애를 돌아보며 그의 음악을 통한 자유와 진보의 여정에 새삼 주목하고 있습니다. 우리나라의 모든 클래식 방송도 거의 매일 그의 음악을 들려주면서 그의 평탄치만은 않은 삶과 음악을 재조명하고 있습니다. 교향곡 9곡, 피아노 소나타 32곡, 현악4중주 16곡 등 협주곡, 관현악, 독주악기, 실내악, 변주곡, 오페라, 오라토리오, 합창을 위한 작품, 가곡 등 849개[68]라는 어마어마한 작품을 남긴 그의 삶을 되돌아보고 있습니다.

본(Bonn)에서 태어나 빈(Wien)에서 활동, 어려서는 알콜 중독자인 아버지로부터 폭력과 학대, 12세에 궁정 챔발로 주자, 새벽 미사의 오르간 주자, 14세부터는 벌써 월급을 받아 가족의 생계를 이어 나간 직업인, 20세 중반부터 귀가 들리지 않았던 음악가로서는 치명적인 병을 앓았던 베토벤, 23세(1793)엔 "무엇보다 자유를 사랑하라. 진실을 결코(왕 앞에서

68 비아몬티 목록: 이탈리아 음악학자 지오바니 비아몬티(Giovanni Biamonti, 1889~1970)가 작성한 목록으로 베토벤의 모든 완성작, 미완성작, 원본과 수정본, 스케치까지 철저하게 모아서 연도순으로 나열한 것(나무위키).

일지라도) 부인하지 말라."고 외쳤던 자유인, 32세(1802)엔 죽음의 가장 자리에서 유서를 쓰고, 나폴레옹이 스스로 황제가 되었다는[69] 소식을 듣자마자 그에게 헌정하기로 했던 교향곡의 표지를 찢어버렸던 주체인, 조카 카를의 후견권 소송을 서슴지 않았던 교육자, 기악에서 항상 전체를 보려 했던 철학자, 음악을 전쟁을 위한 싸움터로 여기고 항상 새로움을 창조했던 창조인, 기존의 형식과 체제를 전복한 혁명가 등 그를 일컫는 수많은 수식어들도 감히 그의 영원불멸의 작품들 앞에선 그 의미가 퇴색할 수밖에 없는 것 같습니다.

음악은 작곡자의 의도가 무엇보다도 중요할 수 있습니다. 그러나 그 의도는 듣는 사람에게는 별로 중요하지 않을 수도 있습니다. 왜냐하면 같은 공간, 같은 시간에, 똑같이 들은 음악도 듣는 사람에 따라 느끼는 감동과 여운은 모두 다를 수 있기 때문입니다. 다만 음악의 형식과 구조를 알면 그 내용 또한 이해하기 쉬워 작곡자의 의도에 더욱 공감할 수 있습니다. 그래서 같은 음악이라도 누가 연주하느냐에 따라 그 느낌은 다를 수밖에 없는 것입니다. 베토벤은 이런 점에서 폭군과도 같았습니다. 그는 실제로 해석자가 곡을 자의적으로 변경하는 것을 막기 위해 모든 수단을 동원한 첫 작곡가입니다. 협주곡의 카덴차[70]에도 연주자가 마음대로 연주하지 못하게 수많은 악상기호와 셈여림표를 기재하였고, 박자 또한 자신의 메트로놈을 따를 것을 요구하기도 했습니다.

그것은 마치 "까불지 말고 내가 써 준 대로 연주해!"라고 명령하고 있는 것과 같습니다. 우리가 학창 시절에 음악책에서 보았던 괴팍하고 어

69 1804. 12. 2. 나폴레옹이 35세가 되던 해, 베토벤은 34세, 3번 교향곡(영웅)은 1803~1804년 작곡.
70 협주곡에서 오케스트라가 반주를 멈추고 협연자 홀로 마음껏 기량을 과시하며 연주하는 부분.

던가 모르게 많이 화가 나 있고, 심술궂은 얼굴을 하고 있는 그의 모습이 그대로 음악으로 표출되고 있는지도 모릅니다. 그러니 당연히 베토벤 당시의 사람들이 그와 그의 작품을 별로 좋아하지 않은 것은 어쩌면 당연한 듯 보입니다. 어린 시절의 부정적 경험으로 자존감을 갖지 못한 베토벤은 타인을 경멸하지 않으면 자존감에 위협을 느끼는 듯이 행동했습니다. 사회관계 속에서 베토벤의 이런 무례하고 때로 절제되지 못한 행동은 작곡가로서 할 수 있는 모든 방식으로 자신으로부터 벗어나 위대한 작품을 창조할 수 있게 한 동력이었는지도 모릅니다. 마치 "한 인간으로, 예술가로 나는 이렇다! 그러니 나를 있는 그대로 받아들여라!"고 외치는 것 같습니다. 괴테조차도 1812년 베토벤을 만나고 "다만 아쉽게도 베토벤은 제멋대로인 사람이라네. 완전히 막무가내지. 그가 세상을 혐오하는 게 무리는 아니지만 그렇게 하면 자기 자신에게도 다른 사람에게도 세상은 불편한 것이 될 뿐이지."라고 말할 정도였습니다.

과연 베토벤은 막무가내였을까요? 왜 그는 세상을 불편하게 했을까요? 진정 그의 아픔은 무엇이었을까요? 그런 그가 어떻게 인류 문명의 위대함을 상징하는 음악[71]을 창조할 수 있었을까요? 문득 이런 의문이 들었습니다. 평소 어렴풋이 귀에 익어서, 방송에서 많이 들어서, 남들도 많이 알아서, 그냥 그렇게 들었던 베토벤의 음악이 새삼 궁금해졌습니다. 여기 〈하일리겐슈타트 유서〉가 있습니다. 저의 의문과 베토벤의 삶과 음악을 정말 조금이라도 이해할 수 있는 단초가 되어줄 듯합니다. 32세에 귀가 점점 들리지 않아 절망적인 심정으로 삶을 포기하려고 쓴 그의 유서입

71 보이저 호(1977. 9. 5., 1호 발사, 1977. 8. 20., 2호 발사)에 실려 있는 골든디스크에 수록된 베토벤의 음악은 교향곡 5번 〈운명〉 op.67, 1악장 Allegro con brio(C minor)와 현악4중주 13번 B♭major, op.130, 5악장 〈Cavatina(짧은 노래)〉 Adagio molto espressivo (E♭major) 등 두 곡이다.

니다. 이 유서에 의하면 베토벤은 벌써 26세부터 귀가 멀어 가고 있어 보입니다.

하일리겐슈타트 유서[72]

내 동생들, 카알 그리고 ○○ 베토벤에게

오! 너희들은 나를 적의에 차고 사람들을 혐오하는 고집쟁이로 여기고 또 쉽게 이야기하고 있지만 그것이 얼마나 그른 일인지 모르고 있다. 걸으로 그렇게 보이게 된 원인을 너희들은 모를 것이다. 나는 어려서부터 가슴속에 따뜻한 마음과 생각을 품고 있었다. 그뿐이랴? 가치 있고 위대한 일을 성취하려는 갈망 또한 끊임없이 불태워 왔다.

그렇지만 생각해 보거라. 6년이 넘는 동안 불치병에 시달리고 있는 나는 분별없는 의사들 때문에 더 이상 완치될 것이라는 희망을 품지 않게 되었다. 열정적이면서도 활기 넘친 기질의 소유자이자 사람들을 좋아하는 나이지만 고독하게 살 수밖에 없었다. 물론 이러한 고통을 잊으려고 애도 써 보았지만 잊을 수도 없었다. "들리지 않아요. 더 크게 말해 주십시오."라고 사람들을 향해 고함칠 수 있겠느냐?

다른 누구보다도 완벽해야 할 나의 가장 귀중한 감각 상의 약점을, 한때는 고금의 음악가들 중에서도 거의 비길 자가 없을 만큼 완벽했던 내 청각의 약점을 어찌 남에게 털어놓을 수 있겠느냐. 사람들과 즐겨 어울리고 싶을 때조차도 나는 자리를 피해야 한다. 그것이 세간의 오해를 초래하리라는 것과 벗들과 함께 서로의 생각을 나누면서 어울릴 수조차 없다는 이중의 고통에 시달리고 있다. 마치 유형자와도 같은 생활이다.

---

72 [네이버 지식백과] 베토벤의 유서(세상의 모든 지식, 2007. 6. 25., 김흥식).

그리고 사람들 가까이 접근해야 할 때마다 내 비참한 상태가 알려질까 봐 전전긍긍한다. 분별 있는 의사의 권유로 청각의 과로를 피하기 위해 전원에서 지내는 동안에도 계속 그러했다.

사람들과 어울리고 싶은 충동이 수없이 일었지만 그럴 때마다 나는 얼마나 굴욕적인 생각을 맛보게 되는 것이랴…. 나와 함께 있는 사람은 멀리서 들려오는 플루트 소리를 들을 수 있는데도 나에게는 아무 소리도 들리지 않았고, 다른 사람에게는 들리는 목동의 노래 소리 또한 나는 전혀 들을 수 없었다. 그럴 때면 나는 절망의 심연으로 굴러떨어져 죽고 싶다는 생각밖에 나지 않는다. 그런 생각에서 나를 구해 준 것은 예술, 오직 예술뿐이다.

나에게 부과된 모든 것을 창조하기까지는 어찌 이 세상을 떠날 수 있으랴 하는 생각에 사로잡히기도 한다. 바로 그 때문에 이 비참한… 정말로 비참한 삶을, 그리고 아주 사소한 변화조차 나를 최상의 상태에서 최악의 상태로 전락시키는 예민한 육체를 지탱해 왔다. 인내!!라고 흔히 말하지만 이제 나도 그것을 지침으로 삼아야겠다. 그렇다. 그리하여 운명의 여신이 내 삶의 밧줄을 끊을 때까지는 저항하려는 결심을 간직하자. 내 상태가 호전되든 안 되든 각오는 서 있다. 예술가에게는 더욱 그렇다.

신이여, 당신은 내 마음이 인류에 대한 사랑과 선을 행하려는 욕망으로 가득 차 있음을 아실 것이오. 오오, 사람들이여, 그대들이 언젠가 이 글을 읽는다면 그대들이 나를 얼마나 부당하게 대해 왔는지 생각해 보라. 그리고 불행한 사람들은 당신과 같은 처지에 놓인 한 인간이, 온갖 장애를 무릅쓰고 자기 역량을 다해 마침내 예술가 또는 빛나는 인간의 대열로 솟아오름을 떠올리며 스스로를 위로하라.

내 동생인 카알 그리고 ○○. 내가 죽은 다음 아직도 슈미트 교수가 살아 있다면 그에게 내 병상을 자세히 기록해 주도록 내 이름으로 부탁해다오. 그래서 그것을 여기에 첨부해서 내가 죽은 다음 사람들이 나를 이해할 수 있도록 해다오.

그 밖에 얼마 되지 않는 재산(재산이랄 수도 없는 정도지만)은 너희 두 사람에게 남긴다. 그것을 공평하게 나누어 갖고 서로 도우며 지내기 바란다. 너희들이 나를 괴롭혔던 일은 모두가 옛일, 용서한 지 오래다. 나의 동생 카알, 최근 네가 나에게 보여 준 후의에 대해서 각별히 고맙게 생각한다. 너희들이 나보다 더 행복하게, 근심 없이 살기를 바라는 마음 간절하다. 너희들 자녀에게는 덕성을 길러 주도록 힘써라. 인간을 행복하게 하는 것은 오직 덕성일 뿐, 결코 돈이 아니다…. 내 경험에서 우러나와 얘기하는 거다. 그 덕성이야말로 역경에서도 나를 지탱해 주었고, 내가 스스로 목숨을 끊지 않았던 것도 예술과 함께 그 덕성 덕이었다.

잘 있거라. 그리고 서로 사랑하라…. 모든 벗들, 특히 리히놉스키 후작과 슈미트 교수에게 감사한다. 리히놉스키 후작한테서 받은 악기는 너희 중 한 사람이 보관해다오. 그 때문에 다투어서는 안 된다. 허나 더 유익하게 쓰일 수 있다면 팔아 써도 좋다. 죽어서라도 너희에게 도움이 된다면 얼마나 기쁜 일이랴.

죽음이 언제 오든 나는 기꺼이 맞을 것이다. 내가 갖고 있는 예술적 재능을 계발할 수 있는 동안은 설령 내 운명이 아무리 가혹할지라도 죽고 싶지 않다. (내 재능이 충분히 꽃필 때까지) 삶을 지속하고 싶다. 허나(죽음이 예상 밖으로 일찍 찾아오더라도) 기꺼이 죽으리라. 그러면 끝이 없는 고뇌에서 해방될 수 있을 테니까.

죽음이여, 언제든 오라. 나는 당당히 네 앞으로 가 너를 맞으리라. 잘 있거라. 죽은 다음에도 잊지 말아다오. 그럴 만한 자격은 있다고 생각한다.

너희들의 행복을 염원하면서….

자, 그러면 부디 행복해다오.

하일리겐슈타트, 1802년 10월 6일, 루드비히 반 베토벤

이것으로 너희들과 이별이다. 이를 데 없이 슬프다. 지금까지 품고 있던 한 가닥의 희망, 어느 정도는 회복하리라는 희망도 영영 사라지고 말았다. 가을 잎이 나무에서 떨어져 시들듯 모든 희망은 퇴색해 간다. 이승에 태어났을 때와 마찬가지 모습으로 이제는 떠난다. 시원한 여름날 … 나에게 샘솟던 용기도 지금은 사라지고 없다. 오오 신이여, 단 하루라도 나에게 순수한 환희를 맛보게 해 주오…. 참다운 환희가 내 가슴 깊이 울리던 때 그 얼마나 오래인가. 오오, 언제 또다시 자연과 인간의 전당에서 그 순수한 기쁨을 맛볼 수 있단 말인가? 결코 그럴 수는 없단 말인가? 오오…. 그것은 너무나 잔혹하다.

하일리겐슈타트, 1802년 10월 10일, 루드비히 반 베토벤

베토벤은 자살하지 않았습니다. 오히려 이 유서를 쓴 이후 그의 음악은 더욱 웅장하고 활기차게 변해 그의 천재성을 마음껏 발휘하고 있습니다. 1802년 이후 9개의 교향곡 중 3번 교향곡 〈영웅〉부터 7개의 교향곡을 작곡했으며, 32곡의 피아노 소나타 중 17곡을, 현악 4중주 16곡 중 10곡을 작곡했습니다. 참으로 불가사의합니다. 바로 여기에 베토벤의 영웅적

면모가 드러납니다.

교향곡 5번에서 베토벤은 기존에는 없던 방식으로 알렉산더처럼 단칼에 고르디우스의 매듭을 끊어 냅니다. 한 개인은 운명의 힘을 거스를 수 없고 오직 시대의 커다란 흐름에 온몸을 내맡긴 채 음악에 열광하는 민중 속에서 '위대한 일을 성취하려는 갈망'을 '끊임없이 불태울' 뿐이었습니다.

1악장 Allegro con brio(씩씩하고 빠르게) C minor의 운명의 모티브 '솔솔솔미- 파파파레-', 이 짧은 4마디의 주제는 너무나 짧고 강렬해서 과연 주제라든가 선율이라는 용어를 붙일 수 있는지 의문이 들기조차 합니다. 베토벤의 제자 안톤 쉰들러(Anton Schindler)는 "운명은 이렇게 문을 두드린다."라고 베토벤이 직접 언급했다고 전하고 있습니다. 그런데 이 모티브 2번째(미), 4번째(레) 마디의 2분음표에 기입된 페르마타(𝄐), 이 두드림의 모티브! 베토벤의 강력한 지시와 요구인 듯합니다. "문을 두드리고 기다려라! 한 번도 아니고 두 번씩! 기다려라! 기다리고 인내하라!"라고 내게 명령하고 있는 것 같습니다. 그것은 명령을 넘어서서 폭력에 가깝기조차 합니다. 모든 음표가 주먹을 쥐고 내 가슴을 마구 때리는 것 같습니다. 그의 유서에는 '인내!!라고 흔히 말하지만 이제 나도 그것을 지침으로 삼아야겠다. 그렇다. 그리하여 운명의 여신이 내 삶의 밧줄을 끊을 때까지는 저항하려는 결심을 간직하자. 내 상태가 호전되든 안 되든 각오는 서 있다. 예술가에게는 더욱 그렇다.'라고 쓰여 있습니다. 1악장 내내 이 운명의 모티브는 계속 반복되고 발전하면서 긴장감을 고조시켜 나갑니다. 그러다 시작되는 페르마타에 둘러싸인 짧은 오보에 카덴차! 외롭게 탄식하는 듯한 오보에의 음색은 운명 앞에 어쩔 수 없는 베토벤의 한숨이요 나의 한숨이기도 하며, 운명에 맞서 나의 길을 가고야 말겠다는 의지의 표현이고 다짐이기도 합니다. 객관적 운명의 힘과 그 힘에 굴하지 않으리라는 주체적 인간의 다짐입니다.

2악장 Andante con moto(안단테보다 조금 빠르게, 활기 있게) A♭ major는 단조에서 장조로 따뜻하고 푸근하게 연주됩니다. 느리고 서정적인 분위기로 낮은 음역의 현악기인 비올라, 첼로, 더블베이스가 아름다운 저음 주제 선율을 던져 주면 플룻, 오보에, 클라리넷의 높은 음역의 관악기가 화답하듯 받아 내며 계속하여 관과 현의 아름다운 주제가 서로 번갈아 가며 이어집니다.

3악장 Scherzo, Allegro(빠르게) C minor, 다시 원조로 조바꿈 되어 푸근하고 편안한 느낌에서 다시 어둡게 연주됩니다. 교향곡의 아버지라 불리는 하이든(108곡의 교향곡) 이후 교향곡은 전형적인 형식을 갖추게 되는데, 1악장은 대체로 느린 서주로 시작하여 흔히 빠른 소나타 형식(제시-발전-재현)으로 진행되고, 2악장은 느리고 서정적으로, 3악장은 춤곡인 미뉴에트로, 4악장은 처음의 주제로 되돌아오는 피날레 형식의 경쾌하고 장엄하게 작곡되는 것이 관행이었습니다. 그러나 베토벤의 혁명가적인 천재성은 앞에서 보여드린 유서를 쓰고 난 후 더욱 유감없이 발휘됩니다. 9개의 교향곡 중 교향곡 3번(1803~1804)부터는 3악장에 미뉴에트를 사용하지 않았습니다.[73] 미뉴에트를 스케르조로 바꾸어 버렸습니다.[74] 스케르조는 '농담'이라는 뜻으로 빠르고 재치 있고 신랄한 면을 지닌 음악을 나타냅니다. 시작은 현의 저음으로 시작하나 이내 우주를 닮은 소리 호른의 웅장한 운명의 모티브가 이어집니다. 운명의 모티브가 집요하게

---

73 8번 교향곡은 예외, 3악장 Tempo di menuetto(미뉴에트의 빠르기로) F major.

74 스케르조를 사용한 교향곡: 2번 3악장, 3번 〈영웅〉 3악장, 5번 〈운명〉 3악장, 9번 〈합창〉 2악장.

연주되는 사이사이에 더블베이스와 첼로의 매우 빠른 현란한 선율은 스케르조의 분위기를 내기도 하지만 현의 피치카토 또한 심장의 고동 소리와도 같이 규칙적으로 반복됩니다. 그러나 이내 모든 것이 잠잠하고 고요해지면서 현의 긴 피아니시모의 지속음 속에 팀파니의 운명의 동기가 서서히 상승하는 바이올린의 가냘픈 선율과 함께 포르테시모를 향해 치닫습니다.

4악장[75] Allegro(빠르게) C major, 어두운 C minor의 선율이 긴장감 속에 C major의 트렘펫으로 폭발하며 벅찬 환희와 광명을 창조해 냅니다. 이 마지막 피날레! 베토벤은 이미 3번 〈영웅〉에서도 '피날레 교향곡'의 전형을 선보이기도 했지만 비로소 5번에 와서야 '운명을 극복하고 어둠에서 광명으로 나아가는' 그의 음악적 여정을 더욱 확고하게 자리매김합니다. 악기편성에서도 그때까지는 오케스트라에서 편성하지 않았던 트롬본을 편성했습니다. 관악기 중 가장 소리가 큰 트롬본을 편성했다는 것은 베토벤의 음악에 대한 실험정신, 독창성, 혁명성을 엿볼 수 있습니다. 음악의 형식, 구조, 내용은 베토벤에게 단순히 작곡 기법이 아니었습니다. 그것은 철학적 의미의 새로운 것의 창조였던 것입니다. 그는 기존의 관행적이고 형식적으로 이루어지던 클리셰를 단호히 거부했습니다. 그의 아포리즘을 음악으로 표출했던 것입니다.

존경하는 부평공고 선생님 여러분! 혹시 수업이 선생님의 뜻대로 잘 안되실 때 사랑하는 아이들과 함께 바로 이 음악을 들어보시길 권해 드립니다. 음악 자체만의 아름다움뿐만 아니라 그 속에 숨어 있는 위대한 한 사람의 이야기를 서로 공감해 보았으면 합니다. 들으실 때는 아주 큰 소

75 5번 교향곡은 3악장과 4악장이 쉬지 않고 이어서 연주됨.

리로 틀어 놓고 들으시는 것이 좋습니다. 아이들 떠드는 소리가 묻힐 정도로. 헤르베르트 폰 카라얀의 1966년 베를린 필 리허설 영상이 인터넷에 있습니다. 흑백으로 젊을 때의 카라얀을 볼 수 있어 새롭고, 연주자가 100여 명이 넘는 대편성으로 음량이 아주 훌륭합니다. 시종일관 눈을 감고 오직 음악에만 집중하며 지휘하는 카라얀의 카리스마가 놀랍습니다.

한 가지 재미있는 사실은 이 5번 〈운명〉(약 30분)은 제6번 〈전원〉(약 40분)과 함께 같은 날 초연되었다는 것입니다. 1808. 12. 22. 빈 극장에서 베토벤의 지휘로 연주되었을 때 당시 청중들은 〈운명〉보다는 〈전원〉을 더 좋아했다고 합니다. 〈운명〉이 제대로 진정한 가치를 인정받기는 그 뒤로 2년이라는 세월이 더 흐른 뒤였습니다.

부평공고, 2020. 5.

〈참고문헌〉

1. 최은규[76], 『베토벤(클래식 클라우드 17)』, 아르테, 2020.
2. 마르틴 게크[77], 『베토벤(사유와 열정의 오선지에 우주를 그리다)』, 북캠퍼스, 2020.

76 서울예고, 서울대음대, 부천필 제1 바이올린 부수석, 말러교향곡 전곡 연주회 연주자, 해설가.

77 도르트문트 대학 음악학 교수(1976~2001), 17~19세기 독일 음악사 연구와 관련 저작 활동.

8. 시인의 사랑

지난 5월은 우리 과에서 많은 사업들이 진행되었습니다. 콜롬비아 교원들의 교육정보화 연수가 참으로 잘 마무리되었고, 과학중점학교 워크숍 및 컨설팅이 교장선생님들의 적극적인 참여로 기대하던 성과를 거뒀으며, 특성화고 컨설팅 장학이 4개교에서 잘 진행되었습니다. 수고하신 장학관님, 장학사님, 주무관님들에게 감사의 말씀을 드립니다.

여름의 초입입니다. 교육청 앞 잔디도 누런 옷에서 푸릇푸릇한 진녹의 옷으로 갈아입었습니다. 참 좋은 계절에 사랑하는 나의 조국에도 평화의 소식이 가득하길 소망합니다.

진리를 발견하기 위해선 모든 주의, 주장, 이념으로부터 자유로워야 할 것 같습니다. 사실을 부정할 수는 없지만, 사실에 대한 견해는 얼마든지 비판적으로 접근할 수 있습니다. 이 사회의 근본적 변화를 위해선 [나] 자신의 '자기로부터의 혁명'[78]이 먼저라고 생각합니다. 물론 저 자신도 예외일 순 없겠지요! 지금 내가 살고 있는 이 사회는 [나]와 [나]의 인간관계의 작용입니다. 때론 [나]의 신념이 우둔할 수도 있습니다. 그 신념이 인간을 분열시키고 자기방어적인 본능을 자극하기 때문입니다. 내가 갖고 있는 신념에 의문을 품고 [나]의 내부에서 자기로부터의 혁명을 시작해야 합니다. 우리 공동체의 창조적 변화와 혁신은 우리들의 인간관계로부터 시작됩니다. 산다는 것은 관계한다는 것이고 그것이 곧 우리들의 일상입니다. 따라

78 『자기로부터의 혁명』(지두 크리슈나무르티 Jiddu Krishnamurti, 정성호 역, 대우출판공사, 1985.)

서 [나]의 존재는 관계 속에서만 살아 있다고 할 수 있겠습니다. [나]라는 [나]가 존재하는 것은 내가 생각하기 때문이 아니라 [당신]과 관계 지어 있기 때문에 존재하는 것이라 생각합니다. 사람들은 때론 이런 인간관계를 이기적인 수단으로 생각하곤 합니다. 참 잘못이지요! 인간관계란 어쩌면 [나] 자신을 볼 수 있는 거울이 아닌지도 모르겠습니다. 다만 그 거울 속에 비춰진 [나]의 모습이 [나]의 있는 그대로의 모습인지, 아니면 내가 보고 싶은 것만 보려는 [나]의 모습은 아닌지 그것이 두려울 따름입니다. 칸트는 '인간은 뒤틀린 목재'라고 말했습니다. 정말 그런 것 같습니다. 바로 지금 현재의 관계가 중요합니다.

이번 달에는 제가 좋아하는 시인 황동규 님의 「즐거운 편지」로 시인의 사랑에 대해 생각해 봅니다.

내 그대를 생각함은 항상 그대가 앉아 있는 배경에서
해가 지고 바람이 부는 일처럼 사소한 일일 것이나
언젠가 그대가 한없이 괴로움 속을 헤매일 때에
오랫동안 전해오던 그 사소함으로 그대를 불러 보리라.
진실로 진실로 내가 그대를 사랑하는 까닭은
내 나의 사랑을 한없이 잇닿은 그 기다림으로
바꾸어버린 데 있었다.
밤이 들면서 골짜기엔 눈이 퍼붓기 시작했다.
내 사랑도 어디쯤에선 반드시 그칠 것을 믿는다.
다만 그때 내 기다림의 자세를 생각하는 것뿐이다.
그동안 눈이 그치고 꽃이 피어나고 낙엽이 떨어지고

또 눈이 퍼붓고 할 것을 믿는다.

'시인의 사랑'에 대해 이야기하기 전에 먼저 우리가 잘 아는 가슴 아픈 사랑 이야기, 영화 이야기 좀 먼저 해 볼까요!

〈기쁜 우리 젊은 날〉(1987, 안성기, 황신혜 주연, 배창호 감독), 〈편지〉(1997, 박신양, 최진실 주연, 이정국 감독), 〈8월의 크리스마스〉(1998, 한석규, 심은하 주연, 허진호 감독), 이 세 영화의 공통점은 무엇일까요? 참 쉽지요? 여주인공은 당대의 최고 미녀들이고 남주인공은 연기의 신이라 일컬어지는 인간미가 넘쳐흐르는 사람들입니다. 하지만 자세히 들여다보면 이 세 영화는 모두 황동규 시인의 「즐거운 편지」가 영화의 소재로 쓰였음을 알 수 있습니다. 이 시는 시인(1938년생)이 고3 때(18세) 쓴 시입니다.

〈기쁜 우리 젊은 날〉, 〈편지〉에서는 이 시가 직접 낭송되었고, 특히 〈편지〉에서는 두 번이나 낭송되었습니다. 그런데 〈8월의 크리스마스〉에선 이 시가 특별히 언급되지는 않았습니다. 허진호 감독의 이야기를 들어 보겠습니다. "원래 이 영화의 제목을 〈즐거운 편지〉로 하려고 했습니다. 그런데 영화 〈편지〉가 먼저 개봉되어 큰 성공을 거두는 바람에 〈즐거운 편지〉라는 제목을 버릴 수밖에 없었습니다." 그러니 숨은 이야기를 듣고 보면 〈8월의 크리스마스〉도 위의 시와 연관이 있다고 할 수 있겠지요! 저는 개인적으로 오히려 〈즐거운 편지〉보다는 〈8월의 크리스마스〉가 영화와 더 잘 어울리는 것 같습니다.

허 감독은 지난해 한창 회자되었던 故김광석의 장례식에서 환하게 웃고 있는 고인의 영정을 보고 영화의 모티브를 얻었다고 합니다. 초원사진관의 사진사 정원(한석규 분)은 시한부 인생을 살면서도 밝고 따스하게 남에게 상처를 주지 않는 삶을 살려 노력하며 항상 웃고 있습니다. 그러고는 남은 자들을 위해 자신의 영정사진을 준비합니다. 하지만 영화가 끝날 때까지 정원의 죽음을 알지 못하는 주차관리원 다림(심은하 분)은 사진관에 걸린 자신의 얼굴을 보고 환하게 웃고 있습니다. 서로의 마음은 오랜 기다림 끝에 이어졌습니다. 이들은 서로의 사랑을 마음 밖으로 내비친 적이 없습니다. 그래서 보는 이들은 가슴이 아려오고 안타깝지만, 한편으론 마음이 따뜻해지고 촉촉해집니다. 영화는 인공의 조명을 거의 배제한 채 자연의 빛을 눈부시게 담아내고 있고, 카메라도 거의 움직이지 않습니다. 그래서 더욱 현실적인지 모릅니다. 그렇기에 한석규가 직접 부른 영화의 OST는 그의 가늘고 청량하며 비브라토 없는 목소리와 어울려 더욱 순수하게 다가옵니다.

"너의 마음 알아! 마지막으로 한 번만 나의 손을 잡아 주렴. 지금 이대로 잠들고 싶어 가슴으로 널 느끼며 영원히 깨지 않는 꿈을 꾸고 싶어…"

이 노래 속에 정원이 마지막으로 남긴 한마디가 내레이션 되고 있습니다.

"내 기억 속에 무수한 사진들처럼 사랑도 언젠가는 추억으로 그친다는 걸 난 알고 있습니다. 하지만 당신은 추억이 되지 않았습니다. 사랑을 간직한 채 떠날 수 있게 해 준 당신께 고맙단 말을 남깁니다."

이 순간에 우리는 마음속에 저려오는 따스함과 촉촉함을 마치 〈8월의 크리스마스〉 때 내리는 함박눈 같이 느낄 수 있습니다. 왜 허진호 감독이 영화의 제목을 〈8월의 크리스마스〉라고 했는지 조금은 알 것 같습니다.

「즐거운 편지」를 쓴 지 20여 년의 세월이 흐른 후 『나는 바퀴를 보면 굴리고 싶어진다』(1978)라고, 거대한 시대적 흐름 속에서 나약할 수밖에 없었던 개인을 노래한 시인 황동규! 굴러가야 할 수밖에 없는 바퀴의 당위를 어쩔 수 없이 굴러가야 하는 개인의 시대적 아픔으로 형상화한 시인은 놀랍게도 약관 18세에 이 시를 썼습니다. 1958년 미당 서정주는 이런 그를 〈현대문학 11월호〉에 추천했습니다. '지성을 서구적 기질에 의해 흉내낼 줄밖에 모르는 사람이 너무 많은 속에서 귀하고 중요한 지성의 움직임을 발견했다.'라는 추천사와 함께 말입니다.

내 사랑은 '해가 지고 바람이 부는 일처럼 사소한 일'이다. 이 얼마나 위대한 선언입니까! 일상 속에서의 사소함이 얼마나 중요한지를 말하고 있습니다. 만약 해가 지고 바람이 불지 않으면 어떻게 되겠습니까? 정말 큰일 아닙니까? 이렇듯 일상의 위대함을 경이로움을 시인은 자신의 사랑으로 노래하고 있습니다. 사랑은 그런 것이라고 주장하고 있는 것입니다. 일상 속의 내 사소한 사랑이 위대하다고 말입니다. 나는 오랫동안 '그대가 앉아 있는 배경'에서 그대가 알든 모르든 그 사소함을 지켜 오고 있다고….

영화 〈편지〉에서 환유(박신양 분)가 아내 정인(최진실 분)에게 왜 이 시를 두 번이나 읽어 주었는지 조금은 이해할 수 있을 것 같습니다. 환유는 정인에게 자신의 사랑의 가치를 이 시를 빌려 맹세하고 있는 것입니다. 그런데 2연 첫 줄의 '진실로 진실로'라니, 어디서 많이 보던 어법입니다. 요한복음에서 25번이나 언급되어 있는 연이은 두 번의 '진실로 진실로', 도대체 무엇이 두 번씩이나 '진실로'를 강조할 만큼 절실했을까? 무엇 때문에? 그것은 '내가 그대를 사랑하는 까닭'인 것 같습니다. '내가 그대를 사랑하는 것'은 '진실'이라는 말입니다. 시인은 그 까닭을 '내 나의 사랑을 한없이 잇닿은 그 기다림으로 바꾸어 버린 데 있었다'라고 말하고 있습니다. 내 그대를 사랑하는 까닭은 사랑하기 때문이 아니라 사랑을 뛰어넘어 그 사랑을 기다림으로 바꾸어 놓고 있다는 것입니다. 진실한 사랑을 영원한 기다림으로 바꾸어 버려 영원히 사랑할 수밖에 없다고 노래하고 있는 것입니다. 그런데 제가 더욱 놀라운 것은 그런 '내 사랑도 어디쯤에선 반드시 그칠 것을 믿는다.'입니다. 18세의 고등학생이 나이 57세인 저도 아직 잘 모르는 사랑을 이렇게 이야기하고 있습니다. 세월이 흐른 후에 '항상 그대가 앉아 있는 배경'에서 조용히 지긋이 그대를 지켜볼 뿐이라고 말입니다. 그리곤 그 사랑을 고백하고 사랑을 뛰어넘는 기다림이 사랑이라고, 그래서 내가 지금 쓰는 편지는 '즐거운 편지'일 수밖에 없다고, 다만 그 '사랑의 고통 또한 그칠 것을 믿는다'라고 고백할 수밖에 없다고 말입니다. 참으로 놀라운 고백입니다. 이쯤에서 정여진이 부른 〈편지〉의 OST 〈Too far away〉를 들어 보는 것도 좋을 듯합니다.

"눈을 감을 때에도 내가 걱정된다면 처음부터 끝까지 웃어요. 그래요 웃어요. 눈부신 날을 꿈꾸며 Too far away 조금만 더 기다려 우리 다시 태어나지 않을 영원 속에 만날 때까지 따뜻한 햇살에도 이렇게 쓸쓸하고 시려운데도 Too far away….''

자기 키보다도 큰 괘종시계 앞에서 흔들리는 시계추를 붙잡는 정인은 아마 흐르는 시간을 붙잡고 싶었는지도 모르겠습니다.

여기 또 이런 사랑의 이야기가 있습니다.

38세의 유부남인 시인과 시인을 흠모하는 여대생은 전쟁 중 대구에서 불꽃같은 사랑을 합니다. 처음에 시인은 이 사랑을 회피했었습니다. 그러나 '사람이 사람을 사랑하는 것은 죄가 아니겠지요.'라는 여인의 말에 어쩔 수 없이 둘은 제주로 떠납니다. 제주 생활 넉 달째 되던 어느 날 시인의 부인이 두 사람을 위한 한복과 생활비를 싸 들고 두 사람 앞에 나타납니다. 여인은 부인 앞에서 목 놓아 웁니다. 그리곤 시인의 곁을 떠납니다. 시인은 집으로 바로 돌아가지 못하고 집 근처 효자동에서 하숙생활을 시작합니다. 이때 시인은 어쩔 수 없었음을 나약함을 미안함을 회한을 담아 「효자동」이란 시를 씁니다.

숨어서 한 철을 효자동에서
살았다. 종점 근처의 쓸쓸한
하숙집
이른 아침에 일어나
꾀꼬리 울음을 듣기도 하고
마태복음 5장을 고린도전서 13장을

인왕산은 해질 무렵이 좋았다
보랏빛 산덩어리 어둠에 갈앉고
램프에 불을 켜면
등피에 흐릿한 무리가 잡혔다

마음이 가난한 자는 복이 있나니…
아 그 말씀 위로
그런 밤일수록 눈물은 베개를 적시고
한밤중에 줄기찬 비가 왔다

이제 두 번 생각하지 않으리라
효자동을 밤비를 그 기도를
아아 강물 같은 그 많은 눈물이 마른 강바닥
달빛이 어리고
서글픈 편안이 끝없다

마태복음 5장은 '산상수훈'이요, 고린도전서 13장은 그 유명한 '사랑 장(章)'입니다. '마음이 가난한 자는 복이 있나니…'로 시작되는 산상수훈의 27절에서 32절까지는 간음과 혼인에 대한 말씀이 나옵니다. '사랑은 오래 참고 온유하며…'에서는 사랑은 이런 것이라는 사랑의 속성 15가지가 연이어 언급되어 있습니다. 마음이 비어버려 텅 비어 있는 가난한 시인이 사랑을 이야기하며 눈물로 베개를 적시고 있습니다. 시인은 아직 나이 40이 안 되어 나이 듦에 대한 허무를 기도처럼 눈물로 쏟아 내고 있습니다. 저지른 잘못에 대한 통렬한 반성과 성찰의 모습이 더욱 인간스럽고 자연스럽습니다. 역시 사람의 눈물은 울어야 나오나 봅니다. 이 시인은 박목월입니다.

참! 글을 마무리 지으며 한 가지 우문(愚問)이 드는 것은 저만 그런가요? 왜 영화 속에선 모두 남자가 먼저 세상을 떠나고 여자는 홀로 남겨져 슬퍼해야 하는지요? 〈편지〉에서 환유(박신양 분)가 그렇고, 〈8월의 크리스마스〉에서 정원(한석규 분)이 그렇고, 〈사랑과 영혼〉에서 샘 웨트(Sam Wheat, 패트릭 스웨이지 분)가 그렇습니다. 모두 남자입니다. 혹시 역(逆)이었다면 어땠을까요? 그러면 아마 재미없었을 것 같습니다. 혹시 답을 아시는 분이 있으면 이야기해 주십시오. 이 여름의 초입에서 쓴 소주 한잔 대접해 드리겠습니다. 아 참 〈기쁜 우리 젊은 날〉에선 혜란(황신혜 분)이 영민(안성기 분)보다 먼저 세상을 떠나지요! 역시 예외는 있네요. 그래서 이 영화는 신파 끼가 조금 있는 것 같습니다.

씨 뿌리는 계절입니다. 가을의 풍성한 수확을 위해 농부는 이 초여름에 쭉정이를 골라내는 수고를 마다하지 않습니다. 이렇듯 바쁘고 땀 흘려야 하는 시기에 생뚱맞은 사랑 타령이나 해 송구합니다. 넓은 마음으로 용서(?)하셨으면 합니다. 만물이 새로운 기운을 내뿜고 있는 계절입니다.

인천시교육청 창의인재교육과, 2018. 6.

9. 아아! 백석(白石)

새로운 학년도가 시작되고 벌써 한 달이 쏜살같이 지나가고 있습니다. 3, 4월은 학생들과 첫 만남의 설레임과 기싸움이 상존하고 있으며, 선생님들 사이에도 새로운 인연과 관계를 만들어가는 시기이기도 합니다. 계절로는 숨죽이고 있던 모든 생명들이 살아 있음을 온 우주에 뽐내는 달이기도 합니다. 환절기에 접어들어 큰 일교차로 인해 우리 모두 건강에 더욱 조심해야겠고, 특히 코로나19로 인한 감염병 예방에도 더더욱 신경을 써야 하겠습니다. 올해도 어김없이 따뜻한 봄바람에 꽃은 필 것이며, 한여름의 뜨거운 폭염은 우리를 괴롭힐 것이며, 누렇게 익은 벼는 수확의 기쁨을 안겨주며, 하얀 눈은 온 대지를 덮을 것을 압니다. 이렇듯 자연의 순환은 무심하게 눈으로 보는 시간을 벗어나 보이지 않는 세월로 이어지는 것 같습니다. 우리가 몸담고 있는 교육의 길 또한 그러한 것 같습니다. 한 아이들이 세상으로 나아가면 또 새로운 얼굴들이 우리 곁으로 다가오곤 합니다. 개인적으로 저에게는 이런 시간이 36년이란 세월로 이어지고 있습니다. 강산이 어느덧 4번이나 바뀌는 시간이고, '1만 시간의 법칙'(앤더스 에릭슨, 콜로라도대, 1993.)에 의하면 어떤 분야의 전문가가 되기 위한 1만 시간은 매일 3시간씩 훈련할 경우 약 10년, 하루 10시간씩 투자할 경우 대략 3년이 걸린다고 합니다. 그러니 교육의 전문가가 되어도 벌써 됐어야 함에도 불구하고 어인 일인지 갈수록 점점 모르는 것들투성이니 참으로 답답한 인사가 아닐 수 없습니다. 젊은 시절 서슬 퍼런 칼날 위에서 감히 교육을 재단하고 판단했던 그 당돌함과 무모함은 이제는 찾아보기 어렵습니다. 다만 교육은 사람들을 상대하는 것이니, 사람을 상대하는 것이 제가 사회적으로 감당해야 할 영원한 숙명이라는 것에 위안을 느낄 따름입니다.

지난 3. 29.일에는 해병대 군특 학생 40명의 제2기 발대식이 있었습니다. 불과 한 달의 짧은 시간이지만 점점 늠름하고 절도 있게 변해가는 사랑하는 아이들의 모습을 보며, 우리가 하고 있는 일이 얼마나 위대한 일인지 다시 한번 감사하게 됩니다. 학생들의 변화되는 모습에서 존재의 이유를 찾으시는 우리 모두가 되었으면 합니다.

여기 고등학교 선생님이셨고 시인이기도 했던 한 사람이 있습니다. 1930년대 우리나라 서정시를 대표하시는 분이라고 후대사람들은 평가하곤 합니다. 그런데 저는 '선생이고 시인이었던'보다는 '시인이고 선생이었던' 그의 이미지가 더욱 선명하게 다가옵니다. 시인의 감성으로 아이들을 가르쳤더라면 '지금의 [나]'보다는 '보다 나은 [나]'가 될 수 있지 않았을까 하는 생각에서입니다.

나와 나타샤와 흰 당나귀

가난한 내가
아름다운 나타샤를 사랑해서
오늘 밤은 푹푹 눈이 나린다

나타샤를 사랑은 하고
눈은 푹푹 날리고
나는 혼자 쓸쓸히 앉아 소주를 마신다

소주를 마시며 생각한다
나타샤와 나는
눈이 푹푹 쌓이는 밤 흰 당나귀를 타고
산골로 가자 출출이 우는 깊은 산골로 가 마가리에 살자

눈은 푹푹 나리고
나는 나타샤를 생각하고
나타샤가 이내 올 리 없다
언제 벌써 내 속에 고조곤히 와 이야기한다
산골로 가는 것은 세상한테 지는 것이 아니다
세상 같은 건 더러워 버리는 것이다

눈은 푹푹 나리고
아름다운 나타샤는 나를 사랑하고
어데서 흰 당나귀도 오늘 밤이 좋아서 응당응당 울을 것이다

'소망한다'는 것은 가능성을 희망하는 게 아닌지도 모릅니다. 아마도 그 불가능성을 미리 예정하고 있는 것인지도 모릅니다.

'나'와 '나타샤'와 '흰 당나귀'! 제목부터 범상치 않습니다. 대상이 3개나 됩니다. 보통 대부분의 시는 대상이 하나 아니면 둘 정도인데 3개라니. 백석[79]의 독창성, 특이성, 고유성 같은 남다른 시적 정서를 제목에서부터

79 백석(白石, 본명 백기행 1912~1996), 평북 정주 오산고보, 고당 조만식의 비서, 조선일보 신춘문예 당선, 함흥 영생고보 영어교사, 시집『사슴』발표.

느낄 수 있습니다.

'나타샤'! 『전쟁과 평화』에 등장하는 여주인공의 이름을 톨스토이는 나타샤로 이름 붙였습니다. 사랑하는 그녀의 이름을 백석은 나타샤로 불렀습니다. 백석과 한때 연인이었던 김영한[80]은 훗날 이 시가 백석이 자신에게 써 준 시라고 주장했습니다. 함흥의 영생고보 영어선생이자 축구감독이기도 했던 백석이 경성에 왔을 때 이 시가 들어 있는 편지를 주고 갔다고 합니다. 김영한은 "이 시를 읽을 때면 순간적으로 대기를 뚫고 백석에게 날아가 함께 흰 당나귀를 타고 둘만의 세계로 떠나고 싶었다."라고 회고합니다. '출출이 우는 깊은 산골로 가' 백석과 함께 살고 싶었다는 충동이 생겼다는 것입니다.

백석은 '지금 여기'보다는 '마가리'(작은 오두막)에서 살자고 말하고 있습니다. 현재 삶에 대한 고뇌와 세상으로부터 소외된 그의 자의식을 드러내고 있습니다. '고조곤히'는 '아주 작고 부드럽고 고요한 속삭임'이라는 뜻입니다. 명사보다 형용사가 더 많은 우리말의 함축성과 아름다움을 느낄 수 있습니다. 의성어와 의태어가 한 단어에 녹아 있으니 세상 어디에 이런 말이 또 있겠습니까! 우리말을 더욱 사랑해야 하는 당위가 여기에 있습니다. 그리고 '출출이'는 '뱁새'를 뜻합니다.

'가난한' 내가 '아름다운' 나타샤를 사랑해서, 역시 시의 첫 줄은 신에게서 온다는 발레리의 말은 진리인가 봅니다. '나'와 '나타샤'가 '가난함'과 '아름다움'으로 대비되고 있습니다. 가난하다고 해서 아름다운 여인과 사랑도 못 하냐?는 울분과 한탄은 아닌 듯합니다. 어디서 본 시구입니다.

---

80 김영한(1916~1999, 법명 길상화), 서울 성북동의 고급요정인 대원각을 법정스님에게 시주하여 길상사를 창건하게 한 인물, 백석에 대해 '1,000억 원이란 돈도 그 사람의 시 한 줄만 못하다'라고 말함.

바로 신경림 시인의 「가난한 사랑노래」라는 시입니다. - 이웃의 한 젊은 이에게 -라는 부제가 붙어 있습니다.

가난하다고 해서 외로움을 모르겠는가
너와 헤어져 돌아오는
눈 쌓인 골목길에 새파랗게 달빛이 쏟아지는데
가난하다고 해서 두려움을 모르겠는가
두 점을 치는 소리
방범대원의 호각 소리 메밀묵 사려 소리에
눈을 뜨면 멀리 육중한 기계 굴러가는 소리.
가난하다고 해서 두려움을 버렸겠는가
어머님 보고 싶소 수없이 뇌어보지만
집 뒤 감나무에 까치밥으로 하나 남았을
새빨간 감 바람소리도 그려보지만
가난하다고 해서 사랑을 모르겠는가
내 볼에 와 닿던 네 입술의 뜨거운 숨결
돌아서는 내 등 뒤에 터지던 네 울음.
가난하다고 해서 왜 모르겠는가
가난하기 때문에 이것들을
이 모든 것들을 버려야 한다는 것을.

신경림도 '눈 쌓인 골목길'을, 백석도 '푹푹 눈이 나린다'고 '눈'과 '밤'을 이야기하고 있습니다. 그것도 쌓인 눈과 푹푹 나리는 눈을! 눈에게도 분명 계획이 있었을 것입니다. 푹푹 나리는 눈은 가난한 젊은이와 쓸쓸하고 외로워 홀로 술을 마시고 있는 나의 처지를 한꺼번에 날릴 것 같은 폭설로 날리면서 하염없이 쌓이고 있습니다. 눈 오는 한밤중에 세상과 동떨어져 마시는 술은 현실적이며 세속적이며 사회적 규범의 잣대에 구속되어 있는 나의 모습을 벗어버리라 하고 있습니다. 어쩌면 이 운(韻)은 외롭고 가난하여 홀로 술 마시고 있는 '나'를 위로하고 있는지도 모릅니다. 여담이지만 명나라 사조제(謝肇淛)의 「문해피사(文海披沙)」에서는 술 마시는 사람의 여섯 가지 폐단을 이야기하며, '그럼 어떤 사람이 술을 마시는가?'라고 묻고 '그것은 나그네와 죄인뿐'이라고 답하고 있습니다.

가난한 것이 결코 죄는 아니지요. 그 가난함에 대한 위로를 신경림은 '어머니 보고 싶소'라는 울부짖음에서, 백석은 '푹푹 나리는 눈'에서 얻었는지 모릅니다. '가난하다고 해서 사랑을 모르겠는가', '사랑이 죄냐?' 뭐 이런 울분을 저 같은 사람은 세상을 향해 외치고 싶으나 시인은 그 울분을 내면의 다짐과 정신적 승리로 이내 탈바꿈 해놓습니다. 17연으로 구성된 시에서 마침표가 단 두 곳. 14연의 마침표는 숨을 멎게 합니다. '등뒤에 터지던 네 울음'은 모든 가난한 자들의 세상과 현실에 대한 외침입니다. 가난하기 때문에 이 모든 것들을 버려야 한다는 포기와 현실에 대한 인정을 '나타샤가 아니 올 리 없다'고 스스로 확증하고 있습니다. 나타샤는 그럴 생각이 정말 조금도 없는데 괜스레 '나'만 그렇게 생각하는 것인지도 모릅니다. 하지만 이런 자기 확신도 없다면 삶이 얼마나 힘들겠습니까? 어쩌면 삶은 이런 공허한 자기 확신들이 쌓이며 삶의 의지를 불태우는 것이 아닌지 생각해 봅니다. 백석은 세상을 향해 외칩니다. "산골로 가는 것은 세상한테 지는 것이 아니다. 세상 같은 건 더러워 버리는 것이다.”라고, 산골로 가는 것이 세상에 지는 것이 아니라 내가 세상을 버리는 것이라고 말입니다. ‘모든 것을 버려야 한다’는 수동적 포기가 아니라 ‘더러워 버리는 것’이라는 적극적 선택입니다. 세상에 결코 패배하지 않는 시인의 위대한 선언입니다. 가난은 가난에서 오지만 그 가난은 가장 귀하고 존엄한 자들에게 주어지는 훈장이었습니다. 세상한테 이기기 위해 세상을 버리는 역설과 모순이 백석 시의 철학입니다.

그의 시 「흰 바람벽이 있어」를 한 편 더 감상해 볼까요?

오늘 저녁 이 좁다란 방의 흰 바람벽에
어쩐지 쓸쓸한 것만이 오고 간다
이 흰 바람벽에
희미한 십오촉 전등이 지치운 불빛을 내어던지고
때글은 다 낡은 무명샤쯔가 어두운 그림자를 쉬이고
그리고 또 달디단 따끈한 감주나 한잔 먹고 싶다고 생각하는
내 가지가지 외로운 생각이 헤매인다
그런데 이것은 또 어인 일인가
이 흰 바람벽에
내 가난한 늙은 어머니가 있다
내 가난한 늙은 어머니가
이렇게 시퍼러둥둥하니 추운 날인데 차디찬 물에 손을 담그고
무며 배추를 씻고 있다
내 사랑하는 어여쁜 사람이
어느 먼 앞대 조용한 개포가의 나지막한 집에서

그의 지아비와 마주앉아 대구국을 끓여놓고 저녁을 먹는다
벌써 어린 것도 생겨서 옆에 끼고 저녁을 먹는다
그런데 또 이즈막하여 어느 사이엔가
이 흰 바람벽엔
내 쓸쓸한 얼굴을 쳐다보며
이러한 글자들이 지나간다
–나는 이 세상에서 가난하고 외롭고 높고 쓸쓸하니 살아
가도록 태어났다
그리고 이 세상을 살아가는데
내 가슴은 너무도 많이 뜨거운 것으로 호젓한 것으로 사랑으로
슬픔으로 가득 찬다
그리고 이번에는 나를 위로하는 듯이 나를 울력하는 듯이
눈질을 하며 주먹질을 하며 이런 글자들이 지나간다
–하늘이 이 세상을 내일 적에 그가 가장 귀해하고 사랑하
는 것들은 모두
가난하고 외롭고 높고 쓸쓸하니 그리고 언제나 넘치는 사랑과
슬픔 속에 살도록 만드신 것이다
초생달과 바구지꽃과 짝새와 당나귀가 그러하듯이
그리고 또 「프랑시스 쨈」과 도연명과 「라이넬 마리아 릴
케」가 그러하듯이

하늘이 가장 귀해하고 사랑하는 것들을 이 세상에 보낼 때에는 가난과 고독, 적막을 함께 보낸다고 합니다. 이것이 하늘의 뜻이며, 그러니 그것

이 곧 높고 귀한 것이며 하늘의 사랑과 슬픔이라고 시인은 말합니다. 사랑은 기쁨과 환희만 존재하는 것이 아닙니다. 거기에는 좌절과 고통과 번민과 미움도 함께 존재합니다. 그것이 사랑입니다. 김수영은 '사랑 반 죽음 반'이라 썼고, 기형도는 '사랑을 잃고 나는 쓰네'라고 했으며, 만해는 '사랑은 거리가 멀수록 커진다'고 가르쳤습니다.

가난하고 외롭고 쓸쓸한 그래서 혼술하는 시인의 방은 결코 좁은 방에 머물러 있지 않습니다. 그곳은 마치 영화관으로 공간이 확장됩니다. '흰 바람벽'은 스크린으로 변해 늙은 어머니와 어여쁜 아내와 나의 쓸쓸한 얼굴이 지나갑니다. 그리고 글자들이 지나갑니다. 그 글자들은 시인의 보이지 않는 마음을 형상화하여 글자로 보여 주고 있습니다. 그 글자는 자기 위안의 목소리이고, 자기 의지의 선언이기도 합니다. 이 마음의 글자들은 백석이 주장하고 있는 '침묵의 말'일 것입니다. 이 잠잠함은 세상을 향한 시인의 숭고함과 겸손입니다. 일제강점기의 어두웠던 시대에 만주에서 우리 민족끼리 싸우고 저 잘났다고 악다구니질하는 것을 백석은 가슴 아파했습니다. 말이 말이 아닌 시대에, 요설과 소란과 왁자지껄이 난무하는 시대에 진정 우리에게 필요한 것은 나라 잃은 슬픔과 침묵이라고 생각했습니다. 흰 바람벽에 지나가는 글자들은 백석 내면의 침묵의 소리였던 것입니다.

성경에도 '잠잠하라'는 이야기가 나옵니다. 엘리야가 하늘로 올라갈 때 제자들이 엘리사에게 여호와의 이런 계획을 아느냐고 다그칩니다. 제자들에게는 큰일 난 것입니다. 스승과의 이별을 예고하기 때문입니다. 이때 엘리사가 말합니다. "너희는 잠잠하라" 두 번 말하고 있습니다.(왕하 2:3, 5) 엘리사는 결코 엘리야와 헤어지지 않겠다고 맹세합니다. 어쩌면 엘리사는 자신의 맹세에도 불구하고 엘리야의 승천을 알고 있었는지도 모릅니다. 그러나 엘리사는 '너희는 잠잠하라'고 외칩니다. 모두 자신이 말하는 것이 정의라고 외치고 있습니다. 마치 세상을 구원하는 구세주가 된 것 같이 말입니다. 그러나 백석과 엘리사는 말합니다. "너희는 잠잠하라"고!!!

평안북도 정주에서 태어난 백석은(1912. 7. 1.~1996. 1. 7.) 1930년 19세의 나이에 조선일보 신춘문예에 단편소설 『그 모(母)와 아들』로 당선되어 등단하게 됩니다. 시인 백석의 등단은 시가 아니라 소설이었습니다. 1936년 33편의 시를 담은 첫 시집 『사슴』을 발표합니다. 이후로 백석은 1930년대 우리나라의 서정시를 대표하는 시인으로 자리 잡게 됩니다. 만주에서 떠돌이 생활을 하던 백석은 해방이 되자 그의 고향이 평북 정주였기 때문인지 그대로 북한에 남아 있게 됩니다.[81] 그리고 1959년 양강도 삼수군 관평리에 있는 협동농장으로 추방되어 죽을 때까지 농장원 생활을 하게 됩니다.

시인의 자유로운 영혼은 1인 독재의 절대봉건제인 북한에게 처음부터 어울리지 않았는지 모릅니다. 그가 그렸던 '산중미인'의 자리에는 김영한이 아닌 '리윤희(백석의 아내)'가, '걸림돌 하나 없는 강토 낙원'의 자리에는 '추방된 공간인 협동농장'이, '시인' 백석의 자리에는 '농장원' 백석이 있었을 뿐입니다. 백석이 그토록 그리던 동경과 잔혹한 현실은 그 간극이 너무 큽니다. 그러나 그럼에도 불구하고 백석의 시는 여전히 아름답습니

81 '고당 조만식 선생을 모셔야 한다. 백석과 처 그리고 큰아들 화제만 데리고 혹은 혼자만 못 간다. 다른 가족과 친지가 너무 많아 월남하면 남은 가족 친지가 고초를 겪을 것이다. 가족 친지 모두 터전이 북에 있는 서민이다. 모두 같이 간다 해도 남에서 생활 터전이 없어 더 힘들지도 모른다. 이젠 감시가 심해 가고 싶어도 못 간다.'라는 이유를 들었다 함(출처 나무위키).

다. 그래서 모든 예술의 시제는 현재 아니라 미래에 있다고 말하는 것 같습니다. 백석이 그리워지는 아침입니다.

부평공고, 2021. 4.

10. 작은 거인! 김수철

"모든 아이는 본래 화가다. 문제는 어떻게 하면 나이를 먹어서도 화가로 남아 있는가 하는 것이다."

- 파블로 피카소 -

'1학년 때 로어 선생님은 내가 그린 자주색 인디언 천막이 사실적이지 않다고 지적했다. 자주색은 천막에는 쓰이지 않는 색깔이라는 것이었다. 자주색은 죽은 사람들에게나 쓰는 색이며, 따라서 내 그림은 다른 아이들 것과 함께 교실 벽에 걸어 줄 수 없다는 것이었다. 헐렁한 골덴 바지를 슥슥 스치는 소리를 내면서 난 내 자리로 돌아갔다. 검은색 크레용과 함께 어둔 밤이 내 텐트 위로 내려왔다. 아직 오후도 되지 않았는데.

2학년 때 바르타 선생님은 말씀하셨다.

"아무거나 그리고 싶은 대로 그려라." 무엇을 그리든 자유라는 것이었다. 난 아무것도 그리지 못한 채 백지만 책상 위에 달랑 얹어 놓고 있었다. 선생님이 교실을 한 바퀴 돌아 내 자리까지 왔을 때 나는 심장이 콩콩 뛰었다. 바르타 선생님은 그 큰 손으로 내 머리를 쓰다듬더니 부드러운 목소리로 말씀하시는 것이었다.

"들판에 온통 하얀 눈이 내렸구나. 이야! 정말 멋진 그림이야!'"

- 작자 미상 -

1년 전 오늘 저는 "아직도 사랑하는 아이들을 만날 날이 언제쯤인지 기약 없는 기다림에 목말라하는 일상의 연속이 이어지고 있습니다. 그러나 봄이 온 것같이 곧 아이들을 만날 날이 오리라 믿고 있습니다."라는 말씀을 드린 기억이 있습니다. 그러나 아직도 학교 교육은 정상화되지 못하고 있습니다. 학습격차가 커지고 있으며, 생활지도는 더욱더 어려워지고 있습니다. 어떻게 하여야 하나요? 정말 큰일입니다. 다만 이럴수록 선생님들의 고민이 더욱 커질 수밖에 없는 것은 사실인 것 같습니다. 한 아이 한 아이 더욱더 세심한 관심과 살핌이 필요할 것입니다. 이제 곧 3학년 학생들의 국가기술자격증 시험이 있게 됩니다. 모든 선생님들의 관심과 애정 어린 지도를 부탁드립니다.

제가 고등학교, 대학교 다닐 때 대학로에 자주 나타났던 그의 모습은 찢어진 청바지에 눌러쓴 모자, 자기 키만 한 기타를 짊어지고 난다랑, 학전 등의 찻집을 드나들던 모습이었습니다. 특히 대학 3, 4학년 때 그의 모습은 히트시킨 그의 음악과 함께 저에게는 동경의 대상이기도 했습니다. 누구와 함께 보았는지 기억은 가물가물하지만 영화 〈고래사냥〉은 송창식의 동명의 노래와 함께 군 입대를 앞두고 있는 저에게는 큰 위로를 주었던 것으로 기억됩니다. 다시 돌아갈 수 없는 시절. 우리 모두에게는 그런 소중한 그 시절의 추억과 기억들이 젊음의 열병과 함께 나의 삶에 각인되어 있습니다.

1957년생인 그는 서울 장충중학교 2학년 때 어쿠스틱 기타를 잡으면서 음악과 인연을 맺게 됩니다. 자연스럽게 음악을 들으며 기타연주를 하던 그는 지미 핸드릭스의 음악에 심취해 일렉트릭 기타로 전향한 후

C.C.R, 그랜드 펑크, 제임스 갱, 딥 퍼플을 카피하면서 속주의 묘미를 느껴 갔습니다. 음악 하는 것을 반대했던 보수적인 부모의 만류로 이불 속에서 기타를 연주하며 실력을 쌓아갔습니다. 이미 중3 때부터 작곡을 시작했던 김수철은 '작은 거인' 시절 대부분의 곡들이 거의 이 시기에 작곡됐을 정도로 작곡 능력에도 천재성을 보였습니다. 그리고 파이어 팍스(Fire Fox)라는 그룹을 만들어 미8군 무대에 진출합니다. 용산공고를 거쳐 광운대 진학 후엔 핑크 플로이드를 비롯한 프로그레시브 록에 빠져들어 '퀘스천(Question)'이란 그룹을 결성해 TBC 연포가요제에 출전하기도 했습니다.

1978년 당시 각 대학에서 쟁쟁한 실력을 갖춘 젊은이들로 결성된 '작은 거인'은 김수철(리드기타, 보컬), 김근성(건반), 정원모(베이스), 최수일(드럼)이 멤버였습니다. 이들은 겨울 두 달간 오직 라면 두 박스로 합숙훈련을 하고, 같은 해 '작은 거인'으로 전국 대학축제 경연대회에 출전해 〈일곱 색깔 무지개〉로 그룹 부문 대상을 수상하면서 대중에 알려지게 됩니다. 록그룹 '작은 거인'은 뛰어난 연주 실력과 음악성으로 1979년 1집 〈작은 거인의 넋두리〉, 1981년 2집 〈작은 거인〉을 발표해 저뿐만 아니라 당시 젊은이들의 많은 사랑을 받았습니다. 특히 2집 〈작은 거인〉은 군 입대와 졸업으로 떠난 멤버들을 대신해 최수일만 남기고 김수철 혼자 기타, 베이스, 건반을 담당하며 전곡을 작사, 작곡하는 가공할 능력을 보여 줍니다. 이는 머지않은 미래에 김수철의 숙원인 원맨밴드(1989)의 실체를 예견하는 듯했습니다.

〈새야〉, 〈일곱 색깔 무지개〉 등 격정적인 하드 록풍의 사운드와 록음악을 중심으로 한 포크 발라드, 소울재즈, 재즈 록 등 도전적인 의욕으로 가득 차 있는 2집은 디스토션이 짙게 어린 김수철의 기타 사운드와 연주, 그리고 당시 국내의 낙후된 녹음 수준이라는 걸림돌을 일본의 레코딩 엔지니어인 지다가와 마시토를 초빙해 녹음하는 정면돌파로 해결해 버립니다. 이 앨범은 멀티채널 레코딩이라는 개념과 특성을 잘 살린 1980년대 초반 한국 록의 마스터피스 중 하나이기도 합니다.

그러나 안타깝게도 '작은 거인'의 거대한 발자국은 이것으로 끝이 나게 됩니다. 팀 해체와 보수적인 부친의 음악 활동 반대로 대학원 진학 후 음악 활동을 결별하는 의미에서 발표한 솔로 1집 〈작은 거인 김수철〉(1983)을 발표합니다. 그런데 이 1집이 대박을 터트렸습니다. 〈못다 핀 꽃 한 송이〉, 〈별리〉, 〈정녕 그대를〉, 〈내일〉, 〈다시는 사랑을 안 할 테야〉 등 앨범 전곡이 공전의 히트를 기록하게 됩니다. 그의 음악적 재능에 대한 대중의 환호는 그로 하여금 다시 음악의 길로 돌아오게 만듭니다. 2집 〈작은 거인 김수철 2〉(1984)의 〈왜 모르시나〉, 〈젊은 그대〉, 〈나도야 간다〉까지 파죽지세의 상승세로 인기의 정점에 서게 됩니다. 당시 김수철은 1984년부터 1986년까지 3년간 각 방송국의 연말 가수상을 휩쓸며 최정상의 인기를 구가합니다.

1983년 영화배우 안성기의 전화를 받고 허름한 술집에서 배창호 감독을 만나 영화 〈고래사냥〉(1984)에 병태 역으로 출연하게 됩니다. 이날 영화 〈고래사냥〉의 원작자 최인호(1945), 감독 배창호(1953), 주연 안성기(1952), 조연 김수철(1957)은 폭음을 하게 됩니다. 정신을 잃을 정도로. 이 작품으로 김수철은 백상예술대상 신인상을 수상하게 됩니다. 특히 이 영화의 음악 작업은 그에게 있어 김수철 개인의 영화음악사를 따로 쓰게 할 만큼 많은 영화음악 활동의 시작을 알리는 계기가 되기도 합니다.

1984년 부친의 별세 후 관심을 두고 있던 '우리의 소리'를 하기 위해 혼자 독학해 온 국악을 더 본격적으로 공부하기 시작하게 됩니다. 1986년 4집 〈영화음악 '하나'〉에서는 국악가요를 다시 시도하기 시작합니다. 〈잊어버려요〉를 5개 버전으로, 〈세월은 가네〉를 4개 버전으로 편곡하는 등 멜로디에 얽매이지 않는 변화무쌍한 편곡 능력을 펼쳐 보입니다. 그는 이 시기에 또 여러 편의 영화, 드라마, 연극 음악을 작곡하기도 합니다. 〈고래사냥 Ⅰ, Ⅱ〉, 〈허튼소리〉, 〈TV드라마 음악〉, 〈노다지〉 등이 그것으로 김수철의 '우리의 소리'의 현대화 노력이 깃들인 작품들이었습니다.

더불어 86아시안게임 전야제의 피날레 음악을 맡으며 그때까지 생소했던 국악과 록의 조화를 보여 주기도 합니다. 이 곡부터 〈기타 산조〉라는 연주곡 작업이 시작되어, 오늘날 기타 산조라는 말의 처음은 김수철의 기타 산조에서 시작되게 됩니다. 이듬해인 1987년 〈김수철 제5집〉, 〈김수철 제6집〉의 상업적 실패와 무관하게 음악과 우리 소리의 현대화에 음악적 능력을 펼치며 계속 영화음악을 작곡하는 한편, 1987년 제9회 대한민국 무용제 대상 작품 〈0의 세계〉를 작곡하는 등 무용음악도 작곡하였습니다. 같은 해 최초의 국악음반 〈金秀哲〉이 발표되었으나, 불과 몇백 장밖에 판매가 되지 않는 대중적 참패를 맛보게 됩니다.

86아시안게임 전야제 음악의 호평에 힘입어 국내 대중음악인으로는 유일하게 88서울올림픽 전야제의 음악감독 및 작곡을 맡아 우리 고유의 소리와 첨단 신디사이저를 조화시켜, 특수효과를 살린 불꽃놀이와 함께 피날레를 장식하였고, 이는 〈88서울올림픽음악〉(1988)으로도 발표되었습니다.

이미 그룹 '작은 거인' 시절인 1981년, 〈별리〉와 같은 곡을 통해 국악과

가요의 접목을 일찌감치 시도한 바 있었던 그가 낮에는 방송과 연주 활동을, 밤에는 짬을 내서 거문고, 가야금, 아쟁, 피리 등 국악기를 연마하는 주경야독의 시간을 이어가며 서서히 우리 소리에 눈을 떠가기 시작합니다. 그러한 노력은 〈풍물〉을 포함해 1984년부터 1987년 사이에 작곡된 8곡을 묶어 발표한 앨범 〈황천길〉(1989)로 결실을 맺게 됩니다. 참담한 상업적 실패와는 별개로 이 음반은 현재 '명반'의 반열에 당당히 올라 있습니다.

1989년 국내에서는 처음으로 시도된 작곡과 편곡은 물론, 드럼, 기타, 베이스, 건반, 보컬까지 레코딩의 전 과정을 한사람이 도맡아 하는 1인 10역의 기념비적 음반 〈One Man Band〉(1989) 앨범을 발표하고, 수록곡 〈정신차려〉, 〈언제나 타인〉 등이 대중적 인기를 모으게 됩니다. 1991년은 9집 〈난 어디로〉 발표와 영화음악 및 드라마 음악 작곡, 기타 산조 공연들이 왕성하게 펼쳐진 한 해였습니다. 이때부터 김수철은 국내 영화음악계에서 가장 높은 작곡료를 받는 이 중 하나가 되었습니다.

1993년 〈서편제〉 OST를 발표하며 70만 장 이상의 판매를 기록, 국내 OST 음반과 국악음반 사상 최고의 판매고를 기록하며 서편제 신드롬을 몰고 오기도 합니다. 이어 〈태백산맥〉(1994), 〈축제〉(1996), 〈창〉(1997) 등의 OST를 계속 선보이며 영화음악의 거장으로서의 면모를 갖춰가기에 이르게 됩니다. 1998년 4월 〈팔만대장경〉을 발표하는데, 이는 1995년 팔만대장경의 유네스코 세계문화유산 지정을 계기로 본격화한 음반화 작업으로 김수철이 1980년부터 18년 동안 추구해 온 '우리 소리'의 현대화 작업의 방점이었던 것입니다.

이듬해에는 대중음악인으로는 국내 최초로 순수 음악상을 수상하였던

〈불림소리 I 〉(1992)의 연작 시리즈 중 두 번째 〈불림소리 II〉(1999)를 발표합니다. 2000년 시드니 올림픽 남북 공동 입장 및 공동 응원에 감동을 받아, 김수철은 남과 북이 한마음으로 부를 수 있는 바람으로 〈우리는 하나 One Korea!〉를 작곡하기도 합니다. 2002년 한일월드컵 개막식 문화행사의 음악감독 및 작곡을 맡았으며, 개막식 행사에서 오케스트라와 함께 직접 〈기타산조〉를 연주하기도 하였습니다.

2002년 여름 12년 만의 정규앨범 〈Pops & Rock〉을 들고 대중 앞에 돌아오게 됩니다. 고 신해철, 김윤아, 박미경, 장혜진, 이상은 등의 실력파 후배 가수들이 객원 싱어로 참여한 것과 타이틀곡 뮤직비디오에 안성기, 이미숙 등과 함께 20년 만에 영화 〈고래사냥〉 멤버들이 다시 모여서 영상을 찍어 화제가 되기도 하였습니다. 같은 해 가을에는 김수철의 작곡, 연주로 기타산조 솔로 및 기타산조와 대금, 가야금, 장고 등의 국악기와의 협주곡으로 만들어진 〈기타산조〉(2002)를 발표합니다. 서양악기인 전기기타의 다양한 연주기법을 활용하여 우리의 가락인 산조를 작곡, 연주한 것으로 김수철에 의해 처음으로 시도되었고 새로운 장르로 탄생한 것입니다.

2004년 '작은 거인' 이후 20년 만에 밴드를 결성하여 왕성한 공연 활동을 펼쳤으며, 2007년 데뷔 30주년을 맞아 기념콘서트로 대중들과의 만남을 이어가기도 했습니다. 2010년에는 영화 〈구름을 벗어난 달처럼〉의 음악을 맡아 제천국제음악영화제에서 음악상을 수상하며 다시 한번 영화음악의 거장으로서의 존재감을 여실히 드러내기도 했습니다. 몇 해 전 페스티벌에서의 무대를 뒤로한 후 좀처럼 이 거인을 볼 수가 없습니다. 오래전부터 대중성을 떠나 음악성과 실험성에 깊이 빠져 있었던 이 작은 거인의 꿈은 동서양 사람들 모두에게 감동을 줄 수 있는 음악을 만들고자 하는 것일 겁니다. 작은 거인의 매그넘 오퍼스(magnum opus, 최고의 걸작, 대작)를 기다리는 이들은 비단 저뿐만이 아닐 것입니다.

부평공고, 2021. 5.

〈참고문헌〉

1. 김수철 공식 홈페이지, http://www.kimsoochul.co.kr/

2. 최성철, 「대중음악가 열전」, 다할미디어, 2017.

11. 가을예찬

황금빛으로 열매 맺은 벼는 익었으나 인자하지 못한 자연의 공평함은 수확으로 기뻐하여야 할 농부의 마음을 더욱 아프게 하는 것 같습니다. 굵은 주름으로 검게 그을린 농부의 얼굴은 수심으로 가득 차 있습니다. 9. 16.일 제55회 전국기능경기대회에 참가 중인 학생들과 선생님들을 위로하고 격려하기 위해 전주로 내려가는 길은 차창 밖의 쓰러진 벼들로 인해 발걸음이 무거웠습니다. 자연의 천지불인(天地不仁) 속에서 인간이 할 수 있는 일, 또 하여야 할 일들을 다시금 생각해 봅니다.

전국기능경기대회에 참가한 학생들과 선생님들! 수고 많으셨습니다. 강화된 방역조치로 학생들의 경기를 참관하지 못하고 경기장에도 들어가지 못한 선생님들에게 위로의 말씀을 드립니다. 그동안 열심히 준비하고 잘 하려고 노력했으나 결과가 좋지 않아 상심이 클 것 같습니다. 대회 결과를 잘 분석하여 학생 지도에 더욱 분발해야 하겠습니다. 매년 반복되는 교육 활동이지만 냉철한 평가와 반성을 통해 더 나은 교육으로 이어져야 가르치는 보람과 학생들의 성취를 이끌어 낼 수 있다고 생각합니다. 다시 한번 지도하신 선생님들과 학생들에게 위로의 말씀을 드리고 앞으로 더욱 잘 할 수 있도록 우리 모두 분발합시다.

벌써 10월입니다. 한 해가 정말 어떻게 지나가고 있는지 저는 잘 모르겠습니다. 무엇을 하였고 무엇을 하고 있으며 또한 무엇을 향해 가고 있는지? 우리 인간들의 세상을 휩쓸고 있는 이 사태가 하루속히 끝나길 내가 믿는 신께 엎드려 간절히 기도할 뿐입니다. 우리 민족 최대의 명절인 추석을 앞두고 있습니다. 한 해 동안 수고해 수확한 첫 열매를 고향에 계신 조상들과 부모님, 친지들과 함께 나누는 소중한 시간입니다. 그러나 올해는 이런 아름답고 귀한 시간을 가질 수 없게 되어 참으로 아쉬운 마음 금할 수 없습니다. 저도 하나뿐인 아우에게 지난 성묘 때 올해는 오지 말라고 했습니다. 집에서 사진으로 보내 주는 차례상과 함께 돌아가신 부모님을 기억하라 했습니다. 우리 모두 어려운 시기를 슬기롭게 잘 극복해야 하겠습니다.

모두 힘드실 터인데 이번 달에는 여기 가을을 소재로 한 서정시를 소개해 드립니다. 바쁘신 중에도 조용히 마음으로 읽어 보시는 짬을 내 보시는 것이 어떨까요. '詩의 첫 줄은 신에게서 온다'는 발레리의 말처럼 '가을에는 기도하게 하소서'라는 시인의 말은 나의 기도이기도 합니다. 존경하는 선생님들은 어떤 시가 가슴을 적시나요?

秋夕(가을밤)

두목

銀燭秋光冷畵屛 은 촛대에 가을빛은 그림 병풍에 차가운데
은촉추광냉화병
輕羅小扇撲流螢 가벼운 비단부채로 반딧불을 치는구나
경라소선박류형
天際夜色涼如水 하늘가 밤빛은 물처럼 싸늘한데
천제야색량여수

坐看牽牛織女星 견우와 직녀성을 앉아서 바라보네
좌간견우직녀성

당나라 시인 두목의 「가을밤」이란 한시입니다. 가을밤의 차고 싸늘한 기운이 느껴집니다. 여기 가을밤에 어느 여인이 홀로 앉아 견우와 직녀성을 바라보고 있습니다. 밤은 벌써 깊었는데 잠이 오지 않아 그냥 앉아 있는 장면입니다. 여인의 방에는 은 촛대와 그림 병풍이 있고, 손에는 가벼운 비단부채를 들고 있습니다. 꽤 고급이지요! 부유하고 신분이 높은 여인인 것 같습니다. 시 속에는 '차갑다'와 '싸늘하다'가 두 번 나옵니다. 그런데도 여인은 한여름에나 사용할 법한 부채를 쥐고 있습니다. 알 수 없는 일입니다.

여인은 방 안으로 날아드는 반딧불이를 쫓고 있습니다. 반딧불이는 원래 인적이 없는 황량한 들판을 날아다닙니다. 그런데 여인의 방 안까지 날아들어 왔습니다. 여인이 있는 곳이 그만큼 황량하다는 사실의 은유인 것 같습니다. 여인은 그런 사실을 인정하고 싶지 않은 모양입니다. 그러니 부채로 반딧불이를 쫓고 있는 것이지요.

부채는 무더운 여름에나 사용하는 물건입니다. 서늘한 가을바람이 불어오면 사람들은 부채를 사용하지 않지요. 한때 없어서는 안 되는 물건이 때가 지나니 그 용처가 없어지는 것입니다. 그런데도 가을 부채라니요. 바로 여기에 한시에서 등장하는 가을 부채의 보이지 않는 의미와 정운의(情韻義)[82]가 있는 것 같습니다. '가을 부채'는 버림받은 여인을 상징

82 어떤 단어 안에 사전에 나오는 의미 외에 다른 뜻이 담긴 말. 하나의 단어가 특별한 의미를 담고 반복적으로 사용될 때 새로운 의미를 갖게 되는데 이런 새로운 의미를 정운의(情韻義)라 한다.

합니다. 내가 사랑하는 임은 나를 벌써 까맣게 잊은 것입니다. 여인은 사랑하는 사람에게 버림받은 여인이었습니다. 왜냐구요? 그녀가 가을 부채를 쥐고 있기 때문입니다.

이 한시는 임금의 사랑을 받지 못하고 잊혀진 궁녀의 신세를 노래한 것이라고 합니다. 그 궁녀는 견우와 직녀성을 홀로 앉아 바라보고 있습니다. 견우와 직녀는 은하수를 사이에 두고 일 년 내내 떨어져 있다가 칠월 칠석날 단 하루만 만납니다. 이날에는 은하수 위로 까치들이 날아와 오작교를 만듭니다. 견우와 직녀는 이 다리 위에서 상봉하게 됩니다. 만남은 반가우나 이내 이별의 순간이 다가와 눈물을 흘립니다. 그래서 칠석날에는 늘 비가 온다고 합니다. 견우와 직녀처럼 만나지 못하는 슬픔과 일 년에 한 번이라도 만나는 기다림의 기쁨이 상존하고 있습니다. 아마도 만나지 못하는 슬픔이 더 크겠지요. 두목은 여인이 임금에게 버림받은 궁녀라는 사실을 단지 그녀가 손에 쥔 가을 부채 하나로 은유하고 있습니다. 겉으로 보아서는 별 상관이 없는 사물들이 사유의 단계를 거쳐 전혀 다른 의미와 연결됩니다. 코로나19로 우리 모두 어려워하는 이때에 우리 모두 생각 좀 하고 말하고 살았으면 참 좋겠습니다.

더불어 인도 속담 하나 소개해 드립니다. 〈그와 내가 다른 점〉입니다.

만일 그가 그의 일을 끝내지 않았다면 그는 게으르다고 하고,

내가 일을 끝내지 않았다면 나는 너무 바쁘고 많은 일에 눌려 있기 때문이라고 하고,

만일 그가 다른 사람에 대하여 말하면 수다쟁이라 하고,

내가 다른 이에 대해 말하면 건설적인 비판을 한다고 하고,

만일 그가 자기 관점을 주장하면 고집쟁이라 하고,

내가 그렇게 하면 개성이 뚜렷해서라 하고,

만일 그가 나에게 말을 걸지 않으면 콧대가 높다고 하고,

내가 그렇게 하면 그 순간에 복잡한 다른 생각을 하고 있기 때문이라고 하고,

만일 그가 친절하게 하면 나로부터 무엇을 얻기 위해 그렇게 친절하다고 하고,

내가 친절하면 그것은 내 유쾌하고 좋은 성격의 한 부분이라고 하고,

그와 내가 이렇게도 다르다니! 이 얼마나 딱한 노릇인가!

대체 어느 누가 이렇게 사람의 마음을 잘도 꿰뚫었을까요! 남을 이해하는 일에는 인색하면서도 자기를 이해하는 일에는 너그러우며, 남에게는 변명의 기회조차 주지 않으면서, 자신에겐 늘 변명의 여지를 남겨 두는 인간 심리를 그대로 통찰한 말로 생각됩니다. 아마도 '나'의 삶이 이것과 반대로만 살 수 있다면 그것은 내가 믿는 신의 축복일 것입니다.

논어 위령공 편에는 '군자구저기(君子求諸己) 소인구저인(小人求諸人)'이라는 말이 있습니다. '군자는 자기에게서 구하고 소인은 남에게서 구한다'라는 뜻이지요. 또 도덕경 81장에는 '선자불변(善者不辯) 변자불선(辯者不善)'이라 했습니다. '선한 사람은 변론하지 않고 변론하는 사람은 선하지 않다'는 말이지요.

돌이켜 보면 모든 이를 선으로 인도하고, 참된 교육의 길을 걸어가겠다고 다짐하며 걸었던 35년의 세월이었지만 이런 거룩한 소망도 때로는

나의 허영의 걸림돌이 될 때가 많았습니다. 오늘의 내 평범한 일상을 소홀히 하면서 어떻게 내일의 위대한 나를 꿈꿀 수 있으며, 작은 일 하나라도 잘 참지 못하며 해내지 못하는 내가 어떻게 다른 이들을 늘 바다처럼 넓고 큰마음으로 품기를 바랄 수 있겠습니까? 교육에의 연륜이 깊어지면 깊어질수록 더욱 잘 가르치고 사랑하고 힘든 아이를 만났을 때 좀 더 좋은 스승으로 다가가면 좋으련만 오히려 그 반대로 느껴지니 정말 안타깝기 그지없습니다. 처음부터 "주여! 나 자신을 고칠 은총을 주옵소서!" 하고 기도했던들 교육의 길을 헤매지는 않았을 텐데 말입니다. 이 가을 존경하는 선생님들께서는 저와 같은 잘못을 범하지 않길 감히 권합니다.

부평공고, 2020. 10.

V.

지나간 모든 것은 아름다우리

1. 삼원미술관(三園美術館) 개관에 즈음하여
2. 산학일체형 도제학교의 성과와 개선 과제
3. 코로나19 자가격리! 그 13일간의 기록
4. 비바 콜롬비아! 그 7박 9일의 여정
5. 지식재산권 세계 1위, 독일을 다녀와서
6. 늠름한 부평공고 해병대 군특성화 학생들!
7. 〈학생 성공시대〉를 여는 인천 특성화고등학교

1. 삼원미술관(三園美術館) 개관에 즈음하여

올해도 어김없이 아이들과 선생님이 떠나고, 새로운 아이들과 선생님을 만나는 아쉽고 설레는 시간이 반복됩니다. 개인적으론 38년 동안 반복되는 일상으로 익숙할 때도 되었건만 어인 일인지 저에게는 그 세월이 마냥 새롭기만 하니 이 무슨 조화인지 참으로 알 수가 없습니다.

새로운 학년도가 시작되는 지금, 작년 한 해 우리들이 흘린 땀의 열매를 생각해 보지 않을 수 없습니다. 그중 2021년 산학일체형 도제학교 성과평가 '전국 최우수' 달성은 참 기쁜 성과입니다. 아울러 진로현황, 자격증 취득률, 학업중단율은 직업교육을 하는 우리 부평공고와 같은 특성화고의 주요 교육성과 지표입니다. 각 학급, 학년, 학과별로 나타난 수치를 잘 분석하여 금 학년도의 교육활동에 적극 반영해야 하겠습니다. 남이 해 주는 것이 아니라 내가 해야 하는 것은 분명합니다. 모든 선생님들이 올해 가르치시는 교육 내용의 선정과 교육 방법의 결정에 참고하셨으면 합니다.

정확히 언제부터인지 알 수는 없으나 사람들은 조선시대를 대표하는 천재 화가로 흔히 '3원 3재' 여섯 분을 손꼽고 있습니다. '3원(園)'은 단원(壇園) 김홍도(金弘道), 혜원(惠園) 신윤복(申潤福), 오원(吾園) 장승업(張承業)을, '3재(齋)'는 겸재(謙齋) 정선(鄭敾), 공재(恭齋) 윤두서(尹斗緖), 현재(玄齋) 심사정(沈師正)을 일컬어 부릅니다. 이들을 빼놓고는 조선시대 회화사를 따로 설명할 길이 없으며, 실제 이들은 조선시대의 회화를 가장 넓고 깊게 보여 주고 있어, 그 대표성과 상징성에서 가히 '3원 3재'라 일컬을 만합니다. '3재'는 '3원'과 달리 당대의 명문 사대부 출신이었습니다. 이들은 오랫동안 답습되어 오던 중국 화풍을 과감히 청산하면서, 일찍이 그 어디에서도 찾아볼 수 없었던 새로운 지평을 개척하여 비로소 우리 조선 회화의 변별력을 제시해 냈습니다. 그리하여 이들에 의해 구축된 조선 회화는 다음 세대로 이어져 조선의 르네상스라 일컬어지는 영·정조 시대 이후 민초들의 삶을 투영하는 우리 회화의 보편성은 더욱 확산되어 '3원'이라는 놀라운 예술세계를 낳게 됩니다.

우리가 학창 시절에 접할 수 있는 미술 작품이라야 고작 교과서에 나오는 도판 몇 점이 전부일 것입니다. 그것도 우리 미술이 아닌 서양 미술이 주를 이루고 있으니 우리 문화에 대한 소양은 거의 전무 하다 해도 과언은 아닐 것입니다. 더구나 특성화고인 우리 학교의 특성상 학생들에게 미술을 포함한 예술교육의 기회는 상대적으로 적었던 것이 사실입니다.

〈삼원미술관(三園美術館)〉은 그런 점에서 우리 부평공고의 학교 교육과정 운영 방침인 '핵심역량 중심 교육과정' 중 심미적 감성 역량의 배양을 위한 중요한 교육 수단 중의 하나가 될 것입니다. 미술관에 가 보고는 싶으나 기회가 없어서, 미술에 문외한이라 제대로 감상이나 할 수 있을까 걱정하는 학생들과 관람하는 모두에게 우리 미술의 찬란한 역사와 그 우수성을 접할 수 있는 기회를 제공하는 훌륭한 교육의 장이 되리라 기대합니다. 우리 학생들에게 지식으로 존재하는 미술교육이 아닌 눈으로 보고, 귀로 듣고, 마음으로 느껴, 삶을 이끌어 나가는 선한 정신을 일깨우는 미술교육이 되었으면 참 좋겠습니다. 그리하여 사랑하는 우리 부평공고 학생들의 심미적 감성이 쑥쑥 자라났으면 참 좋겠습니다.

붓으로 조선을 깨우다! 천년의 화가! 단원(壇園) 김홍도(金弘道, 1745~1805) 작품 18점, 색으로 조선을 깨우다! 색채의 마술사! 혜원(惠園) 신윤복(申潤福, 1758~?) 작품 14점, 너희만 원(園)이냐! 나도 원(園)이다! 오원(吾園) 장승업(張承業, 1843~1897) 작품 13점 등 모두 45점의 눈부신 작품으로 〈삼원미술관(三園美術館)〉을 개관합니다. 1층과 2층은 단원의 작품으로, 3층과 4층은 혜원의 작품으로, 5층은 오원의 작품으로 구성했습니다.

마치 미술관에 온 것처럼 '학교 안 작은 미술관'을 꾸미고자 노력했습니다. 저작권의 문제로 우리가 원하는 작품을 전시하지 못하는 아쉬움은 있으나, '[세상의 모든 그림] 위아트'의 도움으로 목록을 선정하고 전시했음을 밝힙니다. 지난 1년 동안 '삼원미술관(三園美術館)'의 개관을 위해 불철주야 수고하신 부평공고의 모든 교직원에게 거듭 감사의 말씀을 드립니다.

1) 붓으로 조선을 깨우다! 천년의 화가! 단원(壇園) 김홍도(金弘道, 1745~1805)

절벽 바위 아래에 빨래 방망이 소리와 아낙네들의 말소리가 들립니다. 한편에서는 빨래를 마치고 어린아이의 칭얼거림을 받아 주며 머리를 다듬고, 조금 멀리 떨어진 바위 위에서 부채로 얼굴을 가린 선비가 다리를 허옇게 드러내고 빨래에 여념이 없는 여인들을 훔쳐보고 있습니다. 『빨래터』(지본담채, 27㎝×22.7㎝, 보물 제527호, 국립중앙박물관)의 정경입니다.

김홍도는 우리나라 미술사에 큰 획을 그은 화가입니다. 영조 때 태어나 순조 때까지 세 명의 임금을 섬기면서 40여 년 동안 그림을 그렸습니다. 세 번이나 임금의 모습을 그린 어용화사(御容畫師)였고, 궁중기록화, 신선도와 같은 도석화, 영모도, 실경산수화, 화조도 등 다양한 그림을 그렸으며, 우리에겐 무엇보다 풍속화의 대가로 잘 알려져 있습니다. 그는 단순히 조선시대 미술의 폭만 넓힌 화가가 아니었습니다. 그의 그림에는 그림의 격을 높이는 예술적 성취가 있었으며, 당시 신분제도에 갇혀 있던 평민들의 다양한 삶과 인물을 화폭 안으로 불러들였습니다. 우리의 산천을 그릴 때는 그림 안에 인간의 마음을 담았습니다. 그는 잠들어 있던 조선을 붓으로 깨웠으며, 후대의 많은 화가가 그의 영향을 받았습니다.

김홍도는 임금이나 왕실의 명에 따라 중국 화보에 바탕을 둔 그림을 그리는 도화서(圖畫署)의 화원이었습니다. 진경산수화의 대가 겸재 정선, 자화상의 백미 공재 윤두서, 중국의 남종화를 조선의 남종화로 재창조한 현재 심사정, '시서화 삼절'이라 불린 표암 강세황처럼 자신의 의지대로 그림을 그릴 수 있는 양반 사대부 화가가 아니었습니다. 그러나 그는 어용화사라는 명예로운 현실에 안주하면서 중국 화보나 왕실 기록화를 잘 그리는 것에 안주하지 않았습니다. 핏속에 흐르는 천부적 재능이 그의 손을 가만히 놔두지 않았습니다. 그는 시대와 인간의 삶의 모습을 쉬지 않고 화폭에 담아냈습니다. 그 길은 그때까지 아무도 가지 않았던 길이었고, 자신만의 그림 세계를 위해 예술혼을 불태웠습니다. 그의 풍속화는 남녀노소 누구나 한번 보기만 하면 웃음을 짓고 공감할 정도로 자연스럽고 정겹습니다. 스승은 표암 강세황입니다.

1세 1745년 경기도 안산 성포리 출생

7세 1751년 표암 강세황에게 그림을 배우기 시작

21세 1765년 영조의 〈경현당수작도〉 의궤병풍을 그리면서 비로소 화명을 얻다.

29세 1773년 영조 어진 모사, 사포서 별제로 제수받아 벼슬을 시작

37세 1781년 정조 어진을 그리면서 '단원(壇園)'이란 호를 사용

40세 1784년 안기(안동) 찰방(역장)으로 제수

44세 1788년 정조의 명에 따라 김응환과 함께 영동지방 9군과 금강산을 그림

47세 1791년 스승 강세황 별세, 정조 어진 그림, 현풍 현감에 제수

51세 1795년 충청위유사 홍대협의 상소로 어명에 따라 현풍 현감에서 파직

53세 1797년 정조의 명으로 〈오륜행실도〉 초본 그림

61세 1805년 천식 등의 병고와 가난으로 61세에 타계

2) 색으로 조선을 깨우다! 색채의 마술사! 혜원(惠園) 신윤복(申潤福, 1758~?)

정조의 어진을 그린 궁중 화원 신한평의 아들로 출생했으나 이후 그의 삶에 대해 알려진 것은 거의 없습니다. 다만 일찍이 그림 그리는 재주가 뛰어나 아버지에 이어 궁중 화원이 되었으나, 시대의 흐름인 풍속화를 그린 탓에 궁중 화원에서 쫓겨나는 등 시대로부터 철저히 버림받았습니다.

색채라고는 거의 없었던 담묵의 시절에 흑백의 신성한 준법을 과감히 깨트린 색채의 마술사! 엄중한 신분사회에서 인간의 본성을 파헤친 천재 화가! 그는 조선의 18세기를 대표하는 화가였습니다. 조선의 미술사에서 혜원은 단연 미스터리한 인물입니다. 그에 대한 기록이 거의 남아 있지 않기 때문입니다. 그가 언제 어디서 태어나 어떻게 그림을 배우게 됐고, 어떻게 살다가 언제 죽었으며, 그의 인물됨이나 행적은 어떠했는지 지금으로서는 확인할 길이 없습니다. 다만 궁중 화사였던 아버지 신한평의 영향으로 자신만의 원색적인 채색의 원숙함을 나타낸 것으로 보입니다. 또한 자신보다 13살 위인 김홍도의 영향도 받았을 것으로 보입니다. 궁중 화원 신분으로 기방 출입을 일삼으며 너무도 비속한 여색을 그렸다는 이유로 그는 도화서에서 쫓겨납니다. 그리고 철저히 배척되고 버림받았습니다.

조선의 르네상스라고 일컬어지는 18세기 영·정조 시대는 문예부흥이라는 긍정적인 모습도 있었으나, 사회적으로 상천(常賤)과 양반을 가리지 않고 먹고 마시며 즐기는 폐단이 심했으며, 더구나 관가의 부패가 만연하여 사회적 기강마저 크게 문란해질 수밖에 없었던 시대였습니다. 바로 이런 사회적 분위기에서 나타난 것이 혜원의 원색 풍속화였던 것입니다. 그는 당시의 시대상을 그대로 그려 내야만 했습니다. 원색을 과감히 도입하여 여색과 양반의 이중성을 사실대로 화폭에 담아내 자신만의 독창성을 확보했습니다. 그러나 바로 이 독창성이 당시의 금기를 건드렸다는 점에 혜원의 비극이 있습니다.

국보 135호로 지정된 『혜원전신첩』(간송미술관)에 수록된 30점의 풍속화는 200여 년이 지난 지금까지도 찬란하게 빛나고 있습니다. 이 화첩에 등장하는 남자는 89명, 여자는 73명, 총 162명입니다. 선비와 기생이 주인공이지만 기생은 18점에서 38명이나 등장합니다. 혜원은 기생 그림의 대가였던 것입니다. 비구가 8명, 비구니가 1명 등 스님이 9명이며, 이 가운데 3명의 사미승은 목욕하는 기녀들의 모습을 훔쳐보거나 빨래터의 여인을 치근덕거리고 있습니다. 또한 계절별로 보면 봄이 8점, 여름이 5점, 가을이 2점, 겨울이 1점입니다. 봄 그림이 가장 많은 것은 봄바람에 흔들리는 게 그때나 지금이나 여자이기 때문인 것 같습니다. 반면 가을바람에 흔들리는 남자들은 고운 여색에 넋을 놓고 있습니다. 달빛 또한 보름달 둘, 초승달 하나, 그믐달 하나, 골고루 떠 있습니다. 그 은은한 달빛은 담길에서, 길모퉁이에서, 우물가에서, 오묘하고 에로틱하게 빛나고 있습니다. 그 시절 놀이에서 음악과 담배는 필수품이었나 봅니다. 악공이 15명 등장하고, 13점의 그림에서 담배를 피우는 모습이 등장합니다. 기생이 9점, 선비가 3점, 맞담배는 1점입니다. 〈단오풍정(端午風情)〉의 그네 타는 여인의 노란 저고리와 붉은 치마, 머리 땋는 여인의 푸른 치마는 가히 혜원을 색채의 마술사라 할 만하지 않을까요?

3) 너희만 원(園)이냐! 나도 원(園)이다! 오원(吾園) 장승업(張承業, 1843~1897)

장승업은 천애의 고아였습니다. 언제 어디서 태어났으며, 부모가 누구인지 아무도 모릅니다. 정처 없이 떠돌다 한성까지 흘러 들어온 게 스무 살 무렵인 듯 보입니다. 그는 종로 육의전 거리에서 '야주개'라는 종이 파는 가게에 정착하게 됩니다. 이후 당대 재력가였던 이응헌의 집에서 청지기 일을 하게 됩니다. 그의 운명이 바뀌는 순간이지요! 종이에서 그림으로, 보다 많은 화려한 옛 그림을 어깨너머로 보게 됩니다. 그는 주인(이응헌) 곁에서 먹을 갈면서 그림에 대한 숨어 있는 열정을 발견하곤 행복했습니다. 젊은 그의 영혼은 온통 그림 속에 빠져 하루하루가 꿈만 같았습니다. 그곳에서 이하응을 만났고, 그가 장승업을 알아본 것은 어쩌면 운명이었는지 모릅니다.

그의 그림에는 화제가 없습니다. 까막눈이었기 때문이지요. 그러나 사람들은 그의 그림에 열광했습니다. 그의 그림에는 깊은 그리움과 애틋함이 서려 있었기 때문입니다. 근본을 모르는 자기의 신세를 한탄하는 듯, 가슴속에 맺혀 있는 한을 씻어 내기라도 하듯, 그의 붓질은 거침이 없었습니다. 술과 계집이 아니면 궁궐이라도 싫다고 외친 그가 단원과 혜원에게 "너희만 원(園)이냐! 나도 원(園)이다!"라고 말하며 자신의 호를 오원(吾園)이라 한 것은 어쩌면 당연한 듯 보입니다.

오원은 꽃과 동물, 새와 물고기, 신선, 산수 등 못 그리는 것이 없었습니다. 때론 거침없는 호방한 필치로, 때론 마음을 쓰다듬는 부드러운 필치로 무엇이든 그려 냈습니다. 그중 〈꽃과 동물이 어우러진 10폭 병풍〉(서울대학교 박물관)은 원숭이, 화조, 사슴, 닭, 잉어와 게, 고양이와 참새, 매, 연못의 오리, 산수, 앵무새를 그려 넣고 폭마다 이름과 도장이 찍혀 있습니다. 그의 그림 중 가장 뛰어난 기량을 자랑하는 걸작 중의 걸작입니다. 그는 술을 차려 놓고 그림을 청하는 자가 있으면 즉석에서 옷을 벗어젖히고 도사리고 앉아 그림을 그려 주었습니다. 현실에 얽매이기 싫어했던 그는 미친 듯이 열정적으로 그림을 그렸습니다. 그가 살았던 시대는 조선이 망해가던 격변의 시대였고, 명성황후가 일본의 낭인들에게 왕궁에서 무참히 살해된 시대였으며, 갑오농민혁명이 일어난 혼돈의 시대였습니다. 그의 예술혼이 시대를 대변한 것은 당연했습니다.

1세 1843년 출생지를 알 수 없음

21세 1863년 무작정 상경, 어렵게 연명 중 이응헌의 도움으로 그림 공부 시작

30세 1872년 〈가을 단풍을 감상하는 선비〉(서울대학교 박물관)를 그림

38세 1879년 〈왕희지가 황정경을 쓰는 모습〉(국립중앙박물관)을 그림

40세 1882년 마흔 살이 되어 결혼을 하였으나 오래 지속하지 못함

41세 1883년 수많은 작품을 그려내는 한편 〈춘남극노인〉, 〈추남극노인〉을 그려 왕실에 진상함. 또한 이 시기에 궁궐을 탈출하여 고종의 노여움을 샀으나 민영환의 도움으로 화를 모면함

43세 1885년 장승업의 명성이 널리 알려져 흥선대원군 이하응, 한성부 판윤 변원규, 민영익, 오세창과 같은 당대 유력 인사들의 후원을 받음

55세 1897년 홀연히 종적을 감춘 뒤 다시는 세상에 나타나지 않음

부평공고, 2022. 3.

2. 산학일체형 도제학교의 성과와 개선 과제

6월은 호국보훈의 달입니다. 사랑하는 조국을 위해 자기 목숨을 초개(草芥)와 같이 버리신 순국선열들의 고귀한 희생에 감사하며 그들의 영령을 기리는 시기가 되었으면 합니다. 물론 학생들에게 교육해야 함은 두말할 나위가 없겠지요!

또한 어찌 보면 직업교육을 하는 우리 특성화고에서 가장 중요한 교육활동이라 할 수 있는 국가기술자격증 시험이 있는 달이기도 합니다. 지금까지 잘해 오고 있지만 단 한 명의 아이도 탈락하지 않도록 지도에 최선을 다해야 하겠습니다. 모든 선생님들의 관심과 격려, 가르침을 기대합니다.

이번 달에는 〈일학습병행법 시행 1년의 성과와 개선 과제〉라는 주제로 지난해 9월 코엑스에서 개최된 일학습병행 세미나에서 발표한 저의 원고를 드립니다.

벌써 8년 차에 접어든 도제학교 운영의 성과와 개선 방안을 찾는 자리였습니다. 전국 최고의 도제학교를 지향하는 사랑하는 우리 부평공고의 교육에 참고가 되셨으면 합니다.

먼저 '일학습병행법 시행 1년의 성과와 개선 과제'라는 주제로 일학습병행 세미나를 개최하게 된 것을 축하드립니다. 그동안 정책을 입안하고 추진하신 교육부, 고용노동부, 한국직업능력연구원, 한국산업인력공단의 관계자 여러분에게 산학일체형 도제학교를 현장에서 운영하고 있는 학교장으로서 감사의 말씀을 드립니다.

2021년 일학습병행 운영 현황[83]을 보면 재학생 단계와 재직자 단계로 크게 구분할 수 있는데, 특성화고인 산학일체형 도제학교가 65개 사업단에 171개 교(51%), 전문대가 13개 교(4%), 대학교인 IPP형이 35개 교(10%)로 재학생 단계가 전체 219개 교(66%)를 차지하고 있고, 재직자 단계가 66개 기관(20%), P-TECH이 49개 기관(15%)로 재직자 단계가 전체 115개 기관(34%)을 차지하고 있어 총 334개의 학교와 기관이 참여하고 있습니다.

특성화고인 산학일체형 도제학교가 전체의 51%, 재학생 단계가 66%로 일학습병행 제도의 주요한 비중을 차지하고 있습니다. 실제로 P-TECH 과정에 참여하고 있는 기관이 주로 전문대학임을 감안하면 학생을 대상으로 하는 일학습병행은 268개 교(80%)에 달하고 있고, 일학습병행 정책의 성공을 위해선 선택과 집중이 필요하며, 따라서 재학생 단계에 정책의 초점을 맞출 필요가 있다고 생각됩니다. 재학생 단계라 함은 중등단계의 직업교육기관인 특성화고와 전문대학, 대학교를 말하므로 이들 교육기관을 직접 담당하고 있는 교육부의 역할이 매우 중요할 것으로 사료됩니다.

일학습병행법의 주무부서인 고용노동부(일학습병행정책과)와 교육부(직업교육 정책과)의 협업은 그래서 매우 중요하며, 정책의 성공을 담보할 수 있는 필요조건이라 사료됩니다. '독점적 생산은 비효율을 초래한

83 한국산업인력공단 홈페이지(http://www.hrdkorea.or.kr/3/1/5/1).

다'는 경제학의 원리는 일학습병행 정책의 추진에도 그대로 적용될 수 있을 것입니다. 지난 6년 동안 일학습병행제도의 안착을 위해 두 개의 정부에서 노력해 오신 고용노동부와 교육부의 노력에 감사를 표하며, 이제 「일학습병행법」(2020. 3. 24. 타법개정, 2020. 8. 28. 시행)이 시행된 지 1년이 지난 지금 두 부처의 더욱 긴밀하고 활발한 협업을 현장의 교장으로 간곡히 부탁드립니다.

오늘 3개의 주제로 발표하신 발표자분들에게 감사드리며, 각 주제에 대한 의견을 말씀드리겠습니다.

먼저, 제1발표 〈산업현장 일학습병행 지원에 관한 법률시행 모니터링 및 지원방안〉입니다.

본 발표는 아직 진행 중으로 현장에서 일학습병행의 보완사항을 탐색하는 데 중점을 두고 있다고 연구의 제한을 먼저 밝히고 있습니다. 지원방안을 사업주 및 HRD 담당자, 학습근로자, 기업현장교사로 구분하여 제안하고 있으며, 기업의 업무 특성에 맞는 기준과 교육과정으로 교육 내용(교재)을 선정하고, 각종 점검 및 모니터링 평가 시 사업체의 부담을 줄여주어야 한다고 제안하셨습니다. 어찌 보면 당연한 것으로 생각되며, 기업현장에 나가는 관계자들에게 사전교육이 필요할 것으로 생각됩니다. 학습근로자들의 일학습병행에 대한 낮은 인지도 문제는 지속적인 안내와 교육으로 개선될 수 있으며, 일학습병행자격에 대해서는 두 번째 주제에서 말씀드리겠습니다.

기업현장교사의 여러 가지 제안들은 실무적인 문제로 빠르게 개선될 수 있을 것이며, 다만 교육과정에 대한 문제는 교육시간은 엄격하게 관리할 필요가 있지만 교육 방법과 교육 내용의 선정에 있어서는 기업의 특성에 맞게 유연성을 부여하는 것이 타당할 것으로 사료됩니다. 다만 일학습병행법 제24조(학습근로자의 계속고용)와 제42조(과태료)는 예외조항이 필요할 것으로 생각됩니다. 학습근로자의 고용안정과 학습기업의 경영상황을 균형 있게 고려해야 하며, 실제 신규학습기업의 발굴 어려움과 기업대표들의 불쾌감이 상존하고 있는 실정입니다. 학습기업 참여활성화 및 지원강화에는 동의하나, 도제학교의 경우 병역특례는 일학습병행에 참여하는 중요한 동기이기 때문에 병역특례가 안 되는 중견기업의 경우 학생들의 참여를 담보하기 어려울 수 있습니다. 실질적으로 세금 감면이나 은행 금리 혜택 등이 효과적일 것으로 판단됩니다.

두 번째, 제2발표 〈일학습병행자격의 산업현장 활용성 확보 방안〉입니다.

국가기술자격과의 법적 활용성을 비교하여 일학습병행자격의 산업현장 활용성 확보 방안에 대해 발표하신 것은, 현재 현장에서 가장 많이 활용되고 있는 자격이 국가기술자격이므로 이것과 비교하여 발표하신 것은 적절한 방법이라 생각됩니다. 어떤 형태의 자격이든 학습을 선도하고 그 결과를 관리하는 목적과 취득자에게 보상하는 유인책은 필요합니다. 일학습병행법 제6조②항4호는 일학습병행자격과 국가기술자격의 연계를 명시하고, 31조는 일학습병행자격 취득에 관한 사항, 동법시행령 제14조, 15조는 내부, 외부평가에 대한 사항, 동법시행규칙 제9조는 자격증의 발급 신청 등에 관한 사항을 명시하고 있습니다.

그러나 발표자가 지적한 것과 같이 산업현장에서의 실제 활용도가 부족하고 법적 후속조치가 미흡한 것이 사실으로, 일학습병행자격과 국가

기술자격의 연계방안을 적극 모색하기를 제안하고 있으나, 토론자가 생각하기에는 국가기술자격의 직무분야별 종목으로 일학습병행자격을 신설하는 것이 오히려 활용성이 훨씬 클 것이라 생각됩니다.

그 이유는 첫째, 서로 다른 법률에 근거한 자격증은 현장(산업계, 학교 모두)에서 혼란을 초래할 수 있고, 실제 법 시행이 1년이 지났지만 일학습병행자격증이 무엇인지 모르는 관계자가 많은 것이 현실입니다. 둘째, 정부의 국가기술자격에 관한 사항은 자격의 질 관리, 정책적 일관성과 효율성, 활용성을 고려하여 한 부서에서 추진하는 것이 옳다고 생각됩니다(같은 고용노동부 내에서 국가기술자격은 직업능력평가과에서, 일학습병행자격은 일학습병행정책과에서 담당하고 있음). 셋째, 새로운 자격이 현장에 안착하는 데는 오랜 시간과 많은 노력이 필요하나, 기존의 국가기술자격체계는 현장에서 비교적 높은 활용성을 나타내고 있기 때문입니다. 제시하신 그림 중 〈국가 자격 종목 현황(분야 및 산업현장성)〉은 그 출처가 궁금합니다. 자격의 산업현장성의 높고 낮음을 일학습병행자격(415종목) 〉 과정평가형자격(167종목) 〉 국가기술자격(542종목) 순으로 서열화했는데 어떤 기준과 방법으로 연구했는지 그 근거에 의문이 있기 때문입니다.

설사 자격의 산업현장성이 높다고 하여 실제 산업현장에서의 활용성은 법시행 1년으로 짧아 아직 검증되지 않은 상황으로 알고 있습니다. 발표자가 제안한 대로 정부부처와 기업에게 일학습병행자격의 미래 가치를 고려하여 여러 국가자격 중 일학습병행자격을 유도하는 정책이 시행된다면 동 자격의 산업현장 활용성이 늘어날 것이라는 것에 대해 동의하나, 다른 국가자격과 형평성의 문제가 대두될 우려가 있습니다. (이 점에서 발표자는 자격의 동등성보다는 비교가능성에 중점을 둠) 활용성 향상 방안으로 각 부처의 입법 시 각종 자격에 관한 사항을 규정할 때 '국가기술자격 또는 이와 동등(~이상의)한 자격'으로 명시하는 것이 필요하다고 한 것은 매우 적절한 제안으로 사료됩니다.

결론으로 발표자는 일학습병행자격의 산업현장 활용성 증대 확보 방안으로 첫째, 일학습병행제의 산업현장에서의 효용성이 증대되어야 하고, 둘째, 개별법령의 개정을 통해 자격의 활용성을 뒷받침하고, 셋째, 일학습병행법 관련 개별법령 개정의 여건을 마련하라고 제안하고 있습니다.

마지막으로,
제3발표 〈일학습병행 후학습 모델 개발〉입니다.

발표자는 일학습병행 후학습 추구를 위해 7가지의 정책을 제안하고 있습니다.

먼저, 1. 일학습병행 대상자 요구조건 개편 필요입니다.

재직자 단계 대상자의 자격요건을 '1년 이내 채용된 근로자'로 제한한 것은 일학습병행법의 제1조(목적)과 헌법과 교육기본법에 규정된 평생교육의 진흥에 대한 국가 및 지방자치단체의 책임과 모든 국민이 평생에 걸쳐 학습하고 교육받을 수 있는 권리를 보장한다는 평생교육법의 목적에 부합하지 않는 좀 과도한 규제라고 사료되며, 계속교육의 기회를 보장하기 위해서도 자격요건을 제한하는 규정은 보완할 필요가 있다고 생각합니다.

두 번째, 2. RPL(Recognition of Prior Learning: 선행학습경험인정) 방안 탐색 필요입니다.

선행학습경험을 인정하는 방안에 대해서는 동의하나, 그 기준과 절차에 대해서는 후속 연구가 필요할 것으로 생각되며, 특히 학위연계과정의 경우에는 학위의 질 관리를 위해서도 신중한 접근이 필요할 것으로 생각됩니다. 일반적인 학위취득 과정과 형평성의 문제가 제기될 우려가 있기 때문입니다.

세 번째, 3. 전문학사 학위소지자의 학사학위연계과정 편입방안 검토입니다.

해당되는 학습근로자는 전문대학 재학생 단계, P-TECH, 전문학사 학위연계과정 재직자 단계 등 3가지 경우가 있는데, 이들이 학사 학위 취득을 위해 4년제 대학에 입학할 때 1학년으로 입학하는 것은 불합리하다는 문제 제기는 이미 2년의 학습경험이 있기 때문에 타당하다고 생각됩니다. 따라서 3학년으로 편입할 수 있는 방법을 마련하자는 제안은 필요합니다(현행 대입제도에도 4년제 대학교에서 3학년 편입생을 모집하고 있음). 발표자는 별도반과 2+2 연계과정을 제안하고 있으나 어떤 방법을 택할지는 대학의 자율에 맡기는 것이 옳을 것으로 사료됩니다.

네 번째, 4. 일학습병행 최초 참여 시 분야별 일학습병행 로드맵 제시 필요입니다.

산학일체형 도제학교의 교장인 본 토론자의 입장에서 유념해야 할 제안으로 사료되며, 학생들에게 일학습병행의 성장경로를 안내하고 자신들의 진로를 설계할 수 있도록 도와주는 것은 당연할 것입니다. 다만 일학습병행에 처음 참여할 때만 안내하는 것이 아니라 지속적으로 성장단계별로 안내해야 할 것입니다.

다섯 번째, 5. 후학습 허용 범위 기준 구체화 필요입니다.

이 문제는 두 번째 제안인 RPL(Recognition of Prior Learning: 선행학습경험인정) 방안 탐색 필요에서 충분히 논의할 필요가 있다고 판단됩니다. 서로 다른 훈련 종목의 유사한 능력단위를 어떻게 인정하느냐의 문제와 훈련종목과 무관한 전공의 학위(전문학사, 학사) 소지자가 일학습병행에 참여하고자 할 때 그 인정 범위를 어디까지 할 것인지 아니면 인정하지 않을지 등의 문제로, 앞에서 말한 바와 같이 RPL(선행학습경험인정)에 포함하여 논의하는 것이 바람직할 것입니다.

여섯 번째, 6. 교육훈련비 지원방안 탐색 필요입니다.

학습근로자와 학습기업의 입장에서는 많이 지원하면 할수록 좋을 것입니다. 그러나 예산의 편성과 운영은 정부 재정의 우선순위에 따라 집행되므로 관련 부처의 적극적인 예산확보 노력이 필요하며, 투명한 예산의 집행으로 지원받는 대상자 모두 불만이 없이 나라에 감사하는 마음을 갖도록 해야 할 것입니다.

마지막으로, 7. 지역·훈련분야별 일학습병행 후학습 요구분석 필요입니다.

지방자치의 활성화로 각 지방자치단체별로 지역전략산업을 육성하고 있으며 각종 지식산업센터(산업단지 등)를 앞다투어 설치하고 있는 실정입니다. 따라서 일학습병행도 지역전략산업에 발맞추어 훈련과정을 개발하고 지원해야 할 것으로 생각됩니다.

끝으로 본 토론자가 주제넘지만 한 가지 제안드리고 싶은 것은 학습근로자의 성장단계 중 제일 마지막 단계에 대한 것입니다. 그동안 교육부와 고용노동부의 노력으로 석사학위 과정인 고숙련 마이스터 과정이 신설되었습니다. 산업현장에 있는 기술자들에게 참 반가운 소식입니다. 제가 만나 본 기업현장교사 여러분들이 참 좋아하십니다. 우리 부평공고의 한 학습기업에 계신 과장님도 한국산업기술대학교에 개설된 〈SW아키텍트 레벨6 과정〉에 이번 학기에 입학하셨습니다. 그분이 우리 학생들을 현장에서 지도하고 계십니다. 이른바 일학습병행의 선순환이 일어나고 있는 것입니다. 거듭 교육부와 고용노동부 담당자들의 노력에 감사의 말씀을 드립니다. 다만 이들이 2년 뒤 석사학위를 취득한 후 박사 학위 과정도 취득할 수 있는 길을 만들어 주신다면 산업현장에서 일학습병행제도는 참여하는 학습근로자 및 기업현장교사들에게 희망과 비전을 제시할 수 있습니다. 나아가 이런 노력은 곧 정부정책의 성과로 이어져 모두가 행복한 나라를 만드는 데 일조할 수 있을 것이라 기대해 봅니다. 경청해 주셔서 감사합니다.

고용노동부 주최 일학습병행세미나 원고, 2021. 9.

3. 코로나19 자가격리! 그 13일간의 기록

- 2021. 8. 27. (금) 17:00~2021. 9. 8. (수) 12:00 -

1) 1일 차 2021. 8. 27. (금), 36.8℃

17:00: 부평구보건소 방역담당자가 전화로 "지금부터 자가격리하셔야 한다."며 몇 가지 주의사항을 알려 주었다. "가족과의 대면을 삼가라, 식사도 따로 해라, 빨래도 분리해라, 하나의 방에서 격리해라, 화장실도 한 곳만 사용해라" 등등. 다행히 우리 집은 화장실이 두 개라서 분리 사용이 가능하다. 그런데 하나뿐인 집은 어떻게 해야 하나? 쓸데없는 의문이 들었다.

즉시 나의 서재를 격리 장소로 결정하고 아내의 협조를 구했다. 사랑하는 아내는 1년 반 동안의 코로나 사태 중에 우리 가족 모두에게 엄청난 잔소리를 하고 있는 중이다. 물론 나도 그 대상에서 예외일 수 없다. 아내는 마치 방역 요원처럼 일사불란하고 완벽하게 나를 통제했다. 집안에서의 마스크 착용과 소독제는 물론 심지어 라텍스 장갑까지, 고맙기도 하면서 한편으론 서운한 마음도 들었다. 그러나 어쩌랴. 어떻게든 이 난국을 우리 모두 헤쳐 나가야만 하는 것을.

출근했던 아이들이 들어왔다. 큰놈은 "고생하세요." 하고 문밖에서 말하곤 자기 방으로 들어간다. 참 건조하다. 그러나 걱정하는 마음은 알 수 있다. 작은아이는 "어떡해, 어떡해." 하면서 방문을 긁고 있다. 그리곤 저녁 먹으러 나간다. 그렇지! 젊은 아이들의 삶은 따로 있었지. 나도 저 시절엔 저 아이들보다 훨씬 더했지 하면서 웃음 지어 본다.

19:30(36.7℃): 잡탕밥으로 저녁을 먹고, 이제 시작했으니 반은 지나갔으며, 곧 자가격리에서 해제될 기쁜 시간이 오리라는 것을 안다. 감사함으로, 자기 연찬의 시간으로 보지 못했던 책 읽는 시간으로, 또 쓸 수 있으면 쓰고 싶었던 글을 쓰며 이 귀한 시간을 보내려 다짐해 본다.

2) 2일 차 2021. 8. 28. (토), 37.0℃

새날이 밝았다. 새벽 다섯 시에 어김없이 자리에서 일어나 격리 2일 차 아침을 맞는다. vital sign은 비교적 괜찮다. 혈압 125/75, 맥박 89, 식전혈당 141(최근 보름 동안 가장 높다.) 어제 오후 한 시에 아스트라제네카 백신 2차 접종을 마친 후 아무런 이상 증상이 없다. 오히려 1차 때보다 몸 상태가 더 좋은 것 같다. 열도 없고 주사 부위에 통증도 없다. 어떤 이들은 2차 때 많이 힘들어하던데 나는 괜찮으니 감사할 뿐이다. 고요한 아침의 적막 속에서 따뜻한 커피 한 잔의 여유와 함께 어제 검사한 PCR 검사의 결과를 기다리고 있다. 벌써 3번째 검사다. 그동안은 모두 음성이었는데, 지금은 밀접 접촉자로 분류되어 자가격리 중에 결과를 기다리니 마음이 무겁다. 부디 아무 일이 없기를 기도할 뿐이다. 30일(월)로 예정되어 있던 치과에서의 2차 수술을 취소하면서 아픈 이(齒)를 생각해 본다. 나이 들면 제일 먼저 약해지는 것이 치아라고 하던데, 2년 전에 오른쪽 윗어금니 2개(2014년에 시술한 임플란트)를 다시 임플란트하고 올해 초 아랫니를 무려 7개 뽑았다. 모두 임플란트 시술을 해야 한다. 치과는 누구에게나 고통스러운 곳이다. 무엇보다도 그 소리가 싫다. 귀로 들리는 소리가 육체적 고통보다 더 괴롭다. 공포를 자아내기 때문이다. 나의 육체의 고통은 나를 경계하기 위한 하나님의 놀라운 은혜다. 모난 성격과 교만한 언행을 돌아볼 수 있게 해 주기 때문이다. 그러나 그 고통 속에서 삶을 영위할 수 없으니 의학의 힘을 빌려 치료에 힘쓸 따름이다. 부디 잘 치료가 되었으면 좋겠다.

09:10(37.0℃): 보건선생님으로부터 PCR 검사 결과 음성이라는 반가운 소식을 들었다. 아울러 어제 검사한 학생들과 교직원 모두 음성이라니 더욱 감사하다. 참으로 다행이다. 다행이다. 다행이다. 감사하고 감사하다.

10:00(36.6℃): 부평구보건소에서 '이종윤 님 8/27일 코로나19 유전자 검출검사(PCR) 결과 음성(이상 없음)입니다'라는 문자가 왔다. 그러나 자가격리 대상자이니 계속 정해진 기간 동안 잘 보내야겠다고 다짐해 본다.

16:00(36.8℃): 어제 백신 2차 접종을 하고 꼬박 하루하고 3시간이 지났다. 체온은 정상이고 그 어떤 이상 증상도 없다. 오히려 나에게는 1차 접종 때보다 증상이 미미하다. 이 또한 감사한 일이다.

19:00(36.8℃): 순두부찌개에 저녁을 먹었다. 집사람이 고생이 많다. 여전히 잔소리를 하고 있으나, 그것 또한 사랑의 표현이리라. 하루에 두 번씩 집 안을 소독하고 있다. 한 번씩 하다가 횟수가 늘었으니 잔소리하는 것은 당연하다. 미안하다.

3) 3일 차 2021. 8. 29. (일), 36.4℃

때 늦은 가을장마로 하늘이 온통 흐렸다. 이때 내리는 비는 아무짝에도 쓸모없는 비라고 하는데 농부들의 시름이 점점 깊어지겠다. 그 뜨거운 여름 폭염 속에서 흘린 땀의 결실로 맺어진 열매와 나락들이 하늘의 노여움으로 소리 없이 땅으로 떨어지고 있으니 인간이 할 일은 더 이상 없는 듯 보인다. '기상 이변'이라고들 하는데 나는 '이변'이라고 생각하지 않는다. 이 역시 자연스러운 현상으로 보인다. 우리 인간의 탐욕이 자연을 그렇게 대했기 때문이다. 말 없는 자연은 그 오묘한 운행의 원리로 인간들에게 경고의 메시지를 보내고 있는지도 모른다. 학교 교육에서도 환경교육의 중요성이 날로 커지고 있다. ESG 경영에 대해 말한 적이 있는데, 기업의 경영도 환경(Enviroment)을 최우선 순위로 두고 있다. 학교 교육의 모든 계획에도 환경과 안전을 최우선으로 두고 수립하고 운영해야 할 것이다.

오늘의 vital sign은 혈압 120/71, 맥박 84, 식전혈당 142다. 혈당이 높다. 걱정스럽다. 운동을 해야 하는데 자가격리 중이니 엎친 데 덮친 격인가 보다. 좁은 방 안이지만 의도적으로 많이 걸어야겠다. 스트레칭과 더불어.

17:00(37.0℃): 하루 종일 〈동아시아의 자유주의〉는 어떠했는지 살펴보았다. 이유는 〈동아시아 시민교육〉이 우리 인천 교육의 역점사업으로 추진되고 있기 때문이다. 잘 살펴보고 그 이론적 토대와 교육적 의미에 대해 고민해 보아야 하겠다.

19:00(36.7℃): 저녁을 먹고 쉬고 있는 중이다. 신학기를 맞이하여 학

교 일도 많을 것인데 자가격리 중으로 출근하지 못하니 교직원들에게 송구할 뿐이다. '동기와 의도가 좋다고 그 결과 또한 항상 좋을 것이다.'라는 기대는 여지없이 물거품이 됐다. 다만 그렇게 되기를 바랄 뿐이다. 그렇다. 우리가 하는 일이 아무리 의도가 좋다고 하여 그 결과가 반드시 좋아야 한다는 법은 없다. 그것이 세상이 돌아가는 이치인 것이다. 그러나 의도와 결과가 일치하도록 노력하며 사는 것이 진정한 삶의 모습이 아닐까 생각해 본다. 참 이상하다. 백신 2차 접종의 이상 증상이 아무것도 없으니 말이다. 1차 때는 접종 부위의 근육통이라도 있었지만, 지금은 주사를 맞았는지도 모르게 전혀 후유증이 없다. 참 이상한 일이다.

4) 4일 차 2021. 8. 30. (월), 36.6℃

자가격리 4일째 아침을 맞았다. 아이들은 출근 준비에 분주하다. 화장실 한 곳을 나 혼자만 사용하니 출근 시간이 겹치는 아이들이 불편하다. 불편함을 호소하는 아이들의 원망이 방문 밖에서 들려온다. 가족들에게도 미안하다. 나이 환갑에 주변 사람들과 가족들에게 어려움과 불편함을 끼치고 있으니 헛웃음이 나온다. 오늘 하루도 격리되어 이 작은 공간을 천국으로 알고 잘 견뎌야 하겠다. 정말 오랜만에 가져 보는 의도하지 않은 휴식(?)의 시간이다. 모든 이들에게 송구한 마음이나 그러나 어찌하랴. 이렇게 해야만 한다는 것을.

덴마크가 코로나를 '사회적 중대한 질병'으로 분류하던 것을 종료하고, 코로나 방역을 위한 모든 제한 조치들을 9월 10일부터 전면 해제하기로

했다는 뉴스를 들었다. 현재 덴마크는 12세 이상 국민들 중 80%가량이 접종을 완료했다고 한다. 우리나라도 부지런히 백신을 접종하여 이 난국에서 하루속히 벗어났으면 한다. 코로나를 극복하는 방법은 백신 접종에 있는 것 같다.

10:08(37.0℃): 부평구보건소에서 자가격리 중 방역수칙에 관한 전화와 문자가 왔다. 오늘 오후에 또 검사를 받으러 오라고 한다. 27일(금)에 검사하여 28일(토) PCR 검사 음성을 통보받았는데 또 검사받으러 오라고 한다. 시키면 시키는 대로 해야 하겠지만 좀 과한 것은 아닌가 하는 생각이 든다. 오늘 검사 후 자가격리가 해제되기 하루 전(9월 7일) 오전에 다시 검사받으러 오라고 한다. 참 여러 가지로 불편하고 번거롭다. 그러나 만에 하나의 사태를 예방하기 위함이니 어찌하랴. 참고 견디는 인내의 시간을 보내야만 한다. 몸에는 아무런 이상 증상이 없다.

11:00(37.1℃): 좀 미열이 있는 것 같다.

12:00(36.7℃), 13:35(37.1℃), 15:25(36.3℃).

또 코로나 검사를 받고 왔다. 벌써 4번째다. 학교에서 2번, 보건소에서 2번이다. 사전문진표를 QR코드를 이용하여 핸드폰으로 작성하도록 하여 예전에 비해 많이 편리하고 검사 속도 또한 매우 빨라졌다. 코로나에 대응하는 인간의 능력도 점점 진화하고 있다. 결과는 내일 아침 9시경에 문자로 통보한다고 한다. 수고하시는 모든 의료진에게 마음속으로나마 감사의 말씀을 드린다.

오늘 퇴임하시는 4분의 선생님들 얼굴을 뵙지 못하게 되어 못내 아쉽다. 그동안 참 수고 많으셨다고, 퇴임 후에도 더욱 건강하시고 계획하시는 모든 일이 만사형통하시길 기원한다.

18:00(36.7℃): 십정2동 행정복지센터에서 담당 공무원의 전화가 왔다. 자가격리수칙에 대한 안내와 '자가격리자 안전보호 어플'(행정안전부)을 설치하라고 한다. 매일 10:00. 20:00시에 자가진단하여 앱으로 제출하면 상태를 확인한다고 한다. 담당 공무원이 퇴근도 못하고 저녁 늦게까지 고생이 많다. 정말 여러 사람들을 불편하게 하는 것 같아 미안하다.

5) 5일 차 2021. 8. 31. (화), 36.3℃

새날이 밝았다. 가을장마로 하늘엔 온통 구름이 가득 덮여 있다. 소소한 일상이 참 귀한 것임을 새삼 깨닫게 해 주는 요즘이다. 반복되는 일상 속에서 '범사에 감사하라'한 말씀이 얼마나 귀한 말씀인가를 또한 새롭게 깨닫는다. 나의 가족, 부평공고의 교직원, 그리고 사랑하는 학생들, 모두 소중한 생명들이고 그들로 인해 나의 존재를 새삼 인식해 본다.

오늘의 vital sign도 좋다. 혈압 122/80, 맥박 78, 식전혈당 128이다. 미열도 없다. 코로나19 백신 접종으로 인한 이상 증세는 전혀 없다. 감사한 일이다. 아침 9시에 어제 검사한 PCR 검사 결과를 조용히 기다린다.

우주에서 가장 강력한 괴물은 '시간'인 것 같다. 시간과 세월을 이길 수 있는 것은 아무것도 없다. 시간은 그 무엇에도 아랑곳하지 않고 그냥 무심하게 흘러가 버린 뒤 결코 원래의 자리로 되돌아오지 않는다. 지금 내가 있는 시공간은 고독의 '순간'이다. 혼자만의 시간인 것이다. 크로노스(chronos)와 카이로스(kairos) 할 것 없이 '순간'이다. 과거, 현재, 미래 모두가 내가 있는 시공간의 '순간의 사건'이라는 것이 참으로 경이롭기까지

하다. 그 '순간의 사건'은 눈 깜짝할 사이의 찰나의 시간이다. 나의 삶의 궤적이 이 찰나의 시간의 누적과 흔적으로 이루어져 있다. 항상 깨어 있어 나와 주변을 살피고, 잘 살아야겠다고 이 고독한 침묵의 새벽 시간에 다짐해 본다.

09:16(37.1℃): PCR 검사 결과 음성이라는 문자가 왔다. 다행이고 감사하다. 체온이 36.3℃~37.1℃ 사이에서 왔다 갔다 한다. 내 체온을 언제 이렇게 주의 깊게 관찰해 본 적이 있었던가! 헛웃음을 지어 본다.

14:00(36.8℃): 때늦은 가을장마가 심상치 않다. 교육청에서도 재난문자가 왔다. 그 뜨거운 여름 폭염 속에서 흘린 땀의 결실이 수확의 시간을 앞두고 허사가 되는 것은 아닌지 심히 걱정스럽다. 작은 피해라도 없어야 할 텐데.

'天地不仁 以萬物爲芻狗'(천지불인 이만물위추구, 하늘과 땅은 어질지 않으니 만물을 추구(짚으로 만든 강아지)처럼 여긴다(老子 道德經 5장)라 하지 않았던가! 어찌 인간이 자연의 운행을 거스를 수 있으랴! 다만 그 앞에 조용히 침묵할 뿐이다. 그 피해를 최소화하기 위해 대비에 만전을 기할 뿐이다. 그래도 학교 옥상의 방수공사가 끝나서 천만다행이다. 2019년 여름 교실에 쏟아지던 빗물을 보면서 망연자실하며 학생들에게 미안했던 기억이 새롭다.

6) 6일 차 2021. 9. 1. (수), 36.7℃

교육철학이라 하는 것이 얼마나 교만한 것인가! 교육이란 이런 것이라는 '이것으로 완성'이라는 것은 없다. 시대는 정신없이 바뀐다. 아이들을 둘러싼 환경도, 아이들의 기질도 시대에 따라 변화한다. 그러니 교육 그 자체도 늘 성장하고 발전해야 한다. 학교가 종래의 권위적인 교육 방법, 다시 말해 암기나 시험에 의한 수동적인 학습의 장이 아니라, 아이들이 주체적인 흥미를 갖고 활동적인 사회생활을 영위할 수 있는 배움의 장이 되어야 한다.

언젠가 나는 공적인 자리에서 "나는 교육철학이 없습니다."라고 말했다. 그랬더니 대뜸 "그러면 어떻게 아이들을 가르치냐?"고 되물었다. 나는 "관(觀)이 아니라 견(見)이라도 할 수 있으면 참 좋겠습니다."라고 대답했다. 관(觀)은 고정적인 것이요, 변화하지 않는 것이라면 견(見)은 유동적인 것이요, 시시각각 변하는 것이다. 관(觀)은 내가 주체이지만 견(見)은 네가 주체이다. 과거 다인수학급의 권위적인 시대에 관(觀)은 교육의 수단으로 의미가 있었음을 부정할 수는 없다. 그러나 시대가 변했고 지금 이 순간에도 변화하고 있다. 관(觀)을 가지고는 아이들 앞에 설 수 없으며, 그 관(觀)을 아이들은 받아들이지 않는다. 반면 견(見)이라는 것은 선생인 내가 아이를 '생각을 갖고 관찰하는 것'이다. 있는 그대로의 아이를 '내가 바라보는 것'이다. 그래야 선생인 내가 아이를 이해할 수 있다. 그러고서야 아이의 재능과 인성과 기질을 알 수 있고, 그 아이에 맞는 교육 방법을 찾아낼 수 있는 것이다. 그 재능을 발견하고 개발하고 성장시켜 행복한 삶을 영위하게 하는 것이 교육의 목적이다. 그러니 성장이 행복이고, 행복이 성장이다. 그 활동의 장(場)이 곧 학교다. 이제 빠르게만 살아온 우리 사회도 교육에 대한 패러다임의 대전환이 필요하다. '사회를 위한 교육에서 교육을 위한 사회로'의 전환 말이다.

우리 부평공고가 산학일체형 도제학교 평가에서 전국 최우수인 S등급을 받았다. 모두 축하할 일이고, 그동안의 노고에 서로 감사하고 격려해야 할 쾌거이다. 도제교육부의 김경수 부장님과 더불어 모든 선생님에게 감사와 축하의 말씀을 드린다. 앞으로 더 잘하라는 것으로 알고 우리 모두 주마가편(走馬加鞭)해야 하겠다.

일찍이 듀이는 "직업을 통해 받는 교육이야말로 최선의 교육이다."라고 말했다. 도제학교는 그런 의미에서 중등단계 직업교육의 가장 성공적인 정책이라고 평가할 수 있다. 여러 가지 어려움들이 산재해 있지만 그럼에도 불구하고 직업교육이 지향해야 할 목표에 가장 적합한 정책이라고 강조할 수 있다. 듀이의 말대로 말이다. 계속 문제점을 보완해 가면서 정책의 실효성을 높이기 위해 우리 모두 노력해야 하겠다.

이 고요한 아침 고대 그리스의 아포리즘 하나가 떠오른다.

'누구든 자기 행위의 목적을 타인에게서 찾는 자는 노예와 다름없다!'

과연 나의 다르마(法)와 카르마(業)는 무엇인가? 매 순간 독수리의 눈으로 나를 살피는 삶을 살아가리라 다짐해본다.

19:00(36.8℃): 사랑하는 아내가 8월 말로 36년 6개월 동안 몸담았던 교단을 떠난다. "참 수고 많았고, 고생하셨다."라는 말을 건넨다. 오랜 세월 동안 수많은 아이들을 가르친, 참 보람 있는 세월이었다. 선생의 길이란 그런 것인가 보다. 세월이 흘러 정들었던 교단을 떠나는 순간 내게 남는 것은 나와 인연을 맺었던 학생들뿐이다. 떠나는 순간에도 그저 그 제자들이 모두 행복했으면 좋겠다는 기원뿐이다. 이제 그 어렵고 무거웠던 교육의 짐을 홀가분하게 벗어버리고 그동안 하고 싶었으나 하지 못한 일을 마음껏 해보는 자유로운 시간을 가졌으면 하는 바람이다. 벌써 "심심

하다"고 투정이나, 곧 새로운 삶에 적응할 것을 안다. 자가격리 중인 아빠를 제외하고 아이들이 작은 파티를 열어 그동안의 엄마의 노고를 위로하고 축하해 준다. 기특하고 고마운 일이다.

7) 7일 차 2021. 9. 2. (목), 36.9℃

자가격리 7일째의 아침이 밝았다. 가을장마로 여전히 하늘은 잿빛이다. 근래 들어 vital sign이 가장 좋다. 혈압 123/71, 맥박 73, 식전혈당 116. 특히 혈당 수치가 가장 낮다. 근 6개월 동안 식전혈당수치가 가장 낮다. 매년 수치가 조금씩 높아지고 있는데 오랜만에 낮은 수치를 보니 기분이 좋다. 식전혈당수치가 100 이하면 정상, 100~126이면 당뇨 전 단계, 그 이상이면 당뇨병으로 진단한다. 또한 식후 2시간 혈당수치가 140 이하면 정상, 140~200이면 당뇨 전 단계, 그 이상이면 당뇨병으로 진단한다.

고혈압, 고지혈, 당뇨병이 3대 성인병이라고 한다. 그런데 내 경우를 보면 셋 중 어느 하나가 먼저 증상이 나타나고 연이어 다른 증상이 나타난 것이 아니다. 이 세 가지 질병이 한꺼번에 나타난 것 같다. 2014. 12. 18. 일부터 약을 복용하기 시작했다. 지금까지 같은 약이고, 중간에 당뇨약만 아침, 저녁으로 2회 복용하고 있다. 환갑을 앞두고 있는 지금 건강을 조심해야 하겠다. 주치의는 과로, 스트레스, 음식, 음주, 흡연이 원인이고 운동하라고 한다. 운동은 뇌 운동, 숨쉬기 운동, 꺾기 운동밖에 하지 않으니 나도 내가 무섭다. 겁이 없는 것 같아서다.

나의 선친은 심장마비로 55세에, 모친은 대장암으로 56세에 내 생일날 돌아가셨다. 두 분 모두 환갑을 채우지 못하고 돌아가셨다. 그러니 자식 된 나에겐 큰 한(恨)으로 남을 수밖에 없는 안타까운 일이다. 이제 내 나이 환갑, 부모님보다 세상을 더 살고 있다. 고맙고 감사한 일인지 모르겠으나 내 생각에는 어느 순간부터 덤으로 사는 세상이라는 관념이 자리 잡고 있는 것 같다. 또한 은혜로 주어진 믿음으로 인해 '생명을 주관하시는 이는 하나님'이라는 믿음이 깊게 자리 잡고 있다. 이 세상의 모든 생명은 하나님의 뜻대로 주시고 거둔다는 믿음 말이다. 타락한 천사도 이것만은 거역할 수 없다. 세상의 온갖 것으로 인간을 유혹해도 생명만은 건드릴 수 없다. 그 권능은 오직 하나님에게서만 나온다는 믿음 말이다. 그렇다고 함부로 방종해도 된다는 말이 아니다. 내 몸을 귀하게 여기고 열심히 잘 살아야겠다. 건강하게!

8) 8일 차 2021. 9. 3. (금), 36.6℃

자가격리 8일째다. 오랜만에 흰 구름 조각들 사이로 언제나 공평한 햇살이 비친다. 오늘 하루도 이 절대 고독의 시공간에서 잘 버텨야 하겠다. vital sign은 혈압 140/76, 맥박 82, 식전혈당 134다. 혈압이 조금 높다.

자가격리 중에 있다는 소식을 듣고 여기저기 지인들의 안부 전화가 온다. 고마운 일이다. 어떤 이는 "휴가 잘 보내라." 하고, 어떤 이는 "어떡해." 하며 위로하고, 어떤 이는 "어디 다쳐서 병원에 입원했냐?"라고 한다. 그저 여러 가지로 주변에 걱정을 드리는 것 같아 민망하다. 특히 사랑하는 아내에게 미안하다. 아침저녁으로 소독하랴, 삼시 세끼 꼬박꼬박 식사 배달하랴, 못난 내 짜증 받아주랴. 아내 말대로 참 가지가지 하고 있는 것 같다. 격리에서 벗어나면 이 불편의 시간도 소중한 경험으로 삼아 더욱더 조심하고 깨어 있는 삶을 살리라 다짐해 본다.

오늘 아침엔 문득 동방의 기둥, 순결한 청년 동주(東柱)의 시를 읽고 싶어 그의 시선집을 꺼내 든다.

창(窓)

윤동주

쉬는 시간이다
나는 창녘으로 갑니다.

– 창은 산 가르침.

이글이글 불을 피워주소,
이 방에 찬 것이 서립니다.

단풍잎 하나
맴 도나 보니
아마도 작으마한 선풍(旋風)[84]이 인게외다.

84 선풍(旋風): 회오리바람.

그래도 싸늘한 유리창에

햇살이 쨍쨍한 무렵,

상학종(上學鐘)[85]이 울어만 싶습니다.

(1937. 10.)

갇혀 있는 부자유스러운 구속의 시공간에서 '창(窓)'은 구원과 희망의 상징이다. 가능성, 상상, 출발, 미래 등등. 그 창에 매달리고픈 마음은 어둠에서 벗어나 희망의 세계를 향한 바람이다. 가혹한 시대에 여리디여린 동주의 정신은 창을 통해 자유로운 시대를 갈망한다. 또한 김광석은 '하얗게 밝아 온 유리창에 썼다 지운다 널 사랑해'라고 노래했다. '내 맘속에 있는 별 하나는 오직 너만 있을 뿐'이라는 광석의 그 '별'은 동주가 그토록 그리워하던 '창'너머 구속의 땅에 살고 있는 '어머니'였는지도 모른다. 그 '별 하나에 어머니, 어머니' 하고 부르며 그 '별 하나에 아름다운 말 한마디씩 불러' 본 것인지도 모른다. 그래서 '창(窓)'과 '별'은 하나다.

9) 9일 차 2021. 9. 4. (토), 36.5℃

어김없이 새날이 밝았다. 파란 하늘에 낮고 옅은 구름과 뭉게구름이 세상에 하나밖에 없는 그림을 그려 넣고 있다. 시시각각 바뀌는 그런 그림이다. 오늘의 vital sign은 혈압 132/74, 맥박 78, 식전혈당 133이다. 그

85 상학종(上學鐘): 공부 시작 종.

런대로 괜찮은 편이다.

코로나바이러스(corona virus)는 전자현미경(SEM)으로 관찰하면 바이러스 입자의 표면에 곤봉 모양의 돌출부가 보이고, 그 모양이 마치 왕관(corona)과 비슷하다 하여 이름 붙여졌다고 한다. 우리 인류가 그동안 겪었던 사스(SARS), 메르스(MERS)도 모두 코로나바이러스의 일종이라고 한다. 숙주에 따라서 알파, 베타(포유동물), 감마(조류), 그리고 지금 우리를 괴롭히고 있는 델타로 분류한다. 크기는 직경 80~200nm(nm=10^{-9}m, 10억분의 1m) 정도라고 한다. 그러니 에어로졸 형태로 공기 중에 비산하여 사람의 호흡기를 통해 전염시키는 것이다. 눈으로 보이지 않는 미시세계에 대한 현상이다. 세상에는 눈으로 보이지 않으나 실제로 존재하는 것이 있다. 바이러스처럼 말이다. 바이러스는 부정적이고 나쁜 이미지이지만 그렇지 않은 바이러스도 이 세상에는 수없이 존재한다. 생명이 숨을 쉴 때 '살아 있다'고 한다. 그 숨은 호흡기를 통해 생명체에 활력을 제공한다. 그런데 그 숨을 통해 코로나가 전염된다고 하니 얼마나 무서운 일인가! 인류의 과학기술과 의료기술의 발전이 눈부신 것은 부정할 수 없는 사실이다. 그러나 그 인류문명이 자연을 대하는 태도와 방식에 문제가 있는 것이다. 바로 윤리와 도덕의 문제이다. 자연은 과연 정복하고 극복해야 하는 대상인가?에 대한 물음이다. 인간의 욕망과 편리를 충족시키며, 경제학에서 말하는 효용(utility)을 높여 행복하기만 하면 되느냐에 대한 물음이다. 자연은 이런 인류의 교만한 태도에 대해 경종을 울리고 있다. 전 지구적인 자연재해, 이상기후, 바이러스의 출몰 등은 자연이 인류에게 보내는 경고이다.

미국은 뉴욕에 133년 만의 폭우로 많은 사상자와 이재민이 발생했고,

서부는 폭염과 가뭄, 산불이 발생했으며, 최근 발생한 캘리포니아주의 산불로 4만 명의 주민이 대피했다고 한다. 독일과 벨기에는 100년 만의 기록적인 폭우로 두 달 동안 내려야 할 비가 이틀 동안 한꺼번에 쏟아졌다 한다. 터키, 그리스의 산불은 그 규모가 어마어마해 두려움과 공포를 자아낸다. 러시아도 예외는 아니어서 그 추운 시베리아에 수백 건의 산불이 발생해 연기가 북극지방까지 도달했다고 한다. 우리나라도 예외는 아니어서 올 7월 기상관측 사상 역대 두 번째로 서울의 기온이 높았고, 바다는 가장 높은 수온을 기록했다고 한다. 이외에도 이루 열거할 수 없을 정도로 많은 자연재해가 잇따르고 있고 현재에도 진행 중이다. 코로나바이러스의 출몰은 또 어떠한가! 췌언(贅言)이 필요 없다.

이 모든 현상이 자연이 인류에게 보내는 경고라고 나는 생각한다. "내가 아프니 더 이상 나를 괴롭히지 말라!"고, "그렇지 않으면 나도 더 이상 가만히 있지 않겠노라!"고 이제 더 이상 환경의 문제는 해도 되고 안 해도 되는 문제가 아니다. 인류의 생존에 대한 문제인 것이다. 전 세계 인류 모두가 환경보호, 자연보호에 적극적으로 동참하여 시름시름 앓고 있는 지구를 회복시켜 다시 살려야 한다. 그 최일선에 교육이 있다. 그 교육은 우리 선생님들이 한다.

오늘은 우리 학교 교직원들의 애경사가 3건이 있다. 기쁘고 축하할 결혼이 2건이요, 상사(喪事)가 1건이다. 찾아뵙고 축하드리고, 또 위로함이 마땅하나 그러하지 못하는 처지이니 참 답답하고 어처구니가 없으며, 송구한 마음 금할 길 없다. 마음만으로 축하와 위로의 말씀을 전한다.

18:55(36.6℃): "말 한마디, 몸짓 하나, 눈길 한 번으로 모든 관계를, 생명을, 작업을, 믿음을 새롭게 할 수 있다. 이렇게 별거 아닌 것으로 이 모

든 걸 창조하기란 무척 어려운 일이다. 그러나 이런 일이 일어나기도 한다. 여기에 바로 교육의 위대함이 있다." 내 말이 아니다. 내가 좋아하는 폴 발레리의 말이다.

10) 10일 차 2021. 9. 5. (일), 37.0℃

'1981. 3. 11. (水) 하나님의 사람 이종윤, 이 책은 나만의 것이 아니라 모든 사람의 것입니다.'라고 쓰여 있는 성경을 꺼내 든다(대학 2학년 때부터 보던 성경이다. 지금은 눈이 나빠져 글자가 큰 성경을 보고 있다).

'저녁이 되며 아침이 되니 이는 첫째 날이니라'

(창 1:5)

자가격리 기간 중 또 아침이 되며 이는 열흘째 되는 날이다.

이 말씀은 창조의 기간 내내 반복되어 사용된다. 6번에 걸쳐 '저녁이 되며 아침이 되니'(창 1:5, 8, 13, 19, 23, 31)가 마치 시의 후렴구처럼 반복된다. 그런데 이상하다. 우리는 보통 하루를 이야기할 때 아침이 먼저 나오고 저녁이 나중에 나오는데 창세기의 저자는 순서를 바꿔 썼다. 왜 그랬을까? 매일 새날(아침)을 맞이하는데, 궁금했다. 묵상의 주제를 주시는 것 같다. 내 생각에는 저녁은 다음 날 아침을 맞이하기 위한 희망의 시간, 휴식의 시간, 다짐의 시간이기 때문인 듯하다. 저녁은 새로운 아침을 맞이하기 위한 쉼, 휴식, 희망, 다짐의 시간이다.

나에게 아침의 시간은 좌정(坐定)의 시간이다. 잠에서 깨어나 몸을 정결히 하고, 맑은 정신으로 나만의 시공간에 앉는 시간이다. 이 시간만이 하루 중 진정한 나만의 시간이다. 나를 풍요롭게 하며, 하루를 계획할 수 있게 해 주며, 또한 그 계획의 다짐의 시간이기도 하다. 이 시간은 땅[土]에 있는 내[人]가 다른 이[人]와 진실하게 마주 앉아[坐] 있는 시간이며, 정(定)은 내가 앉아 있는 이곳[宀]에서 바름[正]을 찾아내는 시간이다. 그 바름[正]은 오늘 내가 하여야 할 한 가지[一]를 찾기 위해 모든 것을 그만두는[止] 시간이다. 그러나 매번(일) 실패한다. 그 한 가지를 찾기 위해 강제로 모든 것을 그만두어야 한다는 이 바름[正]의 당위를 알기는 알겠으나 행하지 못하는 참 부족한 '나'를 발견할 뿐이다. 그러니 어떤 때는 이 시간이 싫을 때도 있다.

가로세로 330×300cm의 이 작은 공간이 요즘 내가 구속되어 있는 공간이다. 그러나 이 공간은 부자유의 공간이 아니라 역설적이게도 나에게 자유의 공간이다. 책상과 의자, 책장만 있는 공간인데 60살 먹은 나를 변화시키는 공간이다. 이곳에서 저녁을 보내고 새 아침을 맞이하며 좌정한다. 음악이 있고, 진한 향기를 풍기는 따뜻한 커피가 있고, 나의 상상의 나래를 한껏 펴줄 책이 있다. 그러니 나를 변화시키기에 충분한 공간이다. 비록 강제로 이 시공간에 들어와 있지만 언제 이런 시간을 가져본 적이 있었던가! 그러니 감사하지 않을 수 없다. 참으로 감사한 일이다. 이곳을 하늘에 기도하는 제단으로 여기고 나의 단(壇)으로 삼아야 할 일이다. 쉼의 시간인 저녁을 보내고 새 아침을 맞이하는[旦] 곳[土]이자, 심연 속의 나를 찾기 위해 번잡한 일상에서 돌아오는[回] 곳[土]이다. 그러니 나를 되돌아보게 하는 이 공간은 나의 단(壇)이 되기에 충분한 곳이다.

서양의 자유(Liberty, Freedom)라는 개념이 동양에 전해졌을 때 동아시아의 세 나라는 그 말을 번역할 적당한 단어를 찾지 못했다. 말도 없었다는 말이다. 가장 빠르게 구미 열강에 문호를 개방한 일본이 자주지권(自主之權), 자유지권(自由之權)이라 처음으로 번역했고, 이 번역된 단어가 중국으로, 그다음에 우리나라로 전해졌다고 한다.

봉건주의를 무너뜨리고 근대 자유국가를 만들었던 자유주의 사상, 그 사상의 요체는 개인의 생명, 자유, 재산이다. 바야흐로 정치의 계절이 도래했다. 뉴스는 온통 서로를 공격하는 말, 정치공작의 말들이 넘쳐날 것이다. 이제 혼돈의 시절이 올 것이다. 아니 벌써 왔는지도 모른다. 그래서 더욱 자유를 생각한다. 내가 생각하기에는 딱 두 가지만 생각하면 될 것 같다. 바로 자유와 경제다. 누가 더 이 나라를 잘 살게(경제)하면서, 백성을 자유롭게 할 수 있는지의 여부다. 부자의 세금을 거둬 가난한 사람에게 나눠주겠다는 구호는 프로파간다다. 자유의 기본권을 제한하겠다는 것 또한 프로파간다다. 그 속에 숨어 있는 전제의 욕망을 숨기기 위함에 불과하기 때문이다.

'사실은 결코 부정할 수 없지만, 그 사실에 대한 견해는 부정할 수 있다' 이것이 자유다. 이 진리를 발견하기 위해선 모든 주의나 주장으로부터 자유로워야 한다. 이 발견은 결코 지식의 문제가 아니다. 그래서 교육의 책임이 이 진리를 발견하기 위해 개인을 눈뜨도록 하는 데 있다. 혼돈의 시대, 항상 그렇듯이 교육이 더욱 중요한 시기이기도 한다. 이 고독의 시간 자유를 목청껏 외쳐 본다. 타는 목마름으로!

17:00(36.8℃): '나'는 무섭다. 이 세상에 객관적 진실이라는 것이 무너지고 있는 것이 나는 무섭다. 그런 거짓의 것들이 권력을 잡고 역사의 일

부가 될 것이기에 나는 무섭다. 온갖 현실적인 목적을 위해 거짓이 진실이 되는 것이 나는 무섭다. 우리 시대에 진실에 대한 역사를 쓸 수 있다는 믿음이 무너져가는 것과 그 믿음에 대한 체념이 나는 무섭다. 누가 1 더하기 1이 3이라고 말한 것을 믿는 사람이 있다는 것이 나는 무섭다. 검은색이 내일은 흰색이 되고, 손바닥으로 하늘을 가릴 수 있다고 믿는 이들이 있다는 것이 나는 무섭다. 어제 날씨도 법으로 바꿀 수 있는 변화무쌍한 슬라이드 같은 세상이 나는 무섭다. 결국은 모두 좋아질 것이고, 저 가장 무시무시한 일은 절대로 일어나지 않으리라는 감상적인 믿음이 나는 무섭다. 프로파간다는 사실을 입맛에 따라 변화무쌍하게 바꿀 수는 있지만, 사실과 맞서 싸울 수는 없다. 언행이 일치하지 않는 사람은 분명 장기적으로 도움이 안 된다. 히틀러는 유대인이 전쟁을 시작했다고 말할 수도 있으며, 만약 그가 살아남는다면 그 말은 공식 역사가 될 수도 있다. 그러나 그조차도 1 더하기 1은 3이라고 말할 수 없다. 하지만 나는 무섭다. 그가 1+1=3이 맞다고 말할 때 그를 추종하는 사람들이 있었다는 사실이 나는 무섭다. 현재 우리 사회도 그런 사회로 가고 있는 것이 아닌지 심히 나는 두렵다. 물론 이런 과정을 되돌릴 수는 있지만 말이다.' 내 말이 아니다. 내가 좋아하는 조지 오웰의 말을 조금 바꿨다. 아주 조금만. 여기서 '나'는 '나'와 같다.

11) 11일 차 2021. 9. 6. (월), 36.6℃

새로운 한 주가 시작된다. 정말 시간은 쏜살같이 지나간다. 우주의 그 누구도 거역할 수 없는 진리이자 인간에게 순명(順命)을 요구하는 강제이다. vital sign은 비교적 괜찮다. 혈압 125/72, 맥박 87, 식전혈당 124다.

내가 선생이라 어쩔 수 없이 내 삶은 언제나 교육의 문제로 귀결될 수밖에 없다. 모든 것을 교육의 관점에서 바라보고, 관찰하며, 이상 현상을 발견하고, 원인을 파악하고, 해결 방안에 대한 가설을 세우고, 실제 적용해 보고, 그 결과를 분석하고, 세운 가설에 대해 검증하고 평가하여 환류한다. 그렇게 하여 최종적으로 가장 좋은 방법(법칙, 규칙)을 결정한다. 어디서 많이 본 것 같은 익숙한 과정이다. 그렇다. 이런 과정이 바로 과학이다. 이런 점에서 교육도 과학이다. 합리적 사고와 논리적 검증이 필수적이다. 그런데 좁은 의미에서 보면 그 대상에 차이가 있다. 교육은 인간에 대한 것들을, 과학은 자연에 대한 것(현상 포함)들을 대상으로 삼는다. 바로 여기에 교육의 어려움이 있는 것이다. 인간의 존엄성에 대한 문제로, 사람을 대상으로 함부로 실험할 수 없기 때문이다. 사람을 대상으로 할 때는 어느 경우에라도 윤리적, 도덕적 가치가 반드시 개입할 수밖에 없는 것이다. 그래서 세상의 문제 중 그 어느 문제보다도 교육이 어려운 것이다.

나는 '교육의 패러다임 전환'을 강력히 주장한다. '사회를 위한 교육에서 교육을 위한 사회로의 대전환'을 요구한다. 패러다임의 전환은 이상 현상의 발견에서 시작된다. 오늘날 교육의 이상 현상은 이루 나열할 수 없을 정도이며, 그 폐단이 이루 말할 수 없을 지경에 이르렀다. 만약 이대로 5년, 10년의 시간이 지나가면 대한민국의 미래는 암울할 것이 틀림없다(실제로 '경험이 많은 고경력 교사 1명을 퇴출시키면 젊은 교사 3명을 채용할 수 있다'는 정권 이래 교육은 급속히 무너졌다).

새로운 종류의 현상을 발견한다는 것은 필연적으로 복합적인 사건으로부터 '무엇인가 있다는 것'과 그것이 '무엇인지'를 확인하는 것이다. 나는 중학교에서 과학을 9년(1985. 3. 1.~1994. 2. 28.) 동안 가르쳤다. 그때 매년 아이들에게 반복적으로 했던 이야기가 있다(가르치는 아이들이 1년마다 바뀌기 때문). 우리 모두 한 번쯤은 들어본 X-ray의 발견에 대한 이야기다. "얘들아! 너희들 X-ray가 뭔지 한 번쯤은 들어 봤지?"로 시작하는, 우연에 의해 이루어진 발견의 고전적인 역사인 이 이야기의 대강은 이렇다.

1895년 11월의 어느 날 독일 뷔르츠부르크 대학 학장으로 있던 뢴트겐(Röntgen, Wilhelm Conrad, 1845. 3. 27.~1923. 2. 10.) 교수가 음극선관에 대한 연구를 하고 있었다. 그는 차단된 음극선관의 실험장치에서 멀리 떨어져 있던 백금시안화바륨(BaPt(CN)4) 용지가 깜깜한 실험실 안에서 형광빛을 발하고 있는 것을 발견했다. 실험장치는 완전히 빛을 차단했는데 어떻게 이 용지가 반응하지? 그것도 수 미터나 떨어져 있는 책상 위에까지 어떻게 도달할 수 있지? 그는 이상 현상을 발견하고 충격에 빠졌다. 그 후로 꼼짝 않고 실험실에 틀어박혀 7주일을 보냈다. 그는 음극선 때문이 아니라는 것을 직감했고, 아마도 다른 빛에 의해 이런 현상이 벌어졌다고 추측했다. 그 결과 백금시안화바륨[BaPt(CN)4]의 형광빛의 원인은 음극선관으로부터 직선으로 들어오며, 복사 흔적은 자기장에 의해서 휘어지지 않는다는 사실을 알아냈다.(사실 이것을 학생들에게 설명하기가 가장 어려웠다. 그러나 내가 전하고자 했던 것은 지식이 아니었다.) 이것이 X-ray 발견의 대강의 이야기다. 그러나 정작 내가 학생들에게 말하고자 한 것은 그 다음이 중요하다. 그것은 뢴트겐의 발견은 차단된 실험장치 밖에선 그 어떤 것도 빛에 반응할 수 없는데 백금시안화바륨

(BaPt(CN)4) 용지가 반응하여 형광빛을 낸다는 것을 인식했다는 점이다. 실제로 19세기 후반에는 많은 과학자들이 음극선관 실험을 다양하게 진행했기 때문에 뢴트겐이 X-ray를 발견하기 전에 분명히 이런 현상이 일어났을 것이다. 즉 그때도 X-ray는 틀림없이 있었다. 그러나 뢴트겐 이전의 과학자들은 이 현상을 인식하지 못했다. 그렇다. 과학의 모든 위대한 발견은 이렇게 시작된다. 세상의 모든 발견은 인식에서 시작되고 그 발견이 진리로 이어진다. 그렇다. 분명히 누군가는 적어도 한 사람은 이 빛을 보았다. 그러나 그는 억울하게도 아무것도 발견하지 못했다. 그가 바로 당대의 유명한 과학자인 윌리엄 크룩스경이다.

"얘들아! 어때? 신기하지, 자 이제 우리 모두 잘 관찰하는 사람이 되자! 알겠지!"

"예! 선생님!" 아이들의 대답이 밝다.

이렇듯 자연계의 이상 현상을 인식(감지)하는 것은 새로움을 인지하는데 필수적인 역할을 한다. 마찬가지로 교육계의 이상 현상을 감지하는 것은 새로움을 인지하는 데 필수적인 역할을 한다. 교육계의 이상 현상은 차고 넘친다. 우리 모두는 그것을 감지하고 있으며, 그래서 나는 새로운 패러다임이 필요하다고 주장하는 것이다. 이 새로운 패러다임은 우리에게 엄청난 변화를 요구할 것이다.

어떤 사회이든 그 공동체가 유지되기 위해선 구성원들 사이에 기본적인 규칙의 준수가 필수적이다. 그러나 새로운 패러다임은 규칙이 없어도 만들어질 수 있으며, 일단 만들어진 후에는 반드시 새로운 규칙이 만들어진다. 교육의 이상 현상은 기존 패러다임의 폐기와 새로운 패러다임을 요구하고 있다. 다만 한 가지 조심할 것은 어떤 경우에도 사람과 사람과의 관계에 있어서 방법의 문제와 본질의 문제를 혼동해서는 안 된다는 것이다. 바로 사람다운 사람에 대한 윤리적, 도덕적 문제 말이다. 공자는 '기소불욕(己所不欲) 물시어인(勿施於人)'(논어 위령공편)이라 말했다. 자기가 하기 싫은 것은 남에게도 하게 해서는 안 된다는 것을 이르는 말이다.

과학에서는 이 패러다임의 전환 내지는 혁명이 비교적 명확하게 이루어지는 데 비해 인간을 대상으로 할 때는 명확하지 않고 오랜 세월이 흘러 지나온 시간을 반추해 볼 때 비로소 그 전환을 알게 된다. 즉 새로운 패러다임은 그 시작과 끝 사이에 많은 시간이 필요하다는 것이다. 비록 내가 교육계의 패러다임 전환을 지금 이 순간 요구한다 할지라도 오랜 세월이 흐른 후에 그 새로운 패러다임은 낡은 패러다임으로 폐기를 요구받을 것임을 나는 안다.

14:40(36.8℃) 아들이 백신 접종을 하고 일찍 집에 들어왔다. 접종 부위가 많이 아프다고 한다. 우리 가족 4명 중 3명은 2차 접종까지 완료했고, 이제 아들만 2차 접종하면 된다. 국민 모두가 조속히 백신 접종을 완료해 코로나의 피해를 최소화해야 한다. 그날이 조속히 오길 기대한다.

'이생망'이란 말이 있다고 한다. '이번 생은 망했다.'의 준말이라고 한다. 주로 젊은 세대들이 쓰는 말이라고 하는데 참 안타깝다. 어떻게 하다가 젊은이들에게 일자리 하나를 제공하지 못하고 이 지경이 됐는지 안타깝다. 그래도 내가 대학을 졸업할 무렵에는 일자리가 많았었는데, 그것도 소위 '질 좋은 일자리'였다. 고등학교 1학년 때 가르치시던 선생님 한 분이 갑자기 학교를 그만두셨다. 사정을 알고 보니 학교를 그만두고 풍산금속이라는 회사로 가셨다고 한다. 공무원에서 회사원으로 일자리를 바꾸신 것이다. 자세한 사정은 잘 모르겠으나 그 시절엔 선생님을 그만

두고 기업으로 가신 분이 꽤 계셨다. 1970년대 후반의 일이다. 그런데 지금은 공무원 되기가 그렇게 어렵다고 한다. 50여 년 만에 우리 사회가 크게 변화한 것이다.

그렇다면 왜 이런 일이 벌어진 것일까? 서울대 경제학과 김세직 교수는 우리나라의 경제발전 단계를 크게 3단계로 구분하고 있다. 첫 번째 단계는 해방(1945) 후부터 1959년까지, 두 번째 단계는 고도성장기인 1960년부터 1990년까지, 세 번째 단계는 성장침체기인 1991년부터 현재까지로 구분했다. 1960년대 이전에는 나라 살림이 경제라고 할 수 없을 정도로 원조 없이는 버티기 어려웠던 가난한 시절이었다. 그 이유는 우리 모두 잘 알고 있을 것이다. 일제강점기와 전쟁을 겪었으니 그 고통은 이루 말할 수 없었을 것이다. 그런데 선생인 내가 가장 놀라워하는 놀라운 사실은 전쟁의 참화 속에서 모든 것이 파괴되어 버린 상황에서도 우리 선조들은 의무교육을 시행했다는 것이다. 1953년 7월, 정부는 이른바 〈의무교육 완성 6개년계획〉을 수립하여 추진했다. 1954~1959년까지 지금의 초등학교 6년에 해당하는 아동의 96%를 취학시킨다는 목표를 세워 추진했다. 그 결과 취학률이 96%를 웃도는 대성공을 거두었다. 놀라운 일이다. 그때 공부했던 아이들이 고도성장기인 1960~1690년대까지 경제활동의 주역이었음은 두말할 나위가 없다. 천막에서 검은 칠판 하나 덩그러니 걸어 놓고, 오전반, 오후반으로 학생들을 나누어서 가르쳤다. 실제로 내가 1974년 창경국민학교를 졸업(26회)할 당시 6-1반인 우리 반의 아이들이 96명이었다(졸업앨범에 96명 아이들의 얼굴이 있다). 그 당시에는 남자반, 여자반이 따로 있었는데, 1~4반까지 남학생, 5~8반까지 여학생으로 반편성이 됐었다. 그때도 남자아이들이 많아서 한 반에 100여 명,

여자아이들은 70여 명 정도였다. 그러니 대충 잡아도 6학년만 680여 명, 6개 학년이니 전체 학생 수는 4,000여 명에 이른다. 그런데 선생님들은 교장, 교감을 포함하여 44명밖에 되지 않았다. 선생님 한 분이 약 100여 명의 아이들을 가르쳤다는 말이다. 미러클! 놀라운 일이다. 그러니 외국 사람들이 "한국의 선생님들은 슈퍼맨"이라 하지 않았던가! 신분 상승의 유일한 수단이 교육밖에는 없던 시절이었다.

서울대 김세직 교수가 79학번이니 80학번인 나와 같은 시대를 살았고 공부했다. 그는 시카고대학교에 유학해 박사학위를 받고 교수가 되었고, 나는 서울공고에 진학해 유능한 엔지니어가 되길 꿈꿨다. 그리곤 충남대에 들어가 공업교육을 하는 교사가 되었다. 서로 다른 길이었지만 우리에겐 꿈꿀 수 있는 미래가 있었고, 그 꿈을 향해 공부했다. 고교 동창 중 공부 좀 한다 하는 친구들은 거의 다 선생이 되었고, 다른 친구들은 거의 회사에 취직했다. 그들 중 많은 친구들이 지금은 회사의 대표가 되었다. 양평동에서 선반 한 대 놓고 시작한 친구는 작년에 경기도 화성에 큰 공장을 세웠다. 그 시절엔 모두 각자가 처한 환경에서 해야 할 일에 최선을 다하며 살았던 것 같다.

현재 우리나라는 질 좋은 일자리를 만들어 내지 못하고 있다. 대통령이 그룹 총수들을 불러 모아 윽박지르는(?) 것이 일자리 정책의 전부다. 이런 행태는 1990년대 이후 모든 정권에서 경기가 어려울 때마다 주기적, 반복적으로 해 왔던 일이다.

'이생망'으로 되돌아가 보자. 우리나라에 7080이 있다면, 미국에는 5060이 있다. 우리 7080 젊은이들이 민주화를 외쳤던 것처럼, 전쟁을 반대하는 미국의 5060 젊은이들의 외침이, 노래로 사회의 반전 분위기를 이끌었던 시절이 있었다. 그때 노래한 4인조 밴드가 있었는데 바로 C.C.R(Creedence Clearwater Rivival)이란 그룹이다. 이 밴드 이름이 좀 특이한데 굳이 번역하자면 '깨끗한 물을 회복시키는 일은 누구나 할 수 있는 일'이라 할 수 있을 것 같다. 우리에겐 번안 가요로 잘 알려져 있는 조영남이 부른 〈물레방아 인생〉의 〈Proud Mary〉를 부른 그룹이다. 그 C.C.R이 부른 노래 중 〈Fortunate Son(운 좋은 놈)〉이란 노래가 있다. 가사 중 "어떤 놈은 날 때부터 은수저를 들고 나오지!(Some folks are born silver spoon in hand!)"라고 소리친다. "나는 아니야!(It ant't me), 나는 아니야!(It ant't me)"라고 반복하여 절규하듯 소리 지른다. "상원의원 아들(senator's son), 백만장자의 아들(millionnaire's son), 장군의 아들(military's son)도 아니다."라고 절규한다. 요즘 세대가 흙수저, 금수저에 대한 문제의식을 갖고 좌절과 분노를 외치는 것과 같이 말이다. 소득 불평등이 커지고 그에 따른 기회 불평등이 커져만 가는 가운데, 제대로 된 일자리를 구하기 점점 어려워지는 우리 젊은 세대들의 아픔과 좌절을 대변하는 듯하여 마음이 아프다. 참 보통 문제가 아닐 수 없다. 그런데도 권력을 잡은 자들과 잡으려고 하는 자 모두 이 난국을 타개할 정책은 내놓지 않고, 오로지 퍼주기, 포퓰리즘의 단기 대책들로 넘쳐 나고 있다. 나 같은 필부(匹夫)도 그 답은 하나같은데. 바로 '잘사는 나라를 만드는 것'밖에는 다른 방법이 없는 것 같은데. 그러기 위해선 '경제 성장'밖에는 답이 없는 것 같은데. 머리 좋은 사람들이 경제 성장을 위한 정책 입안에 더욱 힘쓰길 바란다. 운에 의해 개인의 삶이 결정되는 나라가 아닌, 개인의 역량에서 비롯된 나라의 역량이 증가하는 경쟁력 있는 나라가 되었으면 참 좋겠다.

12) 12일 차 2021. 9. 7. (화), 36.6℃

어느덧 자가격리가 끝나 가고 있다. 오늘 마지막 PCR 검사를 받으라는 문자가 어제 왔다. 이상 없으면 내일 13일 동안의 자가격리를 끝내게 된다.

어제부터 지금까지 가을을 재촉하는 비가 제법 많이 내리고 있다. 오늘은 24절기 중 15번째 절기인 백로(白露)다. '하얀 이슬'이라는 뜻이다. 이름이 참 곱다. 한 해 중 이맘때쯤이면 이슬이 맺힌다는 말이다. 이 무렵에는 장마가 지나간 후여서 맑은 가을 날씨가 계속된다고 한다. 그러나 간혹 태풍이 한반도를 지나가는 계절이기도 하다. 올해에도 태풍은 불겠지만 피해가 없기를 기원한다.

우리 조상들은 백로에 비가 오면 대풍(大豊)이라 여겨 풍년의 징조로 생각했다고 한다. 오랜 세월에 걸친 선인(先人)들의 삶의 지혜가 묻어 있는 말이니 올해는 틀림없이 대풍이 되리라 기대한다. 또한 백로 절기에는 조상의 묘를 찾아 벌초한다(나도 이번 주말에는 벌초를 해야겠다). 백로 다음이 바로 가을의 한 가운데 중추(仲秋)다. 우리 민족의 최대 명절인 한가위 곧 추석이다. 우리 민족은 한 해 중 이때를 가장 풍요롭게 보냈고, 차례를 지내며 한 해 수확을 감사하며 명절을 보냈다. 부모님과 친척들을 찾아뵙고, 조상의 묘를 찾아 성묘하는 아름다운 풍속을 이어 왔다. 다음 주말부터 5일간의 추석 명절이 이어지는데 코로나 때문에 걱정이다. 제발 아무 일이 없었으면 좋겠다. 그런데 한가위를 일컫는 다른 말에 가배(嘉俳)라는 말이 있는데, 이건 또 무슨 뜻인가? 순우리말이라고 하는데.

17:00(36.9℃): 십정동사무소에서 문자가 왔다. '내일 12시에 격리 해제되면 어플을 삭제'하라고 한다. 아직 PCR 검사 결과가 나오지도 않았는

데, 어플을 삭제하라는 것 보니 이상이 없나 짐작해 본다. 어떻게 된 건지 좀 이상하다.

오전 9시에 부평구보건소에서 마지막 PCR 검사를 하고 왔다. 검사받으려는 사람들이 엄청 많다. 부평동초등학교 울타리까지 줄이 이어졌다. 4차 유행이 좀처럼 누그러들지 않고 있다. 백신 접종률이 높아지면 감염 위험도 감소한다고 하는데 신속한 접종이 이루어졌으면 좋겠다. 뉴스에서는 1차 접종률이 60%를 넘었다고 하며, 어제 접종 인원은 최대라는 반가운 소식이 들려온다. 엄마 손에 이끌려 유모차를 타고 온 애기 2명이 검사를 받는다. 어른도 힘들고 불편한 검사인데 애기들은 얼마나 불편할까. 여지없이 울음을 터트린다. 하여간 몹쓸 코로나다.

13) 13일 차 2021. 9. 8. (수), 36.6℃

드디어 자가격리 마지막 날이다. PCR 검사 결과에 따라 해제 여부가 결정될 것이다. 13일간의 시간이 길다면 길고 짧다면 짧은 시간일 수 있겠으나, 자가격리를 시작하며 나의 의도와 상관없이 휴가처럼 주어진 이 시간을 알차고 보람 있게 보내리라 다짐했었다. 먼저 그동안 읽고 싶었던 책을 마음껏 읽고, 쓰고 싶었던 글을 자기 검열 없이 쓰고 싶었다. 나름 의미 있는 시간을 보냈다고 생각하나 역시 내가 있어야 할 곳은 아이들 곁이라는 것을 세상 실감하는 시간이었다. 학교 아이들과 교직원, 가족들에게 미안한 마음을 떨칠 수 없는 시간이기도 했다. 특히 아내에게 (나보다 오히려 집사람이 고생 많이 했다).

09:00(36.5℃): PCR 검사 결과 음성이라는 문자가 왔다. 다행이다. 그동안 고생 많았다고 내 자신에게 위로의 말을 건넨다. 이제 내일부터 그토록 간절하던 일상으로 돌아간다. 감사하다.

온갖 피사(詖辭: 편벽된 학설), 음사(淫辭: 지나친 학설), 사사(邪辭: 사악한 학설), 둔사(遁辭: 둘러대는 학설)가 난무하는 세상이다. 자유, 환경, 경제에 관한 책들을 읽었다. 어떤 이론도 나름의 논거가 있고 타당한 이유와 증거가 있다. 다만 우리가 어느 것을 선택하느냐 하는가의 문제인 것 같다. 인생은 끊임없는 선택의 연속이다. 하나를 취하고 하나를 버리는 선택에 대해, 그리고 내 선택이 다른 이들의 선택과 어떤 관계에 있는지 잘 헤아리는 것의 연속이 나의 삶의 과정이다. 나이가 들면서 젊을 때 가졌던 서슬 퍼런 칼날과 같던 신념들이 많이 무뎌진 것 같다. 그것은 아마도 내가 더욱 객관화된 것이기 때문일 것이다.

교육은 단순하지 않기 때문에 교육 주체들 간의 상호작용을 아주 정확하게 측정해 낼 수 없다. 이 상호작용은 상관관계를 과학과 같이 증명할 수 없다. 때론 전혀 이해할 수 없는 일들이 교육 현장에서 빈번히 일어나고 있다. 그러니 누가 맞고 누가 틀리다고 어떻게 감히 확정지어 말할 수 있겠는가! 교육자들은 더욱 겸손해져야 한다. 종종 개인적 이념과 원칙을 위해 자신의 견해를 고수하곤 하면서 그 견해를 뒷받침하는 근거를 열심히 찾은 후 나머지는 무시해버리는 잘못을 범하기도 한다. "상대방의 주장을 묵살해 버릴 정도의 완벽한 주장은 없다."는 말이 있다. 나의 보잘것없는 지식이 '지식의 가장(假裝)'이 되지 않도록 더욱 경계하고 경계해야 할 일이다. 극단으로 흐르지 않는 균형 잡힌 시각, 어떤 형태이든 약자의 보호, 절대와 상대의 조화, 의무와 목적의 선택, 개인과 사회의 조화

등 많은 생각들로 긴 시간이 빠르게 지나간 것 같다. 성급히 결론을 내릴 수 없을 것이다. 어차피 나의 삶 속에서 끊임없이 고민하고 의식해야만 하는 문제이기 때문이다. 다만 관계 속에서의 '나'를 생각하며, '너'와 항상 어느 곳에서나 잘 지냈으면, 좋은 인연으로 기억되길 바랄 뿐이다.

조지 오웰(필명 George Orwell, 본명 Eric Arthur Blair, 영국, 1903. 6. 25. 인도~1950. 1. 21.)의 『1984년』(1949년)을 다시 꺼내 든다. 대학 졸업반 때 거금 3,300원(?)을 주고 산, 지금은 누렇게 색이 바랜 오래된 책이다. 마지막 구절 '싸움은 끝났다. 그는 자신에 대한 승리를 얻었다. 〈위대한 동지〉를 사랑하게 된 것이다.' 윈스턴은 40년 동안 자유를 갈망했다. 그러나 마지막에는 생각을 바꿨다. 오웰은 무얼 말하려고 한 것인가? 그의 글을 왜 지금 내가 다시 꺼내 읽는가? 나에게 반문하면서 책을 읽는다. 그가 『동물농장』(1945년)을 쓰고 4년 만에 쓴 책이다.

어떤 자들은 자기편이 저지른 잔혹 행위에는 반대하지 않을 뿐만 아니라, 이에 대해서는 듣지도 않는 비범한 능력이 있다. 그들 자신의 이념에 매몰되어 이 어마어마한 범죄가 의심에서 튕겨 나간 것이다. 아는 사실이라도 감당하기 곤란하면 으레 무시되어 논리적 사고 과정에 끼어들지 못하거나 아니면 사고는 할 수 있더라도 자기 마음속에서는 절대 사실로 인정되지 않는다. 이런 현상이 무서운 것이다. 이런 부류의 사람들은 과거를 수정할 수 있다는 믿음에 사로잡혀 있다. 이른바 '적폐 청산'이라는 명분으로 말이다. 아무리 틀림없는 사실도 뻔뻔스럽게 부인할 수 있다. 이들이 바라는 것은 오로지 자기 집단이 다른 집단을 이기고 있다고 느끼는 것인데, 이를 위한 보다 쉬운 방법은 자기 생각을 사실이 뒷받침해 주는지 냉정하게 조사하기보다는 오직 상대편을 논쟁에서 이기는 것이다.

더욱 무서운 것은 이들은 조현병자와 별반 다르지 않아서, 현실 세계와 아무 연관이 없는 권력과 전제의 꿈에 둘러싸여 무척 행복하게 살아간다는 점이다.

나는 누구나 자기 의견을 가질 권리가 있다고 생각한다. 만약 사람들에게 모든 의견은 표현할 권리가 있는가? 하고 묻는다면, 대부분의 사람들은 모두 '그렇다'라고 대답할 것이다. 그러나 구체적으로 정권을 쥐고 있는 권력에 대한 비난은 어떤가?라고 묻는다면 고개를 갸우뚱할 것이다. 바로 그 순간 현재의 통념이 흔들리고, 그래서 언론 자유의 원칙이라는 민주주의 근간은 무효가 된다.

우리가 언론과 출판의 자유를 요구하는 것은 '절대적인 자유'에 대한 요구가 아니다. 사회 조직이 유지되는 한, 어느 정도의 검열은 언제나 있어야 하거나, 적어도 언제나 있을 수밖에 없을 것이다. 그러나 로자 룩셈부르크(Rosa Luxemburg, 1871~1919, 폴란드 출신의 독일 마르크스주의 사상가, 정치가)의 말대로 자유는 '다른 사람을 위한 자유'이다. 볼테르(Voltaire, 1694~1778, 프랑스 계몽주의 철학자, 역사가, 문학가)의 명언에도 동일한 원칙이 포함되어 있다.

"나는 당신의 말이 몹시 싫다. 하지만 당신이 그렇게 말할 권리를 지켜주기 위해서라면 목숨이라도 기꺼이 내놓겠다."

분명 우리의 지적 자유에 어떤 의미가 있다면, 그건 진실이라고 믿는 바를 말하고 출판할 권리가 모든 이에게 있어야 한다는 뜻이다. 단 명백하게 공동체의 다른 구성원을 해치지만 않는다면 말이다. 이 원칙은 민주주의에서 당연시되어 왔다.

어찌 보면 언론과 출판에 대한 자유를 둘러싼 논란은 알고 보면 거짓말이 바람직한지 그렇지 않은지에 대한 논란이다. 진짜 쟁점은 동시대의 사건들을 진실하게 전달할 권리, 혹은 모든 관찰자가 혼란스러워하는 무지, 편견, 자기기만에도 불구하고 이를 진실하게 전달할 권리이다. 지적 자유의 적은 항상 규율 대 이기주의를 내세워 자신의 논리를 정당화하려고 한다. 따라서 진실 대 거짓은 더 이상 중요치 않다. 자신의 생각을 주장하는 사람을 이기주의자로 낙인찍고, 부당한 특권 또는 기득권을 유지하려고 도도한 역사의 흐름에 시대정신에 저항한다고 비난할 것이다.

전제주의는 과거에 대한 지속적인 수정을 요구하고 결국에는 다름 아닌 객관적 진실에 대한 불신을 지속적으로 요구한다. 어느 한 시기에 하나의 의견만 허용하는 사회에서는 권력을 유지하기 위해 노골적인 날조도 마다하지 않는다. 이들은 스스로 절대적 진리에 결코 도달할 수 없음을 알고 있다. 과학적 지식의 날조는 수치에 불과하지만, 역사적 지식의 날조는 흠이 아니라고 생각하는 사람이 우리 주위에 널려 있다. 힘이나 속임수 따위로 권력을 유지할 때 그 사회는 전제주의가 된다. 민주주의는 소리소문 없이 힘을 잃게 된다.

'진실을 말하고 생각할 자유를 그 누가 빼앗을 것인가!'

내 말이 아니다. 조지 오웰의 말이다. 오늘 우리 사회가 새겨들어야 할 말이다.

부평공고, 2021. 9.

〈참고문헌〉

1. 조지 오웰, 『1984년』, 정승하 역, 도서출판 청맥, 1984. 1. 25.
2. 김세직, 『모방과 창조』, 다산북스, 2021. 7. 12. (초판 1쇄).
3. 장하준, 『장하준의 경제학 강의』, 부키(주), 2014. 7. 25. (초판 1쇄).
4. 토마스 S. 쿤, 김명자 역, 『과학혁명의 구조』, 두산동아, 1999. 8. 20. (초판 19쇄).
5. 윤동주, 『윤동주 전 시집』, 스타북스, 2018. 11. 30. (초판 16쇄).
6. 강명희, 『동아시아에서 자유주의는 무엇인가』(중국근현대사학회 연구총서 07), 한울아카데미, 2021. 5. 7. (초판 1쇄).
7. 채사장, 『지적 대화를 위한 넓고 얕은 지식: 역사, 경제, 정치, 사회, 윤리 편』, 한빛비즈, 2015. 4. 14. (초판 90쇄).

4. 비바 콜롬비아! 그 7박 9일의 여정

지난달에도 역시 우리 창의인재교육과에 많은 행사들이 다양하게 펼쳐져 목적하였던 교육적 성과를 잘 달성하였습니다. 이제 사업별로 성과분석을 면밀하게 잘하여 내년도 계획에 반영하였으면 좋겠습니다.

특히 제20회 인천과학대제전 행사는 그 연륜에 걸맞게 학생들이 참여하는 체험중심의 교육활동이 전개되어 삶의 힘이 자라는 우리 인천 교육의 비전을 실감할 수 있어서 참 좋았습니다. 수고하신 모든 분들께 감사의 말씀을 드립니다.

전 세계 39개국을 여행하고, 11권의 책을 저술했으며 오스카상을 수상한 2편의 영화에 영감을 제공하였으며 시각장애인의 권익보호를 위해 평생을 노력하다 89세의 일기로 타계한 헬렌 켈러는 다음과 같은 말을 남겼다고 합니다.

"비관론자가 천체의 비밀이나 해도에 없는 지역을 항해하거나 인간 정신세계에 새로운 지평을 연 사례는 단 한 번도 없다." 또한 미국 제34대 대통령인 드와이트 아이젠하워는 "비관론자는 어떤 전투에서도 승리하지 못했다."라고 말했다고 합니다. 우리를 둘러싼 환경과 제반 여건, 구조적 문제, 인식의 문제 등 많은 어려움이 있지만 결코 비관할 수 없는 이유를 우리는 앞서간 사람들의 삶의 궤적을 통해 배울 수 있습니다.

이번 달에는 지난 10월 말에 다녀온 콜롬비아 연수의 후기를 기행문의 형태로 드립니다. '비바 콜롬비아! 그 7박 9일의 여정'입니다. 참고로 이 글은 교육감님에게도 전해 드렸습니다.

1) 1일 차: 2018. 10. 20. (토)

17:25분 American Airline AA0280편으로 댈러스를 향하여 출발, 불고기김치볶음밥, 라면, 치킨덮밥 등으로 기내식을 3식 하고 12시간 30여 분의 비행 후에 드디어 날짜선을 지나 댈러스 현지시간으로 10. 20.일(토) 16:00시에 댈러스에 도착. 하늘에서 내려다본 댈러스는 작은 산 하나조차 없는 그야말로 광활한 평원 위에 지평선이 보이는 드넓은 도시였다. 드디어 개인적으로 미국에 첫발을 내딛는 순간이었으나 공항 밖으로 나갈 수 없는 아쉬움은 다음 방문을 기대하며 뒤로하고, 공항 트램(SKY LINK)으로 D터미널에서 A터미널로 이동하여 잠깐 화장실 한 번 다녀오고 바로 최종 목적지인 콜롬비아 보고타행 AA1123편으로 환승했다.

17:45분 정시 출발하여 기내식으로 바비큐치킨샐러드로 저녁을 먹고 잠깐 눈을 붙이니 어느덧 밤 23:10분 5시간 25분 비행 후 드디어 콜롬비아 보고타의 엘도라도 공항에 도착했다. 장장 비행시간만 18시간 정도 소요되었으니 내 인생에서 이런 장시간의 비행은 처음이었고, 또한 몹시도 피곤한 여정이었으나 함께한 분들이 계셔서 힘을 낼 수 있어 감사하기도 하였다. 여정 중에 작은 에피소드도 있었으니 이 또한 추억으로 남을 것이다. 동행한 광성중학교 김세호 선생님이 미국 댈러스에서 환승할 때 입국 수속 중에 얼마나 까다롭게 물어보던지 조금은 당황스러웠고, 콜롬비아 선생님들의 연수물품으로 준비한 물건들이(파손될 우려가 있어 별도로 포장) 짐을 다 찾은 후에도 나오지 않아 살짝 걱정스러웠는데 다른 쪽 라인에 별도로 나와서 찾은 일들은 여행의 즐거움을 더해 주는 일이기도 했다. 공항에서 통역과 콜롬비아 교육부에서 준비한 밴을 타고 숙소

인 쉐라톤 호텔에 도착하여 체크인한 후에 여장을 풀고 씻고 나니 어느덧 새벽 두 시, 이제야 겨우 정신을 차릴 수 있었다. 잠시 눈을 붙인 후에 내일 연수를 준비해야겠다고 생각하고 늦은 잠자리에 들었다.

2) 2일 차: 2018. 10. 21. (일)

05:00 기상 후(시간이 바뀌어도 일어나는 시간은 똑같으니 참!) 요사이 읽는 책(『도덕감정론』, 아담 스미스)의 글귀가 마음에 남았다. '행복에 필수적인 요소는 마음의 진정과 평정이다. 마음의 진정과 평정은 증오와 분노의 반대인 격정, 즉 감사하는 마음과 사랑에 의해서 가장 잘 촉진된다. 관대하고 인자한 사람들이 유감으로 생각하는 것은 함께 생활하던 사람들의 배신과 배은망덕으로 잃어버리게 된 것들의 가치가 아니다. 그들을 가장 괴롭히는 것은 함께했던 자들이 배신하고 배은망덕한 짓을 한 것이다. …중략… 사소한 침해에 대해서는 무시해 버리는 편이 오히려 낫다. 사소한 시빗거리가 있을 때마다 흥분하여 시비하기 좋아하는 성격은 비열한 것이다.' 아직도 나는 멀었음을 자조하며 아메리칸 스타일로 아침 식사를 했다.

11:00 현지시간 일요일, 모든 관공서와 회사들의 휴무일로 한가로운 보고타 시내를 관광하는 시간을 가졌다. 오전에는 우리나라의 벼룩시장처럼 휴일에만 문을 여는 우사게 시장 거리를 관광하였고, 점심에는 크라페 & 와플이라는 콜롬비아 전통음식을 오렌지 주스와 함께 먹었는데 양이 너무 많았다. 반밖에는 못 먹어 콜롬비아 교육부 관계자들에게(월

슨-2018 연수단을 이끌고 한국방문, 세르지오) 다소 민망했다. 혹시 신경 써 준 음식이 입에 맞지 않는 것은 아닌지 괜한 걱정을 하게 한 것은 아닌지 말이다. 콜롬비아 교육부에서 이번 우리 방문단에게 많은 신경을 쓴 것 같다. 예전과는 달리 모든 일정 중에 사용하는 교통편인 전용 밴과 점심 식사 제공, 교육부 관계자 2명을 매일 우리와 함께하게 하여 안내토록 한 것은 참 고마운 일이다. 콜롬비아 정부에서도 우리 인천시교육청과의 교류협력에 큰 기대를 하고 있는 듯 보였다.

오후에는 몬세라테 언덕 밑에 있는 작은 전망대에서 보고타시를 내려다보았다. 인구 800만의 꽤 큰 도시가 광활한 대지 위에 펼쳐져 있었다. 해발 3천여 미터의 고도에 이런 분지가 있다는 사실이 놀라웠다. 대부분의 큰 도시는 큰 강을 끼고 있는 것이 일반적인데 보고타에는 강이 없었다. 역시 물이 문제였다. 굉장히 귀했으며 그 값 또한 비쌌다. 4인 가족의 한 달 평균 수도 요금이 우리 돈으로 약 10만 원가량 나온다고 한다. 이 나라 국민소득($6,581, 2018 IMF 기준)에 비하면 엄청나게 비싼 것이다. 그래서 그런지 내가 묵은 숙소의 샤워 시설은 4성급 호텔임에도 불구하고 부족했다. 아껴 쓰라는 것이겠구나 생각하니 이해가 되기도 하였다.

구시가지를 걸으며 현지인의 삶을 살펴보고자 하였으나 때마침 쏟아진 폭우로 인하여(이 나라는 지금이 우기라고 한다.) 그러지 못한 것이 아쉬웠다. 그러나 비를 피해 들어갔던 보떼로 미술관은 나에게는 압권이었다. 현재 생존해 있는 콜롬비아의 대표적인 화가인 페르난도 보떼로(Fernando Botero)의 작품이 전시되어 있는 미술관인데 남미 특유의 화려한 색상과 사물을 극단적으로 통통하게(인체는 뚱뚱하게) 묘사하는 그의 작품과 더불어 피카소, 샤갈, 미로, 달리 등의 작품을 루브르와는 달리 누구나 아주 가까이에서 자연스럽게 감상할 수 있게 배려한 것은 이 나라의 문화를 대하는 자세를 엿볼 수 있게 하여 조금은 부러웠다. 그것도 원본 작품을 감상할 수 있다니 나에게는 놀라운 경험이었다. 이 비싼 작품들이 이 허술한 미술관에 전시되어 있다니 믿기지 않았다. 처음에는 모작인지 알았는데 정말 원작이 맞다고 한다. 보떼로가 생전의 이들과 교류하면서 서로의 작품을 교환했다고 한다. 그것을 전시한 것이란다. 정말 놀라웠고 나에게는 참으로 귀중한 시간이기도 했다. 인상파 화가들의 빛의 제전 중 초기작품을 여기 이곳 보고타에서 오리지널로 감상할 수 있다니 참으로 감사했다.

가슴 벅찬 감동을 뒤로 한 채 시몬 볼리바르의 동상이 있는 광장으로 나갔다. 대성당, 의회, 대통령궁이 'ㅁ' 모양으로 들어서 있는 광장이었다. 비둘기의 습격을 뒤로하고 대통령궁 주위를 둘러보던 중 뜻밖의 좋은 구경거리를 만났다. 의장대의 사열 연습장면이었다. 조금은 각이 빠지는(?) 연습 장면이었으나 말 그대로 연습이어서 그랬겠지 생각했다. 대통령궁 정문을 지키고 서 있는 두 명의 위병들과 함께 기념 촬영을 했다. 엄숙하고 근엄함 속에서 자유로움과 유연함을 즐기는 이 나라 사람들의 삶의 자세를 들여다볼 수 있는 순간이기도 했다. 어디 우리나라 청와대 정문의 위병들과 관광객이 사진을 함께 찍을 수 있겠는가? 아직도 내려놓아야 할 권위는 우리 사회에 산재해 있는 것 같다. 마침 연습을 마친 의장대가 대통령궁을 빠져나와 숙소로 돌아가는 길에 대통령궁 정문에 있던 우리와 마주쳤다. 불과 10여 명의 인원으로 구성된 우리들이 오롯이 그들의 사열을 바로 눈앞에서 받을 수 있었다니 정말 즐거운 일이었다. 계속해서 힘차게 박수를 쳐 주었음을 물론이다. 보떼로에 이어 의장대의 사열까지 정말 즐거움의 연속이었다.

이른 저녁으로 송아지 스테이크를 감자튀김과 함께 먹었다. 역시 양이 엄청나다. 1인분에 400g이라고 한다. 저녁 식사 자리에 오전에 통화했던 마르따가 찾아왔다. 콜롬비아 연수단을 이끌고 우리나라를 세 번이나 방문한 교육부의 고위 관료이다. 인사이동으로 다른 부서에 가 있으나 우리가 왔다는 소식에 한걸음에 달려온 것이다. 너무도 반가웠고 감사했다. 그녀와의 이야기는 항상 즐거웠고 그녀의 열정이 부러웠고 그녀로 인해 콜롬비아의 미래를 기대할 수 있어 또한 행복했다. 우리의 작은 노력들이 이젠 세계적인 교육으로(전 세계 아이들을 위한 교육) 성장하고, 그 성장에 기여할 수 있는 것 같아 뿌듯하기도 했다.

3) 3일 차: 2018. 10. 22. (월)

06:30분 아침 식사. 오늘은 학교 방문이 예정되어 있어 아침 일찍부터 서둘러야 한다. 이제 공식 일정의 시작이다. 벌써부터 마음이 설렌다.

보고타 중심가에서 약 1시간가량 떨어져 있는 플로렌티노 곤잘레스라는 학교를 방문하였다. 이곳 학교는 유치원 아이들부터 고등학생까지 함께 한 공간에서 생활하고, 거의 모든 학교가 2부제 수업을 실시하고 있다. 이 학교도 이 작은 공간에 1,700여 명의 학생들과 60여 명의 교직원이 함께 생활하고 있다. 보고타는 생활수준에 따라 6개 구역으로 나누어져 있고 이를 에스트락토라 한다. 1~6등급까지 구분되어 생활 수준에 현격한 차이와 함께 세금도 다르다고 한다. 이 학교는 1~2등급의 아주 열악한 학교라고 한다. 마약, 폭력조직, 성폭력이 만연한 지역이라고 한다. 하이누 비바스 교장의 절실함을 엿볼 수 있어 가슴이 뭉클했다. "교육은 인간의 권리이다. 교육을 통해 가족의 회복에 노력하고 있다." 그의 말이다. 2017년 인천에서 연수한 욜란다 선생님이 근무하는 학교이다. 1964년 개교, 12년 동안 증축공사가 진행 중이라고 한다.(우리가 방문했을 때도 공사가 한창이었다.) 커피의 나라 콜롬비아, 제공된 커피는 똘리마 지역에서 생산된 커피라고 한다. 처음에는 신맛, 중간에는 쓴맛, 마신 후에는 단맛이 나는 처음으로 맛보는 신기한 커피이다. 사 가지고 왔음은 물론이다. ICT 기자재의 구비 및 활용을 학교발전의 동력으로 삼고자 한다고 한다. 많은 지원을 당부한다고도 한다. 나도 그랬으면 좋겠다. 개별화된 맞춤형 교육과정을 이야기하고 있고, 학생의견을 교육에 반영하고 있다고도 한다.

욜란다 선생님의 수업사례발표를 들었다. Show-Room(컴퓨터실)을 구축하여 1~5학년까지 ICT 기술을 영어교과에 접목하는 수업으로 자신의 개인적인 인적 네트워크를 활용하여 미국에 있는 친구의 도움을 받은 것은 흥미로웠다. 3명의 학생들이 언어(7학년 나탈리아), 동영상(5학년 마리아), 사진편집(5학년 살로메) 등의 과제를 직접 발표하였는데 어린 학생들의 눈빛이 참으로 아름다웠다. 특히 Minecraft(저작도구)를 활용한 교수학습방법의 개선은 게임을 학습에 도입하여 학습에 흥미를 유발한 것으로 좋은 방법이라 생각되었다.

올해 연수단으로 참여하였던 윌리엄 선생님의 부인인 디아나 선생님(음악)이 근무하는 학교로 기타, 실로폰, 리코더, 드럼, 건반, 트럼펫 등으로 구성된 학년별 합주단을 구성하여 우리에게 연주를 들려준 것은 참으로 고마웠다. 학년에 따라 수준이 다른 곡을 선곡하여 1년간에 걸쳐 연습했다고 한다. 특히 11학년 학생들의 〈황야의 무법자〉 OST 연주는 매우 수준 높은 연주였고 선생님의 지도에 한마음으로 함께해 준 학생들의 눈빛은 참으로 맑았고 순수했다. 머릿속에만 있는 지식이 아닌 몸으로 연주할 수 있고 마음으로 느낄 수 있는 음악, 그것이 음악교육이 지향해야 할 진정한 목표는 아닌지 잠시 생각해 보았다. 이어진 공연은 민속춤 공연으로 36개의 소수민족으로 이루어져 있는 이 나라는 각각의 전통춤이 있다고 한다. 그중에 하나인 랑가와 룸바를 공연하였다. 즐거운 표정의 8명의 남녀학생들이 3팀으로 쌍을 이뤄 춤을 추고 있는 모습이 참으로 밝고 행복해 보였다.

이어 수학 교과의 ICT 방과 후 강좌의 수업을 참관하였고 교직원과의 간담회 시간을 가졌다. 대한민국의 국가발전의 원동력은 무엇이었나? ICT 기술을 전달하기 위한 교사연수 활성화 방법은? ICT 기술을 어떻게 도입했는가? ICT 기술교육의 목표는 무엇인가? 콜롬비아를 방문한 소감과 조언 등 그 열기가 매우 뜨거웠다. 선생님들의 열정을 마음에 담고 학교를 나왔다.

오후 14:00에 늦은 점심을 먹고 14:30분에 광성중학교 김세호 선생님의 몽키 보드 강의가 이어졌다. 사전에 교육부에 20명의 선생님과 컴퓨터 준비를 부탁하였으나 40여 명의 선생님과 노트북 8대만 준비되어 있었다. 그러나 선생님들의 열기는 뜨거웠다. 몽키보드를 이용한 아두이노 프로그램의 활용에 대한 연수이다. 5개의 책상에 6~7명의 선생님들이 모여서 실습하였고 질문이 많았고 참여와 상호작용이 매우 활발한 연수였다. 그러나 열악한 환경은 극복할 수 없는 문제였으며 어찌할 도리가 없었다. 올해 연수에 참여한 윌리엄, 신데이, 디아나, 지넷, 지미 등 5명의 반가운 얼굴들을 5개월여 만에 이 먼 곳에서 만나니 참으로 반가웠다. 작년, 올해 연수에 참여했던 10여 명의 선생님들과 저녁과 함께 간담회를 가졌고 동행한 APEC의 강영한 연구원의 설문조사도 함께 진행하였다. 서로의 안부를 묻고 정다운 이야기에 시간 가는 줄 몰랐으나 내일의 일정과 다음 만남을 기약하며 아쉬운 헤어짐을 뒤로 하고 숙소로 돌아왔다.

내일은 이곳 콜롬비아 교육부를 방문하는 날이다. 교육 당국의 만남에 어떤 이야기들이 오고 갈까 벌써부터 기대가 된다. 다만 한 가지 우려스러운 점은 많은 학교가 내일 파업을 예고하고 있어 아마도 정상적인 만남이 이루어지기는 힘들 것 같다는 것이다.

4) 4일 차: 2018. 10. 23. (화)

06:30분 아침 식사. 09:00 교육부에 도착하여 간단히 청사를 안내받고 이곳 콜롬비아 당국자와 마주 앉았다. 교육혁신실의 실바 국장, 국제협력실의 페르난데스 국장이 참석하였다. 인사말과 함께 콜롬비아의 교육혁신에 관해 실바국장의 브리핑이 있었고, 양국 간 현안에 대한 논의가 이어졌다.

교육정보화 지원 사업에 대한 지속 여부, MOU 체결에 대한 의향, 콜롬비아 교육 정책에 대한 조언, 연수 선생님의 수가 많았으면 한다는 의견, 연수단의 비자 문제 등에 관한 논의가 이어졌다. 콜롬비아 정부에서는 MOU 체결에 매우 긍정적이었고, 본 사업을 더욱 확대하여 지원을 받고 싶은 마음을 엿볼 수 있었다.

도시락으로 점심 식사 후 보고타에서 약 1시간 30분가량 떨어져 있는 소금 성당에 다녀왔다. 저녁은 김치찌개로 오랜만에 입에 맞는 음식을 먹으니 모두 행복해하는 모습이 보기에 좋았다. 내일은 학교와 대한민국 대사관 방문이 예정되어 있다.

5) 5일 차: 2018. 10. 24. (수)

올해 연수에 참여하였던 신데이 선생님이 근무하는 엔디케올라지 에레나라는 학교를 방문하였다. 유치원부터 11학년까지 다니는 학교로 재학생만 5천여 명인 매우 대규모의 학교이다. 비가 부슬부슬 내리는 가운데 고적대(실로폰, 섹스폰, 작은북, 큰북 등)의 환영 연주가 운동장에서 있었다. 수준급의 연주였다. 또한 유치원에서 10학년까지 학생으로 구성된 오케스트라의 연주도 있었다. 놀라운 점은 우리로 이야기하면 특수학급 학생도 함께 단원으로 구성되어 있다는 점이었다. 이 나라는 음악이 생활화되어 있는 것을 느낄 수 있었다.

신데이 선생님의 스톱모션 애니메이션 활용 수업을 참관하였는데 특이한 점은 고학년 학생이 저학년 학생을 1:1로 지도하는 점이었다. 과연 이런 수업이 의도하는 바는 무엇인가 궁금하였다. 이 부족한 공간에서 열악한 환경에서 선생님이 의도하는 것은 과연 무엇인가? 언니, 형, 오빠, 누나들이 가르치는 수업을 저 어린 학생들은 과연 알기나 할까? 애기들은 앉아 있고 언니들은 서 있다. 그러나 이곳에서의 상호작용은 가슴 뭉

클한 감동을 자아낸다. 더불어 함께하는 삶, 이들은 벌써 학교에서부터 몸으로 배우고 있다. 지식의 양과는 관계없는 듯 보였다. 20대의 컴퓨터를 한 달 전에 교육부에서 지원했다고 한다. 남미 특유의 문화라고 할까 아이들의 용모는 참으로 다양하였다. 긴 머리의 생머리, 파마 머리, 딴 머리, 커트 머리, 레게 머리, 짧은 스포츠 머리, 가르마를 탄 단정한 머리, 문신을 한 머리, 머리가 길어 엉덩이까지 내려온 머리, 파마의 종류도 여러 가지이고 염색도 다양하다. 귀걸이를 한 아이들, 피어싱을 한 아이들, 화장은 기본(색조화장까지)이다. 아이들이 공부하는 데는 아무 지장이 없는 듯 보였다. 그러나 한 가지 공통점은 이들 모두 교복을 입고 있다는 것이다. 신데이 선생님은 인터뷰하느라 정신이 없다. 수업을 보여 주고 진행하랴…. 우리가 지원한 것은 10년 동안 181명의 선생님들의 연수를 지원한 것뿐인데 그 파급효과는 참으로 놀라웠다. 교실에서 배우는 내용이 바뀌고, 교수방법이 바뀌고, 아이들이 바뀌고 있는 모습을 이국 땅 보고타의 한 학교에서 내 눈으로 확인하고 있었다.

이번에는 댄스동아리 아이들인 것 같다. 비보이 공연이다. 〈미션 임파서블〉의 음악의 맞춘 역동적인 댄스이다. 시멘트 바닥에서조차 이들은 즐겁다. 무릎이 깨지고 손이 터져도 하고 싶은 것을 즐기는 아이들의 열정이 놀라웠다. 그러나 한 가지 계속 떨쳐 버릴 수 없는 생각은? 이들의 학교는 무학교급이다. 유치원에서 고3까지 함께 한 공간에서 생활하고 있다. 이런 공간에서 이들이 배우는 것은 과연 무엇일까? 아우들을 돌보는 형들의 배려와 가르침, 솔선수범을, 형들과 함께하는 아우들은 형들을 따르고 역시 함께하는 공동체의 질서와 규범을 생활 속에서 느끼는 것은 아닐지? 그냥 맨바닥에서 헤드스윙을 한다. 그래도 이 아이들은 해냈다는 성취감을 느끼고 있는 것 같았다. 눈빛이 살아 있다. 땀은 비 오듯 하지만.

에드가르 리베로스 교장에게 물었다. “혹시 아이들 간의 괴롭힘이나 폭력은 없는지?” 교장의 말이다. “왜 없겠습니까! 저는 이 학교에 부임 후에 한 번도 휴가를 가지 못했습니다.” 보고타에서 가장 큰 학교라고 한다. 역시 콜롬비아나 한국이나 교장의 역할은 중요했다. 그러나 아직 이곳에서는 희생과 봉사라는 우리가 잊어버리고 있는 것은 아닌지 모르는 가치가 남아 있는 듯하여 씁쓸하였다. 아이들의 공연이 이어졌다. 율동과 함께한 Singing in the Rain! 그래 오늘 비가 오는 날 맞지 참!

INCLUTECOH 프로그램의 프로젝트 학습의 결과물 5가지의 설명을 들었다. 로봇의 구동원리인 4절 링크 장치, I/O 카드를 제작하여 뇌파를 이용한 무선 마우스 구동, 아두이노를 이용한 주택 자동화(온도와 습도) 앱, 햄스터 로봇을 활용한 위치 추적, 드론 등 아주 초보적인 작품이지만 그 시도가 돋보이는 작품들이었다.

15:05분 주콜롬비아 대한민국 대사관을 방문하여 김두식 대사님과 방지희 2등서기관님을 면담하였다. “지원에 대한 현지의 반응은 어떤가? 인천시교육청의 협력에 대해 감사한다. 대사관과의 협력관계로 확대되길 기대한다. 콜롬비아 교육부 장관과의 만남을 기대한다.” 등의 말씀이 있었으며, 콜롬비아의 지리, 정치, 경제, 인구, 문화 등에 대한 설명과 국가 비전이 매우 밝은 나라라는 말씀이 있었다. 아시아에선 처음으로 우리나라와 FTA를 체결한 나라이며, 50여 년간의 기나긴 내전을 종식하여 산토스 전임 대통령이 노벨평화상을 수상했다고도 한다. 나오는 길에 대사님의 말씀이 계속하여 머릿속을 맴돌고 있었다. “나라가 시간이 간다고 발

전하는 것은 아닙니다."

저녁 시간 마르따 부부와 함께했다. 그들의 환대에 감사할 따름이다. 참으로 순박한 사람들이다. 마르따의 열정은 언제나 나를 되돌아보게 하는 힘이 있다. 마지막까지 나를 놀라게 하는 그녀의 열정은 어디로부터 오는 것일까? 모르긴 해도 마르따의 가슴속에는 사랑하는 조국 콜롬비아의 미래가 들어 있지는 않은지 짐작해 본다. 국가를 발전시키는 원동력은 교육에 있다는 단순한 진리를 마르따는 알고 있는 것이다. 갑상선계 질병으로 건강이 좋지 않다고 한다. 그러나 앞으로 77세까지 일하려고 한다고 한다. 참! 그녀의 열정 속에서 콜롬비아의 미래를 그려 보며 짐작하는 것은 나만의 생각일까? 아마 우리 방문단 모든 이들이 공감하리라 생각한다.

내일은 오늘 방문한 학교와는 전혀 다른 보고타를 벗어나 오지에 있는 학교를 방문한다고 한다. 왜 콜롬비아 교육부에서 우리에게 이런 다양한 학교를 보여 주려고 할까? 이곳 관료들의 깊은 뜻을 헤아리니 과거 우리들의 절실했던 모습이 떠오른다. 내가 고등학교에 입학하던 시절 우리 학교의 모든 기자재는 'IDA 차관'이라는 딱지가 붙어 있었다. 우리의 관료들도 국가발전전략의 방법을 교육에서 찾았던 것이다. 불과 40여 년 전의 일이다. 내가 보기에 콜롬비아는 무한한 잠재력을 갖고 있는 나라로 보였다. 인구 구성의 비율, 오랜 내전의 종식, 남미국가 최초로 OECD 가입, 그 양을 알 수 없는 막대한 지하자원, 국가발전을 위해 헌신하는 관료, 아이들과 함께 안아 주며 울어 주는 선생님의 모습은 이 나라의 미래를 견인하는 중요한 요소가 될 것이다. 비바! 콜롬비아!

6) 6일 차 : 2018. 10. 25. (목)

06:00분 아침 식사, 07:30분 출발, 2시간 걸려 학교에 도착했다. 36명의 아이들이 다니는 루랄 라 마요리아 학교이다. 역시 우리나라를 방문했던 디아나 오로츠꼬 선생님이 근무하는 학교이다. 해발 3,300여 미터의 고원에 있는 원주민이 주로 다니는 학교이다. 훌리오 모레노 까마초 교장 선생님의 브리핑이 있었다. ICT 활용교육을 지원하는 다양한 기관의 지원이 주목할 만했고, 특히 기업의 지원이 많았고 대학과도 연계되어 있었다. 환경이 오지인 것은 문제가 되지 않은 듯 보였고 첨단 ICT 기기를 활용한 수업이 이루어지고 있었다.

디아나 선생님의 수업에 대한 사례발표를 들었다. 제작한 드론으로 전시회를 개최하고 아두이노, 스크래치 등의 프로그램 활용 사례를 들을 수 있었다. 이어 자연 속에서 농부들의 삶의 일상을 표현하는 학생들의 연극 공연을 관람하였다. 이들의 삶은 항상 신과 함께하고 신과 함께 끝마치고 있다. 공연소도구들을 직접 아이들이 만들었다니 그 수고에 감사할 뿐이다. 내용은 호세라는 사람은 가족들을 위해 열심히 일하고 있습니다. 경작, 과일, 열매들을 나누는 것은 행복입니다. 하루 일과를 마치고 저녁 시간에 마주 앉은 가족, 가족과 함께한 시간이 감사합니다. 신께 기도합니다. 등의 스토리였다. 역시 전통춤의 공연이 이어졌다. 학교에서 준비한 간식을 먹고 학교를 나왔다. 참으로 정성스럽게 준비한 음식이었다. 그러나 잘 먹지 못했다. 준비하신 분들에게 참으로 죄송스럽고 미안했다.

다시 보고타로 돌아와 몬테라세 언덕 위의 성당을 방문했다. 누워 있는 성상이 십자가의 고난을 대신하고 있었다. 황금박물관에서 그 유명한 황금배를 보았다. 그 섬세함에 놀랐고 왜 이곳이 엘도라도인지 실감할 수 있었다. 황금의 나라 콜롬비아, 이 순박한 사람들은 총·균·쇠에 의해 약탈당했고 그들의 삶의 터전을 빼앗긴 채 아직도 변방의 사람들로 원래 그들의 땅이었던 이곳에서 아직도 비참한 삶을 이어가고 있다. 그래도 이 나라는 잠재력이 무궁무진한 나라이다. 비바! 콜롬비아!

내일은 벌써 여정의 마지막 날, 오전에 선생님들의 연수가 있고, 오후에는 학교 방문이 예정되어 있다. 마무리를 잘해야 하겠다. 이제 다시 여정을 꾸려야 할 시간이다.

7) 7일 차 : 2018. 10. 26. (금)

06:00분 아침 식사, 07:50분 체크아웃 후 연수 장소로 출발, 오늘은 삼산초등학교 배영훈 선생님의 마이크로비트 강의가 있을 예정이다. 첫 연수보다는 안정적인 분위기에서 연수를 진행할 수 있어서 좋았다. 역시 연수 분위기가 뜨겁다. 다시 한번 이들의 열정을 느낄 수 있다. 방문 내내 이곳 선생님들의 교육에 대한 목마름과 뜨거운 열정이 나를 되돌아보게 한다.

오후에 방문한 학교는 마르셀라 학교로 50여 년의 전통이 있는 학교라고 한다. 로페즈 교장선생님의 안내로 학교시설을 둘러보았고, 2017년에 방문한 헤르난 선생님의 수업을 참관하였다. 멕시코와의 원격수업이 진행되었다. 영어와 스페인어가 동시에 사용되는 학습이었다. 훌륭한 교사진을 자랑하였고 학교평가에서 우수한 성적을 거두었다는 교장선생님의 자랑이 이어졌다.

23:20분 드디어 보고타 엘도라도 공항에서 댈러스를 향하여 출발, 05:30분 댈러스 공항에 도착, 5시간 동안 공항에서 대기하다 10:30분에 한국을 향해 출발 장장 20여 시간의 비행 후에 한국 시간 2018. 10. 28. (일) 15:30분에 인천공항에 도착, 파김치처럼 처진 육신을 이끌고 집으로 향했다. 피곤했다. 그러나 머리는 맑았다.

인천시교육청 창의인재교육과, 2018. 12.

5. 지식재산권 세계 1위, 독일을 다녀와서

1) 연수 개요

- 일시: 2015. 4. 21.~29일(7박 9일)
- 방문국: 독일(프랑크푸르트, 로텐부르크, 뉘른베르크, 뮌헨, 하이델베르그), 체코(프라하, 브르노), 오스트리아(비엔나, 할슈타트, 잘츠부르크)
- 참석자: 발명특성화고 6교 교장, 담당 부장, 특허청, 발명진흥회 등 14명
- 방문기관: 독일 특허청(DPMA), 독일과학기술박물관, 독일 BMW 전시관, 체코 HiLASE 레이저연구소, 체코국립기술박물관 등 5개 기관

누군가 그랬던가. 유럽에 가기 전에 그리스로마 문명과 기독교 문화의 역사를 알지 않으면 성당만 보고 온다고! 4번째 독일을 방문하지만 갈 때마다 이 나라의 저력이 어디서 나오는지 궁금하기만 했습니다. 돼지고기와 감자가 주식인 나라, 끝없는 평원으로 지평선이 보이는 나라, 남자 화장실의 소변기가 우리의 1/5만 한 나라(덩치는 크면서), 그런데 왜 세계대전이라는 전쟁을 강행했으며 유럽의 맹주로 자리 잡을 수 있었는지? 전쟁 중에도 기술박물관의 전시물을 수집했던 나라! 아직도 잘 모르겠으나 어렴풋이 기술실용주의가 철학으로 자리 잡은 나라! 기술박물관에 역

사를 전공한 코디네이터가 근무하는 나라! 인문과 철학, 과학기술이 모두 어우러져 발전하는 나라! 등으로 이해하였습니다. 스코다 자동차와 권총으로 유명한 나라 체코! 그들의 기계공업은 여전히 저력이 있음을 느꼈습니다. 전통적으로 기계공업이 강한 나라였으나 공산화 이후 사회주의 경제체제에서 침체를 거듭할 수밖에는 없었으나 EU에 가입하면서 옛날의 위상을 회복하고 나아가 레이저산업과 같은 첨단산업에도 막대한 예산을 투입하고 있는 현장을 보고 왔습니다. 잘츠부르크의 모차르트 페스티벌 한 편을 보고 오지 못함을 아쉬워하면서… 돌아오는 길에 몸과 머리가 무거워지는 것은 어쩔 수 없었습니다.

2) 독일 특허청 2013 연차보고서(Annual Report 2013)에 나타난 우리나라 지식재산권(특허, 실용신안, 상표, 의장)의 위상

[표 1] 국가별 특허 출원 건수(DPMA in 2013)

순위	국가	건수	비율(%)
1	독일	47,336	74.9
2	미국	5,596	8.9
3	일본	4,440	7.0
4	대한민국	1,373	2.2
5	호주	923	1.5
6	스위스	801	1.3
7	대만	558	0.9
8	스웨덴	305	0.5
9	기타	1,826	2.9
계		63,158	100

우리나라는 '세계 빅5'에 들어가는 특허 강국으로 세계 4위에 랭크되어

있습니다. 그러나 3위인 일본과는 3배가 넘는 많은 격차를 보이고 있습니다. 독일 특허청(DPMA)에 출원된 건수만을 비교한 것이나 세계적인 순위에는 차이가 없습니다.

발명·특허 특성화고등학교인 우리 학교에서 많은 직무발명 인재를 양성하여 우리나라가 특허 강국으로서의 위상을 공고히 하고 학생들이 행복했으면 좋겠습니다.

[표 2] 기업별 특허 출원 건수(DPMA in 2013)

순위	회사	국가		건수	순위	회사	국가		건수
1	Robert Bosch GmbH	DE		4,144	26	MIELE & CIE. KG	DE		225
2	Schaeffler Technologies AG & Co. KG	DE		2,100	27	General Electric Company		US	196
3	Daimler AG	DE		1,854	28	FANUC Corporation		JP	171
4	Siemens AG	DE		1,784	29	Catl Zeiss SMT GmbH	DE		166
5	GM Global Technology Operations LLC		US	1,289	30	Aktiebolagest SKF		SE	163
6	Bayerische Motoren Werke AG	DE		1,182	31	MAHLE International GmbH	DE		162
7	Ford Global Technologies LLC		US	1,060	32	International Business Machines Corporation(IBM)		US	156
8	Audi AG	DE		1,027	33	Evonik Industries AG	DE		154

9	Volkswagen AG	DE		836	33	Giesecke & Devrient GmbH	DE		154
10	ZF Friedrichshafen AG	DE		708	35	Phoenik Contact GmbH & Co. KG	DE		152
11	Hyundai Motor Company		KR	511	36	SEW-EURODRIVE GmbH & Co. KG	DE		150
12	BSH Bosch und Siemens Hausgerate GmbH	DE		509	36	Brose Fahrzeugteile GmbH & Co. KG	DE		150
13	Continental Automotive GmbH	DE		465	36	Honda Motor Company		JP	150
14	Fraunhofer-Gesselschaft e.V.	DE		459	39	Intel Mobile Communications GmbH(IMC)	DE		147
15	Infineon Technologies AG	DE		439	40	Hella KGaA Hueck & Co.	DE		146
16	Dr. Ing. h.c. F. Porsche AG	DE		431	41	Continental Reifen Deutschland GmbH	DE		142
17	DENSO Corporation		JP	423	42	VON ARDENNE Anlagentechnik GmbH	DE		131
18	Continental Teves AG & Co. OHG	DE		313	43	Conti Temic microelectronic GmbH	DE		127
19	NVIDIA Continental		US	310	43	MNA Truck & Bus AG	DE		127

20	OSRAM Opto Semiconductors GmbH	DE		303	43	Mitsubishi Electric Coporation		JP	127
21	Henkel AG & Co. KGaA	DE		287	46	Samsung SDI		KR	124
22	Krones AG	DE		258	46	Konig & Bauer AG	DE		124
23	Deutsches Zentrum fur Luft- und Raumfahrt e.V.	DE		253	48	Johnson Controls GmbH	DE		123
24	Voith Patent GmbH	DE		251	49	Heidelberger Druckmaschinen AG	DE		120
25	MANN + HUMMEL GmbH	DE		231	50	Osram GmbH	DE		118

글로벌 50대 기업 안에 우리나라의 현대자동차와 삼성 SDI가 각각 11위, 46위를 차지하고 있습니다. 50대 기업 안에 미국 5개, 일본 4개, 대한민국 2개, 스웨덴이 1개 들어 있습니다. 세계 1위의 특허 출원 기업은 'Bosch(보쉬)'입니다. 중국 기업이 없다는 것이 좀 의아하지요! 눈부시게 경제가 발전하여 세계 G2로 부상하길 바라는 것 같으나 아직은 아닌 것 같습니다. 그러나 2013년의 통계이므로 지금은 어떨지 궁금하군요!

[표 3] 자동차 엔진(내연기관)의 국가별 특허 출원 건수(DPMA in 2013)

순위	년도 국가	2007	2008	2009	2010	2011	2012	2013
1	독일	1,654	1,570	1,888	1,907	1,874	2,070	1,781
2	일본	969	899	992	771	690	758	891

3	미국	452	594	631	515	694	696	651
4	프랑스	139	152	162	136	83	107	123
5	대한민국	8	25	49	41	56	91	100
6	중국	5	9	7	3	4	10	8
계		3,468	3,497	3,987	3,633	3,646	4,038	3,888

해를 거듭할수록 내연기관의 특허 출원 건수가 증가하고 있는 것으로 나타나고 있습니다. 세계 5위의 자동차 강국인 우리나라의 위상을 내연기관의 특허 출원 건수에서도 확인해 볼 수 있습니다.

디젤엔진을 발명한 루돌프 디젤은 파리 출생으로 프랑스-프로이센 전쟁 때 양친과 함께 영국으로 이주, 뮌헨공과대학교를 졸업했습니다. 졸업 후 파리의 린데냉동기제조회사에 입사하여 냉동기 제작에 종사하는 한편 열기관을 연구하여『합리적 열기관의 이론과 구조 Theorie und Konstruktion eines rationellen Wärmemotors』(1893)라는 저서를 발표했습니다. 이 이론은 크루프와 아우크스부르크 기계회사에 의해 인정을 받아, 그 원조로 1897년 최초의 실용적인 디젤기관이 제작되었습니다. 그 후 세계 각국의 기관 제조회사들은 디젤기관의 고효율에 주목, 다투어 특허권을 양도받았습니다. 1913년 영국 해군성 초청으로 런던으로 항해 중, 영국해협에서 떨어져 사망했는데 루돌프 디젤의 죽음에 대하여는 여러 추측들이 나돌았지만 공식적으로는 자살로 결론 나게 됩니다. 1913년 영국해군의 잠수함에 적용할 디젤엔진의 공장 기공식에 참석하기 위해 배를 타고 영국으로 향하다가 실종되고 그 후 바다에서 시신으로 발견되게 됩니다. 그의 죽음에 대한 음모론이 제기되었음은 물론입니다. '특허권자가 사라지면 영국 정부에서 지불해야 하는 특허료도 없어지게 된다.'라는 추측이 보도되기도 하였고, 일부 언론은 독일 정부에서 그 당시 U-보트에 적용하려고 계획하고 있던 디젤엔진이 잠재적인 적국인 영국 해군으로 유출되는 것을 막기 위한 독일정보기관의 음모가 아닌가라는 추측 기사도 있었습니다. 하지만 공식적으로는 자살로 결론이 나게 됩니다. 100년 전 루돌프 디젤은 의문의 죽음을 맞았지만 증기기관을 내연기관으로 대체한 그의 업적은 지금도 살아 있습니다.

[표 4] 자동차 엔진(하이브리드 엔진)의 국가별 특허 출원 건수(DPMA in 2013)

순위	년도 국가	2007	2008	2009	2010	2011	2012	2013
1	독일	220	337	537	692	804	916	1,072
2	일본	258	305	346	354	367	594	690
3	미국	120	194	324	239	331	414	456
4	대한민국	28	20	23	29	149	143	446
5	프랑스	17	16	37	24	24	33	30
6	중국	3	3	6	13	8	11	7
계		649	894	1,299	1,400	1,728	2,248	2,655

우리나라의 2012년에서 2013년의 도약이 눈부시게 나타나고 있습니다. 하이브리드 자동차 분야에서 놀라운 투자와 기술 개발이 이루어지고 있음을 엿볼 수 있습니다. 하이브리드 자동차는 앞으로 전기 자동차로

진화하기 위한 전 단계로 기업에서 전략적으로 기술 개발에 나서고 있는 것으로 보입니다.

[표 5] 자동차 엔진(전기엔진)의 국가별 특허 출원 건수(DPMA in 2013)

순위	년도 / 국가	2007	2008	2009	2010	2011	2012	2013
1	독일	35	44	53	89	109	147	139
2	일본	32	47	44	27	51	114	113
3	미국	20	24	36	32	38	50	64
4	프랑스	1	1	11	4	18	27	21
5	대한민국	1	3	0	0	7	15	20
6	중국	2	0	4	0	3	0	3
계		98	126	153	163	249	389	405

우리나라의 전기 자동차에 대한 기술 개발은 아직 시작 단계인 것 같습니다. 2007년 이후 총 47건의 특허가 출원된 것으로 나타나고 있습니다. 세계 최고의 자동차 강국인 독일과 일본의 앞선 기술을 하루빨리 따라가야 할 것입니다.

[표 6] 국가별 지식재산권(실용신안, 상표, 의장) 출원 건수(DPMA in 2013)

순위	실용신안 (Utility models)	상표 (Trade Marks)	의장 (Designs)	비고
1	독일(11,641)	독일(57,031)	독일(45,809)	

2	대만(964)	영국(540)	호주(3,649)	
3	미국(539)	스위스(429)	이탈리아(3,073)	
4	중국(527)	중국(367)	중국(1,510)	
5	호주(365)	미국(365)	스위스(933)	
6	스위스(258)	호주(233)	미국(186)	
7	일본(113)	일본(148)	벨기에(126)	
8	이탈리아(109)	홍콩(115)	홍콩(105)	
9	기타(956)	기타(933)	기타(438)	
계	15,472	60,161	55,829	

우리나라는 아직 지식재산권(실용신안, 상표, 의장) 출원 건수에서는 세계적인 순위에 들어가지 못하고 있습니다. 중국이 의외로 모든 분야에서 4위에 랭크되어 있는 것으로 보아서는 특허보다는 출원이 좀 더 쉽고 비용도 많이 들어가지는 않지만 권리에서는 보호받을 수 있는 지식재산권(실용신안, 상표, 의장)에 더 관심이 있는 것으로 보여집니다. 역시 이재에 밝은 민족인 것 같습니다. 의장(Designs) 분야에서 일본이 보이지 않는 것은 다소 의외이군요.

계산공고, 2015. 5.

6. 늠름한 부평공고 해병대 군특성화 학생들!

"필승!" 어딘가 쑥스럽고 겸연쩍은 모습으로 아침 등굣길 교문에서 이 구호와 함께 거수경례하던 학생들이 1년간의 군특성화고 교육과정을 잘 마치고 마침내 지난 2월 해병대 교육훈련단에 입소하였습니다.

인천에 있는 부평공고는 지역적으로 해병대와 밀접한 연관이 있습니다. 북한과 마주하고 있는 접적지역과 해양 방어 최일선의 도서지역으로 이루어진 지역이 인천이고, 이 지역을 수호하는 주력군이 해병대이기 때문입니다. 인천의 아이들이 교육받고 자라서 해병대에서 국토방위의 의무를 수행한다면 이보다 좋은 일은 없다고 평소 생각하던 중 2019년 해병대 자주포병 1학급, 2020년 해병대 상륙장갑차 1학급을 군특성화고 과정으로 지정받아 그 1기 졸업생이 지난달 입소하게 된 것입니다.

저는 지난해 발대식에서 학생들에게 "대한민국 해병대의 핵심가치는 충성, 명예, 도전입니다. 조국에는 충성을, 전우들 사이에는 명예를, 스스로에겐 도전하는 강한 해병으로 거듭나기 위해 우리 부평공고에서 잘 준비하시기 바랍니다."라고 말한 기억이 있습니다. 지난 1년을 돌이켜 보면 코로나19의 엄중한 상황 속에서도 학생들은 자랑스러운 해병으로 거듭나기 위해 선생님들의 지도에 잘 따라 주었고, 자신들이 선택한 진로에 후회가 없도록 최선을 다했습니다. 학생들은 군 현장체험학습, 안보견학, 극기체험훈련, 태권도, 국가기술자격 취득 등 군특성화 교육과정에 적극 참여하여 우수한 성과를 거두었으며, 학교에서는 이를 지원하기 위해 해병대사령부 및 해병대 2사단과 학군협약을 체결하였고, 지역사회의 관심과 지원을 위해 부평구와도 협약을 체결하였습니다. 교과서도 인정도서로 개발하여 학생 교육에 사용하고 있습니다. 또한 올해에는 더욱 내실 있는 군특성화 교육과정 운영을 위해 실습기자재를 확충하고, 군에서 필요한 전문기술을 습득하기 위한 방과 후 교육과정을 위해 약 1억 3천여 만 원의 예산을 투입할 예정입니다.

이제 이 학생들은 세계가 놀란 대한민국의 자랑스런 해병으로 거듭날 것입니다. 전문기술병으로 병역의 의무를 다하고, 임기제부사관과 희망에 따라 장기부사관의 길을 걷게 될 것입니다. 또한 군 복무 중 e-MU(electronic-Military University) 과정을 이수하여 전문학사 또는 학사 학위 취득도 가능하게 됩니다. 학생들의 이런 성장경로는 곧 군의 전력 강화로 이어지기 때문에 국방부의 군특성화고 지원 정책은 매우 시의적절하다고 생각합니다. 앞으로 국방부, 각 군, 교육부, 교육청, 지방자치단체 등의 보다 적극적인 관심과 지원을 기대해 봅니다. 로마의 군사전략가 베게티우스는 "평화를 원하거든 전쟁에 대비하라."라는 명언을 남겼습니다. 이 말은 강한 힘만이 적의 도발을 막을 수 있다는 것이 역사의 교훈이고, 국방력의 강화는 전쟁을 위한 것이 아니라 전쟁을 막고 평화를 위해서라는 역설적 표현이기도 합니다. 지금 이 시간에도 매서운 바닷바람 속에서 늠름한 해병으로 거듭나기 위해 금선탈각(金蟬脫殼)의 인내의 시간을 보내고 있을 부평공고의 자랑스런 건아들에게 응원의 말씀을 드리며, 전국의 각 군 군특성화고의 무궁한 발전을 기원합니다.

국방일보, 2021. 3. 24.

7. 〈학생 성공시대〉를 여는
인천 특성화고등학교

"선생님! 저 이번에 부개동에 있는 작은 아파트 하나 장만했어요." 부평공고를 졸업한 지 2년 만에 벌써 아파트 한 채를 자기 이름으로 장만했다니! "대단하다! 참 잘했다. 건우야." 축하와 격려의 말로 응원했음은 당연했다. 바로 부평공고의 산학일체형 도제학교 프로그램에 참여한 학생이다. 일과 학습을 병행하는 교육과정으로 학교와 기업을 오가며 공부하는 힘든 과정을 잘 마친 학생이다. 병역특례와 함께 P-tech이라는 고숙련 일학습병행 과정에 참여해 대학에도 진학하여 졸업할 때는 최우수학생으로 뽑혀 독일 연수까지 다녀온 학생이다. 이 모든 과정에 들어간 경비는 모두 국가에서 지원했다. 오히려 다니는 회사에서 받은 월급을 저축해 이번에 아파트를 자기 이름으로 장만했다고 자랑한 것이다. "그래 이제 장가만 가면 되겠구나." 하고 격려했다. 요즘 청년들이 가장 힘들어하는 취업, 병역, 집 장만의 세 가지를 공고 졸업 후 불과 2년 만에 모두 해결했으니 이제 정말 장가가는 일만 남은 것이다.

멀리 소연평도의 높은 탑이 보이기 시작한다. 해병대 군특성화고 1기 졸업생인 웅빈이를 만나기 위해 설레는 마음으로 연평부대를 방문하는 중이다. "필승! 선생님 반갑습니다." 벌써 하사 계급장을 달고 부사관의 길을 걸어가는 웅빈이의 모습은 늠름한 해병용사의 모습이다. 우리나라가 자랑하는 K-9 자주포의 조종사로 국토방위의 임무를 믿음직하게 수행하고 있다. "그래. 군 생활 어려움은 없니?" "선생님! 군 생활 잘하고 있습니다. 걱정하지 마십시오! 하사 첫 월급으로 270만 원을 받았습니다! 떡값 포함해서요." 응빈이처럼 부평공고를 졸업한 해병대 군특성화 학생들이 벌써 40여 명이라는 사실에 가슴이 뿌듯해졌다. 무엇보다도 건강하게 군 생활 잘하고 있는 모습이 고마웠다.

우리 고장 인천 송도에 위치한 ㈜만도브로제는 전기자동차 관련 부품을 만드는 기업으로 독일 브로제와 한국 만도가 합작해 만든 유망 중소기업이다. 준형이는 전공심화동아리 활동에 참여해 이 회사에 입사했다. 대기업에 들어갈 기회도 있었지만 본인은 대기업보다는 중소기업인 ㈜만도브로제를 선택했다. 본인의 진로와 발전을 위해 당당히 중소기업을 선택한 준형이에게 격려와 응원을 보냈음은 물론이다. 대표이사를 만나 산학협약을 체결하고 안전한 현장실습이 취업으로 연계될 수 있도록 각별한 부탁의 말씀을 드렸다. 그는 오히려 나에게 고맙다고 한다. 미국 법인에 있을 때 채용 문제로 고생했다고 하며, 부평공고와 앞으로 좋은 협력관계를 유지했으면 좋겠다고 한다. 무엇보다 준형이의 실력을 보고 부평공고에 대한 신뢰가 싹튼 것이기에 그동안 선생님의 가르침에 잘 따라준 준형이가 오히려 고마웠다.

이 세 학생 모두 대학에 진학했음은 물론이다. 모두 일과 학습을 병행하는 부평공고의 특성화된 직업교육의 다양한 교육과정에 참여한 학생들이다.

재선에 성공한 인천시교육청의 도성훈 교육감은 〈학생성공시대〉를 기치로 내걸고 그동안 소외되어 온 인천 직업교육에 각별한 관심과 지원을 아끼지 않고 있다. 3년간 약 400여 억 원의 예산을 투자한 〈특성화고 실습실 현대화사업〉은 그야말로 지금까지의 특성화고 하면 떠오르는 이미지를 단번에 바꾸어 버렸다. 인천의 모든 특성화고는 중학생들에게 학교 특성에 맞는 다양한 진로체험 프로그램을 제공하고 있다. 이 프로그램에 참여한 학생들이 깜짝 놀라면서 이구동성으로 하는 말이 "멋있어요! 좋아요! 놀라워요! 이 학교 오고 싶어요!" 등이다. 이른바 학교 교육환경의 개선과 공간 혁신의 재구조화가 학생들에게 긍정적으로 작용한 것이다. 또한 앞에서도 언급했듯이 모든 특성화고는 학과 개편을 통한 특색 있고 경쟁력 있는 교육과정으로 각 학교 나름대로의 학생 성공사례를 많이 발굴하고 있다.

그러나 안타깝게도 2022년 인천의 특성화고는 신입생 모집에서 대량 미달사태를 빚었다. 이는 인천만의 현상이 아닌 전국적인 현상으로 나타났다. 코로나19 창궐, 현장실습 학생의 사망사고, 경쟁력 없는 교육과정, 직업교육 낙인효과, 학생배치계획의 부적절, 저출산으로 인한 학생 수의 감소 등 여러 가지 요인이 복합적으로 작용한 결과로 여겨진다. 무엇보다 언론의 현장실습 학생 사망사고의 대대적 보도는 정치권의 질타와 함께 특성화고의 신입생 모집에 엄청난 어려움을 안겨준 것이 사실이다. 이제 2023년 신입생 모집을 앞두고 있는 특성화고는 학교 존립의 사활이 걸린 비상사태를 맞이하고 있다. 자기 학교를 알리기 위해 모든 선생님은 중학교를 찾아가 학교 홍보에 정성을 쏟고 있으며, 성공사례를 발굴하여 언론에 적극 홍보도 하고 있다. 이에 세계 최고를 지향하는 인천 교육의 학생 성공시대를 위해 몇 가지 정책적 대안을 제시하고자 한다.

첫째, 학생배치계획의 적절성과 실효성 확보다. 초·중등교육법시행령 제52조(학생배치계획)에는 '교육감은 그가 관할하는 학교에 학생을 적절하게 배치할 수 있도록 학년도별로 학생배치계획을 수립하여야 한다.'고 명시되어 있다. 이에 우리 인천교육감도 학급 수, 학급당 정원 등을 명시해 학교별로 신입생 수를 적절하게 배치한 학생배치계획을 매년 수립하고 있다. 고등학교의 학생배치계획은 당해 학년도 중학교 졸업생들을 크게 일반고와 특성화고에 어떻게 배치하는가가 주요 내용이다. 즉 학생배치계획에 의해 전기고인 특성화고에 지원자가 넘치면 합격하지 못한 학생은 후기 일반고에 배정되고, 반대 경우에는 후기 일반고에 배정되지 못한 학생이 미달된 특성화고의 추가모집에 지원해 학교별로 적절하게 배치되는 것이다. 따라서 학생배치계획상으로는 어떤 경우에도 대규모 미달사태가 발생하지 않게 되어 있다. 올해 고등학교 입시에서는 부디 전년과 같은 사태가 발생하지 않길 간절히 기대한다. 일반고는 일반고대로 특성화고는 특성화고대로 어려움을 겪지 않길, 그래서 인천의 모든 중·고등학생들이 열심히 공부해 학생 성공시대를 열어 가는 기회가 모두에게 공정하게 돌아가길 기대한다.

둘째, 역량 중심의 개별화된 맞춤형 교육과정의 제공이다. 도성훈 교육감의 민선 1기의 지표가 〈삶의 힘이 자라는 우리 인천 교육〉이었다. 삶의 힘은 역량이다. '아는 것'이 아닌 '할 수 있는 것'으로 실용주의 교육의 패러다임 전환을 주장한 것이고 현재진행형이다. 이는 세계 교육의 흐름과 다르지 않다. 예전 우리 고장 인천 송도에서 개최된 세계교육포럼에서 다수의 전문가는 향후 15년의 교육은 역량 중심 교육이 핵심이 된다고 주장했다. 학생성공시대는 학생 개개인의 삶의 힘, 즉 역량에서 비롯되고 그 역량이 쌓이는 곳이 학교다. 하나도 같은 것이 없는 학생들이니 그들의 꿈 또한 무한하다. 그들을 가르치는 분이 선생님이다. 그러니 선생님이 힘이 빠져서는 결코 교육은 이루어질 수 없다. '최종적으로 교육은 선생님에 의해 완성된다.'는 굳건한 신념으로 오늘도 단 한 명의 아이도 포기하지 않기 위해 무던히도 인내하고 계시는 인천의 모든 선생님들이 자신의 사명을 잘 감당할 수 있도록 우리 사회가 힘을 보태야 한다. 선생님만이 맞춤형 교육과정을 학교에서 학생들에게 제공할 수 있다.

셋째, 인천 직업교육의 경쟁력 확보다. 최근 교육부에서 발표한 〈2022년 직업계고 졸업자 취업 통계 조사〉에서 우리 인천은 취업률에서 전국 6위, 취업유지율에서 전국 2위라는 놀라운 성과를 이뤘다. 이 모두 선생님의 가르침에 잘 따라 준 학생들과 가르치신 선생님, 그리고 행·재정적 지원에 최선을 다한 시교육청과 시의회의 지원 덕분이라고 생각된다. 그러나 이와 같은 성과에도 불구하고 특성화고의 미달사태는 학생성공시대를 여는 우리 인천 교육에 어두운 그림자를 드리우고 있는 것이 사실이다. 특성화고의 미달은 일반고의 교육에도 결코 바람직하지 않다. 이 점에 대해서 일반고에 계시는 선생님들이 동의하고 있다는 사실이 놀랍다. 이는 특성화고의 경쟁력이 곧 일반고의 경쟁력 확보로 이어질 수 있다는 것을 의미한다. 이렇듯 학생배치계획은 우리 인천 교육에 있어 무엇보다 중요하다. 일반고와 특성화고 모두 상생해 인천 고교교육이 전국 최고를 넘어 세계로 도약하길 진정으로 소망한다. 그 시작은 인천의 모든 특성화고가 신입생 미달사태를 극복하고 모두 정원을 채우는 것으로부터 시작됨을 우리 모두 유념해야 하겠다.

인천일보, 2022. 11. 17.

선생님 힘내세요

초판 1쇄 발행 2023년 2월 13일

지은이 이종윤
펴낸이 이기봉
편집 좋은땅 편집팀
펴낸곳 도서출판 좋은땅
주소 서울특별시 마포구 양화로12길 26 지월드빌딩 (서교동 395-7)
전화 02)374-8616~7
팩스 02)374-8614
이메일 gworldbook@naver.com
홈페이지 www.g-world.co.kr

ISBN 979-11-388-1638-0 (03810)

• 가격은 뒤표지에 있습니다.